U0078821

詩經正詁

余培林　著

三民書局

再版序

拙撰《詩經正詁》再版了，這使得我非常高興。

民國六十六年，我在臺灣師範大學國文系開《詩經》課，深以找不到適當教材為苦。因為自民國以來，《詩經》的注本不少，卻沒有一本標示出注釋的出處。這些注本，以之瞭解詩義猶可，以之作研究工作就嫌不足了。最後採用了屈萬里先生的《詩經釋義》（後改名為《詩經詮釋》），因為先生的書中重要的注釋大多注明出處，但也不過全部注釋的十分之一二而已。

七、八年後，我終於決定自己編寫一本《詩經》教材，不僅要求注釋明確，更要求每一個注釋都有出處，以使研讀者能明其本源。經過十年的窮搜博覽，書終於編成，遂請三民書局幫忙出版，董事長劉振強先生一口答應，但要求我加上語譯，以方便初學者閱讀。我以語譯文字不宜作為大學教材，而冒昧的拒絕了。弔詭的是，書既問世之後，我卻沒有一天用來作為教材。此無他，愛惜羽毛而已。既不便於初學者，自己又不用來作為教材，這本書的滯銷是可想而知的。為此，我一直感到歉疚不安；現在竟然要再版了，我重負稍釋，如何能不高興呢？

既然再版，就藉機修訂。修訂的原因有二：一是新資料出現，二是初版謬誤頗多。

民國八十三年，香港古玩市場出現了一批竹簡，經過上海博物館整理、研究，於八十九年出版，名為《戰國楚竹簡》。其中有一篇〈孔子詩論〉，雖然只有二十九支殘簡，不足千字，但卻非常重要。如其中分《詩》為〈邦風〉、〈小雅〉、〈大雅〉、〈頌〉四類，這足以使南宋以來《詩》分〈南〉、〈豳〉、〈雅〉、〈頌〉之說不能成立。又如其全文中只有一個「刺」字，這也使得〈詩序〉美、刺之說，值得重新檢視。凡此，都應該予以重視、採納。至於謬誤的造成，半由我努力不足，半由我疏懶怠惰，既未細審成稿，也未參與校對工作，以至於連詩文都有缺誤，更遑論注文了。如今有機會彌補缺漏，糾正謬誤，我又如何能不高興呢？

然而書如煙海，學無止境，縱使我如何努力修訂，謬誤恐仍難免，尚望博雅君子，不吝賜正。

民國九十三年十二月二十五日，余培林於新竹玄奘大學

例言

一、本書以解釋詩文、探求詩義為目的。詩文之注釋，既無今古文之偏，亦無漢宋門戶之見，惟求真求是而已，故名之曰《詩經正詁》。

二、本書之注釋，凡採用舊說者，大都僅舉其一義，並注明其原始出處，以使讀者知其根原並便於考查；若有二種以上注釋，必加按語以分析說明之。若舊說感有未安者，則以鄙意說之。

三、本書凡著明出處時，多僅著其書名；偶亦有著其人名，或書名人名並著者，惟視行文之便。其但著人名者，必其人有關《詩經》著作僅有一種；或雖非一種，而僅有一種為世人所習知者。遇有書名過長者，則舉其簡稱，如《呂氏家塾讀詩記》簡稱《詩記》，陸機《毛詩草木鳥獸蟲魚疏》簡稱陸機《疏》，《詩毛氏傳疏》簡稱《傳疏》，《毛詩傳箋通釋》簡稱《傳箋通釋》，以求節省篇幅。凡有鄙說，則加「按」字以別之。

四、本書探求詩義與章旨，一以詩文為斷。其用舊說者，其說必正確而可用。然每篇必引《詩序》之文，以使讀者知《詩序》說《詩》之情形而可作一比較也。

五、《詩經》三百篇已臻藝術之境界，文學之瑰寶，故本書每篇必撮取前人之言，或以鄙意作一簡明之品評，以欣賞其藝術表現。

六、本書於詩韻概未述及，其有爭議者，則一以陳新雄先生〈毛詩韻譜、通韻譜、合韻譜〉一文為斷。

七、本書行文，以簡明為要，故採淺近之文言。

八、鄙人才拙學淺，苦思窮搜，往往無得，雖一心求真求是，而恐適得其反。故知紕繆之處必多。如承大雅不吝賜教，則衷心感激！

詩經正詁 目次

齊

魏

唐

魯頌

商頌

重要參考書目

緒論

一、詩之來源

〈虞書〉曰：「詩言志，歌永言。聲依永，律和聲。」《詩・大序》曰：「詩者，志之所之也，在心為志，發言為詩。」《說文》曰：「詩，志也。从言、寺聲。古文作訨，從言之聲。」《釋名・釋典藝》曰：「詩，之也；志之所之也。」志者何？情意而已矣！故《詩・大序》又曰：「情動於中而形於言，言之不足，故嗟歎之。嗟嘆之不足，故永歌之。永歌之不足，不知手之舞之，足之蹈之也。」朱熹《集傳・序》曰：「人生而靜，天之性也。感於物而動，性之欲也。夫既有欲矣，則不能無思，既有思矣，則不能無言。既有言矣，則言之所不能盡，而發於咨嗟詠歎之餘者，必有自然之音響節族（音奏）而不能已焉，此詩之所以作也。」然則詩之作也，由情而發，由言而現，由詠歌韻律而成，手舞足蹈而為之象也。

二、《詩經》之名稱

「詩經」一詞，古代無之，古惟稱之曰《詩》。如《論語・陽貨》曰：「《詩》，可以興，可以觀，可以群，可以怨。」〈季氏〉曰：「不學《詩》，無以言。」或稱《詩三百》，如《論語・為政》曰：「子曰：『《詩三百》，一言以蔽之，曰：思無邪。』」〈子路〉曰：「誦《詩三百》，授之以政，不達；使於四方，不能專對。雖多，亦奚以為？」蓋《詩》三百十一篇，此取其成數而言之，故曰《詩三百》也。

《禮記・經解》曰：「入其國，其教可知也。其為人也，溫柔敦厚，《詩》教也；疏通知遠，《書》教也；廣博易良，《樂》教也；絜靜精微，《易》教也；恭儉莊敬，《禮》教也；屬辭比事，《春秋》教也。」《莊子・天運》曰：「孔子謂老聃曰：『丘治《詩》、《書》、《禮》、《樂》、《易》、《春秋》六經。』」《禮記》、《莊子》成書當不早於戰國晚年。故「經」之一稱，當起於戰國晚年。然《禮記》、《莊子》中之「經」字，於六經蓋指其書之性質為「經」，仍未以「經」字加於原名之下，稱「《詩經》」、「《易經》」。「詩經」一詞，最早見於司馬遷之《史記・儒林列傳》曰：「申公獨以《詩經》為訓以教。」至正式連屬為書名，以宋人廖剛之《詩經講義》為最早。廖氏之書成於南宋初年，元明以後，風氣漸盛，《詩經》、《書經》、《易經》……已成定名矣。

三、《詩經》之作者

《詩經》三百十一篇，其作者多不可知。其見於詩文而毫無可疑者，僅得四篇而已，即：〈小雅・節南山〉：「家父作誦，以究王訩。」〈小雅・巷伯〉：「寺人孟子，作為此詩。」〈大雅・崧高〉：「吉甫作誦，其詩孔碩。」〈大雅・烝民〉：「吉甫作誦，穆如清風。」吉甫即尹吉甫，為周宣王時人。家父、寺人孟子生平皆不可知。李辰冬先生以為家父即吉甫，寺人乃吉甫之官名，未知是否。

其見於其他典籍者，亦有數篇，如：

一、〈豳風・鴟鴞〉：《尚書・金縢》曰：「周公居東二年，則罪人斯得。于後公乃為詩以貽王，名之曰〈鴟鴞〉。」

二、〈大雅・桑柔〉：《左傳》文公元年曰：「周芮良夫之詩曰：『大風有隧，貪人敗類。聽言則對，誦言如醉。匪用其良，覆俾我悖。』」按此為〈桑柔〉詩文。

三、〈周頌・時邁〉：《左傳》宣公十二年曰：「武王克商，作頌曰：『載戢干戈，載櫜弓矢，我求懿德，肆于時夏，允王保之。』」惟《國語・周語》亦引此五句，謂是「周文公之詩」。周文公即周公。《左傳》、《國語》之說不一，《左傳》言其作詩之時，《國語》則言其作詩之人，二說並不相悖。

四、〈周頌・武〉：同上曰：「又作〈武〉，其卒章曰：『耆定爾功。』」

五、〈周頌・賚〉：同上曰：「其三曰：『鋪時繹思，我徂惟求定。』」按此為〈賚〉篇詩文。

六、〈周頌・桓〉：同上曰：「其六曰：『綏萬邦，屢豐年。』」按此為〈桓〉篇詩文。

七、〈周頌・思文〉：《國語・周語》曰：「周文公之為頌曰：『思文后稷，克配彼天。』」

八、〈小雅・常棣〉：《國語・周語》曰：「周文公之詩曰：『兄弟鬩於牆，外禦其侮。』」按《左傳》僖公二十四年曰：「召穆公思周德之不類，故糾合宗族于成周，而作詩，其四章曰：『兄弟鬩於牆，外禦其侮。』」二說不同，當以前說較是。說見〈常棣〉。

九、〈大雅・文王〉：《呂氏春秋・古樂》曰：「周公旦乃作詩曰：『文王在上，於昭于天。周雖舊邦，其命維新。』」按此乃〈文王〉篇詩文。

一〇、〈周頌・清廟〉：《文選》王褒〈四子講德論〉曰：「昔公詠文王之德，而作〈清廟〉。」按公指周公。

一一、〈商頌〉：《國語・魯語》曰：「昔正考父校商之名頌十二篇於周太師，以〈那〉為首，其輯之亂曰：『自古在昔，先民有作。溫恭朝夕，執事有恪。』」魏源《詩古微》以校為審校音節，王國維〈說商頌〉以校為效之借字而訓獻，參之《魯詩》、《韓詩》及《史記・宋世家》，魏氏之說較是，故〈商頌〉當是正考父所作。

除以上十數篇外，〈詩序〉亦間有指出作者者，如〈大雅・卷阿・序〉曰：「召康公戒成王也。」〈民勞・序〉曰：「召穆公刺厲王也。」然並無實據，故不足信也。

四、《詩經》之內容

《詩經》為我國最古之詩歌總集，分〈風〉、〈雅〉、〈頌〉三部分。〈風〉又分為十五〈國風〉：〈周南〉、〈召南〉、〈邶〉、〈鄘〉、〈衛〉、〈王〉、〈鄭〉、〈齊〉、〈魏〉、〈唐〉、〈秦〉、〈陳〉、〈檜〉、〈曹〉、〈豳〉，凡一百六十篇。〈雅〉則分為〈大雅〉與〈小雅〉。〈小雅〉七十四篇，〈大雅〉三十一篇。〈頌〉則有〈周頌〉、〈魯頌〉、〈商頌〉。〈周頌〉三十一篇，〈魯頌〉四篇，〈商頌〉五篇，共三百零五篇。此外尚有〈南陔〉、〈白華〉、〈華黍〉、〈由庚〉、〈崇丘〉、〈由儀〉六篇，《毛詩》尚存其篇名，〈詩序〉謂「有其義而亡其辭」，朱子以為笙詩，如合此六篇計算，總計為三百十一篇。

〈國風〉多言情詩，〈小雅〉多敘事詩，亦有言情、頌贊之詩，〈大雅〉則十九皆敘事詩，多記周室肇造及發展之史事，〈周頌〉皆祭祀之詩，〈魯頌〉、〈商頌〉則多頌美時君之詩。

五、《詩經》之時代

《孟子．離婁下》曰：「王者之迹息而《詩》亡，《詩》亡然後《春秋》作。」是知《詩》之作當在《春秋》之前。《詩譜》雖列〈商頌．那〉為太甲之世所作，然《國語．魯語》曰：「正考父校商之名頌十二篇於周太師，以〈那〉為首。」〈詩序〉曰：「有正考父者，得〈商頌〉十二篇於周之太師，以〈那〉為首。」正考父為宋襄公時人。魏源《詩古微》舉十三證，斷〈商頌〉為宋襄公時正考父祭商之先祖而稱君德所作。其說確然有據。揚雄《法言．學行》曰：「正考父嘗晞尹吉甫矣。」尹吉甫為宣王時人，〈大雅．崧高〉及〈烝民〉即為其所作。正考父希慕之而作〈商頌〉，自是順理成章。〈商頌〉實乃宋頌，其所以稱為〈商頌〉者，以宋為商之後也。論者或以《國語》曰「校〈商頌〉」、〈詩序〉曰「得〈商頌〉」，皆不曰「作〈商頌〉」，而疑〈商頌〉為正考父所作；

然〈商頌〉非商代作品，殆可定論。是則《詩經》中最早之詩，當屬作於周代初年之〈周頌〉。至於《詩經》中最晚之詩，據《詩譜》則為〈陳風〉之〈株林〉。〈株林〉寫陳靈公與夏南之事，夏徵舒弒陳靈公在周定王八年。時當魯宣公十年，西曆紀元前五百九十九年。後四十八年而孔子生。故知《詩經》中作品，最早當為〈周頌〉，為周初所作；最晚當為〈株林〉，作於周定王之世，大約西曆紀元前一千一百年至六百年之間。

六、《詩經》之編集

《詩經》有十五〈國風〉、〈大雅〉、〈小雅〉，〈周頌〉、〈魯頌〉、〈商頌〉，如何匯聚此三百餘篇詩而為一編，頗值得探討。考之古籍，有謂采詩之官采集者，如《漢書．藝文志》曰：「古有采詩之官，王者所以觀風俗、知得失、自考正也。」〈食貨志〉曰：「孟春之月，群居者將散，行人振木鐸徇于路以采詩，獻之大師，比其音律，以聞於天子。」有謂群臣呈獻者，如《國語．周語》曰：「故天子聽政，使公卿至於列士獻詩。」〈晉語〉曰：「在列者獻詩。」有謂太師陳覽者，如《禮記．王制》曰：「天子五年一巡守，命大師陳詩，以觀民風。」有謂官府使人求之者，如《公羊傳》宣公十五年解詁曰：「男年六十，女年五十無子者，官衣食之，使之民間求詩，鄉移于邑，邑移于國，國以聞于天子。」有謂非一人一時收集者，如胡適〈談談詩經〉曰：「《詩經》不是一個時代輯成的，《詩經》裏面的詩是慢慢的收集起來，成現在這麼樣的一本集子……〈大雅〉收集在前，〈小雅〉收集在後，〈國風〉是各地散傳的歌謠，由古人收集起來的，這些歌謠產生的時候大概很古，但收集的時候卻很晚了。《詩經》不是那個人輯的，也不是那一個人做的。」

以上諸說雖有不同，然並不相悖。蓋《詩經》三百篇以音樂為主，皆須吟唱，《史記》謂「孔子皆弦歌之」是也。大師為樂官之長，其審校編集工作，必由大師總其成，當無問題，《國語》謂正考父校商之名頌十二篇於周大師，可為參證。故《禮記》之說不誤。然采集之事，大師不能行之，必由專人赴各地收集，此人或為行人之官，或為采詩之官，故〈藝文志〉、〈食貨志〉、〈周語〉、〈晉語〉及胡氏之說皆有其理。季札於魯得觀周樂者，以周禮盡在魯也。

七、孔子與《詩經》

《史記・孔子世家》曰：「古者，詩三千餘篇，及至孔子，去其重，取可施於禮樂，上采契、后稷，中述殷、周之盛，至幽、厲之缺……三百五篇，孔子皆弦歌之，以求合韶、武雅頌之音。」《漢書・藝文志》曰：「孔子純取周詩，上采殷，下取魯，凡三百五篇。」孔子刪詩之說，孔穎達已開懷疑之端。〈詩譜序〉疏曰：「案書傳所引之詩，見在者多，亡逸者少，則孔子所錄，不容十分去九。馬遷言古詩三千餘篇，未可信也。」宋明以後，疑之者漸眾。時至今日，幾已無人信之。其所以不信者，理由有六：

一、誠如孔穎達所言，書傳所引之詩，見在者多，亡逸者少。茲據趙翼《陔餘叢考》及拙作〈群經引詩考〉（見師大《國文研究所集刊》第八集），將《左傳》、《國語》、《禮記》三書中引詩情形，列表如下：

書名	今存之詩	佚詩
左傳	一五六	一〇
國語	二二	一
禮記	一〇〇	三

三書中引詩今存者共二百七十八，已佚者十四，佚詩約佔存詩二十分之一。孔氏之言，不為無見。

二、《左傳》襄公二十九年記季札觀周樂，所見之詩，與今本大略相同。時孔子方八歲，自無刪詩之事，可見刪詩之說，不足採信。

三、《論語・為政》曰：「子曰：『《詩三百》，一言以蔽之，曰：思無邪。』」又〈子路〉云：「子曰：『誦

《詩三百》……雖多，亦奚以為？』」孔子屢言「《詩三百》」，則三百篇必為當時魯國通行之定本，而無刪詩之事。

四、孔子極端厭惡鄭聲，如《論語・衛靈公》云：「放鄭聲，遠佞人；鄭聲淫，佞人殆。」又〈陽貨〉云：「惡鄭聲之亂雅樂也。」若孔子刪詩，必刪去鄭詩無疑。今鄭詩猶在，足見孔子未嘗刪也。

五、孔子信而好古，好古敏求，又嘗嘆文獻不足，若詩古果有三千餘篇，孔子必不致刪之，尤不致十去其九。

六、刪詩之說，僅見於《史記》，他書未曾記載。若孔子果曾刪詩，古書記者必多，不容僅史遷及見也。

據以上六點，可證明孔子未曾有刪詩之事。史遷之說，不足憑信。

孔子雖未曾刪詩，然於詩則曾有所致力。《論語・子罕》云：「子曰：『吾自衛返魯，然後樂正，〈雅〉、〈頌〉各得其所。』」由此段文字，可知孔子既曾正樂，亦曾整理〈雅〉、〈頌〉篇章，鄭玄《詩譜》謂魯、商二〈頌〉，皆孔子編入《詩經》，頗為可信（見〈魯譜〉及〈商譜〉）。

八、六義

六義之名，見於〈詩序〉。《詩・大序》曰：「詩有六義焉，一曰風，二曰賦，三曰比，四曰興，五曰雅，六曰頌。」六義又名六詩。《周禮・春官・大師》曰：「大師教六詩，曰風，曰賦，曰比，曰興，曰雅，曰頌。」蓋風、雅、頌三者，乃詩之性質；賦、比、興三者，乃詩之作法，茲分別說明如下：

一、風　〈詩序〉曰：「風，風也、教也。風以動之，教以化之。」此以風為風教。〈詩序〉又曰：「上以風化下，下以風刺上，主文而譎諫，言之者無罪，聞之者足以戒，故曰風。」此以風為風刺。〈詩序〉又謂：「是以一國之事，繫乎一人之本謂之風。」此以風為風俗，鄭樵《六經奧論》曰：「風土之音曰風。」朱熹《集傳・

序》曰：「凡詩之所謂風者，多出於里巷歌謠之作。」顧頡剛〈論詩經所錄全為樂歌〉曰：「風字的意義似乎就是聲調。」按朱子於〈崧高〉注曰：「風，聲也。」由是觀之，顧氏之說是也，此為風之本義。〈詩序〉謂風教、風刺、風俗，皆〈風〉詩之作用，非其本義也。

〈國風〉一詞出現極晚，《左傳》隱公三年曰：「〈風〉有〈采蘩〉、〈采蘋〉。」僅稱〈風〉而不稱〈國風〉。《禮記・表記》曰：「〈國風〉曰：『我今不閱，皇恤我後。』」此〈邶風・谷風〉之詩。又曰：「〈國風〉曰：『心之憂矣，於我歸說。』」此〈曹風・蜉蝣〉之詩。《荀子・大略》篇曰：「〈國風〉之好色也……」是〈國風〉一詞，當起源於戰國晚年。（上海博物館藏《戰國楚竹書・孔子詩論》稱〈邦風〉。）

〈國風〉之次第，今傳《毛詩》本與季札觀樂時所見之次第小有不同，茲將二者列分於下：

《毛詩・國風》：周南、召南、邶、鄘、衛、王、鄭、齊、魏、唐、秦、陳、檜、曹、豳

「季札觀樂」：周南、召南、邶、鄘、衛、王、鄭、齊、豳、秦、魏、唐、陳、鄶、（曹）

前八國次第相同，不同者後七國。屈萬里先生《詩經詮釋》以為季札所見，乃孔子以前魯國流傳之次第。《毛詩・國風》之次第，可能為孔子所定。其說頗為有理。

自宋以後，說《詩》者或以為〈周南〉、〈召南〉之命名與其他十三〈國風〉有異，應不屬於〈風〉，而主獨立為南。如程大昌《詩論》、王質《詩總聞》、顧炎武《日知錄・三・四詩》、梁啓超〈釋四詩〉皆主此說。然《左傳》隱公三年曰：「〈風〉有〈采蘩〉、〈采蘋〉。」此〈召南〉古在〈國風〉之證。《韓詩外傳・五》曰：「子夏問曰：『〈關雎〉何以為〈國風〉始也？』」此〈周南〉古在〈國風〉之證。由此可見，〈周南〉、〈召南〉，自《詩經》成書即在〈國風〉，固不得脫離〈國風〉而獨立為南。陳啟源《毛詩稽古編》、魏源《詩古微》、胡承珙《毛詩後箋》、方玉潤《詩經原始》、屈萬里《詩經詮釋》、王靜芝《詩經通釋》皆主二南仍應屬〈風〉，實有其理。（上海博物館藏《戰國楚竹書・孔子詩論》中有〈邦風〉、〈小雅〉、〈大雅〉、〈頌〉四名，而無「南」之名。）

二、雅　雅本樂器之名，《周禮・笙師》：「掌教雅以教裓樂。」鄭司農注：「雅，狀如漆筩而弇口，大二圍，長五尺六寸，以羊韋鞔之，有兩紐疏畫。」《禮記・樂記》：「訊疾以雅。」鄭注：「雅，樂器名也。狀如漆筩，中有椎。」以此樂器為節之歌樂，名之曰〈雅〉。〈小雅・鼓鐘〉云：「以雅以南，以籥不僭。」即此雅樂也。

雅與夏古音相近，往往通用。《荀子・榮辱》曰：「越人安越，楚人安楚，君子安雅。」而〈儒效〉曰：「居楚而楚，居越而越，居夏而夏。」《墨子・天志》引〈大雅・皇矣〉「帝謂文王……」六句，謂之〈大夏〉，此雅與夏通用之證。夏為中原一帶，周王朝直接統制區域，所謂中夏之地。此一區域文化較高，流行於此一中夏地區之音樂，謂之雅樂。雅樂平和雅正，雅為正聲，正樂，故雅又有「正」義。〈詩序〉曰：「雅，正也。」朱熹《集傳》曰：「雅者，正也，正樂之歌也。」是雅一字而有三義：於物則為樂器，於地則為中夏，於樂則為正聲。合而言之，以雅為節而流行於中夏地區之正聲，即為雅樂。

〈風〉為流行於各國之地方音樂，〈雅〉為流行於中原一帶之正聲，此〈風〉與〈雅〉之別。〈小雅〉，宴饗之樂；〈大雅〉，朝會之樂，此〈小雅〉與〈大雅〉之別。

三、頌　〈詩序〉曰：「頌者，美盛德之形容，以其成功告於神明者也。」朱熹《集傳》曰：「頌者，宗廟之樂歌。」蓋頌與容古字通用，故〈序〉以此言之。」阮元之說最為詳盡，其《揅經室集》有〈釋頌〉一文曰：「《詩》分〈風〉、〈雅〉、〈頌〉。頌之訓為美盛德者，餘義也；頌之訓為形容者，本義也。且頌即容字也。容、養、羕一聲之轉，古籍每多通借，今世俗傳之樣字，始於《唐韻》，即容字轉聲所借之羕字，不知何時再加才旁以別之，而後人遂絕不知從頌、容、羕轉變而來，豈知所謂〈商頌〉、〈周頌〉、〈魯頌〉者，若曰商之樣子，周之樣子，魯之樣子而已，無深義也。何以三〈頌〉有樣而〈風〉、〈雅〉無樣也？〈風〉、〈雅〉但絃歌笙閒，賓主及歌者皆不必因此而為舞容，惟三〈頌〉各章，皆是舞容，故稱為〈頌〉。」

依阮氏之說，則知〈頌〉乃以其成功告祭於祖先神明兼而祈福之樂歌，其特色在於祭祀時歌而兼舞。其與〈風〉、〈雅〉之不同，即在〈頌〉有舞容，〈風〉、〈雅〉不必為舞容而已。

季札觀周樂，僅曰歌〈頌〉，不曰歌〈周頌〉、〈魯頌〉、〈商頌〉，則知〈頌〉即指〈周頌〉，而〈魯頌〉、〈商頌〉不與焉。今觀〈魯頌〉四篇，皆美其時君僖公之詩，〈商頌〉中亦有阿諛時君之作，非告神明之樂歌。名雖為〈頌〉，而體實近乎〈國風〉。鄭玄以為皆孔子所編入（見〈魯譜〉及〈商譜〉），極有其理。

四、賦　朱熹《集傳》曰：「敷陳其事，而直言之者也。」又曰：「直指其名，直敘其事者，賦也。」是賦者，直陳其事，鋪述說明也。

五、比　朱熹《集傳》曰：「以彼物比此物也。」《語類・卷八十》曰：「引物為況，比也。」又曰：「比是以一物比一物，而所指之事，常在言外。」是比者，以事物比附所欲抒寫之意或事，不作鋪陳之文，劉勰《文心雕龍・比興》所謂：「寫物以附意，颺言以切事。」是也。至於鄭玄《周禮・大師》注謂：「比，見今之失，不敢斥言，取比類以言之。」及孔穎達〈詩序〉疏謂：「比者，比託於物，不敢正言，似有所畏懼，故云見今之失，取比類以言之。」皆未得其正解。

六、興　毛公傳《詩》，獨標興體，然其釋詩義時，往往用「喻、猶、若、如」等字，與比體相混。後世釋之者雖眾，而又各持其說，莫衷一是。或主引譬托喻，或主嗟嘆詠歌，或主觸物感發，或主有聲無義。（蘇伊文歸納為五類，見〈詩經比興研究〉）前二說從之者少，今人釋興，多依違於後二說之間。

觸物感發之說為劉熙所倡，從之者有摯虞、蘇轍、王質、王應麟、惠周惕、方玉潤、毛先舒、王闓運、黃侃、徐復觀等。劉熙《釋名・釋典藝》曰：「興物而作謂之興……事類相似謂之比……」摯虞《文章流別論》曰：「比者，喻類之言；興者，有感之辭。」徐復觀〈釋詩的比興〉一文，分析最為透闢，惜其文過長，不能具引，請見《中國文學論集》。今舉黃侃先生之說，以概其餘：《文心雕龍札記・比興》曰：「原夫興之為用，觸物以起情，節取以託意；故有物同而感異者，亦有事異而情同者。」此說最能得興之精神。惜後人僅留意於「觸物以起情」，而忽略「節取以託意」，忘卻作者為創作之主體，以為作者純為被動，詩篇之創作，全因觸物而起。不知「節取以託意」亦為興之一義，且為詩人寫作詩篇之一重要方法也。

吾人以為興與賦、比，同為詩之寫作方法，賦為直抒其情，直敘其事。比為「以彼物比此物」，彼物與此物仍分離為二。興則為將客觀之事物（彼物）與主觀之情意（此物）融為一體。二者看似無關，實則情味相合，精神相通。此乃作者有意之安排，並非純由觸物而已。即使起始於觸物直感，其後亦經過作者之思考、反省，覺與所欲表現之思想、情感一致，始發為文字。此方法既能擴展作者寫作之內容，豐富其情意；又能使讀者感覺情意委婉，趣味深長。至於興之作用，或氣氛之醞釀，或主體之烘托，或事物之興起，或情意之象徵，不一而足。此乃卓越技巧之表現，絕非僅僅「觸物起情」而已。

有聲無義之說創於鄭樵，《六經奧論》曰：「凡興者，所見在此，所得在彼，不可以事類推，不可以理義求也。」朱子《詩集傳》亦曰：「興者，先言他物，以引起所詠之詞也。」屈萬里先生更舉二首魯西歌謠以為說明。其一曰：

擀麵杖，兩頭尖。俺娘送俺泰安山。泰安山上鶯歌叫。俺想娘，誰知道？說著說著哥來叫。問爹好，問娘安；問問小侄歡不歡？

其二曰：

小草帽，戴紅纓。娘說話，不中聽；媳婦說話笑盈盈。娘病了，要吃梨；又沒有街道又沒有集，又沒有閒錢買東西。媳婦病了要吃梨，又有街道又有集，又有閒錢買東西。打著傘，踏著泥，買來了燒餅買來了梨；打掉根蒂去了皮，偷偷地放在媳婦手心裏。別叫老娘看見了，老娘看見不歡喜；別叫老天看見了，老天看見打雷劈。

先生謂：「第一首是一個出嫁的女子思念母家之作，第二首是諷刺不孝之子之作。而『揜麵杖』與『小草帽』，和歌謠的本意都毫無關係，只是『先言他物，以引起所詠之詞』。現在流傳的此類歌謠，固然比比皆是；而《詩經》一百六十篇〈國風〉之中，也大部分是類此的詩。明乎此，則知『關關雎鳩，在河之洲』，本來與『窈窕淑女，君子好逑』無關；說詩的人，一定要說雎鳩『摯而有別』、『生有定偶』，用來比附君子淑女，既非事實，也不合詩人的本意。而許多活生生的詩歌，卻被這些郢書燕說弄得奄奄待斃，真是可惜。」（見《詩經詮釋》）

先生所舉之「揜麵杖」與「小草帽」，乃鄉野歌謠，鄙夫所作，俗人所歌，行之不遠，傳之不久，實難與〈雅〉、〈頌〉相提並論。《詩》三百篇皆文學之精華，〈頌〉為貴族祭祀祖先之樂歌，〈小雅〉、〈大雅〉，或寫宴饗祭祀，或記田獵征伐，或頌揚功德，或發抒不平，要皆與朝廷政事有關，為貴族所作，而非出於村夫之手。即十五〈國風〉一般人所謂民歌者，亦十九皆寫貴族之事，出自士大夫之手，似民歌者十一而已。朱東潤〈國風出於民間論質疑〉一文，對〈國風〉為民歌一說，已開懷疑之端。竊以為《詩》三百篇之作者，或為士大夫，或為國君后妃，十九為貴族，而絕少為平民。故每一詩篇，無論字句之運用，章節之安排，辭采之鋪抹，情意之抒寫，皆臻藝術之境界，而為文學之瑰寶。歷代文人才士，無不涵泳諷誦，即如晉之陶謝，唐之李杜韓柳，宋之歐蘇，亦皆奉為圭臬，況乎他人？且詩篇之中，舉凡天文、地理、政治、軍事、人倫、哲學、鳥、獸、蟲、魚、草、木，無所不包。讀之可以興、觀、群、怨。故傳至今日，雖二千餘年，而歷久彌新，豈鄙俗之鄉野歌謠所可比擬！

即以〈關雎〉之首二句「關關雎鳩，在河之洲」而言。此以雎鳩春日和鳴以求匹，象徵君子求淑女以為偶。此可於〈小雅・伐木〉、〈邶風・匏有苦葉〉二詩得到證明。〈伐木〉曰：「伐木丁丁，鳥鳴嚶嚶。」亦興也。下文曰：「嚶其鳴矣，求其友聲。相彼鳥矣，猶求友聲。矧伊人矣，不求友聲？」〈匏有苦葉〉二章曰：「有瀰濟盈，有鷕雉鳴。」下文曰：「濟盈不濡軌，雉鳴求其牡。」末章曰：「人涉卬否，卬須我友。」鳥鳴求友，雉鳴求牡，皆象徵人之求伴侶，則雎鳩鳴意可知矣，其所象徵者亦可知矣。豈能謂與「窈窕淑女，君子好逑」無關？《毛傳》謂雎鳩「鷙而有別」，《集傳》謂「生有定偶」，皆未得詩人之意，確為事實；然若據此謂此二句與「窈窕淑女，君子好逑」無關，又豈得詩人之意哉？

再以〈桃夭〉為例，首章「桃之夭夭，灼灼其華。」二章「有蕡其實」，三章「其葉蓁蓁」，皆為興體。既表示時屆春日，女子于歸之得時；又以華、葉之盛，果實之大，象徵女子于歸後生活必將美滿，即下文「宜室宜家」是也。若謂此二句之作用，僅在引起所詠之詞，則吾人試以「秋風蕭蕭，簌簌其華」二語易之，用韻不變，下文尚能接「之子于歸，宜其室家」乎？由此觀之，興之作用，所謂僅「引起所詠之詞」，所謂「有聲無義，特發端起興也」（徐渭〈奉師季先生書〉）皆不足取。觸物感發之說，雖未盡得其旨，然較之有聲無義之說，其高出不知幾許矣！

九、四　始

四始，指《詩經》中之四篇詩而言，為〈國風〉、〈小雅〉、〈大雅〉、〈頌〉四部分之開始之詩篇。

《毛詩》之說，見於〈詩序〉：「〈關雎〉后妃之德也，〈風〉之始也……風，風也，教也。風以動之，教以化之……雅者，正也，言王政之所由興廢也。政有小大，故有〈小雅〉焉，有〈大雅〉焉。頌者，美盛德之形容，以其成功告於神明者也。是謂『四始』，詩之至也。」〈詩序〉除謂〈關雎〉為〈風〉之始，〈雅〉、〈頌〉皆未指明，義頗含混。

《齊詩》之說，見於《詩緯・汎歷樞》：「〈大明〉在亥，水始也；〈四牡〉在寅，木始也；〈嘉魚〉在巳，火始也；〈鴻雁〉在申，金始也。」此說雜入陰陽五行，頗為怪異，後人多不採納。

《魯詩》之說，見於《史記・孔子世家》：「〈關雎〉之亂，以為〈風〉始，〈鹿鳴〉為〈小雅〉始，〈文王〉

為〈大雅〉始，〈清廟〉為〈頌〉始。」語平實而明晰，後人多用之。

《韓詩》之說，見於《韓詩外傳》：「子夏問曰：『〈關雎〉何以為〈國風〉始也？』孔子曰：『至矣乎！……天地之間，生民之屬，王道之原，不外此矣。』」其說似近於《魯詩》。

綜觀四家之說，知四始無若何深義，僅為〈風〉、〈雅〉、〈頌〉之首篇而已。

十、正變

詩有正變，其說出於〈詩序〉，其文曰：「至於王道衰，禮樂廢，政教失，國異政，家殊俗，而變風變雅作矣。」然而王道、禮樂何時衰廢，變風變雅何時而作，〈詩序〉並未明言。鄭玄〈詩譜序〉曰：「文武之德，光熙前緒，以集大命於厥身，遂為天下父母，使民有政有居。其時《詩》〈風〉有〈周南〉、〈召南〉，〈雅〉有〈鹿鳴〉、〈文王〉之屬。及成王、周公致太平，制禮作樂，而有〈頌〉聲興焉，盛之至也。本之由此〈風〉、〈雅〉而來，故皆錄之，謂之《詩》之正經。後王稍更陵遲，懿王始受譖，亨齊哀公，夷身失禮之後，邶不尊賢。自是而下，厲也、幽也，政教尤衰……故孔子錄懿王、夷王時詩；訖於陳靈公淫亂之事，謂之變風變雅。」依鄭氏之說，〈風〉、〈雅〉正變之分為：

正風：自〈周南〉至〈召南〉共二十五篇

變風：自〈邶風〉至〈豳風〉共一百三十五篇

正雅：正小雅：自〈鹿鳴〉至〈菁菁者莪〉共二十二篇

正大雅：自〈文王〉至〈卷阿〉共十八篇

變雅：變小雅：自〈六月〉至〈何草不黃〉共五十八篇

變大雅：自〈民勞〉至〈召旻〉共十三篇

此外朱熹以樂之應用不同分，顧炎武以入樂與否分，惠周惕以美刺分，然而後人多不用，而用鄭氏之說。〈頌〉本無正變之說，宋王柏謂〈頌〉亦有正變。以〈周頌〉為正，以〈商頌〉、〈魯頌〉為變。唯其說未行耳。

詩之正變之說，既無意義，亦無任何準則。即以鄭氏之說而言，二南中之〈汝墳〉、〈何彼襛矣〉即為東遷後詩，非文武成康時之作。而〈豳風〉七篇，詩既雅正，成詩亦早，竟列於變風。古人程元即曾質疑於文中子。可見依時代劃分，並不可靠。鄭氏之說，尚且如此，其他以入樂分，以美刺分，更無論矣。故正變之說，置之可也。深研窮究，徒耗心力耳。

十一、三家《詩》

《漢書・藝文志》曰：「漢興，魯申公為《詩》訓故，而齊轅固、燕韓生皆為之傳。或取《春秋》，采雜說，咸非其本義。與不得已，《魯詩》最為近之。三家皆列於學官。」申培公為魯人，受業於浮丘伯，浮丘伯受業於荀卿，可見申公之學，其傳有自。〈藝文志〉稱其於三家中最為近之，良有以也。文帝時，與韓嬰同為治《詩》博士。轅固生為齊人，景帝時以治《詩》為博士。韓嬰，燕人，文帝時為博士。

《魯詩》最為平實，《齊詩》多陰陽五行之說，《韓詩》與《魯詩》、《齊詩》不同，而較近於《魯詩》。三家《詩》皆今文。《齊詩》亡於魏，《魯詩》亡於晉（今傳之申培《詩說》，乃明人豐坊偽作），《韓詩》亡於唐宋之間，今僅存《韓詩外傳》十卷。三家《詩》後人皆有輯佚，而以陳喬樅《三家詩遺說考》最為完備，惟一斑而已，不足以觀其全體也。

十二、《毛　詩》

《漢書・藝文志》於敘三家《詩》之後，又曰：「又有毛公之學，自謂子夏所傳，而河間獻王好之，未得立。」〈志〉中著錄《毛詩》二十卷，《毛詩故訓傳》三十卷，即今日所見之本。〈儒林傳〉曰：「毛公，趙人也。治《詩》，為河間獻王博士，授同國貫長卿，長卿授解延年，延年為阿武令，授徐敖，敖授九江陳俠，為王莽講學大夫，由是言《毛詩》者本之徐敖。」〈關雎〉《正義》引鄭氏《詩譜》云：「魯人大毛公為《詁訓傳》於其家，河間獻王得而獻之，以小毛公為博士。」陸機《毛詩草木鳥獸蟲魚疏》曰：「毛亨作《詁訓傳》，以授趙國毛萇。時人謂亨為大毛公，萇為小毛公。」由此可知，大毛公為毛亨，小毛公為毛萇，作《詁訓傳》者為大毛公，傳之者則為小毛公。《後漢書・儒林傳》謂：「趙人毛萇傳《詩》，是為《毛詩》。」此「傳《詩》」即傳毛亨之《詩》，非謂為《詩》作傳也。

十三、〈詩　序〉

〈詩序〉問題有二：一為〈大序〉、〈小序〉問題，一為作者問題。先說前者。

陸德明《關雎・序》《釋文》曰：「舊說云：說此（〈關雎〉，后妃之德也）至『用之邦國焉』，名〈關雎・序〉，謂之〈小序〉。自『風，風也』訖末，名為〈大序〉。」陸氏自身並未從舊說，而謂：「此序止是〈關雎〉之序，總論《詩》之綱領，無大小之異。」朱熹《詩序辨說》以自「詩者，志之所之也」至「詩之至也」為〈大序〉，其餘首尾為〈關雎〉之〈小序〉。程大昌《考古編》曰：「凡《詩》發序兩語，如〈關雎〉后妃之德也，世人謂之〈小序〉者，古序也。兩語以外，續而申之，世謂之〈大序〉者，衛宏語也。」鄭樵又以為發端命題之語為〈大序〉，其下為〈小序〉。成伯璵《毛詩指說》以〈關雎〉之序為〈大序〉，其餘各篇之序為〈小序〉。

〈大序〉、〈小序〉之分既無定準，本文則從成伯璵之說，以〈關雎〉序最長，且統論全《詩》之義，名為〈大序〉，〈葛覃〉以下各篇之〈序〉分論各詩之義者為〈小序〉。方便為說耳，並無是非曲直於其間也。

至〈詩序〉之作者究為何人？其說甚多，亦甚分歧。《四庫提要》云：「以為〈大序〉子夏作，〈小序〉子夏毛公合作者，鄭玄《詩譜》也。以為子夏所序《詩》者，王肅《家語》注也。以為衛宏受學謝曼卿作〈詩序〉者，《後漢書・儒林傳》也。以為子夏所創，毛公及衛宏又加潤益者，《隋書・經籍志》也。以為子夏不序《詩》者，韓愈也。以為子夏惟裁初句，以下出於毛公者，成伯璵也。以為詩人所自製者，王安石也。以〈小序〉為國史之舊文，以〈大序〉為孔子作者，程子明道也。以首句即為孔子所題者，王得臣也。以為《毛傳》初行，尚未有〈序〉，其後門人互相傳授，各記其師說者，曹粹中也。以為村野妄人所作，昌言排斥而不顧者，則倡之鄭樵、王質，和之者朱熹也。」

按《後漢書・儒林傳》曰：「衛宏，字敬仲，東海人也。少與河南鄭興俱好古學。初，九江謝曼卿善《毛詩》，乃為其訓，宏從曼卿受學，因作《毛詩》序，善得〈風〉、〈雅〉之旨，于今傳於世。」此說極為可信，其理有四：㈠《漢書・藝文志》著錄《毛詩故訓傳》三十卷，而無一言及〈序〉。㈡兩漢文章未用〈序〉文，至魏始有引之者。㈢《傳》意與〈序〉意往往有出入，如〈秦風・無衣〉、〈豳風・狼跋〉等篇是。若〈序〉與《傳》皆出自毛公之手，則必無此現象。㈣范曄所記極為詳盡，且為正史，必信而可徵。至謂孔子、子夏所作，觀乎〈周頌・潛〉，〈序〉用〈月令〉「季冬獻魚，春獻鮪」之文，則其說不攻自破矣。

〈詩序〉所言詩旨，往往與詩義難合。如首篇〈關雎〉明明詠君子求淑女以成室家之詩，而〈序〉竟曰：「后妃之德也。」〈召南・小星〉明明寫征人苦於宵征，嘆勞逸不均之詩，而〈序〉竟謂：「夫人無妒忌之行，惠及賤妾。」其他造作附會者，不可勝數。〈詩序〉本應為了解詩義之橋梁，今乃反成阻礙，無怪乎自宋而後，疑之者日眾，而信之者日少也。

國風

古天子曰天下，諸侯曰國（邦），大夫曰家，此人之所盡知者。故國者，諸侯之封地也。天子之詩入於〈雅〉，大夫雖有采邑，以其為諸侯之附庸，其詩則并於所附之諸侯，惟諸侯之詩列於〈國風〉。以是知「衛」、「鄭」、「齊」、「魏」、「唐」、「秦」、「陳」、「檜」、「曹」、「豳」，皆諸侯封地之名，亦即國名也。「周南」、「召南」，周為周公之封地，召為召公之封地，皆國名也。南，即南方之國。故「周南」，乃指周公封地勢力所及之南國；「召南」，乃指召公封地勢力所及之南國。南國地廣而國眾，必繫之於周、召，方得列於〈國風〉，此猶隨周公東征之士所為之詩，必繫之於〈豳〉也。「邶」、「鄘」雖小，且早為「衛」所并；然以其為古諸侯之國，武王又以之授予三監，是以仍得列於〈國風〉。「王」非諸侯，惟東遷之後，其地位與諸侯無異，故其詩不入於〈雅〉，而列於〈風〉也。

「風」者，顧頡剛以為即詩之聲調（見〈論詩經所錄全為樂歌〉），其說是也。〈大雅．崧高〉曰：「其詩孔碩，其風肆好。」詩與風對舉，詩主於其文字，風則指其音聲，故《集傳》曰：「風，聲也。」季札觀周樂曰：「泱泱大風。」大風，即「大聲不入於里耳」之大聲。曰：「五聲和，八風平。」王引之《經義述聞》曰：「八風即謂之八音；謂八音克諧也。」風本天籟，故用以表人為之音聲。昔人以「風」為「風化」、「風刺」、「風動」、「風俗」、「風土之音」者，皆未得其本義。

故〈國風〉者，各諸侯之國之音樂、曲調也，十五〈國風〉，即十五國之音樂、曲調，非指十五國之詩文而言。「國風」之名，始見於《荀子》，蓋起於戰國之末，已用之二千餘年，故仍存之。（上海博物館藏《戰國楚竹書・孔子詩論》稱「邦風」）至於十五〈國風〉之次第，則仍從《毛詩》之舊，以秦漢以來相傳如此也。

周南

鄭玄《詩譜》曰：「周召者，〈禹貢〉雍州岐山之陽地名，今屬右扶風美陽縣。周之先公曰大王者，避狄難，自豳始遷焉。商王帝乙之初，命其子王季為西伯，至紂，又命文王典治南國江漢汝旁之諸侯，於時三分天下有其二，以服事殷。文王受命，作邑於豐，乃分岐邦周召之地，為周公旦、召公奭之采地……周公封魯，死謚曰文公；召公封燕，死謚曰康公。元子世之，其次子亦世守采地，在王官，春秋時周公、召公是也。」按《公羊傳》隱公五年曰：「自陝而東者周公處之，自陝而西者召公處之。」鄭氏之說，確然有據。十五〈國風〉，自〈邶〉至〈豳〉，皆為諸侯封地之名，則知「周」與「召」，亦必是諸侯封地之名無疑。既是封地之名，推其原始，周必是周公旦，召必是召公奭，以其為始封之君也。南，南方之國也。〈小雅・四月〉：「滔滔江漢，南國之紀。」〈大雅・崧高〉：「于邑于謝，南國是式。」「王命申伯，式是南邦。」〈常武〉：「王命卿士……惠此南國……省此徐土。」謝、徐，皆南方之國也。故「周南」者，周公封地勢力所及之南國也；「召南」者，召公封地勢力所及之南國也。傅斯年先生以為「周南」乃王朝所直轄南方之國，「召南」乃召穆公虎所治之南國（見《詩經講義稿・周頌說》）。召虎為召公奭之後，其說自是不誤。「王朝」乃周政府，其所直轄區域採得之詩，自應入於〈雅〉，而不應列於〈國風〉，以其名實不符也。或謂周、召為官名，不知「公」、「侯」之上，所冠者必為封地之名，無官名者。南，亦南方之樂也。〈小雅・鼓鐘〉：「以雅以南，以籥不僭。」又文幸福以南為樂器，即鐃也（見《詩經周南召南發微》）。然《詩經》標「周南」、「召南」之名，仍以方域之義為主，樂歌則其餘義。此可由其他十三〈國風〉推知，不必廣徵博引也。

〈周南〉有〈漢廣〉、〈汝墳〉之篇，〈關雎〉曰：「在河之洲。」〈漢廣〉曰：「江之永矣。」《史記・太史公自序》曰：「太史公滯留周南。」《集解》引摯虞曰：「古之周南，今之洛陽。」是「周南」之域，北極黃河，南及江漢；其十一篇詩，即此域中之作品。又〈汝墳〉曰：「王室如燬。」蓋指西周末年驪山之事。則〈周南〉十一篇詩作成之時代，最晚已至西周末年，甚至東周之初。舊謂皆殷末周初之詩，恐非是。

一、關雎

關關❶雎鳩❷，在河❸之洲❹。窈窕❺淑❻女，君子❼好逑❽。

參差❾荇菜❿，左右流⓫之。窈窕淑女，寤寐⓬求之。

求之不得，寤寐思服⓭。悠哉悠哉⓮，輾轉反側⓯。

參差荇菜，左右采⓰之。窈窕淑女，琴瑟友⓱之。

參差荇菜，左右芼⓲之。窈窕淑女，鐘鼓樂⓳之。

【注釋】

❶關關，《爾雅・釋詁》：「關關，音聲和也。」《傳》：「和聲也。」與喧喧同，見《玉篇》。❷雎，音居，ㄐㄩ。雎鳩，《爾雅・釋鳥》：「雎鳩，王鴡。」郭注：「鵰類，今江東呼之為鶚，好在江渚山邊食魚。」邵晉涵《爾雅正義》：「後世呼之為魚鷹。」❸河，黃河。《詩經》中凡單言河者，皆指黃河而言。❹洲，《爾雅・釋水》：「水中可居者曰洲。」《傳》同。《說文》引詩作州，徐鉉曰：「今別作洲，非是。」❺窈窕，音咬挑，ㄧㄠˇ ㄊㄧㄠˇ。《方言》：「美心為窈，美狀為窕。」合指容貌美好。❻淑，《爾雅・釋詁》：「淑，善也。」《傳》同。指品德而言。❼君子，屈萬里《詩經詮釋》：「《詩經》中之君子，多指有官爵者言（婦人稱其夫亦用之），與後世專指品德高尚之人言者，異。」按其說是也，唯婦人稱其夫為君子，其夫亦為有官爵者，此於《詩》文中可以

索知。❽逑，《傳》：「匹也。」好逑，猶言嘉偶。❾參差，音參疵，ㄘㄣ ㄘ。《集傳》：「長短不齊之貌。」❿荇，音杏，ㄒㄧㄥˋ。《傳》：「接余也。」按《爾雅》、《說文》皆作莕。水生植物。可食，故曰菜。⓫流，《爾雅・釋言》：「流，求也。」《傳》同。高本漢《詩經注釋》：「流，可能是留或罶的段借字。左右流之，就是向左向右去捕捉它。」按由下文「采之」、「芼之」觀之，訓求是也。《集傳》釋為「順水流而取之」，平添一義。方玉潤《詩經原始》釋為「順水而流」，則「流」下「之」字既不可解，與下文「采之」、「芼之」，義又不能一律，皆不若訓求為是。⓬寤寐，《傳》：「寤，覺。寐，寢。」即今語睡醒、睡著。馬瑞辰《毛詩傳箋通釋》曰：「猶夢寐也。」⓭思服，《傳》：「服，思之也。」「思」字無《傳》，是《傳》以思服連文，為思念之義，不煩訓解。胡承珙《毛詩後箋》：「或疑思服相連，服亦為思，於文重複。案〈康誥〉曰：『要囚服念五六日。』服念連文，不嫌複也。」馬瑞辰謂：「思服之思，乃語中語助。」雖通，然細觀上下詩文，究不若訓思念為佳。⓮悠，《集傳》：「長也。」悠哉悠哉，形容思念之深長。⓯輾轉，《集傳》：「輾者轉之半，轉者輾之周。」反，覆身而臥。側，側身而臥。輾轉反側，謂不能成寐也。⓰采，即採字。⓱友，《廣雅・釋詁》：「友，親也。」孔穎達《正義》：「親之如友。」《集傳》：「親愛之意也。」⓲芼，音冒，ㄇㄠˋ。《傳》：「擇也。」《玉篇》引作覒。⓳鐘鼓樂之，王國維《觀堂集林・一冊・釋樂次》曰：「凡金奏之樂，用鐘鼓，天子、諸侯同用之。大夫、士，鼓而已。」以鐘鼓樂之，此君子之身分高貴可知。

【詩義・章旨】

此詠君子求淑女之詩。〈詩序〉曰：「〈關雎〉，后妃之德也。」又曰：「〈關雎〉，樂得淑女以配君子，愛在進賢，不淫其色。哀窈窕，思賢才，而無傷善之心焉。」驗之詩文，既與「后妃之德」無關，亦與「進賢」、「思賢才」無涉。《集傳》曰「周之文王，生有聖德，又得聖女姒氏以為之配」云云，承〈序〉之說耳。皆不可取。

此詩毛公分三章，鄭氏分五章。今注疏本〈關雎〉後記云：「〈關雎〉五章，章四句。故言三章，一章章四句，二章章八句。」陸德明《釋文》曰：「五章是鄭所分，『故言』以下，是毛公本意，後放此。」朱熹以下注家，或從毛，或從鄭，莫有定準。就內容、文字、用韻等觀之，鄭氏分五章為是，今從之。（上海博物館藏《戰國楚竹書・孔子詩論》論〈關雎〉之詩曰：「其四章則俞矣。以琴瑟之敓……」，「琴瑟」一詞今在〈關雎〉之四章，足證五章是其原貌。）

一章述淑女為君子之好逑，二章述君子求淑女之勤，三章述求之不得之苦，四章述復以琴瑟求之，卒章述以鐘鼓樂之，君子淑女終成婚姻矣。一章首二句為興，以雎鳩和鳴，象徵男女求匹，並顯示時在春日，地當黃河上游也。女是窈窕賢淑，當為君子之好逑；男是君子貴族，當為淑女之嘉偶，此所謂「門當戶對」也。三章「求之不得」四句，為全詩造成波瀾，使情節產生曲折，此正其吸引人處。四章「琴瑟友之」，末章「鐘鼓樂之」，始由險入泰，「柳暗花明」矣。詩四言「窈窕淑女」，三處之前皆有「參差荇菜」一語，而「流之」、「采之」、「芼之」，與「求之」、「友之」、「樂之」，其關係不僅協韻，其意亦桴鼓相應。足見興詩之用，非僅「引起所詠之辭」而已也。

二、葛覃

葛❶之覃❷兮，施❸于中谷❹，維❺葉萋萋❻。黃鳥❼于飛❽，集❾于灌木❿，其鳴喈喈⓫。

葛之覃兮，施于中谷，維葉莫莫⓬。是刈⓭是濩⓮，為絺為綌⓯，服⓰之無斁⓱。

言⓲告師氏⓳，言告言歸⓴。薄㉑汙㉒我私㉓，薄澣㉔我衣㉕。害㉖澣害否，歸寧㉗父母。

【注釋】

❶葛，草名，蔓生，莖細長，莖之纖維，可織葛布。❷覃，《爾雅・釋言》：「覃，延也。」《傳》同。即長也。聞一多以為覃之叚借，藤也。見《詩經新義》。❸施，音易，ㄧˋ。《傳》：「移也。」即蔓延之意。❹中谷，《正義》：「中谷，谷中倒其言者，古人之語皆然，詩文多此類也。」如中林、中河、中逵等，皆是。❺維，《古書虛字集釋》：「猶其也。」〈小雅・杕杜〉：「其葉萋萋。」❻萋萋，《傳》：「茂盛貌。」❼黃鳥，《傳》：「摶黍也。」按又名黃雀、黍雀，與倉庚之為黃鶯者異。黃鳥體小，喜食穀；黃鶯體大，喜食果。見裴普賢《詩經研讀指導》。❽于飛，猶言在飛。見胡適〈談談詩經〉。❾集，止息。見〈唐風・杕杜〉《傳》。❿灌木，《爾雅・釋木》：「灌木，叢木。」《傳》同。⓫喈，音皆，ㄐㄧㄝ。喈喈，鳥鳴聲。見《說文》。⓬莫莫，《廣雅・釋訓》：「莫莫，茂也。」《集傳》：「茂盛貌。」《傳箋通釋》：「猶言萋萋。」⓭刈，音亦，ㄧˋ。《釋文》引《韓詩》曰：「刈，取也。」即割取之意。是刈，《正義》：「於是刈取之。」⓮濩，音穫，ㄏㄨㄛˋ。《傳》：「煮之也。」是濩，《正義》：「於是濩煮之。」⓯絺，音痴，ㄔ。綌，音系，ㄒㄧˋ。《傳》：「精曰絺，粗曰綌。」即細葛布，粗葛布。⓰服，穿著。⓱斁，音亦，ㄧˋ。《傳》：「厭也。」⓲言，發語詞，下同，相當於乃字。見《古書虛字集釋》及胡適〈詩三百篇言字解〉。⓳師氏，《傳》：「師，女師也。古者女師教以婦德、婦言、婦容、婦功。」猶後世之保母。⓴歸，即下文「歸寧父母」之歸。㉑薄，《廣雅・釋詁》：「迫也。」猶口語趕快。㉒汙，《集傳》：「煩撋之以去其汙。」即洗衣搓揉之以去其汙。㉓私，《傳》：「燕服也。」即便服。㉔澣，音緩，ㄏㄨㄢˇ。《箋》：「謂濯之。」即洗濯之意。《傳箋通釋》：「《說文》：『澣，濯衣垢也。』今詩作澣者，澣之省。」㉕衣，《傳》：「公服。」《集傳》：「禮服也。」㉖害，音何，ㄏㄜˊ。《傳》：「何也。」㉗寧，《傳》：「安也。」動詞，問安也。

【詩義・章旨】

此貴婦人自詠歸寧之詩。〈詩序〉曰：「〈葛覃〉，后妃之本也。后妃在父母家，則志在於女功之事。躬儉節用、服澣濯之衣，尊敬師傅，則可以歸安父母，化天下以婦道也。」詩無一語言及后妃，而〈序〉曰「后妃之本」，不知何所據也。且采葛、刈濩、為絺綌、汙私澣衣，豈是后妃之事？《公羊傳》莊公二十七年何休曰：「諸侯夫人尊重，既嫁，非有大故不得反。惟自大夫妻，雖無事，歲一歸宗。」王先謙《詩三家義集疏》曰：「案古天子諸侯夫人皆不歸寧，《穀梁》以婦人既嫁，踰竟為非禮，《傳》凡八見。」是此詩乃言大夫或士之妻歸寧之詩，與后妃固無涉也。朱子《詩序辨惑》謂：「此詩之〈序〉，首尾皆是。」亦可謂辨而不明矣。

全詩三章，每章六句。一章寫春日谷中草盛鳥鳴之景象，二章寫采葛製作絺綌之情形，卒章寫歸寧之喜悅，末語「歸寧父母」始點出全詩之主題。一章全在寫景。二章「是刈是濩，為絺為綌」，寫其勤也。卒章「言告師氏，言告言歸」，寫其謹也。「薄汙我私，薄澣我衣」，則寫其樂也。方玉潤《原始》曰：「此賦歸寧耳，因歸寧而生澣衣，因澣衣而念絺綌，因絺綌而想葛之初生至于刈濩。」又曰：「三章三『言』字、兩『薄』字、兩『害』字，說得何等從容不迫，的是大家閨範賢媛口吻。」

三、卷耳

采采[1]卷耳[2]，不盈頃筐[3]。嗟[4]我[5]懷人[6]，寘[7]彼[8]周行[9]。

陟[10]彼崔嵬[11]，我馬虺隤[12]。我姑[13]酌彼金罍[14]，維以不永懷[15]。

陟彼高岡[16]，我馬玄黃[17]。我姑酌彼兕觥[18]，維以不永傷[19]。

陟彼砠⑳矣，我馬瘏㉑矣，我僕㉒痡㉓矣，云何㉔吁㉕矣。

【注釋】

❶采采，茂盛貌。見《傳箋通釋》。❷卷耳，《爾雅・釋草》：「卷耳，苓耳。」《傳》同。一年生草，葉形似鼠耳，叢生如盤，嫩葉可食。❸頃筐，《傳》：「畚屬，易盈之器。」即簸箕之類，後高前低，故曰頃筐。❹嗟，音皆，ㄐㄧㄝ。《正義》：「吁嗟而歎。」❺我，詩人自稱。下同。❻懷，憂也。與下章「維以不永懷」之懷義同。自《傳》以下，皆釋為思，似欠妥。懷人，憂傷之人。❼寘，《傳》：「置也。」❽彼，形容性指稱詞，猶口語那個。下同。前人多以為指頃筐，恐非是。❾周行，《集傳》：「大道。」屈萬里《詩經詮釋》：「蓋周之國道；引申其義，猶言大道也。」❿陟，音至，ㄓˋ。《傳》：「升也。」《說文》訓登，義同。⓫嵬，音韋，ㄨㄟˊ。崔嵬，《爾雅・釋山》：「石戴土謂之崔嵬。」《傳》：「崔嵬，土山之戴石者。」與《爾雅》正相反。錢大昕《潛研堂集》曰：「毛公訓詁，往往為後世所亂，如崔嵬、砠二名，亦與〈釋山〉之名違反，皆當以《爾雅》為正也。」⓬虺隤，音灰頹，ㄏㄨㄟ ㄊㄨㄟˊ。《爾雅・釋詁》作虺頹，曰：「病也。」《傳》同。《集傳》：「馬疲不能升高之病。」⓭姑，《傳》：「且也。」⓮罍，音雷，ㄌㄟˊ。《釋文》：「酒樽也。其形似壺，容一斛，刻而畫之，為雲雷之形。」《正義》：「以其名罍，取於雲雷故也。」以金屬為之，故曰金罍。⓯懷，憂也。嚴粲《詩緝》：「即上文懷人之懷。」⓰岡，《爾雅・釋山》：「岡，山脊。」《傳》同。⓱玄黃，《爾雅・釋詁》：「玄黃，病也。」《正義》：「虺隤者，病之狀；玄黃者，病之變色。二章互言之也。」⓲兕觥，音四工，ㄙˋ ㄍㄨㄥ。《傳》：「角爵。」《集傳》：「以兕角為爵也。」即以犀牛角製成之酒器。⓳傷，《廣雅・釋詁》：「傷，憂也。」⑳砠，音居，ㄐㄩ。《爾雅・釋山》：「土戴石為砠。」《傳》：「石山戴土曰砠。」當以《爾雅》為正，

參見注⓫。㉑瘏，音途，ㄊㄨˊ。《爾雅・釋詁》：「瘏，病也。」《傳》同。㉒僕，戴震《詩經補注》：「御者也。」即駕車者。㉓痡，音夫，ㄈㄨ。《爾雅・釋詁》：「痡，病也。」《傳》同。㉔云何，如何。㉕吁，音虛，ㄒㄩ。《傳》：「憂也。」段玉裁《所訂毛詩故訓傳》：「此謂吁即忬之叚借。《說文》曰：『忬，憂也。』〈何人斯〉、〈都人士〉盱同此。」按段說是也。後人或訓為病，或訓為張目遠望，皆不若訓憂為佳。

【詩義・章旨】

此行役者思家之詩。前人或以為后妃思賢，如〈詩序〉；或以為后妃思其君子，如朱熹《詩經集傳》；或以為文王思賢，如姚際恆《詩經通論》；或以為征婦思夫，如崔述《讀風偶識》，皆未得其旨。今人或知其旨矣，而又以為一章乃征人述家人思己之苦，亦嫌迂曲。觀詩中有馬有車有僕，其人必軍中之首領，而非卒徒也。

全詩四章，每章四句。一章述「寘彼周行」之征人因思家而憂，二章、三章皆述行役之苦而以酒消憂，末章述行役不已，馬僕皆病，苦更深而憂亦更深，頗有「以酒澆愁愁更愁」之概。詩中七「我」字，六「彼」字，應同一解釋，方是解《詩》正道。我者，征人自謂，亦即此詩之作者。彼者，形容性指稱詞，猶口語「那」。或謂「嗟我懷人」之我，乃征人之婦自謂，「寘彼周行」之彼，乃指「頃筐」，皆因辭立訓，不足取法。一章「懷人」乃了解此詩之鑰。二章「維以不永懷」，乃承此「懷人」而來。三章「維以不永傷」，易懷為傷，義仍不變。末章「云何吁矣」，吁字又總結前文之懷、傷。全文一線，脈絡顯明。準此以觀，詩義立見。一章「寘彼周行」，此所以懷也。二章「陟彼崔嵬，我馬虺隤。」此所以永懷也。三章「陟彼高岡，我馬玄黃。」此所以永傷也。末章「陟彼砠矣，我馬瘏矣，我僕痡矣。」此所以吁也。懷、傷、吁皆憂愁之意，而吁重於傷，傷又重於懷，層層遞進，愈後而其辭寖重，此《詩經》中習見之筆法也。

四、樛木

南❶有樛木❷，葛藟❸纍❹之。樂只❺君子，福履❻綏❼之。

南有樛木，葛藟荒❽之。樂只君子，福履將❾之。

南有樛木，葛藟縈❿之。樂只君子，福履成⓫之。

【注釋】

❶南，《傳》：「南土。」猶今言南方、南邊。❷樛，音糾，ㄐㄧㄡ。《傳》：「木下曲曰樛。」按《爾雅・釋木》：「下句曰朻。」樛與朻聲義相通。樛木，枝條下曲之木。❸藟，音壘，ㄌㄟˇ。《正義》：「藟與葛異，亦葛之類也。」按藟可為索，不可為布。❹纍，音雷，ㄌㄟˊ。《釋文》：「纏繞也。」❺只，《詩緝》：「語助詞也。樂只君子，蓋曰樂哉君子。」❻履，《爾雅・釋言》：「祿也。」《傳》同。❼綏，《傳》：「安也。」❽荒，《爾雅・釋言》：「荒，奄也。」《傳》同。即掩蓋、覆蓋之意。❾將，《箋》：「猶扶助也。」❿縈，《詩緝》：「錢氏曰：遶也。」即縈繞之意。⓫成，《傳》：「就也。」

【詩義・章旨】

此祝君子多福祿之詩。〈詩序〉謂后妃逮下，《集傳》謂眾妾之頌后妃，皆不可取。王靜芝先生《詩經通釋》謂婦人祝福丈夫，亦未盡合。〈大雅〉、〈小雅〉中祝福君子之詩多矣，如〈瞻彼洛矣〉、〈鴛鴦〉、〈采菽〉、〈旱麓〉、〈鳧鷖〉皆是，豈皆婦人所作邪？

全詩三章，每章四句，形式複疊。皆以樛木象徵君子，葛藟象徵福祿，以祝福君子。不用喬木，而用樛木，取其蔭下也。一章言綏之，二章言將之，三章言成之，有先後淺深之序。胡承珙《毛詩後箋》曰：「按之詩義，亦自有淺深次第，葛藟始生蔓延，漸長蒙密，愈久則更盤結，此纍之、荒之、縈之相次之序也。君子之福祿始而安吉，繼而成大（用《傳》義），終而成就，此綏之、將之、成之相次之序也。」

五、螽斯

螽斯❶羽，詵詵❷兮。宜爾❸子孫，振振❹兮。

螽斯羽，薨薨兮。宜爾子孫，繩繩❺兮。

螽斯羽，揖揖❻兮。宜爾子孫，蟄蟄❼兮。

【注釋】

❶螽，音終，ㄓㄨㄥ。螽斯，《釋文》：「郭璞注《方言》曰：『江東呼為蚣蝑。』」《集傳》：「蝗屬，長而青，長角長股，能以股相切作聲。」姚際恆《詩經通論》：「螽斯之斯，語辭；猶鹿斯、鸒斯也。〈豳風〉斯螽動股，則又以斯居上，猶斯干、斯稗也。不可以螽斯二字為名。」❷詵，音身，ㄕㄣ。詵詵，《傳》：「眾多也。」《傳箋通釋》：「詵詵、薨薨、揖揖，皆形容羽聲之盛多。」❸爾，《集傳》：「指螽斯也。」姚氏《詩經通論》曰：「爾指人，《集傳》必以為指螽斯，亦不知何意。」按姚氏之說是也。《詩經》中凡「宜」字下之稱代詞，皆指人，不指物，如「宜其室家」、「宜其家人」、「宜爾室家」、「宜其遐福」等，皆是。❹振，音真，ㄓㄣ。振振，《集傳》：「盛貌。」❺繩繩，《集傳》：「不絕貌。」《詩緝》：「如繩之牽連不絕。」❻揖，音緝，ㄑㄧˋ。揖揖，

見注❷。❼蟄，音直，ㄓˊ。蟄蟄，《傳》：「和集也。」

【詩義・章旨】

此祝人子孫眾多之詩。〈詩序〉曰：「〈螽斯〉，后妃子孫眾多也。言若螽斯不妬忌，則子孫眾多也。」不言公侯，而言后妃子孫眾多，殊為費解。「螽斯不妬忌」，更非所聞。唯云「子孫眾多」，則合於詩義。《集傳》因之，亦無可取。《詩經詮釋》曰：「此祝子孫盛多之詩。」是矣。

全詩三章，每章四句，形式複疊。每章首二句為比。取螽斯為喻者，以其多子也。蘇氏《詩集傳》曰：「螽斯一生八十一子。」朱熹《集傳》曰：「一生九十九子。」姚氏《詩經通論》曰：「今俗謂蝗，一生百子。」數雖有異，而多子則同。詵詵、薨薨、揖揖，皆狀羽聲盛多之辭。《詩記》引王（安石）氏曰：「詵詵，言其生之眾；薨薨，言其飛之眾；揖揖，言其聚之眾。」又引呂（大臨）氏曰：「螽斯始化，其羽詵詵然，比次而起；已化則齊飛，薨薨然有聲；既飛復斂羽，揖揖然而聚。歷言眾多之狀，其變如此也。」振振、繩繩、蟄蟄，亦皆狀眾多之辭。振振，眾多而信厚也；繩繩，眾多而不絕也；蟄蟄，眾多而和集也。含義既豐而敘述亦有次。

六、桃夭

桃之夭夭❶，灼灼❷其華❸。之子❹于歸❺，宜其室家❻。

桃之夭夭，有蕡❼其實。之子于歸，宜其家室❽。

桃之夭夭，其葉蓁蓁❾。之子于歸，宜其家人❿。

【注　釋】

❶夭夭，《集傳》：「少好之貌。」《說文》引詩作枖枖，云：「木少盛貌。」❷灼，音酌，ㄓㄨㄛˊ。灼灼，《詩緝》：「曹氏曰：灼灼，鮮明貌。」❸華，古花字。❹之子，《爾雅・釋訓》：「之子，是子也。」即此女也。❺歸，《集傳》：「婦人謂嫁曰歸。」❻室家，《正義》：「《桓十八年・左傳》曰：『女有家，男有室。』室家，謂夫婦也。」《集傳》：「室謂夫婦所居，家謂一門之內。」按《集傳》之說較是。宜其室家，謂室家皆得其宜。❼蕡，音墳，ㄈㄣˊ。《詩緝》：「大也。」有蕡，陳奐《詩毛氏傳疏》：「蕡然，大也。」《詩經詮釋》：「《詩》中凡以有字冠於形容詞或副詞之上者，等於加然字於形容詞或副詞之下，故有蕡，猶蕡然也。」❽家室，《傳》：「猶室家也。」顛倒以協韻。❾蓁，音珍，ㄓㄣ。蓁蓁，《傳》：「至盛貌。」❿家人，《箋》：「猶室家也。」

【詩義・章旨】

此賀人嫁女之詩。〈詩序〉曰：「〈桃夭〉，后妃之所致也。不妬忌，則男女以正，婚姻以時，國無鰥民也。」《詩序辨說》謂其首句非是。《集傳》除易首句為「文王之化，自家而國」外，餘皆從之。實則〈序〉在中其政教，非說詩義也。《易林・師之坤》曰：「春桃生華，季女宜家，受福且多，男為邦君。」男是否為邦君，不可得知。然詩曰：「宜其家人。」既曰家，則男或為大夫也。

全詩三章，每章四句，形式複疊。一章寫當春之時，桃樹少好，桃花灼灼，以襯托女子之豔麗，于歸之得時，宜其宜室宜家也。二章、三章義同首章，唯易花為實為葉以起興而已。《詩記》曰：「〈桃夭〉既詠其華，又詠其實，又詠其葉，非有他義，蓋餘興未已而反覆歎詠之耳。」《詩經原始》曰：「以如花勝玉之子而宜室宜家，可謂德色雙美，豔稱一時。雖不知其所詠何人，然亦非公侯世族，賢淑名媛不足以當。」

七、兔罝

肅肅❶兔罝❷，椓❸之丁丁❹。赳赳❺武夫，公侯干城❻。

肅肅兔罝，施❼于中逵❽。赳赳武夫，公侯好仇❾。

肅肅兔罝，施于中林❿。赳赳武夫，公侯腹心⓫。

【注釋】

❶肅肅，聞一多《詩經新義》：「肅肅，即縮縮、數數，網目細密之貌也。」❷罝，音居，ㄐㄩ。《釋文》：「網也。」兔罝，《傳》：「兔罟。」即捕兔之網。❸椓，音琢，ㄓㄨㄛˊ。《說文》：「椓，擊也。」❹丁，音爭，ㄓㄥ。丁丁，《傳》：「椓杙聲。」杙所以施網，椓之使牢固。❺赳，音糾，ㄐㄧㄡ。赳赳，《爾雅・釋訓》：「赳赳，武也。」《傳》：「武貌。」❻干，《集傳》：「盾也。」干城，《箋》：「干也，城也，皆所以禦難也。」引申有護衛之意。❼施，《釋文》：「施，如字。」置也，布也。❽逵，音魁，ㄎㄨㄟˊ。《爾雅・釋宮》：「九達謂之逵。」《傳》同。屈萬里疑九達之道，非施兔罝之所，以逵為高處（見《詩經詮釋》）。王靜芝以此九達之道，指兔行之道，非人行之道（見《詩經通釋》）。不知世本無九達之道，道能九達，必為郊野無疑，下章「施于中林」可為參證。故陳奐《毛詩傳疏》曰：「逵謂野涂也。」是矣。中逵，逵中也。❾仇，《爾雅・釋詁》：「仇，匹也。」《集傳》：「仇與逑同。」好仇，《詩經詮釋》：「猶言良伴。」❿中林，《傳》：「林中。」《傳箋通釋》：「《爾雅》：牧外謂之野，野外謂之林。中林，猶云中野，與上章中逵為一類。」按馬氏之說固佳，然解為林木，義亦順暢。⓫腹心，《集傳》：「同心同德之謂。」

【詩義・章旨】

此頌美武士之詩，由公侯二字，可知此武士必非平民。〈詩序〉曰：「〈兔罝〉，后妃之化也。〈關雎〉之化行，則莫不好德，賢人眾多也。」此乃由詩推知而得，在詩義之外，非詩之本義也。《墨子・尚賢上》曰：「文王舉閎夭、泰顛於罝罔之中，授之政，西土服。」何楷《古義》曰：「詩以武夫言，墨子之言似若可信。」姚際恆亦以為墨子之說近是。然閎夭、泰顛豈赳赳武夫耶？《集傳》曰：「化行俗美，賢才眾多，雖兔罝之野人，而其才之可用猶如此。」此乃「虛衍附會，毫無徵實」（《詩經原始》）。陳子展《詩經直解》曰：「〈兔罝〉民謠，獵兔者之歌。勞者歌其事，當為獵兔武士自贊，否則為民間歌手刺詩。」明明贊美之文，而曰「刺詩」，成見之害人也深矣。至於謂獵兔者之自贊，獵兔採樵者亦能作此美詩，令人懷疑。

全詩三章，每章四句，形式複疊，皆盛讚武士之辭。一章曰干城，謂可膺重寄。二章曰好仇，謂可為良伴。三章曰腹心，直與之為一體矣。《詩記》曰：「曰干城、曰好仇、曰腹心，其辭浸重，亦嘆美無已之意爾。」《詩緝》曰：「可為公侯之干與城，言勇而忠也；可為公侯之善匹，言勇而良也；可為公侯之腹心，謂機密之事，可與之謀，言勇而智也。」

八、芣苢

采采❶芣苢❷，薄言❸采之；采采芣苢，薄言有❹之。

采采芣苢，薄言掇❺之；采采芣苢，薄言捋❻之。

采采芣苢，薄言袺❼之；采采芣苢，薄言襭❽之。

【注釋】

❶采采，見〈卷耳〉注❶。❷芣苢，音浮以，ㄈㄡˊ ㄧˇ，一作芣苡。《爾雅‧釋草》：「芣苢，馬舄，馮舄，車前。」《傳》同。《說文》：「芣苢，一名馬舄，其實如李，令人宜子。」又名當道、牛舌、牛遺、勝舄、蝦蟆衣，可治婦人不孕之症。❸薄言，迫而（見聞一多《匡齋尺牘》）。猶口語趕快的。❹有，《廣雅‧釋詁》：「有，取也。」王念孫《疏證》：「詩之用詞，不嫌於複。有，亦取也。首章泛言取之，次則言其取之之事。」按即〈大雅‧瞻卬〉「人有土田，女反有之」之有。❺掇，音奪，ㄉㄨㄛˊ。《傳》：「拾也。」戴震《詩經補注》：「穗折之也。」❻捋，音勒，ㄌㄜˋ。《傳》：「取也。」《詩經補注》：「一手持其穗，一手捋取之也。」❼袺，音結，ㄐㄧㄝˊ。《爾雅‧釋器》：「執衽謂之袺。」《傳》同。《集傳》：「以衣貯之而執其衽也。」❽襭，音協，ㄒㄧㄝˊ。《爾雅‧釋器》：「扱衽謂之襭。」《傳》同。《集傳》：「以衣貯之而扱其衽於帶間也。」

【詩義‧章旨】

此詠婦人采芣苢之詩。〈詩序〉曰：「〈芣苢〉，后妃之美也。和平則婦人樂有子矣。」采芣苢在求生子，與「后妃之美」何關？〈序〉說未免牽強。《集傳》曰：「化行俗美，家室和平，婦人無事，相與采此芣苢而賦其事以相樂也。」此依〈詩序〉虛衍為說，亦無可取。方玉潤《詩經原始》曰：「讀者試平心靜氣，涵泳此詩，恍聽田家婦女，三三五五，於平原繡野風和日麗中，群歌互答，餘音裊裊，若遠若近，忽斷忽續，不知其情之何以移，而神之何以曠。今世南方婦女登山採茶，結伴謳歌，猶有此遺風云。」其辭甚美，然皆想像耳，非事實也。夫採茶、採菱、插秧、割稻，皆有其歌，未聞採藥有歌，尤未聞採芣苢而有歌也。芣苢乃治不孕之藥，婦女不孕，皆羞於啟齒，豈有採芣苢而歌之之理？詩中六出「薄言」二字，此二字乃全詩之精神所繫，昔人不識其意，解為語詞，以故詩之精神隱沒而不彰。薄言者，迫而也（業師高鴻縉先生說），猶今之口語「急忙地」或「趕快地」。婦人採此芣苢，恐人見之，遺人恥笑，故急採之，速藏之，詩六言「薄言」者，其意在此。試一讀末章「薄言袺之」、「薄言襭之」，則知其意矣。否則，何不以筐筥盛之，亦如采桑、蘩、蘋、藻然，而必藏之於襟，且扱之於腰帶間耶？古代婦女第一功能即在生育，男士結婚第一目的即在綿延香火。此詩詠婦女急採芣苢，正寫其求子心切，亦間接顯示當時社會對綿延種族之重視。此一現象今日尚猶如此，況乎古世！

全詩三章，每章四句，形式複疊。一章采之、有之，寫始往之情。二章掇之、捋之，寫採時之狀。三章袺之、襭之，寫所盛之處。掇、捋事殊，袺、襭用別，先後井然有次。

九、漢廣

南有喬木❶，不可休息❷。漢有游女❸，不可求思。漢之廣矣，不可泳❹思；江❺之永❻矣，不可方❼思。

翹翹❽錯❾薪，言刈其楚❿。之子于歸，言秣⓫其馬。漢之廣矣，不可泳思；江之永矣，不可方思。

翹翹錯薪，言刈其蔞⓬。之子于歸，言秣其駒⓭。漢之廣矣，不可泳思；江之永矣，不可方思。

【注釋】

❶喬，《爾雅・釋木》：「小枝上繚為喬。」又曰：「上句曰喬。」《傳》：「上竦也。」喬木，枝葉上竦之木。以其枝葉上竦，其下少蔭，故人不得就而止息也。❷休，止息。息，本或作思，語詞。《正義》曰：「《經》『求思』之文，在『游女』之下，《傳》解『喬木』之下，先言『思，辭』，然後始言『漢上』，疑《經》『休息』之字，作『休思』也。何則？《詩》之大體，韻在辭上，疑『休』、『求』字為韻，二字俱作思，但未見如此之本，不敢輒改耳。」戴震《毛鄭詩考正》曰：「休、求，泳、方，各為韻，思皆語末辭助，《韓詩外傳》引此詩作『不可休思』，凡詩中用韻之句，韻下有一字或二字為辭助者，必連之，數句並用，不得有異。惟『不可休思』，思譌作息，『歌以誶止』，止譌作之，遂亂其例。」❸漢，漢水也。《集傳》：「漢水出興元府嶓冢山，至漢陽軍大別山入江。」游女，《集傳》：「出游之女。」又曰：「江漢之俗，其女好游，漢魏以後猶然，如大堤之曲可見也。」《韓詩》以為漢水之神，以下文「之子于歸」一語觀之，恐非是。❹泳，《爾雅・釋水》：「潛行為泳。」《傳》同。❺江，即長江也。《箋》曰：「漢也，江也。」是江、漢為二名。李黻平《毛詩紬義》以江即漢，恐非是。❻永，《爾雅・釋詁》：「永，長也。」《傳》同。❼方，《傳》：「泭也。」《釋文》：「郭璞云：『水中簰筏也，木曰簰，竹曰筏，小筏曰泭。』」此處為動詞，謂編竹木以渡也。❽翹，音喬，ㄑㄧㄠˊ。翹翹，《正義》：「薪貌。」《集傳》：「秀起之貌。」❾錯，《傳》：「雜也。」❿楚，《說文》：「叢木，一名荊也。」⓫秣，音莫，ㄇㄛˋ。《傳》：「養也。」《集傳》：「飼也。」秣為飼馬穀（見《說文》），此處作動詞，謂以秣飼養也。馬，《傳》：「六尺以上曰馬。」言秣其馬，歐陽脩《詩本義》曰：「此悅慕之辭，猶古人言『雖為執鞭，猶忻慕焉』者是也。」⓬蔞，音閭，ㄌㄩˊ。《傳箋通釋》：「蔞，當即蘆之叚借。」⓭駒，《傳》：「五尺以上曰駒。」《集傳》：「馬之小者。」

【詩義・章旨】

此欣慕游女而不能得者所作。〈詩序〉曰：「〈漢廣〉，德廣所及也。文王之道，被于南國，美化行乎江漢之域，無思犯禮，求而不可得也。」《集傳》以下多從其說。詩僅為一男子寫其慕游女不能得而已，「無思犯禮」，容或有之，「文王之化，德廣所及」云云，則未之或見也。方玉潤曰：「此詩即為刈楚刈蔞而作，所謂樵唱是也。」此說恐失其實。今晉陝邊區，樵唱、民歌尚存，歌詞皆鄙俗不堪，方之此詩，猶礫石之與珠玉。方氏或以詩有刈楚、刈蔞，乃為此言。不知刈楚、刈蔞乃為之秣馬、秣駒也。女有馬有車，乃是貴族身分，此正所以「不可求思」也。為之秣馬、秣駒，示悅慕之深而已，所謂「愛到盡處無怨尤」是也。

全詩三章，每章八句，二三章複疊。皆寫男子見出游之女，悅其美色而不可得，然願為之刈楚刈蔞，秣馬秣駒，可謂發情止性矣。三章疊詠漢廣江永四句，而與每章前四句義亦相貫，作法頗為奇特。三疊三唱，既收迴盪之效，又使人有烟水茫茫，不可泳方，無力可施之感。

一〇、汝墳

遵❶彼汝墳❷，伐其條枚❸。未見君子，惄❹如調❺飢。

遵彼汝墳，伐其條肄❻。既見君子，不我遐棄❼。

魴魚❽赬❾尾，王室❿如燬⓫。雖則如燬，父母孔⓬邇⓭。

【注釋】

❶遵，《爾雅・釋詁》：「遵，循也。」《傳》同。❷汝，水名，在今河南省。墳，《爾雅・釋丘》：「墳，大防。」《傳》同。汝墳，汝水之堤防。❸條，木名，即〈秦風・終南〉「有條有梅」之條，山楸也。枚，小枝也。條枚，條樹之枝。見王引之《經義述聞》及馬瑞辰《傳箋通釋》。《傳》謂「枝曰條，榦曰枚」，謂伐其枝幹，語不可通。❹惄，音溺，ㄋㄧˋ。《傳》從〈釋言〉訓飢意，似未妥。《說文》：「惄，飢餓也。一曰𢝊也，《詩》曰：『惄如朝飢。』」許氏於「一曰憂也」下引詩為釋，是訓惄為憂明矣。考《詩經》中凡言「未見君子」，其下句多言憂心如何，此詩當亦如之，故《說文》訓憂是也。若如《傳》意訓飢，謂飢如朝飢，則不成辭矣。《箋》訓為思，於憂意為近，然究不若訓憂為切。❺調，音周，ㄓㄡ。《傳》：「朝也。」馬瑞辰謂即朝之假借。❻肄，《傳》：「斬而復生曰肄。」❼遐，自《傳》而後，遐皆訓遠。按《詩經》中凡「不遐」（遐或作瑕）二字冠於句首，皆表達希望之辭，猶口語不會、不至。如〈泉水〉、〈二子乘舟〉「不瑕有害」，謂不會有害；〈下武〉「不遐有佐」，謂不至有遠；〈抑〉「不遐有愆」，謂不至有過。不我遐棄，即不遐棄我之倒文，謂不至離我而去也。❽魴，音房，ㄈㄤˊ。魴魚，《說文》：「赤尾魚也。」《傳》：「魚勞則尾赤。」《集傳》：「魴魚尾本白，而今赤，則勞甚矣。」按魴魚中有一類赤鬣連尾，如蝙蝠之翼，黑質赤章，色如煙薰，俗稱「火燒鯿」（見《本草綱目》），是其尾本赤，非勞而始赤。《說文》之訓是也。❾赬，音稱，ㄔㄥ。《傳》：「赤也。」❿王室，周室。舊謂紂室，非是。崔述《讀風偶識》曰：「竊意此乃東遷後詩，王室如燬，即指驪山亂亡之事。」⓫燬，《爾雅・釋言》：「燬，火也。」《傳》同。《集傳》：「焚也。」如燬，言形勢紛亂急迫之甚。⓬孔，《爾雅・釋言》：「孔，甚也。」《傳》同。⓭邇，《爾雅・釋詁》：「邇，近也。」《傳》同。

【詩義・章旨】

《詩經詮釋》曰：「此蓋婦人喜其夫于役歸來之作。」是也。詩曰：「王室如燬。」則可知其夫（君子）身分極高。《詩緝》曰：「親伐薪，則庶人之妻也。」誤矣。〈詩序〉曰：「〈汝墳〉，道化行也。文王之化，行乎汝墳之國，婦人能閔其君子，猶勉之以正也。」《集傳》因之，然詩明言「王室如燬」，崔述謂即指驪山亂亡之事，是此詩為東周之詩，與「文王之化」有何牽涉？

全詩三章，每章四句，一二章複疊。一章寫未見君子時憂急之心，二章寫既見君子後欣悅之情，卒章寫不欲君子離去之意，然並不直說，乃託言「父母孔邇」，可謂曲折而委婉矣。一章曰伐枚，二章曰伐肄，示時逾經年也。二章既見君子，不曰欣喜，而曰不我遐棄，欣悅之情，自在其中。卒章「魴魚赬尾」，造句奧而奇。末二語最堪玩味。

一一、麟之趾

麟之趾❶，振振❷公子，于嗟❸麟兮。

麟之定❹，振振公姓❺，于嗟麟兮。

麟之角，振振公族❻，于嗟麟兮。

【注　釋】

❶趾，《爾雅・釋言》：「趾，足也。」《傳》同。❷振振，與〈周南・螽斯〉「宜爾子孫，振振兮」之振振同，

盛貌。❸于，音虛，ㄒㄩ，同吁。于嗟，《傳》：「歎辭。」《毛詩傳疏》曰：「于、吁，古今字，美歎之詞也。美歎曰嗟，傷嘆亦曰嗟，凡全《詩》歎詞有此二義。或言嗟，或言嗟嗟，或言猗嗟，或言于嗟。」❹定，《傳》：「題也。」《集傳》：「額也。」額即題也。❺公姓，《集傳》：「公孫也，姓之為言生也。」❻公族，《傳》：「公同祖也。」《經義述聞》：「公子、公姓、公族，皆謂子孫也。」

【詩義・章旨】

此頌美公侯子孫眾多而傑出如麟之詩。〈詩序〉曰：「〈麟之趾〉，〈關雎〉之應也。〈關雎〉之化行，則天下無犯非禮，雖衰世公子，皆信厚如麟趾之時也。」既曰〈關雎〉之化行，則何有衰世？「麟趾之時」尤不可通。其言迂謬已甚，姚際恆已斥其非是。《集傳》解此詩，謬誤尤多，姚際恆謂其謬誤有五，信不誣也。高亨《詩經今注》以為此詩即孔子之〈獲麟歌〉，更令人瞠目結舌。既為獲麟之歌，則「振振公子」一語，當如何解釋？

全詩三章，每章三句，形式複疊。三章皆以麟為象徵，頌美公侯之子孫。姚際恆《詩經通論》曰：「趾、子，定、姓，角、族，弟取協韻，不必有義，亦不可以趾若何喻子若何，定若何喻姓若何，角若何喻族若何也。唯是趾、定、角由下而及上，子、姓、族由近而及遠，此則詩之章法也。」三章末句遙韻，與〈騶虞〉、〈權輿〉同。

召南

〈小雅・黍苗〉曰：「肅肅謝功，召伯營之。」〈大雅・崧高〉曰：「王命召伯，定申伯之宅。登是南邦，世執其功。」〈江漢〉曰：「王命召虎。」是經營南國者，召穆公虎也。〈甘棠〉詩所美者，亦召穆公虎，皆非召公奭也。然此無礙於〈召南〉之召，指召公奭而言。蓋召公乃召之始封之君，南詩而繫之於周、召者，推本其原也；此亦猶東征之詩而繫之〈豳〉也。〈何彼穠矣〉曰：「平王之孫。」平王指平王宜臼，是知〈召南〉十四篇詩，早者成於宣王之世或更前，晚者已至東遷以後矣。舊以為周初之詩，恐非是。餘已見前〈周南〉。

一、鵲巢

維❶鵲❷有巢，維鳩❸居之。之子于歸，百兩❹御❺之。

維鵲有巢，維鳩方❻之。之子于歸，百兩將❼之。

維鵲有巢，維鳩盈❽之。之子于歸，百兩成❾之。

【注釋】

❶維，發語詞，無義。胡適以為猶口語「啊」。見〈談談詩經〉。❷鵲，《傳箋通釋》：「即乾鵲，今之喜鵲也。」❸鳩，《傳》：「鳩，鳲鳩，秸鞠也。鳲鳩不自為巢，居鵲之成巢。」按《爾雅・釋鳥》：「鳲鳩，鴶鵴。」《傳》之秸鞠，即《爾雅》之鴶鵴。郭璞注曰：「今之布穀也，江東呼為穫穀。」鳩之為布穀，佔鵲巢而居，公共電視曾有影片錄其實況，已無可置疑。前人或謂鳩即八哥，或謂鵲佔鳩巢者，皆可寢其言矣。至詩之鵲巢鳩居之

意，《箋》曰：「猶國君夫人來嫁君子之室。」姚氏《詩經通論》曰：「此詩之意，其言鵲、鳩者，以鳥之異類況人之異類也；其言巢與居者，以鳩之居鵲巢，況女之居男室也。其義止此。」❹兩，即輛。百兩，《傳》：「百乘也。」《集傳》：「一車兩輪，故謂之兩。」❺御，《箋》：「迎也。」❻方，《傳》：「有之也。」即佔有之意。《經義述聞》曰：「方，當讀為放，依也。」亦通。❼將，《傳》：「送也。」馬瑞辰釋為奉也，衛也，即〈樛木〉「福祿將之」之將，亦通。❽盈，《傳》：「滿也。」謂充實之也。諸家皆謂「言眾媵姪娣之多」，鑿矣。❾成，《集傳》：「成其禮也。」

【詩義・章旨】

此詠嫁女之詩。詩言百兩，其為貴族而絕非平民可知矣（韓侯取妻，車亦百兩。見〈韓奕〉）。〈詩序〉曰：「〈鵲巢〉，夫人之德也。國君積行累功以致爵位，夫人起家而居有之，德如鳲鳩，乃可以配焉。」除首尾之語外，其他大致不誤。《集傳》曰：「南國諸侯，被文王之化，其女子亦被后妃之化，故嫁於諸侯。」又曰：「此詩之意，猶〈周南〉之有〈關雎〉也。」謂南國之女嫁於諸侯，與詩之「百兩」甚合。唯謂被文王、后妃之化，稍牽強耳。

全詩三章，每章四句，形式複疊。每章首二句皆興體，以鵲巢鳩居，象徵女入男室，取意絕妙，後人多不得其解。三百篇中，鳩皆象徵女性，循此思之，則雖不中，亦不遠矣。馬瑞辰曰：「首章往迎，則曰御之；二章在途，則曰將之；三章既至，則曰成之，此詩之次也。」全篇僅六字不同，字少篇短，而意足情豐，先後有次，真高明筆法。

二、采蘩

于以❶采蘩❷？于沼❸于沚❹。于以用之？公侯之事❺。
于以采蘩？于澗❻之中。于以用之？公侯之宮❼。
被❽之僮僮❾，夙夜❿在公⓫。被之祁祁，薄言⓬還歸⓭。

【注釋】

❶以，何。于以，在何處。見楊樹達〈與胡適之論詩經于以書〉（《詞詮》附錄）。❷蘩，音煩，ㄈㄢˊ。《爾雅・釋草》：「蘩，皤蒿。」《傳》同。即白蒿，艾類，可食。❸沼，《傳》：「池也。」❹沚，《爾雅・釋水》：「小渚曰沚。」《傳》：「渚也。」❺事，《傳》：「祭事也。」《詩緝》：「長樂劉氏曰：尊祭禮，故直謂之事，《春秋》有事於太廟是也。」❻澗，《爾雅・釋山》：「山夾水，澗。」《傳》同。❼宮，《傳》：「廟也。」❽被，《傳》訓為首飾，《箋》訓為髲髢，皆誤。姚際恆《詩經通論》曰：「《毛傳》以被為首飾，未有所據。鄭氏注《儀禮》，誤以被錫為句，而以被錫為髲髢，甚為謬妄。」然姚氏以被為禮衣，亦誤。按被當讀為披，ㄆㄧ，即披之通叚。「被之僮僮」、「被之祁祁」，二「之」字皆指蘩草，僮僮、祁祁皆形容蘩草之眾多，二句皆謂披蘩草眾多也。據《本草》青蒿長四尺餘，蘩為白蒿，似艾，當不至過低而可披矣。〈七月〉、〈出車〉二詩皆有「采蘩祁祁」之語，而皆與「歸」有關，可為參證。❾僮，音童，ㄊㄨㄥˊ。僮僮，與下文「祁祁」，皆盛多之意。見《經義述聞》。❿夙，《傳》：「早也。」夙夜，《詩經》中常用語，早晚、日夜也。⓫公，《集傳》：「公，公所也。」《詩經詮釋》曰：「此謂宗廟也。」皆非。此公字當承上文「公侯之事」、「公侯之宮」之公。在公，猶為公也。

〈小星〉「夙夜在公」可為參證。⓬薄言，迫而。猶口語趕快的⓭還，音旋，ㄒㄩㄢˊ，還歸，返歸。

【詩義．章旨】

此寫采蘩以供祭祀，而嘆日夜為公辛勞之詩。〈詩序〉曰：「〈采蘩〉，夫人不失職也。夫人可以奉祭祀，則不失職矣。」後之說詩者悉無異辭。然以此義解末章，則佶屈難通。今稍作改易，求真求是而已，非敢立異也。

全詩三章，每章四句，一二章形式複疊。前二章皆寫采蘩之處所及其用途，卒章寫日夜為公之辛勞，而冀望早歸。前二章用一問一答式，靈活而生動，末章始寫出心中隱情，詩旨於是乎現矣。「被之僮僮」、「被之祁祁」兩被字，舊皆解作首飾，兩句皆謂首飾之眾多。如此為解，與前後文義不能貫串。試問首飾之眾多，何以夙夜在公，又何以要薄言還歸？今以「被」為披，「之」為代名詞，指蘩草（李辰冬《詩經通釋》已有此解），則全詩之意清楚，而前後文亦能一氣連貫。王靜芝先生已謂「夙夜在公」，為奉公而采蘩，「薄言還歸」為采蘩既畢而還歸，唯於兩「被之」句仍解為采蘩婦人首飾之眾多耳。

三、草蟲

喓喓❶草蟲❷，趯趯❸阜螽❹。未見君子，憂心忡忡❺；亦❻既見止❼，亦既覯❽止，我心則降❾。

陟彼南山，言采其蕨❿。未見君子，憂心惙惙⓫；亦既見止，亦既覯止，我心則說⓬。

陟彼南山，言采其薇⓭。未見君子，我心傷悲；亦既見止，亦既覯止，我心則夷⓮。

【注釋】

❶喓，音腰，一ㄠ。喓喓，《傳》：「聲也。」即草蟲鳴聲。❷草蟲，《爾雅》作草螽，云：「負蠜。」邢疏：「陸機云：『小大長短如蝗也。奇音，青色，好在茅草中。』」郝懿行《義疏》：「詩作草蟲，蓋變文以韻句，蟲、螽，古字通也。」按俗名織布娘。❸趯，音替，ㄊㄧˋ。趯趯，《傳》：「躍也。」《集傳》：「躍貌。」❹阜螽，《釋文》引李巡曰：「蝗子也。」即幼蝗尚未生翅者。❺忡，音充，ㄔㄨㄥ。忡忡，《爾雅．釋訓》：「憂也。」《傳》：「猶衝衝也。」按凡《詩》言「憂心」如何，「憂心」下之疊字，皆是狀憂之詞，如忡忡、惙惙、悄悄、殷殷、欽欽、烈烈、京京、愈愈、惸惸、慘慘、慇慇、弈弈、怲怲，雖強弱有別，要皆當訓為憂貌。❻亦，發語詞，無義，《經傳釋詞》、《古書虛字集釋》皆有說。《經詞衍釋》訓若，非是。❼止，《傳》：「辭也。」語尾助詞。❽覯，音構，ㄍㄡˋ。《傳》：「遇也。」❾降，音詳，ㄒㄧㄤˊ。《傳》：「下也。」❿蕨，音厥，ㄐㄩㄝˊ。羊齒類植物，嫩葉可食。⓫惙，音輟，ㄔㄨㄛˋ。惙惙，《爾雅．釋訓》：「惙惙，憂也。」《傳》同。⓬說，音義同悅。⓭薇，《詩緝》：「項氏曰：今之野豌豆苗也。」⓮夷，《爾雅．釋言》：「夷，悅也。」《傳》：「平也。」《傳箋通釋》曰：「心平則喜悅，義亦相成，而未若訓悅、訓喜，義尤直捷。」

【詩義．章旨】

此喜見于役君子之詩也。〈詩序〉曰：「〈草蟲〉，大夫妻能以禮自防也。」詩無「以禮自防」之意，〈序〉說不足取。歐陽脩《詩本義》謂：「召南之大夫出而行役，其妻所詠。」然觀乎〈小雅．出車〉五章曰：「喓喓草蟲，趯趯阜螽，未見君子，憂心忡忡；既見君子，我心則降。赫赫南仲，薄伐西戎。」前六句與此詩首章幾全同，而所思之君子為南仲，與丈夫無涉，作詩者亦非南仲之妻。由此可知此詩中之君子，亦未必為丈夫，是則歐公所謂「其妻所詠」，亦未必可信矣。方玉潤謂：「此蓋詩人託男女情以寫君臣念耳。夫臣子思君未可顯言，故每假思婦情以寓其忠臣愛國意，使讀者自得其意於言外。」此詩是否寫君臣之念，試一讀〈出車〉篇便知；然方氏所謂「託男女情」、「假思婦情」，則不知詩中男女情、思婦情何在也。此詩與〈出車〉篇當出於一人之手，〈出車〉主於敘事，此詩主於抒情，此其不同耳。至於兩詩之作者，則為詩中之「我」，自〈出車〉篇觀之，則為西周時宣王之將佐也。

全詩三章，每章七句，形式複疊。皆寫見君子前後憂喜之心情。草蟲、阜螽、采蕨、采薇，皆在表示時節變化，感觸思念，因之而興。草蟲喓喓、阜螽趯趯，此秋季也；采蕨采薇，此春日也。自秋至春，時已經年矣。故其未見也，憂心不已；及其既見，則歡悅而難禁。此詩每章有三節，首二句為一節，寫時物之情狀；三四句為一節，寫未見之憂；後三句為一節，寫既見之樂。寫憂則忡忡、惙惙、傷悲，一層深一層；寫樂乃則降、則說、則夷，一節緊一節。

四、采蘋

于以❶采蘋❷？南澗之濱❸；于以采藻❹？于彼行潦❺。
于以盛❻之？維筐及筥❼；于以湘❽之？維錡❾及釜。
于以奠❿之？宗室⓫牖下⓬；誰其尸⓭之？有齊⓮季女⓯。

【注　釋】

❶于以，見〈召南・采蘩〉注❶。❷蘋，《爾雅・釋草》：「苹、蓱，其大者蘋。」《傳》：「蘋，大蓱也。」

按《本草》曰：「萍有三種：大者曰蘋，中者曰荇，其小者即水上浮萍也。」❸濱，音賓，ㄅㄧㄣ。《傳》：「涯也。」即水邊。❹藻，《傳》：「聚藻也。」《正義》引陸機《疏》曰：「藻，水草也。有二種：其一種葉如雞蘇，莖大如箸，長四五尺；其一種莖大如釵股，葉如蓬蒿，謂之聚藻。」❺潦，音老，ㄌㄠˇ。路上積水。行潦，《傳》：「流潦也。」《正義》：「行者，道也。《說文》云：『潦，雨水也。』然則行潦，道路之上流行之水。」《傳箋通釋》曰：「行者，洐之省借……溝水之流曰洐，雨水之大曰潦；行與潦為二。」按行潦為一名，指路邊之溝溪。由〈采蘩〉及此詩觀之，凡二名，詩文必區而分之，如沼與沚、筐與筥、錡與釜是也。今詩文謂「于彼行潦」，而不曰「于行于潦」或「維行及潦」，則行潦為一名可知。馬氏又引《左傳》隱公三年「澗溪沼沚之毛，蘋蘩蘊藻之菜，筐筥錡釜之器，潢汙行潦之水」一段文字，證明行與潦為二，不知此段文字，乃合《詩經》文字而成，其訓釋當從《詩經》，不當以之反定詩文之義也。❻盛，音成，ㄔㄥˊ。〈甫田〉《傳》曰：「在器曰盛。」即以器受物也。❼筥，音舉，ㄐㄩˇ。《傳》：「方曰筐，圓曰筥。」皆竹器。❽湘，《傳》：「亨也。」亨即烹字。《韓詩》作鬺。《廣雅．釋言》：「鬺，飪也。」《傳箋通釋》曰：「毛公以湘為鬺之叚借，故訓為亨。」❾錡，音奇，ㄑㄧˊ。《傳》：「釜屬，有足曰錡，無足曰釜。」《釋文》：「錡，三足釜也。」❿奠，《傳》：「置也。」置蘋、藻之羹也。⓫宗室，《傳》：「大宗之廟也。大夫、士祭於宗廟，奠於牖下。」⓬牖，音友，ㄧㄡˇ，窗也。牖下，《箋》：「戶牖間之前。祭不於室中者，凡昏事於女禮，設几筵於戶外，此其義。」⓭尸，《傳》：「主也。」謂主持設羹以祭祀也。高本漢《詩經注釋》訓為陳，謂陳設祭物。說雖可通，然與上文「奠之」之意重複。⓮齊，音齋，ㄓㄞ。《釋文》：「本亦作齋。」《傳》：「敬也。」有齋，猶齋然。《韓詩》作齌，訓好。義似稍遜，蓋祭祀主於敬而不主於美也。屈萬里以《儀禮．少牢饋食禮》載薦韭菹醓醢者為主婦，而非少女，疑此齊字乃齊國之齊。不知詩文既曰季女，當是未婚之少女，若已嫁為婦，則當從夫稱，何得尚稱季女？況此詩所詠者為祭祀，祭祀主敬，故仍當從《毛傳》訓敬為是（王先謙《詩三家義集疏》有說）。⓯季，《傳》：「少也。」季女，少女也。呂東萊《呂氏家塾讀詩記》曰：「長樂劉氏曰：季女者，大夫之妻也。」後世說詩者多從之。不知諸侯、大夫之妻參與祭祀，向稱「君婦」，如〈楚茨〉「君婦莫莫」、「諸宰君婦」是也；此詩稱季女，乃未嫁之稱，其非大夫之妻明矣。

【詩義・章旨】

此詠諸侯或大夫之女將嫁，設蘋、藻以奉祭祀之詩。〈詩序〉曰：「〈采蘋〉，大夫妻能循法度也。能循法度，則可以承先祖共祭祀矣。」詩言「季女」，明是未嫁之詞。若為大夫妻，則稱婦，不得稱女，尤不得稱季女；且僅能助祭，不得主祭，如詩言「尸之」矣。《集傳》曰：「南國被文王之化，諸侯夫人能盡誠敬以奉祭祀，而其家人敘其事以美之也。」此承襲〈序〉說，唯易大夫為諸侯。至於其「被文王之化」云云，尤不足取。何楷《詩經世本古義》曰：「〈采蘋〉，美邑姜也……武王元妃邑姜教成能修此禮，詩人美之。」按《左傳》襄公二十八年：「穆叔曰：『敬，民之主也。而棄之，何以成守？濟澤之阿，行潦之蘋藻，寘諸宗室，季蘭尸之，敬也，敬可棄乎？』」何氏據此為說，以為季蘭即詩之季女，太公之女，武王元妃邑姜也。此說姚際恆氏已深予駁斥，似未可信也。王靜芝《詩經通釋》曰：「此咏將嫁女，采蘋藻以奉祭祀也。」是矣。

全詩三章，每章四句，形式複疊。一章述采蘋、藻之處。二章述盛放、烹治之器。三章述奠祭之所與主祭之人。三章皆用問答形式，六問六答，歷述祭品、祭器、祭地、祭者，循序有法。而末句「有齊季女」一出，詩義於是大顯。詩連用五「于以」發問，流暢自然。末忽改用「誰其」發問，而以「有齊季女」點明作結，放收自如。

五、甘棠

蔽芾❶甘棠❷，勿翦勿伐❸，召伯❹所茇❺。
蔽芾甘棠，勿翦勿敗❻，召伯所憩❼。
蔽芾甘棠，勿翦勿拜❽，召伯所說❾。

【注釋】

❶芾，音費，ㄈㄟˋ。《說文》：「芾，草木盛芾芾然。」蔽芾，《集傳》：「盛貌。」《詩緝》：「曹氏曰：蔽芾，陰翳茂盛也。」❷甘棠，陸機《毛詩草木鳥獸蟲魚疏》曰：「甘棠，今棠梨，一名杜梨，赤棠也。」❸翦，《集傳》：「翦，翦其枝葉也；伐，伐其條幹也。」❹召伯，召穆公虎。舊謂召公奭者，非是。《詩經》中於召穆公例稱召伯，除此詩外，又見於〈小雅・黍苗〉及〈大雅・崧高〉；或稱召虎，見〈大雅・江漢〉。而於召公奭則稱召公，見於〈大雅・江漢〉及〈召旻〉，區別甚明。召虎為召公奭裔孫，宣王時人，曾輔佐宣王，平服淮夷。❺茇，音拔，ㄅㄚˊ。《箋》：「草舍也。」《詩經詮釋》曰：「茇，草中止息也。止息樹下，猶止息草中，故曰茇。」❻敗，《集傳》：「折也。勿敗，則非特勿伐而已，愛之愈久而愈深也。」《詩緝》：「敗謂殘壞之。豈特不可伐去，亦不可殘壞之也。」❼憩，音氣，ㄑㄧˋ。《爾雅・釋詁》：「憩，息也。」《傳》同。❽拜，《箋》：「拜之言拔也。」《集傳》：「拜，屈也。勿拜，則非特勿敗而已。」按毛氏無《傳》，是亦以拜為屈折之意。《詩緝》曰：「謂低屈之，挽其枝以至地也。」又引錢氏曰：「拜謂攀下也，攀下其枝如人之拜。」❾說，音稅，ㄕㄨㄟˋ。《傳》：「舍也。」按《詩經》中「說」字多指車之止息，字或作「稅」。《方言》：「稅，舍車也。」

郝懿行《爾雅義疏》：「稅者，車之舍也。」

【詩義・章旨】

此南國之人，念召穆公虎之德，因及其所曾憩息之樹而作是詩。〈詩序〉曰：「〈甘棠〉，美召伯也。召伯之教，明於南國。」後之說《詩》者多從之。《集傳》曰：「召伯循行南國，以布文王之政，或舍甘棠之下，後人思其德，故愛其樹而不忍傷也。」文辭雖有增減，其意則全從〈詩序〉。唯舊皆以召伯為召公奭，至傅斯年、屈萬里先生始定為召穆公虎。其說是也，今從之。

全詩三章，每章三句，形式複疊。三章皆藉勿砍伐召伯所曾憩息之樹，以表達對召伯深刻之懷念。一章曰勿伐，二章曰勿敗，三章曰勿拜，方玉潤《詩經原始》曰：「他詩練字，一層深一層，此詩一層輕一層，然以輕而愈見其珍重耳。」又曰：「夫民之不忍忘召伯者，一樹尚且如是，則其他更可知也。詩人詠之，亦即小以見大耳。」

六、行露

厭浥❶行露❷，豈不夙夜❸？謂❹行多露。

誰謂雀無角❺？何以穿我屋？誰謂女❻無家❼？何以速❽我獄❾？雖速我獄，室家不足❿。

誰謂鼠無牙？何以穿我墉⓫？誰謂女無家？何以速我訟⓬？雖速我訟，亦不女從。

【注釋】

❶浥，音亦，ㄧˋ。厭浥，《傳》：「溼意也。」即濕貌。❷行，音杭，ㄏㄤˊ。《傳》：「道也。」行露，道上之露水。❸夙夜，早晚，晨初與昏夜。或釋為早夜，非是。〈小星〉《正義》曰：「《詩》言夙夜者，皆記昏為夜，晨初為早，未有以初昏為夙者。」又詩「豈不」二字之下例為動詞，如「豈不爾思」、「豈不懷歸」、「豈不日戒」、「豈不爾受」、「武王豈不仕」、「予豈不知而作」皆是。今此詩曰「豈不夙夜」，夙夜並非動詞，則動詞必因上下文而省，而上下文皆言道路多露，是則所省者必與此有關，其為「奔行」之意無疑。故《正義》曰：「行人豈不欲早夜而行也？有是可以早夜而行之道，所以不行者，以為道中之露多，懼早夜之濡己，故不行耳。」《集傳》亦曰：「言道間之露方溼，我豈不欲早夜而行乎？畏多露之霑濡，故不行耳。」❹謂，《正義》：「以為道中之多露。」是訓「謂」為「為」也。馬瑞辰以為畏之假借（《集傳》已有此意），亦通。❺角，鳥喙也。見俞樾《群經平議》。聞一多更舉五事以證明之，見《詩經新義》。❻女，音義同汝，下同。❼家，《集傳》：「謂以媒聘求為室家之禮也。」後人多從之。唯崔述獨斥其非，說見《讀風偶識》。按家之一字，古籍中未有解為室家之禮者，細觀文義，此家字仍應釋為「室家不足」之室家，指妻室而言，非室家之禮也。❽速，《傳》：「召也。」《集傳》：「召致也。」❾獄，即下章「雖速我訟」之訟，猶今語「打官司」。二句謂誰謂汝無室家？汝已有室家矣，何必致我於獄乎？❿足，動詞，充也、成也。室家不足，即不足室家之倒文，謂不與汝成室家也，亦即下章「亦不女從」之意。《箋》謂：「媒妁之言未和。」《集傳》謂：「求為室家之禮未備。」非是。⓫墉，《傳》：「牆也。」⓬訟，即獄也。小曰訟，大曰獄。

【詩義・章旨】

此女子拒與已有室家之男子重婚之詩。方玉潤以為此乃貧士拒勢家巨族以女強妻之，故作詩以見志。〈詩序〉曰：「〈行露〉，召伯聽訟也。衰亂之俗微，貞信之教興，強暴之男，不能侵陵貞女也。」詩中既無召伯之人，亦無聽訟之事，衰亂之俗、貞信之教，更不可見。唯末二語，尚能切中詩義。《集傳》曰：「女子有能以禮自守，而不為強暴所污者，自述己志，作此詩以絕其人。」語雖過重，頗能得詩之大旨。陳子展曰：「此女拒絕強婚，雖速獄速訟，而語調倔強。即令其居卑處賤，當亦屬于自由民或士之一階層。若為奴隸，則唯有如牲畜任人買賣屠殺已耳。尚何訟獄云乎哉？」（《詩經直解》）

全詩三章。一章三句，二三章每章六句，形式亦複疊。一章以道路多露，喻荊棘滿途，欲行無從。二、三章寫拒婚意志之堅，雖入獄興訟亦不允從。有角、有牙，皆喻男方之有財有勢也。志堅而詞嚴，守正而不阿，不為財勢所屈，不為刑法所挫，誠所謂富貴不淫，威武不屈，足以風天下而厲後世矣。

七、羔 羊

羔羊❶之皮，素絲五紽❷。退食自公❸，委蛇❹委蛇。

羔羊之革❺，素絲五緎❻。委蛇委蛇，自公退食。

羔羊之縫❼，素絲五總❽。委蛇委蛇，退食自公。

【注釋】

❶羔羊，《傳》：「小曰羔，大曰羊。」《正義》：「小羔，大羊，對文為異。此說大夫之裘，宜直言羔而已。兼言羊者，以羔亦是羊，故連言以協句，《傳》以羔羊並言，故以大小釋之。」按羔羊之皮，謂用羔羊之皮以為裘，此大夫之服，故《傳》曰：「大夫羔裘以居。」❷素，《傳》：「白也。」素絲，白絲。《正義》：「古者素絲得英裘者，織素絲為組紃，以英飾裘之縫中。」《詩緝》引錢氏曰：「兩皮之縫不易合，故織白絲為紃，施之縫中，連屬兩皮，因以為飾。」紽，音駝，ㄊㄨㄛˊ。《傳》：「紽，數也。」《正義》：「此言紽，數，下言總，數，謂紽、總之數有五，非訓紽、總為數也。」按紽，通「坨」，俗稱圓形塊狀之物為坨，如坨子、秤坨。《釋文》本作它，曰：「它，本又作佗。」它、佗、紽、坨，皆記其音而已。素絲五紽，謂以白絲編織五圓形如紐之物，以連屬兩皮並以為飾也。下文素絲五總義同。高亨《詩經今注》訓為紐。《經義述聞》曰：「紽、緎、總，皆數也。五絲為紽，四紽為緎，四緎為總。五紽二十五絲，五緎一百絲，五總四百絲。」此解既違孔氏「非訓紽、總為數」之意，又絲數多寡不同，大小不一，何以為裘飾？又何以辨別其為百絲、四百絲乎？參見〈鄭風・羔裘〉注❿。❸公，指公之所。退食自公，謂自公所退歸而進食，猶今言下班回家吃飯。❹蛇，音移，ㄧˊ。委蛇，《箋》：「委曲自得之貌。」按《韓詩》作逶迤，行路紆曲之貌，此處狀其徐緩而從容。❺革，《傳》：「猶皮也。」《正義》：「對文則皮革異，散文則皮革通。」❻緎，音域，ㄩˋ。《爾雅・釋訓》：「緎，羔裘之縫也。」邢疏：「孫炎曰：『緎，縫之界緎。』然則縫合羔羊皮為裘，縫即皮之界緎，因名裘縫為緎。」按紽、總為裘飾之名，緎為裘縫界緎，為施紽、總之處，互文以見義，猶之一章言皮，二章言革，三章言縫也。高亨訓為納紐之扣。❼縫，《集傳》：「縫，縫皮合之以為裘也。」即兩皮相接合之處。此章言縫，不言皮、革；一章言皮，二章言革，不言縫，此互文以見義也。❽總，《傳》：「數也。」按總為聚束之名，猶結也。五總，猶五紽。

【詩義．章旨】

此美大夫雍容自得之詩。〈詩序〉曰：「〈羔羊〉，〈鵲巢〉之功致也。召南之國，化文王之政，在位皆節儉正直，德如羔羊也。」崔述《讀風偶識》曰：「羔裘，大夫常服。退食大夫常事，初不見有謂節儉正直者。」又曰：「此篇特言國家無事，大臣得以優游暇豫，無王事靡盬、政事遺我之憂耳，初無美其節儉正直之意，不得遂以為文王之化也。」駁斥〈序〉說，極為中肯。而〈序〉之首句「〈鵲巢〉之功致」，殊為費解；末語「德如羔羊」，尤令人發噱，豈大夫之德，反不如羔羊哉！《集傳》曰：「南國化文王之政，在位皆節儉正直，故詩人美其衣服有常，而從容自得如此也。」前二句承襲〈序〉說，亦無可取，後二句則深得詩旨矣。

全詩三章，每章四句，形式複疊。三章皆自服飾入手，寫其大夫退朝後從容自得、安詳穩重之狀。退朝後行為尚猶如此，其在朝之雍容威重可以想見矣。姚際恆曰：「即其服飾步履以嘆美之，而大夫之賢不益一字，自可於言外想見，此風人之妙致也。」朱守亮曰：「退食、委蛇兩句，往復變換，上下顛倒換韻，變化奇妙。」《詩經評釋》

八、殷其靁

殷其❶靁❷，在南山之陽❸。何斯違斯❹，莫敢或遑❺！振振❻君子，歸哉、歸哉！

殷其靁，在南山之側。何斯違斯，莫敢遑息❼！振振君子，歸哉、歸哉！

殷其靁，在南山之下。何斯違斯，莫或遑處❽！振振君子，歸哉、歸哉！

【注釋】

❶殷，《傳》：「雷聲也。」殷其，猶殷然、殷殷。❷靁，即雷字。❸陽，《傳》：「山南曰陽。」❹何斯違斯，《傳》：「違，去也。」《集傳》：「何斯，斯，此人也；違斯，斯，此地也。」❺遑，《傳》：「暇也。」《傳箋通釋》：「或、有，古通用，莫敢或遑，即無敢有閒暇也。」❻振振，《傳》：「信厚也。」❼息，《傳》：「止也。」❽處，《傳》：「居也。」遑處，猶遑息。

【詩義．章旨】

〈詩序〉曰：「〈殷其靁〉，勸以義也。召南之大夫，遠行從政，不遑寧處，其室家能閔其勤勞，勸以義也。」孔氏《正義》中之曰：「召南之大夫遠行從政，施王命於天下，不得遑暇而安處，其室家見其如此，能閔念其夫之勤勞，而勸以為臣之義，言雖勞而未可得歸，是勸以義之事也。」然詩疊言「歸哉歸哉」，何有「勸以義」之意乎？〈序〉說失之。《集傳》曰：「婦人以其君子從役在外而思念之，故作是詩也。」是矣。

全詩三章，每章六句，形式複疊。首二句為興。黃櫄《毛詩集解》曰：「因聞雷之聲而動其思念之情。南山之側、南山之下皆是一意，但便其韻以協聲耳，不必求其異義也。」《毛詩後箋》曰：「以雷聲之無定在，興君子之不遑寧居。」胡氏之說，似更勝一籌。朱善《詩解頤》曰：「何斯違斯，念其久也；莫敢或遑，閔其勞也；振振君子，美其德也；歸哉歸哉，望其至也。」竊謂三章中言「振振君子，歸哉、歸哉！」望歸之情，既殷且切，此一篇之主旨也。

九、摽有梅

摽❶有梅❷，其實七❸兮。求我❹庶士❺，迨❻其吉❼兮。

摽有梅，其實三❽兮。求我庶士，迨其今❾兮。

摽有梅，頃筐塈❿之。求我庶士，迨其謂⓫之。

【注釋】

❶摽，音縹，ㄆㄧㄠˇ。《爾雅・釋詁》：「落也。」《傳》同。《說文》訓擊，《詩緝》曰：「摽本訓擊，謂擊而落之。」胡承珙評曰：「於文義多一轉折（見《毛詩後箋》）。」按胡氏之說是也。訓落，方能顯出時日之逝，而有傷時之意；若訓為擊，或擊而落之，則有乖自然，而傷時之意盡失矣。❷有，語詞，無義。梅，梅樹。《釋文》引《韓詩》作楳，《毛詩傳疏》曰：「楳，或梅字。其本當作某，某，酸果也。」按凡梅杏字皆當作某。參見〈秦風・終南〉注❷。❸七，《傳》：「尚在樹者七。」謂七成未落。❹我，《箋》：「我，我當嫁者。」❺庶士，《箋》：「庶，眾。求女之當嫁者之眾士。」按士為男子未娶妻者之稱。參見〈衛風・氓〉注㉔。❻迨，《爾雅・釋言》：「迨，及也。」《箋》同。猶今語趁著。❼吉，《集傳》：「吉日也。」❽三，《箋》：「梅之墮落差多，在者餘三耳。」❾今，《箋》：「今，急辭也。」即今日也，不待吉矣。❿塈，音系，ㄒㄧˋ。《傳》：「取也。」《集傳》：「頃筐取之，則落之盡矣。」《玉篇》引詩作摡。⓫謂，歐陽脩《詩本義》：「謂者相語也。」《集傳》：「謂之，則但相告語而約可定也。」

【詩義・章旨】

此述女子逾齡而望嫁之詩也。《周禮・媒氏》曰：「令男三十而娶，女二十而嫁。中春之月，令會男女，於是時也，奔者不禁。」仲春已過，今仲夏梅子黃落，女子未嫁，〈摽有梅〉之詩乃作。〈詩序〉曰：「〈摽有梅〉，男女及時也。召南之國，被文王之化，男女得以及時也。」若為「得以及時」，則當以桃花灼灼興之，今詩曰「摽有梅」，且其實僅餘七、三，而至「頃筐塈之」，明時已過矣，何及時之有？《集傳》曰：「南國被文王之化，女子知以貞信自守，懼其嫁不及時，而有強暴之辱也。」既被文王之化，何來強暴之事？此拘泥〈序〉說，不足取也。姚際恆曰：「此篇乃卿大夫為君求庶士之詩。」或者詩人感時日之飛逝，懼匏瓜之徒懸，故託意於〈摽有梅〉，欲賢者知而用之。然就「迨其吉兮」、「迨其今兮」、「迨其謂之」等語觀之，恐非卿大夫為君求士也。

全詩三章，每章四句，形式複疊，皆述女子望嫁之情切。其實七、其實三、頃筐塈，時愈迫矣；迨其吉、迨其今、迨其謂，情愈切矣。蘇轍《詩集傳》曰：「凡詩每章，有先後深淺之異。」此詩三章之先後深淺，一讀便知。

一〇、小星

嘒❶彼小星❷，三五❸在東。肅肅❹宵征❺，夙夜在公❻。寔❼命不同。

嘒彼小星，維參與昴❽。肅肅宵征，抱衾與裯❾。寔命不猶❿。

【注釋】

❶嘒，音慧，ㄏㄨㄟˋ。季明德《詩說解頤》：「微明貌。」與〈大雅．雲漢〉「有嘒其星」之嘒同義。❷小星，即指下文參星與昴星。❸三，即〈綢繆〉「三星在天」、〈苕之華〉「三星在罶」之三星，亦即參星。五，即昴星。三五即下章之參昴。三五，舉其數也；參昴，舉其名也，其實一而已矣。見《經義述聞》。❹肅肅，《傳》：「疾貌。」❺宵，《爾雅．釋言》：「宵，夜也。」《傳》同。征，《爾雅．釋言》：「征，行也。」《傳》同。宵征，夜間行役也。❻在公，為公，謂為公之事而奔忙。或釋為在君所，或釋為在公署，則與詩文「宵征」、「抱衾與裯」之意不符，皆不可取。或釋「王事」，不知《詩經》中公指國君，王指天子，不可相混。❼寔，《集傳》：「寔與實同。」《釋文》曰：「《韓詩》作實。」❽參，音申，ㄕㄣ，參宿也。昴，音卯，ㄇㄠˇ，昴宿也。參昴皆二十八宿之一。❾衾，音琴，ㄑㄧㄣˊ。《傳》：「被也。」裯，音綢，ㄔㄡˊ。《傳》：「襌被也。」今或謂之被單。抱衾與裯，猶今言抱行李。❿猶，《傳》：「若也。」

【詩義．章旨】

此征人日夜行役而自傷勞苦之詩。〈詩序〉：「〈小星〉，惠及下也。夫人無妬忌之行，惠及賤妾，進御於君，知其命有貴賤，能盡其心矣。」幾近胡說。姚際恆斥其說不類三、不可通三，可謂痛快淋漓。又胡適以此詩為寫妓女生活之最古記載（見〈談談詩經〉），不知古無妓女，至漢武始置營妓（見《漢武外傳》）。故此說亦誤。

全詩二章，每章五句，形式複疊。首二句點明「宵」之景象，一章之三五即二章之參昴，一言其數，一言其名而已。三四句寫其勞苦事實，末句乃自傷之辭，為全詩之精神所在。見參昴、抱衾裯，雖不云苦，而苦在其中；命不同、命不猶，雖不言怨，而怨自見。方玉潤謂「循分自安，毫無怨懟」。然則「寔命不猶」，非怨懟而何？惟尚不失其敦厚耳。

一一、江有汜

江有汜❶，之子歸❷，不我以❸；不我以，其後也悔❹。

江有渚❺，之子歸，不我與❻；不我與，其後也處❼。

江有沱❽，之子歸，不我過❾；不我過，其嘯❿也歌。

【注釋】

❶汜，音四，ㄙˋ。《爾雅．釋水》：「決復入為汜。」《傳》同。按《爾雅》「決」上「水」字承上文「水決之澤為汧」而省，《傳》文則不當省，今《傳》文「決」上無「水」字，據《爾雅》之文甚明。《爾雅》、《毛傳》之先後，於此可以見矣。❷之子歸，即「之子于歸」。以上下文皆三字一句，故省去一「于」字，以與上下句一律。❸以，《箋》：「猶與也。」不我與，謂不與我相共也。❹其，將也。其後也悔，謂以後將會後悔。❺渚，音煮，ㄓㄨˇ。《爾雅．釋水》：「小洲曰渚。」《傳》：「小洲也，水歧成渚。」❻與，《集傳》：「猶以也。」按與，偕也、俱也、共也。「不我與」與上章「不我以」同義。❼處，聞一多《詩經新義》謂即〈正月〉「癙憂以痒」癙之借字，憂病之意。按聞氏之說是也。《呂氏春秋．愛士》曰：「陽城胥渠處。」高注：「處，猶病也。」病與憂義同。是處訓憂病，古有其例。處訓為憂，則與一章之悔，三章之嘯歌，文義一律矣。《傳》訓為止，《集傳》訓為安，似皆未得其義。❽沱，音駝，ㄊㄨㄛˊ。《傳》：「江之別者。」《傳箋通釋》曰：「自江水溢出，終復合流於江。」❾過，音鍋，ㄍㄨㄛ。《集傳》：「謂過我而與俱也。」《詩記》曰：「過如過從之過。不我過，

言不我顧也。」《詩經補注》曰：「不我過，言其絕而遠之，如所謂過而問者是也。」按以上諸說均可，然均不甚切，以其與上文「不我以」、「不我與」義不一律也。此過字應釋「過生活」之過，猶度也。不我過，即〈擊鼓〉「不我活兮」，亦即不與我過活之意。⑩嘯，《箋》：「蹙口而出聲。」按《說文》口部曰：「嘯，吹聲也。」欠部曰：「歗，吟也。《詩》曰：其歗也謌。」是詩文應從欠部所引作歗，訓為吟。其嘯也歌，即〈白華〉「歗歌傷懷」之歗歌，號歌、悲歌也。《詩經詮釋》謂：「蓋狂歌當哭之意。」是矣。

【詩義・章旨】

此蓋男子傷其所愛者棄己適人之詩。〈詩序〉曰：「〈江有汜〉，美媵也。勤而無怨，嫡能悔過也。文王之時，江沱之閒，有嫡不以其媵備數。媵遇勞而無怨，嫡亦自悔也。」《集傳》以下，多從之者，甚至姚際恆氏亦以為是。蓋皆著眼於「其後也悔」之一悔字也。「然如『歗歌』句何哉？蓋嫡之待媵後悔，容或有之，善處亦屬常情，唯處而樂，樂而至於嘯且歌，恐非嫡待妾意。且歗者，悲歎之詞，非和樂之意也。」（見《詩經原始》）方氏以為此乃江漢商人遠歸梓里而棄其妾，妾乃作此詩以自歎。陳子展且證成之。然「之子歸」、「之子于歸」，乃《詩經》之習用語，皆謂女子出嫁（此處鄭氏亦如此訓解），奈何此詩之「之子歸」，獨解為此子（妾稱夫）歸故里哉？

全詩三章，每章五句，形式複疊。首句取江之汜、渚、沱為興，皆取其分歧別出之意，以象徵之子離我而他適也。一章曰不我以，二章曰不我與，三章曰不我過，易字而已，義則同也。一章曰其後也悔，二章曰其後也處，三章曰其嘯也歌，愈往而愈重，然作者之憂傷亦隨之而愈重矣。

一二、野有死麕

野有死麕❶，白茅❷包之。有女懷春❸，吉士❹誘之。

林有樸樕❺，野有死鹿❻。白茅純束❼，有女如玉❽。

舒❾而脫脫❿兮，無感⓫我帨⓬兮，無使尨⓭也吠。

【注釋】

❶麕，音君，ㄐㄩㄣ。《說文》：「麕，麞也。」《集傳》：「麕，獐也，鹿屬，無角。」❷白茅，多年生草，高一二尺，自生於山野中，葉細長而尖，春日，光葉開花，簇生莖頂，密生白毛，長二寸許，其根味甜，可入藥。❸懷，《傳》：「思也。」懷春，《集傳》：「當春而有懷也。」《詩緝》：「女之懷婚姻者謂之懷春。」❹吉士，《集傳》：「猶美士也。」❺樕，音速，ㄙㄨˋ。樸樕，《傳》：「小木也。」❻野有死鹿，《傳》：「廣物也。」《毛詩傳疏》：「昏禮用鹿，殺禮可用麕，故《傳》於此章言野有死鹿，為廣物也。」按「野有死鹿」，即上章「野有死麕」，鹿即指麕，變文以協韻耳，非麕外別有鹿，亦無關昏禮、殺禮也。至《箋》謂：「樸樕之中，及野有死鹿，皆可以白茅裹束以為禮，廣可用之物，非獨麕也。」尤不可通。❼純，音屯，ㄊㄨㄣˊ。純束二字義同。《傳》：「純束，猶包之也。」❽如玉，《集傳》：「美其色也。」❾舒，《傳》：「徐也。」《集傳》：「遲緩也。」❿脫，音對，ㄉㄨㄟˋ。脫脫，《傳》：「舒遲也。」《集傳》：「舒緩貌。」⓫感，《爾雅・釋詁》：「感，動也。」《傳》同。《毛詩傳疏》：「感，古撼字。」按撼為俗字，古止作感。⓬帨，音稅，ㄕㄨㄟˋ。《傳》：「佩巾也。」一曰褵，一曰褘，一曰蔽膝，一曰巿，字又作韍，作韠，繫巾於腰，下垂逾膝，所以蔽前者也。見《詩

經通義》。⓭尨，音盲，ㄇㄤˊ；或音旁，ㄆㄤˊ。《爾雅・釋畜》：「尨，狗也。」《傳》同。《說文》：「尨，犬之多毛者。」

【詩義・章旨】

此男女相悅之詩。〈詩序〉曰：「〈野有死麕〉，惡無禮也。天下大亂，彊暴相陵，遂成淫風。被文王之化，雖當亂世，猶惡無禮也。」前後自相牴牾，無所適從；且兩言「惡無禮」，不知是指女子，抑是指詩人而言？若是指女子，則既惡之，莫如使犬吠以驚退之，今詩曰「無使尨也吠」，是女子未必惡之也。若是指詩人，則既惡之，而又詳記其事，豈非欲抑而反揚之？《集傳》承〈序〉之說，並謂「女子貞潔自守，詩人因所見以興其事而美之」。若是美之，則何為女稱「懷春」，男稱「吉士」？且末章三句果是貞意乎？故其說皆不可從。王柏《詩疑》以為是淫詩，而主放黜之，以一掃蕪穢。此亦太過。夫異性相吸，男女相引，乃自然現象；懷春少女、熱情少男，互相愛慕，野外林間，伊其相謔，亦人之常情。彼衛道之士，遂以為離經叛道，深予斥責，是以聖人標準，求諸於眾庶也。《詩》三百篇，若不脫下此副面具，則鄭衛之〈風〉，聖人所不去者，必遭放黜；而〈靜女〉、〈子矜〉等言情好詩，眾人之所喜者，亦必將沉淪千古也。

全詩三章，一二章每章四句，卒章三句。一章述女子懷春，俊美之武士以獵物相贈以誘之。二章寫男女相會之所，及女子之美麗引人。三章語勢突變，不僅語氣舒緩，且以女子口吻勸男士勿過魯莽、勿使犬吠，欲迎還拒之情，躍然紙上。姚際恆謂：「女懷、士誘，言及時也；吉士、玉女，言相當也。」竊謂死麕、白茅，此男誘女也；懷春、如玉，此女誘男也。

又此詩前二章每句四字，採側寫式；末章則每句五字，二句有語尾詞「兮」字，且忽以第一人稱直述，體式頗為特殊。三百篇中唯〈九罭〉一篇，體式差似之耳。

一三、何彼襛矣

何彼襛❶矣！唐棣❷之華。曷❸不肅雝❹！王姬之車❺。
何彼襛矣！華如桃李。平王❻之孫❼，齊侯之子❽。
其釣維❾何？維絲伊緡❿。齊侯之子，平王之孫。

【注釋】

❶襛，《集傳》：「盛也。」引申有豔麗之意。❷唐棣，《爾雅・釋木》：「唐棣，栘。」《正義》引陸機《疏》曰：「奧李也。一名雀梅，亦曰車下李。」按即棠棣，或作常棣。其花或紅或白，故下章曰：「華如桃李。」又以其豔麗，故貴族多以之為車飾，此詩及〈采薇〉皆有文可徵。❸曷，《箋》：「何也。」❹肅雝，《傳》：「肅，敬。雝，和。」即莊嚴雍和之意。❺王姬，周為姬姓，故周王之女曰王姬。《儀禮・士昏禮》賈公彥疏曰：「〈何彼襛矣〉篇曰：『曷不肅雝，王姬之車。』言齊侯嫁女，以其母王姬始嫁之車遠送之。」又曰：「《箴膏肓》以為齊侯嫁女，乘其母王姬始嫁時車送之。」是則「王姬之車」，非謂王姬乘車來嫁於齊，乃謂齊侯之女乘其母王姬始嫁之車以嫁也。言王姬之車者，所以尊其女也。❻平王，即周平王宜臼。舊釋平為正，平王為平正之王即文王，非是。見崔述《讀風偶識》。❼孫，外孫女。❽齊侯之子，與〈碩人〉「齊侯之子」義同，謂齊侯之女也。「平王之孫，齊侯之子」，舊釋為文王之孫女，下嫁於齊侯之子，固不可取；近世釋為周平王之孫女，下嫁於齊侯之子，說亦不確。《傳箋通釋》曰：「凡《詩》中疊句言某之某者，皆指一人言，未有分指兩人者。如〈碩人〉詩『齊侯之子，衛侯之妻，東宮之妹，邢侯之姨。』言莊姜也。〈韓奕〉詩『汾王之孫，蹶父之子。』

言韓姞也。〈閟宮〉詩『周公之孫，莊公之子。』言僖公也。與此詩句法相類，不應此詩獨以『平王之孫』指王姬，『齊侯之子』為齊侯子娶王姬也。」證之《儀禮．士昏禮》賈疏，可知馬氏之說極是，詩二句皆指齊侯之女也。❾維，為也，是也。見《古書虛字集釋》。❿伊，與維同，為也。《古書虛字集釋》曰：「伊訓為，猶維訓為也。伊與維雙聲兼疊韻，且同義。」緡，音民，ㄇㄧㄣˊ。《爾雅．釋言》：「緡，綸也。」《傳》同。《集傳》：「緡，絲之合而為綸，猶男女之合而為昏也。」

【詩義．章旨】

此詠齊侯女出嫁之詩。詩得列於〈召南〉者，其所嫁必為召南之諸侯無疑。《儀禮》賈氏引鄭氏《箴膏肓》之文，絕非妄論，而馬瑞辰、王先謙又謂「凡詩中疊句言某之某者，皆指一人言，未有分指兩人者」，此詩乃詠齊侯女于歸者，已無庸置疑。〈詩序〉謂：「〈何彼襛矣〉，美王姬也。雖則王姬，亦下嫁於諸侯。車服不繫其夫，下王后一等，猶執婦道以成肅雝之德也。」《傳》訓平為正，「平王之孫」，謂是武王女、文王孫。然詩明言「平王」，當是宜臼，豈可以文王當之？後人或訓平王為平正之王，齊侯為齊一之侯，一若猜謎，非解詩也。《集傳》謂：「或曰：平王即平王宜臼，齊侯，即襄公諸兒。」《春秋》書王姬歸于齊者二：一在魯莊公元年，即齊襄公五年；一在魯莊公十一年，即齊桓公三年。後人謂此二者必有其一。然齊襄公、桓公時已在位，應稱齊侯，與詩言「齊侯之子」不合，故二者皆非是也。

全詩三章，每章四句。一章美王姬之車，正所以美乘此車之人。二章言乘此車者身分之特殊，乃平王之外孫女、齊侯之女。卒章言齊侯之女出嫁，作詩之旨亦於是乎見。三章前二句皆興體，採問答形式，看似與下二句無關，實則脈絡連貫，思理相通。一章於言「王姬之車」前，先言其車飾「唐棣之華」以為前導。二章言此唐棣之華，如桃李之襛，亦象徵車中之人「齊侯之子」美豔如花。卒章以合絲緡以釣，象徵合男女為婚，以明示齊侯之女乘此車在于歸也。凡此皆非臆測，讀者試按文考索，當可領會詩人運辭之妙也。

一四、騶虞

彼茁❶者葭❷，壹發❸五豝❹。于嗟❺乎騶虞❻！
彼茁者蓬❼，壹發五豵❽。于嗟乎騶虞！

【注釋】

❶茁，音拙，ㄓㄨㄛˊ。《說文》：「草初生出地貌。」《集傳》：「生出壯盛之貌。」❷葭，音加，ㄐㄧㄚ。《傳》：「蘆也。」按蒹、萑、葭，皆葦類，共十一名。小者曰蒹，中者曰萑，大者曰葭。就蒹而言：初生為蒹，長大為薕，成則名為荻，一物而三名。就萑而言：初生為菼，長大為薍，成則名為萑，又名雛，一物而四名。就葭而言：初生曰葭，未秀曰蘆，長成曰葦，又名華，一物而四名。說見《詩緝》。❸發，《集傳》：「發矢。」壹發，一射也。方玉潤《詩經原始》以為車一發，恐非是。❹豝，音巴，ㄅㄚ。《爾雅・釋獸》：「豕牝，豝。」《傳》：「豕牝曰豝。」今曰母豬。壹發五豝，謂一射而中五豕。❺于，音虛，ㄒㄩ，同吁。于嗟，《箋》：「美之也。」參見〈周南・麟之趾〉注❸。❻騶，音鄒，ㄗㄡ。騶虞，《賈子新書・禮篇》：「騶者，天子之囿也；虞者，掌鳥獸之官也。」是騶虞者，掌天子苑囿鳥獸之官也。舊釋為仁獸，非是。又一二章末句遙韻，《群經平議》謂此句不入韻，誤。❼蓬，草名，莖尺餘，葉似柳。秋枯拔根，風捲而飛，故又名飛蓬。❽豵，音宗，ㄗㄨㄥ。《傳》：「一歲曰豵。」《集傳》：「亦小豕也。」

【詩義・章旨】

此美騶虞善射之詩。〈詩序〉曰：「〈騶虞〉，〈鵲巢〉之應也。〈鵲巢〉之化行，人倫既正，朝廷既治，天下純被文王之化，則庶類蕃殖，蒐田以時。仁如騶虞，則王道成也。」「仁如騶虞」一語，乃自《傳》「騶虞，義獸也」之文轉化而來，其他則皆穿鑿之辭，不足信也。《集傳》以為此詩乃美南國諸侯之作，以獸比國君，自是不倫。姚氏《詩經通論》曰：「此為詩人美騶虞之官克稱其職也。」詩已由美天子、諸侯，轉變至美騶虞之官矣。屈萬里《詩經詮釋》曰：「此美田獵之詩。」《詩經鑒賞詞典》曰：「這是一首贊美獵人有高超射擊本領的詩。」至此，詩義已大白矣。

全詩二章，每章三句，形式複疊。「彼茁者葭」、「彼茁者蓬」，此述射獵之時地也；「壹發五豝」、「壹發五豵」，此美善射之事也；「于嗟乎騶虞」，此美善射之人也。騶虞既為掌鳥獸之官，知鳥獸之習性，又善於射獵，故能一發而中五豕。又古一射最多四矢，故《詩》有「四鍭」、「四矢」，《儀禮》、《孟子》有「乘矢」之詞，《儀禮・大射》有「搢三挾一」之語。《毛詩會箋》曰：「古者四矢，搢三而挾一，謂三矢插帶間，而以一矢扣絃，次第發之，如《詩》言四矢反兮，四鍭如樹，及《孟子》『發乘矢』皆非四矢並發也。」今一發而中五豕，其中必有一矢射中二豕，此《集傳》所謂「中必疊雙」也。一射五豕，世所罕見，故詩人作詩以美之。明張鼎思《瑯琊代醉編》謂：「壹發五豝，射畢十二箭，方為一發，十二箭乃能射五豕耳。」十二箭中五矢，如此射術，似乎不值得作詩以美之也。舊謂「于嗟乎騶虞」乃嘆美騶虞能驅豕以供君之射，果爾，則「壹發五豝」豈非刺君之不善射乎！且此說縱能成立，詩文上句美君之善射，下句美騶虞之善驅豕，義亦兩截，不若謂美騶虞善射，義為一貫也。

邶

鄭玄《詩譜》曰：「邶、鄘、衛者，商紂畿內方千里之地。其封域在〈禹貢〉冀州大行之東，北踰衡漳，東及兗州桑土之野。周武王伐紂，以其京師封紂子武庚為殷後，乃三分其地，置三監，使管叔、蔡叔、霍叔，尹而教之。自紂城而北謂之邶，南謂之鄘，東謂之衛（《漢書・地理志》曰：『邶，以封紂子武庚；庸，管叔尹之；衛，蔡叔尹之；以監殷民，謂之三監。』皇甫謐《帝王世紀》曰：『自殷都以東為衛，管叔監之；殷都以西為鄘，蔡叔監之；殷都以北為邶，霍叔監之，是謂三監。』）。武王既喪，三監導武庚叛。成王既黜殷命，殺武庚，復伐三監，更於此三國建諸侯。以殷餘民，封康叔於衛，使為之長。後世子孫，稍并彼二國，混而名之。」《集傳》曰：「邶、鄘不詳其始封，衛則武王弟康叔之國也……其後不知何時，并得邶鄘之地。至懿公為狄所滅，戴公東徙渡河，野處漕邑，文公又徙居于楚丘。」

《漢書・地理志》曰：「邶、鄘、衛三國之詩，相與同風：〈邶〉詩曰：『在浚之下』，〈庸〉曰：『在浚之郊』；〈邶〉又曰：『亦流于淇』、『河水洋洋』（當是『河水瀰瀰』之誤），〈庸〉曰：『送我淇上』、『在彼中河』，〈衛〉曰：『瞻彼淇奧』、『河水洋洋』。」又〈邶風・泉水〉曰：「有懷於衛」，〈鄘風・載馳〉曰：「歸唁衛侯」。三國之詩，言國皆曰衛，言邑皆曰浚，言水皆曰淇、河，而其詩所詠者，又皆衛事。季札觀周樂，工為之歌〈邶〉、〈鄘〉、〈衛〉，季札謂為「衛風」。故顧炎武、馬瑞辰、朱右曾諸家，皆以為古〈邶〉、〈鄘〉、〈衛〉為一篇，後人分而為三。竊意不然，十五〈國風〉之分，以國為名，以樂為實。鄭、齊、秦、魏……其方域不同，其聲亦迥異。故孔子刪《詩》，先正其樂；季札觀樂，而不曰觀《詩》。〈豳〉詩並非出於豳地，然其聲豳也，故係之於豳。由此可知，〈邶〉、〈鄘〉、〈衛〉詩所詠者雖皆為衛事，而猶分而為三者，亦由音聲之不同也。朱子曰：「詩，古之樂也，亦猶今之歌曲，音各不同。衛有衛音，鄘有鄘音，邶有邶音。故詩有鄘音者，係之〈鄘〉；

有邶音者，係之〈邶〉。」（錄自《詩經傳說彙纂》）可謂不易之論。

一、柏舟

汎❶彼柏舟❷，亦❸汎其流❹。耿耿❺不寐，如❻有隱❼憂。微❽我無酒，以敖以遊❾。
我心匪鑒❿，不可以茹⓫。亦有兄弟，不可以據⓬。薄言往愬⓭，逢⓮彼之怒。
我心匪石，不可轉也⓯；我心匪席，不可卷⓰也。威儀⓱棣棣⓲，不可選⓳也。
憂心悄悄⓴，慍于群小㉑。覯閔㉒既多，受侮㉓不少。靜言㉔思之，寤㉕辟㉖有摽㉗。
日居月諸㉘，胡迭㉙而微㉚？心之憂矣，如匪澣衣㉛。靜言思之，不能奮飛㉜。

【注釋】

❶汎，音犯，ㄈㄢˋ。《說文》：「汎，浮貌。」❷柏舟，《傳》：「柏木所以宜為舟也。」即柏木所造之舟。❸亦，《傳箋通釋》：「《詩》中亦字，有上無所承只作語詞者，如此詩『亦汎其流』，及〈有客〉詩『亦白其馬』之類皆是。」按此與〈草蟲〉「亦既見止，亦既覯止」之「亦」同，語詞，無義。❹汎，《說文》：「泛，浮也。」段注：「〈邶風〉曰：汎彼柏舟，亦汎其流。上汎謂汎汎，浮貌也。下汎當作泛，浮也。汎、泛古同音，而字有區別。」按上汎字為形容詞，浮貌；下汎字為動詞，浮也。流，《詩說解頤》曰：「謂流於下也。」二句謂汎汎者彼柏木之舟，漂浮於流上，順水流而下。❺耿耿，《傳》：「猶儆儆也。」儆儆即警警，《廣雅・釋訓》：「耿耿、警警，不安也。」❻如，《經義述聞》曰：「如讀為而，惟有隱憂，是以不寐，非謂若有隱憂也。」❼隱，《傳》：「痛也。」王引之以為慇之假借。按慇亦痛也。見《說文》。❽微，《集傳》：「猶非也。」❾敖，《詩

緝》：「敖，音遨，通作遨。」按敖，古遨字，出遊也。遨、遊，皆有樂意。「非我無酒，以敖以遊」，謂並非我無酒以遨遊取樂，實因縱使飲酒取樂，亦無以消憂也。於此可見憂之深矣。❿匪，同非，下同。鑒，《釋文》：「鏡也。」⓫茹，《爾雅．釋言》：「茹，度也。」《傳》同。《毛詩傳疏》：「鑒，所以察形之物，我心匪鑒，人不可以測度於我，意承上章而言，我心之隱憂，人無有能明其志者耳。匪鑒，不可茹，與下文匪石，不可轉；匪席，不可卷，句法一律。」按茹，歐陽脩《詩本義》釋為納，曰：「鑒之於物，納影在內，凡物不擇妍媸，皆納其影，我心匪鑒，不能善惡皆納。」亦通，但不若訓度為佳。⓬據，《傳》：「依也。」⓭愬，音義同訴，《集傳》：「告也。」⓮逢，遭也。逢彼之怒，《集傳》：「反遭其怒也。」⓯我心匪石二句，言石可轉動，我心匪石，不可轉動。謂己之心志堅定也。與下文「我心匪席，不可卷也」義同。⓰卷，同捲。⓱威儀，容貌舉止也。《左傳．襄公三十年》：「有威而可畏謂之威，有儀而可象謂之儀。」⓲棣棣，《傳》：「富而閑習也。」⓳選，《釋文》：「數也。」不可選也，《傳》：「物有其容，不可數也。」是傳亦以選為數也。《後漢書．朱穆傳》注引詩作「不可算也。」算亦數也。⓴悄悄，《傳》：「憂貌。」㉑慍，《傳》：「怒也。」群小，《箋》：「眾小人之在君側者。」慍于群小，言為眾小人所怨怒也。按此句有二解：一解如上，此歐陽脩說，呂東萊、嚴粲等從之。一解為慍此群小人，此《正義》之說，胡承珙、陳奐等從之。細玩詩義，此句正在說明憂之所自來，是全篇最吃緊處，歐公之說較勝，故從之。㉒閔，《爾雅．釋詁》：「閔，病也。」《傳》同。覯閔，謂遭遇困病也。㉓侮，侵辱也。㉔靜言，猶言靜而。凡《詩》曰「薄言」、「駕言」、「願言」、「靜言」，「言」皆訓而。㉕寤，通牾，《說文》：「牾，屰也。」徐鍇《繫傳》：「相逢也。」段注：「牾，屰也、迎也、遌也。」《釋名．釋姿容》：「寤，忤也，能與物相接忤也。」忤與牾同（見《廣韻》）。寤訓接忤，引申有接續之意。蓋二人為接忤，一人則為接續矣。《詩》中寤字，除與寐連言者外，他皆用此義。此詩「寤辟」，謂連續拊心。〈考槃〉「獨寐寤言」、「獨寐寤歌」、「獨寐寤宿」，謂獨自一人寢寐而連續言語、連續歌唱、連續睡覺不已。〈下泉〉「愾我寤嘆」、〈大東〉「契契寤嘆」，謂連續嘆息不已。字或作「晤」，〈東門之池〉「可與晤歌」、「可與晤語」、「可與晤言」，即〈考槃〉之「寤歌」、「寤言」。此詩「寤辟」，《說文》即引作晤。〈東門之池〉《傳》訓晤為遇，正謂接遇、接續之意，非相遇也。《箋》訓為對，乃對答之意。《正義》謂為「對偶而歌」，似未得《箋》旨。至於〈考槃〉《箋》訓寤為覺，此詩《正義》謂「寤覺之中」，皆失之遠矣。又聞一多訓寤為互，為交互之意，以之解「寤歌」、「寤言」、「寤語」、「寤辟」皆可通；但以之解「寤嘆」，則不可通矣，故不從。㉖辟，《爾雅．釋訓》：「辟，拊心也。」《傳》同。即拍打心胸。《玉篇》引詩作擗。㉗有摽，聞一多《詩經通義》：「摽，讀為嘌。有摽，猶嘌嘌，象擊聲。」㉘日居月諸，《正義》：「居、諸者，語助也。」㉙迭，音跌，ㄉㄧㄝˊ。《集傳》：「更也。」㉚微，《箋》：「謂虧傷也。」指日蝕、月蝕言。㉛如匪澣衣，《傳》：「如衣之不澣。」《箋》：「衣之不澣，則憒辱無照察。」鄭氏而後，悉無異辭。然如此解釋，辭、義皆不順暢。就義而言，「匪澣衣」乃喻心憂之情形，今解作「不澣之衣」，其義殊不可曉。《箋》謂「憒辱無照察」，此乃釋「心」，與「憂」無涉。就辭而言，「不澣衣」一詞殊為不順，《傳》、《箋》顛倒而釋之曰：「衣之不澣。」蓋皆知「不澣衣」一詞之不順也。考詩中「匪」字多訓為「非」，猶今語「不是」，少訓為「不」。若訓為「不」，其後皆接狀詞，不接名詞。此詩「澣衣」為名詞，則其上「匪」字不可訓為「不」，明矣。竊意此「匪」字當如〈小旻〉「如匪行邁謀」之「匪」，訓為「彼」，高亨《詩經今注》即訓為「彼」。「如彼」一詞，《詩經》中常見。「如匪澣衣」即如彼澣衣，義謂心憂如衣之被澣。〈小弁〉詩曰：「我心憂傷，惄焉如擣。」擣謂擣衣。澣衣亦猶擣衣，皆喻心憂也。㉜奮飛，《傳》：「如鳥奮翼而飛去。」

【詩義．章旨】

〈詩序〉曰：「〈柏舟〉，言仁而不遇也。」《集傳》曰：「婦人不得於其夫，故以柏舟自比。」觀之詩曰「威儀棣棣」、「慍于群小」等句，似以〈序〉說為長。

全詩五章，每章六句。一章言憂不成眠。二章言愬憂無門，益見其苦。三章述己之意志之堅、威儀之盛。四章述憂之所自，覯閔受侮，皆以群小之故。末章述日月異象，與人事異常相參，憂乃如擣，不可抑制矣。全篇無一章不述其憂，至末章更呼天而問，其無奈之情，溢於言表；然猶不改其忠貞之志，不易其高潔之情，此古世之屈原也。

二、綠衣

綠兮衣兮❶，綠衣黃裏❷。心之憂矣，曷❸維其已❹？

綠兮衣兮，綠衣黃裳❺。心之憂矣，曷維其亡❻？

綠兮絲兮❼，女❽所治❾兮。我思古人❿，俾⓫無訧⓬兮。

絺兮綌兮⓭，淒其以風⓮。我思古人，實獲我心⓯。

【注釋】

❶綠兮衣兮，即綠衣。加兩「兮」字，語緩而味長。❷黃裏，即下章「黃裳」。裳在裏，故曰裏。❸曷，《傳》：「何時。」❹已，《傳》：「止。」謂心憂何時將止也。❺裳，《傳》：「上曰衣，下曰裳。」❻亡，《經義述聞》：「亡，猶已也。」❼綠兮絲兮，即綠絲。絲指衣之質料。❽女，《集傳》：「音汝。」即詩人所思念之人。❾治，《箋》：「先染絲，後製衣，皆女之所治為也。」按「治」兼指「絲」與「衣」而言。❿古人，《鑑賞辭典》：「即故人。」按指上文「女」而言。⓫俾，《爾雅・釋詁》：「使也。」《傳》同。⓬訧，《傳》：「過也。」《毛

詩傳疏》：「訧、尤義同。」⓭絺兮綌兮，見〈周南・葛覃〉注⓯。⓮淒其，猶淒然、淒淒，寒涼貌。〈風雨〉《正義》：「〈四月〉云：『秋日淒淒。』淒淒，寒涼之意。」以，於也。淒淒以風，謂於風中淒然而寒涼。
⓯實獲我心，謂能得我之心意，亦即與我心相契合也。

【詩義・章旨】

此思念故人之詩。所謂故人，當是詩人之妻妾。〈詩序〉謂此詩乃「莊姜傷己」，恐未得其旨。

全詩四章，每章四句。一、二章複疊，三、四章複疊。一、二章皆寫因睹物思人而憂傷不已。三章指出所思者乃曾為己染絲製作衣裳之人。卒章以絺綌與前文絲衣對照，顯示今日境遇之艱困，益增思念故人之情。

「女所治兮」一語，指出睹衣裳而憂思之故，亦托出故人之智巧與勤勞。「絺兮綌兮，淒其以風」，禦寒不以衣裳袍裘，而以絺綌，境遇亦悽慘矣，而思念故人亦無盡矣！

三、燕　燕

燕燕❶于飛，差池❷其羽。之子于歸❸，遠送于野。瞻望弗及，泣涕❹如雨。

燕燕于飛，頡之頏之❺。之子于歸，遠于將❻之。瞻望弗及，佇立❼以泣。

燕燕于飛，下上其音。之子于歸，遠送于南❽。瞻望弗及，實勞❾我心。

仲氏❿任只⓫，其心塞淵⓬。終溫且惠⓭，淑慎其身⓮。先君之思⓯，以勖寡人⓰。

【注　釋】

❶燕燕，複詞。《爾雅・釋鳥》：「燕燕，鳦也。」《傳》同。《詩經通論》：「鳦鳥本名燕燕，不名燕，以其雙飛往來，遂以雙聲名之，若周周、蛩蛩、猩猩、狒狒之類。」按又名玄鳥，今稱燕子。❷差，音雌，ㄘ。差池，《集傳》：「不齊之貌。」猶參差。❸歸，嫁。三百篇中「之子于歸」、「之子歸」之「歸」皆訓嫁，此詩《傳》訓「歸宗」，《箋》訓「大歸」，誤矣。❹泣涕，流淚。❺頡，音協，ㄒㄧㄝˊ。頏，音杭，ㄏㄤˊ。《傳》：「飛而上曰頡，飛而下曰頏。」《說文》「亢」段注：「當作飛而下曰頡，飛而上曰頏。」按由下文「下上其音」觀之，段說是也。❻將，《箋》：「亦送也。」❼佇，音住，ㄓㄨˋ。《爾雅・釋詁》：「久也。」佇立，《傳》：「久立。」❽南，《詩經評釋》：「指衛之南郊。」❾勞，憂傷。❿仲，兄弟姊妹長幼之序。氏，置於姓名稱謂後之敬詞，如母氏、舅氏、伯氏。仲氏，衛君稱其妹之詞，猶口語「老二」。⓫任，《箋》：「以恩相親信也。」即信賴。只，語詞。⓬塞淵，《正義》：「誠實而深遠。」誠實言其待人，深遠言其慮事。⓭終溫且惠，《集傳》：「溫，和。惠，順。」《詩》凡言「終……且……」皆謂「既……且……」。見《經義述聞》。⓮淑，《箋》：「善也。」淑慎其身，言其立身行事，能求善而謹慎。⓯先君，指已逝之國君或父親。之，是。先君之思，即思先君之倒文。⓰勖，《爾雅・釋詁》：「勖，勉也。」《傳》同。寡人，國君之謙稱。《箋》謂「莊姜自謂」，然古后妃無自稱寡人者。

【詩義・章旨】

〈詩序〉謂此「莊姜送歸妾」之詩，王質、崔述已駁斥其非。王質以為此當是國君送女弟適他國之詩，屈萬里先生謂：「所謂國君，當是衛君。」（《詩經詮釋》）是也。

全詩四章，每章六句。前三章複疊，全寫離別時傷痛之情。「差池其羽」、「頡之頏之」、「下上其音」，暗示誼雖兄妹，而男女有別，不越禮防。一章言「羽」，二章言「首」，三章言「音」，變化有致。「遠送于野」、「遠于將之」、「遠送于南」，寫相送之遠，正顯示兄妹情深，依依難捨。「泣涕如雨」、「佇立以泣」、「實勞我心」，皆寫別後傷痛之情。輔廣謂：「泣涕如雨，初別也；佇立以泣，既別而久立；實勞我心，已去而長思。」（《詩童子問》）頗能得其神味。末章為全詩之重心，末二句又為末章之重心，「先君之思，以勖寡人」二語一出，作者之身分，作者與被送者之關係皆清晰可見，而仲氏之「其心塞淵。終溫且惠，淑慎其身」等美德，亦不落空言矣。

四、日　月

日居月諸，照臨下土❶。乃如❷之人❸兮，逝❹不古處❺。胡能有定❻？寧不我顧❼！

日居月諸，下土是冒❽。乃如之人兮，逝不相好❾。胡能有定？寧不我報❿！

日居月諸，出自東方。乃如之人兮，德音⓫無良⓬。胡能有定？俾也可忘⓭。

日居月諸，東方自出。父兮母兮⓮，畜我不卒⓯。胡能有定？報我不述⓰。

【注　釋】

❶日居月諸，《傳》：「日乎月乎。」《詩總聞》：「居、諸，皆辭也。」下土，《詩經詮釋》：「即下地。東周以前載籍，率稱地曰土。」二句謂日月照臨下土有常，以反示「之人」遇我之無常。❷乃如，猶言若夫。見《古書虛字集釋》。❸之人，《箋》：「是人。」即此人。❹逝，發語詞。見《經傳釋詞》。❺古，《傳》：「故也。」

古處，謂以昔時情意相處。❻定，《爾雅・釋詁》：「止也。」《傳》同。胡能有定，言其變心何時而有止也。❼寧，《傳箋通釋》：「猶乃也。」寧不我顧，謂乃不顧念我也。❽冒，《傳》：「覆也。」即覆蓋之意。❾好，音浩，ㄏㄠˋ。不相好，不愛我。❿報，《集傳》：「答也。」⓫德音，《詩緝》：「言語也。」《詩經詮釋》：「凡稱他人之語言，謂之德音；非真有德之音也。」⓬良，《傳》：「善也。」無良，不善。⓭俾，《箋》：「使也。」俾也可忘，言使我忘卻不善之言語。⓮父兮母兮，《詩經詮釋》：「即父啊！母啊！乃呼天呼父母之意；非謂父母畜我不卒也。」⓯畜，喜好。畜我不卒，謂好我不終，即前二章所云「逝不古處」、「逝不相好」也。見《傳箋通釋》。⓰述，《群經平議》：「《釋文》：『述，本亦作術。』當從之。術，猶道也。不術，猶不道，言報我不以道也。」

【詩義・章旨】

〈詩序〉：「〈日月〉，衛莊姜傷己也。遭州吁之難，傷己不見答于先君，以至窮困之詩也。」王質《詩總聞》謂：「此效力為國而有所間也。」傳斯年《詩經講義稿》謂：「此婦見棄於夫之哀歌。」細審詩文，此當是藉寫婦人遭棄，而暗抒不得於君之詩。觀其每章皆以「日居月諸」起興，則可知矣。不然，《詩經》時代，棄婦何以如此之多，而率能文邪？

全詩四章，每章六句，形式複疊。四章皆以「日居月諸」起興，一章曰「照臨下土」、二章曰「下土是冒」，言日月之光當普其照。三章曰「出自東方」、卒章曰「東方自出」，言日月之行當有其常。卒章又曰「父兮母兮」，呼父母而訴，此悲痛之極矣，然猶云「胡能有定？報我不述」，而冀其悔悟，《詩》之溫柔敦厚，於此畢現。

五、終風

終風且暴❶，顧我則笑❷。謔浪笑敖❸，中心是悼❹。

終風且霾❺，惠然肯來❻？莫往莫來❼，悠悠我思。

終風且曀❽，不日有曀❾。寤言不寐❿，願⓫言則嚏⓬。

曀曀⓭其陰，虺虺⓮其靁。寤言不寐，願言則懷⓯。

【注釋】

❶終，既也。參見〈燕燕〉注⓭。暴，《傳》：「疾也。」❷笑，《傳》：「侮之也。」猶今語嘻皮笑臉。❸謔浪笑敖，《爾雅・釋詁》：「戲謔也。」《傳》：「戲謔不敬也。」分言之，則謔為戲謔，浪為放蕩，笑為嘻笑，敖為侮慢。❹悼，《集傳》：「傷也。」❺霾，音埋，ㄇㄞˊ。《爾雅・釋天》：「風而雨土為霾。」《傳》：「雨土也。」即風揚塵土落如雨也。❻惠，《集傳》：「順也。」此希冀之辭，謂其肯和順而來乎？❼莫，《毛詩傳疏》：「莫訓無，又訓不。莫來為無來，莫往為不往也。」按此承上文謂若不能惠然而往來。❽曀，音亦，ㄧˋ。《爾雅・釋天》：「陰而風曰曀。」《傳》同。❾有，《箋》：「又也。」不日有曀，謂不出太陽而又陰沉。❿言，而也。寤言不寐，《正義》：「寤覺而不能寐。」⓫願，《箋》：「思也。」⓬嚏，音至，ㄓˋ。《釋文》：「本又作疐。」怨怒、煩惱也。《大戴禮記・武王踐阼》：「惡乎危？於忿疐。」亦作懥，《禮記・大學》：「身有所忿懥，則不得其正。」（見高本漢《詩經注釋》）《傳》訓為跲，《箋》訓為噴嚏，皆非的詁。今多從《箋》說者，以其纖巧近俗也。⓭曀曀，《集傳》：「陰貌。」⓮虺，音灰，ㄏㄨㄟ。虺虺，《傳》：「震雷之聲。」呂氏《詩

記》：「驟雨迅雷，其止可得。至於曀曀之陰，虺虺之雷，則殊未有開霽之期也。」⓯懷，《傳》：「傷也。」

【詩義・章旨】

此女子自傷不得於其所愛者之詩。〈詩序〉謂：「衛莊姜傷己也。」恐非是。

全詩四章。每章開端皆寫天象，說者以為以比男子之狂惑（如《集傳》、《鑑賞辭典》），然以之為女子心情之寫照，或更貼切。觀乎一章曰「中心是悼」、二章曰「悠悠我思」、三章曰「願言則嚏」、卒章曰「願言則懷」，皆寫心情之憂傷煩惱，則可知矣。然憂傷如此，而猶念之不已，其敦厚、純良之心性，亦感人至深矣。

六、擊　鼓

擊鼓其鏜❶，踊躍❷用兵❸。土國❹城漕❺，我獨南行❻。

從孫子仲❼，平陳與宋❽。不我以歸❾，憂心有忡❿。

爰居爰處⓫，爰喪其馬⓬。于以⓭求之，于林之下。

死生契闊⓮，與子⓯成說⓰。執子之手，與子偕老⓱。

于嗟闊⓲兮，不我活⓳兮！于嗟洵⓴兮，不我信㉑兮！

【注　釋】

❶鏜，音湯，ㄊㄤ。《傳》：「鏜然，擊鼓聲。」其鏜，猶鏜然、鏜鏜。❷踊，音勇，ㄩㄥˇ。踊躍，跳躍，奮起貌。❸用兵，《箋》：「此用兵謂治兵時。」《正義》：「古者謂戰器為兵……經云：『踊躍用兵』，謂兵器也。」

按《左傳》僖公二十七年曰：「楚子文治兵於睽，終朝而畢，不戮一人。」兵已指人。詩中「用兵」之兵，當如鄭說指人，不當如孔說指兵器也。❹土國，《集傳》：「土，土功也。國，國中也。役土功於國。」按都城曰國，當指漕而言。❺漕，衛邑，在今河南省滑縣。城漕，於漕邑築城。與土國當是一事。❻南行，指下文「平陳與宋」而言。陳、宋二國皆在衛之南，故曰南行。❼孫子仲，人名，為平陳、宋之將領，其生平不可知。《傳》謂公孫文仲，姚際恆《詩經通論》謂孫桓子良夫、或其子文子林父，李辰冬先生《詩經通釋》謂惠孫，未知孰是。❽平陳與宋，謂平定陳、宋二國之亂。陳國在今河南省開封以東及安徽省北部之地。宋國在河南省商丘以東及江蘇省銅山以西之地。此詩〈詩序〉繫之州吁，然州吁曾以諸侯之師伐鄭，事見《左傳》隱公四年，而無平陳與宋之事。〈序〉說不可取。《集傳》謂：「平，和也，和二國之好也。」不知平若釋為和，詩文當作「平陳于宋」，不當作「與宋」。《春秋》僖公十二年：「晉侯平戎于王。」《左傳》僖公十二年：「齊侯使夷吾平戎于王，又使隰朋平戎于晉。」皆其例也。且和二國之好，何必踊躍用兵？《集傳》之說亦不可從。平陳與宋事當在春秋之前，故《春秋》、《左傳》皆不載其事；且衛自敗於狄後，與宋親睦，亦必無伐宋之理。❾不我以歸，《箋》：「以，猶與也，不與我歸期。」《集傳》：「言不與我而歸也。」俞樾《平議》：「《箋》增期字，非經旨也。此章不我以歸，乃實不與歸，非止不與歸期矣。」❿有忡，即忡然、忡忡，憂貌。憂心有忡，即〈草蟲〉、〈出車〉之「憂心忡忡」。⓫爰居爰處，《集傳》：「於是居，於是處。」按處亦居也。謂既不能歸，於是乃作久居之計。⓬喪，亡也（見〈皇矣〉、《傳》）。喪其馬，蓋謂馬已死也，故下文曰：「于以求之，于林之下。」馬已死矣，人何以堪！若馬僅走失，而求之林下，詩人記之，豈不甚無聊乎？⓭于以，見〈召南・采蘩〉注❶。⓮死生契闊，謂死生合離。孫奕《履齋示兒編・卷三》：「契，合也。闊，離也。謂死生離合，與汝成誓矣。」⓯子，詩人之指其室家或其所愛之人。⓰成說，《集傳》：「成其誓約之言。」與〈氓〉「言既遂矣」義同，猶今語說定。⓱偕，音皆，ㄐㄧㄝ；又讀諧，ㄒㄧㄝˊ。《傳》：「俱也。」偕老，謂相伴到老。死生契闊，執子之手，與子偕老，皆誓約之言。⑱闊，即契闊之闊，遠離也。⑲不我活，《傳》：「不與我生活也。」⑳洵，音旬，ㄒㄩㄣˊ。《傳》：「遠也。」《釋文》：「《韓詩》作夐，夐亦遠也。」㉑信，《釋文》：「毛音申，信即古伸字也。」不我信，謂不能與我申其誓約，亦即不能實踐偕老之言也。

【詩義・章旨】

此當是征夫欲歸不得而思念家室之詩。〈詩序〉曰：「〈擊鼓〉，怨州吁也。衛州吁用兵暴亂，使公孫文仲將，而平陳與宋。國人怨其勇而無禮也。」鄭玄、孔穎達引《左傳》隱公四年州吁伐鄭事以為解釋，姚際恆《詩經通論》舉其不合經者六端駁斥其非，是〈詩序〉之說，已不足採信。方玉潤《詩經原始》謂：「此戍卒思歸不得詩也。」是也，今從之。

詩共五章。一章曰：「土國城漕，我獨南行」，不願南行之意，已躍然紙上。何則？土國城漕雖苦，然僅境內之事；南行征戰則遠適異域，歸期難知，身心兩苦，豈城漕所可比邪？二章「不我以歸」為全詩關鍵，此語一出，情勢遂急轉直下。三章寫喪馬，看似閒筆，實則己之心情、境遇皆寓其中。《詩緝》引錢氏曰：「自知必死也。不言死，惟言喪馬，蓋婉辭。」是矣！四章追敘與室家盟誓之言，文筆變化曲折，且益增不能實踐誓約之淒苦。末章疊言「于嗟」、「不我」，悽愴哀怨，使人如聞其聲，如見其容。

七、凱　風

凱風❶自南，吹彼棘心❷。棘心夭夭❸，母氏劬勞❹。

凱風自南，吹彼棘薪❺。母氏聖善❻，我無令❼人。

爰有寒泉❽，在浚之下❾。有子七人，母氏勞苦。
睍睆黃鳥，載好其音。有子七人，莫慰母心❿。

【注　釋】

❶凱風，《爾雅・釋天》：「南風謂之凱風。」❷棘，《說文》：「小棗之叢生者。」即酸棗樹。棗、棘皆有刺，棗獨生而高，棘列生而矮。心，《釋名》：「纖也。」《傳箋通釋》：「棗、棘初生，皆先見尖刺，尖刺即心，心即纖小之義。」❸夭夭，見〈周南・桃夭〉注❶。❹劬，音渠，ㄑㄩˊ。劬勞，《爾雅・釋詁》：「病也。」《傳》：「病苦也。」按劬亦勞也。❺棘薪，《朱傳》：「棘可以為薪，則成矣。」《詩緝》：「棘心，喻子之幼小。棘薪，喻子之成立。」❻聖，《傳》：「叡也。」聖善，叡智而賢淑。❼令，《箋》：「善也。」❽爰，發語詞，乃也。寒泉，泉水清冷，故曰寒泉。《方輿紀要》謂濮陽縣東南有浚城，又有寒泉。❾浚，《傳》：「衛邑。」在今濮陽縣南。二句意謂寒泉能有益於浚民，七子竟無益於母，而使母勞苦也。❿睍睆，音現晚，ㄒㄧㄢˋ ㄨㄢˇ。《傳》：「好貌。」載，《詩緝》：「則也。」慰，《傳》：「安也。」此章言黃鳥猶能好其音以悅人，我七人獨不能慰悅母心。（見《集傳》）

【詩義・章旨】

《後漢書・光武十王傳》記章帝賜東平王書曰：「今送光烈皇后假紒、帛巾各一，及衣一篋，可時奉瞻，以慰凱風寒泉之思。」又〈章八王傳〉記和帝詔曰：「諸王幼稚，早離顧覆，弱冠相育，常有〈蓼莪〉、〈凱風〉之哀。」兩處所記母氏皆已逝世，且〈凱風〉與〈蓼莪〉並稱，可見此詩當是母氏既逝，孝子感劬勞恩重無以報德而自責之詩。〈詩序〉謂：「〈凱風〉，美孝子也。衛之淫風流行，雖有七子之母，猶不安其室，故美七子能盡其孝道，以慰其母心，而成其志爾。」詩中明言「母氏聖善」，豈有「不安於室」之事？明言「莫慰母心」，何來「七子能盡其孝道，以慰其母心」？明言「我無令人」，七子自疚自責之情，顯然可見，豈是他人「美孝子」邪？其說一無可取，置之可也。

全詩四章，每章四句。一二章皆以凱風和煦長養萬物，以喻母愛之偉大。一章以棘心幼嫩，喻七子之稚弱。二章以棘已成薪，喻七子之已長成，雖已長成，僅為薪柴而已，並非良材。與「匪莪伊蒿」、「匪莪伊蔚」具同一意趣。三章以寒泉猶能益浚，以喻七子雖已成人，而無益於母，母仍勞苦如故。末章以黃鳥好音悅人，以示七子不能慰悅母心。此時其母當已逝世，故不曰「劬勞」、「勞苦」，而以「莫慰母心」以自責。頗有「欲報之德，昊天罔極」抱恨無極之嘆。比之〈蓼莪〉，雖無如許悽愴悲痛，然自疚自責，發於至情之孝思，其感人則一。

八、雄雉

雄雉❶于飛，泄泄❷其羽。我之懷❸矣，自詒❹伊❺阻❻。
雄雉于飛，下上其音。展矣君子，實勞我心❼。
瞻彼日月，悠悠我思❽。道之云❾遠，曷云能來？
百爾❿君子⓫，不知德行⓬？不忮不求，何用不臧⓭？

【注釋】

❶雉，《集傳》：「野雞。雄者有冠，長尾，身有文采，善鬭。」❷泄，音異，ㄧˋ。泄泄，《集傳》：「飛之緩

也。」即緩飛貌。❸懷，《集傳》：「思也。」按〈小明〉「心之憂矣，自詒伊戚」語法與此相似，故懷當訓憂。❹詒，《集傳》：「遺也。」❺伊，《詩經詮釋》：「猶其也。」《箋》訓為是，不若訓其為切。❻阻，《廣韻》：「憂也。」〈小雅．小明〉作「自詒伊戚」，《左傳》宣公二年引詩作慼。慼與戚同，皆為憂義。❼展，《傳》：「誠也。」勞，見〈燕燕〉注❾。二句謂使我心憂者，實君子也。❽瞻，《傳》：「視也。」《集傳》：「見日月之往來，而思其君子從役之久也。」❾云，語詞，下同。見《經傳釋詞》。❿百爾，《集傳》：「百猶凡也。言凡爾君子。」⓫君子，與上文「展矣君子」之君子義同，皆指有官爵者。⓬德行，即指下文「不忮不求」之德。不知德行為反詰語。《集傳》：「言凡爾君子，豈不知德行哉？」⓭忮，音至，ㄓˋ。《傳》：「害也。」求，《集傳》：「貪也。」臧，《傳》：「善也。」用，為也。（見《經傳釋詞》）《集傳》：「若能不忮害、不貪求，則何所為而不善哉？」按何用，何為、何以也。

【詩義．章旨】

此君子久役於外，婦人冀其早歸而作之詩。季明德曰：「婦人以其夫遠遊於外，有所沮抑而不得以行其志，故作此詩以規戒之，而欲其全身以歸也。」（《詩說解頤》）得之。〈詩序〉謂：「刺衛宣公也。」恐非是。

全詩四章。一二章「雄雉」皆象徵其夫，「泄泄其羽」、「下上其音」，皆象徵久滯而不歸。三章「瞻彼日月」、「道之云遠」，時久而路遙，以示思念之深，望歸之切。末章以「不忮不求」作結，蓋「憂其遠行之犯患，冀其善處而得全。」（《集傳》）本冀其早歸，末反冀其保身而全德，可謂敦厚之至矣。

九、匏有苦葉

匏❶有苦❷葉，濟❸有深涉❹。深則厲，淺則揭❺。
有瀰❻濟盈❼，有鷕❽雉鳴。濟盈不濡軌❾，雉鳴求其牡❿。
雝雝⓫鳴鴈⓬，旭日⓭始旦⓮。士如歸妻⓯，迨冰未泮⓰。
招招⓱舟子⓲，人涉卬⓳否。人涉卬否，卬須⓴我友。

【注釋】

❶匏，音袍，ㄆㄠˊ。《傳》：「匏謂之瓠。」《埤雅》：「長而瘦小曰瓠，短頸大腹曰匏。」按即葫蘆，大者繫於腰間，浮水渡河，可以防溺，故有腰舟之稱。❷苦，王先謙《詩三家義集疏》：「苦當讀為枯，枯、苦字通。」❸濟，音擠，ㄐㄧˇ。《詩總聞》：「濟，濟水也。」張文虎以為即〈泉水〉「出宿于泲」之泲（見《舒藝室續筆》）。《傳》訓為渡，與下文涉義重複，恐非是。❹涉，聞一多《詩經通義》：「涉，名詞，謂水中可涉之處，猶津也。」今謂之渡口、渡頭。❺厲，《爾雅・釋水》：「以衣涉水為厲，由帶以上為厲。」《傳》同。揭，音器，ㄑㄧˋ。《爾雅・釋水》：「揭者，揭衣也，由膝以下為揭。」《傳》：「揭，褰衣也。遭時制宜，如遇水深則厲，淺則揭矣。」按聞氏《詩經通義》訓厲為帶，動詞。訓揭為揭荷，曰：「厲與揭當承匏言，深與淺當承涉言，謂涉深當厲匏以渡，淺則揭之以渡。」較之舊說固佳，然以舊說流傳既久且廣，故仍從之。《詩經今注》訓厲為裸，謂「水深就把衣服脫下，水淺就把衣服提起」，猶不如舊說也。❻瀰，音迷，ㄇㄧˊ。《集傳》：「水滿貌。」有瀰，即〈新臺〉「河水瀰瀰」之瀰瀰。❼盈，《傳》：「滿也。」濟盈，謂濟水盈滿。❽鷕，音窈，ㄧㄠˇ，雉

鳴聲。有鷕，猶鷕然、鷕鷕。❾軓，《釋文》：「車轊頭也。」轊即軸。濡軓，沾濕軸頭。❿牡，《傳》：「飛曰雌雄，走曰牝牡。」按《尚書・牧誓》曰：「牝雞無晨」，〈齊風・南山〉曰：「雄狐綏綏」，是禽亦可稱牝牡，獸亦可稱雌雄，分別並不甚嚴。此牡指雄雉，《箋》謂：「所求非其類。」非是。⓫雝，音雍，ㄩㄥ。雝雝，《爾雅・釋詁》：「音聲和也。」《傳》同。⓬鴈，《傳》：「納采用鴈。」《集傳》：「鳥名。似鵝，畏寒，秋南春北。」⓭旭，《集傳》：「日初出貌。」旭日，初出之日。⓮始旦，初明、初升。《箋》：「自納采至請期用昕（旦），親迎用昏。」⓯歸妻，《箋》：「歸妻，使之來歸於己。」《毛詩傳疏》：「婦人謂嫁曰歸，自士言之，則娶妻是來歸其妻。」⓰迨冰未泮，《傳》：「迨，及。泮，散也。」《箋》：「冰未散，正月中以前也。」⓱招招，招手貌。《釋文》：「王逸云：以手曰招，以言曰召。」⓲舟子，《傳》：「舟人，主濟渡者。」⓳卬，《爾雅・釋詁》：「我也。」《傳》同。⓴須，《傳》：「待也。」

【詩義・章旨】

此女子望嫁之詩。〈詩序〉「刺衛宣公」云云，與詩文無涉，似不可從。

全詩四章。一章首二句點出時地，時則初秋，地則深涉，二者皆惱人之景況。「深則厲，淺則揭」二句，解釋或有不同，然其「遭時制宜」之喻義，固不異也。二章「濟盈不濡軓」，言濟水雖滿，車路猶通，正是「制宜」之意。以喻通媒請婚，其道固不止一端也。「雉鳴求其牡」，望嫁情切，躍然紙上。三章謂制宜固當，然納采、請期、迎娶等禮，猶不可廢也。末章「人涉卬否，卬須我友」，寫待友心堅，頗有「衣帶漸寬終不悔」之概。四章看似各自獨立，不為連類，實則意趣一貫，其中蛛絲馬跡猶可尋也。

一〇、谷風

習習谷風❶，以陰以雨❷。黽勉❸同心，不宜有怒❹。采葑采菲❺，無以下體❻？德音莫違❼，及爾同死❽。

行道遲遲❾，中心有違❿。不遠伊邇⓫，薄送我畿⓬。誰謂荼⓭苦？其甘如薺⓮。宴爾新昏⓯，如兄如弟⓰。

涇以渭濁⓱，湜湜其沚⓲。宴爾新昏，不我屑以⓳。毋逝我梁⓴，毋發我笱㉑。我躬不閱㉒，遑恤我後㉓？

就其深矣，方之舟之㉔；就其淺矣，泳之游之㉕。何有何亡㉖？黽勉求之。凡民有喪㉗，匍匐㉘救之。

不我能慉㉙，反以我為讎。既阻我德㉚，賈用不售㉛。昔育恐育鞫㉜，及爾顛覆㉝。既生既育㉞，比予于毒㉟。

我有旨蓄㊱，亦以御冬㊲。宴爾新昏，以我御窮㊳。有洸有潰㊴，既詒我肄㊵。不念昔者，伊余來塈㊶。

【注釋】

❶習習，《詩緝》：「錢氏曰：習習，連續不斷之貌。」猶今語一陣陣。《傳》訓和舒貌，後人多從之。然觀下文曰：「以陰以雨」及〈小雅・谷風〉謂「維風及頹」、「無草不死、無木不萎」，似皆無和舒可言，故不從。谷風，《詩緝》：「錢氏曰：谷中之風也。」❷以陰以雨，謂又陰又雨。此二句寫天候，象徵丈夫性情之暴戾，喚起下文「怒」字。❸黽，音敏，ㄇㄧㄣˇ。黽勉，《詩緝》：「言勉力耳。」❹此二句言我勉力與汝君子同心，以為夫婦之道，汝不宜對我有譴怒也。❺葑，音封，ㄈㄥ。菲，音匪，ㄈㄟˇ。《箋》：「此二菜者，蔓菁與葍之類也。皆上下可食，然而其根有美時，有惡時，采之者不可以根惡時并棄其葉。」按葑，又名須、蕪菁、葍、芥、蕘，即大頭菜、苤藍、蘿蔔之類。菲即蘿蔔。❻以，猶及也。下體，《集傳》：「根也。」《詩經詮釋》：「此當是反問語氣。言采葑采菲，能不及其根乎？以喻夫婦當有始有終，不當愛華年而棄衰老也。」❼德音，言語。參見〈日月〉注⓫。此當指以前誓約、成說而言。❽及爾同死，謂我當與爾同生共死。朱守亮謂「及爾同死」，即當初所發之誓言，亦通。❾行道，行路。遲遲，《傳》：「舒行貌。」❿中心，心中。違，通作愇，恨也。《釋文》引《韓詩》云：「違，很也。」很亦恨也。馬瑞辰、俞樾並有說。⓫伊，是也（見《古書虛字集釋》）。邇，《箋》：「近也。」⓬薄，通迫，近也。畿，音基，ㄐㄧ；又讀祈，ㄑㄧˊ。《傳》：「門內也。」《世本古義》曰：「此非真謂其夫之送之。言我既行矣，汝與我訣別，即不敢望其遠，獨不可近相送而一至於畿乎？奈何其不一顧也？」⓭荼，音徒，ㄊㄨˊ。《傳》：「苦菜也。」⓮薺，音濟，ㄐㄧˋ，即薺菜，味甘。二句言荼菜雖苦，己則以為其甘如薺菜，以喻己心更苦也。⓯宴，《集傳》：「樂也。」昏，同婚。新昏，《集傳》：「夫所更娶之妻也。」⓰如兄如弟，古兄弟親於夫妻，故有「兄弟如手足，妻子如衣服」之說。此處以兄弟喻其相親。⓱涇，音經，ㄐㄧㄥ，水名，又稱涇河。源出甘肅省化平縣西南大關山麓，流入陝西省注入渭水。《漢書・地理志》謂：

「涇水一石，其泥數斗。」渭，亦水名，又稱渭河。源出甘肅省渭源縣西鳥鼠山，東南流經陝西省，至高陵縣會涇水，又東流至朝邑縣會洛水，注入黃河。以，《古書虛字集釋》：「猶使也。」涇水濁、渭水清，涇水入渭水使渭水亦濁，以喻夫本清醒，以有新婚而迷惑。⑱湜，音時，ㄕˊ。湜湜，《集傳》：「清貌。」沚，《說文》、《玉篇》引詩皆作止。渭水止則清。此猶望夫能止其行而清醒。⑲以，《集傳》：「與也。」不我屑以，謂不屑與我相共。⑳逝，《爾雅・釋詁》：「往也。」《傳》：「之也。」之亦往也。梁，《集傳》：「堰石障水而空其中以通魚之往來者也。」㉑發，《傳箋通釋》：「發宜訓開。」笱，《集傳》：「以竹為器而承梁之空以取魚者也。」按笱為竹籠，口有逆刺，魚入而不可出，故俗名鬚籠。㉒躬，《箋》：「身也。」即自身、自己。閱，《傳》：「容也。」㉓遑，《箋》：「暇也。」按遑當訓何，《箋》訓為暇，暇通遐，亦何也。恤，音序，ㄒㄩˋ。《箋》：「憂也。」此二句言我自身已不見容，何憂我去後之事？㉔方，筏也。參見〈周南・漢廣〉注⑦。舟，船也。方、舟皆動詞，謂水深則用筏用船以渡。㉕泳之游之，《集傳》：「潛行曰泳，浮水曰游。」四句言於家事不問難易皆盡力而為之。㉖何有何亡，《傳》：「有謂富也，亡謂貧也。」按亡同無。㉗喪，災禍患難。㉘匍匐，音葡福，ㄆㄨˊ ㄈㄨˊ。《集傳》：「手足並行，急遽之甚也。」㉙慉，音畜，ㄒㄩˋ。《傳》：「養也。」《傳箋通釋》：「好也。」按詩下文接言「反以我為讎」，慉讎對言，慉之訓好是也，當從之。不我能慉，即不能慉我之倒文。㉚阻，《集傳》：「卻也。」即拒絕之意。德，《集傳》：「善也。」即善意。㉛賈，音古，ㄍㄨˇ，賣也。用，器也、物也。售，賣出。二句言既拒卻我之善意，如賣物之不能出售。㉜鞫，音菊，ㄐㄩˊ。《傳》：「窮也。」育恐育鞫，《集傳》引張子曰：「育恐，謂生於恐懼之中；育鞫，謂生於困窮之際。」按「昔育恐育鞫」，與下文「既生既育」相對成文，唯「既生既育」一語之上，詩人省一「今」字而已。故「恐」、「鞫」二字皆為狀詞，兩「育」字亦當同解，以與兩「既」字相應。張子得之。《傳》訓「育恐」之「育」為長，《箋》訓「昔育」（《箋》以昔育為一詞）之「育」為稚，而以「恐」為動詞，曰：「昔幼稚之時，恐至長老窮匱。」似不合詩之語法。

《集傳》知二「育」字當同其義，而訓為「生」，然仍以「昔育」為一詞，以「恐」為動詞，故仍不得其解。㉝顛覆，顛仆困頓。㉞既生既育，《箋》：「生謂財業也，育謂長老也。既有財業矣，又既長老矣。」按此生育二字義同，〈大雅・生民〉「載生載育」，可資為證。舊時女子之最大職責厥在生育，故女子常以生育子女為其最大貢獻。《箋》訓生為財業，育為長老，失之。㉟比予于毒，《箋》：「視我如毒螫，言惡已甚也。」㊱旨，《傳》：「美也。」蓄，《呂氏春秋・仲秋紀》高注：「蓄菜，乾苴之屬也。」即乾菜、醃菜、泡菜等。夏秋製妥，以備冬月食用。㊲御，《傳》：「禦也。」冬月少鮮菜，可以乾菜應付。㊳御窮，抵禦窮困。㊴洸，音光，ㄍㄨㄤ。《集傳》：「武貌。」潰，《集傳》：「怒貌。」有洸有潰，《傳》訓為洸洸潰潰，即洸然潰然，橫蠻兇暴之意。㊵詒，即〈雄雉〉「自詒伊阻」之詒，《箋》：「遺也。」肄，音亦，一ˋ。《傳》：「勞也。」此二句言如今對我威怒相加，而給予我勞苦之事。㊶伊，維也，唯也。來，《經義述聞》：「猶是也。」塈，音系，ㄒㄧˋ。《傳》：「息也。」《經義述聞》：「塈讀為愾，愾，怒也。」《傳箋通釋》：「塈即㤅之叚借，㤅即古愛字。」按三復詩文，仍以《傳》訓息為是。息，安也。〈大雅・假樂〉：「不解于位，民之攸塈。」《傳》：「塈，息也。」〈洞酌〉：「豈弟君子，民之攸塈。」《箋》：「塈，息也。」民之攸塈，謂民之所安，亦即民之所依賴也。此詩「伊余來塈」一語，乃承上文「不念昔者」而言，謂君子忘舊，不念往昔唯我是安、是依也。王氏釋為怒，乃承「有洸有潰」而言，如此既與「有洸有潰」之意重複，亦無以解〈大雅〉「民之攸塈」一語。馬氏釋為愛，取義固佳，然塈是否即為㤅之假借，既不可定，且亦不合〈大雅〉「民之攸塈」之塈。故二氏之說皆不從，而從《傳》說。

【詩義・章旨】

〈詩序〉：「〈谷風〉，刺夫婦失道也。」稍近詩旨。《集傳》曰：「婦人為夫所棄，故作是詩。」其說是也。

詩曰：「凡民有喪。」則可知其為貴族也。

全詩六章，每章八句。一章述婦結婚以來之心志與期望，在於黽勉同心，與子偕老而已。然「習習谷風，以陰以雨」，開始二語已兆不祥矣。二章述婚變之由，在於丈夫喜新厭舊、重色輕德。「中心有違」一語開啟下文。「誰謂荼苦？其甘如薺」寥寥八字，道盡心中苦況。三章棄婦自述心中有恨，忽而企盼，忽而憤怒，忽而自怨自艾，道盡複雜心情。四章自述其勤苦之狀，以示無可棄之理。五章以今昔對比，寫昔日與夫共其患難，今既生育子女，生活安樂，乃遭棄置。末章即瑣事以見夫之薄情、兇暴。末語雖責其夫不念昔者，實則猶望其能念舊情，而有所轉圜，情意可謂曲折矣。全文有怨、有怒、有悲、有恨、有企望、亦有絕望，情雖複雜，然敘述則條理不亂，章法完整。

二、式微

式微、式微❶！胡不歸？微君之故❷，胡為乎中露❸？

式微、式微！胡不歸？微君之躬❹，胡為乎泥中❺？

【注釋】

❶式微，《集傳》：「式，發語辭。微，猶衰也。再言之者，言衰之甚也。」❷微，《集傳》：「猶非也。」君，國君。《詩經》中君字，除君子一詞外，皆為國君之意。微君之故，言若非國君之故。❸中露，《集傳》：「露中也。言有沾濡之辱，而無所庇覆也。」❹躬，身也。❺泥中，在泥塗之中。《集傳》：「言陷溺之難，而不見拯救也。」

【詩義・章旨】

〈詩序〉：「〈式微〉，黎侯寓于衛，其臣勸以歸也。」《箋》：「黎侯為狄人所逐，棄其國而居於衛，衛處之以二邑，因安之。可以歸而不歸，故其臣勸之。」按《箋》以「中露」、「泥中」為衛邑名，故云：「衛處之以二邑。」

全詩二章，每章四句，形式複疊。二章起句皆曰：「式微、式微！」傷感中深具警惕之意。末語「中露」、「泥中」，喻受盡沾辱，愈陷而愈深。懷安之君，當知所奮起矣！

二、旄丘

旄丘❶之葛兮，何誕❷之節兮！叔兮伯兮❸，何多日也！
何其處❹也？必有與❺也。何其久也？必有以❻也。
狐裘蒙戎❼，匪❽車不東❾。叔兮伯兮，靡所與同❿。
瑣兮尾兮⓫，流離之子⓬。叔兮伯兮，褎如⓭充耳⓮。

【注釋】

❶旄，音毛，ㄇㄠˊ。旄丘，《傳》：「前高後下曰旄丘。」按郝懿行《爾雅義疏》以為丘名，可備一說。❷誕，《傳箋通釋》：「誕者延之叚借。延，長也。」❸叔兮伯兮，《箋》：「叔伯，字也，呼衛之諸臣。」❹處，《集傳》：「安處也。」何其處，言何以安處而不來救也。❺與，以也。見《毛詩後箋》。《傳》云：「與仁義。」

《集傳》云：「與國。」並失之。❻以，《集傳》：「他故也。」即因也、由也。❼狐裘，《傳》：「大夫狐蒼裘。」按《禮記・玉藻》曰：「錦衣狐裘，諸侯之服也。」狐裘是公侯之服，故《左傳》曰：「狐裘尨茸，一國三公。」若是大夫之服，不得云「一國三公」矣。故《傳》說非是。蒙戎，《傳》：「以言亂也。」《集傳》：「狐裘蒙戎，指衛大夫而譏其憒亂之意。」按《左傳》僖公五年之「尨茸」即此詩之蒙戎，杜預注曰：「尨茸，亂貌。」訓與《傳》同。以狐裘尨茸，喻國君失權，政出多門。故士蔿曰：「一國三公」也。此詩之「狐裘蒙戎」，當亦喻黎君失國而久失其權也。❽匪，《毛詩後箋》：「彼也。」❾不東，《傳》：「言不來東也。」《箋》：「黎國在衛西，公所寓在衛東。」按黎侯寓衛東，馬瑞辰考之頗詳，見《毛詩傳箋通釋》。❿靡所，無處所也。《詩》凡言「靡所」皆謂無處所也，此詩當亦如之。與同，二字同義，即共聚、會聚之意。《詩》凡「靡所」句，其後二字意皆相同。如〈祈父〉「靡所止居」，止即居也。「靡所底止」，底即止也。〈雨無正〉「靡所止戾」，戾即止也。〈桑柔〉「靡所止疑」，疑即止也。「靡所定處」，定即處也。此詩「靡所與同」，與同二字其意亦當同矣。此詩亦黎侯亡國後寄寓于衛所作。「靡所與同」一語，與〈雨無正〉「宗周既滅，靡所止戾」句相似，「靡所止戾」謂無處定居，則「靡所與同」當亦謂無處與國人聚居。觀之下文云：「流離之子。」則其意益明矣。⓫瑣兮尾兮，《集傳》：「瑣，細。尾，末也。」此言黎之君臣處境日趨艱困。⓬流離，《集傳》：「漂散也。」流離之子，謂流徙漂散之人，指黎國君臣而言。《傳》訓流離為鳥，非是。⓭褎，音又，ㄧㄡˋ，盛也。見《傳箋通釋》。如，《經傳釋詞》：「猶然也。」褎如，盛貌，形容充耳之美。⓮充耳，《箋》：「塞耳也。」按充耳為名詞，即瑱也。二句謂黎國君臣流離困苦，而衛君臣服飾盛美，不加聞問也。

【詩義・章旨】

〈詩序〉：「〈旄丘〉，責衛伯也。狄人迫逐黎侯，黎侯寓于衛，衛不能脩方伯連率之職，黎之臣子，以責於衛也。」以詩文觀之，近是。然此非《左傳》宣公十五年狄人滅黎國事，蓋宣公十五年復黎國者乃晉國，非衛國，此其一；衛自魯閔公二年為狄所敗後，國勢一直不振，自保不足，遑論救黎？此其二。此詩當寫於衛武公之後，宣公之前，蓋此時衛正興盛，有方伯連率之實，黎國求之，當有可能。編詩者列之於〈新臺〉、〈二子乘舟〉等詩之前，不為無因。

全詩四章，每章四句。一章以「旄丘之葛兮，何誕之節兮」起興，慨嘆時日長久之意，已在其中。二章自問自答，表面代衛為解，實則嘲諷之也。三章「狐裘蒙戎」，寫黎君居衛，寄人籬下，久失其權。「靡所與同」一語，道盡黎人流離之苦，亡國之痛。卒章「瑣兮尾兮，流離之子」，寫黎國君臣之艱困情景。末語「褎如充耳」，寫衛國大夫服飾之盛，以與前二句對照。而服飾不寫他物，只寫充耳，極盡諷刺之能事，真高明筆法。

一三、簡兮

簡❶兮簡兮，方將萬舞❷。日之方中，在前上處❸。

碩❹人俁俁❺，公庭❻萬舞。有力如虎，執轡如組❼。

左手執籥❽，右手秉翟❾，赫如渥赭❿，公言：「錫爵。」⓫

山有榛⓬，隰有苓⓭。云誰之思⓮？西方美人⓯。彼美人兮，西方之人兮。

【注釋】

❶簡，《傳》：「大也。」按簡字訓釋紛紜，細尋文義，此乃形容萬舞者，仍以《傳》意為是。❷將，《箋》：「且也。」方將，方且、即將。萬舞，《正義》：「萬者，舞之總名，干戚與羽籥皆是。」《集傳》：「武用干

戚，文用羽籥。」❸在前上處，《箋》：「在前列上頭也。」指萬舞之領導人。❹碩，《集傳》：「大也。」❺俁，音雨，ㄩˇ。俁俁，《集傳》：「大貌。」即魁梧貌。❻公庭，公之廟庭。❼轡，音配，ㄆㄟˋ。《集傳》：「今之韁也。」組，《集傳》：「織絲為之，言其柔也。」按如組，言轡之齊一不亂。執轡如組，言其御術之精純。此二句謂武舞。❽籥，音悅，ㄩㄝˋ。《集傳》：「樂器，以竹為之，似笛，六孔。或云：籥有二種：一為吹籥，三孔；一為舞籥，六孔。」按據《爾雅・釋樂》郭注及《周禮・笙師》鄭注，當是三孔。若為六孔，則不能吹矣。❾翟，音笛，ㄉㄧˊ。《集傳》：「雉羽也。」此二句謂文舞。❿赫，《傳》：「赤貌。」渥，音臥，ㄨㄛˋ。《傳》：「厚漬也。」即濕潤之意。赭，音者，ㄓㄜˇ。《說文》：「紅土也。」此句言面色之紅潤。⓫公，衛君也。〈邶〉、〈鄘〉皆衛詩。錫，賜也。爵，古酒器，似雀。錫爵，賜以杯酒，所以尊寵之也。⓬榛，音珍，ㄓㄣ。木名，其子似栗而小。⓭隰，音席，ㄒㄧˊ。《傳》：「下濕曰隰。」即低濕之地。苓，《傳》：「大苦。」《集傳》：「一名大苦，葉似地黃，即今甘草也。」⓮云，發語詞，無義。之，是也。云誰之思，即思誰也。⓯西方美人，指舞者而言。西方，指周室，〈大東〉「西人之子」可以為證。此舞者乃來自周室之武士，地位尊崇，故詩人特明示其身分。《集傳》謂：「托言以指西周之盛王。」恐誤。

【詩義・章旨】

此美某武士善舞之詩。〈詩序〉曰：「〈簡兮〉，刺不用賢也。衛之賢者仕於伶官，皆可以承事王者也。」恐未得其旨。

此詩毛、鄭分為三章，每章六句。朱熹分為四章，三章章四句，一章六句。按朱子分四章較是，說見拙作〈詩經分章歧異考辨〉(見師大《國文學報》二十期)，今從之。一章寫舉行萬舞之時地，及舞者在舞群中之特殊地位。二章寫武舞及舞者之英武。三章寫文舞及舞者所受之尊寵。卒章寫舞者乃來自周室，及詩人心中對舞者之思慕。「山有榛，隰有苓」，雖為興體，然其所象徵者清楚可見，而愛慕之情，亦在其中。兩言「西方之人」，尊崇周室之心，溢於言表。

一四、泉水

毖❶彼泉水❷，亦流于淇❸。有懷❹于衛，靡❺日不思。孌❻彼諸姬❼，聊與之謀❽。

出宿于泲❾，飲餞于禰❿。女子有行⓫，遠⓬父母兄弟。問我諸姑⓭，遂及伯姊⓮。

出宿于干⓯，飲餞于言⓰。載⓱脂⓲載舝⓳，還車言邁⓴。遄㉑臻㉒于衛，不瑕㉓有害。

我思肥泉㉔，茲㉕之永歎㉖。思須㉗與漕㉘，我心悠悠㉙。駕言㉚出遊，以寫㉛我憂。

【注釋】

❶毖，音必，ㄅㄧˋ。《說文》引詩作泌，云：「俠流也。」俠流即疾流。❷泉水，即末章之肥泉，見孔廣森《經學卮言》。❸淇，水名，出河南省林縣，流經今河南省湯陰、淇縣等地。❹懷，《箋》：「至念。」即懷念。❺靡，《箋》：「無也。」❻孌，音孿，上聲ㄌㄩㄢˇ。《傳》：「好貌。」❼諸姬，《傳》：「同姓之女。」《集傳》：「謂姪娣也。」按衛為姬姓，故稱姪娣為諸姬。❽聊，《箋》：「且略之辭。」即姑且，聊且也。聊與之謀，謂姑可與之計議。❾泲，音擠，ㄐㄧˇ，水名，今作濟。自河南省滎陽縣支出，東北流經雷澤，東注入巨野澤。❿餞，《釋文》：「送行飲酒也。」飲餞，飲送行酒也。禰，音你，ㄋㄧˇ，即大禰溝，在曹州西，一名宛水。此二句述歸衛之水路。⓫行，嫁也。見聞一多《詩經通義》。有行，出嫁。⓬遠，音怨，ㄩㄢˋ，疏遠，遠離。⓭問，問候。姑，《爾雅．釋親》：「父之姊妹為姑。」《傳》同。⓮姊，《爾雅．釋親》：「女子先生為姊。」《傳》同。

伯姊，大姊。先姑後姊者，長幼之序也。僅問及姑姊，當是父母已沒。⓯干，《集傳》：「干、言，地名。」朱右曾《詩地理徵》：「干城在清豐縣西南三十里。」⓰言，《詩地理徵》：「《方輿紀要》：清豐縣北十里有聶城，聶城疑言城之訛。」此二句述歸衛之陸路。⓱載，《詩緝》：「載，則也。」⓲脂，《詩緝》：「脂言塗脂也。」按塗脂於軸，使其潤滑。⓳舝，音俠，ㄒㄧㄚˊ，與轄同。《詩緝》：「舝言設舝。」按舝本車軸頭之鍵，此作動詞，言加舝於軸，使其牢固。⓴還，音旋，ㄒㄩㄢˊ。《集傳》：「回旋也。」還車，《箋》：「還車者，嫁時乘來，今思乘以歸。」言，而也。邁，動詞，行也。此句謂回車而遠行歸衛。㉑遄，音船，ㄔㄨㄢˊ。《爾雅・釋詁》：「遄，疾也。」《傳》同。㉒臻，《爾雅・釋詁》：「臻，至也。」《傳》同。㉓不瑕，不會、不致。參見〈周南・汝墳〉注❼。㉔肥泉，《傳》：「所出同所歸異為肥泉。」按《爾雅・釋水》：「歸異出同流肥。」此《傳》所本也。《水經注・淇水》：「美溝水東南流注馬溝水，又東南流注淇水為肥泉。」㉕茲，通滋，見《說文通訓定聲》。增加也。或益、愈也。㉖永歎，長歎。㉗須，《傳》：「衛邑。」《方輿紀要》卷十六：「須城在滑縣東南二十八里。」㉘漕，見〈擊鼓〉注❺。㉙悠悠，《集傳》：「思之長也。」㉚駕，駕車。言，而。㉛寫，音泄，ㄒㄧㄝˋ。《傳》：「除也。」即消除，宣泄也。

【詩義・章旨】

〈詩序〉：「〈泉水〉，衛女思歸也。嫁於諸侯，父母終，思歸寧而不得，故作是詩也。」《箋》：「國君夫人，父母在，則歸寧；沒，則使大夫寧於兄弟。衛女之思歸，雖非禮，思之至也。」

全詩四章，每章六句。一章「有懷于衛，靡日不思」為一篇主旨。首二句「毖彼泉水，亦流于淇」，先寫故鄉景物，以示思衛之切。末二句「孌彼諸姬，聊與之謀」，開啓二三章詩文。二章述自水路歸衛情形，「問我諸姑，遂及伯姊」，似確有其事然。三章述自陸路歸衛情形。此二段乃謀之諸姬者，非真有其事也。末章「我思肥泉」，與首章「泉水」遙應。「思須與漕，我心悠悠」與「有懷于衛」遙應。正點明二三章歸衛之行乃虛設而已，非事實也。末二句「駕言出遊，以寫我憂」，道出歸衛不得之無奈。全詩首尾圓合，寫虛若實，而以一「思」字貫串前後。敘述委婉含蓄，較之〈載馳〉之迫切，另有一番意趣。

一五、北門

出自北門，憂心殷殷❶。終窶❷且貧，莫知我艱❸。已焉哉❹！天實為之，謂❺之何哉！

王事❻適❼我，政事一❽埤益❾我。我入自外，室人交徧讁我❿。已焉哉！天實為之，謂之何哉！

王事敦⓫我，政事一埤遺⓬我。我入自外，室人交徧摧⓭我。已焉哉！天實為之，謂之何哉！

【注釋】

❶殷殷，《集傳》：「憂也。」即憂貌。❷窶，音巨，ㄐㄩˋ。《說文》：「窶，無禮居也。」即居處狹陋之意。❸莫知我艱，言無人知我之艱困。❹已，止也。已焉哉，猶今語算了吧。❺謂，《經傳釋詞》：「猶如也，奈也。」❻王事，為天子從事戰伐之事。見拙作〈詩經成語試釋〉。❼適，音直，ㄓˊ。《傳箋通釋》：「適當為擿之省借。」擿即投擲也。❽一，《經傳釋詞》：「猶皆也。」❾埤，音皮，ㄆㄧˊ。《爾雅・釋詁》：「埤，厚也。」《傳》同。《說文》：「埤，增也。」增與厚意相成。埤益，增加也。❿室人，家人。交，互相。讁，音折，ㄓㄜˊ。《傳》：「責也。」此句言家人更迭徧來責我。⓫敦，《箋》：「猶投擲也。」⓬遺，《傳》：「加也。」埤遺，猶埤益

也。⑬摧，《傳》：「沮也。」《箋》：「摧者，刺譏之言。」即為刺譏之言以沮喪之。

【詩義・章旨】

〈詩序〉：「〈北門〉，刺仕不得志也。」按詩文既謂「王事適我，政事一埤益我」，是非不得志也。此當是嘆勞苦而不能獲報之詩。

全詩三章，每章七句，形式複疊。一章述憂之所自來，在於「終窶且貧，莫知我艱」。二章述王事、政事一肩承擔，勞苦若此，而不獲家人諒解，內外相煎，其艱苦當何如哉！末章與二章義同，惟易數字以協韻，加重述其苦況而已。「已焉哉！天實為之，謂之何哉！」三章全同。一唱三嘆，極具感人效果。

一六、北風

北風其涼❶，雨雪其雱❷。惠❸而好我，攜手同行❹。其虛其邪❺？既亟只且❻。

北風其喈❼，雨雪其霏❽。惠而好我，攜手同歸❾。其虛其邪？既亟只且。

莫赤匪狐，莫黑匪烏❿。惠而好我，攜手同車。其虛其邪？既亟只且。

【注釋】

❶其涼，猶涼涼。《詩經》中凡形容詞之上冠以「其」字，猶冠以「有」字，或此形容詞之疊字。此「其涼」猶「有涼」或「涼涼」，下文「其雱」、「其喈」、「其霏」，皆仿此。❷雨，音遇，ㄩˋ，動詞，落也。雱，音旁，ㄆㄤˊ。《傳》：「盛貌。」其雱，猶雱雱。❸惠，《傳》：「愛也。」與下「好」義同。❹行，音杭，ㄏㄤˊ。《集傳》：

「去也。」❺虛，舒之同音假借。邪，徐之同音假借。見《傳箋通釋》。《集傳》：「虛，寬貌。邪，緩也。」其，語辭。其虛其邪，《詩緝》：「是尚可少寬乎？尚可少緩乎？」❻既，已也。亟，音極，ㄐㄧˊ。《傳》：「急也。」且，音居，ㄐㄩ。只且，《正義》：「語助也。」猶口語「了啊」。既亟只且，猶口語已經很急了啊！❼喈，湝之假借，水寒也。見《傳箋通釋》。其喈，即喈喈，《說文》引詩作湝湝。❽霏，音非，ㄈㄟ。《傳》：「甚貌。」即盛貌。其霏，猶霏霏，《列女傳・楚處莊姪》引詩作霏霏。❾歸，《集傳》：「歸者，去而不反之辭也。」即歸家也。❿莫赤匪狐二句，《毛詩傳疏》：「莫，無也。匪，非也。莫赤匪狐，莫黑匪烏，無有赤者非狐乎！無有黑者匪烏乎！」即凡狐皆赤，凡烏皆黑。亦即俗語天下烏鴉一般黑之意，用以諷刺執政者皆貪暴姦邪之人。

【詩義・章旨】

此乃詩人有見於姦邪當道，國是日非，而思與好友同歸田園之作。〈詩序〉曰：「〈北風〉，刺虐也。衛國並為威虐，百姓不親，莫不相攜持而去焉。」頗近詩旨。

全詩三章，每章六句，形式複疊。一二章以風、雪起興，象徵政治暴虐，環境惡劣，於是詩人乃萌歸隱之意。卒章「莫赤匪狐，莫黑匪烏」二語，後人雖解釋多方，然其喻意則極為清楚，在顯示朝廷皆貪暴而已。每章重心皆在起始二句，其他四句則皆沿此自然而成，如順流行舟，毫不費力。

一七、靜女

靜❶女其姝❷，俟我於城隅❸。愛❹而不見，搔首踟躕❺。

靜女其孌❻，貽我彤管❼。彤管有煒❽，說❾懌❿女⓫美。

自牧⑫歸荑⑬，洵美⑭且異⑮。匪女之為美⑯，美人之貽⑰。

【注釋】

❶靜，《傳》：「貞靜也。」《集傳》：「閒雅也。」即安詳貞靜之意。❷姝，音殊，ㄕㄨ。《說文》：「姝，好也。」其姝，猶姝然、姝姝，美好貌。❸俟，《傳》：「待也。」城隅，《周禮・考工記》鄭注：「城隅，謂角浮思也。」即城上之角樓。此言相期俟於城上之角樓。❹愛，薆之叚借，《魯詩》作薆，《爾雅・釋言》：「薆，隱也。」即隱蔽、躲藏之意。❺踟躕，音池廚，ㄔˊ ㄔㄨˊ。《集傳》：「猶躑躅也。」即徘徊之意。❻其孌，猶其姝。❼彤，音同，ㄊㄨㄥˊ。《釋文》：「赤也。」彤管，即下文之荑。荑狀似管而色微赤，《文選・郭璞遊仙詩》：「臨源挹清波，陵岡掇丹荑。」彤管即丹荑也。劉大白、董作賓並有說（見《古史辨》第四冊）。❽煒，音偉，ㄨㄟˇ。《傳》：「赤貌。」按《說文》：「煒，盛明貌。」即赤而光亮之意。有煒，猶煒然。❾說，同悅。❿懌，音亦，ㄧˋ，亦悅也。⓫女，同汝。指彤管而言。⓬牧，《爾雅・釋地》：「郊外謂之牧，牧外謂之野。」牧即郊野。⓭歸，音饋，ㄎㄨㄟˋ。《集傳》：「歸即貽也。」荑，音提，ㄊㄧˊ。《傳》：「茅之始生也。」即茅芽，一稱茅針，柔美可食。⓮洵，音旬，ㄒㄩㄣˊ。《箋》：「信也。」猶言實在。⓯異，《詩經今注》：「異，出奇。」即特殊之意。⓰匪，非。女，《集傳》：「音汝，指荑而言。」與上章「說懌女美」之女同。⓱美人，指靜女。此二句言並非汝柔荑美，實因美人之所贈而已。

【詩義・章旨】

此男女相悅之詩。〈詩序〉曰：「〈靜女〉，刺時也。衛君無道，夫人無德。」此非詩旨。《集傳》曰：「此淫奔期會之詩。」語似過重。

詩共三章，每章四句。一章述男女相約，女子隱而不見，男子焦急之情。二章述男子喜獲贈物之狀。卒章述男子喜物實由於愛人，所謂愛屋及烏者是也。

首章「搔首踟躕」，寫焦急之狀，頗為傳神。卒章末二語自為翻駁之辭，巧麗而雋永。

一八、新臺

新臺❶有泚❷，河水瀰瀰❸。燕婉之求❹，籧篨不鮮❺。
新臺有洒❻，河水浼浼❼。燕婉之求，籧篨不殄❽。
魚網之設，鴻❾則離❿之，燕婉之求，得此戚施⓫。

【注釋】

❶新臺，衛宣公迎宣姜於黃河岸上所築之臺。《水經注‧河水》：「鄄城……北岸有新臺鴻基，層廣高數丈，衛宣公所築新臺矣。」《寰宇記》：「新臺，在濮州鄄城縣北十七里。」❷泚，音此，ㄘˇ。《傳》：「鮮明貌。」《說文》引詩作玼。有泚，猶泚然。❸瀰瀰，《傳》：「盛貌。」❹燕婉，《文選‧西京賦》李善注引《韓詩》作嬿婉，曰：「好貌。」即美好、俊美之意。之，是也。❺籧篨，音渠除，ㄑㄩˊ ㄔㄨˊ。《傳》：「不能俯者。」《集傳》：「不能俯，疾之醜者也。」今謂雞胸也。竊意籧篨當即下文之戚施，亦蟾蜍之類，李辰冬《詩經通釋》引《異物志》曰：「玳瑁如龜，大者如籧篨。」可證。鮮，音顯，ㄒㄧㄢˇ。姜炳章《詩序廣義》曰：「《昭五年‧左傳》：『葬鮮者自西門。』注：『不以壽終為鮮。』與次章不殄意同。不鮮、不殄，猶言須與無死，尸

居餘氣耳。」按姜氏之說是也。鮮即夭死，不鮮，即老不死之意。又按「籧篨不鮮」句上添「得此」二字看，此二句謂本欲求俊美之人，卻得此老不死之蟾蜍。❻洒，音璀，ㄘㄨㄟˇ。《詩緝》引錢氏曰：「洒，鮮潔貌。」《釋文》引《韓詩》作漼，云：「鮮貌。」❼浼，音每，ㄇㄟˇ。浼浼，《釋文》引《韓詩》作浘浘，云：「盛貌。」❽殄，音忝，ㄊㄧㄢˇ。《爾雅．釋詁》：「殄，絕也。」《傳》同。不殄，猶言不死。❾鴻，《詩經通義》：「鴻即苦蠪之合音，《廣雅．釋魚》：『苦蠪，蛤蟆也。』」❿離，《集傳》：「麗也。」即遭遇之意。⓫戚施，《說文》引《詩》作䵶鼁，曰：「詹諸也。」段注：「蛤蟆能作呷呷聲，蟾蜍不能作聲，詹諸象其謇吃之音，此言所以不名詹諸也。其字俗作蟾蠩，又作蟾蜍。」按「得此戚施」下添「不鮮」或「不殄」二字看，謂得此老不死之蟾蜍也。

【詩義．章旨】

〈詩序〉：「〈新臺〉，刺衛宣公也。納伋之妻，作新臺于河上而要之。國人惡之而作是詩也。」按宣公名晉，莊公子而桓公弟。伋，宣公子。所納伋之妻，即宣姜也。

全詩三章，每章四句，形式複疊。三章皆寫宣姜本「燕婉之求」，竟得此籧篨、戚施，可謂不幸之甚！詩人以籧篨、戚施、鴻喻宣公，又責其不鮮、不殄，可謂疾之已甚。

通篇全用比喻寫出，無一語言及所寫之人，而此人如在紙上。並未直言宣公之醜，而其醜似在眼前。比喻之用，勝於直述遠矣！三百篇中，多此筆法；識此筆法，而後可與言《詩》也。

一九、二子乘舟

二子❶乘舟❷，汎汎❸其景❹。願❺言思子，中心養養❻。
二子乘舟，汎汎其逝❼。願言思子，不瑕有害❽。

【注釋】

❶二子，《傳》：「伋、壽也。」伋，《左傳》作急子。壽為宣姜所生。❷乘舟，《集傳》：「渡河如齊也。」❸汎汎，漂浮貌。❹景，《集傳》：「古影字。」❺願，《箋》：「念也。」❻養養，《集傳》：「猶漾漾，憂不知所定之貌。」❼逝，《傳》：「往也。」❽不瑕有害，謂不致有害也。參見〈周南・汝墳〉注❼。

【詩義・章旨】

〈詩序〉：「〈二子乘舟〉，思伋、壽也。衛宣公之二子相爭為死，國人傷而思之，作是詩也。」《集傳》：「舊說以為宣公納伋之妻，是為宣姜，生壽及朔。朔與其母愬伋於公，公令伋之齊，使賊先待於隘而殺之。壽知之，以告伋。伋曰：『君命也，不可以逃。』壽竊其節而先往，賊殺之。伋至，曰：『君命殺我，壽有何罪？』賊又殺之。國人傷之，而作是詩也。」〈詩序〉之說，揆之詩文，多有未合，故惠周惕、姚際恆、崔述、顧鎮等皆疑之。竊意亦不以〈詩序〉之說為是，然又無以解說詩旨，不得已姑仍從之。伋、壽事見《左傳》桓公十六年。

全詩二章，形式複疊。一章寫二子乘舟而去，中心思念而憂傷。二章則冀望其安寧而無災害。關切之情，溢於言表。

鄘

又作庸。說見「邶」。

一、柏舟

汎❶彼柏舟，在彼中河❷。髧❸彼兩髦❹，實維❺我儀❻。之死矢靡它❼。母也天只❽！不諒❾人只！

汎彼柏舟，在彼河側。髧彼兩髦，實維我特❿。之死矢靡慝⓫。母也天只！不諒人只！

【注釋】

❶汎，浮貌。參見〈邶風・柏舟〉注❶。❷中河，河中。❸髧，音旦，ㄉㄢˋ。《集傳》：「髧，垂貌。」❹髦，音毛，ㄇㄠˊ。《集傳》：「兩髦者，剪髮夾囟，子事父母之飾，親死後然後去之，此蓋指共伯也。」按囟為頭頂腦門。兩髦夾囟，本為幼兒之飾，然父母在，則年雖長亦不去；親沒，然後去之。故詩中髧彼兩髦之人，未必年幼。❺維，為也。《詩》中維字多用作此意。❻儀，《傳》：「匹也。」❼之，《傳》：「至也。」矢，《爾雅・釋言》：「誓也。」《傳》同。靡，《爾雅・釋言》：「無也。」此言我發誓至死無異心，謂不改嫁也。❽只，《集傳》：「語助詞。」母也天只，猶言母啊、天啊，所謂呼天呼父母也。《傳》訓天為父，然《詩經》中父母並舉，父必在母之前，此其例也。且人急時呼母呼天，鮮有呼父者。故其說不可從。❾諒，《詩經詮釋》：「猶今言諒解。」按釋為體諒亦可。❿特，《傳》：「匹也。」⓫慝，音特，ㄊㄜˋ。《傳》：「邪也。」

【詩義・章旨】

〈詩序〉：「〈柏舟〉，共姜自誓也。衛世子共伯蚤死，其妻守義，父母欲奪而嫁之，誓而弗許，故作是詩以絕之。」按《史記・衛世家》謂：衛釐侯卒，太子共伯餘立；共伯弟和（衛武公）襲攻共伯於墓上，殺共伯而自立云云。其說與〈詩序〉異，後人或因〈詩序〉而疑《史記》，或據《史記》而攻〈詩序〉，纏訟不休。〈詩序〉之說，何所依據，時移世遠，不可考定。故此詩是否為共姜所作，實不可知。然其為貞婦自誓，則毫無可疑。故姚際恆《詩經通論》曰：「當是貞婦有夫蚤死，其母欲嫁之，而誓死不願之作也。」

全詩二章，每章七句，形式複疊。二章皆誓死以明志，以示不嫁之堅決。貞烈之性，當使貳臣者，知所愧怍矣。

二、牆有茨

牆有茨❶，不可埽❷也。中冓❸之言，不可道也。所❹可道也，言之醜❺也。

牆有茨，不可襄❻也。中冓之言，不可詳❼也。所可詳也，言之長❽也。

牆有茨，不可束❾也。中冓之言，不可讀❿也。所可讀也，言之辱⓫也。

【注釋】

❶茨，音慈，ㄘˊ。《爾雅・釋草》：「茨，蒺藜。」郭注：「布地蔓生，細葉，子有三角刺人。」昔人多以之覆於牆上以防盜，亦以護牆。❷埽，同掃。不可掃，《傳》：「欲埽去之，反傷牆也。」❸冓，音構，ㄍㄡˋ。《說

文》：「冓，交積材也。」《毛詩後箋》：「室必交積材以為蓋屋，中冓者，謂室中。」❹所，猶若也，或也。見《經傳釋詞》。❺醜，《集傳》：「惡也。閨中之事，皆醜惡不可言。」❻襄，《爾雅・釋言》：「襄，除也。」《傳》同。❼詳，《集傳》：「詳，詳言之也。」即細說。❽言之長，《集傳》：「言之長者，不欲言而托以語長難竟也。」❾束，《傳》：「束，束而去之。」謂收束除去也。❿讀，《廣雅・釋詁》：「讀，說也。」⓫辱，《集傳》：「猶醜也。」即汙穢之意。

【詩義・章旨】

〈詩序〉：「〈牆有茨〉，衛人刺其上也。公子頑通乎君母，國人疾之，而不可道也。」《箋》：「宣公卒，惠公幼，其庶兄頑烝於惠公之母，生子五人：齊子、戴公、文公、宋桓夫人、許穆夫人。」按頑，《左傳》閔公二年作昭伯，頑蓋其名也。此詩言閨中之事，皆醜惡而不可言也。

全詩三章，每章六句，形式複疊。三章皆以牆有茨，不可掃除為興，以象徵閨中之事，不可道說。一章言醜，醜謂醜惡，卒章言辱，辱謂汙穢，尤甚於醜惡。一字之貶，深極骨髓，真勝於斧鉞矣。

三、君子偕老

君子偕老❶，副笄❷六珈❸。委委佗佗❹，如山如河❺，象服是宜❻。子之不淑❼，云如之何❽！

玼❾兮玼兮，其之翟❿也。鬒髮如雲⓫，不屑髢也⓬。玉之瑱⓭也，象之揥⓮也，揚且之皙⓯也。胡然而天也？胡然而帝也⓰？

瑳⑰兮瑳兮，其之展⑱也。蒙彼縐絺⑲，是紲袢⑳也。子之清揚㉑，揚且之顏㉒也。展如㉓之人兮，邦之媛㉔也。

【注釋】

❶君子，有官爵者之稱，於詩中當指衛宣公。偕老，見〈邶風・擊鼓〉注⑰。此言與君子偕老之人。❷副，《傳》：「后夫人之首飾，編髮為之。」《正義》引《周禮・追師》注曰：「副之言覆，所以覆首為之飾。其遺像若今之步搖矣。」笄，音基，ㄐㄧ。《說文》：「笄，簪也。」❸六珈，《箋》：「珈之言加也。副既笄而加飾，如今步搖上飾。」按《後漢書・輿服志》曰：「步搖以黃金為山題，貫白珠為桂枝相繆，一爵九華。熊、虎、赤羆、天鹿、辟邪、南山豐大特六獸，詩所謂『副笄六珈』者。」六物皆以玉為之，加於笄而為飾，故曰六珈。❹佗，音駝，ㄊㄨㄛˊ。委委佗佗，《集傳》：「雍容自得之貌。」《詩經詮釋》：「古疊字往往不重書，但於首字下記以略小之＝字。委委佗佗，古蓋寫作委＝佗＝，當讀作委佗委佗，與〈召南・羔羊〉之委蛇委蛇同。」《韓詩》作逶迤，行路紆曲之貌；狀其行之緩而從容也。❺如山如河，《集傳》：「如山，安重也。如河，弘廣也。」❻象服，《箋》：「象服者，謂揄翟、闕翟也。」按古王后有六服：褘衣、揄翟、闕翟、鞠衣、展衣、褖衣（見《周禮・內司服》）。畫文彩於其上，故曰象服。象服是宜，謂其宜於象服，稱其妃后之位也。❼淑，《集傳》：「善也。」不淑，不善，乃言其遭遇之不善，亦即不幸之意，非謂其人之不善也。見王國維〈與友人論詩書中成語書〉。❽云，發語詞，無義。云如之何，即如何。蓋深嘆惜之也。❾玼，音此，ㄘˇ。《傳》：「鮮盛貌。」❿翟，《傳》：「揄翟、闕翟，羽飾衣也。」按翟本雉羽，王后六服中之揄翟、闕翟，畫雉羽為飾，故稱為翟。⓫鬒，音診，ㄓㄣˇ。《說文》：「髮稠也。」鬒髮，稠髮。如雲，《集傳》：「言多而美也。」⓬髢，音替，ㄊㄧˋ。《箋》：

「髮也。」即假髮。以其髮稠而美，故不屑於用假髮也。⑬瑱，音掭，ㄊㄧㄢˋ。《傳》：「塞耳也。」即充耳之玉。⑭象，《集傳》：「象骨也。」揥，音替，ㄊㄧˋ。《傳》：「所以摘髮也。」《正義》：「用象骨搔首，因以為飾，名之揥。」《傳箋通釋》：「揥即搔首之簪。」⑮揚，即「其貌不揚」之揚，明晰、亮麗之意。見《傳箋通釋》及《說文通訓定聲》。《傳》訓為「眉上廣」，似誤。且，音居，ㄐㄩ。《集傳》：「助語辭。」皙，音析，ㄒㄧ。《傳》：「皙，白皙。」《詩經詮釋》：「膚色白也。」按皙為名詞，當指白皙之皮膚。⑯胡，何。然，如是、如此。見《經傳釋詞》。而，《經傳釋詞》：「如也。」天，天神、天仙。帝，上帝。二句言何以如此似天仙，何以如此似上帝？正與前文「委委佗佗，如山如河」相遙應，蓋贊其容貌脫俗，氣象不凡也。⑰瑳，音脞，ㄘㄨㄛˇ。《集傳》：「亦鮮盛貌。」⑱展，即王后六服中之展衣。⑲蒙，《傳》：「覆也。」縐絺，《傳》：「絺之靡（細也）者為縐。是當暑袢延之服也。」按絡為葛布之粗者，絺較絡為細，縐又較絺為細。當夏之時，縐絺為裡衣（即下文紲袢），其外又蒙以展衣。⑳紲，音泄，ㄒㄧㄝˋ，褻之假借。袢，音煩，ㄈㄢˊ，近身衣也。二字義同。見《傳箋通釋》。㉑清揚，《傳箋通釋》：「皆美貌之稱。」按清、揚二字義同，故〈猗嗟〉一章曰：「美目揚兮。」二章曰：「美目清兮。」子之清揚，言宣姜清明亮麗也。㉒顏，容貌。㉓展如，誠然。㉔媛，音願，ㄩㄢˋ。《爾雅．釋訓》：「美女為媛。」《傳》同。

【詩義．章旨】

此美宣姜之詩。〈詩序〉曰：「刺衛夫人也。」然詩文皆為贊美之辭，無一語為刺者，〈序〉言實誤（見傅斯年〈詩經講義稿〉及拙作〈「君子偕老」非刺宣姜之詩〉）。由「君子偕老」一語觀之，此詩當作於宣公猶在，宣姜初嫁之時也。

全詩三章，依次為七句、九句、八句。一章言其服飾之美盛，氣象之弘廣，宜於象服，適於后位。二章既言其服飾之盛，又嘆其莊重如天如帝。卒章重言其服飾之盛，又深贊其容貌之美。一章「委委佗佗，如山如河，象服是宜」，嘆其氣度之雍容。二章「胡然而天也？胡然而帝也」，嘆其形象之莊重。卒章「邦之媛也」，嘆其容貌之秀美。全詩無一句諷刺貶抑之語，而後人竟謂刺其行之不善，德之不稱，故知解人之不易得也！至於「子之不淑，云如之何」二語，乃嘆其遭遇之不幸，為惋惜之詞，非譏刺之言也。

四、桑中

爰❶采唐❷矣，沬❸之鄉矣。云誰之思❹？美孟姜❺矣。期❻我乎桑中❼，要❽我乎上宮❾，送我乎淇之上矣。

爰采麥矣，沬之北矣。云誰之思？美孟弋❿矣。期我乎桑中，要我乎上宮，送我乎淇之上矣。

爰采葑⓫矣，沬之東矣。云誰之思？美孟庸⓬矣。期我乎桑中，要我乎上宮，送我乎淇之上矣。

【注釋】

❶爰，乃、於是。❷唐，菜名，《爾雅・釋草》：「唐、蒙，女蘿。」❸沬，音妹，ㄇㄟˋ，衛邑，即牧野。《書・酒誥》作妹邦。在今河南省淇縣境。❹云誰之思，見〈邶風・簡兮〉注⓮。❺孟姜，《集傳》：「孟，長也。姜，齊女。言貴族也。」即姜姓之長女，此託言也。❻期，《說文》：「期，會也。」段注：「會者，合也。期者，

要約之意，所以為會合也。」❼桑中，桑林之中；非「桑間濮上」之桑間，胡承珙、陳啟源辨之甚詳。《集傳》謂：「桑間濮上之音。」恐誤。❽要，同邀，約也。❾上宮，孔廣森《經學卮言》：「樓也。」❿弋，音亦，ㄧˋ。《集傳》：「弋，《春秋》或作姒，蓋杞女，夏后氏之後，亦貴族也。」按《春秋》襄公四年「姒氏」，《公羊傳》作弋氏。孟弋，弋姓之長女。⓫葑，見〈邶風・谷風〉注❺。⓬庸，《傳》：「庸，姓也。」漢有膠東庸生，又有庸光，皆以庸為姓。孟庸，庸姓之長女。

【詩義・章旨】

此男女相悅之詩也。〈詩序〉曰：「〈桑中〉，刺奔也。衛之宮室淫亂，男女相奔，至于世族在位，相竊妻妾，期於幽遠。政散民流，而不可止。」此誤以此詩為「桑間濮上之音，亡國之音」之害也。《集傳》從之，亦誤。

全詩三章，每章七句，形式重疊，皆寫思念貴族女子之事也。所謂「孟姜」、「孟弋」、「孟庸」，既皆托言，則「期我乎桑中，要我乎上宮，送我乎淇之上」當非事實。若考其究為一人事，或為三人事（《毛詩後箋》），鑿矣。二周之時，姬姓最大，而詩不言「孟姬」，頗令人生疑。

五、鶉之奔奔

鶉之奔奔❶，鵲之彊彊❷。人之無良❸，我以為兄。

鵲之彊彊，鶉之奔奔。人之無良，我以為君❹。

【注　釋】

❶鶉，音純，ㄔㄨㄣˊ。《釋文》：「鶕鶉鳥。」今作鵪鶉。奔奔，《詩緝》引陸佃曰：「鬭也。」此言鶉極猛烈。❷彊，音姜，ㄐㄧㄤ。彊彊，《詩緝》引陸佃曰：「剛也。」此言鵲極兇狠。按《禮記・表記》引詩作「鵲之姜姜，鶉之賁賁。」鄭注：「姜姜、賁賁，爭鬬惡視貌也。」❸良，《傳》：「善也。」無良，不善。❹君，國君。《詩經》中「君」字，皆指國君而言。《傳》訓小君，恐誤。

【詩義・章旨】

《詩序》曰：「〈鶉之奔奔〉，刺衛宣姜也。衛人以宣姜鶉鵲之不若也。」姚際恆《詩經通論》曰：「大抵『人』指一人，『我』皆自我，而『為兄』、『為君』，乃國君之弟所言爾，蓋刺宣公也。」按姚氏之言甚是，詩中之「我」，即詩人自稱，「人」對「我」而言，即詩中之「兄」、「君」，乃詩人所欲刺責之對象，當指衛君而言。姚氏謂指宣公，或有可能。

全詩二章，每章四句，形式複疊。皆寫兄、君之不良，而我為弟、臣者，竟無可如之何。既刺人之無良，亦嘆我之無奈。至於「鶉之奔奔，鵲之彊彊」之奔奔、彊彊，《箋》謂：「居有常匹、飛則相隨之貌。」《釋文》引《韓詩》曰：「乘匹之貌。」今知此詩既非刺宣姜，亦非刺公子頑之詩，則此二說皆無所依附而不可用。今用陸佃之說者，蓋以「鶉所以奔奔然善鬬者，惡其亂匹而鬬也；鵲所以彊彊然難偶者，傳枝受卵故能不淫也」（見《詩補傳》），或鶉鵲以爭偶而猛烈爭鬬也。無論其為護匹、爭匹（二者實是一事），皆用以影射宣公奪伋妻之事。如此，此二句興詩可得而解，而詩之文義亦能貫通矣。

六、定之方中

定❶之方中❷，作于❸楚宮❹。揆之以日❺，作于楚室❻。樹❼之榛栗❽，椅桐梓漆❾，爰伐琴瑟❿。

升彼虛⓫矣，以望楚⓬矣。望楚與堂⓭，景山⓮與京⓯。降觀于桑⓰，卜云其吉⓱，終焉允臧⓲。

靈雨既零⓳，命彼倌人⓴，星言夙駕㉑，說于桑田㉒。匪直也人㉓，秉心塞淵㉔，騋牝三千㉕。

【注釋】

❶定，星名。《爾雅・釋天》：「營室謂之定。」《集傳》：「定，北方之宿，營室星也。」按一名天廟，又名清廟，又名豕韋。❷中，《箋》：「定星昏中而正，於是可以營制宮室，故謂之營室。定昏中而正，謂小雪時，其體與東壁連正四方。」《集傳》：「昏而中，夏正十月也。」按《漢書・天文志》曰：「營室、東壁，并州。」衛在并州。《禮記・月令》：「仲冬之月，昏，東壁中。」東壁既中，則營室亦中可知。是「營室在十月望後至十一月初，猶為昏中」（《傳箋通釋》），非僅小雪十月也。《春秋》僖公元年：「正月，城楚丘。」周之正月，正夏正之十一月，是此詩之「作于楚宮」與《春秋》之「城楚丘」，實為一事也。❸于，當讀曰為，下同。見《經義述聞》。《正義》曰：「作為楚丘之宮，作為楚丘之室。」❹楚宮，《傳》：「楚丘之宮。」《箋》：「楚宮，

謂宗廟也。」❺揆，《傳》：「度也。」揆之以日，《集傳》：「樹八尺之臬，而度其日之出入之景，以定東西；又參日中之景，以正南北也。」❻楚室，《集傳》：「猶楚宮，互文以協韻爾。」❼樹，種也。❽榛栗，《集傳》：「榛栗二木，其實榛小而栗大，皆可供籩實。」❾椅桐梓漆，皆木名。《正義》引陸機曰：「楸之疏理白色而生子者為梓，梓實桐皮曰椅。」《集傳》：「桐，梧桐也。漆木有液黏黑，可飾器物。四木皆琴瑟之材也。」按榛栗之實可供籩實以祭祀，椅桐梓漆之材可作琴瑟以奏樂。❿爰，乃也。此言待四木長大乃伐之以為琴瑟。⓫虛，《傳》：「漕虛也。」《集傳》：「故城也。」是虛即漕故城廢墟也。⓬楚，《集傳》：「楚丘。」《詩地理徵》引《寰宇記》曰：「楚丘古城在衛南縣西北四里。」⓭堂，《集傳》：「楚丘之旁邑也。」⓮景山，《傳》：「大山。」《集傳》：「景，測景以正方面也，與『既景迺岡』之景同。或曰：景，山名。」按《傳箋通釋》曰：「二句相對成文，景當如朱子《集傳》讀如『既景迺岡』之景，後人乃以景山名之耳。」⓯京，《傳》：「高丘也。」⓰降，下虛也，對上文「升」而言。桑，桑林，下文有桑田，可證。桑可飼蠶，衣之所本，觀之以察其土宜。⓱卜，《傳》：「龜曰卜。」此謂以龜卜之而得吉辭。⓲允臧，《傳》：「允，信。臧，善也。」終焉允臧，謂果然誠善。⓳靈，《箋》：「善也。」零，《傳》：「落也。」此言好雨（即時雨）既落。⓴倌，音官，ㄍㄨㄢ。倌人，《傳》：「主駕者。」《說文》：「倌，小臣也。」按《周禮・小臣》曰：「小臣掌王之小命，王之燕出則前驅。」小臣既司傳命，出則前驅，故兼主駕之事。非相對於大臣之小臣也。㉑星，《箋》：「雨止星見。」按星，正字應作姓，《說文》：「姓，雨而夜除星見也。」姓即古晴字。見《傳箋通釋》。夙，晨早。駕，駕車。此言雨止則為我晨起而駕。㉒說，音稅，ㄕㄨㄟˋ，見〈召南・甘棠〉注❾。說于桑田，《箋》：「教民稼穡，務農急也。」㉓匪，《經傳釋詞》：「匪，彼也。匪直也人，言彼正直之人。」㉔秉，《傳》：「操也。」秉心塞淵，《集傳》：「所以操其心者誠實而淵深也。」㉕騋，音來，ㄌㄞˊ。《周禮・廋人》：「馬七尺以上曰騋。」《傳》同。牝，音聘，ㄆㄧㄣˋ，雌馬。《毛詩傳疏》：「牝馬，母馬。騋牝，非騋之牝三千，亦非騋與牝合三千，馬有三千者，統通國言。」按衛遭狄禍，於楚邱初建城邑，重視繁殖，故於馬舉牝，實則該牡也。《左傳》閔公二年：「衛文公……元年，革車三十乘；季年，乃三百乘。」可見其生聚之勤。

【詩義・章旨】

〈詩序〉：「〈定之方中〉，美衛文公也。衛為狄所滅，東徙渡河，野處漕邑。齊桓公攘夷狄而封之，文公徙居楚丘，始建城市而營宮室，得其時制，百姓說之。國家殷富焉。」《箋》：「《春秋・閔公二年》冬，狄人入衛。衛懿公及狄人戰于熒澤而敗，宋桓公迎衛之遺民渡河，立戴公以廬於漕。戴公立一年而卒。魯僖公二年，齊桓公城楚丘而封衛，於是文公立而建國焉。」

全詩三章，每章七句，皆贊美衛文公也。一章寫其營建宮室，廣植樹木之勤。建國伊始，不忘禮樂，已可見其志慮之深遠。二章寫其升望降觀，考察地勢之勤。其心實在鞏固國防，非僅在宮室也。卒章寫其農桑畜牧之勤，致力於厚植國力之基礎工作。末語「騋牝三千」，即其國力之總表現。天時、地利、人和，三者俱備，衛之復興根基已具矣。《左傳》閔公二年曰：「衛文公大布之衣，大帛之冠，務材訓農，通商惠工，敬教勸學，援方任能。元年，革車三十乘；季年，乃三百乘。」後百有餘年，孔子適衛，而有「庶矣」之嘆，皆文公生聚教訓之功。詩人嘆其「秉心塞淵」，誠非虛美也。

七、蝃蝀

蝃蝀在東❶，莫之敢指❷。女子有行❸，遠❹父母兄弟。

朝隮❺于西，崇朝其雨❻。女子有行，遠兄弟父母。

乃如之人❼也，懷❽昏姻也，大無信❾也，不知命❿也。

【注釋】

❶蝃蝀，音帝東，ㄉㄧˋ ㄉㄨㄥ。《傳》：「虹也。」在東，《集傳》：「在東者，暮虹也。」❷莫之敢指，古以虹為天地靈氣所聚，指之則為不敬，當必有災，亦如指天日然。今北方猶戒小兒指虹，指則指爛或手歪，但與淫事無涉。❸有行，出嫁。參見〈邶風．泉水〉注⓫。❹遠，音怨，ㄩㄢˋ，疏遠、遠離也。❺隮，音機，ㄐㄧ。《周禮．眡祲》：「掌十煇之法……九曰隮。」鄭注：「隮，虹也。」按《日知錄．卷三》：「諺云：東虹晴，西虹雨。」由下文「崇朝其雨」觀之，鄭氏訓隮為虹，是也。故《毛詩稽古編》曰：「蝃蝀在東，暮虹也；朝隮于西，朝虹也。」❻崇朝，《傳》：「崇，終也。從旦自食時為終朝。」崇朝其雨，言終朝雨不止也。❼之人，是人。參見〈邶風．日月〉注❸。❽懷，《箋》：「思也。」❾大，讀為太。大無信，指上文昏姻而言，謂其未實踐昏姻之約而失信也。❿命，《詩經詮釋》：「命運也。」《傳》、《箋》釋為父母之命，程子釋為正理，《韓詩外傳》釋為生命，似皆不合詩旨。

【詩義．章旨】

此當是女子傷其夫不守婚約之詩。〈詩序〉、《集傳》皆謂刺淫奔之詩。細尋詩文，無淫奔之意，故不從。全詩三章，每章四句，一二章複疊。一二章皆以虹為喻。〈曹風．候人〉曰：「彼其之子，不遂其媾。」又曰：「薈兮蔚兮，南山朝隮。婉兮孌兮，季女斯飢。」亦以虹喻婚姻之不遂。是虹與婚姻必有某種之關係，殆無可疑。一二章兩言女子有行，遠父母兄弟，似突出其孤獨無依之境。卒章乃全詩重心，「之人」則為詩人所欲責討之對象。「大無信也，不知命也」，出之唾罵，語似過激；然己身所受傷害之深，亦由此可知矣。

八、相　鼠

相❶鼠有皮，人而無儀❷。人而無儀，不死何為？

相鼠有齒，人而無止❸。人而無止，不死何俟❹？

相鼠有體❺，人而無禮。人而無禮，胡不遄❻死？

【注　釋】

❶相，音像，ㄒㄧㄤˋ。《傳》：「視也。」陳第〈相鼠解義〉（附於《毛詩古音考》）謂相鼠乃鼠名。按《詩》中用「相」字極多，凡用於一章之首者，皆為視意，從無例外，此詩當亦如之。故陳說不可從。❷儀，《箋》：「威儀也。」❸止，《箋》：「容止。」❹俟，《傳》：「待也。」❺體，《傳》：「支體也。」❻遄，音船，ㄔㄨㄢˊ。《傳》：「速也。」

【詩義・章旨】

〈詩序〉：「〈相鼠〉，刺無禮也。」

全詩三章，每章四句，形式複疊。三章皆以鼠為喻。鼠乃至卑汙之物，人若無威儀容止，偷食苟得，寡廉鮮恥，直與之相同，何以自立於天地之間，固不如速死之為愈也。無儀、無止、無禮，其義一也，變文以協韻耳。一章曰「不死何為」，二章曰「不死何俟」，三章曰「胡不遄死」，層層進逼，使人難以喘息。

九、干旄

孑孑❶干旄❷，在浚❸之郊❹。素絲紕之❺，良馬四之❻。彼姝者子❼，何以畀❽之？

孑孑干旟❾，在浚之都❿。素絲組⓫之，良馬五之⓬。彼姝者子，何以予之？

孑孑干旌⓭，在浚之城⓮。素絲祝⓯之，良馬六之。彼姝者子，何以告⓰之？

【注釋】

❶孑，音結，ㄐㄧㄝˊ。孑孑，《集傳》：「特出之貌。」❷干，《毛詩傳疏》：「干，讀如『籊籊竹竿』之竿。」旄，旄牛尾也。干旄，《集傳》：「以旄牛尾注於旗干之首。」❸浚，衛邑名。參見〈邶風・凱風〉注❾。❹郊，《爾雅・釋地》：「邑外曰郊。」❺紕，音皮，ㄆㄧˊ。《傳》：「所以組織也。」即連屬、縫合之意。此言以白絲連屬旄旗而完成之。❻四之，《集傳》：「兩服兩驂，凡四馬以載之也。」❼姝，美也。參見〈邶風・靜女〉注❷。子，詩中旄、旟、旌、馬，皆是行陣之事，此子當指男子。彼姝者子，言彼俊美之男子。❽畀，音閉，ㄅㄧˋ。《傳》：「予也。」即贈予。❾旟，音余，ㄩˊ，九旗之一。《周禮・司常》：「鳥隼為旟。」《箋》：「州里建旟，謂州長之屬。」❿都，《傳》：「下邑曰都。」即城邑。⓫組，組織。亦連屬、縫合之意。⓬五之，《集傳》：「五馬，言其盛也。」按古者一車四馬，此言五及下章言六，皆形容其盛並協韻而已。⓭旌，《周禮・司常》：「析羽為旌。」《傳》同。干旌，《集傳》：「析翟羽注於旗干之首也。」按旄為旗上注旄牛尾者，旟為旗上畫鳥隼者，旌為旗上注析羽者，若注全羽，則為旞矣。⓮城，《傳》：「都城也。」⓯祝，《箋》：「祝，當作屬。」亦連屬、縫合之意。⓰告，音故，ㄍㄨˋ。一章言畀之，二章言予之，此章言告之，告當亦為贈予之

意，唯贈之以言而已。

【詩義・章旨】

《傳》、《箋》皆謂干旄為大夫之旃，「彼姝者子」當即是此大夫，故此詩當為贊美某衛大夫之詩。詩言「何以告之」，此詩正所以告之也。〈詩序〉曰：「〈干旄〉，美好善也。衛文公臣子多好善，賢者樂告以善道也。」似未得其旨。《集傳》謂：「衛大夫乘此車馬，建此旄旌，以見賢者。」以「彼姝者子」為衛大夫欲見之賢者，似有未合。姚際恆謂：「〈邶風〉『靜女其姝』，稱女以姝，〈鄭風・東方之日〉亦曰『彼姝者子』，以稱女子。今稱賢者以姝，似覺未妥。」（《詩經通論》）屈萬里先生遂謂：「此蓋美貴婦人之詩。」（《詩經詮釋》）然〈君子偕老〉以「清揚」稱宣姜，〈野有蔓草〉以「清揚」稱美人，而〈猗嗟〉以之美魯莊公，則又何說？且旄、旟、旌，皆行陣之物，武士所建，以表示其身分地位，婦人何所用焉？詩之言及旗旄者多矣，如〈出車〉、〈六月〉、〈采芑〉、〈車攻〉、〈庭燎〉等，無一與婦人有關，此詩何獨例外？「彼姝者子」即指衛大夫，不必另出賢者以當之。

全詩三章，每章六句，形式複疊。「干旄」、「干旟」、「干旌」，寫其身分地位；「在浚之郊」、「在浚之都」、「在浚之城」，實則皆在浚也，寫其封地。「何以畀之」、「何以予之」、「何以告之」，贊其完美無缺，無所需求，故無物可贈。然此詩正所以贈之者，此詩人之妙趣也。

姚際恆曰：「郊、都、城，由遠而近也；四、五、六，由少而多也。詩人章法自是如此，不可泥。」（《詩經通論》）

一〇、載馳

載馳載驅❶，歸唁❷衛侯❸。驅馬悠悠❹，言至于漕❺。大夫❻跋涉❼，我心則憂。

既不我嘉❽，不能旋反❾。視爾不臧，我思不遠❿？

既不我嘉，不能旋濟⓫。視爾不臧，我思不閟⓬？

陟⓭彼阿丘⓮，言采其蝱⓯。女子善懷⓰，亦各有行⓱。許人⓲尤⓳之，眾穉且狂⓴。

我行其野，芃芃㉑其麥。控㉒于大邦，誰因誰極㉓？大夫君子㉔，無我有尤，百爾㉕所思，
不如我所之㉖。

【注釋】

❶載，《箋》：「載之言則也。」載……載……，為《詩經》中常用語，猶今語又……又……，或邊……邊……。〈山有樞〉《正義》：「走馬謂之馳，策馬謂之驅。」此馳驅者謂大夫也。❷唁，《穀梁傳》昭公二十五年：「弔失國曰唁。」《傳》同。❸衛侯，指文公。《箋》謂指戴公，恐誤。見《毛詩後箋》。❹悠悠，《傳》：「遠貌。」❺漕，衛邑。衛為狄所滅後，衛君暫居於此。參見〈邶風‧擊鼓〉注❺。言至于漕，乃謂馳驅之目的地，非謂已至於漕也。❻大夫，當與下文「大夫君子」之大夫，同指許大夫。《箋》謂衛大夫，非是。❼跋涉，《傳》：「草行曰跋，水行曰涉。」言行路之艱難也。❽嘉，《箋》：「善也。」謂不以我思歸唁兄為善也。❾旋反，謂還歸於衛也。❿爾，與下文「百爾所思」之爾，同指許大夫。臧，《箋》：「善也。」遠，深遠也。此二句謂視

爾不善之思，我之思豈不深遠？下文「百爾所思，不如我所之」正與此語相應。《集傳》訓遠為忘，《傳箋通釋》訓遠為去，謂不去，猶不止。皆扞格而難通。⓫濟，《集傳》：「渡也。」⓬閟，音閉，ㄅㄧˋ，即〈魯頌〉「閟宮有侐」之閟，深邃也。⓭陟，升也，登也。⓮阿丘，《爾雅・釋丘》：「偏高，阿丘。」《傳》同。⓯蝱，音忙，ㄇㄤˊ。《傳》：「貝母也。」《集傳》：「蝱，貝母也。主療鬱結之疾。」⓰善懷，《集傳》：「多憂思也。」⓱行，音杭，ㄏㄤˊ。《傳》：「道也。」二句謂女子之多思，亦各有其道理。⓲許，國名，在今河南省許昌縣境。許人，《箋》：「許大夫也。」⓳尤，《傳》：「過也。」⓴眾穉且狂，《經義述聞》：「眾，當讀為終。終，猶既也。眾穉且狂，既穉且狂也。穉，驕也。」既驕傲且狂妄也。㉑芃，音朋，ㄆㄥˊ。芃芃，《傳》：「芃芃然方盛長。」是芃芃為茂盛之貌。芃芃其麥，時當三四月也。㉒控，《毛詩後箋》：「《一切經音義・卷九》引《韓詩》曰：『控，赴也。』赴謂赴告。」㉓因，即《論語・學而》「因不失其親」之因，親也。極，即〈氓〉「士也罔極」之極，正也。二句謂我若走告於大國之諸侯，誰為親者，誰為持正義者而救我。㉔大夫君子，《集傳》：「大夫，即跋涉之大夫。君子，謂許國之眾人也。」按大夫，指許國大夫，非僅跋涉之大夫而已。君子亦指朝中之貴族，非謂眾人也。㉕百爾，即凡爾。參見〈邶風・雄雉〉注⓾。㉖不如我所之，《傳》：「不如我所思之篤厚也。」按之，思也。以上句言所思，此句換用之字以協韻並避重複也。

【詩義・章旨】

〈詩序〉：「〈載馳〉，許穆夫人作也。閔其宗國顛覆，自傷不能救也……思歸唁其兄，又義不得，故賦是詩也。」《集傳》：「宣姜之女許穆夫人閔衛之亡，馳驅而歸，將以唁衛侯於漕邑。未至，而許之大夫有奔走跋涉而來者。夫人知其必將以不可歸之義來告，故心以為憂也。既而終不可歸，乃作此詩以自言其意爾。」依〈詩序〉之意，夫人身在許國，未嘗歸衛；依《集傳》之意，夫人已歸，但於中途為許大夫追回。細玩詩文，〈詩序〉

之說似較勝。然二說雖有不同，以為夫人所作，則無異也。〈詩序〉確切提出作者，此為首篇。後世之說詩者，率無異辭。

此詩注疏本分五章。蘇轍因《左傳》襄公十九年叔孫豹賦〈載馳〉之四章，謂：「或言四章。」朱熹《詩經集傳》遂據之分為四章，不知蘇氏《詩集傳》仍從舊制，未以四章為然。考《左傳》記賦詩，若賦詩之末章，例記為「賦某某之卒章」，今叔孫豹所賦者為〈載馳〉四章，並未賦卒章，證明〈載馳〉一詩原非四章也（詳見拙作〈三百篇分章歧異考辨〉）。故《集傳》之分四章不可從，今仍從注疏本。

首章「大夫跋涉」總結上文，「我心則憂」開啟下文。詩中「大夫」或稱「許人」，或稱「大夫君子」，或稱「爾」，實皆一也。與作者許穆夫人之「我」形成對立，而「我」人單勢孤，力有不敵，只好發諸筆墨，形成詩篇。二三章複疊，皆言許大夫之思不臧，不若己之思深遠。四章深責許之大夫，「眾穉且狂」一語，似嫌過激，然不如是不足以顯其情之急也。卒章始指明夫人所思，不僅在歸唁衛侯，更在控于大邦以謀救衛。無怪乎其深責許之大夫，而謂「百爾所思，不如我所之」也。其後齊桓果救衛而存之，足見夫人之思既遠且闊矣。二章以下，無一章不言「思」，至末章「控于大邦」一語，始揭開「思」之底蘊，吞吐擒縱之術，發揮盡致。

衛

說見「邶」。

衛世系表

康叔封（武王子）—康伯髡（康叔子）—孝伯（康伯子）—嗣伯（孝伯子）—疌伯（嗣伯子）—靖伯（疌伯子）—貞伯（靖伯子）—頃侯（貞伯子）—釐侯（頃侯子）—共伯餘（釐侯子）—武公餘（共伯弟）—莊公楊（武公子）—桓公完（莊公子，入春秋）—州吁（桓公弟）—宣公晉（桓公弟）—惠公朔（宣公子）—黔牟（宣公子）—惠公朔—懿公赤（惠公子）—戴公申（宣公孫、昭伯子）—文公燬（戴公弟）—成公鄭（文公子）……

一、淇奧

瞻彼淇奧❶，綠竹❷猗猗❸。有匪❹君子，如切如磋❺，如琢如磨❻。瑟兮僩兮❼，赫兮咺兮❽。有匪君子，終不可諼❾兮。

瞻彼淇奧，綠竹青青❿。有匪君子，充耳琇瑩⓫，會弁如星⓬。瑟兮僩兮，赫兮咺兮。有匪君子，終不可諼兮。

瞻彼淇奧，綠竹如簀⓭。有匪君子，如金如錫⓮，如圭如璧⓯。寬兮綽兮⓰，猗⓱重較⓲兮。善戲謔⓳兮，不為虐⓴兮。

【注釋】

❶奧，音玉，ㄩˋ。《詩緝》引長樂劉氏曰：「謂水涯彎曲之地。」按指涯之內側，外側曰隈。〈大學〉引詩作澳。❷綠竹，《傳》：「綠，王芻也。竹，萹竹也。」（《爾雅・釋草》綠作菉，萹竹作萹蓄）以綠竹為二物。《集傳》：「綠，色也。」以綠竹為一物。二說孰是，爭訟不決。竊意朱說為長。蓋淇上多竹，漢世猶然。《史記・河渠書》曰：「是時東流郡燒草，以故薪柴少，而下淇園之竹以為楗。」若有王芻，何以不伐而獨伐竹？《後漢書・寇恂傳》亦云：「伐淇園之竹，為矢百餘萬。」此其一。陸機《疏》曰：「菉竹，一草名。其莖葉似竹，青綠色，高數尺。今淇澳旁生此，人謂此為綠竹。」清楚記其名稱之由來。此其二。詩文三章曰「綠竹如簀」，簀，席也。竹密可以簀喻之，若王芻密則不可以謂其如簀矣。此其三。竹堅而有節，取以為興，正象徵君子之堅貞高貴，如下文取金錫圭璧為喻然，若王芻則無所取義焉。此其四。❸猗，音衣，ㄧ。猗猗，《傳》：「美盛貌。」❹匪，斐之假借。《傳》：「文章貌。」有匪，即《論語》「斐然成章」之斐然。❺磋，音搓，ㄘㄨㄛ，一作瑳。《傳》：「治骨曰切，象曰磋。」《集傳》：「治骨角者，既切以刀斧，而復磋以鑢鐋（銼刀）。」此喻其學業之精進。❻《傳》：「（治）玉曰琢，石曰磨。」《集傳》：「治玉石者，既琢以槌鑿，而復磨以沙石。」此喻其德業之精進。二句合言精益求精，以喻進德修業之不已。❼瑟，《傳》：「矜莊貌。」僩，音限，ㄒㄧㄢˋ。《集傳》：「威嚴貌。」❽赫，顯明貌。咺，音選，ㄒㄩㄢˇ。《集傳》：「宣著貌。」二句皆言威儀容止之盛。❾諼，《傳》：「忘也。」終不可諼，言永不能忘也。❿青，音菁，ㄐㄧㄥ。青青，《傳》：「茂盛貌。」⓫充耳，《傳》：「充耳謂之瑱。」琇瑩，《傳》：「美石也。」⓬會，音快，ㄎㄨㄞˋ。《集傳》：「縫也。」弁，音變，ㄅㄧㄢˋ，皮弁，冠之屬。二句言以玉飾皮弁之中，如星之明也。⓭簀，音責，ㄗㄜˊ，席也。竹之密比似之，言其盛之極也。⓮《集傳》：「金錫，言其鍛鍊之精純。」⓯圭，上圓下方之玉器，古王公所執。璧，平圓而中有圓孔之瑞玉。二者

皆玉之高貴者，故以喻品質之高貴。此二句承首章「如切如磋，如琢如磨」之文，金錫言其切磋而益精，圭璧言其琢磨而成器。皆喻德業修養已成也。⑯寬兮綽兮，《集傳》：「寬，宏裕也。綽，開大也。」謂恢宏開闊，指其胸襟度量而言。⑰猗，音倚，ㄧˇ。《釋文》：「依也。」《禮記・曲禮》疏引詩作倚。⑱較，音覺，ㄐㄩㄝˊ。《集傳》：「兩輢上出軾者。」按即兩輢（車箱兩旁立板）上之旁立木也。以其高出軾上，故曰重較。周時其上正方有隅，至漢乃圜之如半月然。《傳》：「重較，卿士之車。」是武公當時不僅為衛君，尚為周室之卿士。亦如東遷後鄭之武公、莊公然。⑲戲謔，猶今語開玩笑。⑳虐，《傳箋通釋》：「虐之言劇，謂甚也。」不為虐，言其有節制也。

【詩義・章旨】

〈詩序〉：「〈淇奧〉，美武公之德也。有文章，又能聽其規諫，以禮自防，故能入相于周，美而作是詩也。」

徐幹《中論》：「昔衛武公年過九十，猶夙夜不怠，思聞訓道……衛人誦其德，為賦〈淇奧〉。」

全詩三章。一章言其修養之勤、進德之精、容貌之莊、威儀之盛。二章於容貌威儀外，又言服飾之盛，內德外文，相得益彰。卒章言其德業有成，故能汪汪有容，雖居相位，而幽默有趣，親切有味。故衛人樂頌美之也。

全詩多用譬喻，一章切、磋、琢、磨，皆所以治器，喻其精進不已；卒章金、錫、圭、璧，皆成形器物，喻其德業有成。前後相承，首尾圓合。瑟、僩、赫、咺，狀其威儀之隆盛；寬、綽、戲謔，狀其性情之和易，溫厲相濟，寬猛適宜。詩人不僅體察入微，其文辭章節之安排，亦入妙境。

二、考槃

考槃❶在澗❷，碩人之寬❸。獨寐寤言❹，永矢弗諼❺。
考槃在阿❻，碩人之薖❼。獨寐寤歌，永矢弗過❽。
考槃在陸❾，碩人之軸❿。獨寐寤宿，永矢弗告⓫。

【注釋】

❶考槃，《集傳》引陳傳良曰：「考，扣也。槃，器名。蓋扣之以節歌，如鼓盆、拊缶之為樂也。」❷澗，《傳》：「山夾水曰澗。」❸寬，《集傳》：「廣也。」謂胸懷廣遠也。❹寤，連續也。寤言，不斷言語。參見〈邶風・柏舟〉注㉕。❺永矢弗諼，永誓不忘也。❻阿，音婀，ㄜ。《傳》：「曲陵曰阿。」即山陵之曲處，今曰山坳、山坡。❼薖，音科，ㄎㄜ。《傳》：「寬大貌。」《箋》：「飢意。」按碩人所以考槃為樂者，即在示其寬也，若已飢餓，考槃所示者何也？飢餓而考槃，豈非矯情乎？故當從《傳》訓為是。❽過，音郭，ㄍㄨㄛ。《傳箋通釋》：「過，去也。弗去，猶弗忘也。」❾陸，《集傳》：「高平曰陸。」❿軸，《傳》：「進也。」《箋》：「病也。」按《傳》訓為進，與一章之「寬」，二章之「薖」，義不一律。《箋》釋為病，則與考槃為樂之義乖違。皆不可取。《說文》：「軸，持輪也。从車、由聲。」軸從由聲，即用以通由字。《孟子・公孫丑上》：「故由由乎。」《集註》：「由由，自得之貌。」自得，自適也。碩人之軸，即碩人之適也。與上「碩人之寬」義正一律。不用由字而用軸字，取其協韻而已。（屈萬里《詩經詮釋》已有此說）⓫告，音固，ㄍㄨˋ。《集傳》：「弗告者，不以此樂告人也。」亦即永存於心而勿忘之意。

【詩義・章旨】

〈詩序〉謂：「刺莊公也。」似嫌牽強。《集傳》謂此詩乃美賢者隱處猶不忘其樂。其說是也。

全詩三章，形式複疊。一章「寬」字，為全章之重心，惟其寬，故能考槃為樂，故能獨寐寤言。二章「薖」字，三章「軸」字亦然。《箋》訓薖為飢，訓軸為病，則全章重心頓失，而詩乃不可解矣。在澗、在阿、在陸，非必事實，示其能隨遇而安而已。弗諼、弗過、弗告，固在不忘其樂，亦在自堅其隱逸之志，欲與世而相遺也。觀其上「永矢」二字，則得之矣。

三、碩　人

碩人其頎❶，衣錦褧衣❷。齊侯❸之子，衛侯❹之妻，東宮❺之妹，邢侯❻之姨❼，譚公❽維私❾。

手如柔荑❿，膚如凝脂⓫，領如蝤蠐⓬，齒如瓠犀⓭，螓首⓮蛾眉⓯。巧笑倩兮⓰，美目盼兮⓱。

碩人敖敖⓲，說于農郊⓳，四牡⓴有驕㉑，朱幩㉒鑣鑣㉓，翟㉔茀㉕以朝㉖，大夫夙退㉗，無使君勞㉘。

河水洋洋㉙，北流㉚活活㉛。施罛㉜濊濊㉝，鱣㉞鮪㉟發發㊱，葭菼㊲揭揭㊳。庶姜㊴孽孽㊵，庶士㊶有朅㊷。

【注　釋】

❶頎，音其，ㄑㄧˊ。《傳》：「長貌。」其頎，猶頎然。《箋》：「謂莊姜儀表長麗俊好頎頎然。」❷衣，音亦，ㄧˋ，動詞，穿著也。錦，《傳》：「文衣也。」褧，音窘，ㄐㄩㄥˇ。《箋》：「襌也。」即今日之罩袍。衣錦而外加褧衣者，《箋》謂：「惡其文之太著。」按〈中庸〉：「《詩》曰：『衣錦尚絅。』惡其文之著也。」❸齊侯，齊莊公購。❹衛侯，衛莊公楊。❺東宮，《正義》：「太子居東宮，因以東宮表太子。故《左傳》曰：『娶於東宮得臣之妹。』繫太子言之，明與同母，見夫人所生之貴。」❻邢，國名，在今河北省邢臺縣。邢侯，未詳何人。❼姨，《爾雅・釋親》：「妻之姊妹同出曰姨。」❽譚，國名，在今山東省濟南東。譚公，未詳何人。❾私，《爾雅・釋親》：「女子謂姊妹之夫為私。」❿荑，茅芽，參見〈邶風・靜女〉注⓭。柔荑，荑之始生也。此狀其手柔滑而白嫩。⓫凝脂，凝結之油脂。此狀其膚白嫩而細潤。⓬領，《傳》：「頸也。」蝤蠐，音酋齊，ㄑㄧㄡˊ ㄑㄧˊ。《集傳》：「木蟲之白而長者。」此狀其頸潔白而細長。⓭瓠犀，《集傳》：「瓠中之子，方正潔白而比次整齊也。」此狀其齒潔白而整齊。今稱人之齒曰貝齒，雖美，究不若瓠犀之自然也。⓮螓，音秦，ㄑㄧㄣˊ。《集傳》：「如蟬而小，其額廣而方正。」此狀其首廣方而豐隆。⓯蛾，《集傳》：「蛾，蠶蛾也，其眉細而長曲。」蛾眉，言眉似蛾之觸鬚。此狀其眉之細長而彎曲。⓰倩，音欠，ㄑㄧㄢˋ。《傳》：「好口輔。」即今所謂酒窩之類。此狀其笑時口頰之美。⓱盼，《傳》：「白黑分也。」此狀其目之黑白分明。或釋為流動貌，似欠佳。⓲敖敖，《傳》：「長貌。」《箋》：「敖敖，猶頎頎也。」⓳說，音稅，ㄕㄨㄟˋ，舍止也。農郊，《傳》：「近郊也。」此謂莊姜自齊至衛，尚未入城，止息以更衣褕翟，整其車馬。⓴四牡，《集傳》：「車之四馬。」㉑驕，《傳》：「壯貌。」有驕，猶〈崧高〉「四牡蹻蹻」之蹻蹻。㉒幩，音墳，ㄈㄣˊ。《傳》：「人君以朱纏鑣扇汗，且以為飾。」按《說文》：「幩，馬纏鑣扇汗也。」段注：「以朱幓縷纏馬銜之上而垂之，可以因風扇汗，故謂之扇

汗。亦名排沫。以其用幏（細布條）也，故从巾。」朱幩，紅色之幩，取其色鮮盛也。㉓鑣，音標，ㄅㄧㄠ。鑣鑣，《傳》：「盛貌。」《說文》引詩作儦儦。㉔翟，《傳》：「翟，翟車也。夫人以翟羽飾車。」㉕茀，音弗，ㄈㄨˊ。《傳》：「蔽也。」《正義》：「婦人乘車，不露見車之前後，設障以自隱蔽，謂之茀。因以翟羽為之飾。」㉖朝，謂入朝見莊公。㉗夙，早也。此謂莊姜初至，大夫之朝者，宜早退也。㉘君，指莊公。無使君勞，《集傳》：「無使君勞於政事，不得與夫人相親也。」㉙洋洋，《集傳》：「盛大貌。」㉚北流，《集傳》：「河在齊西衛東，北流入海。」㉛活，音括，ㄍㄨㄛ。活活，水流聲。㉜罛，音孤，ㄍㄨ。《傳》：「魚罟也。」施罛，施放魚網也。㉝濊，音豁，ㄏㄨㄛˋ。濊濊，《集傳》：「罟入水聲。」㉞鱣，音占，ㄓㄢ。《傳》：「鱣，鯉也。」按鱣似鯉而大，故〈周頌．潛〉《箋》曰：「鱣，大鯉也。」㉟鮪，音洧，ㄨㄟˇ。《傳》：「鮥也。」㊱發，音撥，ㄅㄛ。發發，《釋文》引馬融曰：「魚著網，尾發發然。」㊲葭，音加，ㄐㄧㄚ。《傳》：「蘆也。」菼，音坦，ㄊㄢˇ。《集傳》：「菼，薍也，亦謂之荻。」參見〈召南．騶虞〉注❷。㊳揭揭，《傳》：「長也。」即長貌。㊴庶，眾也。庶姜，《箋》：「謂姪娣。」㊵孽孽，《傳》：「盛飾。」即飾盛貌。㊶庶士，《傳》：「齊大夫送女者。」按當是護送莊姜之武士，非必大夫也。㊷朅，音揭，ㄐㄧㄝ。《傳》：「武壯貌。」有朅，猶朅朅然。

【詩義．章旨】

《左傳》隱公三年：「衛莊公娶于齊東宮得臣之妹曰莊姜，美而無子，衛人所為賦〈碩人〉也。」按此當是莊姜初嫁時，衛人美之之詩。無子與否，當時固不知也，乃史家行文連言之耳。〈詩序〉謂「賢而不答，終以無子」云云，非詩文所有，置之可也。

全詩四章，每章七句。一章寫其身分之高貴。「衣錦褧衣」一語，則誇其有德也。二章寫其容貌之美。三章寫其車服之盛。末章寫其扈從仕女之盛美。

二章多用比喻，能曲盡其致。全章七句，整齊之中而富於變化。末語「巧笑倩兮，美目盼兮」不僅淑姿如在目前，且有餘味不盡之概。方玉潤謂：「千古頌美人者，無出此二句，絕唱也。」（《詩經原始》）三章「大夫夙退，無使君勞」二語，雋永而有味。姚際恆謂之「最為妙筆」。（《詩經通論》）末章「河水洋洋」五句，看似寫景，實則乃一幅和諧安樂圖畫。詩人以之襯托婚姻和樂美滿，並隱含祝福之意。此章連用六疊字，除形象之美外，兼有音聲之美。詩文之迭用疊字者，當以此為嚆矢，亦以此為巔峰。

四、氓

氓❶之蚩蚩❷，抱布貿絲❸。匪❹來貿絲，來即❺我謀❻。送子涉淇❼，至于頓丘❽。匪我愆期❾，子無良媒。將❿子無怒，秋以為期⓫。

乘彼垝垣⓬，以望復關⓭。不見復關，泣涕漣漣⓮；既見復關，載笑載言⓯。爾卜爾筮⓰，體⓱無咎言⓲。以爾車來，以我賄遷⓳。

桑之未落，其葉沃若⓴。吁嗟㉑鳩㉒兮，無食桑葚㉓；于嗟女兮，無與士㉔耽㉕。士之耽兮，猶可說㉖也；女之耽兮，不可說也。

桑之落矣，其黃而隕㉗。自我徂爾㉘，三歲食貧㉙。淇水湯湯㉚，漸車帷裳㉛。女也不爽㉜，士貳其行㉝。士也罔極㉞，二三其德㉟。

三歲為婦㊱，靡室㊲勞矣；夙興夜寐㊳，靡有朝㊴矣。言既遂㊵矣，至于暴㊶矣。兄弟不知，咥其㊷笑矣。靜言思之，躬自悼㊸矣。

及爾偕老[44]，老使我怨[45]。淇則有岸，隰則有泮[46]。總角之宴[47]，言笑晏晏[48]。信誓旦旦[49]，不思其反[50]。反是不思[51]，亦已焉哉[52]。

【注釋】

❶氓，音忙，ㄇㄤˊ。《傳》：「民也。」❷蚩，音笞，ㄔ。蚩蚩，《傳》：「敦厚之貌。」❸布，《傳箋通釋》：「布與絲對言，宜為布帛之布。」按馬氏之說是也。布帛言抱，若為錢幣，則不得言抱矣。此謂抱布以易絲。❹匪，《箋》：「非也。」❺即，《箋》：「就也。」❻謀，商議。由下文知所謀者為婚事，故《箋》云：「此民非來買絲，但來就我，欲與我謀為室家也。」❼涉，徒行渡水也。見《說文》。涉淇，渡過淇水。❽頓丘，《水經注・淇水》：「淇水自元甫城東南逕朝歌縣北，又東屈而西轉，逕頓丘北。故闞駰云：『頓丘在淇水南。』又屈逕頓丘西，詩所謂『送子涉淇，至于頓丘』者也。」是頓丘近淇水。《詩經稗疏》謂去淇百里清豐之頓丘，亦太遠矣，非是。❾愆，音千，ㄑㄧㄢ。《傳》：「過也。」愆期，延期、誤期。❿將，音羌，ㄑㄧㄤ。《傳》：「願也。」《箋》：「請也。」二說有輕重之別，然皆可通。⓫秋以為期，此女許之，以秋日為婚期也。⓬乘，《箋》：「期至，故登毀垣。」是《箋》訓乘為登。垝，《詩經新證》：「垝、危古通。危，高也。」舊釋為毀，似不若于氏訓危為勝。垣，《集傳》：「牆也。」句言登彼高牆也。⓭復關，《集傳》：「復關，男子之所居也。不敢顯言其人，故託言之耳。」《方輿紀要・卷十六》引《寰宇記》曰：「州（開州）西南黃河北岸，有古復關堤。〈衛風〉『乘彼垝垣，以望復關』，蓋謂此云。」又曰：「復關堤在臨河廢縣南三百步。」⓮漣漣，《釋文》：「泣貌。」即淚流貌。⓯載笑載言，《箋》：「則笑則言，言喜之甚。」⓰爾，汝也。卜、筮，《傳》：「龜曰卜，蓍曰筮。」按卜用龜，筮用蓍，古者遇有重要之事，必卜筮以決可否。大事用卜，小事用筮。此謂汝既卜既筮

矣。《箋》謂我卜汝、筮汝，恐誤。⑰體，兆卦之體也。即卜之兆象，筮之卦象。⑱咎言，《箋》：「凶咎之辭。」即不吉之言。言，指卦兆之辭。⑲賄遷，《傳》：「賄，財。遷，徙也。」以其財物遷於夫家，謂既嫁也。⑳沃若，《傳》：「猶沃然。」《集傳》：「潤澤貌。」㉑吁嗟，傷歎之詞，參見〈周南‧麟之趾〉注❸。㉒鳩，《傳》：「鶻鳩。」陸機《疏》：「鶻鳩一名斑鳩，項有繡文斑然。」㉓葚，音甚，ㄕㄣˋ。《集傳》：「葚，桑實也。鳩食桑葚多則致醉。」㉔士，男子未娶妻者之稱。見《荀子‧非相》注。㉕耽，音丹，ㄉㄢ。《傳》：「樂也。」㉖說，《箋》：「解也。」即解說也。㉗隕，音殞，ㄩㄣˇ。《集傳》：「落也。」㉘徂，音殂，ㄘㄨˊ。《箋》：「往也。」徂爾，嫁至汝家。㉙食貧，生活貧困，猶今語過窮日子。㉚湯，音傷，ㄕㄤ。湯湯，《傳》：「水盛貌。」《詩經詮釋》：「當是流聲。」按《詩》湯湯，舊皆解作水盛貌，實皆水流聲也。㉛漸，《集傳》：「漬也。」即濺濕之意。帷裳，《正義》：「以帷障車之旁如裳以為飾，故或謂之帷裳，或謂之童容。」按即車帷，唯婦人之車有之。此二句乃婦述其被棄而去之情景（見《集傳》），即以之表示被棄而去，其作用如〈谷風〉之「行道遲遲，中心有違」。《箋》謂此寫嫁時情景，於章法言之，似欠妥。㉜爽，《傳》：「差也。」即差錯。㉝貳，改異也。貳其行，謂改變其行為，不同於往日也。㉞極，《傳》：「中也。」即正也。罔極，不正、無良也。㉟二三其德，謂不能專一其德，猶今言三心二意。㊱婦，《箋》：「有舅姑曰婦。」猶今語媳婦。㊲室，婦女休憩之處。靡室，謂不能入室休憩，極言其勞苦也。㊳夙興夜寐，《集傳》：「早起夜臥。」㊴靡有朝，呂氏《詩記》：「朱氏曰：無有一朝不然者。」按今《集傳》作「無有朝旦之暇」，似不如《詩記》所引者為佳。㊵遂，成也。言既遂，即言既成，亦即〈擊鼓〉「與子成說」之成說。謂成其誓約之言，指下文「及爾偕老」而言。㊶至于暴，言而今汝竟以暴戾加我。㊷咥，音熙，ㄒㄧ。《集傳》：「笑貌。」咥其，猶咥然。㊸悼，《傳》：「傷也。」躬自悼，《箋》：「身自哀傷。」㊹及爾偕老，即〈擊鼓〉之「與子偕老」。此即「遂言」、「成說」也。㊺老使我怨，姚氏《詩經通論》曰：「『老』字即承『偕老』字來，言汝曾言『及爾偕老』，今偕老之說徒使我怨而已。」

詩人之詞多是如此。」按上文曰：「三歲食貧」、「三歲為婦」，是知女結婚僅三年即遭棄，未至衰年也。此句之意當如姚氏所言。㊻隰，低濕之地。參見〈邶風・簡兮〉注⑬。泮，《箋》：「泮，讀為畔。畔，涯也。」此二句以喻君子之行當亦有止極也。此二語猶〈谷風〉之「涇以渭濁，湜湜其沚」，蓋猶望其夫即時醒悟而能回首也。㊼總角，《傳》：「結髮也。」古男未冠女未笄時，皆束髮以為兩角，故稱總角。此謂幼時也。宴，《詩緝》引李氏曰：「安樂也。」由此句可知二人乃青梅竹馬之交。㊽晏晏，《傳》：「和柔也。」即和柔貌。㊾信誓，誓所以昭信，故曰信誓。旦旦，誠懇之貌。見《毛詩後箋》。㊿反，從前，昔時也。不思其反，謂不思其從前一切也。51反是不思，即上文「不思其反」之倒文，謂以前一切都不想一想。52已，止也，完也。此謂也就一切都完了。

【詩義・章旨】

歐陽脩《詩本義》曰：「是女被棄逐，怨悔而追序與男相得之初，殷勤之篤，而責其終始棄背之辭。」歐公之說是也，此詩與〈谷風〉同為寫婚變之詩，同為棄婦所作，而此篇更能感人，以其純訴諸情愫也。〈詩序〉謂：「〈氓〉，刺時也。宣公之時，禮義消亡，淫風大行。男女無別，遂相奔誘。華落色衰，遂相背棄。」《集傳》謂：「此淫婦為人所棄，而自敘其事。」按之詩文，並無一語涉及淫事，其說皆失詩之旨矣。

全詩六章，每章十句。一章述許婚之情形。二章述結婚之經過。三章述色盛見憐，相愛之歡愉，然已隱藏悔意。四章述色衰而見棄，女雖不爽，奈士二三其德何！五章述三歲為婦之辛勞，及遭棄後之傷痛。末章述其青梅竹馬之情，以冀夫能念舊好而回首也。

一章首句「氓之蚩蚩」，與末章「言笑晏晏，信誓旦旦」，遙相呼應，皆氓之迷惑人處。二章「不見復關」四句，道盡女子癡情，笑言泣涕，繫乎復關之見與不見，真情癡也。三四章以桑之未落與已落，喻色之盛衰，曲盡其妙。四章述己之遭棄返家，以「淇水湯湯，漸車帷裳」二語輕輕帶過，真善於運筆者矣。五章述己持家之辛勞，遭受丈夫之暴戾，兄弟之訕笑，直使人墮淚。末章回敘總角言笑之晏，青梅竹馬之情，蓋欲以此喚起丈夫回憶，冀其思念舊情，而有所回心轉意，其用心可謂苦矣。

五、竹竿

籊籊❶竹竿，以釣于淇。豈不爾思，遠莫致❷之。

泉源在左❸，淇水在右❹。女子有行❺，遠兄弟父母。

淇水在右，泉源在左。巧笑之瑳❻，佩玉之儺❼。

淇水滺滺❽，檜楫❾松舟❿。駕言出遊，以寫我憂⓫。

【注釋】

❶籊，音笛，ㄉㄧˊ。籊籊，《傳》：「長而殺也。」即長而漸細貌。❷致，召致。❸泉源在左，《集傳》：「泉源，即百泉也。在衛之西北，而東流入淇，故曰在左。」按泉源即〈泉水〉「毖彼泉水」之泉水，亦即肥泉也。❹淇水在右，《集傳》：「淇在衛之西南，而東流與泉源合，故曰在右。」❺有行，出嫁。參見〈邶風・泉水〉注⓫。❻瑳，音脞，ㄘㄨㄛˇ。《集傳》：「鮮白色，笑而見齒，其色瑳然。」按〈君子偕老〉「瑳兮瑳兮」之瑳，《集傳》訓鮮盛貌。此詩之瑳訓鮮白色（《說文繫傳》：「瑳，玉色鮮白也。」），義正相通。《毛詩後箋》以為齹之假借，《傳箋通釋》以為齜之假借。齹為齒參差也，齜為開口見齒貌（並見《說文》），皆不若《集傳》之訓鮮白色為佳。此句乃形容所思女子之美。❼儺，音挪，ㄋㄨㄛˊ。《傳》：「行有節度也。」按〈小雅・隰桑〉：「其

葉有難。」《傳》：「難然盛貌。」難與儺同。〈檜風・隰有萇楚〉：「猗儺其枝。」《經義述聞》曰：「猗儺乃美盛之貌。」此詩之儺，當亦為美盛貌。佩玉之儺，謂佩玉美盛也。《傳》訓「行有節度」，此可以言人，而不可以言佩玉也。❽滺，音攸，ㄧㄡ。滺滺，《傳》：「水流貌。」❾檜，音快，ㄎㄨㄞˋ，木名。楫，《傳》：「所以櫂舟也。」即槳也。檜楫，檜木所為之槳。❿松舟，松木所為之舟。⓫駕言出遊二句，見〈邶風・泉水〉注㉚、㉛。

【詩義・章旨】

季本《詩說解頤》曰：「衛之男子因所思之女既嫁，思之而不可得，故作此詩。」其說是也。其證有二：「籊籊竹竿，以釣于淇」，此男子之事，非可施於女子者。一也。「巧笑之瑳，佩玉之儺」，乃形容女子之姣美，正指所思之人。二也。〈詩序〉謂：「衛女思歸。」何楷、魏源更謂此詩與〈泉水〉皆許穆夫人所作，則詩中「豈不爾思」，所思者誰，固不可解；「巧笑」二句，亦無所依附矣。

全詩四章，每章四句。一章寫臨地而思念舊好。「豈不爾思，遠莫致之」，所思之人，並非不知何在，只以路遠而莫能致之而已。二章寫所思之人，已遠嫁他鄉。「遠兄弟父母」正與前文「遠莫致之」相應。三章寫所思之人之姣美，「巧笑之瑳，佩玉之儺」，文字容貌，相得益彰。卒章寫思之不得，唯有檜楫松舟以寫憂而已。全章層次分明，以「思」起，以「寫憂」結，結構完整。四章皆有「淇」字，蓋以地代人也。淇水滺滺，思亦悠悠，本欲寫憂，恐反增憂矣。

六、芄蘭

芄蘭❶之支❷，童子佩觿❸。雖則佩觿，能❹不我知！容兮遂兮❺，垂帶悸兮❻。

芄蘭之葉，童子佩韘❼。雖則佩韘，能不我甲❽！容兮遂兮，垂帶悸兮。

【注釋】

❶芄，音丸，ㄨㄢˊ。芄蘭，草名。陸機《疏》：「一名蘿摩，幽州謂之雀瓢，蔓生，葉青綠色而厚，斷之有白汁。」❷支，《集傳》：「支、枝同。」❸觿，音希，ㄒㄧ。《集傳》：「觿，錐也。以象骨為之，所以解結。成人之佩，非童子之飾也。」《毛詩稽古編》曰：「宋沈括言芄蘭莢在枝間，如解結椎，故以為興。」按觿乃成人之佩，今童子佩之，故詩人以「芄蘭之支」象之也。❹能，《經義述聞》曰：「能，當讀為而，言童子雖則佩觿，而實不與我相知。」《傳箋通釋》曰：「能即乃也，乃猶而也。」❺容兮遂兮，即容容遂遂。《詩經》中凡以兩「兮」字成句，其他二字為狀詞者，則此兩狀詞義必相近，如〈旄丘〉之「瑣兮尾兮」、〈淇奧〉之「瑟兮僩兮」、「赫兮咺兮」、〈甫田〉之「婉兮孌兮」、〈候人〉之「薈兮蔚兮」、〈巷伯〉之「萋兮斐兮」、「哆兮侈兮」，皆是。此詩之「容兮遂兮」當亦如之。以是知《傳》訓為「容儀可觀，佩玉遂遂然」之非是也。《禮記・祭義》：「及祭之後，陶陶（音搖）遂遂，如將復入然。」鄭注：「陶陶遂遂，相隨行之貌。」容兮遂兮，即〈祭義〉之陶陶遂遂。形容童子軟弱不能自主，唯隨人而已。❻悸，《群經平議》：「悸之本義為心動，引申之，則凡物之動者，皆可以悸言之。」垂帶悸兮，言帶下垂顫動不已。此狀童子之懦弱而無容儀。❼韘，音社，ㄕㄜˋ。《傳》：「韘，玦也，能射御則佩韘。」《集傳》：「以象骨為之，著右手大指，所以鉤弦闓體。」按韘，俗稱

板指，其形似韘，本成人所佩，今童子佩之，故詩人以「芄蘭之葉」象之也。❽甲，《傳》：「狎也。」《釋文》：「《韓詩》作狎。」能不我狎，言而不與我相親昵也。

【詩義・章旨】

〈詩序〉：「〈芄蘭〉，刺惠公也。驕而無禮，大夫刺之。」《箋》：「惠公以幼童即位，自謂有才能，而驕慢於大臣，但習威儀，不知為政以禮。」朱子《辨說》曰：「此詩不可考，當闕。」《集傳》亦曰：「此詩不知所謂，不敢強解。」朱鶴齡《詩經通義》曰：「鄭云：惠公以幼童即位，按《左傳》惠公之即位也少，杜預云：時方十五六……〈序〉以此詩屬惠公，不為無據。朱子謂不可考，當闕，亦疑〈序〉太過耳。」朱氏之說是也。高亨謂成年女子嫁於幼童，因作此詩以表不滿。然詩言佩觿、佩韘、垂帶，顯為貴族佩飾，非民間幼童所可有者，當仍以〈序〉說為是。

全詩二章，每章六句，形式複疊。一章以「芄蘭之支」，象徵童子佩觿；二章以「芄蘭之葉」，象徵童子佩韘，形神酷似，雖為興體，而與下文已連為一氣；若僅以「引起所詠之辭」（朱子語）視之，則索然而寡味矣。一章曰「不我知」，二章曰「不我甲」，此漸進之辭也。末二語「容兮遂兮，垂帶悸兮」，形容童子懦弱庸碌，可謂極盡其態。

七、河廣

誰謂河廣？一葦❶杭❷之。誰謂宋遠？跂予望之❸。

誰謂河廣？曾❹不容刀❺。誰謂宋遠？曾不崇朝❻。

【注釋】

❶葦，蒹葭之屬，參見〈召南．騶虞〉注❷。一葦，謂以一葦作舟，極言河之易渡也。❷杭，同航，《傳》：「渡也。」❸跂，音企，ㄑㄧˋ。《詩緝》：「舉踵也。腳跟不著地。」予，《箋》：「我也。」此言我跂足則可以望見之。❹曾，音層，ㄘㄥˊ。《經傳釋詞》：「曾，乃也。」❺刀，《箋》：「小船曰刀。」按刀同舠，容三百斛之小舟。不容刀，極言河窄而易渡也。《詩經詮釋》曰：「刀至薄，不容刀，極言河窄易渡也。舊釋刀為小船未免太泥。」不知刀不可以渡河，故仍以《箋》說為是。❻崇，《箋》：「終也。」不終朝，謂不待終朝而至，極言其近也。

【詩義．章旨】

〈詩序〉：「〈河廣〉，宋襄公母歸於衛，思而不止，故作是詩也。」《箋》：「宋桓公夫人，衛文公之妹，生襄公而出。襄公即位，夫人思宋，義不可往，故作是詩以自止。」嚴粲《詩緝》曰：「衛自魯閔二年狄入衛之後，戴公始渡河而南，〈河廣〉之詩，則是作於衛未遷之前矣。時宋桓猶在，襄公方為世子，衛戴、文俱未立也。」裴普賢《詩經欣賞與研究》更推斷：「公元前六六〇年戴公渡河廬於漕，桓姬之作此詩，當在公元前六六五年左右。」按《說苑．立節》曰：「宋襄公茲父為桓公太子，桓公有後妻子曰公子目夷，公愛之。茲父為公愛之也，欲立之，請於公曰：『請使目夷立，臣為之相兄以佐之。』公曰：『何故也？』對曰：『臣之舅在衛，愛臣，若終立，則不可以往，絕迹於衛，是背母也。』」襄公謂欲見舅者，實則欲見母也。不曰欲見母者，恐傷父心而已。由此觀之，桓姬確曾出而歸衛，唯其事當在狄入衛之前。故嚴氏之說大致可信。裴氏之推斷亦大致不誤。王質《詩總聞》謂此宋人而僑居衛地者所作，後人或有從之者。然觀之詩文如此拔出，似非平民所能作，而必出於貴族之手。許穆夫人作〈載馳〉，其姊妹宋桓夫人作此詩，當屬可能。又崔述謂：「此似宋女嫁于衛，思歸宋國，而以義自閑之詩。」（《讀風偶識》）亦有可能。

全詩二章，每章四句，形式複疊。皆謂河不廣而易渡，宋不遠而易歸。其所以不渡不歸者，乃義不可耳。「一葦杭之」、「曾不容刀」，如此誇張筆法，似舉千鈞若鴻毛，奇特而靈活。而以四「誰謂」領起，挺拔而有力。方玉潤《詩經原始》曰：「飄忽而來，起最得勢，語亦奇秀可歌。」允矣。

八、伯兮

伯❶兮朅❷兮，邦之桀❸兮。伯也執殳❹，為王前驅❺。

自伯之東❻，首如飛蓬❼。豈無膏沐❽？誰適為容❾。

其雨其雨❿？杲杲出日⓫。願言思伯⓬，甘心首疾⓭。

焉得諼草⓮，言樹⓯之背⓰。願言思伯，使我心痗⓱。

【注釋】

❶伯，《集傳》：「婦人目其夫之字也。」伯仲叔季，本長幼之字，此則婦人稱其夫也，猶今言老大。❷朅，音朅，ㄐㄧㄝ，即〈碩人〉「庶士有朅」之朅，武壯貌。❸桀，同傑，《箋》：「桀，英桀。」《正義》作英傑，云：「俊秀之名。」❹殳，音殊，ㄕㄨ，兵器。《傳》：「長丈二而無刃。」❺前驅，《詩經詮釋》：「驅馬在前，猶言先鋒也。」❻之東，往東。《正義》曰：「此時從王伐鄭，鄭在衛之西南，而言東者，時蔡、衛、陳三國從王伐鄭，則兵至京師，乃東行伐鄭也。」按《春秋》桓公五年曰：「秋，蔡人、衛人、陳人，從王伐鄭。」《箋》

以此事解詩，不知鄭在衛西，與詩文「之東」不合，故孔氏謂「兵至京師，乃東行伐鄭」。然思婦在室，豈忘己身所居之地，而以京師為準邪？後人解說，更為紛紜，或謂東指周室之東遷，或引《春秋》莊公六年王人救衛事合之（皆見《毛詩後箋》），然而無一合者。竊意周王東征，不見於史書者多矣，何必強以《春秋》所載之事合之？於其不知，蓋闕如也。❼蓬，《集傳》：「草名，其華如柳絮，聚而飛如亂髮也。」參見〈召南・騶虞〉注❼。首如飛蓬，言其髮之亂也。❽膏沐，《集傳》：「膏，所以澤髮者。」呂氏《詩記》：「沐，蓋潘也。《左氏傳》：『遺之潘沐。』杜預注云：『潘，米汁，可沐頭。』」按膏即油膏，所以潤髮。沐即米汁（今言淘米水），所以洗髮。❾適，音嫡，ㄉㄧˊ。《傳》：「主也。」言專意於一事也。為容，修飾容貌。此言夫遠征在外，誰有心於修飾容貌。又《詩緝》謂：「為，去聲。」如此，則容為動詞。全句之意則為：專心為誰而容。即《集傳》所謂「女為悅己者容」也。❿其，《集傳》：「其者，冀其將然之辭。」其雨其雨，猶今言「快要落雨吧？快要落雨吧？」喻夫殆將歸乎？殆將歸乎？⓫杲，音槁，ㄍㄠˇ。《說文》：「杲，明也。」杲杲，明貌。此言杲杲然日又出矣，喻夫之終不歸也。⓬願，《箋》：「念也。」願言思伯，念而思伯也。⓭首疾，《詩緝》：「頭痛也。」甘心首疾，謂雖頭痛而心甘情願也。⓮諼，音宣，ㄒㄩㄢ。諼草，《傳》：「諼草令人善忘。」按諼，忘也，非草名。草名者當作萱，後人以諼與萱音同，遂以諼草代萱草矣。⓯樹，種也。⓰背，《傳》：「北堂也。」《詩經通論》：「堂面向南，背向北，故背為北堂。」按北，古背字，背與北古通用，故《傳》訓背為北堂也。⓱痗，音妹，ㄇㄟˋ。《傳》：「病也。」

【詩義・章旨】

〈詩序〉：「〈伯兮〉，刺時也。言君子行役，為王前驅，過時而不反焉。」刺時之說，不合詩義。《集傳》曰：「婦人以夫久從征役而作是詩。」是矣。

全詩四章，每章四句。一章述夫英武，為王前驅，頗有自得之感。二章述因思夫而無心為容。三章述思夫之歸，如大旱之望甘霖。卒章述思夫終致心痗成疾。

一章「伯兮朅兮，邦之桀兮」，方自得意，二章忽寫「首如飛蓬」，似已有「悔教夫壻覓封侯」之慨。三章由髮亂轉為首疾。卒章由首疾轉為心痗，病愈重而思愈深。文字嚴密，層次井然。

九、有　狐

有狐綏綏❶，在彼淇梁❷。心之憂矣，之子❸無裳❹。

有狐綏綏，在彼淇厲❺。心之憂矣，之子無帶❻。

有狐綏綏，在彼淇側。心之憂矣，之子無服❼。

【注　釋】

❶綏綏，緩行貌。見《傳箋通釋》。❷梁，《傳》：「石絕水曰梁。」參見〈邶風・谷風〉注⑳。狐在淇梁覓食，示歲已寒矣。❸之子，是子。《詩經詮釋》：「謂征夫也。」❹裳，下衣曰裳。❺厲，《毛詩後箋》：「厲當為瀨之借字，水淺之所也。」❻帶，《傳》：「帶，所以申束衣也。」❼無服，《詩記》引李氏曰：「言其衣服不備也。」

【詩義・章旨】

崔述《讀風偶識》曰：「狐在淇梁，寒將至矣；衣裳未具，何以禦冬？其為丈夫行役，婦人憂念之詩顯然。」

〈詩序〉「刺時」云云，頗為穿鑿。《集傳》謂：「寡婦見鰥夫而欲嫁之。」臆測而已。

全詩三章，每章四句，形式複疊，皆寫思念征夫之情。一章云「淇梁」，在水深之處；次章云「淇厲」，在水淺之處；卒章云「淇側」，則在岸上矣。立言之次序固應如此，亦明示寒氣愈重也。至於「無裳」、「無帶」、「無服」，皆念征人無衣禦寒而已，無深意也。

一〇、木瓜

投❶我以木瓜❷，報之以瓊琚❸，匪報也，永以為好也❹。

投我以木桃❺，報之以瓊瑤❻，匪報也，永以為好也。

投我以木李❼，報之以瓊玖❽，匪報也，永以為好也。

【注釋】

❶投，送也，贈也。❷木瓜，《集傳》：「楙木也。實如小瓜，酢可食。」❸瓊琚，《傳》：「瓊，玉之美者。琚，佩玉名。」❹匪報也二句，言非欲以瓊琚為報，蓋欲以此互結情好也。❺木桃，即桃子。《毛詩後箋》：「桃李本皆木耳，自不必復稱為木，詩言木桃、木李者，因上章木字以成文耳。」❻瑤，《傳》：「美玉。」❼木李，即李子，參見注❺。❽玖，《傳》：「玉名。」

【詩義．章旨】

〈詩序〉曰：「〈木瓜〉，美齊桓公也。衛國有狄人之敗，出處于漕，齊桓公救而封之，遺之車馬器服焉。

衛人思之，欲厚報之，而作是詩也。」詩與狄人入衛事無關，〈序〉說牽強。《集傳》曰：「疑亦男女相贈答之辭，如〈靜女〉之類。」姚際恆《詩經通論》曰：「然以為朋友相贈答亦奚不可？何必定是男女邪！」

全詩三章，形式複疊。〈大雅‧抑〉曰：「投我以桃，報之以李。」此詩則報以美玉，猶曰非敢以為報，其所以如此者，蓋欲永結情好耳。三章末二句不易一字，蓋詩之重心在此，故特予重疊，以收其效也。

王

鄭玄《詩譜》曰：「王城者，周東都王城畿內方六百里之地。其封域在〈禹貢〉豫州太華外方之間，北得河陽，漸冀州之南。始武王作邑於鎬京，謂之宗周，是為西都。成王在豐，欲宅洛邑，使召公先相宅，既成，謂之王城，是為東都，今河南是也……至十一世，幽王嬖褒姒，生伯服，廢申后，太子宜臼奔申。申侯與犬戎攻宗周，殺幽王于戲。晉文侯、鄭武公迎宜臼于申而立之，是為平王。以亂故，徙居東都王城。」《集傳》曰：「於是王室遂卑，與諸侯無異，故其詩不為〈雅〉，而為〈風〉。然其王號未替也，故不曰周，而曰〈王〉。」

〈王〉詩凡十篇，皆東遷後詩。

一、黍離

彼黍❶離離❷，彼稷❸之苗❹。行邁靡靡❺，中心搖搖❻。知我者，謂我心憂；不知我者，謂我何求。悠悠蒼天❼，此何人哉❽！

彼黍離離❾，彼稷之穗❿。行邁靡靡，中心如醉⓫。知我者，謂我心憂；不知我者，謂我何求。悠悠蒼天，此何人哉！

彼黍離離⓬，彼稷之實⓭。行邁靡靡，中心如噎⓮。知我者，謂我心憂；不知我者，謂我何求。悠悠蒼天，此何人哉！

【注釋】

❶黍，《說文》：「禾屬而黏者也。以大暑而種，故謂之黍。」俗稱小黃米。❷離離，《集傳》：「垂貌。」按即茂盛之意。由下文「彼稷之苗」，知此離離謂黍之苗離離也。❸稷，《說文》：「稷，齋也。五穀之長。」按稷之黏者謂秫，北方謂之高粱，或謂之紅粱。❹之苗，是苗，謂正長苗也。❺邁，《傳》：「行也。」靡靡，《傳》：「猶遲遲也。」行邁靡靡，猶〈谷風〉之「行道遲遲」，謂行路緩緩，以示心中有憂。❻搖搖，《正義》：「心憂無所附著之意。」❼蒼天，《傳》：「據遠視之蒼蒼然，則稱蒼天。」猶今言青天、老天。❽此何人哉，此斥「不知我者」而言。❾離離，由下文「彼稷之穗」，知此離離謂黍之穗離離也。❿穗，《傳》：「秀也。」《詩緝》：「朱氏《論語》解云：『吐華曰秀』，是秀為未穗。今毛氏所謂秀，則已成穗而秀茂，與彼秀別。」按凡穀之花皆吐於穗，非花而後始穗。穀類惟菽作花，餘皆不花而秀，吐穗即秀也。胡承珙辨之甚詳，見《毛詩後箋》。⓫如醉，《毛詩後箋》：「芒芒然似失本心者。」即心神不能自主之意。⓬離離，由下文「彼稷之實」，知此離離謂黍之實離離也。⓭實，既秀而後結實也。⓮噎，音耶，ㄧㄝ。《傳》：「憂不能息也。」《正義》：「噎者，咽喉蔽塞之名。憂深不能喘息，如噎之然。」

【詩義．章旨】

〈詩序〉：「〈黍離〉，閔宗周也，周大夫行役，至于宗周，過故宗廟宮室，盡為禾黍。閔宗室之顛覆，彷徨不忍去，而作是詩也。」觀之詩中憂傷憤懣，無所告訴，惟呼天而言，又非為私人有所欲求，其為悲憫故國宗廟宮室，極為可能。故〈詩序〉之說可從。雖詩中不見「閔宗室顛覆」之文，然較《新序》謂衛壽所作，《韓詩》謂伯封所作者，已勝過多矣。

全詩三章，每章十句，形式複疊，皆寫見舊時宗廟宮室，盡為黍稷，而中心感傷也。全詩僅易六字，而故國之悲，含蘊無窮。一章曰「搖搖」，其心不安也，二章曰「如醉」，其心惛亂也，三章曰「如噎」，其心鬱結也。此詩言憂之深淺之序也。而後六句一詠不已，再三反覆而詠嘆之，其沉痛之情，似有無盡無已者。至於詩之首二句黍稷並言，黍同而稷異，說者紛紜，莫衷一是。唯程氏瑤田之說最為合轍，彼云：「離離者，狀黍生下垂之形，秀亦離離也，穗亦離離也，實亦離離也。故黍已離離，而稷或猶苗；及黍猶離離，而稷或已實。」（見《毛詩後箋》引）今以離離為茂盛之意，則程氏之說愈見順暢。至於《韓詩》謂憂懣不識於物，視黍為稷，《傳》謂自黍離見稷之苗、穗、實，《集傳》謂往來固非一見，《詩緝》謂惟取協韻，前人皆已有文駁之，不必辭費矣。

二、君子于役

君子于役❶，不知其期❷；曷❸至哉？雞棲于塒❹；日之夕矣，羊牛下來❺。君子于役，
如之何勿思！
君子于役，不日不月❻；曷其有佸❼？雞棲于桀❽；日之夕矣，羊牛下括❾。君子于役，
苟無飢渴❿！

【注釋】

❶役，指征伐戍守之事。❷期，歸期也。❸曷，何時。參見〈邶風・綠衣〉注❸。《箋》：「我不知其反期，何時當來至哉？思之甚。」❹塒，音時，ㄕˊ。《傳》：「鑿牆而棲曰塒。」此雞棲之所。❺羊牛下來，《詩經詮釋》：「牧牛羊多在山陵等高處，故謂返歸曰下來。」❻不日不月，《毛詩會箋》：「言其歸無日月之期也。」❼佸，

音擴，ㄎㄨㄛˋ。《傳》：「會也。」此言何時能有相會之期。❽桀，《傳》：「雞棲于杙，為桀。」《詩緝》：「杙，橛也。」按植杙而橫架，雞則棲於上。❾括，《傳》：「至也。」❿苟，《經傳釋詞》：「苟，猶尚也。苟無飢渴，言尚無飢渴也。」按苟為期望之詞。苟無飢渴，言庶幾無飢渴也。

【詩義・章旨】

朱子《詩序辨說》以此為國人行役而室家念之之詩。《集傳》又曰：「大夫久役于外，其室家思而賦之。」其說微異，當以《集傳》之說為是。

全詩二章，每章八句，形式複疊。「日之夕矣，羊牛下來」，寫景樸實；「君子于役，苟無飢渴」，寫情真摯。融此情景為一，能深入人心，感人至深。

三、君子陽陽

君子陽陽❶，左執簧❷，右招我由❸房❹。其樂只且❺！

君子陶陶❻，左執翿❼，右招我由敖❽。其樂只且！

【注釋】

❶陽陽，《正義》：「《史記》稱晏子御，意氣陽陽甚自得。則陽陽是得意之貌。」《詩記》引程子曰：「陽陽，自得之狀。」按今《史記・管晏列傳》作揚揚，是孔氏以陽陽通作揚揚，至其義則當從程子釋為自得之貌，亦即和樂之貌。❷簧，《傳》：「笙也。」按簧乃笙竽管之金葉，吹則鼓之而出聲。此則以簧代笙。❸由，《箋》：

「從也。」❹房，《集傳》：「東房也。」按房即堂之兩旁東西室也。今左手執簧，右手自房招之，故知是東房也。《傳》謂房中之樂，恐誤。❺且，音居，ㄐㄩ。只且，《集傳》：「只且，語助詞。」按只與且皆為句末語詞，合用之，則語氣較強。❻陶陶，《傳》：「和樂貌。」❼翿，音陶，ㄊㄠˊ。《集傳》：「舞者所持羽旄之屬。」❽敖，《箋》：「燕舞之位。」《集傳》：「舞位也。」按敖，《釋文》訓遊，《詩經稗疏》以為驁之假借，樂名。然上章「房」既為房中，則敖當亦為處所。故《箋》說較長。

【詩義・章旨】

〈詩序〉：「〈君子陽陽〉，閔周也。君子遭亂，相招為祿仕，全身遠害而已。」此說後人多不採信，姚際恆更斥之為「臆說」。後世之解詩者，遂各立其說焉。今則多從傅斯年先生之說。傅氏《詩經講義稿》曰：「家室和樂之詩。」其說自是不誤。然觀之詩文曰「君子」、曰「執簧」、曰「執翿」（猶〈簡兮〉中之執籥、秉翟），則可知此君子必非平民也。夫周室初東，百廢待舉，身為士大夫者理應夙興夜寐，以求早日西返，今竟與家人歌舞為樂，其非「全身遠害」而何？朱子為反對〈詩序〉之最烈者，然猶曰：「〈序〉說亦通，宜更詳之。」足見〈序〉說亦有其理，未可全予否定也。

全詩二章，每章四句，形式複疊，皆寫家人歌舞之樂。《集傳》謂：「安於貧賤以自樂，可謂賢矣。」然東遷之初，國家需才孔亟，而使賢人樂處下位，不欲居尊以任事，則其政教可想而知，其不能西歸，亦其宜也。此詩之前後皆士大夫行役之詩，獨此詩歌舞而樂，編詩者豈獨有所見歟！

四、揚之水

揚❶之水，不流束薪❷。彼其之子❸，不與我戍❹申❺。懷❻哉懷哉！曷❼月予還歸哉？

揚之水，不流束楚❽。彼其之子，不與我戍甫❾，懷哉懷哉！曷月予還歸哉？

揚之水，不流束蒲❿。彼其之子，不與我戍許⓫。懷哉懷哉！曷月予還歸哉？

【注釋】

❶揚，《傳》：「激揚也。」❷束薪，一束薪柴。❸其，音記，ㄐㄧˋ，己之借字，姓也。或作己。彼己之子，彼己姓之人，當戍而不來戍者。見拙作〈詩經成語試釋〉及季旭昇作〈詩經「彼己之子」新解〉。舊釋「彼己」為語詞，「之子」為是子，及「彼己之子」指戍人之室家者，皆誤。❹戍，《集傳》：「屯兵以守也。」❺申，《集傳》：「姜姓之國，平王之母家也。」故地在今河南省南陽縣北。❻懷，《集傳》：「思也。」指思家而言。❼曷，《集傳》：「何也。」按詩中「曷」字，多作「何時」解，亦有解作「何」者，此其例也。❽楚，《傳》：「木也。」參見〈周南・漢廣〉注❿。❾甫，《傳》：「諸姜也。」《正義》：「申與甫、許同為姜姓，故《傳》言『甫，諸姜』、『許，諸姜』，皆為姜姓，與申同也。平王母家申國，所戍唯應戍申，不戍甫、許也。言甫、許者，以其同出四岳，俱為姜姓，既重章以變文，因借甫、許以言申，其實不戍甫、許也。」按據《唐書・宰相世系表》云：「宣王世改呂為甫。」故地在今河南省南陽縣境。❿蒲，《傳》：「蒲，草也。」《箋》：「蒲，蒲柳。」按楚為木名，蒲亦應為木名，不宜為草，《箋》說較是。⓫許，姜姓之國，故地在今河南省許昌縣境。

【詩義・章旨】

〈詩序〉：「〈揚之水〉，刺平王也。不撫其民，而遠屯戍于母家，周人怨思焉。」《集傳》：「平王以申國近楚，數被侵伐，故遣畿內之民戍之。而戍者怨思，作此詩也。」二說大同小異。謂平王時事，謂戍於母家，謂戍人怨思，皆與詩義合，其他則無可取焉。詩明言「彼其之子，不與我戍申」，則可知己氏之子，有權有勢，該戍守而不戍守，戍者感勞役不均而生怨心，故作是詩。至於成詩之時，當在平王東遷之初，蓋桓王八年，齊魯鄭伐許，王室並未派兵援許。此詩言師戍許，知當在桓王八年之前，平王東遷之初，王室未安之時也。

全詩三章，每章六句，形式複疊。每章首二句雖為興體，而其意已隱括全章。蓋楚、蒲本浮於水，流之極易；若成束成捆，雖激揚之水，亦流動不得。此隱示己氏權重勢大，雖周室亦無如之何，戍者因而始有不平之鳴。故知詩人用字極為精覈。鄭樵、朱熹謂興詩之用，僅在引起所詠之詞，則此詩之每章首二句皆成贅辭，而詩義章旨亦難知矣！

五、中谷有蓷

中谷❶有蓷❷，暵其❸乾矣。有女仳離❹，嘅其❺嘆矣。嘅其嘆矣，遇人之艱難❻矣。

中谷有蓷，暵其脩❼矣。有女仳離，條其❽歗❾矣。條其歗矣，遇人之不淑❿矣。

中谷有蓷，暵其濕⓫矣。有女仳離，啜其⓬泣矣。啜其泣矣，何嗟及矣⓭。

【注　釋】

❶中谷，谷中。參見〈周南．葛覃〉注❹。❷蓷，音推，ㄊㄨㄟ。《集傳》：「蓷，鵻也。葉似萑，方莖，白華，花生節間，即今益母草也。」❸暵，音漢，ㄏㄢˋ。《說文》：「暵，乾也。」暵其，猶暵然，乾燥貌。❹仳，音痞，ㄆㄧˇ。《傳》：「別也。」仳離，即別離，指為夫所遺棄。❺嘅，音慨，ㄎㄞˋ。《集傳》：「歎聲。」嘅其，猶嘅然。❻艱難，《集傳》：「窮厄也。」❼脩，《傳》：「且乾也。」即將乾也。❽條，《傳》：「條，條然，歗也。」《集傳》：「條，條然，歗貌。」條其，猶條然，歗貌也。❾歗，《詩記》引程氏曰：「長吟也。」按即「其嘯也歌」之嘯，參見〈召南．江有汜〉注❿。❿淑，《箋》：「善也。」不淑，不善，即不幸也。《詩記》：「古者謂死喪饑饉皆曰不淑，蓋以吉慶為善事，凶禍為不善事，雖今人語猶然。」⓫濕，當讀為㬤，音泣，ㄑㄧˋ，欲乾也。見《經義述聞》。⓬啜，音輟，ㄔㄨㄛˋ。《傳》：「泣貌。」按啜為泣時抽噎之狀。啜其，猶啜然。⓭何嗟及矣，猶嗟何及矣。《集傳》：「言事已至此，末如之何，窮之甚也。」《毛詩後箋》曰：「《箋》云：『嗟乎！將復何與為室家乎？』詳玩《箋》語，經文當作嗟何及矣，傳寫者誤倒之。」

【詩義．章旨】

〈詩序〉：「〈中谷有蓷〉，閔周也。夫婦日以衰薄，凶年饑饉，室家相棄爾。」除閔周一語外，他皆可取。《集傳》：「凶年饑饉，室家相棄，婦人覽物起興，而自述其悲歎之辭也。」此承襲〈序〉說，而稍有改易。然詩明謂「有女仳離」，可知為詩人所記，非棄婦自作也。

全詩三章，每章六句，形式複疊。每章首二句寫益母乾枯，既表示凶年饑饉，亦象徵婦人遭棄，如益母之失水，生活將日漸艱困。此詩最足稱道者，乃在其層次清楚，一章曰「暵其乾矣」，已乾也；二章曰「暵其脩矣」，將乾也；三章曰「嘆其濕矣」，欲乾也，此由深而漸淺。嘅其嘆矣，條其歗矣，啜其泣矣，此由淺而漸深。一章曰遇人艱難，二章曰遇人不淑，三章變言何嗟及矣，此亦由輕而漸重。三章文字，如階梯然。

六、兔爰

有兔爰爰❶，雉離于羅❷。我生之初，尚無為❸；我生之後，逢此百罹❹。尚寐無吪❺？

有兔爰爰，雉離于罦❻。我生之初，尚無造❼；我生之後，逢此百憂。尚寐無覺❽？

有兔爰爰，雉離于罿❾。我生之初，尚無庸❿；我生之後，逢此百凶⓫。尚寐無聰⓬？

【注釋】

❶爰爰，《傳》：「緩意。」即緩貌。有兔爰爰，《正義》：「言有兔無所拘制。」謂兔閒適自在，與下文「雉離于羅」義正相反。❷離，即〈新臺〉「鴻則離之」之離，遭遇也。羅，《爾雅．釋器》：「鳥罟謂之羅。」《傳》：「鳥網為羅。」此二句一述兔之閒適，一述雉之困憂，既與緩急無涉，亦與狡獪、耿介無關，至於與小人、君子，更風馬牛不相及。《傳》謂：「言政有緩有急，用心之不均。」《集傳》謂：「兔狡得脫，而雉耿介反離于羅，以比小人致亂而以巧計幸免，君子無辜而以忠直受禍。」皆臆測之辭。❸尚，《集傳》：「猶也。」無為，無所作為。二句言我生之初，世道清明，我尚可閒適自在，無所作為。❹罹，音離，ㄌㄧˊ。《傳》：「憂也。」百罹，言憂難之多也。❺尚，《集傳》：「尚，庶幾也。」《毛詩會箋》：「經文尚字，上下異解，未允。」按竹添之言是也，經文兩「尚」字應同其解，然竹添用鄭《箋》之說，兩「尚」字同釋為庶幾，亦有未允。蓋「尚無為」之尚，明是猶且之意，訓為庶幾，則義不可通，故《集傳》易鄭氏之說而訓為猶也。此「尚」字各家皆

訓為庶幾，實則與「尚無為」之尚同，亦當訓猶。王靜芝先生《詩經通釋》即釋為猶。吪，音鵝，ㄜˊ。《傳》：「動也。」按動即為也。三句言我生之後，逢時多憂，我尚能昏睡而無所作為乎？蓋深自惕厲也。❻罦，音孚，ㄈㄨˊ。《傳》：「覆車也。」捕鳥之網，其形若車，有兩轅，中施網，又名翻車。❼造，《傳》：「為也。」❽覺，《集傳》：「寤也。」即覺醒也。此謂尚能昏睡而不覺醒乎？❾罿，音童，ㄊㄨㄥˊ。《傳》：「罿，罬也。」按《爾雅・釋器》：「繴謂之罿，罿，罬也。罬謂之罦，罦，覆車也。」罿、罬、罦，覆車，輾轉相解，皆捕鳥之網也。❿庸，《傳》：「用也。」無用，謂不用心力，優游歲月也。⓫百凶，即百罹、百憂也。⓬聰，《傳》：「聞也。」此言尚能昏睡而不聞不問乎？

【詩義・章旨】

此詩人當亂世深自惕厲之詩。〈詩序〉謂：「〈兔爰〉，閔周也。桓王失信，諸侯背叛，構怨連禍，王師傷敗，君子不樂其生焉。」不知其何所據而云然？《集傳》謂：「周室衰微，諸侯背叛，君子不樂其生，而作是詩。」承〈詩序〉之說也。詩曰：「我生之初，尚無為。」此西周之世也。《集傳》謂：「為此詩者，蓋猶及見西周之盛。」此言得之。「我生之後，逢此百罹」，此驪山東遷之事也。「尚寐無吪」、「尚寐無覺」、「尚寐無聰」，此自警之辭，非不樂其生也。

全詩三章，每章七句，形式複疊。每章起首二句，實已籠罩下文，「我生之初，尚無為。」此「有兔爰爰」也。「我生之後，逢此百罹」，此「雉離于羅」也。他二章皆仿此。「尚無為」與「尚寐無吪」，上下相應，脈絡極為清楚，而昔人訓前「尚」字為猶，後「尚」字為庶幾，實不察之甚！每章之末句為全章之精神所在，此詩人著力之處。「尚」釋為猶，則詩之精神煥發；若解為庶幾，則詩之生氣索然。一字訓解之異，其差別如此之大，解詩者不可以不慎也。

七、葛藟

緜緜葛藟，在河之滸❶。終遠兄弟❷，謂❸他人父；謂他人父，亦莫我顧❹。

緜緜葛藟，在河之涘❺。終遠兄弟，謂他人母；謂他人母，亦莫我有❻。

緜緜葛藟，在河之漘❼。終遠兄弟，謂他人昆❽；謂他人昆，亦莫我聞❾。

【注釋】

❶緜緜，《傳》：「長不絕之貌。」葛藟，見〈周南・樛木〉注❸。滸，音虎，ㄏㄨˇ。《傳》：「水厓曰滸。」《正義》曰：「緜緜然枝葉長而不絕者，乃是葛藟之草，所以得然者，由其在河之滸，得河之潤故也。」葛藟生河邊，故能枝葉緜緜；人若離故土、別兄弟，則其艱困也可知。❷終，既也，已也。《經傳釋詞》：「終遠兄弟，言既遠兄弟也。」或釋終為永，恐誤。❸謂，稱也。❹顧，顧念、眷顧也。二句言雖稱他人為父，他人亦不眷顧我。狀其艱困之甚。❺涘，音俟，ㄙˋ。《爾雅・釋丘》：「涘為厓。」郭注：「謂水邊。」❻有，《廣雅疏證・一》：「古者謂相親曰有。有，猶友也。」二句謂雖稱他人為母，他人亦不親愛我也。❼漘，音唇，ㄔㄨㄣˊ。《傳》：「水隒也。」即岸也。❽昆，《傳》：「兄也。」❾聞，《經義述聞》：「聞，猶問也，謂相恤問也。古字聞與問通。」

【詩義・章旨】

〈詩序〉：「〈葛藟〉，王族刺平王也。周室道衰，棄其九族焉。」詩是否刺平王，不可知也。《集傳》：「世衰民散，有去其鄉里家族而流離失所者，作此詩以自歎。」其說是也，後之說詩者皆用之。然觀詩三章皆言「終遠兄弟」，而《左傳》文公七年記宋昭公欲去群公子，樂豫諫之曰：「葛藟猶能庇其本根，故君子以為比，況國君乎？」杜注、孔疏皆引此詩為證，足見此語方是全詩之重心，是則〈詩序〉所謂「周室道衰，棄其九族」之語，甚為可取也。蓋詩若為一般流離失所者感傷之作，則應一章云遠父，二章云遠母，末章乃云遠其兄弟，以與謂父、謂母、謂昆相比協，不應三章皆以遠兄弟為說，且置之謂父、謂母之上也。《詩附記》已有此說。（見《毛詩後箋》引）

全詩三章，每章六句，形式複疊。每章首二句雖為興，其所象徵之意顯然，不可等閒視之。凡興詩，皆當如是觀也。一章言父，二章言母，三章言昆，此《詩經》之倫理次序。凡詩言及父、母、兄者，必先言父，次言母，末言兄，毫不相亂，於此可見周時倫理之教矣。莫我顧、莫我有、莫我聞，情切而意悲，茫茫無助，最為感人。據裴普賢先生謂：「南洋華僑讀之，無不淚下。」觀之令人鼻酸。倫理親情，為中華文化之精神，已深入每一中國人之內心，其影響之大，實難以估計。為政者豈可不留意而加以光大哉！若猶殘敗之、踐踏之，則不僅為中華文化之罪人，亦為中華民族之敵人矣。

八、采　葛

彼采葛❶兮，一日不見，如三月兮❷。

彼采蕭❸兮，一日不見，如三秋❹兮。

彼采艾❺兮，一日不見，如三歲兮。

【注釋】

❶葛，所以為絺綌者，參見〈周南・葛覃〉注❶。❷此言相思之苦。下文三秋、三歲同。❸蕭，《傳》：「蕭，所以共祭祀。」按《爾雅・釋草》：「蕭，萩。」《正義》引陸機曰：「今人所謂萩蒿者是也。」❹三秋，三季也。《集傳》：「三秋，則不止三月矣。」今「一日不見，如隔三秋」之語，即由此而來，唯三秋之意已是三年，援之詩文，則無此意也。❺艾，《傳》：「艾，所以療疾。」《集傳》：「艾，蒿屬，乾之可灸。」

【詩義・章旨】

此男女相思之詩。采葛、采蕭、采艾，多為女子之事，是則此詩應為男子所作；然〈子衿〉為女子所作，其中亦有「一日不見，如三月兮」之語，是則此詩亦未必定是出於男子之手。至於〈詩序〉謂「懼讒也」，《集傳》謂淫奔也，則距詩義過遠，不必採信。

全詩三章，每章三句，形式複疊。采葛、采蕭、采艾，乃用以說明不見之因而已，未必事實也。或以楚辭中葛、蕭、艾皆與蘭桂相對，因謂其喻讒佞小人，以符〈詩序〉「懼讒」之說，然則《傳》謂「葛所以為絺綌」、「蕭所以供祭祀」、「艾所以療疾」，則又如何解說？一日不見，一章曰「如三月兮」，二章曰「如三秋兮」，三章曰「如三歲兮」，皆形容思念之深也。然層層遞進，步步緊逼，詩人用字運詞，安排章節，實有獨到工夫。至於四時獨言秋者，以秋風瑟瑟，萬木蕭蕭，最易感人，於此益見詩人運詞之精矣。

九、大車

大車❶檻檻❷，毳衣❸如菼❹。豈不爾❺思？畏子❻不敢❼。

大車啍啍❽，毳衣如璊❾。豈不爾思？畏子不奔。

穀則異室❿，死則同穴⓫。謂予不信，有如皦日⓬。

【注釋】

❶大車，《傳》：「大車，大夫之車。」按《公羊》昭公二十五年何休注：「禮：天子大路，諸侯路車，大夫大車，士飾車。」詩曰大車，則乘之者為大夫可知。❷檻，音坎，ㄎㄢˇ。檻檻，《傳》：「車行聲也。」❸毳，音翠，ㄘㄨㄟˋ。《說文》：「毳，獸細毛也。」毳衣，《傳》：「大夫之服。」《傳箋通釋》：「毳衣蓋褐衣之類，取其可以禦雨，故為大夫巡行邦國之服。」❹菼，音坦，ㄊㄢˇ，菼也。參見〈召南．騶虞〉注❷。❺爾，指乘大車、著毳衣之大夫，非另斥他人也。❻子，即「與子偕老」、「願言思子」、「送子涉淇」之子，為第二人身之稱代詞。與「豈不爾思」之爾同義，皆指所思之人，亦即「大車檻檻，毳衣如菼」之大夫也。至於上句言「爾」，此句言「子」者，詩人行文之便耳，無深意也。《傳》、《箋》亦訓子為大夫，惟以子與爾分指二人，故詩義難明也。❼不敢，與下章「不奔」為互文，即「不敢」下添一「奔」字看，而「不奔」間添一「敢」字看，皆謂不敢奔也。❽啍，音吞，ㄊㄨㄣ。啍啍，《傳箋通釋》：「當亦為車行之聲。」按此與〈采芑〉「嘽嘽焞焞」之焞焞義同，皆車行之聲。❾璊，《說文》：「璊，玉赤色。」如璊，如赤玉。言車行既久，毳衣已由青色變為赤色。❿穀，《傳》：「生也。」《傳箋通釋》曰：「《說文》：『㝅，乳也。』穀當為㝅之叚借。」此言生不能同室而

居，猶今語「生不能同羅帳」。⑪穴，《箋》：「塚壙中也。」即墓穴。同穴，謂合葬同墓也。⑫皦，《傳》：「白也。」《箋》：「謂我言不信；我言之信，如白日也。」按此二句言「若謂我言不信，有此白日監之」。有如皦日，乃指日為誓，猶今指天為誓曰：「天神監之」也。鄭氏謂我言之信如白日，恐誤。《左傳》僖公二十四年：「所不與舅氏同心者，有如白水（《國語．晉語》作河水）。」《史記．晉世家》作「所不與子犯共者，河伯視之。」有如白水者，乃謂有此白水監之，非謂有如白水可信也。他如《左傳》襄公九年及定公十年之「有如此盟」，亦盟神監之之意也。竹添光鴻《左傳會箋》、《毛詩會箋》並有說。

【詩義．章旨】

此當是女子有所愛慕而不得之詩。所愛慕者，即「大車檻檻，毳衣如菼」之大夫也。〈詩序〉謂：「〈大車〉，刺周大夫也。禮義陵遲，男女淫奔，故陳古以刺今大夫不能聽男女之訟焉。」《集傳》謂：「周衰，大夫猶有能以刑政治其私邑者，故淫奔者畏而歌之如此。」此二說正相反，然皆不合詩旨。季明德謂：「此詩必妻為其夫所棄，而誓死不嫁；其後夫服毳衣、乘大車以出，而妻望見之，故作此詩。」既為棄婦，何云「畏子不敢」、「畏子不奔」？姚際恆謂：「偽《傳》、《說》皆以周人從軍，訊其室家之詩，似可通。『爾』指室家，『子』指主之者。『奔』，逃亡也。」以「爾」、「子」分指二人，於義難通；且「穀則異室，死則同穴」，亦非男子之言也。諸家皆為鄭氏「爾」、「子」分指二人所蔽，以故不能見詩之本來面目；季明德能去其蔽矣，又以為婦棄之辭。噫，知詩其難乎！

全詩三章，每章四句，一二章複疊。一章指出所思者之身分。「大車檻檻，毳衣如菼」，正明示此人為大夫，以其身分高貴，故謂其不敢奔也。二章雖重複一章之旨，然「毳衣如璊」，則寫思念之久也。末章「穀則異室」為現時情形，「死則同穴」，則為願詞，亦為誓詞。「有如皦日」，則乃指日為誓，以示情真意誠也。

一〇、丘中有麻

丘中❶有麻，彼留子嗟❷；彼留子嗟，將其來施施❸。

丘中有麥，彼留子國❹；彼留子國，將其來食❺。

丘中有李，彼留之子❻；彼留之子，貽我佩玖❼。

【注釋】

❶丘，《說文》：「土之高也，一曰四方高中央下為丘。」丘中，《傳》：「丘中墝埆（貧瘠）之處。」❷留，《傳》：「留，大夫氏。」胡承珙以為留氏即劉氏，東周畿內邑。（見《毛詩後箋》）子嗟，《傳》：「子嗟，字也。」後世之說詩者皆無異辭。惟惠周惕《詩說》曰：「嗟者，語助。」按惠氏之說是也。「嗟」當與〈小雅・節南山〉「憯莫懲嗟」之嗟義同，語末助詞也。《傳》謂「子嗟」為字，下章「子國」為子嗟父之字，豈有先言子後言父哉？此與詩例不合。❸將，音羌，ㄑㄧㄤ，願也，請也。參見〈衛風・氓〉注❿。施施，《箋》：「舒行貌也。」臧玉林《經學雜記》曰：「此詩三章，章四句，句四字，獨『將其來施施』五字，《顏氏家訓・書證》曰：『江南舊本悉單為施。』而疑其有誤。然顏氏所述江北者往往為人所改，江南者多善本。則此之悉單為施，不得據江北本疑之。」（《毛詩後箋》引）按江南本作四字「將其來施」者較是，如此則與下章「將其來食」語法一律。施，動詞，謂施麻也。❹子國，《傳》：「子國，子嗟父。」惠氏《詩說》曰：「國者，食邑。留仕于周，故有食邑也。」按「彼留子嗟」、「彼留子國」，皆當「彼留子」三字為讀，不當「彼留」二字為讀。「彼留子」者，即末章「彼留之子」也。以詩四字為句，故省去「之」字，而加「嗟」與「國」字以取協韻。故三章

中之「子」字義同，《傳》以「子嗟」、「子國」連讀，解為男子之字，恐誤。惠氏訓「國」為食邑，似較毛氏之說為勝。姚際恆釋為語詞，固佳，然古書並無其例，否則惠氏不必「嗟」、「國」分釋也。❺食，謂食麥也。❻彼留之子，即上二章之「彼留子」，亦即詩中所欲述寫之人物。其句型一似〈揚之水〉之「彼其之子」。❼玖，《傳》：「石次玉者。」參見〈衛風・木瓜〉注❽。按佩玖即佩玉，乃貴族飾物，非平民所能有，今詩云貽我佩玖，則知此詩非民歌矣。

【詩義・章旨】

此美留氏之子之詩。〈詩序〉曰：「〈丘中有麻〉，思賢也。莊王不明，賢人放逐，國人思之，而作是詩也。」此說牽強，且無以解末句「貽我佩玖」一語。《集傳》謂：「婦人望其所與私者而不來，故疑丘中有麻之處，復有與之私而留之者，今安得其施施然而來乎？」以「留」字為動詞，亦已誤矣，而謂一婦人望二男子來，所述詩義又過汙穢，無怪乎姚際恆氏大施撻伐也。然姚氏亦謂「留」字是留住之留，其誤亦不遜於朱子。傅斯年謂：「男女約期之詞。」近人從之者頗眾。王靜芝更進而謂：「子嗟為一男子，子國亦一男子。首章之所詠與次章之所詠，男子固不必為一人，女子亦不必為一人。」然則詩中「貽我佩玖」之我，究為一人乎？二人乎？〈國風〉詩篇，往往於末章甚至末句始透露詩旨，此詩亦然。「貽我佩玖」之「我」，即詩之作者；「彼留之子」，即作者所寫之對象。由此上推，則詩旨不難明矣。拋卻詩文而說詩，雖如天花亂墜，亦非詩之本旨也。

全詩三章，每章四句，形式複疊。一章之麻，二章之麥，末章之李，必與「留子」有關，否則不必「將其來施」、「將其來食」也？末章並非不將其來食，承前章省略而已。既來施麻、食麥、食李，而又贈我佩玖也。說者以既贈佩玖，當是男女贈答之詩，然則〈渭陽〉詩中秦康公贈晉文公「瓊瑰玉佩」，則又何說邪？

鄭

鄭玄《詩譜》曰：「初，宣王封母弟友於宗周畿內咸林之地，是為鄭桓公。今京兆鄭縣（今陝西省華縣境），是其都也。為幽王大司徒……幽王為犬戎所殺，桓公死之。其子武公，與晉文侯定平王於東都王城，卒取（虢、檜等）十邑之地，右洛左濟，前華後河，食溱洧焉，今河南新鄭是也。」

〈鄭〉詩凡二十一篇，皆東遷後詩。

一、緇衣

緇衣之宜兮❶，敝❷、予又改為❸兮。適❹子之館❺兮，還❻、予授子之粲兮❼。

緇衣之好兮，敝、予又改造❽兮。適子之館兮，還、予授子之粲兮。

緇衣之蓆❾兮，敝、予又改作兮。適子之館兮，還、予授子之粲兮。

【注釋】

❶緇，音兹，ㄗ。《傳》：「黑色。」緇衣，《集傳》：「卿大夫居私朝之服也。」宜，《集傳》：「稱也。」此句謂著此緇衣而適宜，言其德稱其服。❷敝，舊也。❸改，《傳》：「更也。」改為，更作、再做。❹適，《爾雅．釋言》：「適，之也。」《傳》同。即往也。❺館，《傳》：「舍也。」指退朝後休憩之所。❻還，音旋，ㄒㄩㄢˊ，歸也。既適子之館而返也。❼粲，《傳》：「餐也。」《詩緝》引王氏曰：「粲，粟治之精者。」即米之精者，與《傳》訓餐並不相悖。此句言既還後又授以餐食也。❽造，《箋》：「作也。」改造，改為、改作也。

❾蓆，《爾雅‧釋詁》：「蓆，大也。」《傳》同。

【詩義‧章旨】

〈詩序〉：「〈緇衣〉，美武公也。父子並為周司徒，善於其職，國人宜之。故美其德，以明有國善善之功焉。」後之說詩者多從之。然改衣、適館、授餐，豈國人所得施於武公哉？或謂詩人擬於天子之言，然天子至尊也，詩人何得而擬之？如此豈不大亂邪？季本《詩說解頤》曰：「此國君好賢之詩，其必鄭武公為諸侯時之事歟！」姚際恆謂：如此則改衣、適館、授餐皆合。竊意亦以此說為是，蓋詩中「予」字，即武公自稱；「子」即指鄭之卿大夫也。此詩乃武公所自作，一如高祖之〈大風歌〉，武帝之〈秋風辭〉，非詩人為之作也。如此為說，則詩文無有不合者。何楷謂：「武公有功周室，平王愛之而作此詩。」亦通。果爾，則此詩作者當為平王矣。

全詩三章，每章四句，形式複疊。全詩十二句，句句皆有「兮」字，此其一大特色。三百篇中，全詩每句皆有「兮」字者，除此篇外，僅有〈齊風‧還〉、〈魏風‧十畝之閒〉二篇而已。此詩每章首句，皆指卿大夫而言。改衣、適館、授餐，皆武公所自言，乃全詩之重心，於此見武公之好賢下士與治國之勤，其父子皆為平王卿士，而為春秋初期諸侯之雄長，實非倖致也。

二、將仲子

將❶仲子❷兮，無踰❸我❹里❺，無折❻我樹杞❼。豈敢愛之❽？畏我父母❾。仲可懷❿也；父母之言，亦可畏也。

將仲子兮，無踰我牆⓫，無折我樹桑。豈敢愛之？畏我諸兄。仲可懷也；諸兄之言，亦可畏也。

將仲子兮，無踰我園，無折我樹檀⓬。豈敢愛之？畏人之多言。仲可懷也；人之多言，亦可畏也。

【注釋】

❶將，音羌，ㄑㄧㄤ。《傳》：「請也。」❷仲子，猶今言老二。《傳》釋為祭仲，恐誤。❸踰，《傳》：「越也。」❹我，《集傳》：「女子自我也。」❺里，《集傳》：「二十五家所居也。」❻折，《傳》：「言傷害也。」❼杞，木名，《正義》引陸機《疏》曰：「杞，柳屬也。生水傍，樹如柳，葉粗而白色，木理微赤，故今人以為車轂。」樹杞，即杞樹之倒文。❽之，指杞樹。❾畏我父母，由下文「父母之言」，知此句乃謂畏父母之言也。下章「畏我諸兄」，倣此。❿懷，《詩緝》：「念也。」⓫牆，《傳》：「垣也。」⓬檀，《傳》：「彊韌之木。」《集傳》：「檀，皮青滑澤，材彊韌，可為車。」

【詩義・章旨】

〈詩序〉曰：「〈將仲子〉，刺莊公也。不勝其母，以害其弟。弟叔失道，而公弗制；祭仲諫，而公弗聽，小不忍以致大亂焉。」以《左傳》隱公三年所記鄭莊與弟叔段相爭事解之，無一與詩文合者。《集傳》謂：「此淫奔之辭。」亦不合詩義，皆不可取。此當是女子拒男子以暴力踰牆折樹而求愛之詩，字裡行間似暗示其循禮而來者。

全詩三章，每章八句，形式複疊。一章曰：「無踰我里，無折我樹杞」，此一縱也；「豈敢愛之」，此一擒也；「畏我父母」，此再縱也；「仲可懷也」，此再擒也；「父母之言，亦可畏也」，此三縱也。詩人於擒縱之術，可謂發揮淋漓盡致。又踰里、踰牆、踰園，此由遠而近；父母、諸兄、鄰人，此由近而遠，三百篇中之章節複疊者，往往皆有其層次焉。

三、叔于田

叔于田❶，巷無居人❷；豈無居人？不如叔也，洵美且仁❸。

叔于狩❹，巷無飲酒❺；豈無飲酒？不如叔也，洵美且好。

叔適野❻，巷無服馬❼；豈無服馬？不如叔也，洵美且武。

【注釋】

❶叔，《傳》：「大叔段也。」即鄭莊公之弟叔段。田，《傳》：「取禽也。」《正義》：「田者，獵之別名。以取禽于田，因名曰田。」按《公羊》桓公四年注：「田者，蒐狩之總名也。」是田即獵也。對文即異，散文則通。于田，猶言在獵。❷《正義》：「言叔之往田獵也，里巷之內，全似無復居人。」❸洵，《箋》：「信也。」此句言叔誠俊美而且仁慈。❹狩，《傳》：「冬獵曰狩。」❺飲酒，謂飲酒之人。❻適野，《箋》：「適，之。郊外曰野。」適野正所以田獵。❼服馬，《箋》：「猶乘馬也。」即駕馬之人。

【詩義・章旨】

〈詩序〉：「〈叔于田〉，刺莊公也。叔處于京，繕甲治兵，以出于田，國人悅而歸之。」觀文中田獵、飲酒、服馬，及下篇之「襢裼暴虎，獻于公所」等，均非一般平民所能，〈詩序〉之說，頗有可取。然就下篇「獻于公所」觀之，叔段此時不當在京，而猶在鄭都也。

全詩三章，每章五句，形式複疊。「巷無居人」、「巷無飲酒」、「巷無服馬」，此驚人之語也。「豈無居人」、「豈無飲酒」、「豈無服馬」，此引人之語也。「洵美且仁」、「洵美且好」、「洵美且武」，此安人之語也。如此懸宕筆法，讀者心神，盡為所控矣。

四、大叔于田

大叔于田❶，乘❷乘馬❸。執轡如組❹，兩驂如舞❺。叔在藪❻，火烈具舉❼。襢裼暴虎，獻于公所❽。將叔無狃❾，戒其傷女❿。

叔于田，乘乘黃⓫。兩服⓬上襄⓭，兩驂鴈行⓮。叔在藪，火烈具揚⓯。叔善射忌，又良御忌⓰。抑磬控忌，抑縱送忌⓱。

叔于田，乘乘鴇⓲。兩服齊首⓳，兩驂如手⓴。叔在藪，火烈具阜㉑。叔馬慢忌，叔發罕㉒忌。抑釋掤㉓忌，抑鬯㉔弓忌。

【注釋】

❶大叔于田，《釋文》：「〈叔于田〉，本或作〈大叔于田〉者，誤。」蘇轍《詩集傳》曰：「二詩皆曰〈叔于田〉，故此加「大」以別之，非謂段為大叔也。然不知者又加「大」于首章，失之矣。」❷乘，動詞，《詩緝》：「駕也。」❸乘，音剩，ㄕㄥˋ。《詩緝》：「四馬也。」乘馬，四馬也。❹執轡如組，言執馬韁齊一不亂也。參見〈邶風・簡兮〉注❼。❺兩驂，《集傳》：「車衡外兩馬曰驂。」按古一車四馬，中間夾轅之兩馬，謂之兩服；兩服外之兩馬，謂之兩驂。如舞，《傳》：「驂之與服，和諧中節。」《正義》：「此《經》止云兩驂，不言兩服，知驂與服和諧中節者，以下二章於此二句，皆說兩服兩驂，則知此《經》所云，亦總驂服。」此句謂兩驂隨兩服齊整而行，能和諧中節，非謂驂馬有舞蹈之容也。❻藪，音叟，ㄙㄡˇ。《傳》：「藪，澤，禽之府也。」《釋文》引《韓詩》曰：「禽獸居之曰藪。」❼烈，《說文》：「烈，火猛也。」是猛火曰烈，名詞。具，《傳》：「俱也。」舉，起也，升也。此句謂燃燒草木，小火大火皆起，驚散禽獸，以便獵取也。❽襢裼，音袒錫，ㄊㄢˇㄒㄧˊ。《傳》：「肉袒也。」即裸露上身之意。《正義》用孫炎之說謂：「襢去裼衣」，恐誤。暴虎，《傳》：「徒手以搏之。」即徒手搏虎也。公，《集傳》：「莊公也。」公所，謂鄭莊公之所。此二句詩叔段之勇。❾狃，音扭，ㄋㄧㄡˇ。《傳》：「習也。」無狃，勿習以為常也。❿戒，防也。此句言防虎傷汝也。⓫乘黃，《傳》：「四馬皆黃。」⓬兩服，《箋》：「中央夾轅者。」參見注❺。⓭上襄，《經義述聞》：「上者，前也。上襄，猶言前駕，謂並駕於車前，即下章之兩服齊首也。」按王氏釋上襄為前駕是也，但此乃對驂馬而言，謂稍前於驂馬，非謂在車之前也。⓮雁行，《傳》：「言與中服相次序。」《經義述聞》：「謂兩驂在旁而差後，如雁行然。」⓯揚，《集傳》：「起也。」即舉也。⓰忌，《集傳》：「語助詞。」下同。良御，善駕也。二句謂叔既精於射術，又精於御術。⓱抑，發語詞，無義。下同。《毛詩會箋》訓為噫之假借，為美嘆之聲，恐誤。下章「釋掤」、

「鬯弓」亦以之為發語也。磬控，止馬也。縱送，騁馬也。《群經平議》：「磬控雙聲，縱送疊韻，凡古書雙聲疊韻之字，皆無二義……磬即控也，言止馬也；縱即送也，言騁馬也。」此二句承上文「又良御忌」而言。⑱鴇，音保，ㄅㄠˇ。《爾雅・釋畜》：「驪白雜毛、鴇。」《傳》同。《釋文》：「依字作駂。」⑲齊首，《傳》：「馬首齊也。」《集傳》：「兩服並首在前。」⑳如手，《集傳》：「兩驂在旁，稍次其後，如人之兩手也。」㉑阜，《傳》：「盛也。」㉒發罕，《集傳》：「發，發矢也。罕，希也。」馬慢、發罕，言獵事將畢也。㉓釋，《集傳》：「解也。」掤，音冰，ㄅㄧㄥ。《集傳》：「掤，矢箭蓋。」掤本箭筩之蓋，此處即以代箭筩。射者腰繫箭筩，今釋之，示射事已畢。㉔鬯，音暢，ㄔㄤˋ，韔之假借字。《集傳》：「鬯，弓囊也，與韔同。」此作動詞用，言藏弓於囊也。

【詩義・章旨】

此美共叔段田獵之詩。詩言「襢裼暴虎，獻于公所」當是封京以前事也。〈詩序〉謂：「〈大叔于田〉，刺莊公也。叔多才而好勇，不義而得眾也。」蓋以詩既云「獻于公所」，則莊公當與段俱田，且為獵事之主，今詩惟述段射御田獵之事，襢裼暴虎之勇，而無一語言及莊公，是僅知有叔段，而不知有莊公。因此，乃以此為刺莊公之詩。若果如此，則其刺意已在言外，文中固無譏刺之言也。

全詩三章，每章十句，皆寫叔段射御之精。一章「襢裼暴虎，獻于公所」誇其勇也。二章「叔善射忌，又良御忌」二句，為全詩之重心。「抑磬控忌，抑縱送忌」，即承「良御」而言。末章「抑釋掤忌，抑鬯弓忌」，即承「善射」而言。「釋掤」二句狀其從容自得，頗有「善刀而藏」之概。於火，一章言舉，二章言揚，末章言阜，層次分明。於御，一章言「執轡如組，兩驂如舞」，二章言「兩服上襄，兩驂雁行」，末章言「兩服齊首，兩驂如手」，自始至終，四馬整齊如一，御術之精，於此可見。而詩人寫景如真，敘事傳神，文筆之妙，真嘆為觀止矣。

五、清人

清人在彭❶，駟介旁旁❷。二矛❸重英❹，河上乎翺翔❺。

清人在消❻，駟介麃麃❼。二矛重喬❽，河上乎逍遙❾。

清人在軸❿，駟介陶陶⓫。左旋右抽⓬，中軍作好⓭。

【注釋】

❶清，鄭邑名，在今河南省中牟縣西。清人，《毛詩傳疏》：「清邑之人，高克所將兵眾也。」彭，《傳》：「衛之河上，鄭之郊也。」❷駟，《箋》：「四馬也。」介，《傳》：「甲也。」駟介，《集傳》：「四馬被甲也。」旁，音彭，ㄆㄥˊ。旁旁，即〈小雅．北山〉、〈大雅．烝民〉「四牡彭彭」之彭彭，盛貌。以上言「清人在彭」，故此變言旁旁，以與彭為韻。說見《傳箋通釋》。❸矛，兵器名。《說文》：「矛，酋矛也，建於兵車，長二丈。」二矛，《箋》：「酋矛、夷矛也。」《傳箋通釋》：「〈魯頌〉『二矛重弓。』《箋》云：『備折壞。』直是酋矛有二。則此詩二矛，亦謂酋矛有二，非兼言夷矛也。」按矛有三：酋矛、夷矛、厹矛。酋矛長二丈，夷矛長二丈四尺，厹矛有三叉。詩之二矛，由《說文》及〈閟宮〉《箋》與下「左旋右抽」之文觀之，馬氏之說較是。❹英，《傳》：「矛有英飾。」《正義》：「〈魯頌〉說矛之飾謂之朱英，則以朱染為英飾。」《集傳》：「英，以朱羽為矛飾。」按此當實有其物以為飾，《箋》謂「各有畫飾」，《傳箋通釋》謂：「蓋刻於矛柄而以朱畫之。」恐誤。重英，謂二矛皆重其英飾。❺翺翔，《集傳》：「遊戲之貌。」與遨遊、逍遙義同，皆謂遊樂也。❻消，《集傳》：「亦河上地名。」❼麃，音標，ㄅㄧㄠ。麃麃，《傳》：「武貌。」按〈載驅〉三章「行人彭彭」，彭彭，《傳》訓

多貌；四章「行人儦儦」，儦儦，《傳》訓眾貌。眾與多義同。此詩一章云「駟介旁旁」，旁旁即彭彭，此章「駟介麃麃」之麃麃，當即〈載驅〉「行人儦儦」之儦儦，其與旁旁之意相同，自不待言。《傳》訓武貌，似非的詁。又按《詩》凡言「四牡」、「四騏」、「四驪」、「四介」，其下為二疊字者，此二疊字《傳》或訓盛貌，或訓武貌，或訓壯貌，或訓行不止貌。實則除〈杕杜〉「四牡痯痯」之痯痯及〈四牡〉「四牡騑騑」之騑騑外，其他皆可訓為盛貌，或盛壯貌。屈萬里先生於〈采薇〉中之業業、騤騤、翼翼，皆訓為盛貌，蓋已見其端矣，實則此解可用之全書也。如〈載驅〉之「四驪濟濟」，〈四牡〉、〈車舝〉之「四牡騑騑」，〈采薇〉、〈烝民〉之「四牡業業」，〈采薇〉、〈六月〉、〈桑柔〉、〈烝民〉之「四牡騤騤」，〈采薇〉之「四牡翼翼」，〈采芑〉之「四騏翼翼」，〈車攻〉、〈韓奕〉之「四牡奕奕」，〈北山〉之「四牡彭彭」，〈崧高〉之「四牡蹻蹻」（〈碩人〉之「四牡有驕」，有驕即蹻蹻），皆是也。❽喬，鷮之省體，《釋文》引《韓詩》作鷮，雉之一種。於矛刃與柄處重懸鷮羽以為飾，故曰重鷮。說見《傳箋通釋》。❾逍遙，遊樂也。參見注❺。❿軸，《集傳》：「亦河上地名。」⓫陶陶，《傳》：「驅馳之貌。」《集傳》：「樂而自適之貌。」按當與上文旁旁、麃麃義同，皆盛壯之貌。《傳》訓馳驅之貌，尚能與盛壯貌之意相成；《集傳》從董氏訓樂而自適貌，與盛壯之意遠矣。且「樂而自適」可以言人，不可以言馬也。⓬抽，音滔，**ㄊㄠ**。《說文》引詩作搯，曰：「搯兵刃以習擊刺也。」此句承前「二矛重英」、「二矛重喬」而言，謂左旋矛以禦敵，右抽矛以刺敵也。前文屢言「二矛」者，正為此句作伏筆也。左右二字非指人，指人則連言，如《左傳》僖公三十二年：「左右免冑而下」是，不當分言也。《箋》謂：「左謂左人，謂御者。」誤。蓋御者必居中，居車之左右，則不可駕矣。王夫之《詩經稗疏》、魏源《詩古微》皆有說。「旋」，亦不可解為旋車，蓋四馬六轡，御者必雙手執之，若「左旋」解為旋車，則「右抽」不可解矣。「抽」亦不得解為抽矢，蓋射必雙手為之，一手不得射，故《傳》謂：「右抽，抽矢以射。」亦誤。⓭中軍，《傳箋通釋》：「軍中也。」好，音號，**ㄏㄠˋ**，樂也。作好，猶作樂，即上文之「翱翔」、「逍遙」也。

【詩義・章旨】

〈詩序〉：「〈清人〉，刺文公也。」按《左傳》閔公二年曰：「冬，十二月，狄入衛，鄭棄其師。」又曰：「鄭人惡高克，使帥師次于河上（以御狄也），久而不召，師潰而歸。高克奔陳，鄭人為之賦〈清人〉。」歷代說詩者皆用此義，惟《齊詩》稍異其辭。

全詩三章，每章四句，形式複疊。首句「清人」，已明指其人，「駟介」句言軍非不強，將軍者非其人而已。「二矛重英」、「二矛重喬」，指其徒具虛文，末章「左旋右抽」承二矛言，言其非真練習武事，乃作樂而已。末句「翱翔」、「逍遙」、「作好」，說明其潰敗之因，敗因已露，其敗必矣。故《詩記》曰：「師久不歸，無所聊賴，姑遊戲以自樂也。投石超距，勝之兆也；左旋右抽，潰之兆也。不言已潰，而言將潰，其辭深，其情危矣。」

六、羔裘

羔裘❶如濡❷，洵直且侯❸。彼其之子❹，舍命不渝❺。
羔裘豹飾❻，孔武有力❼。彼其之子，邦之司直❽。
羔裘晏❾兮，三英❿粲兮⓫。彼其之子，邦之彥⓬兮。

【注釋】

❶羔裘，以羔羊之皮所為之裘。《集傳》：「大夫服也。」蓋本〈羔羊〉《傳》文。❷如濡，《傳》：「潤澤也。」❸洵，與〈靜女〉「洵美且異」之洵同，信也。《傳》釋為均，誤。侯，《釋文》引《韓詩》曰：「侯，美也。」

此句言誠正直而俊美。❹彼其之子，謂彼己氏之子也。參見〈王風・揚之水〉注❸。❺舍，施也，布也。命，令也。舍命，即布施命令。見王國維〈與友論詩書中成語書〉。渝，《傳》：「變也。」此句謂能布施或施行命令而不變。此言其「直」也。《箋》謂處命不變，惠棟《九經古義》謂釋命（即犧牲生命）不變，皆與「直」無關。❻豹飾，《傳》：「緣以豹皮也。」即以豹皮緣袖以為飾也。❼孔，《傳》：「甚也。」此句言甚英武而有勇力。❽司，《傳》：「主也。」直，《經義述聞》：「直，謂正人之過也。」古有司直之官，專司糾舉百官之過失，故又稱司過。《淮南・主術》曰：「湯有司直之人。」《呂氏春秋・自知》作「湯有司過之人」。《漢書・東方朔傳》：「以史魚為司直。」漢有丞相司直一職。見《漢書・百官公卿表》。❾晏，《傳》：「鮮盛貌。」❿三英，《集傳》：「裘飾也。」《詩記》引程氏曰：「三英者，若素絲五紽之類。」又引范氏曰：「〈羔羊〉曰：素絲五紽、五緎、五總，皆所以英裘，是之謂三英。」按程、范二氏之說是也。五紽、三英，皆所以連屬裘縫且以為飾，略如今日之衣紐。參見〈召南・羔羊〉注❷。⓫粲，《集傳》：「光明也。」即鮮明貌。⓬彥，《爾雅・釋訓》：「美士為彥。」《傳》同。

【詩義・章旨】

〈詩序〉：「〈羔裘〉，刺朝也。言古之君子，以風其朝焉。」似嫌過於迂曲。《集傳》曰：「蓋美其大夫之辭。」是矣。

全詩三章，每章四句，形式複疊。一章「洵直且侯」一語，為全詩之重心。「舍命不渝」，即稱其「直」也。二章「邦之司直」，則不僅己直，又且直人矣。「孔武有力」，更指出此大夫允文允武。末章則稱其「侯」（美）也，「羔裘晏兮」、「三英粲兮」，此衣飾之美也；「邦之彥兮」，此才德之美也。如此俊彥，邦人稱羨，無怪乎詩人作詩以頌揚之也。

七、遵大路

遵❶大路兮，摻執❷子之袪❸兮。無我惡兮❹，不寁故也❺。

遵大路❻兮，摻執子之手兮。無我魗❼兮，不寁好❽也。

【注　釋】

❶遵，《傳》：「循也。」參見〈周南‧汝墳〉注❶。❷摻，音閃，ㄕㄢˇ。《傳》：「擥也。」摻亦執也。摻執，猶執持。❸袪，音去，ㄑㄩˋ。《傳》：「袂也。」《詩經稗疏》曰：「袂聯腰腋之際，而袪則袖口也。」❹惡，音務，ㄨˋ，憎惡也。無我惡，即無惡我之倒文。❺寁，音撍，ㄗㄢˇ；又音捷，ㄐㄧㄝˊ，接續也。見《群經平議》。故，《集傳》：「舊也。」二句謂無因惡我，而不接續故舊之情也。❻路，《經義述聞》：「此章路字當作道，與下文手、魗、好為韻。」❼魗，同醜。《箋》：「魗，亦惡也。」❽好，《集傳》：「情好也。」

【詩義‧章旨】

此當是欲與好友遵大路以俱去而作之詩。〈詩序〉曰：「〈遵大路〉，思君子也。莊公失道，君子去之，國人思望焉。」詩中無一語言及莊公者，不知「莊公失道」何自而來？《集傳》謂：「淫婦為人所棄，故於其去也，擥其袪而留之。」亦不知淫在何處？朱子又引宋玉〈登徒子好色賦〉用詩文為證，不知後世文人擷取詩文，以資潤色而已，今反引之以證詩義，是顛倒其序矣。屈萬里《詩經詮釋》、王靜芝《詩經通釋》皆謂此男女失和而將別，女子留之之詩。然則「遵大路兮」一語當何以解焉？女子留之，豈必遵大路乎？

全詩二章，每章四句，形式複疊。首句「遵大路兮」，似有刺朝政失道之意。蓋與友人俱去，不必定遵大路，今去而曰遵大路，則現居之地，環境必甚惡劣矣。執袪，執手，皆言情好甚深，然非必指男女也。〈大雅・抑〉曰：「匪手攜之，言示之事。」所指並非男女，可證。末二語乃望其攜與俱去之辭。情真而切，辭婉而溫。

八、女曰雞鳴

女曰：「雞鳴」，士曰：「昧旦」❶。「子興視夜」❷，「明星有爛❸。將翱將翔❹，弋❺鳧❻與雁」。

「弋言加之❼，與子宜之❽。宜言飲酒❾，與子偕老。琴瑟在御❿，莫不靜好⓫」。

「知子之來之⓬，雜佩⓭以贈⓮之。知子之順⓯之，雜佩以問⓰之。知子之好⓱之，雜佩以報之」。

【注釋】

❶昧旦，《詩記》：「昧，晦也。旦，明也。昧旦，天欲旦，晦明未辨之時也。」即天將明而未明之時。❷興，起也。視夜，謂視夜之早晚也。此女子之言。此詩中凡「子」字皆女稱男之辭。❸明星，《爾雅・釋天》：「明星謂之啟明。」郭注：「太白星也。」郝氏《義疏》：「太白晨出東方為啟明，昏見西方為長庚。」又名曉星。爛，明也。有爛，猶爛然、爛爛。此句言天將曉時，唯啟明星獨爛然於東方。❹將翱將翔，且翱且翔也。翱翔，即〈清人〉「河上乎翱翔」之翱翔，遨遊也。《世本古義》謂指鳧雁迴翔，非是。❺弋，音異，ㄧˋ。《傳》：「繳射也。」《集傳》：「謂以生絲繫矢而射也。」❻鳧，《爾雅・釋鳥》：「舒鳧，鶩。」《疏》引李巡曰：「野曰

鳧，家曰鶩（鴨）。」是鳧即野鴨也。❼加，蘇氏《詩集傳》：「加，中也。」此句言射而中之。此下皆女子之語。❽宜，《爾雅・釋言》：「宜，肴也。」《傳》同。此句言為子治成肴也。❾宜，與上句「宜之」之宜義同。此句謂治肴而飲酒。❿御，用。《禮記・曲禮》：「士無故不徹琴瑟。」鄭注：「故，謂災患喪病。」此言琴瑟在御，謂夫婦和樂而無災患也。⓫靜好，安靜而美好。⓬之，語詞，無義，下同。⓭雜佩，《傳》：「雜佩者，珩、璜、琚、瑀、衝牙之類。」《集傳》：「雜佩者，左右佩玉也。上橫曰珩，下繫三組貫以蠙珠，中組之半貫一大珠曰瑀，末懸一玉兩端皆銳曰衝牙，兩旁組半各懸一玉長博而方曰琚，其末各懸一玉如半璧而內向曰璜。又以兩組貫珠上繫珩兩端，下交貫於瑀，而下繫於兩璜。行則衝牙觸璜而有聲也。」又引呂氏曰：「非獨玉也，觿、燧、箴、管，凡可佩者皆是也。」⓮贈，《毛鄭詩考正》曰：「以韻當之，贈當作貽。」《詩經小學》曰：「來、贈為韻，古今韻之一也，不當改為貽。」按來、贈相協，乃之、蒸通韻。見陳新雄先生〈毛詩韻譜、通韻譜、合韻譜〉（刊於《中國學術年刊》，第十期）。⓯順，《箋》：「謂與己和順。」⓰問，《傳》：「遺也。」即贈也。⓱好，音號，ㄏㄠˋ，愛也，謂愛己也。

【詩義・章旨】

此詠夫婦相敬愛之詩。〈詩序〉曰：「〈女曰雞鳴〉，刺不說德也。陳古義以刺今，不說德而好色。」似有未當。

全詩三章，每章六句。一章為男女互言，寫男女晨起將遨遊而射獵。二章為女子之言，述其期望夫婦和樂之狀。末章亦女子之言，述其贈男以雜佩，以表深情厚愛也。一章「將翺將翔，弋鳧與雁」，二章「與子宜之。宜言飲酒」，一外一內，外則男主，內則女主，莫不和樂適宜，如此琴瑟調和，豈能不靜好而偕老？末章一意而三疊，文辭婉曲，情意緜邈，讀之餘味不盡。

九、有女同車

有女同車，顏如舜❶華❷。將翱將翔❸，佩玉瓊琚❹。彼美孟姜❺，洵美且都❻。

有女同行❼，顏如舜英❽。將翱將翔，佩玉將將❾。彼美孟姜，德音不忘❿。

【注　釋】

❶舜，《傳》：「木槿也。」又名椵、櫬，花朝開而暮落，故又名日及。人多種植為籬障，故又名藩籬草。花小而豔，或白或粉紅。見《本草綱目》。❷華，同花。❸將翱將翔，謂且翱且翔。翱翔，遨遊也。參見前篇注❹。❹瓊琚，見〈衛風・木瓜〉注❸。❺孟姜，姜姓之長女。參見〈鄘風・桑中〉注❺。❻都，《集傳》：「閑雅也。」❼行，《傳》：「行，行道也。」❽英，《傳》：「猶華也。」❾將將，《釋文》：「玉佩聲。」《正義》：「上章言玉名，此章言玉聲，互相足。」❿德音，《詩緝》：「聲名也。」不忘，《詩經詮釋》：「猶不已也。」此句謂其聲名不止，即聲譽日盛之意。《集傳》曰：「言其賢也。」是矣。

【詩義・章旨】

由詩「同車」、「佩玉」、「德音」等詞觀之，此乃男子美其新婦之詩。蓋非夫婦，則不得同車、同行也。〈詩序〉曰：「鄭人刺忽不昏于齊」過於穿鑿。又詩既曰「佩玉」、「德音」，則知此女不僅為貴族，而且有賢德，《集傳》謂是「淫奔之詩」，亦誤。

全詩二章，每章六句，形式複疊。一章首句「有女同車」，已表明作者與女子之關係。「顏如舜華」，言其容貌之嬌豔；「佩玉瓊琚」，言其服飾之華美；「彼美孟姜」，言其身分之高貴。「洵美且都」，正應上文「舜華」之喻。二章雖重其前章，然「佩玉將將」，言其步履之中節，「德音不忘」，則又誇其德行之賢淑。聲、色、形、神之美畢具，可謂善於摹擬者矣。《毛詩會箋》曰：「曰舜華，則芳膏醲態；曰翺翔，則夭嬌如神；曰佩玉，則矩步中節；曰孟姜，則甲族名閨；曰德音，則韻流金玉，味澤詩書矣。至都之一字，尤非易擬，瓌姿瑋度，別有丰標者也。」

一〇、山有扶蘇

山有扶蘇❶，隰有荷華❷。不見子都❸，乃見狂且❹。

山有喬❺松，隰有游龍❻。不見子充❼，乃見狡童❽。

【注　釋】

❶扶蘇，木名，即枎木。急言則枎，緩言則扶蘇。說見《毛詩後箋》。❷隰，音席，ㄒㄧˊ，下濕之地。參見〈邶風・簡兮〉注⓭。荷華，即荷花。❸子都，《集傳》：「男子之美者也。」❹且，音居，ㄐㄩ。狂且，《傳》：「狂，狂人也。且，辭也。」《傳箋通釋》訓且為伹之假借，拙也。然〈褰裳〉云：「狂童之狂也且。」則知此且仍當訓語詞為是。二句言不見美男子，乃見此狂放之人。❺喬，《釋文》：「王（肅）云：高也。」❻游龍，《正義》引陸機《疏》曰：「游龍，一名馬蓼，葉粗大而赤白色，生水澤中。」《集傳》：「游，枝葉放縱也。龍，紅草也。」又名水葒。❼子充，《集傳》：「猶子都也。」按《廣韻》：「充，美也。」❽狡童，《集傳》：「狡獪之小兒也。」童，猶今語小子。

【詩義・章旨】

此女子戲弄男子而心實愛之之詩。高亨《詩經今注》曰：「此乃女子戲弄她的戀人的短歌，笑罵之中含蘊著愛。」是矣。由〈狡童〉詩觀之，詩中「狂且」、「狡童」，非真詈罵也，乃表示愛意之反語耳。故凡以此詩為女子遇惡徒之詩，皆誤。至〈詩序〉謂：「刺忽也，所美非美然。」更與詩義為風馬牛矣。

全詩二章，每章四句，形式複疊。首二句扶蘇、喬松，皆高大之木；荷華、游龍，皆柔弱之草，一在山，一在隰，分別象徵男女，此《詩經》中慣用之技巧。狂且、狡童，乃戲罵之語，唯其如此，反更見情趣；若以為厭惡而詈罵之語，乃真不識趣者矣。

一一、蘀兮

蘀兮蘀兮，風其吹女❶。叔兮伯兮❷，倡予和女❸。

蘀兮蘀兮，風其漂女❹。叔兮伯兮，倡予要女❺。

【注釋】

❶蘀，音拓，ㄊㄨㄛˋ，檡之假借，木名，質堅硬，落葉晚。見《詩經今注》。其，將。女，同汝，指蘀。二句言檡雖堅而葉落晚，然風將吹汝使落。暗示災患之將至也。❷叔兮伯兮，《詩緝》引錢氏曰：「叔伯，謂諸大夫也。」按〈旄丘〉「叔兮伯兮」，指衛大夫，此當是指鄭大夫。《集傳》謂是男子之字，或謂此稱兄弟，恐誤。❸倡，始唱也。和，音賀，ㄏㄜˋ，應和也。此句言汝首唱，我則應和汝也。❹漂，《集傳》：「漂、飄同。」漂女，猶吹

汝。❺要，音腰，一ㄠ。《傳》：「成也。」此句言汝首唱，我當為汝竟之也。

【詩義．章旨】

此詩解者雖多，要以嚴粲之說為近。《詩緝》曰：「此小臣有憂國之心，呼諸大夫而告之。言槁葉在柯，風將吹女，不能久矣。天大風則槁葉無不落，喻國有難則大夫皆不安。禍將及矣，豈可坐視以為無與於己，而不相與扶將之乎？叔伯諸大夫其亟圖之。汝倡我，則我和汝矣。謂患無其倡，不患無和之者也。」方玉潤氏頗是其說，並曰：「蓋小臣有憂國之心，而無救君之力；大臣有扶危之力，而無急難之心。當此國是日非，主憂臣辱之秋，而徒為袖手旁觀者，盈廷皆是。以故義奮忠貞不見於大臣，而激於下位也。」（《詩經原始》）或謂此男女或家人歌唱之詩，則無以解詩之首二句，亦無以解「叔兮伯兮」一語。至於〈詩序〉「刺忽」之說，《集傳》「淫女之辭」，則離旨愈遠矣。

全詩二章，每章四句，形式複疊。「蘀兮蘀兮，風其吹女」，首二句興詩，看似閒筆，實則暗示危疑之秋，災患將至。如此再讀下二句，則有一氣呵成之感；否則將成贅語矣。

二、狡　童

彼狡童❶兮，不與我言兮。維❷子❸之故，使我不能餐兮。

彼狡童兮，不與我食兮❹。維子之故，使我不能息❺兮。

【注　釋】

❶狡童，狡獪之小子。參見〈鄭風・山有扶蘇〉注❽。❷維，《經傳釋詞》：「猶以也。」即因也。❸子，指狡童。❹不與我食兮，謂不與我共食也。❺息，《集傳》：「安也。」即安息、安寢也。上章餐指飲食，此章息指寢寐，正所謂寢食俱廢，言其憂之甚也。《詩經詮釋》訓為喘息，似太重，且《詩經》中「息」字皆指安息，無喘息之意者。

【詩義・章旨】

此女子因所愛者情好漸疏而憂念之詩。〈詩序〉謂刺忽，《集傳》謂淫詩，皆不可取。

全詩二章，每章四句，形式複疊。稱其「狡童」，詈罵中猶有愛意，非憎惡之也。若憎惡之，何以竟為之不能餐、息哉？不共言、不共食，乃細微小事，而竟為之不能餐息，愛之亦深矣。

一三、褰　裳

子惠❶思我，褰裳❷涉溱❸。子不我思，豈無他人❹？狂童❺之狂也且❻！

子惠思我，褰裳涉洧❼。子不我思，豈無他士❽？狂童之狂也且！

【注　釋】

❶惠，《傳》：「愛也。」❷褰，音搴，ㄑㄧㄢ，攐之借字。《說文》：「攐，摳衣也。」段注：「詩言褰裳，當

作此。」褰裳，《箋》：「揭衣。」謂提其下衣也。❸溱，音臻，ㄓㄣ，鄭國水名。《說文》作潧。源出鄶城西北雞絡塢下，流經鄶城，至新鄭城南合於洧水，稱雙洎河。見朱右曾《詩地理徵》。❹子不我思二句，言子若不思念我，豈無他人思念我哉？蓋激之欲其來也。❺狂童，《集傳》：「猶狂且、狡童也。」猶今言狂妄小子。❻且，《集傳》：「語辭也。」❼洧，音尾，ㄨㄟˇ，鄭國水名，源出密縣，東至新鄭會溱水為雙洎河。見《詩地理徵》。❽士，《集傳》：「未娶者之稱。」參見〈衛風・氓〉注㉔。

【詩義・章旨】

此女子斥其所愛者情好漸疏之詩。〈詩序〉謂：「思見正也。」似與詩文無涉。《集傳》例言淫詩，亦不可取。

全詩二章，每章五句，形式複疊。全詩皆斥拒之語，實皆望其速來也。故「褰裳涉溱」、「褰裳涉洧」方是全詩之重心。「子不我思，豈無他人」，此欲擒故縱也。「狂童之狂也且」，《集傳》曰：「亦謔之之辭。」得之矣。

一四、丰

子之丰❶兮，俟❷我❸乎巷兮；悔予不送❹兮。

子之昌❺兮，俟我乎堂兮；悔予不將❻兮。

衣錦褧衣❼，裳錦褧裳。叔兮伯兮❽，駕予與行❾。

裳錦褧裳，衣錦褧衣。叔兮伯兮，駕予與歸❿。

【注釋】

❶丰，《傳》：「豐滿也。」《箋》：「面貌丰丰然豐滿。」引申有美好之意。❷俟，待也。❸我，《箋》：「子，謂親迎者。我，我將嫁者。」❹不送，《箋》：「悔乎我不送是子而去也。」按男子既親迎，女子唯有從去與否，未有不從去而又送之之禮，且不送亦無可悔者。此「不送」當有不從之而去之意，故《正義》曰：「男親迎而不從，後乃追悔，此陳其辭也。」❺昌，《傳》：「盛壯貌。」引申亦有美好之意，〈還〉、〈猗嗟〉二詩之昌，《箋》皆訓為佼好貌，可證。❻將，《箋》：「亦送也。」❼衣錦褧衣，《傳》：「衣錦褧，嫁者之服。」《箋》：「庶人之妻嫁服也。」按錦褧之衣固是嫁服，未必為庶人之妻之嫁服，觀〈碩人〉衛侯之妻嫁時亦著此服可知。❽叔兮伯兮，《傳》：「叔伯，迎己者。」《正義》：「迎己者一人而已，叔伯並言之者，此作者設為女悔之辭，非知此女之夫實為叔伯，託而言之耳。」按不定其人，故稱叔伯。叔伯固為迎己者，然由「駕予與歸」及「衣錦褧衣」二語觀之，其身分當非平民，而為士或大夫之貴族也。❾行，即歸也。《正義》曰：「此女失其配偶，悔前不行，自設衣服之備，望夫更來迎己。言若復駕車而來，我則與之行矣。」❿歸，《集傳》：「女子謂嫁曰歸。」

【詩義・章旨】

此女子初不欲嫁其人，既而悔之，又望其復來迎娶而從之，乃作是詩。詩或寓有深義，然究為何義，則不敢妄測焉。或初不欲仕，其後復有登車攬轡之志，亦未可知也。〈詩序〉云：「刺亂也。婚姻之道缺，陽倡而陰不和，男行而女不隨。」其說近之。

全詩四章，前二章章三句，後二章章四句。前二章悔其不從，後二章望男子復來迎娶。然全詩重心，只在一「悔」字。俟巷、俟堂，寫男子親迎也；褧衣、褧裳，寫嫁服已備也；與行、與歸，寫望嫁心切也。

一五、東門之墠

東門之墠❶，茹藘在阪❷。其室則邇，其人甚遠❸。
東門之栗❹，有踐❺家室❻。豈不爾思，子不我即❼。

【注　釋】

❶墠，音善，ㄕㄢˋ。《傳》：「除地町町者。」町町，平也，是墠即掃除整潔之平地也。❷藘，音閭，ㄌㄩˊ。茹藘，《爾雅・釋草》：「茹藘，茅蒐。」郭注：「茅蒐，一名茜，可以染絳。」阪，《集傳》：「陂者曰阪。」❸邇，《傳》：「近也。」其人，指所思之人。遠，思而不得見，故謂之遠。室近人遠，有咫尺天涯之意。❹栗，栗木也。《毛詩傳疏》：「東門之栗與上章東門之墠正是一處，古者室家必有場圃，春夏為圃，秋冬為場，墠即場也。場圃側樹以木。」❺有踐，《集傳》：「行列貌。」即踐然，形容家室之整齊。❻家室，即上章「其室則邇」之室也。❼即，《傳》：「就也。」

【詩義・章旨】

此男女相思而不得相近之詩也。《集傳》曰：「室邇人遠者，思之而未得見之辭也。」是矣。《詩經原始》曰：「就首章而觀，曰『室邇人遠』者，男求女之詞也；就次章而論，曰『子不我即』者，女望男之心也。」不知一章之室即二章之家室，非妻室之謂，故當是女子思念男子之詩也。

全詩二章，每章四句。一章「東門之墠，茹藘在阪」，二章「東門之栗」，皆指「其人」之住處。其室即「有踐家室」中之一家，故近；「子不我即」，故遠。詩之前後二章，可以互為注腳，互相發明。然「子不我即」一語，實為全詩之重心。詩人緊扣此句，直至最後始予發出，亦可謂「善誘人」者矣。

一六、風雨

風雨淒淒❶，雞鳴喈喈❷。既見君子，云胡不夷❸？
風雨瀟瀟❹，雞鳴膠膠❺。既見君子，云胡不瘳❻？
風雨如晦❼，雞鳴不已❽。既見君子，云胡不喜？

【注釋】

❶淒淒，《正義》：「寒涼之意，言雨氣寒也。」即寒涼貌。❷喈，音ㄐㄧㄝ。喈喈，《集傳》：「雞鳴之聲。」《箋》謂：「喻君子處亂世不變改其節度。」觀之詩文，僅在寫風雨中之景象，似無此喻義。至《集傳》謂「風雨晦冥，蓋淫奔之時」，更乖詩旨矣。❸云胡，猶如何也。夷，即〈草蟲〉「我心則夷」之夷，《傳》：「說也。」❹瀟，音蕭，ㄒㄧㄠ。瀟瀟，《傳》：「暴疾也。」《集傳》：「風雨之聲。」合而言之，乃風雨暴疾之聲。❺膠，音交，ㄐㄧㄠ。膠膠，《集傳》：「猶喈喈也。」❻瘳，音抽，ㄔㄡ。《集傳》：「瘳，病愈也。言積思之病，至此而愈也。」❼晦，音會，ㄏㄨㄟˋ。《傳》：「昏也。」❽已，《箋》：「止也。」

【詩義・章旨】

〈詩序〉曰：「〈風雨〉，思君子也。亂世則思君子不改其度焉。」後世說詩者多從之。今人多謂此夫妻相聚或男女幽會之詩。竊意以此詩為寫男女相會固可，然〈詩序〉之說，亦未必即誤也。試想風雨飄搖之時，時局杌隉之際，有君子者出焉，人心頓為之安，其欣喜當何如哉！若以詩言既見君子，即指男女相會，則〈唐風・揚之水〉、〈小雅・出車〉、〈蓼蕭〉、〈菁菁者莪〉、〈頍弁〉諸詩中亦有既見君子之語，豈亦寫男女之情邪？

全詩三章，每章四句，形式複疊。首二句「風雨」、「雞鳴」皆寫自然景象，亦皆象徵環境惡劣、局勢不安，此時得見君子，何止「風雨故人」，直有溺水遇救之感矣。一章曰「夷」、二章曰「瘳」、三章曰「喜」，此欣悅之層次也。一章曰「淒淒」，風雨之意也；二章曰「瀟瀟」，風雨之聲也；三章曰「如晦」，風雨之狀也。用辭不同，義亦各異。

一七、子衿

青青子衿，悠悠我心❶。縱我不往，子寧不嗣音❷？
青青子佩❸，悠悠我思。縱我不往，子寧不來？
挑兮達兮❹，在城闕❺兮。一日不見，如三月兮。

【注釋】

❶衿，音今，ㄐㄧㄣ，《漢石經》作襟。《傳》：「青衿，青領也。學子之所服。」《正義》：「衿與襟音義同，衿

是領之別名，衿、領一物。色雖一青，而重言『青青』者，古人之復言也。」《顏氏家訓・書證》云：「古者斜領下連於衿（襟），故謂領為衿。」按《禮記・深衣》云：「具父母，衣純以青；如孤子，衣純以素。」則是凡父母在者，其深衣自領及衽皆以青緣之，非僅學子服之也。悠悠，《集傳》：「思之長也。」二句言穿著青領之男子，我深深思念之。❷嗣，《釋文》曰：「《韓詩》作詒。詒，寄也。」嗣音，謂寄以音問也。❸青青子佩，《傳》：「佩，佩玉也。」《正義》：「青青，謂組綬也。」組綬即貫玉石之絲繩。❹達，音踏，ㄊㄚˋ。挑達，《傳》：「往來貌。」此女子自謂於城闕徘徊以俟男子，舊云指男子往來，恐誤。❺闕，《說文繫傳》：「為二臺於門外，人君作樓觀於上，上圓下方。以其闕然為道，謂之闕。」《繫傳》所言者乃宮闕，城闕當亦如之。

【詩義・章旨】

此女子思其所愛者之詩。詩曰：「青青子佩」，則可知此男子非平民，作者當亦非平民矣。〈詩序〉曰：「〈子衿〉，刺學校廢也。亂世則學校不脩焉。」此蓋依《傳》「青領，學子之所服也」一語而立說也。不然，詩中無一語言及學校，何以知其為刺學校廢也？《集傳》謂：「此亦淫奔之詩。」此道學者看法，似非詩義也，與〈序〉說均不足取。

全詩三章，每章四句，前二章複疊。一章怨其不嗣音，二章怨其不來，三章已相候於城闕。其思之深，其情之急，於此畢現。「青青子衿，悠悠我心」二語，文辭優美，音韻協調，且為流水對，真千古絕唱。無怪乎魏主收為己有也。若顛倒其辭曰「子衿青青，我心悠悠」則索然寡味矣。由此乃知詩文之美，冠絕古今，「葩經」之稱，信非虛得也。一章曰衿，二章曰佩，皆以物代人，靈動可喜。「一日不見，如三月兮」，與〈采葛〉全同，其為當時流行語言，抑採用成語，則不可知矣！

一八、揚之水

揚❶之水，不流束楚。終❷鮮❸兄弟，維❹予與女。無信人之言，人實迋❺女。

揚之水，不流束薪。終鮮兄弟，維予二人。無信人之言，人實不信❻。

【注　釋】

❶揚，《傳》：「激揚也。」❷終，既也。❸鮮，《箋》：「少也。」❹維，《古書虛字集釋》：「維，獨也。」即唯也，僅也。❺迋，音廣，ㄍㄨㄤˇ。《集傳》：「迋，與誑同。」欺騙也。❻不信，謂不可信，即「迋女」之意。

【詩義．章旨】

王質《詩總聞》曰：「當是兄弟止二人，無他昆，為人所間，而不協者；此蓋兄辭。」王氏之說是也；然弟致兄亦非無可能。〈詩序〉謂：「君子閔忽之無忠臣良士，終以死亡，而作是詩也。」然《左傳》莊公十四年原繁謂厲公（子突）曰：「莊公之子，猶有八人。」時子忽、子亹、子儀皆死，是莊公之子實有十二人，與詩文「維予與女」、「維予二人」者不合，故〈序〉言不足採信。《集傳》謂：「予、女，男女自相謂也。」此又與詩文「終鮮兄弟」之意不合，亦不足採信。

全詩二章，每章六句，形式複疊。首二句「揚之水，不流束楚」、「揚之水，不流束薪」，既鮮兄弟易受欺誑之意已隱含其中，此興詩之妙用也。「維予與女」、「維予二人」，人單勢孤，更凸顯手足情之重要。「無信人之言」乃順勢而作勸警之語，當倍收其功。

一九、出其東門

出其東門，有女如雲❶；雖則如雲，匪我思存❷。縞衣綦巾❸，聊樂我員❹。

出其闉闍❺，有女如荼❻；雖則如荼，匪我思且❼。縞衣茹藘❽，聊可與娛❾。

【注釋】

❶如雲，《傳》：「眾多也。」❷匪，《箋》：「非也。」思存，心念之所在。二句言女雖眾多，並非我心所愛者。❸縞，音稿，ㄍㄠˇ。《傳》：「白色。」縞衣，白衣也。綦，《傳》：「蒼艾色。」《正義》：「謂青而微白為艾草之色也。」綦巾，蒼艾色之佩巾。縞衣綦巾，女子未嫁者之服也。見《傳箋通釋》。❹聊，且也。員，《正義》：「云、員古今字，助句辭也。」《經傳釋詞》：「云，語已詞也。」二句言唯有著縞衣綦巾者，姑能引起我之樂趣。謂獨鍾愛此女也。❺闉闍，音因都，ㄧㄣ ㄉㄨ。《傳》：「闉，曲城也。」於城門之外，復為環牆以障城門者，即所謂甕城也。《傳》：「闍，城臺也。」《毛詩傳疏》：「曲城上之臺謂之闍，連言之則闉闍。」❻荼，《正義》：「茅草秀出之穗，其穗色白。」如荼，《傳箋通釋》：「如荼與如雲，皆取眾多之義。」❼且，音徂，ㄘㄨˊ。《釋文》：「且，音徂，《爾雅》云：『存也。』」按《爾雅．釋詁》：「徂、在，存也。」且即徂之借字，訓存是也。《集傳》訓為語詞，則與上章「匪我思存」義不一律矣。❽茹藘，參見〈東門之墠〉注❷。《集傳》：「茹藘可以染絳，故以名衣服之色。」❾娛，《傳》：「樂也。」二句言唯有著白衣佩絳紅色之巾者，姑可與之戲樂也。

【詩義・章旨】

此男自述專情於某女子之詩。〈詩序〉曰：「閔亂。」《集傳》曰：「見淫奔女而作此詩。」皆與詩文毫不相涉，不必採信。

全詩二章，每章六句，形式複疊。「有女如雲」、「有女如荼」，此烘雲托月之法也。蓋欲凸顯自己專情，必先敘述拒誘之堅；欲述拒誘之堅，必先敘述誘力之大。女子如雲、如荼，誘力不可謂不大矣；「匪我思存」、「匪我思且」，拒誘不可謂不堅矣。然後順勢申說出「縞衣」二句，毫不勉強做作，凸顯專情之旨於是完成，而詩之重心亦現矣。

二〇、野有蔓草

野有蔓草❶，零❷露漙❸兮。有美一人❹，清揚❺婉❻兮。邂逅相遇❼，適我願兮。

野有蔓草，零露瀼瀼❽。有美一人，婉如❾清揚。邂逅相遇，與子皆臧❿。

【注釋】

❶蔓，《傳》：「延也。」蔓草，蔓延之草也。❷零，《箋》：「落也。」❸漙，音團，ㄊㄨㄢˊ。《傳》：「漙漙然盛多也。」《集傳》：「露多貌。」❹有美一人，即有一美人之倒文，唯如此更見靈巧耳。❺清揚，清明亮麗也。參見〈鄘風・君子偕老〉注㉑。❻婉，《傳》：「婉然美也。」❼邂逅，音謝垢，ㄒㄧㄝˋ ㄍㄡˋ。《傳》：「邂逅，不期而會，適其時願。」《毛詩傳疏》：「〈序〉云『思遇時』、『思不期而會』。《隱八年・穀梁傳》云：『不期

而會曰遇』是不期而會謂之遇，非不期而會謂之邂逅也。〈綢繆〉《傳》云：『邂逅，解說也。』解說，猶說懌。義著於綢繆，於此則不為邂逅發傳矣。」按陳氏之說是也。詩言「邂逅相遇」，若如《傳》意，解作「不期而會而相遇」，則不成辭矣。同理，〈綢繆〉之「見此邂逅」，解作「見此不期而遇」，亦不成辭矣。〈綢繆〉《傳》云：「邂逅，解說之貌。」陳氏謂：「解說，猶說懌。」高本漢《詩經注釋》演繹為「輕鬆而快樂」，陳子展《國風雅頌選譯》曰：「解說乃相說以解之意，思見其人，求而忽得，則志意開豁，歡然相迎，即所謂邂逅矣。」雖未必為確詁，然較之《傳》訓不期而會者已勝多矣。當從之。❽瀼，音攘，ㄖㄤˊ。瀼瀼，《傳》：「盛貌。」《集傳》：「亦露多貌。」❾如，《經傳釋詞》：「如，猶然也。」婉如，婉然也。❿臧，《傳》：「善也。」《集傳》：「美也。」按聞一多《風詩類鈔》以為臧與藏古通用臧即藏也。亦通。

【詩義・章旨】

〈詩序〉曰：「〈野有蔓草〉，思遇時也。君之澤不下流，民窮於兵革，男女失時，思不期而會焉。」無一語說中詩義，置之可也。《集傳》曰：「男女相遇於野田草露之間，故賦其所在以起興。」其說大致合於詩義。然《集傳》解末語「與子偕臧」句，謂「言各得其所欲也」，未免有傷雅正。

全詩二章，每章六句，形式複疊。首二句為興，既以示相遇之所，亦以蔓草得露，象徵男女得愛情之潤澤。次二句寫女子之美，末二句寫相遇之樂。末句「與子偕臧」並未言樂，而歡樂之情盡在其中，故最為精妙。三百篇往往末語最為精拔、特出，此篇即其一例也。

二一、溱洧

溱與洧❶，方渙渙❷兮。士與女❸，方秉蕑❹兮。女曰：「觀乎」❺？士曰：「既且」❻。「且❼往觀乎！洧之外❽，洵訏且樂❾」。維士與女，伊其❿相謔⓫。贈之以勺藥⓬。

溱與洧，瀏其⓭清矣。士與女，殷其盈⓮矣。女曰：「觀乎」？士曰：「既且」。「且往觀乎！洧之外，洵訏且樂」。維士與女，伊其將⓯謔。贈之以勺藥。

【注釋】

❶洧，音尾，ㄨㄟˇ。溱、洧，鄭國二水名。參見〈鄭風・褰裳〉注❸、❼。❷渙渙，《傳》：「春水盛也。」《箋》：「仲春之時，冰已釋，水則渙渙然。」❸士與女，此乃男女遊客。下文之士女，則專指某情侶也。❹蕑，音間，ㄐㄧㄢ。《傳》：「蘭也。」秉蕑，手執蘭草也。❺女曰觀乎，《箋》：「欲與士觀於寬閒之處。」鄭氏所謂寬閒之處，即下文「洧之外」也。❻且，同徂。《釋文》：「且，音徂，往也。」既且，言已往觀矣。❼且，姑且也。❽洧之外，指洧水之對岸。❾訏，音吁，ㄒㄩ。《爾雅・釋詁》：「訏，大也。」《傳》同。此句言其地信寬大而可樂也。❿伊其，《詩經詮釋》：「伊當讀如喔咿之咿，笑聲也。伊其，咿然也。」⓫謔，戲謔也。⓬勺藥，今作芍藥。《釋文》：「芍藥，香草也。《韓詩》云：『離草也，言將離別而贈此草也。』」《詩記》引董氏曰：「《古今注》謂勺藥，可離。唐《本草》：『可離，江離。』然則勺藥，江離也。」按芍藥又名江離。江離者，將離也。男女偕遊既畢，互贈以江離，取其諧音將離，以示即將離別之意。⓭瀏，音留，ㄌㄧㄡˊ。《說文》：「瀏，流清貌。」瀏其，猶瀏然。⓮殷，《傳》：「眾也。」殷其，猶殷然。盈，盈滿，即眾多之意。⓯將，《集傳》：

「將，當作相，聲之誤也。」

【詩義・章旨】

《太平御覽・八百八十六》引《韓詩內傳》云：「鄭國之俗，三月上巳之日，於兩水上，招魂續魄，拂除不祥，故詩人願與所說者俱往觀也。」此當是寫上巳日情侶遊樂之詩。《初學記・卷四》引《韓詩》有「秉蘭祓除」語，正與詩文「秉蕑」吻合。〈詩序〉刺亂之說，《集傳》淫奔之辭，皆不足採信。

全詩二章，形式複疊。首四句寫出時、地、事，及遊人之眾。二章「殷其盈矣」，點出女子欲往洧外之因。男女對答，顯示女子之黠慧與男子之樸拙，頗為生趣。「伊其相謔」一語，如聞其聲，如見其態。末語「贈之以勺藥」，餘情未盡，而黯然神傷矣。三百篇寫男女遊樂之詩極多，此詩最能得實，亦最能傳神。若以「淫詩」視之，則未免矯情，且有傷夫子「思無邪」之旨。

齊

鄭玄《詩譜》曰：「齊者，古少皡之世，爽鳩氏之墟。周武王伐紂，封太師呂望於齊，是謂齊太公。」太公本姓姜氏，其先祖虞夏之際封於呂，從其封姓，故曰呂尚。其地東至於海，西至於河，南至於穆陵，北至於無棣；即今山東省北部之地。太公都營丘，地在今山東省昌樂縣東南。至五世胡公，徙都薄姑，地在今山東省博興縣境。胡公子獻公，又徙治臨淄，即今山東省臨淄縣也。至戰國之初，田和篡齊，雖其國號未改，然已非姜氏之齊矣。

〈齊〉詩凡十一篇，大抵皆東遷後詩，成於齊襄公之世者尤多。季札曾美之曰：「泱泱乎大風。」今詩中殊不可見；可見者唯〈還〉、〈猗嗟〉一二篇而已。

一、雞鳴

「雞既鳴矣，朝既盈矣」❶。「匪雞則鳴，蒼蠅之聲」❷。
「東方明矣，朝既昌矣」❸。「匪東方則明，月出之光」❹。
「蟲飛薨薨❺，甘與子同夢❻；會且歸矣❼，無庶予子憎❽」。

【注釋】

❶雞既鳴矣二句，此國君夫人之語。言雞已鳴矣，朝中朝會之臣已盈矣。欲君早起而視朝也。❷匪，非也。則，《助字辨略》：「則，猶之也。」此國君答夫人之語。蓋不欲早起也，「蒼蠅之聲」，乃託辭耳。《詩緝》引曹氏

曰：「哀公以雞鳴為蒼蠅之聲。」按曹氏之前，皆謂夫人誤以蠅聲為雞聲，至曹氏而始正。❸昌，《傳》：「朝既昌盛。」《集傳》：「昌，盛也。」夫人再促君之語也。❹匪東方則明二句，國君再答之語也。❺薨薨，蟲群飛聲。參見〈周南・螽斯〉注❷。此句謂東方已大明也。❻甘，樂也。同夢，同臥也。此句言我樂與子同臥而夢。見《集傳》。❼會，《集傳》曰：「朝也。」又曰：「群臣之朝者俟君不出，將散而歸矣。」❽無庶，《詩緝》：「猶庶無，古人辭急倒用也。」按《詩》例言「庶無」，如〈大雅・生民〉「庶無罪悔」，〈抑〉「庶無大悔」是也。此詩作「無庶」者，乃轉寫之誤，非倒文也。庶，幸也，庶幾也。予子憎，《正義》：「今定本作與子憎。」《傳箋通釋》：「與，猶遺也。遺，猶貽也。」憎，惡也。「無予子憎」其句形似〈斯干〉之「無父母詒罹」、《老子》之「無遺身殃」。句謂庶幾不致貽子以憎惡也。

【詩義・章旨】

此賢夫人警君之詩。〈詩序〉曰：「〈雞鳴〉，思賢妃也。哀公荒淫怠慢，故陳賢妃貞女夙夜警戒、相成之道焉。」所指哀公之事，未知是否。賢妃貞女則無疑也。《集傳》謂古之賢妃告誡於君之辭，是矣。《詩經通論》曰：「謂為賢妃作也可，即大夫妻作也亦無不可。」《詩經原始》更降而謂「士大夫妻」之作。然觀之「會且歸矣，無庶予子憎」之語，正合國君身分，士大夫實不足以當之。

全詩三章，每章四句，前二章複疊。一二章首二句皆夫人促君早起之辭，後二句乃國君漫語推諉也。彼並非不知雞鳴天明，但欲晏起，故以為蠅聲月光而已。末章夫人自言甘與子同夢，然恐遺君之憎惡，故不得不促君早起，非自為也，恐君為人所憎耳。有此賢夫人警君，其君雖欲荒淫怠慢，恐亦不可得矣。

二、還

子之還❶兮，遭❷我乎峱❸之間兮。並驅❹從❺兩肩❻兮，揖我謂我儇❼兮。

子之茂❽兮，遭我乎峱之道兮。並驅從兩牡❾兮，揖我謂我好兮。

子之昌❿兮，遭我乎峱之陽⓫兮。並驅從兩狼兮，揖我謂我臧⓬兮。

【注釋】

❶還，音旋，ㄒㄩㄢˊ。《釋文》曰：「《韓詩》作嫙，嫙，好貌。」按《韓詩》作嫙，是也。作還者，嫙之假借也。嫙訓好貌，正與二章「子之茂兮」、三章「子之昌兮」文義一律。❷遭，遇也。❸峱，音撓，ㄋㄠˊ，齊國山名。《詩地理徵》：「峱山在臨淄南十五里。」❹並驅，相偕而驅也。❺從，《傳》：「逐也。」❻肩，《傳》：「獸三歲曰肩。」〈七月〉作豣。❼儇，音宣，ㄒㄩㄢ。《釋文》曰：「《韓詩》作婘，好貌。」按訓好，是也，與二三章末句文義一律。《傳》訓為利，失之。❽茂，《傳》：「美也。」❾牡，雄獸也。❿昌，《傳》：「盛也。」《箋》：「佼好也。」盛與好義相成。⓫陽，《集傳》：「山南曰陽。」⓬臧，《傳》：「善也。」

【詩義．章旨】

此獵者記其與人共獵互美之詩。並驅共獵，相揖為禮，此必士大夫也。〈詩序〉謂：「〈還〉，刺荒也。哀公好田獵，從禽獸而無厭，國人化之，遂成風俗。習於田獵謂之賢，閑於馳逐謂之好焉。」哀公與百姓同獵，正是習武強國，何刺之有？《集傳》謂「其俗不美」，亦過甚其辭矣。

全詩三章，每章四句，形式複疊。每章首句，皆作者贊美彼人，二三句寫並驅共獵情形，末句則彼人贊美作者。誠所謂投桃報李也。然於其相揖相羨之中，亦可見其形貌之俊偉，氣象之英武，獵技之卓越，與行為之有禮矣。求之野人村夫，豈可得乎！

三、著

俟我於著❶乎而❷，充耳以素❸乎而，尚❹之以瓊華❺乎而。
俟我於庭❻乎而，充耳以青❼乎而，尚之以瓊瑩❽乎而。
俟我於堂乎而，充耳以黃❾乎而，尚之以瓊英❿乎而。

【注釋】

❶著，《傳》：「門屏之間曰著。」《正義》：「〈釋宮〉云：『門屏之間謂之宁。』著與宁音義同。」按著即門屏兩塾（正門內兩旁之室）之間也。❷乎而，皆語詞。❸素，《箋》：「所以懸瑱者，或名為紞。」《正義》：「所謂懸瑱，言懸瑱之繩用素，非謂瑱耳。」謂懸瑱用白色絲繩也。❹尚，《集傳》：「加也。」❺瓊華，《集傳》：「美石似玉者，即所以為瑱也。」《詩記》引張氏曰：「充耳非一物，先以纊（細綿）塞，後以瓊花加之。」瓊華，以美玉雕刻之花也。❻庭，《集傳》：「庭在大門之內，寢門之外。」即堂前之院也。❼青，《箋》：「青，紞之青。」即青色之紞。❽瑩，《詩經詮釋》：「瑩，榮之假借。木謂之華，草謂之榮，義見《爾雅》。」按屈氏之說是也。一章曰「瓊華」，三章曰「瓊英」，此章曰「瓊瑩」，義正一律。華、英皆花也，此章之瑩自不得為玉名。❾黃，《箋》：「紞之黃。」即黃色之紞。❿瓊英，亦玉刻之花也。

【詩義．章旨】

此嫁者記至壻家，壻親迎之詩。詩中既有「充耳」、「瓊華」等辭，則知其非平民也。〈詩序〉曰：「〈著〉，刺時也。時不親迎也。」《集傳》因之。《詩經通論》曰：「此本言親迎，必欲反之為刺，何居？若是，則凡美者皆可以為刺矣。」

全詩三章，每章三句，形式複疊。全詩所欲表現者，只在每章首句而已。所謂俟我於著、於庭、於堂，在記自外而內迎新婦之次序。《詩記》曰：「俟我於著乎而，此昏禮所謂壻俟於門外，婦至，壻揖婦以入之時也；俟我於庭乎而，此昏禮所謂及寢門揖入之時也；俟我於堂乎而，此昏禮所謂升自西階之時也。壻道（導）婦入，故於著、於庭、於堂，每節皆俟之也。」充耳以素、以青、以黃；與尚之以瓊華、瓊瑩、瓊英，非謂三易其服飾，亦非寫三人事，僅在充足三章，變辭以協韻而已。

《詩》向例用「于」，唯於「我於」、「於我」、「於汝」句中，則用「於」，除此詩外，如〈靜女〉「俟我於城隅」、〈蜉蝣〉「於我歸處」、〈九罭〉「於女信處」，皆是也。惟〈蜉蝣〉、〈九罭〉之「於」讀烏而已。足見當時詩人用辭，有其法則，非各任其意也。《詩經》研究者，若能尋出此法則，沿波討源，於詩義探討，當有極大助力也。

此詩以「乎而」為語末助詞，三章九句，每句皆有，亦為一大特色，或即齊人舒緩之體也。

四、東方之日

東方之日兮❶，彼姝者子❷，在我室兮；在我室兮，履我即兮❸。

東方之月兮❹，彼姝者子，在我闥❺兮；在我闥兮，履我發兮❻。

【注　釋】

❶東方之日兮，此指晨朝也。❷姝，《箋》：「美也。」彼姝者子，當指女子，《傳》、《箋》以為男子，非是。❸履我即兮，《集傳》：「履，躡也。即，就也。言此女躡我之跡而相就也。」❹東方之月兮，此指夜晚也。❺闥，音踏，ㄊㄚˋ。《傳》：「內門也。」《毛詩傳疏》：「闥，古字當作達，〈內則〉『天子之閣，左達五，右達五。』鄭注：『達，夾室也。』達即闥也。」按陳氏以闥為夾室，夾室即室中之室，亦即小室，秘室也。如此，正與上章「在我室兮」文義一律。《傳》謂內門者，指內門以內之地，亦即室也。❻履我發兮，《集傳》：「發，行去也。言躡我而行去也。」

【詩義．章旨】

此男子記與女友幽會之詩。詩云：「在我闥兮」，闥之意或訓為內門，或訓為門屏之間，或訓為樓上戶，或訓為夾室，要非蓬門蓽戶之平民所能有，故詩中之「我」（作者）必為貴族無疑。〈詩序〉謂：「〈東方之日〉，刺衰也。君臣失道，男女淫奔，不能以禮化也。」雖無依據，要亦非空穴來風也。較之民歌之說，其高出不知幾許矣。

全詩二章，每章五句，形式複疊。兩章首句，一言晨朝，一言夜晚，皆指明時間。三句皆指明地方，末句「履我即兮」、「履我發兮」，屈萬里先生曰：「首章言東方之日而來就，次章言東方之月而行去，是為晝來而夜去也。此於情理上似有未妥。蓋詩以趁韻之故，往往與事實有出入，讀者不以辭害意可也。」竊意詩人所寫或為實情，或另有他意，示雖處一室而不亂，蓋晝來而夜去，較之夜來而晝去，或既來而不去者，畢竟高明。故特為文而歌詠之也。又高亨於「即」、「發」二字皆訓為席，義似較佳，惟無據耳。

五、東方未明

東方未明，顛倒衣裳。顛之倒之，自公召之❶。

東方未晞❷，顛倒裳衣。倒之顛之，自公令之❸。

折柳樊圃❹，狂夫瞿瞿❺。不能辰夜❻，不夙則莫❼。

【注釋】

❶自，由也，因也。召，喚也。二句言所以顛倒衣裳者，皆因公之召令之故也。❷晞，音希，ㄒㄧ。《傳》：「明之始升。」《正義》：「謂將旦之時，日之光氣始升，與上未明為一事也。」《傳箋通釋》以為昕之假借，日將出也。❸令，《集傳》：「號令也。」令之，猶召之也。❹樊圃，《傳》：「樊，藩也。圃，菜圃也。」樊為動詞，作藩籬也。此句言折柔脆之柳木以為菜圃之藩籬。❺瞿，音巨，ㄐㄩˋ。瞿瞿，《集傳》：「驚顧之貌。」二句謂折柳以為藩籬，雖不足恃，然狂夫猶驚顧而不敢踰越。以喻但有法令，雖不甚佳，然人皆得遵守也。❻辰夜，《傳》：「辰，時也。」《爾雅・釋訓》：「不辰，不時也。」時即司也。《莊子・齊物論》：「見卵而求時夜。」（《淮南子・說山》作「見卵而求晨夜」）《釋文》引崔注曰：「時夜，司夜。」詩之「辰夜」即司夜也。古有司夜之官曰挈壺氏或雞人。怪罪司夜之官不能司夜者，蓋不便怨君之召令不時也。此正晉平有失，杜蕢酌而飲師曠、李調也。❼不夙則莫，《傳》：「夙，早也。莫，晚也。」莫，同暮。此句言不失之過早，則失之過晚。

【詩義・章旨】

此刺君令不時之詩。〈詩序〉曰：「〈東方未明〉，刺無節也。朝廷興居無節，號令不時，挈壺氏不能掌其職焉。」除「挈壺氏」一語外，其他皆是也。蓋君令不時，與挈壺氏並無關係，詩云：「不能辰夜」者，蓋不便罪其君之辭也。

全詩三章，每章四句，一二章複疊。一二章首句言時之不當，二句寫窘迫促忙之狀，三四句寫其原因。卒章首二句謂柳木雖柔脆，折之以為園籬，雖狂夫亦不敢踰越，以喻公之命令雖不時，亦不敢違抗。此古臣民之無奈也。末二語為怨辭，然咎及司夜者，尚不失其溫柔敦厚，聞之者足以戒矣。

六、南山

南山❶崔崔❷，雄狐綏綏❸。魯道❹有蕩❺，齊子❻由歸❼。既曰歸止❽，曷又懷止❾！

葛屨五兩❿，冠緌雙止⓫。魯道有蕩，齊子庸⓬止。既曰庸止，曷又從止⓭！

蓺⓮麻如之何？衡從其畝⓯；取⓰妻如之何？必告父母。既曰告止⓱，曷又鞠止⓲！

析薪如之何？匪斧不克⓳；取妻如之何？匪媒不得。既曰得止，曷又極⓴止！

【注　釋】

❶南山，《傳》：「齊南山也。」《正義》：「詩人自歌風土山川，不出其境。」《毛詩後箋》以為即《孟子》「牛山之木嘗美矣」之牛山，在臨淄縣南十里。❷崔崔，《傳》：「高大也。」❸綏綏，行緩貌。參見〈衛風・有狐〉

注❶。❹魯道，《集傳》：「適魯之道也。」❺蕩，《傳》：「平易也。」即平坦也。有蕩，猶蕩然、蕩蕩。❻齊子，《傳》：「文姜也。」文姜乃齊襄公妹，魯桓公夫人，襄公通焉。❼由歸，謂由此道嫁於魯也。❽止，語詞，下同。❾懷，《傳》：「思也。」二句言文姜既已嫁於魯，襄公何以又思念之。❿葛屨，以葛編成之草鞋。《傳》：「服之賤者。」五兩，《詩經稗疏》：「此五字當與伍通，行列也。」《詩經通論》：「五、伍通，參伍之伍，葛屨相伍必兩。」按王、姚二氏謂五與伍通，是也。但非行伍、參伍之意，乃相對、相偶之意也。《漢書・曆律志》：「八八為伍。」注：「伍，耦也，八八為耦。」蓋緌二則成雙，屨則必相偶始成雙，二隻未必一雙也。以此象徵男女亦必相偶相配始成其婚姻。又《說苑・修文》曰：「夏，公如齊逆女。何以書？親迎禮也。其禮奈何？曰：諸侯以屨二兩加琮，大夫庶人以屨二兩束脩二。」胡承珙以為「二兩」當是「五兩」之誤。是「葛屨五兩」或為諸侯親迎之禮也。然仍以前說較是，蓋如此則全詩四章之首二句皆興，若為親迎之禮，則此章之首二句即為賦矣。⓫緌，音蕤，ㄖㄨㄟˊ。冠緌，《傳》：「服之尊者。」《說文》：「緌，系冠纓垂者。」《禮記・內則》注：「緌，纓之飾也。」疏曰：「結纓頷下以固冠，結之餘者散而下垂謂之緌。」蓋即今穗頭之類。纓必雙，故緌亦必雙。⓬庸，《傳》：「用也。」《毛詩傳疏》：「庸即上章之由，由亦用也。」⓭從，《毛詩傳疏》：「猶隨也。」二句言文姜既由此道而嫁於魯，襄公何又送而隨之為淫佚之行。按《春秋》桓公三年：「九月，齊侯送姜氏于讙。」《左傳》曰：「非禮也。」詩文「從止」，蓋指此而言也。⓮蓺，古藝字。《傳》：「樹也。」即種植之意。⓯衡從其畝，《正義》：「衡，古橫字也。」東西曰橫。從，古縱字，南北曰縱。畝，田畝也。《集傳》：「欲樹麻者，必先縱橫耕治其田畝。欲娶妻者，必先告其父母。」⓰取，通娶。⓱既曰告止，《傳》：「必告父母廟。」按《春秋》桓公三年曰：「夫人姜氏至自齊。」杜注：「無傳，告于廟也。」⓲鞠，《傳》：「窮也。」二句謂文姜既已告父母之廟，許嫁於魯，襄公何以又困阨之，使之不能遂夫婦之好。⓳析薪，劈柴也。克，《傳》：「能也。」⓴極，《集傳》：「極，亦窮也。」

【詩義．章旨】

〈詩序〉曰：「〈南山〉，刺襄公也。鳥獸之行，淫乎其妹，大夫遇是惡，作詩而去之。」《箋》曰：「襄公之妹，魯桓公夫人文姜也。襄公素與淫通。及嫁，公謫之。公與夫人如齊，夫人愬之襄公。襄公使公子彭生乘公，而搤殺之。」事見《春秋》及《左傳》桓公十八年至莊公五年。

全詩四章，每章六句。四章之重心皆在末句，而末句之重心在於一字，即懷、從、鞠、極也。所謂「刺」，盡在此四字而已。誰懷之？雄狐也。雄狐何指？襄公也。蓋謂文姜既歸於齊，襄公何以又思念之，此所以刺襄公也。二三四章與一章文義一律，一章之意既知，二三四章之從、鞠、極，因而可知皆指襄公也。如此，詩義乃大明矣。

《集傳》謂「前二章刺齊襄，後二章刺魯桓」，詩文既遭割裂，上下文義乃不能貫串。《詩緝》以通篇皆刺魯桓，然既刺魯桓，詩何以列之〈齊風〉？姚際恆稱其得之，似亦未之深思也。季明德謂「魯人刺文姜」，然則「雄狐」何所指焉？何玄子謂「惟首章首二句刺齊襄，首章『懷』字刺文姜，二章『從』字刺魯桓，下二章又追原其夫婦成昏之始。」支離破碎，如此解詩，恐愈解而愈模糊也。諸家皆反對〈詩序〉，然其說此詩，反不及〈詩序〉，此亦足令後之說《詩》者知所警惕也。

七、甫田

無田甫田❶，維莠驕驕❷。無思遠人❸，勞心忉忉❹。

無田甫田，維莠桀桀❺。無思遠人，勞心怛怛❻。

婉兮孌兮❼，總角丱兮❽。未幾見兮❾，突而弁兮❿。

【注釋】

❶田，音佃，ㄉㄧㄢˋ。《正義》：「謂墾耕。」《集傳》：「謂耕治之也。」甫，《爾雅·釋詁》：「甫，大也。」《傳》同。田，《正義》：「謂土地。」❷莠，音有，ㄧㄡˇ。《集傳》：「害苗之草也。」按莠又名光明草、阿羅漢草，俗名狗尾草，以其形似狗尾，故名。莖、葉、穗均似粟而小，無實。見《本草》。驕驕，《詩緝》：「朱子曰：驕驕，茂盛貌。」（今《集傳》作「張王之意」）句言耕治不善，則雜草叢生。❸遠人，古籍中遠人、遠方之人，皆指國外之人，如《書·旅獒》「不寶遠物，則遠人格」、《周禮·大司樂》「以說遠人」、《左傳》襄公九年「遠人將至，何恃於鄭」、襄公十一年「來遠人」、《論語·季氏》「遠人不服」、〈中庸〉「柔遠人也」、《孟子·滕文公》「遠方之人聞君行仁政」皆是。❹勞，憂也。忉，音刀，ㄉㄠ。忉忉，《爾雅·釋訓》：「忉忉，憂也。」即憂貌。❺桀桀，《傳》：「猶驕驕也。」❻怛，音達，ㄉㄚˊ。怛怛，《傳》：「猶忉忉也。」❼孌，音攣，ㄌㄩㄢˇ。婉孌，《傳》：「少好貌。」❽總角，《傳》：「聚兩髦也。」參見〈衛風·氓〉注㊼。丱，音貫，ㄍㄨㄢˋ。《集傳》：「兩角貌。」即束兩辮上聳如羊角之狀也。❾未幾，《集傳》：「未多時也。」未幾見，言相別未久也。此見指前次之見，非指此次之見。❿突而，《正義》作突若，突然也。弁，冠也，此作動詞，加冠也。

【詩義·章旨】

此寫思念某貴族青年而終相見之詩。〈詩序〉曰：「刺襄公也。」何楷《世本古義》謂：「刺魯莊公也。」然詩既無刺語，亦無刺意。傅斯年曰：「丈夫行役於外，其妻思之。」此又與「總角丱兮」、「突而弁兮」不合。

竊意此詩之「總角丱兮」、「突而弁兮」，或即指魯莊公而言。蓋〈猗嗟〉曰：「猗嗟孌兮，清揚婉兮」，與此二句之意相似，而〈猗嗟〉乃美魯莊之詩則無疑問。果爾，則此詩當為文姜思子之作。文姜淫行，雖令人不齒，然母子骨肉之情，則天下所同。此詩或為其「孫于齊」（《春秋》莊公元年）時作。如此，則詩云「遠人」（非此國之人）不為無因矣。而其時莊公十三四歲，與詩「總角丱兮」正合。《淮南子・氾論》高注：「國君十二歲而冠。」桓公死於齊，莊公即位為君，年已逾十二，當可加冠。而前後不過年餘，此與詩「突而弁兮」亦合。唯並未見莊公之面，乃「想當然爾」。至於詩列於〈齊〉者，以文姜在齊所作故也。陳子展《詩經直解》謂莊公即位後，文姜來魯見莊公而作，亦有可能，惟無以解「無思遠人」一語而已。

全詩三章，每章四句，一二章複疊。一二章之首二句為比，謂治甫田，力有不逮，則莠草蔓生；以喻思遠人，思之不得，則憂愁不止。卒章為全詩重心，「突而弁兮」則又此章之重心。前二句「婉兮孌兮，總角丱兮」，乃前次所見之形象，用以與末句「突而弁兮」相對照，更能凸顯「突而弁兮」一語之重要，而作者既驚且喜之情，盡在此一句之中。

八、盧令

盧令令❶，其人❷美且仁。

盧重環❸，其人美且鬈❹。

盧重鋂❺，其人美且偲❻。

【注釋】

❶盧，《傳》：「田犬也。」令，音零，ㄌㄧㄥˊ。令令，《正義》作鈴鈴。《集傳》：「犬頷下環聲。」❷其人，指獵者，即田犬之主人。❸重環，《傳》：「子母環也。」即大環貫小環，繫於犬之頸下。❹鬈，音權，ㄑㄩㄢˊ。《傳》：「好貌。」《箋》：「鬈當讀為權，權，勇壯也。」《正義》：「《箋》以諸言「且」者，皆辭兼二事，若鬈是好貌，則與美是一也。」按《說文》：「鬈，髮好皃。」《傳》訓好貌，兼髮而言，是也。《箋》訓勇壯，則與下章「偲」義複矣。《正義》以《傳》訓好貌，則與美義重複。然則〈叔于田〉二章曰「洵美且好」，當如何解說？此詩之「美且鬈」，正彼詩之「美且好」也。❺鋂，音梅，ㄇㄟˊ。《正義》：「謂一大環貫二小環也。」❻偲，音鰓，ㄙㄞ。《釋文》引《說文》曰：「偲，強也。」

【詩義・章旨】

此美某獵者之詩。觀其有盧，其盧又有重環、重鋂，則必非平民矣。〈詩序〉曰：「〈盧令〉，刺荒也。襄公好田獵畢弋，而不脩民事，百姓苦之，故陳古以風焉。」詩既無刺意，亦未必與襄公有關。《集傳》謂：「此詩大意與〈還〉略同。」是矣。

全詩三章，每章二句，為三百篇中每章之句數最少者，〈小雅・魚麗〉雖亦有兩句一章者，然彼篇全詩六章，僅後三章如此，前三章則仍每章四句，未若此詩三章，章皆二句也。三章複疊。每章之前一句皆寫獵犬及其飾物，想見其人必好獵之甚。一章，「令令」寫環聲，二三章寫環狀，此互足之文也。後一句則寫其人，一章寫其仁，二章寫其好，三章寫其武，而美則共之，此正與〈叔于田〉一章曰「美且仁」，二章曰「美且好」，三章曰「美且武」相同。而二詩所美者皆獵者，如此相似，亦奇矣。

九、敝笱

敝❶笱❷在梁❸，其魚魴鰥❹。齊子歸止❺，其從如雲❻。

敝笱在梁，其魚魴鱮❼。齊子歸止，其從如雨❽。

敝笱在梁，其魚唯唯❾。齊子歸止，其從如水❿。

【注　釋】

❶敝，《集傳》：「壞也。」❷笱，取魚具。參見〈邶風・谷風〉注㉑。❸梁，石絕水也。參見〈邶風・谷風〉注⑳。❹魴，鯿魚。參見〈周南・汝墳〉注❽。鰥，音官，ㄍㄨㄢ，即鯶（音袞，ㄍㄨㄣˇ），揚州謂之鯶子魚。見《經義述聞》。魴、鰥皆大魚。❺齊子歸止，《傳》：「言文姜初嫁于魯桓。」❻如雲，《傳》：「言盛也。」❼鱮，音序，ㄒㄩˋ。《集傳》：「鱮，似魴，厚而頭大，或謂之鰱。」❽如雨，《傳》：「言多也。」❾唯，音尾，ㄨㄟˇ。唯唯，《傳》：「唯唯，出入不制。」《箋》：「唯唯，行相隨順之貌。」《傳箋通釋》：「魚行相隨即不能制，《傳》、《箋》義正相成。」按唯唯本謙應之辭，魚行唯唯，當是相隨之貌，魚行相隨，即不能制矣。故《箋》述其本意，而《傳》述其在詩中之意也。❿如水，《傳》：「喻眾也。」

【詩義・章旨】

此詠文姜始嫁於魯之詩。詩曰「其從如雲」、「如雨」、「如水」，皆是嫁時情景，亦猶〈碩人〉之「庶姜孽孽、庶士有朅」也。至敝笱二句，乃詩人就齊魯二國之國勢，文姜與桓公之為人而預言之耳，非已知文姜之淫行而謂桓公不能制之也。夫以鄭國之強，公子忽之勇，猶曰：「齊大非偶。」不敢娶文姜而與齊為婚姻，況以魯國之弱，桓公之闇乎！讀詩者自「其從如雲」、「如雨」、「如水」之文中，已感其威勢逼人，敏感之詩人豈不知邪？《集傳》曰：「齊人以敝笱不能制大魚，比魯莊公不能防閑文姜，故歸齊而從之者眾也。」以此為詠文姜歸齊之詩，後人亦多從之者，似無解詩之準則。此詩「齊子歸止」，解為文姜歸齊，〈南山〉之「齊子由歸」，則又解為文姜嫁於魯，如此解詩，後人將何所適從乎？

全詩三章，每章四句，形式複疊。三章首句「敝笱」一詞，妙絕。初見之似不得其解，細味之始覺其精妙。一章「魴鰥」、二章「魴鱮」，皆是魚名，至末章「唯唯」，始言魚之情狀；而與敝笱之關係，至是乃顯。詩人於一二章蓄而不發，至三章乃發之，讀者乃恍然而悟之，此詩人之妙筆也。乃有人訓唯唯為魚名，此不知詩之互文，亦不識詩人之妙趣也。三章末句皆言其從之盛，不言文姜，而言其侍眾，此側寫之法也。二章僅易二字，末章僅易三字，而次序井然，意趣豐富，深堪玩味焉。

一〇、載驅

載❶驅薄薄❷，簟茀❸朱鞹❹。魯道有蕩，齊子發夕❺。

四驪❻濟濟❼，垂轡❽濔濔❾。魯道有蕩，齊子豈弟❿。

汶水⓫湯湯⓬，行人彭彭⓭。魯道有蕩，齊子翱翔⓮。

汶水滔滔⓯，行人儦儦⓰。魯道有蕩，齊子遊敖⓱。

【注釋】

❶載，猶則也。參見〈鄘風・載馳〉注❶。❷薄薄，《傳》：「疾驅聲。」❸簟，音店，ㄉㄧㄢˋ。《傳》：「簟，方文席也。」《正義》：「簟字從竹，用竹為席，其文必方，故云：方文席也。」茀，音弗，ㄈㄨˊ。《傳》：「車之蔽曰茀。」簟茀，以竹席為車蔽也。用於車後。❹朱，《集傳》：「朱，朱漆也。」鞹，音廓，ㄎㄨㄛˋ。《正義》：「《說文》云：『鞹，革也。』獸皮治去其毛曰革，鞹是革之別名。」朱鞹，以紅色漆鞹也。車之前蔽，文姜所乘之車也。《箋》謂：「此車乃襄公所乘焉。」然下文明言：「齊子發夕」，當是文姜所乘矣。❺發夕，《正義》：「發夕，謂夕時發行。」惠棟《九經古義》、段玉裁《詩經小學》、李黼平《毛詩紬義》皆訓發為旦，發夕猶旦夕。按《詩經》中發字無訓旦者，「齊子旦夕」亦不成辭，故仍以孔氏之說為是。❻驪，音離，ㄌㄧˊ。《集傳》：「馬黑色也。」❼濟濟，盛貌。❽垂轡，《傳》：「轡之垂者。」❾濔，音你，ㄋㄧˇ；又音米，ㄇㄧˇ。濔濔，垂轡貌。王先謙《詩三家義集疏》：「陳奐云：『《玉篇》：柅，乃米切，轡垂貌。蓋出三家詩。』則濔即柅之借。」❿豈弟，音愷替，ㄎㄞˇ ㄊㄧˋ。《傳》：「文姜於是樂易然。」蓋以「樂易」釋之。《集傳》曰：「豈弟，樂易也。」和樂平易也。⓫汶，音問，ㄨㄣˋ，水名，原出萊蕪縣東北原山，亦稱大汶河，流經泰安縣東，至東平縣合大小清河，至汶上縣入運河。⓬湯，音傷，ㄕㄤ。湯湯，水流聲。參見〈衛風・氓〉注㉚。⓭彭，音邦，ㄅㄤ。彭彭，《傳》：「多貌。」⓮翺翔，猶遨遊、逍遙。參見〈鄭風・清人〉注❺。⓯滔滔，《傳》：「流貌。」⓰儦，音標，ㄅㄧㄠ。儦儦，《傳》：「眾貌。」⓱遊敖，敖遊也。

【詩義・章旨】

此乃詠文姜與襄公聚會之詩。詩中僅言文姜（齊子），不及襄公者，為君隱惡且避禍也。《春秋》書襄公與文姜之會凡五，三在齊地，二在魯地。詩中四言魯道，兩言汶水，皆在魯境，是必指祝丘或防之會，或並指二者也。〈詩序〉曰：「〈載驅〉，齊人刺襄公也。」《集傳》易之曰：「齊人刺文姜也。」實則二人並刺，非僅刺一人也。

全詩四章，每章四句，形式複疊。一章寫文姜疾驅赴會，二三四章則寫其已會。一章「薄薄」、「發夕」，皆寫文姜之情急。二章「垂轡」、「豈弟」，當已與襄公會面，故轡垂而人樂也。三四章首句「汶水」，蓋指其相會之所，「行人彭彭」、「行人儦儦」，看似閒筆，實則刺意盡在其中。《集傳》曰：「言行人之多，亦以見其無恥也。」得其旨矣。「翱翔」、「遊敖」則寫其共遊之樂。全篇皆寫文姜，而襄公則隱於字裡行間。然鄭氏以一二章之首二句皆指襄公，《詩緝》曰：「一章四句之內，分作二人，辭意斷續……四句並言文姜，文意方貫。」其說極是。然顧鎮《虞東學詩》駁之曰：「首言載驅薄薄，明已在道疾行；末言齊子發夕，明是聞襄來而暮夜啟行赴之。」陳子展且謂之為定論。然則何以知「載驅薄薄」者必是襄公？襄公又何以需如此疾驅？文姜又如何前往會之？一章四句中僅有一主詞「齊子」，襄公又何自而來？凡此，皆不得其解。若以全詩皆言文姜，則文貫而義順，而無以上諸問題矣。

一一、猗　嗟

猗嗟昌兮❶，頎而長兮❷，抑若揚兮❸，美目揚兮❹，巧趨蹌兮❺，射則臧兮❻。

猗嗟名❼兮，美目清❽兮。儀既成❾兮。終日射侯❿，不出正⓫兮。展我甥兮⓬。

猗嗟孌⓭兮，清揚婉兮⓮。舞則選⓯兮，射則貫⓰兮。四矢反⓱兮，以禦亂⓲兮。

【注釋】

❶猗，音依，一。猗嗟，《傳》：「歎辭。」美嘆也。昌，《傳》：「盛也。」《箋》：「佼好貌。」盛與好義相成。參見〈鄭風・丰〉注❺。❷頎，音祈，ㄑㄧˊ。《傳》：「長貌。」而，猶然也，本或作若。《正義》曰：「若，猶然也。此言頎若長兮，《史記・孔子世家》稱孔子說文王之狀云『黯然而黑，頎然而長』，是之為長貌也。今定本云頎而長兮，而與若義並通也。」❸抑，通懿，美也。見《經義述聞》。懿若，猶懿然，美貌。揚，即清揚之揚，明晰、亮麗之意。參見〈鄘風・君子偕老〉注⓯。「抑若揚兮」與「頎而長兮」語法一例，頎而為長貌，則此抑若為揚貌，故揚為狀詞，美也。《傳》釋為廣揚（即眉上廣），《詩緝》訓起，《詩經詮釋》訓舉，皆誤。❹揚，亦狀詞，與下章「美目清兮」之清，並為美好之意。諸訓為動詞者，皆誤。❺巧趨，趨則輕巧迅捷也。蹌，音槍，ㄑㄧㄤ。《傳》：「巧趨貌。」此句言步履輕盈中節，蓋贊射前舞蹈之美。❻臧，《箋》：「善也。」此句泛言射之美好。至後二章始詳言射。❼名，《毛詩後箋》：「名與明通。」昌盛也，引申亦有美義。❽清，《集傳》：「目清明也。」按美目清，與上章「美目揚」義同，清、揚並謂目之美也。❾儀，射儀也。指祭祀、宴飲、舞蹈之屬。成，《箋》：「猶備也。」《集傳》：「儀既成，言其終事而禮無違也。」❿侯，《集傳》：「張布而射之者也。」按侯有布、皮二種，今謂箭靶或靶子。⓫正，音征，ㄓㄥ。《正義》：「正者，侯中所射之處。鄭於《周禮》考之，以為大射則張皮侯而設鵠，賓射則張布侯而畫正。正大如鵠。」《集傳》：「正，設的於侯中而射之者也。」今謂之紅心。不出正，言其箭箭中的，矢無虛發也。⓬展，《箋》：「誠也。」甥，《爾雅・釋親》：「謂我舅者，吾謂之甥也。」《箋》：「姊妹之子曰甥。」指魯莊公而言。莊公，齊襄公之甥也。⓭孌，《傳》：「壯好貌。」前已數見。⓮婉，《集傳》：「亦好貌。」此句言清明而俊美也。⓯選，《傳》：「齊也。」《正義》：「謂其善舞齊於音節也。」按一章「巧趨蹌兮」正可為「選」字注腳。⓰貫，《傳》：「中也。」

⓱四矢，《傳》：「四矢，乘矢。」《箋》：「射必四矢者，象其能禦四方之亂。」《箋》：「反，復也。每射四矢，皆得其故處，此之謂復。」按前後矢相屬之事，《莊子》、《韓非子》、《列子》皆有記載。《毛詩後箋》曰：「當即五射所謂三連也。」惟何楷曰：「反者，反其矢于受矢之處，即楅是也。」似不若《箋》說為長。⓲以禦亂，《集傳》：「言莊公射藝之精，可以禦亂，如以金僕姑射南宮長萬，可見。」

【詩義．章旨】

此蓋美莊公之詩。詩曰：「展我甥兮。」當是齊襄公語，或卿大夫託襄公口氣而寫也。莊公以善射名，曾射宋之勇士南宮長萬，事見《左傳》莊公十一年，正與詩詠善射合。果爾，則詩當成於四年「公及齊人守于禚」之時也。〈詩序〉曰：「〈猗嗟〉，刺魯莊公也……人以為齊侯之子焉。」後世說詩者多從之，而皆以「展我甥兮」一語為刺語。竊以為此句乃贊賞之語，並無刺意。其語法一如〈雄雉〉之「展矣君子」、〈車攻〉之「允矣君子，展也大成」、〈長發〉之「允也天子」。若以此語為刺，則三百篇中何語不可以為刺耶？胡氏《後箋》、惠氏《詩說》皆以為莊公二十二年以前，未嘗至齊，詩人無由興刺，詩當作於二十二至二十四年如齊納聘逆女之時；然此時莊公已三十四、五歲，猶得稱「婉」「孌」乎？

全詩三章，每章六句，皆言其容貌、射儀與射事，惟各有所重而已。一章前四句寫其容貌，五句寫其射儀，末句泛言射事。二三章首二句寫其容貌，三句寫射儀，四五句讚其射藝，末句「展我甥兮」，乃親之也；「以禦亂兮」，乃期之也。裴普賢曰：「三章均寫射，卻層次分明，逐章進展。首章寵讚其射之臧，次章始讚其箭箭皆中，末章更進一步讚其四矢同貫一處。」

魏

鄭玄《詩譜》曰：「魏者，虞舜夏禹所都之地，在〈禹貢〉冀州，雷首之北，析城之西，周以封同姓焉（魏，姬姓）。其封域：南枕河曲，北涉汾水……其與秦晉鄰國，日見侵削，國人憂之。當周平桓之世，魏之變風始作。至春秋魯閔公元年，晉獻公竟滅之。」

朱子《集傳》曰：「蘇氏曰：『魏地入晉久矣，其詩疑皆為晉而作，故列於〈唐風〉之前，猶〈邶〉、〈鄘〉之於〈衛〉也。』今按篇中『公行』、『公路』、『公族』，皆晉官，疑實晉詩；又恐魏亦嘗有此官，蓋不可考矣。」

按：晉獻公滅魏，賜之畢萬以為大夫，不得與諸侯等，其詩不得與於〈國風〉，其樂不得聞於季札。且《左傳》閔公元年卜偃曰：「畢萬之後必大。」今觀〈魏〉詩，多褊急之言，怨忿之音，季札亦曰：「險（杜預注：險當為儉字之誤）而易行。」有國危之徵，殊無「必大」之象。故鄭玄謂其詩作於平桓之世，未可輕疑也。

一、葛屨

糾糾❶葛屨❷，可以履霜❸。摻摻❹女手，可以縫裳❺。要之襋❻之，好人❼服之❽。

好人提提❾，宛然左辟❿，佩其象揥⓫。維是褊心，是以為刺⓬。

【注釋】

❶糾糾，《傳》：「猶繚繚也。」即纏結也。狀詞，引申有破舊之意。❷葛屨，見〈齊風・南山〉注❿。❸履霜，踐霜。《儀禮・士冠禮》：「屨，夏用葛，冬皮屨可也。」葛屨非所以履霜，今履霜者，儉之甚也。❹摻，音纖，

ㄒㄧㄢ。摻摻，《傳》：「猶纖纖也。」《正義》：「纖細之貌。」❺裳，下衣也。縫裳，兼縫衣而言，止言縫裳者，以裳與霜為韻，故言裳以該衣也。見《傳箋通釋》。❻要，《傳》：「襋也。」襋，音棘，ㄐㄧˊ。《傳》：「襋，領也。」按襋與領為衣裳之最重要者，故以之代衣裳。此處作動詞用，謂縫其襋領，亦即縫其衣裳也。❼好人，即詩所欲刺之褊心之人。所謂「好人」乃諷語，實不好之人也。《集傳》訓為大人，《傳箋通釋》訓為美人，皆欠切。《詩經詮釋》曰：「蓋指君夫人言。」或是。❽服之，謂服用此衣裳也。❾提提，《傳》：「安諦也。」按《爾雅・釋訓》：「媞媞，安也。」《毛詩後箋》：「提者，媞之借字。」《魯詩》即作媞，安舒貌也。❿宛，《毛詩傳疏》：「宛有委曲順從之義。」宛然，柔順貌。辟，音僻，ㄆㄧˋ。《說文》引詩即作僻，便僻、般辟、般（盤）旋也。《說文・舟部》：「般，辟也。象舟之旋。」《淮南子・氾論》：「盤旋揖讓以脩禮。」此辟字即盤旋揖讓也。故《集傳》曰：「宛然，讓之貌也。」凡盤旋必向左，此蓋以左足為轉軸，自然之勢，故曰：「左辟」。言好人恭敬多禮也。王夫之《稗疏》、馬瑞辰《通釋》皆以辟與襞通，裳之縫襞也，實誤。蓋此承「好人」而言，與衣裳無涉。⓫象揥，象骨所作之簪。參見〈鄘風・君子偕老〉注⓮。⓬維，通惟，僅也。褊，音貶，ㄅㄧㄢˇ。褊心，心胸狹小而性急也。刺，諷刺也。二句言僅因其氣量狹小，故為此詩以刺之。

【詩義・章旨】

〈詩序〉：「刺褊也。」此詩已明言矣，唯就「佩其象揥」一語觀之，所刺者當是某貴夫人。至詩之作者，《集傳》曰：「疑即縫裳之女所作。」是也。

全詩二章，一章六句，二章五句，此於三百篇，頗為少見。一章中之穿葛屨，縫衣裳者，可能為一人，亦可能為二人，然絕非「好人」也。何則？蓋若為「好人」，此乃儉德，雖稍嫌太過，亦何刺之有？此「好人」服衣服，佩象揥，而令他人穿葛屨，製衣裳，自奉厚而待人薄，此正「褊心」，詩人所以刺者即在此耳。此詩一二章用對照筆法寫出。一章葛屨履霜，其寒可知；纖手縫裳，其苦可見。然「好人」褊心，不稍於恤。而提提、宛然，華服美飾，周旋揖讓，儼然君子。如此對照寫出，機趣不露，鋒銳盡藏，正是諷刺筆法。

二、汾沮洳

彼汾❶沮洳❷，言采其莫❸。彼其之子❹，美無度❺；美無度，殊異乎公路❻。

彼汾一方❼，言采其桑。彼其之子，美如英❽；美如英，殊異乎公行❾。

彼汾一曲❿，言采其藚⓫。彼其之子，美如玉⓬；美如玉，殊異乎公族⓭。

【注釋】

❶汾，水名，在山西省。出太原晉陽山，西南流入黃河。為黃河第二大支流。❷沮洳，音居如，ㄐㄩ ㄖㄨˋ。《集傳》：「水浸處下溼之地。」❸莫，菜名。陸機《疏》曰：「莫，莖大如著，赤節，節一葉，似柳葉，厚而長，有毛刺。可以為羹，又可生食。」❹彼其之子，即彼己氏之子。參見〈王風・揚之水〉注❸。❺無度，《傳》：「言不可尺寸。」《正義》：「其美信無限度矣，非尺寸可量也。」《集傳》：「言不可以尺寸量也。」按此詩二章「美如英」、三章「美如玉」，皆讚其美也，則「美無度」當亦為讚美之辭。言其美不可量度也。或釋為「好美而無節度」，則成貶辭矣，故不可從。❻公路，官名。《正義》：「公路與公行一也。以其主君路車，謂之公路；主兵車之行列者，則謂之公行，正是一官也。」《集傳》：「公路者，掌公之路車者，晉以卿大夫之庶子為之。」此句謂彼己氏之子，甚不同於公路之官也。❼方，與旁通。一方，一旁、一邊。❽英，華也。參見〈鄭風・有女同車〉注❽。此言其容貌之美也。❾公行，《集傳》：「公行，即公路也。以其主兵車之行列，故謂之

公行也。」❿一曲，《集傳》：「一曲，謂水曲流處。」⓫藚，音續，ㄒㄩˋ。《傳》：「水舄也。」一名牛脣，又名澤舄，葉如車前草，可食，亦可入藥。見《爾雅．釋草》及陸機《疏》。⓬美如玉，此言其品質之美也。⓭公族，《箋》：「公族，主君同姓昭穆也。」《集傳》：「公族，掌公之宗族，晉以卿大夫之適子為之。」

【詩義．章旨】

此美「彼己之子」之詩也。彼己氏之子能采莫、采桑、采藚，持身以儉，又德貌俱美，故詩人美之也。詩之公路、公行、公族，解者紛紜，然其為官名，由公之嫡、庶子為之，則無可疑也。己氏之子，乃沒落貴族，非公之族，亦無可疑也。詩言彼己之子，異乎公路、公行、公族，則是詩人美己氏之子，而刺公之嫡、庶子明矣。〈詩序〉、《集傳》謂「刺儉也」，似未得其義。魏源《詩古微》曰：「蓋歎沮洳之間，有賢者隱居在下，采蔬自給，然其才德實高出乎在位公族、公行、公路之上……賢者不得用，用者不必賢也。」庶幾乎近之。

全詩三章，每章六句，形式複疊。三章之首二句「采莫」、「采桑」、「采藚」，未必事實，僅在言其儉耳，此正其美德也，〈詩序〉反言刺之，顛倒黑白矣。三四句指明其人而美之：一章「美無度」泛言其美，二章「美如英」言其貌美，三章「美如玉」言其質美，此詩之序也。末句異乎公路、公行、公族，此襯托筆法，惟為反襯而已。

三、園有桃

園有桃，其實之❶殽❷。心之憂矣，我歌且謠❸。不知我者，謂我士❹也驕。「彼人是哉！
子曰何其？」❺心之憂矣，其誰知之？其誰知之？蓋亦勿思❻！

園有棘❼，其實之食。心之憂矣，聊❽以行國❾。不知我者，謂我士也罔極❿。「彼人是哉！子曰何其？」心之憂矣，其誰知之？其誰知之？蓋亦勿思！

【注釋】

❶之，猶是也。❷殽，音堯，ㄧㄠˊ。《集傳》：「食也。」動詞。❸我歌且謠，《傳》：「曲合樂曰歌，徒歌曰謠。」❹我士，《傳箋通釋》：「我士，即詩人自謂也。」我即士，士即我。〈國風〉頗多為士之作品，此其明言者耳。❺彼人，指國君或執政者。子，指詩人。其，音基，ㄐㄧ。《集傳》：「語詞。」此二句乃不知我者之言，其意謂：「彼之所為已是矣，而子之言獨何為哉？」蓋舉國之人莫覺其非，而反以憂之者為驕也。❻蓋亦，《傳箋通釋》：「蓋者，盍之假借。亦者，語詞。」《經傳釋詞》：「凡言盍亦者，以亦為語助。」按蓋為盍之假借，盍有二義：其一何也，馬瑞辰主之。《傳箋通釋》曰：「蓋亦勿思，猶云何勿思也。」其一何不也，余冠英主之。《詩經選》曰：「蓋同盍，何不也。這句是詩人自解之詞，言不如丟開別想。」二說皆通。然細玩詩義，則以馬氏之說較勝。蓋「蓋亦勿思」之思，有憂義（屈萬里先生說），詩人所憂思者乃國事，所以憂思者乃本乎愛國憂時之心，非欲人知也；今若以人不知心事，而不復憂思，則憂思乃欲為人知也。如此，豈不大謬乎！此思字乃應上文憂字，詩人本已憂矣，今以人不知其用心而更憂，意似更深一層。〈君子于役〉一章末句曰：「如之何勿思？」即其例也。❼棘，《傳》：「棗也。」參見〈邶風．凱風〉注❷。❽聊，《箋》：「且略之辭也。」❾行國，《集傳》：「出遊於國中以寫憂也。」國，都城也。❿罔極，不正、無良。參見〈衛風．氓〉注㉞。

【詩義・章旨】

此士人憂時之詩。位卑人微，雖憂國憂時，亦無如何，且不為人所諒解，反以其為驕也。〈詩序〉曰：「刺時也。」全詩盡言其憂，無一刺語，其說不可取。然〈序〉謂：「大夫憂其君國小而迫……，日以侵削，故作是詩。」則得之矣。

全詩二章，每章十二句，形式複疊。首二句食桃、食棘，言桃、棘皆可食，以示所憂者乃國事，非憂個人之利祿也。郭沫若《中國古代社會研究》竟謂此詩人乃破產貴族，貧至摘桃棗為食。以階級意識、主觀成見以解詩，則詩之真面目將永無顯現之一日。歌謠、行國，乃互文也，頗有屈原「行吟澤畔」之概。詩人悲歌行國，固在抒憂，亦所以喚醒人心，以求有助於國家，非欲人知其憂也。然而無人知其用心，反以其為驕狂，詩人如之何能不深憂乎！

四、陟　岵

陟彼岵❶兮，瞻望父兮。父曰：「嗟予子，行役夙夜無已❷，上慎旃哉❸，猶來無止❹。」

陟彼屺❺兮，瞻望母兮。母曰：「嗟予季❻，行役夙夜無寐❼，上慎旃哉，猶來無棄❽。」

陟彼岡兮，瞻望兄兮。兄曰：「嗟予弟，行役夙夜必偕❾，上慎旃哉，猶來無死。」

【注　釋】

❶岵，音戶，ㄏㄨˋ。《爾雅・釋山》：「山多草木，岵。」《傳》：「山無草木曰岵。」按岵、屺（《爾雅》作峐）

之訓，《傳》與《爾雅》相反，後之說詩者，或從《傳》，或從《爾雅》，爭訟不絕。《正義》以為《傳》文當是轉寫之誤。《說文》、《釋名》、《玉篇》、《廣韻》皆與《爾雅》同，則誤在《毛傳》無疑。錢大昕《潛研堂集》曰：「岵之言護也，山有草木，所庇者廣也。屺或為紀，紀之言基也。又為峐，峐之言荄也，其荄初具，未有枝葉也。毛公詁訓，往往為後世所亂，如崔嵬、砠二名，亦與〈釋山〉之文違反，皆當以《爾雅》為正也。」❷此據《正義》及詩之用韻為斷，或斷作「嗟！予子行役，夙夜無已」，誤。二三章同。❸上，《集傳》：「猶尚也。」旃，音占，ㄓㄢ。《傳》：「旃，之。」《經傳釋詞》：「之、旃聲相轉，旃、焉聲相近，旃又為之焉之合聲。」❹止，留止於外也。《集傳》：「無止於彼而不來也。蓋生則必歸，死則止而不來矣。」以上數語，皆行役者設想其父念之之語也。❺屺，山無草木曰屺，參見注❶。❻季，《傳》：「少子也。」《集傳》：「尤憐愛少子者，婦人之情也。」❼無寐，《集傳》：「無寐，亦言其勞之甚也。」按母命子勿睡，似不合情理。此無寐當謂勿睡得太沉、太死，亦即睡時保持警覺也。❽棄，《集傳》：「謂死而棄其屍也。」按棄謂棄我而不歸也，亦即死之意。不言死而言棄者，體父母之意，不忍正言子之死也。❾偕，《傳》：「俱也。」《詩緝》：「與同役者俱，毋失任也。」

【詩義・章旨】

此行役者思家之詩。「父曰」云云、「母曰」云云、「兄曰」云云，皆想像之辭耳，非事實也。〈詩序〉曰：「〈陟岵〉，孝子行役，思念父母也。」與詩之一二章吻合，然不能包含末章之意。

全詩三章，每章六句，形式複疊。「瞻望」二字為全詩之樞紐，父母兄念己之辭，全自瞻望中想像而來。而陟岵、陟屺、陟岡，則又預伏其意焉。一章言父，二章言母，末章言兄，此詩之倫理之序也。父曰猶來無止，母曰猶來無棄，止、棄皆死也，然父母愛子，不忍言死，故以止、棄代之。猶子女不忍言父母之死，而曰「見背」、「仙逝」也。至末章兄曰，始出死字，以點出止、棄所含之意焉。

此詩明明行役者思親之作，然不言己之念親，反言親之念己，如此益顯其思親之切。方玉潤曰：「筆以曲而愈達，情以婉而愈深。」

五、十畝之間

十畝之間❶兮，桑者閑閑❷兮，行❸與子❹還❺兮。

十畝之外❻兮，桑者泄泄❼兮，行與子逝❽兮。

【注釋】

❶十畝之間，《箋》：「古者一夫百畝，今十畝之間，往來者閑閑然，削小之甚。」按十畝，或是謙言，或僅指植桑之田，要之，乃指詩人之故鄉。❷閑閑，《集傳》：「往來者自得之貌。」按詩言「桑者閑閑」，則閑閑乃採桑者優閒自得之貌。❸行，《集傳》：「行，猶將也。」《經傳釋詞》曰：「行，且也。」且亦將也。此與〈都人士〉「行歸于周」之行義同。今人或解行走、出發，亦通，惟不若訓且將，義較順耳。❹子，詩人好友。❺還，音旋，ㄒㄩㄢˊ。《集傳》：「猶歸也。」❻十畝之外，《集傳》：「鄰圃也。」❼泄，音亦，ㄧˋ。泄泄，《集傳》：「猶閑閑也。」按〈雄雉〉「泄泄其羽」、〈板〉「無然泄泄」之泄泄，《集傳》皆訓舒緩，舒緩即優閒自得之貌，亦即閑閑也。《傳》訓為多人之貌，似未安。❽逝，《集傳》：「往也。」

【詩義・章旨】

《集傳》：「政亂國危，賢者不樂仕於其朝，而思與其友歸於農圃，故其辭如此。」詩寫田家之樂，則自是不樂仕而思歸之詩，然「政亂國危」云云，詩文中無法看出。〈詩序〉謂：「其國削小民無所居焉。」與詩「閑閑」、「泄泄」之意不合。或謂此農家婦女採桑之歌，或男女愛情之詩，則又與「還」、「逝」之文不切。詩中隱逸之意甚明，視之為「歸去來詩」可也。

全詩二章，每章三句，形式複疊。全詩重心在一「還」字。還者，還於其故處，亦即歸於「十畝之間」也。掌握此字，即掌握詩旨矣，何必紛紜其說哉！「十畝之間」，有「容膝易安」之意，「閑閑」、「泄泄」，田園生活之寫照也。既嚮往此田園生活而欲歸焉，其不樂於仕朝也，明矣。

六、伐檀

坎坎❶伐檀❷兮，寘❸之❹河之干❺兮，河水清且漣❻猗❼。不稼不穡❽，胡取禾三百廛❾兮？不狩不獵❿，胡瞻爾庭有縣⓫貆⓬兮？彼君子⓭兮，不素餐兮⓮？

坎坎伐輻⓯兮，寘之河之側兮，河水清且直⓰猗。不稼不穡，胡取禾三百億⓱兮？不狩不獵，胡瞻爾庭有縣特⓲兮？彼君子兮，不素食⓳兮？

坎坎伐輪⓴兮，寘之河之漘㉑兮，河水清且淪㉒猗。不稼不穡，胡取禾三百囷㉓兮？不狩不獵，胡瞻爾庭有縣鶉㉔兮？彼君子兮，不素飧㉕兮？

【注釋】

❶坎坎，《傳》：「伐檀聲。」❷檀，木名，可以為車。參見〈鄭風・將仲子〉注⑫。❸寘，《集傳》：「與置同。」❹之，《經傳釋詞》：「猶諸也。」❺干，《傳》：「厓也」，即岸也。❻漣，《傳》：「風行水成文曰漣。」❼猗，音醫，ㄧ。《集傳》：「猗與兮同，語辭也。」《經傳釋詞》：「猗，猶兮也。」《漢石經》作兮。❽稼、穡，《傳》：「種之曰稼，斂之曰穡。」《正義》：「以稼穡相對，皆先稼而後穡，故知種之曰稼，斂之曰穡。若散，則相通。」❾廛，《傳》：「一夫之居曰廛。」《正義》：「一夫之居曰廛，謂一夫之田百畝也。〈地官・遂人〉云：『夫一廛田百畝。』」按《易・訟・九二》：「其邑人三百戶。」鄭注：「下大夫采地方一成，其稅三百家。」又《論語・憲問》：「奪伯氏駢邑三百。」孔注：「伯氏食邑三百家。」鄭注：「三百家，齊下大夫之制。」是詩三百廛者，三百夫之田，下大夫之采邑也。俞樾《群經平議》以詩廛、億、囷，當是《廣雅・釋詁》之纏、繶、稛，並訓為束。三百束即三百秉，禾把之數也。陳子展《國風雅頌選譯》謂：「一秉之數，脫穀至多不能盈升，三百束不過一二石耳，一二三畝之租入而已。」是俞氏之說，看似合轍，實不可從也。❿狩、獵，《箋》：「冬獵曰狩，宵田曰獵。」《正義》：「此對文耳，散則獵通於晝夜，狩兼於四時。」⓫縣，同懸。⓬貆，音桓，ㄏㄨㄢˊ，獸名，即貛也。⓭彼君子，指在位者而言。《箋》謂：「斥伐檀之人。」誤矣！⓮素餐，《集傳》：「素，空。餐，食也。」《孟子・盡心》朱注：「無功而食祿，謂之素餐。」猶今言白吃飯。按「不素餐兮」乃諷刺之語，謂其真素餐也。舊以為讚美之意，實誤。⓯輻，音福，ㄈㄨˊ。《集傳》：「車輻也。」即車輪中共集於車轂之支輞細柱也。伐輻，謂伐檀以為輻也。與「伐檀」為互文。⓰直，《集傳》：「直，波文之直也。」⓱億，《箋》：「十萬曰億，禾秉之數。」按三百億，言禾把之多而已，非必三千萬也。⓲特，《傳》：「獸三歲曰特。」⓳素食，猶素餐。⓴輪，《集傳》：「車輪也。」伐輪，謂伐檀以為輪也。與「伐檀」為互文。㉑漘，

音唇，ㄔㄨㄣˊ。《傳》：「厓也。」即岸也。㉒淪，《傳》：「小風水成文轉如輪也。」㉓囷，音君，ㄐㄩㄣ。《傳》：「圓者曰囷。」《正義》：「方者為倉，故圓者為囷。」即圓倉也。㉔鶉，音純，ㄔㄨㄣˊ，鵪鶉也。參見〈鄘風・鶉之奔奔〉注❶。㉕飧，音孫，ㄙㄨㄣ。《傳》：「熟食曰飧。」又夕食亦曰飧。素飧，猶素餐也。

【詩義・章旨】

此刺在位君子（貴族）不勞而食之詩。〈詩序〉曰：「〈伐檀〉，刺貪也。在位貪鄙，無功而受祿。君子不得進仕爾。」詩刺不勞而食，非刺貪也。「君子不得進仕」，亦非詩旨。

全詩三章，每章九句，形式複疊。三章之「伐檀」、「伐輻」、「伐輪」，與下文「不稼不穡」、「不狩不獵」，成一強烈之對比。前者寫勞而後食，後者寫不勞而食；前者為小人勞苦生涯，後者為君子優游生活。末語「不素餐」、「不素食」、「不素飧」，似有無窮幽怨，亦極盡諷刺之能。當時並無「勞動階層」與「剝削階級」之分，而竟有如此平民刺貴族之詩，亦已奇矣！無怪乎今日之重視階級鬥爭者，以之為典範教材而廣加宣揚也。

七、碩鼠

碩鼠❶碩鼠，無食我黍！三歲貫❷女❸，莫我肯顧❹。逝❺將去女，適彼樂土❻。樂土樂土，爰得我所❼。

碩鼠碩鼠，無食我麥！三歲貫女，莫我肯德❽。逝將去女，適彼樂國。樂國樂國，爰得我直❾。

碩鼠碩鼠，無食我苗。三歲貫女，莫我肯勞❿。逝將去女，適彼樂郊。樂郊樂郊，誰之永號⓫？

【注釋】

❶碩，《箋》：「大也。」《詩經稗疏》曰：「碩、鼫古通用，此碩鼠即鼫鼠也。郭璞《爾雅》注云：『鼫鼠，形大如鼠，頭似兔，尾有毛，青黃色，好在田中食粟豆。』《廣雅》謂之鼫鼠。陸機所謂：『河東有大鼠，能人立，交前兩腳於頸上跳舞，善鳴，食人禾苗。』魏在河東，正與此合。」❷貫，《爾雅．釋詁》：「貫，習也。」今通作慣，凡養而驕縱之曰慣。❸女，同汝。❹顧，《集傳》：「念也。」此句言不肯眷顧於我。❺逝，《經傳釋詞》：「逝，發聲也。」❻適，往也。此句言往彼安樂之處也。❼爰，於是也，乃也。此句言乃得安身之所也。❽德，《集傳》：「歸恩也。」即感恩、感德。❾直，《傳》：「直，得其直道。」謂可直道而行也。❿勞，《箋》：「不肯勞來我。」是訓勞為勞來，猶今語慰勞。⓫之，《古書虛字集釋》：「之，猶且也，尚也。」按《經傳釋詞》訓之為其，義似稍遜。號，《箋》：「呼也。」此句言誰尚長呼號乎？言人皆喜悅，無憂苦呼號者。

【詩義．章旨】

〈詩序〉：「〈碩鼠〉，刺重斂也。」《集傳》：「民困於貪殘之政，故托言大鼠害己而去之也。」其說皆是。

全詩三章，每章八句，形式複疊。三章首句疊言「碩鼠」，恨之深也。食黍、食麥、食苗，斂之重也。莫我肯顧、肯德、肯勞，為詩之重心。蓋若能施德於民，則不致重斂；即使重斂，民亦能忍之。今重斂而又不施德於民，故民恨之深也。樂土、樂國、樂郊，亦僅無重斂之地耳，豈有他哉！末語「誰之永號」，淒楚感人。孔子曰：「苛政猛於虎。」碩鼠之為害，顧不大於猛虎邪？

唐

唐，國名，本帝堯舊都，其封域在太行、恆山之西，太原、太岳之野，即今山西省太原一帶。其都晉陽，即今太原。《左傳》及《史記》皆謂周成王封其弟叔虞於此，是為唐侯。近人據晉公盦考定叔虞實封於武王之世。《左傳》、《史記》之說非是（按《左傳》已有「武王將與之唐，屬諸參」之語）。《史記・晉世家》又謂：「唐叔子燮，是為晉侯。」馬瑞辰據《國語》及《呂氏春秋》考定叔虞時已有晉名，舊說亦非是。叔虞後三世至成侯，自晉陽徙居曲沃，即今山西省聞喜縣。八世至穆侯，又徙於絳，即今山西省絳縣。十世至昭侯，再徙於翼，即今山西省翼城縣東南。昭侯以曲沃封桓叔，至其孫武公并晉，又復於絳。此後晉之疆土益大，至文公而終稱霸焉。詩謂之〈唐〉而不曰晉者，從乎其始封，實有取乎陶唐之遺風也。

歐陽脩〈鄭氏詩譜補亡〉曰：「僖侯立，當宣王時，〈唐〉之變風始作。凡十三君至于獻公，有詩者四，次于譜。自惠公以下無詩。」是〈唐〉詩十二篇，早者不得逾於宣王之世，晚者亦不得逾於東周惠王之時也。

一、蟋蟀

蟋蟀❶在堂❷，歲聿❸其莫❹。今我不樂，日月其除❺。無已大康❻，職思其居❼。好樂無荒❽，良士瞿瞿❾。

蟋蟀在堂，歲聿其逝❿。今我不樂，日月其邁⓫。無已大康，職思其外⓬。好樂無荒，良士蹶蹶⓭。

蟋蟀在堂，役車⓮其休。今我不樂，日月其慆⓯。無已大康，職思其憂⓰。好樂無荒，良士休休⓱。

【注釋】

❶蟋蟀，《傳》：「蛬也。」《正義》引陸機《疏》曰：「蟋蟀，似蝗而小，正黑有光澤如漆，有角翅，一名蛬，幽州人謂之促織。里語云：『促織鳴，懶婦驚』是也。」❷在堂，《傳》：「九月在堂。」按夏正九月，周正十一月也，故下云：「歲聿其莫。」❸聿，語詞。見《毛鄭詩考正》。❹其莫，將暮也。❺除，《傳》：「去也。」其除，謂歲將終也。❻已，古與以通，用也。見《經詞衍釋》。大，古與太通用。康，《傳》：「樂也。」❼職，尚也。見《經詞衍釋》及《傳箋通釋》。居，《正義》：「謂居處也。」二句言勿用過於康樂，尚須思其家中之事。❽荒，《箋》：「廢亂也。」謂樂之過而廢事也。此句言好樂亦不可太過而廢事。❾瞿，音巨，ㄐㄩˋ；亦音渠，ㄑㄩˊ。瞿瞿，《集傳》：「卻顧之貌。」《爾雅義疏》：「瞿者，驚顧貌。」❿逝，去也。見《集傳》。⓫邁，《集傳》：「逝、邁，皆去也。」⓬外，對前章居而言，居指家中之事，則外指家外之事。⓭蹶，音貴，ㄍㄨㄟˋ。《傳》：「動而敏於事也。」蹶蹶，猶蹶然，驚起貌（見《漢書・陸賈傳》注）。《禮記・孔子閒居》：「子夏蹶然而起。」⓮役車，《傳箋通釋》：「謂行役之車。」即征夫所乘之車，亦即戎車也。⓯慆，音滔，ㄊㄠ。《傳》：「過也。」⓰憂，《傳》：「可憂也。」即可憂之事。⓱休休，《群經平議》：「一章云良士瞿瞿，二章云良士蹶蹶，三章云良士休休，其義皆同。此休字當讀為燠休之休，《昭三年・左傳》杜注曰：『燠休，痛念之聲。』《正義》引服注曰：『若今時小兒痛，父母以口就之曰：「燠休！」』，瞿瞿以目言，蹶蹶以足言，休休以聲言，皆不敢荒淫之意。」按俞氏之說是也。《爾雅・釋訓》：「瞿瞿、休休，儉也。」即釋此詩。儉乃約束、不敢放浪之意，正與荒淫之意相反。《傳》訓「樂道之心」，《集傳》訓「安閑之貌」，皆與一章之「瞿瞿」、二章之「蹶

蹶」義不一律。

【詩義・章旨】

此蓋歲暮之時，役車其休，征人欲宴樂而又深自警惕之詩。其作者即詩中之「良士」，當是軍中之士帥也。〈詩序〉曰：「〈蟋蟀〉，刺晉僖公也。」不知其何所據而云然。《集傳》曰：「唐俗勤儉，故其民間終歲勞苦，不敢少休。及其歲晚務閒之時，乃敢相與燕飲為樂。」稍近詩義，然無解於詩之「良士」、「役車」。姚際恆《詩經通論》云：「觀詩中良士二字，既非君上，亦不必盡是細民，乃士大夫之詩也。」可謂一語中的。

全詩三章，每章八句，形式複疊。一二章之首二句指時間，末章「役車其休」，不言時而言事，此乃全詩之關鍵也。三四句寫欲及時行樂，五六句又以職思者多，誡自己享樂不可太甚。末二句則又深自惕厲，無墜「良士」之名。一章曰「職思其居」，二章曰「職思其外」，此內外重輕之序也。三章曰「職思其憂」，則又兼指內外而言。觀詩人內外無事不憂，豈是享樂之人？無怪乎其因感歲暮日月將逝而欲享樂，樂尚未享，而又深自警惕焉。真可謂良士矣。

二、山有樞

山有樞❶，隰有榆❷。子有衣裳，弗曳弗婁❸；子有車馬，弗馳弗驅❹。宛其死矣，他人是愉❺。

山有栲❻，隰有杻❼。子有廷內❽，弗洒弗埽❾；子有鐘鼓，弗鼓弗考❿。宛其死矣，他人是保⓫。

山有漆，隰有栗。子有酒食，何不日鼓瑟？且⓬以喜樂，且以永日⓭。宛其死矣，他人入室⓮。

【注　釋】

❶樞，《傳》：「荎也。」《爾雅》作藲，郭璞曰：「今之刺榆。」❷榆，《集傳》：「白枌也。」即榆樹。❸曳，拖引也。婁，音閭，ㄌㄩˊ。《傳》：「婁，亦曳也。」《釋文》引馬氏曰：「牽也。」按曳、婁並拖曳之意，謂穿著也。❹馳、驅，《正義》：「走馬謂之馳，策馬謂之驅。」馳驅，乘坐也。❺宛，《經詞衍釋》：「宛，猶若也。」愉，《傳》：「樂也。」二句言若子死矣，則衣裳車馬，他人享其樂也。❻栲，音考，ㄎㄠˇ。《爾雅・釋木》：「栲，山樗。」《傳》同。❼杻，音紐，ㄋㄧㄡˇ。《爾雅・釋木》：「杻，檍。」《傳》同。陸機《疏》曰：「其葉似杏而尖，白色，皮正赤。為木多曲、少直。葉新生可飼牛，材可為弓弩幹。」❽廷內，《經義述聞》：「廷與庭通，庭謂中庭。內，謂堂與室也。」❾洒，《傳》：「灑也。」埽，今作掃。❿考，《傳》：「擊也。」參見〈衛風・考槃〉注❶。鼓亦敲擊之意。⓫保，《箋》：「居也。」《正義》：「居而有之。」⓬且，姑且也。見《經傳釋詞》。⓭永日，《詩經詮釋》：「永、終二字古為聯緜字，永猶終也。永日，終日也。」⓮入室，亦謂佔有之也。

【詩義・章旨】

此勸友人及時行樂之詩。〈詩序〉曰：「〈山有樞〉，刺晉昭公也。」《史記・晉世家》謂晉僖侯不中禮，〈唐〉之變風始作（據《詩三家義集疏》），未知孰是？然詩有車馬鐘鼓，則可知其人必大夫以上，而作者之身分，亦由此可知矣。

全詩三章，每章八句，形式複疊。三章首二句山有樞、栲、漆，隰有榆、杻、栗，皆天地之材，象徵衣裳、車馬、廷內、鐘鼓、酒食、琴瑟，乃人之財。夫才也、材也、財也，其所貴者在乎用，有才、材、財而不能用，是暴殄天物，其罪尤大於無才、材、財也。明乎此，則知此二句興詩，實有深義存焉，而鄭樵、朱子竟以為興之用只在興起下文，亦暴殄天物也。末二句近乎戲謔，想見作者與其人交誼之深，不然，語近漫罵，則刺亦大矣！「是愉」、「是保」、「入室」，義雖相同，而深淺有別，此又詩之序也。

三、揚之水

揚❶之水，白石鑿鑿❷。素衣朱襮❸，從子❹于沃❺。既見君子❻，云何❼不樂？

揚之水，白石皓皓❽。素衣朱繡❾，從子于鵠❿。既見君子，云何其憂？

揚之水，白石粼粼⓫。我聞有命⓬，不敢以告人⓭。

【注釋】

❶揚，《箋》：「激揚。」❷鑿，音做，ㄗㄨㄛˋ。鑿鑿，《傳》：「鮮明貌。」❸襮，音博，ㄅㄛˊ。《爾雅‧釋器》：「黼領謂之襮。」《傳》：「襮，領也。諸侯繡黼，丹朱中衣。」是襮乃領之刺繡黼者。朱襮，以朱為緣邊，諸侯之服也。此素衣朱襮當是詩人所著以見君子者。而《箋》謂：「欲國人進此服去從桓叔。」似非詩義。《禮記‧郊特牲》曰：「繡黼丹朱中衣，大夫之僭禮也。」曲沃桓叔時為大夫，若晉人進獻此衣，豈非教之僭邪？詩人或是小國之諸侯，桓叔雖為大夫，而其實力遠大於小國之諸侯，故詩人往見之焉。此猶公子重耳流亡道經各國，

諸侯皆禮之也。❹子，即詩人贈予此詩之人，或謂桓叔，恐誤。❺沃，《傳》：「曲沃也。」晉昭侯封其叔成師於此，號為桓叔。時當周平王二十六年，在春秋之前。❻君子，《箋》：「君子謂桓叔。」❼云何，如何。❽皓皓，《傳》：「潔白也。」當作潔白貌。❾繡，刺繡。朱繡，《集傳》：「即朱襮也。」❿鵠，音古，ㄍㄨˇ。《傳》：「曲沃邑也。」《正義》：「晉封桓叔於曲沃，非獨一邑而已，其都在曲沃，其旁更有邑。」⓫粼，音鄰，ㄌㄧㄣˊ。粼粼，《集傳》：「水清石見之貌。」⓬命，命令也。蓋指桓叔謀晉之事。⓭不敢以告人，《集傳》：「聞其命不敢以告人者，為之隱也。桓叔將欲傾晉，而民為之隱，蓋欲其成矣。」

【詩義・章旨】

此乃詩人既見君子後告其友人之詩。詩中有三位人物，了解此三人之關係，則詩義自然顯現。一為「我聞有命」之我，二為「從子于沃」之子，三為「既見君子」之君子。「我」為見君子之人，亦為此詩之作者。「君子」為曲沃桓叔，而「子」則為「我」與「君子」之中介。作者因「子」而見君子，既見君子後，乃作此詩以告「子」也。〈詩序〉曰：「〈揚之水〉，刺昭公也。」顯貴之人竟遠赴曲沃見之，足見昭公之得人，何刺之有？故其說不可從。

全詩三章，一二章章六句，形式複疊，末章僅四句，於三百篇中，形式頗為特殊。三章之首二句白石鑿鑿、皓皓、粼粼，正象徵桓叔清明廉潔而突出。一二章之三四句，說明作者之身分、氣度，及將往之處。其五六句寫出既見君子之喜悅，頗有不虛此行之概。末章「我聞有命，不敢以告人」，正是詩人作此詩之用意。雖云「不敢以告」，而實已告之。其友人見之，必將有會於心矣。

四、椒聊

椒聊❶之實❷，蕃衍盈升❸。彼其之子❹，碩大無朋❺。椒聊且❻！遠條❼且！

椒聊之實，蕃衍盈匊❽。彼其之子，碩大且篤❾。椒聊且！遠條且！

【注釋】

❶椒聊，《傳》：「椒聊，椒也。」即今之花椒。《正義》引陸機《疏》曰：「椒聊，聊，語助也。」❷實，即子也。❸蕃衍盈升，《本草》李時珍曰：「秦椒，花椒也。始產於秦，今處處可種，最易蕃衍。」花椒之子雖小，以其最易蕃衍，故詩曰：「蕃衍盈升」也。❹彼其之子，見〈王風・揚之水〉注❸。❺朋，《傳》：「比也。」❻且，音居，ㄐㄩ。《正義》：「語助也。」❼遠條，《集傳》：「長枝也。」謂其枝條延伸長遠也。❽匊，音菊，ㄐㄩˊ。《傳》：「兩手曰匊。」一匊，猶今言一捧。❾篤，《傳》：「厚也。」

【詩義・章旨】

此美「彼其之子」之詩。〈詩序〉曰：「〈椒聊〉，刺昭公也。」恐非是。

全詩二章，每章六句，形式複疊。首二句為興，其祝子孫眾多之意，顯然可見。三四句寫出所美之人其形體高大英俊，其性情篤厚誠實。如此之人，自宜子孫眾多，家族緜延，故末二句寫椒聊之枝條遠揚，實祝其子孫繩繩不絕也。此詩有似於〈周南〉之〈螽斯〉，唯〈螽斯〉用比，此詩用興，〈螽斯〉只美其子孫，此詩兼美其人而已。

五、綢繆

綢繆束薪❶，三星在天❷。今夕何夕❸？見此良人❹！子兮❺子兮！如此良人何❻！

綢繆束芻❼，三星在隅❽。今夕何夕？見此邂逅❾！子兮子兮！如此邂逅何！

綢繆束楚，三星在戶❿。今夕何夕？見此粲者⓫！子兮子兮！如此粲者何！

【注釋】

❶繆，音謀，ㄇㄡˊ。綢繆，《傳》：「猶纏綿也。」即纏結、纏束也。束薪，一束之柴薪。以象徵二人之相聚。❷三星，《傳》：「參也。」即參宿。在天，《傳》：「謂始見於東方也。」此指初昏之時。❸今夕何夕，此驚喜之辭，謂今夕美好，不同於尋常之夕也。❹良人，善人。《詩》中「良人」，皆訓善人，如〈小戎〉之「厭厭良人」、〈黃鳥〉之「殲我良人」、〈桑柔〉之「維此良人」皆是，此詩當亦如之。《傳》訓為美室；《集傳》訓為丈夫，《詩經詮釋》訓為新郎，恐皆非是。見拙作〈詩經成語試釋〉。❺子兮，《傳》：「子兮者，嗟茲也。」《經義述聞》曰：「嗟茲，即嗟嗞，皆歎辭也。」按《說文》：「嗞，嗟也。」嗟，〈言部〉作⿱差言曰：「⿱差言，嗞也。」子者，嗞之叚借。《詩》例用咨，咨亦嗞也。《說文》⿱差言，惟段注本曰：「嗞也」，他本皆曰：「咨也」，可證。子兮，猶嗟乎，嗞乎，咨乎。❻如……何，奈……何。此喜不自禁之詞，言不知如何對待此良人也。❼芻，乾草也。❽隅，《集傳》：「隅，東南隅也。昏見此星，至此，則夜久矣。」❾邂逅，《傳》：「解說之貌。」《毛詩傳疏》：「解說者，志相得也。」即說懌之意，參見〈鄭風．野有蔓草〉注❼。❿戶，《集傳》：「戶，室戶也。戶必南出，昏見之星，至此，則夜分矣。」⓫粲，《集傳》：「美也。」

【詩義・章旨】

此女子一見男子而鍾情之詩。〈詩序〉曰：「〈綢繆〉，刺晉亂也。國亂，則婚姻不得其時焉。」詩中男女乃偶然相值，未依媒聘，故〈詩序〉謂「婚姻不得其時」，其說大致不誤。《集傳》曰：「國亂民貧，男女有失其時，而後得遂其婚姻之禮者，詩人敘其婦語夫之辭。」而以此詩為夫婦之相語，後世多從之。朱子之說，蓋自《孟子》「良人者，所仰望而終身者也」一語而來。不知丈夫之稱為良人，實自《孟子》始，《詩經》中之良人，固無此義也。然其源實始自於〈秦風・小戎〉之「厭厭良人」一語。此詩中良人若為丈夫之意，詩文當作「得見良人」，不當作「見此良人」。蓋丈夫一而已矣，「見此丈夫」則不成辭矣。屈萬里先生或已及見於此，遂改訓為新郎，實則換湯不換藥耳。且詩之三章，僅因「良人」、「邂逅」、「粲者」三詞之不同，即分屬三人，既無脈絡可尋，全部《詩經》中亦無此例。如此解詩，無怪乎紛紜其說也。

全詩三章，每章六句，形式複疊。三章之首二句皆興也。束薪、束芻、束楚，皆取義於綢繆。柴薪必經繩之綢繆而成束，象徵男女亦必經情之綢繆而成夫婦也。三星在天、在隅、在戶，寫時光之逝，而相知亦深也。一章「良人」，寫其品德；二章「邂逅」，寫其個性；末章「粲者」，寫其容貌。末二句皆寫其欣喜之情，與其失措之狀。三章皆一人之辭，所寫者亦一人。舊謂此三人之辭，或分寫三人，皆以一己之意說之，非詩義也。

六、杕杜

有杕之杜❶，其葉湑湑❷。獨行踽踽❸，豈無他人？不如我同父❹。嗟行之人❺，胡不比焉❻？人無兄弟，胡不佽焉❼？

有杕之杜，其葉菁菁❽。獨行睘睘❾，豈無他人？不如我同姓❿。嗟行之人，胡不比焉？人無兄弟，胡不佽焉？

【注　釋】

❶杕，音地，ㄉㄧˋ。《傳》：「特貌。」即孤特貌。有杕，猶杕然。杜，《傳》：「赤棠也。」❷湑，音許，ㄒㄩˇ。湑湑，《正義》：「湑湑與菁菁，皆茂盛之貌。」❸踽，音矩，ㄐㄩˇ。踽踽，《傳》：「無所親也。」《集傳》：「無所親之貌。」❹同父，《集傳》：「兄弟也。」❺行，《群經平議》：「行，道也。行之人，猶言道之人。」❻比，音避，ㄅㄧˋ。《詩經詮釋》：「親也。」按舊釋為輔，似不若訓親為是。二句言嗟嘆道路之人，我既無兄弟，何不親近我也。❼佽，音次，ㄘˋ。《傳》：「助也。」二句言人（我）既無兄弟，何不輔助之也。❽菁，音精，ㄐㄧㄥ。菁菁，《正義》：「茂盛之貌。」❾睘，音瓊，ㄑㄩㄥˊ。睘睘，《傳》：「無所依也。」《釋文》：「睘，本亦作煢，又作㷀。」❿同姓，《傳箋通釋》：「《說文》：『姓，人之所生也。』同姓，蓋謂同母生者。」按馬氏之說是也，前章言「同父」，下文言「人無兄弟」，則此「同姓」必為同生之兄弟無疑。《傳》釋為「同祖」，義似稍遠。

【詩義・章旨】

〈詩序〉曰：「〈杕杜〉，刺時也。君不能親其宗族，骨肉離散，獨居而無兄弟，將為沃所并爾。」此附會史事，無當於詩義。《集傳》曰：「此無兄弟者自傷其孤特，而求助於人之辭。」其說是也。陳子展《詩經直解》謂：「乞食者之歌，猶之後世乞食者之蓮花落、順口溜、唱快板、告地狀。」流傳二三千年中國文化之精華，且為歷代文人奉為圭臬之《詩經》，竟淪為乞丐之蓮花落，亦何其不幸也！

全詩二章，每章九句，形式複疊。二章首句皆以杜之孤特，象徵自己之孤獨。唯杜雖孤特，猶有湑湑、菁菁之枝葉以為蔭蔽，而己獨行踽踽、睘睘，無親無依，比之猶不若也。四五句言豈無他人同行，唯不如兄弟而已。以下四句皆求助之辭。〈常棣〉曰：「凡今之人，莫如兄弟。」作者之意蓋在此耳。

七、羔　裘

羔裘豹祛❶，自❷我人❸居居❹。豈無他人？維子之故❺。

羔裘豹褎❻，自我人究究❼。豈無他人？維子之好❽。

【注　釋】

❶祛，音趨，ㄑㄩ。《傳》：「袂也。」即袖也，參見〈鄭風・遵大路〉注❸。豹祛，即以豹皮緣袖以為飾。《箋》：「在位卿大夫之服也。」❷自，《古書虛字集釋》：「自，於也，對於之義。」❸我人，即吾人。《詩經》中第一人稱不用「吾」字，此「我人」當即「吾人」，猶今言「我們」。此於下文「他人」，更清楚可見。《箋》釋為「我之人民」，《毛詩後箋》謂：「我人，對下句他人言之，乃指在位者。」皆欠浹洽。❹居居，《傳》：「懷惡不相親比之貌。」《毛詩後箋》：「居與倨通，《說文》：『倨，不遜也。』倨敖無禮，故為惡也。」《爾雅義疏》：「居居，猶倨倨，不遜之意。」按胡、郝二氏之說是也。《傳》訓懷惡不相親比，倨敖故不相親比也。《箋》曰：「其意居居然有悖惡之心，不恤我之困苦。」倨敖故不恤我之困苦。《正義》引孫炎曰：「居居，不狎習之惡。」倨敖故不狎習人民也。此句言對吾人倨敖不遜，不恤吾人之困苦也。❺維，以也，因也。參見〈鄭風・狡童〉

注❷。子，指作者所愛之人，即上文「我人」中之一人，絕非「羔裘豹袪」者。故，《箋》訓為故舊，後世皆從之。按故當訓緣故、原因，與〈狡童〉「維子之故」句同解。《詩經》凡「之故」句，其故字皆訓因，如〈式微〉之「微君之故」、〈采薇〉之「玁狁之故」、〈我行其野〉之「婚姻之故」皆是，此詩《箋》訓為故舊，此因文立訓，不足取法。且「維子之舊」，語亦不可通，《箋》謂：「我不去者，乃念子故舊之人。」必增一「念」字始通。此增字解經，亦不足取法。❻褎，同袖。❼究究，《傳》：「猶居居也。」按《說文》：「究，窮也。」究是窮極窘困之意，故《正義》曰：「孫炎曰：『究究，窮極人之惡也。』用民力而不憂其困，是窮極人也。」❽好，情好也。此與上章「維子之故」為互文，言因子情好之故，所以不去也。《釋文》音呼報反，讀浩，ㄏㄠˋ，為喜好之意，亦通，但與「維子之故」語不一律耳。

【詩義・章旨】

此蓋心有所愛，雖大夫居居、究究為惡，亦不忍離去之詩。〈詩序〉云：「〈羔裘〉，刺時也。晉人刺其在位，不恤其民也。」其說近之。《詩經詮釋》謂：「此蓋愛美其在位者之詩。」此乃由於對「居居」、「究究」異解之結果。足見一二詞語訓釋之異，往往影響詩義，甚且有完全相反者，解詩者不可以不慎也。

全詩二章，每章四句，形式複疊。二章之一三四句，意甚清楚，所難解者，唯第二句之「自我人居居」、「自我人究究」而已。居居、究究之難解，人所共知，不知「自我人」三字，其訓釋亦甚歧異也。或以「自我」為一詞，或以「我人」為一詞。以「我人」為一詞者，又或以為指大夫，或以為指人民。即「自」之一字，亦有用、從、於等不同之訓釋。欲自分歧之訓解中，尋得一正確之解釋，戛戛其難哉！然細玩詩文，「自我」一詞，究竟晚出，仍當以「我人」連讀為是。「居居」、「究究」，《爾雅》、《毛傳》同其訓詁，絕非偶然，準此以解詩，當不致有大誤矣。

八、鴇羽

肅肅鴇羽，集于苞栩❶。王事靡盬❷，不能蓺稷黍❸。父母何怙❹？悠悠蒼天❺，曷其有所❻！

肅肅鴇翼，集于苞棘❼。王事靡盬，不能蓺黍稷。父母何食？悠悠蒼天，曷其有極❽！

肅肅鴇行❾，集于苞桑。王事靡盬，不能蓺稻粱❿。父母何嘗⓫？悠悠蒼天，曷其有常⓬！

【注釋】

❶肅肅，《傳》：「鴇羽聲。」鴇，《集傳》：「鳥名，似雁而大，無後趾。」集，《傳》：「止也。」苞，《爾雅・釋詁》：「苞，茂、豐也。」是苞為茂盛之意。《傳》訓為稹，蓋用《爾雅・釋言》文，《正義》引孫炎曰：「物叢生曰苞，齊人名曰稹。」是稹亦有茂盛之意。栩，音許，ㄒㄩˇ。《爾雅・釋木》：「栩，杼。」《傳》同。《正義》引陸機《疏》曰：「今作櫟也。徐州人謂櫟為杼，或謂之栩。其子為皂，或言皂斗，其殼為汁，可以染皂。」按鴇無後趾，故雖止于苞栩，猶肅肅其羽以為平衡也。❷王事，為王從事征伐之事，參見〈邶風・北門〉注❻。盬，音古，ㄍㄨˇ。《經義述聞》：「盬者，息也。王事靡盬者，王事靡可止息也。」❸蓺，《箋》：「樹也。」稷黍，見〈王風・黍離〉注❶、❸。❹怙，音戶，ㄏㄨˋ。《傳》：「恃也。」即依也，憑也。❺蒼天，猶今言老天。參見〈王風・黍離〉注❼。❻曷，何時也。所，《傳箋通釋》：「《三蒼》：『所，處也。』《廣雅》：『處，止也。』所為處，即為止，猶言曷其有止。」按馬氏之說是也。此承上文「王事靡盬，不能蓺稷黍，父母何怙」而言，謂其何時將有終止也。舊釋為處所，似欠妥。❼棘，酸棗也。❽極，《箋》：「已也。」❾行，

音杭，ㄏㄤˊ。《傳》：「翮也。」《集傳》：「行，列也。」《詩經小學》曰：「行、翮求諸雙聲合韻，詁訓之法如此。羽、翼、翮，以類相從，不釋為行列也。」按段氏之說是也。肅肅乃羽翼之聲，行列不能發聲，且鴇「集于苞桑」，亦無行列可言，故仍應從《傳》說為是。❿粱，《集傳》：「粟類也。」⓫嘗，《集傳》：「食也。」今加口作嚐。⓬常，平常也。《集傳》：「常，復其常也。」

【詩義・章旨】

〈詩序〉：「〈鴇羽〉，刺時也。昭公之後，大亂五世，君子下從征役，不得養其父母，而作是詩也。」自「君子」以下皆合詩旨，「昭公之後，大亂五世」云云，則皆附會之辭也。《集傳》曰：「民從征役而不得養其父母，故作是詩。」是矣。然詩曰：「王事靡盬」，晉自昭侯以下，未有為王室從事於征伐者，此當是昭侯以前事。《左傳》隱公六年：「周桓公言於王曰：『我周之東遷也，晉鄭焉依。』」可知周之東徙，晉之居功甚偉，此「王事」或是指文侯助幽王東遷事。不然，當是穆侯之世，條或千畝之役也；若是，則上推至宣王之世矣。

全詩三章，每章七句，形式複疊。三章之首二句，皆以鴇之止息而羽猶肅肅不止，象徵自己之遷徙無定，不得安寧。「王事靡盬」一語為了解全詩之關鍵，若能考得晉為王室從事之戰役，則詩義可知，詩之作成時代可定。惜後人以王事為公事，詩義於是沉淪而不彰。「父母何怙」，為詩人作此詩之動機。末二語呼天而問，充滿悲愴無奈之情。千古以下讀之，似猶聞其聲，猶感其情也。

九、無　衣

豈曰無衣七❶兮，不如子❷之衣，安且吉兮❸！

豈曰無衣六❹兮，不如子之衣，安且燠❺兮！

【注釋】

❶七，《傳》：「侯伯之禮七命，冕服七章。」按七命，《周禮・大宗伯》：「一命受職，再命受服，三命受位，四命受器，五命賜則，六命賜官，七命賜國。」七章，據《周禮・司服》鄭注：其衣三章：華蟲（雉）、火、宗彝；裳四章：藻、粉末、黼、黻。晉本侯國，七命之服，舊已有之，然武公以曲沃奪晉，未得王命，心終不安。故請命於天子之使曰：我豈無七命之服哉？❷子，《詩緝》：「子者，指天子之使言之。」按《集傳》訓子為天子，然古無稱天子為子者，故不從。❸安，舒適。吉，善也。《箋》：「武公初并晉國，心未自安，故以得命服為安。」❹六，《傳》：「天子之卿六命，車旗衣服以六為節。」《箋》：「變七言六者，謙也。不敢必當侯伯，得受六命之服，列於天子之卿，猶愈乎不。」《正義》曰：「車旗者，蓋謂卿從車六乘，旌旗六旒。衣服者，指謂冠弁也，飾則六玉，冠則六辟積……實無六章之衣，而云：『豈曰無衣六』者，從上章之文，飾辭以請命耳，非實有也。」❺燠，音玉，ㄩˋ。《傳》：「暖也。」

【詩義・章旨】

〈詩序〉：「〈無衣〉，美晉武公也。武公始并晉國，其大夫為之請命乎天子之使，而作是詩也。」詩為請命之辭，與「美晉武公」無涉。故《集傳》曰：「武公伐晉滅之，盡以其寶器賂周釐王，王以武公為晉君，列於諸侯，此詩蓋述其請命之意。」是矣。

全詩二章，每章三句，形式複疊。七、六二字為全詩之關鍵，蓋有此二字，則知所言者為七命之服；若無此二字，則為平常衣裳矣。「豈曰」、「不如」四字，語氣似嫌驕橫，然由此亦可以見周室衰微，王綱不振矣。後王果使虢公命武公為晉侯，足見周室自廢其綱紀也。全詩字少而義明，語似委曲而意實剛健，若不計其悖禮犯義，實為一絕佳請命之文也。後晉文創立霸業，迄於悼公，近百年而不衰者，非無由矣。

一〇、有杕之杜

有杕之杜❶，生于道左❷。彼君子兮，噬肯適我❸。中心好❹之，曷飲食之❺？
有杕之杜，生于道周❻。彼君子兮，噬肯來遊。中心好之，曷飲食之？

【注釋】

❶有杕之杜，見〈唐風・杕杜〉注❶。❷道左，路邊也。❸噬，《釋文》：「《韓詩》作逝。」《經傳釋詞》：「逝，發語詞，字或作噬。」適，《箋》：「之也。」即往也。噬肯適我，心冀其來，而不敢必，意謂彼君子庶幾來我處也。❹好，喜愛也。❺曷，《箋》：「何也。」飲，音印，ㄧㄣˋ，動詞，使之飲也。下同。食，音嗣，ㄙˋ，動詞，使之食也。此句言當如何盡禮以款待之，而請其飲食。❻周，《傳》：「曲也。」《釋文》引《韓詩》作「右」，右亦曲也（見〈蒹葭〉《箋》）。

【詩義・章旨】

此心好君子而冀其來遊來助之詩。〈詩序〉：「〈有杕之杜〉，刺晉武公也。武公寡特，兼其宗族，而不求賢以自輔焉。」詩明言「彼君子兮，噬肯來遊」，豈「不求賢」之謂？又何刺之有？《集傳》曰：「好賢而恐不足以致之。」其說近之。

全詩二章，每章六句，形式複疊。二章之首二句為興，有杕之杜，已孤特矣，又生於道之左右，則尤孤特矣，以此象徵己之無助也。三四句乃望君子之來遊來助，以解己之孤特。五六句述其喜好君子，並欲款以飲食，待以禮儀，盼其久留。此詩與〈鄭風・緇衣〉意趣頗近，是則《集傳》謂是求賢之詩，或是也。

一一、葛生

葛生蒙楚❶，蘞❷蔓于野。予美亡此❸，誰與獨處❹！

葛生蒙棘，蘞蔓于域❺。予美亡此，誰與獨息❻！

角枕粲兮，錦衾爛兮❼。予美亡此，誰與獨旦❽！

夏之日，冬之夜❾。百歲之後❿，歸于其居⓫。

冬之夜，夏之日。百歲之後，歸于其室⓬。

【注釋】

❶蒙，〈君子偕老〉《傳》：「蒙，覆也。」即掩蓋之意。楚，木名。❷蘞，音斂，ㄌㄧㄢˋ，草名。《正義》引陸機《疏》曰：「蘞，似栝樓，葉盛而細，其子正黑如燕薁，不可食也。」❸予美，《箋》：「言我所美之人。」亡，《詩緝》：「亡，死也。」《傳箋通釋》曰：「亡，即去也。亡此，猶云去此。」按馬氏之說是也。詩實言其死，然不曰死而曰亡者，不忍顯言其死耳。亦如〈陟岵〉之「猶來無止」、「猶來無棄」然。❹與，共也。二句言吾與誰共乎？惟獨自居此而已。❺域，《傳》：「塋域也。」即墓地。❻息，《傳》：「止也。」❼角枕，《詩說解

頤》：「角枕，猶言角巾，言其方也。」《詩經今注》：「角枕，方枕，有八角，所以說角枕。」按舊說以角飾枕，似誤。粲，《集傳》：「粲，爛，華美鮮明之貌。」錦衾，錦被。《詩記》引范氏曰：「角枕之粲，錦衾之爛，則其嫁未久也。」❽獨旦，《集傳》：「獨處至旦也。」❾夏之日二句，《集傳》：「夏日永，冬夜永。」《詩經詮釋》：「二句有度日如年之意。」❿百歲之後，謂死後也。人之常歲不過百年，故古人以「百歲後」或「百年後」以喻死。⓫居，《箋》：「墳墓也。」此句言死後將與之合葬。⓬室，《箋》：「室，猶冢壙。」即墓穴也。

【詩義．章旨】

《詩緝》以為悼念亡夫之作，觀詩曰「予美」，曰「誰與」，則知當是男子悼念亡妻之作。《詩經今注》曰：「這是男子追悼亡妻的詩篇」，是矣。〈詩序〉曰：「〈葛生〉，刺晉獻公也，好攻戰，則國人多喪矣。」似已以此為悼亡之作，惟「刺晉獻公」之說不妥耳。程子謂詩乃思存者，非悼亡者，恐誤。

全詩五章，每章四句，前三章複疊，後二章複疊。一二章之首二句皆寫郊野塋域情景，乃賦體，非興體。若為興體，則三句「予美亡此」之「此」字，則不知何所指矣。《傳》以首二句為「喻婦人外成於夫家」，故以為興。今知乃悼亡之詩，當還其本來賦體面目，如此，方能文通義貫。獨處、獨息、獨旦，語極淒楚。三章首二句乃睹物思人，與一二章首二句成鮮明對照。角枕猶粲，錦衾猶爛，而美人已去，益增痛楚之情。四五章夏日、冬夜，似有日日夜夜，月月年年，思之不已之慨。此六字自然寫出，毫無斧鑿之跡，而感人至深，斯詩人之妙筆也。末二語「百歲之後，歸于其室」，以歸骨相許，其意益切，而其情則悽慘至極，令人不能卒讀矣。

一二、采　苓

采苓❶采苓，首陽❷之巔❸。人之為言❹，苟亦無信❺。舍旃❻舍旃，苟亦無然❼。人之為言，胡得❽焉？

采苦❾采苦，首陽之下。人之為言，苟亦無與❿。舍旃舍旃，苟亦無然。人之為言，胡得焉？

采葑⓫采葑，首陽之東。人之為言，苟亦無從⓬。舍旃舍旃，苟亦無然。人之為言，胡得焉？

【注　釋】

❶苓，《傳》：「大苦也。」即甘草，參見〈邶風・簡兮〉注⓭。❷首陽，山名。《正義》：「首陽之山，在河東蒲坂縣南。」又名雷首山，在今山西省永濟縣境。❸巔，《集傳》：「山頂也。」❹為言，《正義》：「詐偽之言。王肅諸本皆作為言，定本作偽言。」人之為言，即〈沔水〉之「民之訛言」（《說文》引作「民之譌言」）。❺苟，《傳》：「誠也。」亦，語詞。見《毛詩傳疏》。無信，不信。❻旃，《經傳釋詞》：「旃為之焉之合聲。」參見〈魏風・陟岵〉注❸。❼無然，《毛詩後箋》：「然者，是也。無然者，無是也。」即勿以為是也。❽胡得，何所得也。《正義》：「不受偽言，則人之偽言者復何所得焉？既無所得，自然讒止也。」❾苦，《傳》：「苦，苦菜。」❿無與，《傳》：「勿用也。」即勿聽信、接納也。⓫葑，蕪菁也，參見〈邶風・谷風〉注❺。⓬無從，勿聽信也。

【詩義．章旨】

〈詩序〉曰：「〈采苓〉，刺晉獻公也。獻公好聽讒焉。」其說可從。獻公聽驪姬之言，殺太子申生，逐群公子，信讒無以過之。用以實此詩，極為契合，朱子初亦用此說（見《詩記》），及作《集傳》，乃僅曰：「此刺聽讒之詩。」蓋未敢必其刺獻公也。郝敬《毛詩原解》曰：「朱子改為聽讒之詩，謂未見其果作于獻公時。非也。事之可據，孰有如晉獻公聽讒者乎？如是猶謂不信，則詩必有年、月、日、時、作者姓名乃可。」

全詩三章，每章八句，形式複疊。三章之首二句《傳》以為興，曰：「采苓，細事也；首陽，幽僻也。細事，喻小行也；幽僻，喻無徵也。」然首陽大山，人所共見，猶言幽僻，頗難服人。後世歐陽脩、朱熹、陸佃、羅願、段玉裁、俞樾等，皆各有其說，然皆繁而無當於詩義。竊意苓、苦、葑等，郊野澤畔，隨處有之，不必遠赴首陽，更不必登首陽之巔以採之。以此象徵納言之道，處處有之，《詩》所謂：「周爰咨諏」、「周爰咨詢」（〈皇皇者華〉），所謂「詢于芻蕘」（〈板〉）是也。不必侷限於高層親近，尤不必侷限於深宮嬖幸，要在能否察其善惡、真偽、大小而已。至於「首陽之下」、「首陽之東」，僅取其協韻，不必深求其義如何也。「人之為言，苟亦無信，舍旃舍旃，苟亦無然」四句，謂偽言不可信而當捨之，只是一事，而鄭氏分為二事，謂「人之為言」為稱薦人欲使見進用，「舍旃舍旃」為謗訕人欲使見貶退，割裂詩義矣。末二句乃就其效果言，偽言既無所得，則禁偽言之道莫大乎是。此詩雖在勸諫晉獻，然後世之當政者無不可奉以為銘也。

秦

秦者，隴西國名，其地在〈禹貢〉雍州之域，近鳥鼠山。堯時有伯翳者，實皐陶之子，佐禹治水有功，賜姓曰嬴。其後中潏居西戎以保西垂。六世孫大駱生成及非子。非子事周孝王，養馬於汧、渭之間，馬大繁息，孝王封為附庸，而邑之秦。至宣王時，犬戎滅成之族，宣王遂命非子曾孫秦仲為大夫，誅西戎，始有車馬禮樂侍御之好。仲誅西戎，不克，見殺。及幽王為西戎犬戎所殺，秦仲之孫襄公，興兵討西戎以救周。平王東遷，襄公以兵送之，王封襄公為諸侯，曰：「能逐犬戎，即有岐、豐之地。」襄公遂有周西都宗周畿內八百里之地。至玄孫德公，又徙於雍，即今陝西省興平縣是也。傳至德公子穆公，終霸西戎。（據鄭氏《詩譜》及朱氏《集傳》）

〈秦〉詩凡十篇，多殺伐之氣，以其迫戎狄，習戰備，尚勇力也。故〈車鄰〉、〈駟驖〉、〈小戎〉、〈無衣〉之篇，皆言車馬甲兵田獵之事；然其辭義俱偉，蓋已有招八州而朝同列之氣矣。而〈蒹葭〉之意境高遠，〈渭陽〉之孝思醇厚，〈周南〉、〈召南〉少見，即方之〈大雅〉、〈小雅〉，亦不多讓，豈可謂之變風哉？

一、車鄰

有車鄰鄰❶，有馬白顛❷。未見君子，寺人之令❸。

阪❹有漆，隰有栗。既見君子，並坐❺鼓瑟。今者不樂，逝者其耋❻。

阪有桑，隰有楊。既見君子，並坐鼓簧❼。今者不樂，逝者其亡❽。

【注釋】

❶鄰鄰，《傳》：「眾車聲也。」《釋文》：「鄰，本又作轔。」❷顛，額也，顙也。白顛，《傳》：「的顙。」《集傳》：「白顛，額有白毛，今謂之的顙。」❸君子，《集傳》：「指秦君。」寺人，《傳》：「內小臣也。」即後世之宦官。之，是也。令，《集傳》：「使也。」二句言將欲見君子，而使寺人通報之也。❹阪，《傳》：「陂者曰阪。」❺並坐，謂君臣皆坐，非謂並肩而坐也。❻逝，《毛詩傳疏》：「逝讀如『日月逝矣』之逝，逝，往也。」《群經平議》：「逝者對今者言。今者謂此日，逝者謂他日也。逝，往也。猶言過此以往也。」按俞氏之說是也。逝訓往，乃往後之意。耋，音迭，ㄉㄧㄝˊ。《傳》：「老也。八十日耋。」《正義》：「耋有七十、八十，無正文也。」按耋之意究為七十、八十，說者紛紜，此詩僅用老義耳。二句言今日若不享樂，往後年老，雖欲為樂，亦不復得矣。❼簧，《傳》：「笙也。」《集傳》：「簧，笙中金葉，吹笙則鼓動之以出聲者也。」❽亡，《傳》：「喪棄也。」即死亡也。

【詩義．章旨】

此當是秦大夫述其與君共樂之詩。〈詩序〉曰：「〈車鄰〉，美秦仲也。秦仲始大，有車馬禮樂侍御之好焉。」然秦仲為周宣王大夫，詩中寺人之官，非所宜有。且秦仲時尚僻居西陲，樂器簡單，琴瑟笙簧，亦非所宜有。秦自襄公護送平王東遷有功，始列於諸侯，而有周西都畿內八百里之地，故〈秦〉詩十篇，皆當為東遷後之詩，如此，則寺人之官，瑟、簧之器皆合矣。而〈詩序〉獨以此篇屬之秦仲，不知何所依據？此詩當作於襄公之後，或即襄公之世也。

全詩三章，一章四句，二三章六句，形式亦複疊。一章首二句形容車馬之盛，三四句則明示君子之身分，蓋寺人之官，天子、諸侯始有之，大夫不可有焉。而〈詩序〉謂美秦仲，後世竟有為之辯解者，亦昧於史實矣。二三章首二句阪有漆、桑，隰有栗、楊，暗示並坐鼓瑟、鼓簧者乃君與臣，非國君后妃也。蓋若為男女，則詩文必作隰有草，此《詩》之例也。如〈簡兮〉曰「隰有苓」、〈山有扶蘇〉曰「隰有荷花」、「隰有游龍」是也。並坐鼓瑟、鼓簧，可見秦君臣相處之融洽，亦可見秦已去戎狄之樂，而有諸夏之聲。夫能夏則大，霸機已露，代周之機亦潛伏矣。末二句雖有及時行樂之意，而無些許頹廢之情。《詩緝》曰：「言貴生前得意，否則虛老歲月耳。此強毅果敢之氣，勇於有為，已有安能邑邑（悒悒）以待數十百年之意。秦之能強者在此，而周人之氣象變矣。」嚴氏可謂見微而知著矣。

二、駟驖

駟驖孔阜❶，六轡在手❷。公之媚子❸，從公于狩。
奉時辰牡❹，辰牡孔碩❺。公曰：「左之！」❻舍拔則獲❼。
遊于北園❽，四馬既閑❾。輶車❿鸞鑣⓫，載獫歇驕⓬。

【注釋】

❶驖，音鐵，ㄊㄧㄝˇ。《正義》：「言其黑色如鐵也。」阜，《傳》：「大也。」此句言四馬皆黑色如鐵而甚高大。
❷轡，馬韁也。《正義》：「每馬有二轡，四馬當八轡矣。諸文皆言六轡者，以驂馬內轡納之於觖，故在手者唯六轡耳。」按驂馬內轡繫於觖而不用，故《詩》文皆言「六轡」。觖，見〈小戎〉注㉑。❸媚，《正義》：「媚，訓愛也。」媚子，《詩經今注》：「愛子也。」按媚子之意，極為易曉，而《箋》訓為「能以道媚於上下者」，

王肅訓為卿大夫，《詩緝》訓為嬖幸，皆求之過甚矣。❹時，《傳》：「是。」即此也。辰，《傳》：「時也，冬獻狼，夏獻麋，春秋獻鹿豕群獸。」《箋》：「奉是時牡者，謂虞人也。」按《傳》之冬獻狼以下，皆《周禮・獸人》文。《經義述聞》訓辰為慎，《傳箋通釋》訓辰為麎，牝鹿也。皆不若《傳》訓時為佳。❺碩，《集傳》：「碩，肥大也。」孔碩，甚肥大也。❻左之，《箋》：「左之者，從禽之左射之也。」《集傳》：「蓋射必中其左乃為中殺，五御所謂『逐禽左』者，為是故也。」按禽獸心臟在左，故射其左乃能中殺也。此蓋公對媚子言之。❼拔，《傳》：「矢末也。」舍拔，放矢也。此句言媚子善射，故能一發即得也。❽遊于北園，《集傳》：「田事已畢，故遊于北園。」《毛詩傳疏》：「北園，當即所田之地。首章言狩，此章言北園，與〈車攻〉上言狩言苗，而下言于敖，文義正相同也。」❾四馬，即首句之駟驖。閑，《傳》：「習也。」按此閑字即指閑習田獵之事，非田獵之前又有閑習之事也。故訓為練習、熟習、調習，皆可。《正義》謂：「此則倒本，未獵之前，調習車馬之事。」不知《詩》言獵事，皆順次言之，未有於末章倒言獵前之事者。❿輶，音由，ㄧㄡˊ。《傳》：「輕也。」輶車，輕車也。⓫鸞，《集傳》：「鸞，鈴也，效鸞鳥之聲。」置於鑣之兩旁。一馬二鸞，故《詩》多「八鸞」之文。鑣，音標，ㄅㄧㄠ。《集傳》：「馬銜也。」⓬獫，音險，ㄒㄧㄢˇ。《傳》：「獫、歇驕，田犬也。長喙曰獫，短喙曰歇驕。」《釋文》：「歇，本又作猲。驕，本又作獢。」《集傳》：「以車載犬，蓋以休其足力也。韓愈〈畫記〉有騎擁田犬者，亦此類。」按《爾雅・釋畜》曰：「長喙獫，短喙猲獢。」郭璞注：「詩曰：『載獫猲獢。』」詩作歇驕者，假借字也。《詩緝》引范氏《補傳》曰：「短喙，非田犬也。《爾雅》改歇驕皆從犬，以合毛氏，不若謂犬性驕逸，以車載之，所以歇其驕逸也。」不知《爾雅》成書在《毛傳》之前，且歇其驕逸，義亦難通。

【詩義・章旨】

此寫秦君及其愛子田獵之詩。重心似不在公，而在其愛子。〈詩序〉曰：「〈駟驖〉，美秦襄公。」似稍偏離其旨。

全詩三章，每章四句。一章寫田獵之人，二章寫田獵之事，末章寫獵畢之狀。一章「公之媚子，從公于狩」，乃全詩之重心。此愛子或是首次行獵，故詩人特為文以記之。「六轡在手」，即在其手也。二章「公曰左之」，即教之獵也。「舍拔則獲」，寫其射術之精也。三章「遊于北園」，寫獵畢而遊觀，「四馬既閑」，寫四馬閑習田事，則人之閑習也可知。末二句寫獵畢優游之狀，鸞聲與蹄聲齊響，獵人與獵犬俱息，敘述獵事有始有終。而秦君父子共獵，上下好武，求其不強也，亦難矣。

三、小　戎

小戎❶俴收❷，五楘❸梁輈❹，游環❺脅驅❻，陰靷❼鋈續❽，文茵❾暢轂❿，駕我騏馵⓫。
言念君子⓬，溫其⓭如玉。在其板屋⓮，亂我心曲⓯。
四牡孔阜，六轡在手⓰。騏騮是中⓱，騧驪⓲是驂。龍盾⓳之合⓴，鋈以觼軜㉑。言念君
子，溫其在邑㉒。方何為期㉓？胡然我念之㉔？
俴駟㉕孔群㉖，厹矛㉗鋈錞㉘。蒙伐㉙有苑㉚，虎韔㉛鏤膺㉜。交韔㉝二弓，竹閉㉞緄縢㉟。
言念君子，載寢載興㊱。厭厭㊲良人㊳，秩秩㊴德音㊵。

【注釋】

❶小戎，《傳》：「小戎，兵車也。」《箋》：「此群臣之兵車，故曰小戎。」《正義》：「兵車，兵戎之車。〈六月〉云：『元戎十乘，以先啟行。』」元，大也。先啟行之車，謂之大戎；從後行者，謂之小戎，言群臣在元戎之後故也。」❷俴，音踐，ㄐㄧㄢˋ。《爾雅・釋言》：「俴，淺也。」《傳》同。收，《傳》：「軫也。」《正義》：「軫者，前後兩端之橫木也。所以收斂所載，故名收焉。」又曰：「兵車當輿之內，從前軫至後軫，唯深四尺四寸。」又曰：「大車之用內，前軫至後軫，其深八尺。兵車之軫，比之為淺，故謂之淺軫也。」按車四面之木皆謂之軫，所以束輿，故又謂之收。收者，聚也，謂聚眾材而收束之也。唯前左右三面之軫，上有版以掩之，不可得見。升降車皆從車後，故後軫無掩版，所可見者，唯此後軫而已，故人多以軫為車後之橫木，如《說文》曰：「軫，車後橫木也。」《周禮・考工記》鄭注：「軫，輿後橫木。」見《毛詩傳疏》。❸楘，音木，ㄇㄨˋ。《傳》：「楘，歷錄也。」《毛詩後箋》：「歷錄皆圍繞纏束之名也。梁輈以革縛之，又纏束以為固，謂之歷錄。」束有五，故曰五楘。❹輈，音舟，ㄓㄡ。梁輈，《正義》：「輈者，轅也。轅從軫以前稍曲而上，至衡則居衡之上，而轡下勾之，衡則橫居輈下，如屋之梁然，故謂之梁輈。」按轅施之大車，輈用之小車，如兵車、田車、乘車。轅兩而輈一，轅直而輈曲。輈自當兔以前即上曲如屋之梁，故又稱梁輈。見《說文義疏》及《說文通訓定聲》。❺游環，《傳》：「游環，靳（從《釋文》）環也。游在背上，所以禦出也。」《集傳》：「游環，靷（當作靳）環也。以皮為環，當兩服馬之背上，游移前卻無定處，引兩驂馬之外轡貫其中而執之，所以制驂馬使不得外出。」❻脅驅，《集傳》：「亦以皮為之，前繫於衡之兩端，後繫於軫之兩端，當服馬脅之外，所以驅驂馬使不得內入也。」❼陰，《傳》：「揜軓也。」《集傳》：「軓在軾前，而以板橫側揜之，以其陰映此軓，故謂之陰也。」阮元《考工記車制圖解》：「陰者，輿前軾下板也。軓之為物，蓋在輿前軫下正中，略如伏兔，為

半規形，以圍軜身。」又曰：「此陰板揜乎軜前空處，下垂至軜，上並軓亦揜之使不見。故陰即名揜軓，且為輿前容飾也。或直命揜軓為軓者，誤矣。」靷，音引，ㄧㄣˇ。《傳》：「靷，所以引也。」《集傳》：「靷，以皮二條，前繫驂馬之頸，後繫陰板之上也。」靷為驂馬引車之皮條（服馬夾輈，其頸負軛），有二，後端繫於軸，前端繫於驂馬之頸。出於陰下，故名陰靷。❽鋈，音沃，ㄨㄛˋ。鋈續，《傳》：「鋈，白金也。續，續靷也。」蓋靷自軸至馬頸，其革不能如此之長，必須為環以接續之，故曰鋈續。《爾雅・釋器》：「白金謂之銀。」古金銀銅鐵，總謂之金。鋈或白銅白鐵為之，未必白銀也。說見《正義》及《毛詩後箋》。❾文茵，《傳》：「虎皮也。」《正義》：「茵者，車上之褥，用皮為之。文茵，則皮有文采，故知是虎皮也。」❿暢，《正義》：「暢，訓為長。」轂，《集傳》：「車輪之中外持輻內受軸者也。大車之轂一尺有半，兵車之轂長三尺二寸，故兵車曰暢轂。」⓫騏，音其，ㄑㄧˊ。《說文》：「騏，馬青驪文如綦也。」段注：「謂白馬而有青黑紋路相交如綦也。或謂如棋盤之格紋，誤。馵，音住，ㄓㄨˋ。《說文》：「馬後左足白也。」⓬君子，《集傳》：「婦人目其夫也。」即乘小戎者。⓭溫其，猶溫然，亦即〈小宛〉「溫溫恭人」之溫溫，和柔貌。⓮板屋，《集傳》：「西戎之俗，以板為屋。」按《漢書・地理志》曰：「天水隴西，山多林木，民以板為室屋。故〈秦〉詩曰：『在其板屋。』」⓯心曲，《箋》：「心曲，心之委曲也，憂則心亂也。」按心曲，心之深處也。思而不見，故心為之亂。⓰四牡孔阜二句，見〈秦風・駟驖〉注❶、❷。⓱駵，音留，ㄌㄧㄡˊ，與騮同。《箋》：「赤身黑鬣曰駵。」中，《箋》：「中，中服也。」此句言兩服為騏與駵。⓲騧，音瓜，ㄍㄨㄚ。《傳》：「黃馬黑喙曰騧。」驪，黑馬也。參見〈齊風・載驅〉注❻。⓳龍盾，《傳》：「龍盾，畫龍其盾也。」《正義》：「盾以木為之，而謂之龍盾，明是畫龍於盾也。」⓴合，《傳》：「合，合而載之。」《正義》引王肅曰：「合而載之，以為車蔽也。」按《集傳》云：「合而載之，以為車上之衛。必載二者，備破壞也。」亦通。㉑觼，音厥，ㄐㄩㄝˊ。《說文》：「觼，環之有舌者。」置於軾前以繫軜，字或作鐍、觿，通作觖。軜，音納，ㄋㄚˋ。《傳》：「軜，驂內轡也。」《箋》：「鋈以觼軜，軜之觼以白金為飾也。軜繫於軾前。」按一馬二轡、四馬八轡，《詩》皆言六轡者，二轡即繫於觼，置於軾前。㉒邑，《集傳》：「邑，西鄙之邑也。」㉓方，《集傳》：「將也。」此句言將以何時為歸期乎。㉔胡然，何以如此。參見〈鄘風・君子偕老〉注⑯。此句言我念之何以至於如此也。㉕俴駟，《傳》：「四介馬也。」《箋》：「俴，淺也。謂以薄金為介之札甲也。」《釋文》引《韓詩》曰：「駟馬不著甲曰俴駟。」按上文「俴收」，《傳》訓俴為淺，此「俴駟」，《箋》用俴、淺為義，謂以薄金為甲之札，當不誤。古之戰馬皆著甲，《左傳》成公二年鞌之戰，齊軍「不介馬而馳」，終敗績。足見不介馬非其常也。此詩方言兵車之備，豈反以不介為詞？若不介馬，則詩直曰「駟」、「四牡」、「四馬」可矣，何必曰「俴駟」？故韓不如毛。㉖孔群，《傳》：「孔，甚也。」《箋》：「甚群者，言和調也。」此句言四馬甚能合群，謂其能調和也。㉗厹，音求，ㄑㄧㄡˊ。厹矛，《傳》：「三隅矛也。」《正義》：「刃有三角，蓋相傳為然也。」㉘錞，音敦，ㄉㄨㄣ。《傳》：「錞，鐏也。」即矛之下端。《禮記・曲禮》鄭注：「銳底曰鐏，取其鐏地；平地曰鐓，取其鐓地。」鐓與錞同。鋈錞，白金之錞也。㉙蒙伐，《傳》：「蒙，討羽也。伐，中干也。」《箋》：「蒙，厖也。討，雜也。畫雜羽之文於伐，故曰厖伐。」《釋文》：「伐如字，本或作瞂。」按瞂與瞂同。伐者，瞂之叚借，盾之別名也。見《說文》及《玉篇》。㉚苑，《傳》：「文貌。」有苑，苑然也。㉛韔，音暢，ㄔㄤˋ。《傳》：「弓室也。」虎韔，以虎皮作成之弓囊也。㉜鏤，音漏，ㄌㄡˋ。《箋》：「鏤，刻金飾也。」膺，范處義《補傳》曰：「韔，以虎皮為之，而以金鏤飾其膺也。膺，胸也，謂弓室之胸也。」按膺，《傳》訓為馬帶，似誤。馬瑞辰曰：「弓以後為背，則以前為胸，故弓室之前亦為膺耳。詩上言虎韔，下言交韔二弓，不應中及馬帶。」㉝交韔，《傳》：「交二弓於韔中也。」《集傳》：「謂顛倒安置之，必二弓以備壞也。」㉞閉，古作韠，或作柲，弓檠也。弛弓則縛之於弓裏，以備損傷。以竹為之，故稱竹閉。見《正義》。㉟緄，音滾，ㄍㄨㄣˇ。《傳》：「繩也。」縢，音滕，ㄊㄥˊ。《傳》：「約也。」《正義》：「緄縢，謂以繩約弓，然後內之韔中也。」㊱載，則也。寢，息也。興，起也。《箋》：「此閔其君子寢起之勞。」

《集傳》：「言思之深而起居不寧也。」按此句鄭指君子而言，朱指念君子者而言，義皆可通。但一章「溫其如玉」，二章「溫其在邑」，皆指君子，不應此章獨異，故鄭說為長。㊲厭厭，《傳》：「安靜也。」按《釋文》引《魯詩》作愔愔，〈湛露〉「厭厭夜飲」，《韓詩》亦作愔愔，云：「和悅之貌。」此詩厭厭，當訓和悅之貌。㊳良人，《正義》：「善人。」《詩記》引李氏曰：「婦人謂夫乃安靜善人。」《詩經詮釋》：「良人，好人，指夫言。」按詩「良人」乃善人，好人之意，指其夫而言，非稱夫為良人也。自《孟子・離婁》謂：「良人者，所仰望而終身者也。」始直稱丈夫為良人，然推其本源，當出於此詩。㊴秩秩，蘇氏《詩集傳》：「秩秩，有序也。」㊵德音，《詩緝》：「言語也。」

【詩義・章旨】

此秦大夫遠征西戎，其婦念之之詩。〈詩序〉曰：「〈小戎〉，美襄公也。備其甲兵，以討西戎。西戎方彊，而征伐不休，國人則矜其車甲，婦人能閔其君子焉。」「備其甲兵，以討西戎」及「婦人能閔其君子」數語尚合詩義，其他不僅有乖詩義，亦不合「美襄公」之旨，是自為牴牾也。

全詩三章，每章十句。每章前六句寫武事，後四句寫思念征夫之情。其寫武事，一章主寫車乘，二章主寫馬及其飾，末章寫兵器，井然不亂。三章皆有言念君子，則此一語當是全詩之重心。其寫思念之情，一章曰「亂我心曲」，似有「無那金閨萬里愁」；二章曰「胡然我念之」，似「不思量，自難忘」；末章曰「厭厭良人，秩秩德音」，則又似「東方千餘騎，夫壻居上頭」矣。前六句充滿殺伐之氣，後四句則又柔情萬種，如此一剛一柔，而以「言念君子」一語，貫通上下，融而為一，了無斧鑿之跡，的是奇筆。

四、蒹葭

蒹葭❶蒼蒼❷，白露為霜❸。所謂伊人❹，在水一方❺。遡洄從之❻，道阻❼且長；遡游❽從之，宛在水中央❾。

蒹葭淒淒❿，白露未晞⓫。所謂伊人，在水之湄⓬。遡洄從之，道阻且躋⓭；遡游從之，宛在水中坻⓮。

蒹葭采采⓯，白露未已⓰。所謂伊人，在水之涘⓱。遡洄從之，道阻且右⓲；遡游從之，宛在水中沚⓳。

【注釋】

❶蒹葭，皆葦也。參見〈召南・騶虞〉注❷。❷蒼蒼，《傳》：「盛也。」即茂盛貌。❸白露為霜，《傳》：「白露凝戾為霜。」謂時已秋候也。❹伊，《箋》：「伊，當作緊。緊，猶是也。」《經傳釋詞》：「伊，是也。」伊人，《集傳》：「猶言彼人也。」指心中所敬愛之人。❺方，猶邊也。《箋》：「在大水之一邊，假喻以言遠。」❻遡，音素，ㄙㄨˋ。遡洄，《爾雅・釋水》作泝洄，曰：「逆流而上曰泝洄。」《傳》同。《箋》：「此言不以敬順往求之，則不能得見。」從之，求之。❼阻，險阻也。❽遡游，《爾雅・釋水》作泝游，曰：「順流而下曰泝游。」《傳》同。《箋》：「以敬順求之則近耳，易得見也。」按遡洄、遡游，其為遡也不異，逆、順全在洄字、游字。洄者，回也，旋流也；游者，流也，通流也。遡於回川，故曰逆流而上；遡於流水，故曰順流而下。說

見《群經平議》。❾宛，若也。參見〈唐風・山有樞〉注❺。在水中央，謂已在水之中，言近而易得也。❿淒淒，《傳》：「猶蒼蒼也。」《釋文》：「淒，本亦作萋。」是淒淒即萋萋也。萋萋為茂盛之意，參見〈周南・葛覃〉注❻。⓫晞，音希，ㄒㄧ。《傳》：「乾也。」⓬湄，音眉，ㄇㄟˊ。《傳》：「湄，水隒。」按隒，岸也。水隒即水之岸也。《爾雅・釋水》：「水草交曰湄。」水草交際之處，亦岸也。在水之湄，謂在水之另一岸也。⓭躋，音基，ㄐㄧ。《傳》：「躋，升也。」《箋》：「升者，言其難至如升阪。」按路升則長遠。⓮坻，音遲，ㄔˊ。《傳》：「坻，小渚也。」按《爾雅・釋水》：「水中可居者曰洲，小洲曰渚，小渚曰沚，小沚曰坻。」⓯采采，《傳》：「采采，猶萋萋也。」按亦茂盛之意。參見〈周南・卷耳〉注❶。⓰未已，《傳》：「猶未止也。」亦即未乾之意。⓱涘，音俟，ㄙˋ。《傳》：「涘，厓也。」參見〈王風・葛藟〉注❺。⓲右，《箋》：「右者，言其迂迴也。」按迂迴則長遠，胡承珙謂取其違逆之意，誤矣。⓳沚，《傳》：「小渚曰沚。」參見注⓮。

【詩義・章旨】

姚際恆《詩經通論》曰：「此自是賢人隱居水濱，而人慕而思見之詩。」是也。〈詩序〉謂：「〈蒹葭〉，刺襄公也。未能用周禮，將無以固其國焉。」似不切詩旨，然禮之一字，則說中詩之重心。遡洄、遡游，喻順禮逆禮而已，豈有他哉？或以為情詩，或以為祭祀水神之歌，皆持之有故，言之成理，唯皆得一察焉而已。

全詩三章，每章八句，形式複疊。每章首二句，雖以景托物寄情，然頗有沖穆淡遠之趣。「伊人」一詞，最為迷人，指男女、君臣、貴賤、仙俗、隱賢，無不可也。如何取捨，端視解詩者之氣質、態度，與其掌握全詩之意趣如何也。「在水一方」，喻遙不可及。遡洄、遡游皆托喻之詞，托喻雖多方，仍以喻禮為最切。「宛在」一詞，謂伊人雖近而未可及也。姚際恆曰：「於在字上添一宛字，遂覺點睛欲飛，入神之筆。」全詩音韻和諧，文字清新，意境悠遠，情味雋永。於充滿殺伐氣之〈秦風〉中，有此高逸之詩，令人嘖嘖稱奇。論其藝術成就，當為〈秦風〉十篇之翹楚。

五、終南

終南❶何有？有條有梅❷。君子至止❸，錦衣狐裘❹。顏如渥丹❺，其君也哉！

終南何有？有紀有堂❻。君子至止，黻衣繡裳❼。佩玉將將❽，壽考不亡❾。

【注釋】

❶終南，山名。亦稱南山、中南、秦嶺。在陝西省西安之南。❷條，山楸也。參見〈周南·汝墳〉注❸。梅，《傳》：「柟也。」今之楠木也。與〈陳風〉「墓門有梅」之梅同。而與〈召南〉「摽有梅」、〈鳲鳩〉「其子在梅」、〈四月〉「侯栗侯梅」之為酸果之梅者判然二物。❸君子，《集傳》：「指其君也。」至止，《集傳》：「至終南之下也。」按止為語詞。❹錦衣，《傳》：「采衣也。」狐裘，《傳》：「朝廷服。」《箋》：「諸侯狐裘，錦衣以裼之。」狐裘外加錦衣，此諸侯之服也。《禮記·玉藻》：「君衣狐白裘，錦衣以裼之。」❺渥，《箋》：「厚漬也。」此句言面色紅潤如厚漬之丹。❻有紀有堂，《經義述聞》：「紀，讀為杞。堂，讀為棠。條梅杞棠，皆木名也。紀堂，叚借字耳。考《白帖》引詩正作有紀有棠，所引蓋《韓詩》也。」❼黻，音弗，ㄈㄨˊ。《傳》：「青與黑謂黻。」即青黑色相間之文彩。《毛詩後箋》：「黻衣，猶言袞衣。」繡，《傳》：「五色備謂之繡。」黻衣繡裳，國君所著之服。❽將將，與鏘鏘同，佩玉聲。參見〈鄭風·有女同車〉注❾。❾壽考，《說文》：「考，老也。」壽考義同，皆老也。亡，已也。不亡，不止也。亡，本或作忘，義同。

【詩義・章旨】

〈詩序〉：「〈終南〉，戒襄公也。能取周地，始為諸侯，受顯服，大夫美之，故作是詩以戒勸之。」如改「戒」為「美」，則將完全符合詩義。故《集傳》易其辭曰：「此秦人美其君之辭。」是矣。然所謂秦人，亦是秦大夫，秦之庶民百姓固不能為之。而由詩文「君子至止」一語觀之，當指秦襄公亦無可疑也。

全詩二章，每章六句，形式複疊。一章讚美其服飾容止之盛，二章除讚美其服飾之盛外，又祝其長壽無已。一二章之首二句皆為興，以終南突出秦地，以條梅紀堂象徵物富而才豐。君子至止，當指襄公而言，蓋襄公始有其地也。錦衣狐裘、黻衣繡裳，皆寫其初為諸侯也。一章末語「其君也哉」，深美之也。二章末語「壽考不亡」，深祝之也。由此可知舉朝士大夫之悅服矣。

六、黃　鳥

交交黃鳥❶，止于棘。誰從穆公❷？子車奄息❸。維此奄息，百夫之特❹。臨其穴❺，惴惴其慄❻。彼蒼者天，殲我良人❼。如可贖兮，人百其身❽。

交交黃鳥，止于桑。誰從穆公？子車仲行❾。維此仲行，百夫之防❿。臨其穴，惴惴其慄。彼蒼者天，殲我良人。如可贖兮，人百其身。

交交黃鳥，止于楚。誰從穆公？子車鍼虎⓫。維此鍼虎，百夫之禦⓬。臨其穴，惴惴其慄。彼蒼者天，殲我良人。如可贖兮，人百其身。

【注釋】

❶交交，古詩歌通作咬咬，鳥鳴聲也。見《傳箋通釋》。黃鳥，黃雀。參見〈周南・葛覃〉注❼。❷穆公，秦穆公任好也。❸子車奄息，《傳》：「子車，氏；奄息，名。」《左傳》作子輿。❹特，〈柏舟〉《傳》：「特，匹也。」匹，當也，敵也。❺穴，《箋》：「謂塚壙中也。」即墓穴。此句言秦人臨三良之墓穴。❻惴，音墜，ㄓㄨㄟˋ。惴惴，《集傳》：「懼貌。」惴惴其，惴惴然也。慄，《爾雅・釋詁》：「慄，懼也。」二句言秦人哀此三良之死，臨視其穴，皆為之懼慄。《集傳》謂：「臨穴而惴惴慄，蓋生納之壙中。」以三良臨穴惴慄，實誤。❼殲，音尖，ㄐㄧㄢ。《爾雅・釋詁》：「殲，盡也。」《傳》同。謂滅盡也。良，《傳》：「善也。」按《詩》言良人，皆為善人之意。❽人百其身，《傳箋通釋》：「謂願以百人之身代之，言人百其身者，倒文也。」按馬氏之說是也。此「百人」正應上文「百夫」，「身」指願代死者之身，非指三良之身。《箋》謂一身百死，《詩經詮釋》謂以百人贖其一身，似皆非詩義。❾仲行，名也。❿防，《箋》：「防，猶當也，言此一人當百夫。」⓫鍼，音針，ㄓㄣ。鍼虎，亦名也。⓬禦，《傳》：「當也。」

【詩義・章旨】

〈詩序〉：「〈黃鳥〉，哀三良也。國人刺穆公以人從死，而作是詩也。」《左傳》文公六年曰：「秦伯任好卒，以子車氏之三子奄息、仲行、鍼虎為殉，皆秦之良也。國人哀之，為之賦〈黃鳥〉。」《史記・秦本紀》亦曰：「繆公卒，葬雍。從死者百七十七人，秦之良臣子輿氏三人，名曰奄息、仲行、鍼虎，亦在從死之中，秦人哀之，為作歌〈黃鳥〉之詩。」是從死者百七十七人，獨哀三子者，以三子皆秦之良也。

全詩三章，每章十二句，形式複疊。每章首二句為興。黃鳥宜「止於邱隅」，棘、楚多刺，非其所宜止。桑木亦然。〈小雅・黃鳥〉云：「黃鳥黃鳥，無集于桑。」即其證也。詩以黃鳥止非其所，象徵三良死非其宜。三良先言奄息、次言仲行、末言鍼虎，當是依其長幼之序，此於仲行列於次章，可以索知。一章言特，二章言防，末章言禦，易字而已，義則同也。臨穴惴惴，指秦人（詩人）而言，若指三良，則三懦夫耳，何良之有？又何勇敵百夫之有？朱子謂：「臨穴而惴慄，蓋生納之壙中。」又曰：「觀臨穴惴慄之言，則是康公從父之亂命，迫而納之於壙。」誤矣。「彼蒼者天」，此無可奈何之呼號也。「殲我良人」此發自內心之哀嘆也。「人百其身」，與前文「百夫」相呼應，此詩人用筆之妙處。三良雖死，得此詩而復生。三章之後半文字全同，用韻與前半全異，而義則相貫。三百篇中，不乏其例。如〈漢廣〉、〈桑中〉、〈黍離〉、〈緇衣〉、〈溱洧〉、〈園有桃〉、〈杕杜〉、〈采苓〉皆是，〈雅〉中僅〈緜蠻〉一篇。此種形式所表示之感情較為強烈，一唱三嘆，頗收渲染之功。

七、晨風

鴥彼晨風❶，鬱彼北林❷。未見君子，憂心欽欽❸。如何如何❹？忘我實多❺！

山有苞櫟❻，隰有六駮❼。未見君子，憂心靡樂❽。如何如何？忘我實多！

山有苞棣❾，隰有樹檖❿。未見君子，憂心如醉⓫。如何如何？忘我實多！

【注釋】

❶鴥，音玉，ㄩˋ。《傳》：「疾飛貌。」晨風，《爾雅・釋鳥》：「晨風，鸇也。」《傳》同。《正義》引陸機《疏》曰：「鸇，似鷂，青黃色，燕頷鉤喙，嚮風搖翅，乃因風飛急。疾擊鳩、鴿、燕、雀食之。」晨，《說文》作鷐。

❷鬱，《集傳》：「茂盛貌。」北林，《傳》：「林名也。」❸欽欽，《集傳》：「憂而不忘之貌。」按《詩》「憂

心」下之疊字，皆當訓憂貌。參見〈召南・草蟲〉注❺。❹如何如何　此設問之詞也。❺多，《詩經會箋》：「多，猶甚也。」❻櫟，音力，ㄌㄧˋ，木名，一名栩，其實謂之橡子。苞櫟，茂盛之櫟也。❼六駮，《正義》引王肅曰：「言六，據其所見而言也。」又引陸機《疏》曰：「駮馬，梓榆也。其樹皮青白駮犖。遙視似駮馬，故謂之駮馬。」六，何楷、胡承珙並以為犖字假借。六駮，即犖駮，疊韻為名也。俞樾以為應作宍，叢生也。二說未知孰是。然皆較王肅所云「據所見而言」為佳也。❽靡樂，不樂也。❾棣，《傳》：「棣，唐棣也。」參見〈召南・何彼襛矣〉注❷。❿檖，《傳》：「檖，赤羅。」《正義》引陸機《疏》曰：「檖，一名赤羅，一名山梨，今人謂之楊檖，實如梨，但小耳。」⓫如醉，《集傳》：「如醉，則憂又甚矣。」

【詩義・章旨】

〈詩序〉：「〈晨風〉，刺康公也。忘穆公之業，始棄其賢臣焉。」朱子《辨說》曰：「此婦人念其君子之辭。」二說絕異，明清學者，爭訟不休。竊意〈詩序〉之說似較勝，蓋古人君臣之際，生死相隨，安危與共，非如今日之富貴則趨附，困厄則背離也。故孟子曰：「孔子三月無君，則皇皇如也。」（《孟子・滕文公下》）又曰：「不得於君則熱中。」（《孟子・萬章上》）顏淵曰：「子在，回何敢死。」（《論語・子罕》）師生之際，亦猶君臣也。〈唐風・揚之水〉曰：「既見君子，云何不樂？」君子指曲沃桓叔，〈小雅・出車〉曰：「未見君子，憂心忡忡。」君子指卿士南仲，則此詩之君子指秦康公，誰曰不宜？《韓詩外傳・八》謂魏文侯父子三年莫往來，蒼唐為讀此詩，文侯感悟，遂為父子如初。足證此詩乃刺君忘其臣之詩也。《集傳》曰：「此與扊扅之歌同意，蓋秦俗也。」《樂府詩集》記其辭曰：「百里奚，五羊皮。憶別離，烹伏雌，炊扊扅。今富貴，忘我為？」其與〈晨風〉之比，若薤露之與陽春白雪。夫以百里奚妻所作之歌尚鄙俗如此，若民婦作歌，其不為下里巴人者幾希！秦穆公好賢，故得百里奚、蹇叔、由余，不廢孟明，而卒成霸業。康公繼位，其好賢當不如穆公，忘先人之故舊，詩人於是作詩以刺之。如此為說，既有史可據，又合於情理，較之《集傳》臆測之說，自是高明。

全詩三章，每章六句，形式複疊。每章之首二句為興，次章之苞櫟、六駮，末章之苞棣、樹檖，即一章之北林。其作用亦如〈終南〉之條梅紀堂，象徵人物薈萃，濟濟多士也。晨風之疾投北林，象徵賢人之歸往。君子指秦康公，賢人未見君子而憂，正孟子所謂：「不得於君則熱中。」末二句「如何如何？忘我實多！」三章皆同，此全詩之重心，刺意盡在其中。但語不激烈，此詩人之溫柔敦厚，亦君臣之分際也。三章寫憂心，極有層次，一章曰「欽欽」，二章曰「靡樂」，三章曰「如醉」，層層遞進，此《詩》之例也。

八、無衣

豈曰無衣？與子同袍❶。王于興師❷，脩我戈矛，與子同仇❸。

豈曰無衣？與子同澤❹。王于興師，脩我矛戟❺，與子偕作❻。

豈曰無衣？與子同裳。王于興師，脩我甲兵❼，與子偕行❽。

【注釋】

❶子，指秦君，當是莊公。袍，《爾雅・釋言》：「袍，襺也。」《傳》同。《正義》曰：「純著新綿名為襺，雜用舊絮名為袍。」❷王，周天子，當指宣王。于，《詩經稗疏》：「于，曰也。」興師，出兵。《傳》：「天下有道，則禮樂征伐自天子出。」則此興師乃天子所命也。❸仇，《傳》：「仇，匹也。」匹即敵也。《吳越春秋》引詩作讎，《詩緝》引陳氏曰：「仇，怨也。」讎、怨皆敵對之意。此句言與子同其讎敵也。❹澤，《箋》作襗，曰：「襗，褻衣，近污垢。」即今之內衣。《說文》曰：「襗，絝也。」❺戟，音幾，ㄐㄧˇ，兵器名，長丈六，

雙枝為戟，單枝為戈。❻作，《傳》：「起也。」即起身，動身，出發也。❼甲，鎧甲。兵，兵器之總名。❽行，《傳》：「往也。」

【詩義．章旨】

《後漢書．西羌傳》曰：「及宣王立，四年，使秦仲伐戎，為戎所殺。王乃召秦仲子莊公，與兵七千人伐戎，破之。」（《史記．秦世家》亦有記載）此詩即記此事也。「同袍」、「同澤」、「同裳」，蓋莊公新喪父，故宣王以此言慰之。「王于興師」，乃宣王召命莊公伐戎也。「與子同仇」，秦仲為戎所殺，故為莊公之仇人，然戎亦為周之仇敵，故曰「同仇」、「脩我甲兵，與子偕行」，即指宣王與兵七千人也。以此段史事證詩，無不合者。此詩氣勢雄渾，幽王以降東周諸王皆不能有，獨宣王乃中興之君，始有此氣象。〈詩序〉謂：「〈無衣〉，刺用兵也。秦人刺其君好攻戰，亟用兵，而不與民同欲焉。」然詩中並無刺意，亦無厭戰之意，故朱子《詩序辨說》謂其說與詩意不協，是也。《詩經稗疏》謂是秦哀公為申包胥而作，不知申包胥乞師事在魯定公四年，襄公二十九年季札觀周樂，已歌〈秦風〉。定公四年，孔子已年近五十，《詩三百》早成定本，〈無衣〉豈能不在其中？且其說亦無解於詩之「王于興師」一語也。陳子展雖勉強為之解說，其言亦嚅嚅不暢。《詩經詮釋》疑此詩詠秦襄公護衛周平王東遷之事，則詩中「子」字當係何指？若以之指平王，則殊為不倫。或謂此乃「參軍歌」，乃秦之人民所歌，則「與子同仇」之子為誰？仇又何指？與王有何關係？凡持此說者，皆以今擬古也。今人參軍，亦未必有參軍歌，況古人哉！又況古之士卒哉！

全詩三章，每章五句，形式複疊。每章之首二句當從《集解》解為賦體，第二句「與子同」三字，與末句「與子同」、「與子偕」相照應，其義亦相連貫，其為賦體，顯然可見。毛公以為興體，恐誤。「王于興師」一語，為了解此詩之關鍵，不可輕視。此語與〈小雅．六月〉「王于出征」之意相同，王皆指周王。或謂此王指秦君，彼干指周王，如此以意說之，詩義將永無澄清之一日矣。

九、渭　陽

我送舅氏❶，曰至渭陽❷。何以贈之？路車❸乘黃❹。

我送舅氏，悠悠我思。何以贈之？瓊瑰玉佩❺。

【注　釋】

❶舅氏，《爾雅・釋親》：「母之昆弟曰舅。」《傳》同。此指晉公子重耳。❷曰，發語詞。渭陽，渭水之南。《箋》：「渭，水名也。秦是時都雍，至渭陽者，蓋東行送舅氏於咸陽之地。」此言送之遠也。❸路車，《集傳》：「諸侯之車也。」參見〈王風・大車〉注❶。❹乘黃，《集傳》：「四馬皆黃也。」❺瑰，音歸，ㄍㄨㄟ。《傳》：「瓊瑰，石而次玉。」《毛詩傳疏》：「此玉佩猶佩玉，瓊瑰玉佩，猶佩玉瓊琚耳。」

【詩義・章旨】

〈詩序〉：「〈渭陽〉，康公念母也。康公之母，晉獻公之女。文公遭麗姬之難，未反，而秦姬卒，穆公納文公，康公時為大子，贈送文公于渭之陽，念母之不見也，我見舅氏，如母存焉。及其即位，思而作是詩也。」除末二語外，說皆至當，不可易也。三百篇之序，以此序最能得詩之微旨，幸勿疑也。至其云「及其即位，思而作是詩」，乃由於對詩文「悠悠我思」一語之誤解，以為自送舅至即位，思時極長，故詩云悠悠。實則此詩在寫送舅時之情狀，「悠悠我思」正寫送舅氏時思母之心之深遠，所謂「我見舅氏，如母存焉」，即是此時心情。

與寫成此詩無關。故《集傳》稍易其辭曰：「時康公為太子，送至渭陽而作是詩。」

全詩二章，每章四句，形式複疊，八句無一虛語，皆有深義。《集傳》引王氏曰：「曰至渭陽者，送之遠也；悠悠我思者，思之長也；路車乘黃，瓊瑰玉佩者，贈之厚也。」竊謂「我送舅氏」者，諸舅之僅存者也。然八句之中，「悠悠我思」一句為全詩之重心，亦為全詩之最感人語，〈詩序〉固已標明其旨矣。《正義》曰：「二章皆陳贈送舅氏之事，悠悠我思，念母也。因送舅氏而念母，因念母而作詩。」《詩緝》曰：「送舅而有所思，則思母也。此詩念母而不言母，但言見舅而勤拳不已，自有念母之意，讀之者但覺其味悠然深長也。瓊瑰玉佩者，雖贈之貴矣，然未足以舒我心之思也。」《詩經通論》曰：「悠悠我思句，情意悱惻動人，往復尋味，非惟思母，兼有諸舅存亡之感。」嚴、姚二氏可謂深得其味者矣。

一〇、權輿

於❶我乎夏屋渠渠❷，今也每食無餘，于嗟乎不承權輿❸。

於我乎每食四簋❹，今也每食不飽，于嗟乎不承權輿。

【注釋】

❶於，音烏，ㄨ。《詩經詮釋》：「於我乎之於字，疑當讀為烏，為嘆詞。」按屈先生之說是也。《詩經》中凡「於我」、「於汝」句，「於」皆為「烏」之古文，嘆詞。如〈蝃蝀〉「於我歸處」、〈九罭〉「於女信處」，皆是也。此謂我昔則夏屋渠渠。❷夏屋渠渠，《傳》：「夏，大也。」《箋》：「屋，具也。渠渠，猶勤勤也。言君始於我厚，設禮食大具以食我，其意勤勤然。」《正義》：「崔駰〈七依〉說宮室之美云『夏屋渠渠』，王肅云：『屋

則立之於先君，食則受之於今君，故居大屋而食無餘。』義似可通。鄭不然者，詩刺有始無終，上言於我乎，謂始時也；下言今也，謂其終時也。始則大具，今終則無餘。下章始則四簋，今則不飽，皆說飲食之事，不得言屋宅也。」按「屋」之意究為房屋，抑為食具，後之說詩者爭訟不決；然孔氏之文已盡之矣。詩二章前二句皆言食事，故可以今昔相比；若上句言房室，下句言食饌，非一事也，何可比其厚薄？《爾雅・釋言》：「屋，具也。」（此據《釋文》引文，今《爾雅》作「握，具也。」）又〈閟宮〉「籩豆大房」《傳》：「大房，半體之俎也。」房訓為俎，則屋亦當為食具矣。故《箋》說有其根據，不可易也。又渠為鉅之假借（見《說文通訓定聲》），渠渠當訓大貌。「夏屋渠渠」，其語法亦猶「碩人俁俁」、「憂心忡忡」、「飄風發發」，句中疊字皆副詞，其用乃在修飾第一字形容詞者。詩例極多，不煩列舉。❸承，《傳》：「繼也。」權輿，《爾雅・釋詁》：「權輿，始也。」《傳》同。按權輿二字急讀則為基，基即始也。此句言主人待己不能繼其初始也。❹簋，音軌，ㄍㄨㄟˇ，古食器，外圓而內方。四簋，《傳》：「黍、稷、稻、粱。」按《儀禮・公食大夫禮》曰：「宰夫設黍稷六簋。」〈伐木〉曰：「陳饋八簋。」《傳》：「天子八簋。」天子八簋，諸侯六簋，則此四簋必是大夫，而所食者必是士無疑矣。士無恆產，故必待諸侯、大夫食之；若大夫有食邑，不待仰人而食，亦不至「每食不飽」矣。

【詩義・章旨】

此述始受優禮而終遭冷落之詩，然實有「長鋏歸來」之意。由「四簋」及「每食不飽」觀之，作者身分當為士也。〈詩序〉曰：「〈權輿〉，刺康公也。忘先君之舊臣與賢者，有始而無終也。」其說大致不誤，唯是否為刺康公，則不可知也。

全詩二章，每章三句，形式複疊。每章一二句相對為言，今昔待遇之不同已自然可見。一章曰「無餘」，二章曰「不飽」，頗有每下愈況之勢。末語「于嗟乎」語氣極重，蓋深嘆其「不承權輿」也。

陳

鄭氏《詩譜》曰：「陳者，太皞虙戲氏之墟。帝舜之胄，有虞閼父者，為周武王陶正。武王賴其利器用，與其神明之後，封其子媯滿於陳，都於宛丘之側，是曰陳胡公，以備三恪；妻以元女大姬。其封域在〈禹貢〉豫州之東（當今河南省舊開封府東南，南至安徽省亳州一帶）。其地廣平，無名山大澤，西望外方（即嵩高山），東不及明豬（即《爾雅．釋地》之『宋有孟諸』，在今河南省商丘縣東北）。大姬無子，好巫覡，禱祈鬼神，歌舞之樂，民俗化而為之。」傳至陳閔公二十四年，即魯哀公十七年，為楚惠王所滅。

〈陳〉詩凡十篇，〈株林〉一篇為刺陳靈公淫乎夏姬之詩，為三百篇中最晚出者，確然有據，無可懷疑。其他九篇何時作成，皆不可知。

一、宛丘

子之湯❶兮，宛丘❷之上兮，洵❸有情❹兮，而無望❺兮。
坎其❻擊鼓，宛丘之下。無冬無夏，值其鷺羽❼。
坎其擊缶❽，宛丘之道。無冬無夏，值其鷺翿❾。

【注　釋】

❶湯，《傳》：「蕩也。」〈離騷〉王注引作蕩，即遊蕩之意。❷宛丘，《傳》：「四方高中央下曰宛丘。」按《爾雅．釋丘》曰：「宛中，宛丘。」又曰：「陳有宛丘。」郭注：「今在陳郡陳縣。」《讀史方輿紀要》：「宛丘，

在州城南三里。」與〈東門之枌〉之宛丘同。❸洵，《傳》：「信也。」即誠然也。❹情，即《孟子．離婁下》「聲聞過情」之情，實也。《箋》謂荒淫之情，恐誤。《集傳》訓為情思，亦可。❺望，詩「無望」與「有情」相對為辭，此望字當即〈卷阿〉「令聞令望」之望，名聲也。《箋》謂「威儀無可觀望而則傚」，過泥。❻坎，《傳》：「坎坎，擊鼓聲。」坎其，猶坎然，亦猶〈伐木〉「坎坎鼓我」之坎坎。❼值其鷺羽，《傳》：「值，持也。鷺羽，鷺鳥之羽，可以為翳。」《正義》：「持其鷺鳥羽，翳身而舞也。」按鷺鳥即鷺鷥，其羽潔白而長，故舞者用以為翳也。❽缶，音否，ㄈㄡˇ。《爾雅．釋器》：「盎謂之缶。」《傳》同。陶器，口小腹大，即今之瓦盆，所以盛酒漿等液體，古人扣之，用以節樂。❾翿，音道，ㄉㄠˋ；亦音陶，ㄊㄠˊ。《傳》：「翿，翳也。」《說文》：「翿，翳也，所以舞也。」是鷺羽、鷺翿，一物也。

【詩義．章旨】

此詩與下篇〈東門之枌〉詩似為男女互相戲謔之辭，此篇乃女贈男也，下篇乃男答女也。下篇末二語「視爾如荍，貽我握椒。」尤其顯然可見。而〈詩序〉謂：「刺幽公也。」不知何所據而云然？此章之「子」，乃女稱男之辭，猶下篇男稱女為「爾」也。而《箋》謂：「子，斥幽公也。」此乃依〈序〉為說，然《詩經》中無稱國君為子者，故姚際恒謂：「刺幽公，恐『子』字未安。」《傳》謂：「子，大夫也。」亦揣度之辭。孔氏《正義》雖盡力彌縫，亦難收其功。《集傳》曰：「子，指游蕩之人。」是矣。然由詩文「擊鼓」、「值其鷺羽」觀之，此「子」之身分當為士或大夫，而非細民也。《齊詩》謂陳胡公夫人大姬好祭祀鬼神，鼓舞而祀，引此詩為證（見王先謙《詩三家義集疏》）。由詩「子之湯兮」一語可知此詩非寫陳俗也。

全詩三章，每章四句，二三章複疊。一章首句「子之湯兮」，「湯」之一字，為全詩之重心。「子之湯兮」、「而無望兮」，皆戲謔之辭，非刺語也。「洵有情兮」乃讚語，由此足見此二句非刺詩也。「無冬無夏，值其鷺羽」，譏其游蕩無度。故下篇男亦譏女「不績其麻，市也婆娑」，皆戲謔語也。

二、東門之枌

東門之枌❶，宛丘之栩❷。子仲之子❸，婆娑其下❹。

穀旦于差❺，南方之原❻。不績❼其麻，市❽也婆娑。

穀旦于逝❾，越以鬷邁❿。視爾如荍⓫，貽我握椒⓬。

【注釋】

❶枌，音墳，ㄈㄣˊ。《傳》：「白榆也。」❷栩，櫟也。參見〈唐風・鴇羽〉注❶。❸子仲，《傳》：「陳大夫氏也。」李辰冬《詩經通釋》謂即〈擊鼓〉篇之孫子仲，未知是否。子仲之子，即子仲氏大夫之女。❹婆娑，《傳》：「舞也。」此句謂在枌、栩之下婆娑而舞也。❺穀，《爾雅・釋詁》：「穀，善也。」《傳》同。旦，《正義》：「旦謂早朝。」穀旦，謂良辰、吉日也。于，語詞。《爾雅・釋詁》：「于，爰、曰也。」猶今語「於是」。差，《爾雅・釋詁》：「差，擇也。」《箋》同。擇謂擇時（即穀旦），《正義》解為擇人，誤矣。❻原，《爾雅・釋地》：「廣平曰原。」南方之原，指婆娑之所，即枌、栩之下也。《傳》訓為大夫氏，《箋》訓為原氏之女，皆誤。❼績，《說文》：「績，緝也。」績麻、織麻也。❽市，音沛，ㄆㄟˋ。《詩經詮釋》：「市，當作芾。古市、芾、沛等字通。《漢書・禮樂志》：『靈之來，神哉沛。』注云：『沛，疾貌。』此狀其舞之疾速。」按市，本或作市，解為市場，於義難通。又王符《潛夫論・浮侈》引詩作女，說者以為於義為長，不知此詩乃寫「子仲之子」，已見上文，此處若再曰「女也婆娑」，則是疊牀架屋矣。❾逝，《傳》：「往也。」謂往南方之原

也。❿越，《箋》：「越，於也。」《正義》：「越，于，〈釋詁〉文。」是以越為粵，或曰之借字也。以，因也。鬷，音宗，ㄗㄨㄥ。《箋》：「總也。」邁，《傳》：「行也。」鬷邁，集合而行也。此句謂男（作者）女（子仲之子）乃結伴而行。下文「視爾如荍，貽我握椒」，是僅「爾」與「我」二人合行，非男女眾人集結而行也。⓫荍，音喬，ㄑㄧㄠˊ。《傳》：「荍，芘芣也。」《正義》引陸機《疏》云：「芘芣，一名荊葵，似蕪菁，華紫綠色。可食，微苦。」《本草綱目》曰：「蜀葵，小者名錦葵，即荊葵也。其花大如五銖錢，粉紅色，有紫縷文。」視爾如荍，《箋》曰：「我視女之顏色美如芘芣之華然。」謂女如錦葵之花，小而可愛也。⓬椒，《傳》：「椒，芬香也。（定本作芳物）」《箋》曰：「女乃遺我一握之椒，交情好也。」按椒多子，貽我握椒，喻為我多生子女，此戲謔之語也。《毛詩傳疏》謂此與〈鄭風〉「贈之以勺藥」義同。不知〈溱洧〉「贈之以勺藥」乃實贈之；此詩「貽我握椒」，乃是廋語，非真貽也。《正義》曰：「此二句皆是男辭。」是矣。

【詩義．章旨】

此男女相悅、男子戲謔女子之詩。男即詩之作者，女即子仲之子。末語曰：「視爾如荍，貽我握椒」詩義已清晰可見，不必他求。〈詩序〉謂：「幽公淫荒，風化之所行」云云，穿鑿過甚。何楷《世本古義》謂：「刺陳風也。巫覡盛行，女子往往棄其業而觀之。」此無以解末二語。姚際恆氏尚然其說，亦失察矣。《集傳》謂：「此男女聚會歌舞而賦其事以相樂也。」其說近之。

全詩三章，每章四句。一章首二句「東門之枌，宛丘之栩」，乃寫婆娑之處，「子仲之子」，乃寫婆娑之人。二章「穀旦于差」，乃寫婆娑之時。「不績其麻，市也婆娑」，乃承一章「子仲之子，婆娑其下」而言。卒章「越以鬷邁」，乃表明作者亦為舞者。末二句為點睛之語，既點明作者與子仲之子之關係，詩義亦因此而大白。固無巫覡之事，亦無淫荒之行。全詩簡明易曉，不必曲折為解也。

三、衡門

衡門❶之下，可以棲遲❷。泌❸之洋洋❹，可以樂飢❺。

豈其食魚，必河之魴❻？豈其取妻，必齊之姜❼？

豈其食魚，必河之鯉？豈其取妻，必宋之子❽？

【注釋】

❶衡，與橫同。衡門，《傳》：「橫木為門，言淺陋也。」《正義》：「門之深者，有阿塾堂宇，此唯橫木為之。」言房屋之簡陋也。❷棲遲，《爾雅・釋詁》：「棲遲，息也。」《傳》：「游息也。」即止息、棲身之意。❸泌，音必，ㄅㄧˋ。《傳》：「泌，泉水也。」高亨以泌為鮅之借字，魚名，誤。❹洋洋，《傳》：「廣大也。」即廣大貌。參見〈衛風・碩人〉注㉙。❺樂，《釋文》：「樂，本又作𤻲。毛本作樂，鄭本作𤻲。」馮登府《三家詩異文疏證》：「《唐石經》初刻作樂，後改作𤻲。《文選・王元長策秀才文》注，及日本足利古本皆作𤻲。」《韓詩外傳》、《列女傳》引詩俱作療。療與𤻲古字同，《說文》：「𤻲，治也。或作療。」樂飢，治療飢餓也。《箋》：「飢者不足於食也，泌水之流洋洋然，飢者見之，可飲以𤻲飢。」《傳》謂「樂道忘飢」，《集傳》謂「玩樂而忘飢」，皆增字解經，恐誤。❻魴，魚名，參見〈周南・汝墳〉注❽。黃河魴、鯉皆美，故舉以為喻。❼齊之姜，齊國姜姓之女。姜姓之國有申、許、甫等，但以齊為大國，故特舉之。❽宋，商之後，子姓。宋為公爵，於諸侯中爵最尊，故特舉之。

【詩義．章旨】

《集傳》曰：「此隱居自樂而無求者之辭。」是也。〈詩序〉謂：「〈衡門〉，誘僖公也。愿而無立志，故作是詩以誘掖其君也。」「誘掖其君」之意，詩中遍尋不著。王先謙《詩三家義集疏》謂：「言賢者樂道忘飢，無誘進人君之意。即為君者感此詩以求賢，要是旁文，並非正義也。」郭沫若《中國古代社會研究》以為作者為破產之貴族，觀詩文言食魚、取妻事，當不誤；若為細民，根本無與貴族通婚之可能，曰齊姜、曰宋子，豈非多餘？

全詩三章，每章四句，二三章複疊。一章首二句言居，後二句言食，為全詩之重心。二三章言室家之事，全詩一氣貫通。衡門棲遲，居無求安也；泌水樂飢，食無求飽也。恬淡而自足。二三章言食魚不必魴、鯉，取妻不必齊姜、宋子，放逸而曠遠，是真無欲者也。方玉潤曰：「〈陳〉之有〈衡門〉，亦猶〈衛〉之有〈考槃〉，〈秦〉之有〈蒹葭〉。是皆從舉世不為之中，而己獨為之，可謂中流砥柱，挽狂瀾於既倒，有關世道人心之作矣。」

四、東門之池

東門之池❶，可以漚麻❷。彼美淑姬❸，可與晤❹歌。

東門之池，可以漚紵❺。彼美淑姬，可與晤語。

東門之池，可以漚菅❻。彼美淑姬，可與晤言。

【注釋】

❶池，《傳》：「池，城池也。」《正義》：「以池繫門言之，則此池近在門外。諸詩言東門，皆是城門，故以池為城池。」❷漚，音嘔，ㄡˋ。《說文》：「漚，久漬也。」漚麻，治麻者必先以水漬之，使之柔軟以易於分析也。❸淑姬，《箋》：「言淑姬賢女。」是訓淑姬為賢女也。《正義》：「美女而謂之姬者，以黃帝姓姬，炎帝姓姜，二姓之後，子孫昌盛，其家之女，美者尤多，遂以姬姜為婦人之美稱。《成九年・左傳》引逸詩云：『雖有姬姜，無棄憔悴。』是以姬姜為婦人之美稱也。」按淑，《釋文》本作叔，曰：「叔，本亦作淑。」姬，當即〈泉水〉「孌彼諸姬」之姬，周之姓也。彼美淑姬，猶云彼美孟姜也。《正義》謂姬姜為婦人之美稱，此漢代以後事（始自《史記》），周世固無之也。所引《左傳》姬姜之文，其義非如此也，且古書絕無以姜字為女子之稱者。❹晤，與〈邶風・柏舟〉「寤辟」之寤同，連續也。參見〈邶風・柏舟〉注㉕。❺紵，音住，ㄓㄨˋ。《釋文》：「紵，字又作苧。」《正義》引陸機《疏》曰：「紵，亦麻也。」❻菅，音奸，ㄐㄧㄢ，草名。《正義》引陸機《疏》曰：「菅，似茅而滑澤，無毛，根下五寸中有白粉者，柔韌宜為索，漚乃尤善矣。」

【詩義・章旨】

《集傳》：「此男女遇會之辭。」是也。詩有「彼美淑姬」之語，當為男子所作，此其思慕女子之情詩也。〈詩序〉曰：「〈東門之池〉，刺時也。疾其君之淫昏，而思賢女以配君子也。」其說牽強而難通。姚際恆以為與上篇同義，其謬不下於〈詩序〉，方玉潤《詩經原始》辨之已詳，於此不贅。

全詩三章，每章四句，形式複疊。首二句皆為興，漚（今曰泡）之一字，為全詩精神所在，晤歌、晤語、晤言，皆所以漚也。麻愈漚而愈柔，情愈漚而愈濃。詞句清雅，全無輕狎之意，實宜乎諷誦也。

五、東門之楊

東門之楊❶，其葉牂牂❷。昏以為期，明星煌煌❸。
東門之楊，其葉肺肺❹。昏以為期，明星晢晢❺。

【注　釋】

❶楊，《集傳》：「楊，柳之揚起者也。」❷牂，音臧，ㄗㄤ。牂牂，《傳》：「牂牂然，盛也。」❸昏，黃昏。昏以為期，謂以黃昏為相見之期。明星，《集傳》：「啟明星也。」參見〈鄭風．女曰雞鳴〉注❸。煌煌，《集傳》：「大明也。」二句謂本以日落時為相見之期，候至夜已極深而人猶不至，唯見明星煌煌然而已。❹肺，音沛，ㄆㄟˋ。肺肺，《傳》：「猶牂牂也。」《毛詩後箋》：「肺疑為巿之假借，《說文》：『巿，草木盛巿巿然。』」按胡氏之說是也。巿，今作芾，肺肺，猶芾芾，茂盛貌。❺晢，音哲，ㄓㄜˊ。晢晢，《傳》：「猶煌煌也。」

【詩義．章旨】

《集傳》曰：「此亦男女期會而有負約不至者，故因其所見以起興也。」是也。〈詩序〉謂：「〈東門之楊〉，刺時也。昏姻失時，男女多違。親迎，女猶有不至者也。」所謂「昏姻失時」，蓋據《傳》文「男女失時」之文。《箋》申其說曰：「楊葉牂牂，三月中也。興者，喻時晚也，失仲春之月也。」然仲春二月，楊葉未始不盛，何以知楊葉牂牂必是三月？故昏姻失時，非詩義也。《儀禮．士昏禮》記壻迎婦曰：「從者二乘，執燭前馬。」是古迎婦之禮在黃昏之時，此〈序〉「親迎，女猶有不至」之說之所本。然親迎既在黃昏之時，何必期約？今詩謂「昏以為期」，則知絕非指親迎之事，而為平常約會也。〈離騷〉：「曰黃昏以為期，羌中道而改路。」即用此語之意，尤足證此語非指親迎也。故〈序〉說不可從。

全詩二章，每章四句，形式複疊。「東門之楊」，寫期會之地；「昏以為期」，寫期會之時。末語「明星煌煌」既記相候之久，又示期而未至，而無奈之情亦隱在其中，含意可謂豐富。

六、墓門

墓門❶有棘，斧以斯之❷。夫❸也不良，國人知之❹。知而不已❺，誰昔然矣❻。

墓門有梅❼，有鴞❽萃❾止。夫也不良，歌❿以訊⓫之。訊予不顧⓬，顛倒思予⓭。

【注釋】

❶墓門，《傳》：「墓道之門。」《經義述聞》曰：「《襄三十年・左傳》曰：『晨自墓門之瀆入。』杜注：『墓門，鄭城門。』此墓門蓋亦陳之城門。」按王氏之說是也。棘樹多刺，生於城門，有礙行人，故必去之。若生於墓道之門，則不必去之也。❷斯，《傳》：「析也。」即劈也，砍也。此句謂以斧砍去之也。❸夫，猶彼也。《集傳》：「指所刺之人也。」❹知之，知其人之不良也。謂其惡已暴，國人皆知。❺已，止也，改也。此句謂國人皆知其惡，而彼猶不改。蘇氏《詩集傳》曰：「知而不之去」，訓已為去，由下句觀之，恐非是。❻誰昔，《爾雅・釋言》：「誰昔，昔也。」《箋》同。《集傳》：「猶言疇昔也。」然，如此。此句言從前已如此矣。❼梅，《傳》：「柟也。」參見〈秦風・終南〉注❷。❽鴞，音囂，ㄒㄧㄠ。《傳》：「惡聲之鳥也。」俗名貓頭鷹。❾萃，音翠，ㄘㄨㄟˋ。《傳》：「集也。」即聚集之意。❿歌，《箋》：「歌，謂作此詩也。」⓫訊，《傳》：

「告也。」《釋文》曰：「訊，又作誶。」又引《韓詩》曰：「訊，諫也。」按作誶是也，讀若碎，ㄙㄨㄟˋ，與萃為韻。說見《經義述聞》、《毛詩後箋》、《傳箋通釋》等。王力《詩經韻讀》已改訊為誶。至於訓告訓諫，則義相成也。⓬訊予不顧，《箋》：「予，我也。歌以告之，汝不顧念我言。」予不顧，乃不顧予之倒文。⓭顛倒，《毛詩傳疏》：「言亂也。」即顛覆、破滅也。顛倒思予，《箋》：「至於破滅顛倒之急，乃思我之言。言其晚也。」

【詩義・章旨】

〈詩序〉曰：「〈墓門〉，刺陳佗也。陳佗無良師傅，以至於不義，惡加於萬民焉。」由詩文「國人知之」、「歌以訊之」、「顛倒思予」等語觀之，所刺者必是國君，是則〈序〉謂刺陳佗，頗為可信。然所謂「無良師傅」云云，蓋據《傳》而云（《傳》訓「夫」為傅相），於詩文中則不可得也。竹添光鴻謂詩人發佗之奸於桓公，使公鋤而去之。亦有可能。無論為「刺陳佗」，或為「發佗之奸於桓公」，詩文之「夫」指陳佗則無疑也。詩人作此歌以諷，又曰：「顛倒思予」，則詩人當為陳國之士大夫，而非平民矣。

全詩二章，每章六句，形式複疊。一章之「棘」，二章之「鴞」，皆象徵所刺之人，故主「斧以斯之」，以去棘驅鴞也。「夫也不良，國人知之」，所刺之人，幾呼之欲出。數千年以下，固不知其人為誰；然當世之人讀之，則當無不知也。然詩人猶不顯其姓名，蓋如此，「言之者無罪，聞之者足以戒也」。否則，直告之可也，何必「歌以訊之」？「知而不已，誰昔然矣」，詩人蓋深知其人也。「顛倒思予」，乃深警之，非自誇其明也。

七、防有鵲巢

防❶有鵲巢，邛❷有旨苕❸。誰侜❹予美❺？心焉忉忉❻。
中唐❼有甓❽，邛有旨鷊❾。誰侜予美？心焉惕惕❿。

【注釋】

❶防，《集傳》：「防，人所築以捍水者。」即堤防也。❷邛，音窮，ㄑㄩㄥˊ。《傳》：「丘也。」❸苕，音條，ㄊㄧㄠˊ。《傳》：「草也。」《正義》引陸機《疏》曰：「苕，蔓生，莖如勞豆而細，葉似蒺藜而青；其莖葉綠色，可生食。如小豆藿也。」旨苕，美苕也。❹侜，音舟，ㄓㄡ。《爾雅．釋訓》：「侜，張誑也。」《傳》同。郭璞曰：「幻惑欺誑人者。」❺予美，《箋》：「我所美之人。」《集傳》：「指所與私者也。」❻忉忉，憂貌，參見〈齊風．甫田〉注❹。❼中唐，《傳》：「中，中庭也。唐，堂塗也。」按中為中庭，在堂之下，門之內。唐為堂塗，《正義》曰：「堂下至門之徑也。」是則中唐者，中庭之道路也。❽甓，音闢，ㄆㄧˋ。《傳》：「瓴甋也。」即甎也。❾鷊，音逆，ㄋㄧˋ。《爾雅．釋草》：「鷊，綬。」《傳》：「鷊，綬草也。」《正義》引陸機《疏》曰：「鷊，五色作綬文，故曰綬草。」❿惕，音替，ㄊㄧˋ。惕惕，《傳》：「猶忉忉也。」

【詩義．章旨】

此憂懼讒間於其所愛者之作。〈詩序〉曰：「〈防有鵲巢〉，憂讒賊也。宣公多信讒，君子憂懼焉。」《集傳》曰：「此男女之有私，而憂或間之之辭。」全詩中能探尋詩義者，唯「誰侜予美」一語，以此語以衡二說，二說皆可通；然必欲軒輊之，則《集傳》之說似較勝，何則？蓋「予美」一詞，用之於男女情人之稱，甚為貼切；若以之稱國君，則似嫌不敬。況〈葛生〉「予美亡此」之「予美」，乃夫稱其妻，今此詩之「予美」若稱國君，前後自相牴牾，將何以釋人之疑？至於是否假託男女之情，以寓君臣之意，此則「思表纖旨，文外曲致」（《文心・神思》）也。

全詩二章，每章四句，形式複疊。每章首二句為興，其所象徵者，頗為隱晦。鄭氏「處勢自然」之說，固不成理；歐公「積累」、「蔓引」、「交織」之說，亦難使人心服。方玉潤曰：「鵲本巢木，而今則曰防有鵲巢矣；苕生下濕，而今則曰邛有旨苕矣。而且中唐非甓瓴之所，高丘豈旨鷊所生？人皆可以偽造而為謠。」以此四句為無根之言，欺誑之語，頗合詩義。「誰侜予美」，為全詩之重心，探求詩義，全從此語入手。忉忉、惕惕，寫詩人憂懼之深。

八、月出

月出皎❶兮，佼人❷僚❸兮。舒❹窈糾❺兮，勞心悄兮❻。

月出皓❼兮，佼人懰❽兮。舒懮受❾兮，勞心慅❿兮。

月出照⓫兮，佼人燎⓬兮。舒夭紹⓭兮，勞心慘⓮兮。

【注釋】

❶皎，《詩緝》：「皎，月光皎潔。」即潔白貌。❷佼，音絞，ㄐㄧㄠˇ。《釋文》：「佼，字又作姣。《方言》云：『自關而東河濟之間，凡好謂之佼。』」佼人，美人。❸僚，音撩，ㄌㄧㄠˊ。《傳》：「好貌。」《釋文》：「僚，

本亦作嫽。」❹舒，發語詞。見《傳箋通釋》。《世本古義》謂指夏徵舒，頗鑿。❺窈糾，猶窈窕。見《傳箋通釋》。❻勞，憂也。勞心悄兮，猶〈邶風．柏舟〉「憂心悄悄」，亦猶〈甫田〉「勞心忉忉」。❼皓，《詩緝》：「皓，月光之白也。」與皎義同。❽懰，音柳，ㄌㄧㄡˇ。《釋文》：「劉，本又作懰，好貌。」❾懮，音有，ㄧㄡˇ。懮受，猶窈糾，美好之貌。見《傳箋通釋》。❿慅，音草，ㄘㄠˇ。《釋文》：「慅，憂也。」按與〈巷伯〉「勞人草草」之草草同，憂貌也。⓫照，《說文》：「照，明也。」⓬燎，音料，ㄌㄧㄠˋ。《集傳》：「明也。」⓭夭紹，與要紹同，嬋娟作姿容也。見《毛詩後箋》。按亦美好之貌。⓮慘，音草，ㄘㄠˇ。《釋文》：「憂也。」顧炎武《詩本音》曰：「慘，當作懆，誤作慘。」《傳箋通釋》曰：「从喿从參者，聲近而義亦同。釋詩者當日慘讀若懆，轉其音，不必易其字也。」王力《詩經韻讀》據《五經文字》改作懆。

【詩義．章旨】

《集傳》：「此亦男女相悅而相念之辭。」由詩文觀之，當是男思女之詩。〈詩序〉曰：「〈月出〉，刺好色也。在位不好德而說美色焉。」詩中既無好色不好德之意，亦難以知在位與否。《詩經今注》謂此詩乃記一俊男為貴族行刑之經過，讀之使人悚慄不已。

全詩三章，每章四句，形式複疊。每章首句皆寫月色。詩人抒寫相思，往往兼及明月，一以溶情於景，托月寄情；一以增強思念之情味，以收感人之效果，而以之襯托美人，更相得而益彰。二三句寫美人容貌神態之美，末句寫思念之深，轉為鬱結憂勞矣。全詩三章一韻，頗為奇特。《詩記》曰：「此詩用字聱牙，意者其方言歟！」《詩經原始》曰：「其用字聱牙，句句用韻，已開晉唐幽峭一派。」

九、株林

胡為乎株林❶？從夏南❷。匪❸適株林，從夏南。

駕我❹乘馬❺，說❻于株野❼。乘❽我乘駒❾，朝食于株❿。

【注釋】

❶株，《箋》：「夏氏邑也。」在今河南省柘城縣。林，《爾雅・釋地》：「邑外謂之郊，郊外謂之牧，牧外謂之野，野外謂之林，林外謂之坰。」此章株林與下章株野對文，下章又云「朝食于株」，是株乃邑名，林即野也。見《傳箋通釋》。舊以株林為邑名，誤。此句謂何為乎往株林乎？此句無動詞，但可於下句「適」字見其義。❷夏南，《傳》：「夏南，夏徵舒也。」《正義》：「徵舒祖字子夏，故為夏氏。徵舒，字子南，以氏配字，謂之夏南。楚殺徵舒，《左傳》謂之『戮夏南』（見〈成公二年〉），是知夏南即徵舒也。實從夏南之母，言從夏南者，婦人夫死從子，夏南為其家主，故以夏南言之。」按夏姬，夏徵舒之母。本鄭穆公之女，姬姓，嫁於陳大夫夏御叔，故曰夏姬。陳靈公淫乎夏姬，詩言「從夏南」者，《集傳》曰「詩人之忠厚」也。竊意此欲蓋而彌彰，即所謂「刺」也。並無所謂忠厚之意。❸匪，《箋》：「非也。」❹我，《箋》：「我，國人我君也。」按我猶其也，見《古書虛字集釋》。❺乘，言剩，ㄕㄥˋ。乘馬，四馬也。參見〈鄭風・大叔于田〉注❸。❻說，音稅，ㄕㄨㄟˋ，止息也。參見〈召南・甘棠〉注❾。❼株野，株邑之野也。❽乘，即「駕我乘馬」之駕，易字以避複也。❾駒，馬五尺以上曰駒。參見〈周南・漢廣〉注⓭。乘駒即乘馬，易字以協韻也。〈漢廣〉詩可證。《傳》謂「大夫乘駒」，恐非是。❿朝食于株，此云連夜奔馳，至株而朝食。

【詩義・章旨】

〈詩序〉：「〈株林〉，刺靈公也。淫乎夏姬，驅馳而往，朝夕不休息焉。」《箋》：「夏姬，陳大夫妻，夏徵舒之母，鄭女也。徵舒，字子南。夫字御叔。」〈序〉說與詩文、史實俱合，信而有徵，後之說詩者無不從之。事見《左傳》宣公九年、十年，時當周定王八年，西元前五九九年。詩當作於是年之前也。《詩譜》曰：「孔子錄懿王、夷王時詩，訖於陳靈公淫亂之事。」是此篇為三百篇中最晚之作品。

全詩二章，每章四句。首章四句，鄭氏以每二句為一讀，上二句為陳人責靈公語，曰：「君何為於彼株林之邑從夏氏子南之母為淫佚兮？」下二句為靈公抵拒之辭，曰：「我非是適彼株林之邑從夏氏子南之母兮，我別自適之他處耳。」《詩記》、《詩緝》皆從之，唯以下二句非靈公抵拒之辭，乃詩人自為隱之而已。蘇氏《詩集傳》始每二句頓斷讀之，朱氏《集傳》從之，且曰：「蓋淫乎夏姬，不可言也，故以從其子言之，詩人之忠厚如此。」二說各有其長，今以第二章詩文觀之，分四句讀是也。

〈詩序〉云：「朝夕不休。」二章「說于株野」是朝不休也；「朝食于株」，是夕不休也。曰「株林」、曰「株野」、曰「株」，只是一地，三異其辭，以避複耳。曰「駕」、曰「乘」，同其意也。曰「馬」、曰「駒」，異其辭也。曰「胡為乎株林」、曰「匪適株林」，上句不言「適」，而於下句見之。凡此皆見詩文之生動變化而多姿也。詩寫靈公淫行，「不必更露淫字，而宣淫無忌之行，已躍然紙上，毫無遁形，可謂神化之筆。」（見《詩經原始》）

一〇、澤陂

彼澤之陂❶，有蒲與荷❷。有美一人，傷如之何❸！寤寐無為❹，涕泗滂沱❺。

彼澤之陂，有蒲與蕑❻。有美一人，碩大且卷❼。寤寐無為，中心悁悁❽。

彼澤之陂，有蒲菡萏❾。有美一人，碩大且儼❿。寤寐無為，輾轉伏枕⓫。

【注釋】

❶陂，音坡，ㄆㄛ。《傳》：「澤障也。」即澤之堤岸也。荷蒲生澤中，非生陂上。言陂者，協韻而已。❷蒲，《集傳》：「水草，可為蓆者。」即菖蒲。荷，《傳》：「芙蕖也。」此以蒲、荷象徵美人。❸傷，《傳》：「傷無禮也。」《箋》：「傷，思也。我思此美人當如之何而得見之。」後之說詩者悉從鄭氏。按毛、鄭之訓雖異，然以此語繫之作者（我）則同。竊意此語與下二章之「碩大且卷」、「碩大且儼」，皆是形容「有美一人」之辭。〈野有蔓草〉「清揚婉兮」、「婉如清揚」亦是形容上句「有美一人」，可為參證。「傷」乃憂傷之意，「傷如之何」猶〈都人士〉之「云何盱矣」，形容美人憂傷之深，故下文云「涕泗滂沱」也。依毛、鄭之說，不僅須增字解經，每章義分兩截，下二章亦扞格難通。《魯詩》傷作陽，訓我，義亦不暢。❹無為，無所作為。此句言日夜無心作事，惟憂傷而已。❺涕泗，《傳》：「自目曰涕，自鼻曰泗。」猶口語眼淚、鼻涕。滂沱，大雨貌，此形容涕泗之多，故《正義》曰：「目涕鼻泗一時俱下滂沱然也。」❻蕑，音奸，ㄐㄧㄢ。《傳》：「蘭也。」《箋》：「蕑，當作蓮。蓮，芙蕖實也。」《正義》：「以上下皆言蒲、荷，則此章亦當為荷，不宜別據他章。且蘭是陸草，非澤中之物，故知蘭當作蓮。」按《爾雅・釋草》邢疏：「《詩・陳風》曰：『有蒲與蓮。』」陳喬樅《魯詩遺說

考》曰：「《御覽》九百七十五引詩『有蒲有蓮』」，以詩例言之，一三章言蒲荷，此章亦應言荷。即使作蕑，亦應訓為蓮（《韓詩》即訓蓮），以使三章語義一律也。❼卷，音權，ㄑㄩㄢˊ。《傳》：「好貌。」《釋文》：「卷，本又作婘。」❽悁，音娟，ㄐㄩㄢ。悁悁，《傳》：「猶悒悒也。」謂憂悶鬱悒也。❾菡萏，音汗旦，ㄏㄢˋ ㄉㄢˋ。《傳》：「荷華也。」❿儼，音掩，ㄧㄢˇ。《傳》：「矜莊貌。」⓫輾轉伏枕，《集傳》：「臥而不寐，思之深且久也。」按即〈關雎〉「輾轉反側」，形容美人憂傷之深也。

【詩義・章旨】

此詩寫「有美一人」憂傷之狀。《毛詩傳疏》謂此美人即是夏姬，未知是否。〈詩序〉曰：「〈澤陂〉，刺時也。言靈公君臣淫於其國，男女相說，憂思感傷焉。」詩文只寫「一人」，與「時」何關？詩只言美人憂傷，又與「淫」何關？《集傳》曰：「此詩之旨，與〈月出〉相類。」蓋以此詩為「男女相說而相念之詩。」此承〈序〉說，而去其「靈公君臣淫於其國」一語，且以「傷如之何」一語屬之作者也。二說皆不合詩義，並不可從。陳子展謂是夏姬女奴憫傷夏姬所作，然「傷」是否為「陽」，既不可定；「有美一人」是否為夏姬，亦不可考。故女奴所作云云，僅可備一說，恐終難成定論也。

全詩三章，每章六句，形式複疊。每章首二句皆以蒲與荷象徵女子之柔美。二章之「有蒲與蕑」，蕑作蓮固可，若依《韓詩》訓蕑為蓮則亦佳。首章之三四句「有美一人，傷如之何」為詩之重心，此詩即在寫此美人之憂傷。二章之四句寫女子之美，卒章之四句寫女子之矜莊，筆法多變。五六句寫其憂傷情形，始而「涕泗滂沱」，繼而「中心悁悁」，終則「輾轉伏枕」。憂愈深而人反愈靜矣！

檜

鄭玄《詩譜》曰：「檜者，古高辛氏火正祝融之墟。檜國在〈禹貢〉豫州，外方之北、滎波之南，居溱洧之間。祝融氏名黎，其後八姓，惟妘姓檜者處其地焉。」檜，《漢石經》作會，陸氏《釋文》曰：「檜，本又作鄶。」又引王肅曰：「周武王封之於濟、洛、河、潁之間，為檜子。」《漢書・地理志》謂：檜於周平時，為鄭武公所滅，其地併於鄭。檜城故址，在今河南省密縣東北。

〈檜〉詩凡四篇，皆併於鄭前之詩。大抵作於西周之末；惟〈匪風〉一篇，作於東遷之初，此依詩文可斷者也。

一、羔裘

羔裘逍遙❶，狐裘以朝❷。豈不爾❸思，勞心忉忉。

羔裘翱翔❹，狐裘在堂❺。豈不爾思，我心憂傷。

羔裘如膏❻，日出有曜❼。豈不爾思，中心是悼❽。

【注釋】

❶羔裘，大夫之服也。此可由〈召南・羔羊〉、〈鄭・羔裘〉、〈唐・羔裘〉等詩見之。又《左傳》昭公二十九年曰：「公賜公衍羔裘。」《韓非子・外儲說左下》曰：「冬羔裘、夏葛裘，面有飢色，則良大夫也。」宋應星《天工開物》曰：「古者，羔裘為大夫之服。」皆可為證。此則指大夫也。逍遙，《傳》：「羔裘以遊燕。」以遊燕

釋逍遙，是也。唯此對下文「以朝」而言，其意當謂不在朝治事而遊樂也。❷狐裘，《禮記・玉藻》：「錦衣狐裘，諸侯之服也。」《詩經》中凡言狐裘，皆謂諸侯之服，如〈旄丘〉「狐裘蒙戎」，謂黎君失權（《左傳》以之喻一國三公）。〈終南〉「君子至止，錦衣狐裘」，謂秦君。〈都人士〉「狐裘黃黃……萬民所望」，諸侯曰萬民（見《左傳》閔公元年），其人雖不可知，其身分為諸侯則無疑也。此詩狐裘與羔裘對舉，羔裘指大夫，則狐裘當指檜君。以朝，猶下章之「在堂」，《毛詩傳疏》曰：「首章適朝，二章在堂，其實一也。」❸爾，由末章詩文觀之，當指著「羔裘」之大夫。❹翱翔，《箋》：「猶逍遙也。」❺堂，《傳》：「公堂也。」在堂，言在朝治事。❻如膏，《正義》：「言羔裘衣色潤澤如脂膏然。」按此猶〈鄭風・羔裘〉之如濡，言其潤澤而光鮮也。❼曜，光亮也。有曜，猶曜然。❽悼，《箋》：「哀傷也。」

【詩義・章旨】

此思念某大夫而憂其逍遙遊樂不助君治政之詩。〈詩序〉曰：「〈羔裘〉，大夫以道去其君也。國小而迫，君不用道，好絜其衣服。逍遙遊燕，而不能自強於政治，故作是詩。」後人多從之。然此說頗為可疑，「好絜其衣服」，並非大惡，大夫不必因此而去。此可疑者一也。詩言「狐裘以朝」、「狐裘在堂」，是檜君並未荒於朝政，而〈序〉謂其「不能自強於政治」。此可疑者二也。〈序〉既不以羔裘指大夫，而竟謂「大夫以道去其君」，不知何所據而云然。此可疑者三也。錢澄之《田間詩學》曰：「《論語》『狐貉之厚以居。』則狐裘燕服也。逍遙而以羔裘，則法服為逍遙之具矣；視朝而以狐裘，是臨御為褻媟之場矣。」僅以《論語》一語，即斷狐裘為燕服，則〈終南〉「錦衣狐裘」何得稱君子？〈都人士〉「狐裘黃黃」，又何以能「出言有章」，而為「萬民所望」？自《毛傳》以下，解此詩者，多以羔裘、狐裘繫之一人，前提已誤，故說雖紛紜，而終不得其解也。錢氏承前人之誤，而謂以法服逍遙，以褻服臨御，不亦宜乎！唯王闓運《詩經補箋》以羔裘為卿大夫之服，狐裘為諸侯之服，分指檜大夫與檜君，得其正解。然王氏謂此詩乃檜大夫出使不還，作之以諫檜君者，與敝意稍有出入耳。《漢書·地理志》曰：「濟、洛、河、潁之間，虢、會（師古曰：會讀為鄶，字或作檜）為大。恃勢與險，竇侈貪冒。」又曰：「後三年，幽王敗，（鄭）桓公死，其子武公與平王東遷，卒定虢、會之地。」檜國於平王東遷後已亡於鄭，則此詩當作於東遷之前也。

全詩三章，每章四句，形式複疊。一章首二句為全詩之重心，欲知此詩之旨，必先知此二句中之「羔裘」、「狐裘」指一人？抑指二人？其人身分如何？此二詞語，前人解說雖多，但大多以為合指一人——檜君。其以為分指二人者，則以「羔裘」指檜君，「狐裘」指檜之大夫。然以之解詩，皆扞格而不合。竊以「羔裘」為大夫之服，「狐裘」為諸侯之服，乃歸納《詩經》文字及參之其他古籍而得。確然有據，並非妄斷。且以之解詩，尚稱順暢。然不敢以為必是也。三句「豈不爾思」之爾，究竟指上文「羔裘」？或指「狐裘」？抑二者兼指？殊費思量，今定為指「羔裘」者，以末章僅有「羔裘」，而無「狐裘」之文也。末句「勞心忉忉」、「我心憂傷」、「中心是悼」，其淺深雖異，其為憂傷之意則一。其所憂傷者非他，以大夫「逍遙」、「翱翔」，不助檜君治朝政耳。如此，則全詩脈理可尋，而詩旨亦可得矣。

二、素冠

庶見素冠兮❶，棘人❷欒欒❸兮，勞心慱慱❹兮。

庶見素衣❺兮，我心傷悲兮，聊與子同歸❻兮。

庶見素韠❼兮，我心蘊結❽兮，聊與子如一❾兮。

【注　釋】

❶庶，《釋言》：「庶，幸也。」《傳》同。《毛詩傳疏》：「單言庶，絫言庶幾。」按庶幾，希冀之詞。素冠，白色之冠。《禮記・曲禮下》：「大夫士去國，踰竟，為壇位，向國而哭，素衣、素裳、素冠。」是大夫士去國著素冠、素衣。下文曰：「聊與子同歸兮。」足證詩之素冠、素衣、素韠，乃指去國之大夫或士也。舊謂喪冠，姚際恆、屈萬里皆駁斥其非。王靜芝《詩經通釋》曰：「古男子冠禮用素冠，古之常服。」然《儀禮・士冠禮》未見素冠一詞。且即使古男子冠禮用素冠，亦未必同時用素衣、素韠也。此句謂希望能見彼著素冠之人。❷棘，惠棟《九經古義》曰：「棘，古瘠字。」瘦也。棘人，瘦瘠之人，作者自謂也。舊解為居喪之人，非是。❸欒，音鸞，ㄌㄨㄢˊ。欒欒，《傳》：「瘠貌。」《說文》引作「棘人臠臠」。❹慱，音團，ㄊㄨㄢˊ。《爾雅・釋訓》：「慱慱，憂也。」《傳》：「慱慱，憂勞也。」按勞心慱慱，猶勞心忉忉。此述所以瘠瘦之因。❺素衣，大夫、士去國之服。參見注❶。舊謂喪服，非是。❻聊，且也。子，指著素衣、素冠之男子。同歸，同歸鄉里也。❼韠，音畢，ㄅㄧˋ。《集傳》：「韠，蔽膝也。以韋為之。韠從裳色，素衣、素裳，則素韠矣。」按《禮記・玉藻》曰：「韠，君朱，大夫素。」是素韠乃大夫之服。❽蘊結，《集傳》：「思之不解也。」即鬱結也。❾如一，如一人也。言齊心合意也。

【詩義・章旨】

〈詩序〉曰：「〈素冠〉，刺不能三年也。」《集傳》從之。姚際恆《詩經通論》舉十證，說明其不可信。並曰：「此詩不知指何事何人，但『勞心』、『傷悲』之詞，『同歸』、『如一』之語，或如諸篇以為思君子可，以為婦人思男亦可。」屈萬里《詩經詮釋》曰：「此當是女子思慕男子之詩。」竊意此詩當是大夫去國，其友人念之之詩，觀其服「素冠」、「素衣」及詩「與子同歸」之文，則可知矣。此詩與前篇〈羔裘〉似頗有關聯，此詩一章之「勞心慱慱」、二章之「我心傷悲」、三章之「我心蘊結」，依次對應於前篇之「勞心忉忉」、「我心憂傷」、「中心是悼」。此篇曰「子」，前篇曰「爾」。此篇「素冠」、「素衣」、「素韠」皆大夫之服，而即以之指大夫，前篇「羔裘」亦大夫之服，並亦以之指大夫。此詩曰「與子同歸」，則知此大夫不在國內，而前篇「逍遙」、「翱翔」，亦謂其不在朝堂。綜而觀之，此二詩似為一人所作，而所描寫者似亦為同一人物。

全詩三章，每章三句，形式複疊。首句曰「庶見」，希冀見之而實未見也。因尚未見，故「勞心慱慱」、「我心傷悲」、「我心蘊結」也。「棘人欒欒」，頗有「為伊消得人憔悴」之概。「與子同歸」、「與子如一」，皆願望之詞也，全詩九句，句末皆有「兮」字，語緩而味長。

三、隰有萇楚

隰有萇楚❶，猗儺❷其枝。夭之沃沃❸，樂子之無知❹。

隰有萇楚，猗儺其華。夭之沃沃，樂子之無家❺。

隰有萇楚，猗儺其實。夭之沃沃，樂子之無室❻。

【注　釋】

❶萇楚，《正義》引陸機《疏》曰：「萇楚，今羊桃是也。葉長而狹，華紫赤色，其枝莖弱，過一尺，引蔓於草上。」❷猗儺，音阿娜，ㄜ ㄋㄨㄛˊ。《經義述聞》曰：「猗儺乃美盛之貌。」按《傳》、《箋》並訓為柔順，非是。下文曰：「猗儺其華」、「猗儺其實」，華與實不得言柔順也。❸夭之沃沃，《集傳》：「夭，少好貌。沃沃，光

澤貌。」《詩緝》：「厥草惟夭，桃之夭夭，夭皆少之意。其葉沃若，為潤澤之意。草木生意方盛，則沃然潤澤。」按朱子《集傳》、呂氏《詩記》、嚴氏《詩緝》皆以「夭之沃沃」為形容萇楚生意之盛，是也。之，猶而也。夭與沃沃皆形容萇楚之辭，夭謂其少好，沃沃謂其柔潤。《傳》釋為年少、壯佼，指人而言，恐於義未合。❹知，《爾雅・釋詁》：「知，匹也。」《箋》同。《毛詩傳疏》：「知，讀如『不識不知』之知。」亦通。然由下文「無家」、「無室」觀之，訓匹義似較勝。❺無家，《箋》：「謂無夫婦室家之道。」按謂無妻室也。《集傳》曰：「言無累也。」以有室家為累，義似稍重。❻無室，《集傳》：「猶無家也。」

【詩義・章旨】

此蓋女子樂其所愛者無家室之詩。〈詩序〉曰：「〈隰有萇楚〉，疾恣也。國人疾其君之淫恣，而思無情欲者也。」此或詩人之托意，於詩文中則不可得見也。《集傳》曰：「政煩賦重，人不堪其苦，歎其不如草木之無知而無憂也。」以「無知」、「無家」、「無室」繫之萇楚，並曰：「子，指萇楚也。」後世從之者眾，以其說頗有深義，且能得人心也。然遍觀三百篇除〈鴟鴞〉外，皆以人事為主，而以鳥獸蟲魚草木為興為比，以烘托其主旨；未有全篇專寫鳥獸蟲魚草木，而寄託人事者，今若以此篇專寫萇楚，則違其例矣。此其一也。「子」字於三百篇中悉以稱人，無稱物者，今呼萇楚為子，似嫌過甚，且不合全《詩》之例。此其二也。謂萇楚「無知」，尚有可說；謂其「無家」、「無室」，則不成說矣。此其三也。若全詩寫萇楚，則詩旨不可知。《集傳》謂「政煩賦重，人不堪其苦」。然安知非因「世衰道微」、「君淫政敗」、「妻妾眾多」、「知識煩惱」等不堪其苦而作是詩哉？此其四也。萇楚無知、無家、無室，羨之可也，而曰樂之，豈非過甚？此其五也。綜此五端，可知此說恐為說詩者之意，而非詩人之意也。

全詩三章，每章四句，形式複疊。每章前三句為興，與〈凱風〉一章雷同，其作用則象徵「子」之美好也。

卒章末句雖以協韻之故，易「無家」為「無室」，然觀乎〈國風〉詩篇，往往於末章甚至末句始顯其主旨，此「無室」一詞仍應予以重視也。

四、匪風

匪❶風發❷兮，匪車偈❸兮。顧瞻周道❹，中心怛❺兮。

匪風飄❻兮，匪車嘌❼兮。顧瞻周道，中心弔❽兮。

誰能亨魚❾？溉之釜鬵❿。誰將西歸⓫？懷之好音⓬。

【注釋】

❶匪，彼也。見《經義述聞》。❷發，《集傳》：「飄揚貌。」《毛詩傳疏》：「發，猶發發也。〈蓼莪〉『飄風發發。』《傳》：『發發，疾貌。』」❸偈，音傑，ㄐㄧㄝˊ。《釋文》：「疾也。」《集傳》：「疾驅貌。」❹顧，《箋》：「迴首曰顧。」《正義》：「言顧瞻周道，則周道已過，回首顧之。」周道，《詩本義》曰：「嚮周之道。」《集傳》：「適周之路也。」按詩既曰：「顧瞻周道。」則周道當是自周來時之道，非適周之道也。其道雖一，而其義則有別。❺怛，音達，ㄉㄚˊ。《集傳》：「傷也。」❻飄，《毛詩傳疏》：「飄，猶飄飄也。飄飄，猶發發也。」按即〈小雅・蓼莪〉「飄風發發」、《老子》「飄風不終朝」之飄，疾也。❼嘌，音飄，ㄆㄧㄠ。《說文》：「嘌，疾也。詩曰：匪車嘌兮。」❽弔，《傳》：「傷也。」❾亨，同烹。《釋文》：「煮也。」亨魚，《傳》：「烹魚煩則碎，治民煩則散，知治魚則知治民矣。」按《老子》曰：「治大國，若烹小鮮。」蓋《傳》意所本。❿溉，音概，ㄍㄞˋ。《傳》：「滌也。」之，《詩經詮釋》：「之，猶其也。下同。」鬵，音尋，ㄒㄩㄣˊ。《說文》：「大

釜也。」⓫西歸，《箋》：「檜在周之東，故言西歸。」《集傳》：「歸於周也。」⓬《詩經詮釋》：「懷，念也，猶言盼望也。好音，猶今語好消息之謂。」二句謂誰將西歸於周乎？我望其能為我帶來周室已安寧之好音也。

【詩義．章旨】

由詩「誰將西歸」一語觀之，此當是懷念周室之詩，作者當是西周末年避亂於檜國之周之貴族。〈詩序〉曰：「思周道也。國小政亂，憂及禍難，而思周道焉。」蓋誤解詩中「周道」之意。此句若改作「思周也」，則離詩旨不遠矣。《詩本義》曰：「詩人以檜國政亂，憂及禍難，而思天子治其國政，以安其人民。」此又誤解「匪風」「匪車」二句之意。《集傳》曰：「周室衰微，賢人憂歎而作此詩。」雖較〈序〉說為切，然無解於詩在〈檜風〉之故。《詩經詮釋》曰：「此當是檜人憂國思周之詩。」能兼顧檜與周矣，而又無解於「西歸」一詞。裴普賢《詩經欣賞與研究》曰：「犬戎作亂，幽王被殺，鎬京淪陷，檜國詩人循東道流亡東返，賦此詩以抒其憂傷。」此說於諸說中最近詩義，然曰「東返」，似與詩文「西歸」之意不合，此與詩之作者為周人抑為檜人有關，不可不辨也。

全詩三章，每章四句，一二章形式複疊。一二章首句示周室之危亂。二句示逃亡之急迫。其身分為貴族，亦於此句中見之。此二句頗有「驚心動魄」之效果。三句「顧瞻周道」中之「顧」字，最為吃緊。於緊急逃亡中，猶不忘時時卻顧，其心繫故里可知。四句寫心中之憂傷。卒章「誰能亨魚」，意在下句「溉之釜鬵」，《傳》以老子治國之道釋之，殊失詩人之意。末二句為全詩之重心，「西歸」一詞，為大多數說詩者所忽略，遂使詩旨與作者身分俱模糊不清，殊為可惜。

曹

鄭玄《詩譜》曰：「曹者，〈禹貢〉兗州陶邱之北，地名。周武王既定天下，封其弟叔振鐸於曹。」其封域約當今山東省荷澤、定陶一帶。曹都故址，在今定陶縣。傳二十四世，至於曹伯陽，於魯哀公八年，為宋所滅。

〈曹〉詩四篇，〈候人〉有「三百赤芾」之語，舊皆以為合於曹共公「乘軒者三百人」事，為共公時詩。然此說猶待商榷。〈下泉〉言及「郇伯」，郇國為晉武公所滅，是此詩之作成，不得晚於晉之武、獻之世。何楷據《易林》以為郇伯即魯昭公末年平王子朝之亂晉之荀躒，於三百篇中，此詩最為晚出，誤矣。〈鳲鳩〉之作成，當與〈下泉〉同時，或更早之。

一、蜉蝣

蜉蝣❶之羽，衣裳楚楚❷。心之憂矣，於我歸處❸！

蜉蝣之翼，采采❹衣服。心之憂矣，於我歸息❺！

蜉蝣掘閱❻，麻衣❼如雪❽。心之憂矣，於我歸說❾！

【注釋】

❶蜉蝣，《爾雅・釋蟲》：「蜉蝣，渠略。」《傳》：「蜉蝣，渠略也。朝生夕死，猶有羽翼以自修飾。」《正義》引陸機《疏》曰：「蜉蝣，方土語也。通謂之渠略。似甲蟲，有角，大如指，長三四寸，甲下有翅，能飛，樊光謂糞中蝎蟲。」按蜉蝣之說有二：一生水上，一生糞中。生水上者一名朝菌，高誘所謂朝生暮死之蟲。生糞

中者一名渠略，似蛣蜣而小，大如指頭，身狹而長，甲下有翅，能飛。夏月雨後叢生糞土中。見王夫之《詩經稗疏》。據《爾雅・釋義》郭注，生糞土中者亦朝生暮死。詩中蜉蝣，當指後者。❷楚楚，《傳》：「鮮明貌。」按由三章「麻衣如雪」觀之，一章「衣裳楚楚」，二章「采采衣服」，皆指人而言，昔者以為指蜉蝣，恐非是。❸於，音烏，ㄨ，嘆詞。參見〈秦風・權輿〉注❶。我，詩人自謂也。歸處，歸而止息也。此句謂嗚呼！我將歸而止息也。《箋》謂：「君當於何依歸乎?」《集傳》謂：「欲其於我歸處耳。」《毛鄭詩考正》謂：「憂蜉蝣之於我歸處，以言我之將與蜉蝣同歸也。」《毛詩會箋》謂：「欲其以我為歸也。」似皆未得其義。❹采采，《傳》：「眾多也。」《詩記》引程氏曰：「華飾也。」即美盛貌。❺歸息，《傳》：「息，止也。」猶歸處。❻掘，《毛詩後箋》：「掘當訓穿。」閱，《詩經小學》：「古閱、穴通。」是掘閱，穿穴而出也。蜉蝣生糞土中，故云。❼麻衣，《箋》：「麻衣，深衣。諸侯之朝服，諸侯朝夕則深衣也。」按《禮記・深衣》謂諸侯「夕深衣，祭牢肉」。又謂大夫士「朝玄端，夕深衣」。是麻衣即深衣，不僅諸侯服之，大夫士亦服之也。❽如雪，《傳》：「言鮮潔。」❾說，音稅，ㄕㄨㄟˋ。《箋》：「說，猶舍息也。」按說乃車之止息。參見〈召南・甘棠〉注❾。

【詩義・章旨】

此刺檜國君臣僅重服飾而輕朝政之詩也。作者亦當為在位者。〈詩序〉曰：「〈蜉蝣〉，刺奢也。昭公國小而迫，無法以自守，好奢而任小人，將無所依焉。」詩是否刺昭公，不得而知。麻衣為深衣，乃貴族昏夕之常服，不得謂奢。除此，其說大致不誤。《集傳》：「此詩蓋以時人有玩細娛而忘遠慮者，故以蜉蝣為比而刺之。」反不若〈序〉義清楚。王靜芝《詩經通釋》曰：「此詩人歎人生短暫而競浮華，不務實際也。」此無解於「麻衣」一詞。裴普賢《詩經欣賞與研究》曰：「此詩乃警戒奢侈，徒講物質生活者。人生如蜉蝣，生命短暫，應力求進取，留名後世，庶免與物同朽也。作如是解，此詩方有意義。」「留名」云云，未知詩中是否有此意也。

全詩三章，每章四句，形式複疊。每章之首句為興，《集傳》以為比，恐誤。蟲類有千萬種，詩人獨取蜉蝣為興，必有其深意存焉。若謂僅引起下文之辭，恐有負詩人之用心。蜉蝣之特性乃朝生而暮死，詩人取義必在於此。第二句寫檜國君臣之衣服，此於三章「麻衣」一詞可見。蜉蝣無衣服，平民雖有衣服，亦無「楚楚」、「采采」、「如雪」之可言。檜國君臣在其位應行其事，居其職應盡其責，今僅求衣服楚楚、璀燦、鮮潔，是務於外而忽於內，重其華而輕其實。其衣服如蜉蝣之羽翼，其人則如蜉蝣，其國祚則將亦如蜉蝣之生命不能久長矣。此詩人之所以憂傷，此詩人之所以慨嘆而欲歸息也。三四句乃詩之重心，三句詩人寫其憂心，末句寫其欲歸鄉里而止息，暗示國將危亂也。「歸」之一字，最為吃緊。此詩作於何時不可得知，然必作於曹國君臣槃樂怠敖，國政廢弛，國家將亂之時，殆無可疑。

二、候人

彼候人❶兮，何❷戈與祋❸，彼其之子，三百赤芾❹。

維鵜在梁，不濡其翼❺。彼其之子，不稱其服❻。

維鵜在梁，不濡其味❼。彼其之子，不遂其媾❽。

薈兮蔚❾兮，南山朝隮❿。婉兮孌兮⓫，季女斯飢⓬。

【注釋】

❶候人，官名。《傳》：「道路送迎賓客者。」❷何，音賀，ㄏㄜˋ。《傳》：「揭也。」按何與荷為古今字，《正義》皆作荷，負也。❸祋，音奪，ㄉㄨㄛˊ。《傳》：「殳也。」參見〈衛風・伯兮〉注❹。❹彼其之子，見〈王風・

揚之水〉注❸。此當指「候人」而言。若非指「候人」，則「彼候人兮，何戈與祋」二語將成贅文。《正義》以「候人」為君子，以「之子」為小人，依〈序〉為說，誤矣。芾，《傳》：「韠也。一命縕芾，黝珩；再命赤芾，黝珩；三命赤芾，葱珩。大夫以上，赤芾，乘軒。」《正義》曰：「《僖二十八年‧左傳》謂：『晉文公入曹，數之，以其不用僖負羈，而乘軒者三百人也。且曰：獻狀。』杜預注曰：『軒，大夫之車也。言其無德而居位者多，故責其功狀。』彼正當共公之時，與此三百文同。故《傳》言乘軒，以為共公近小人之狀。」按詩之「赤芾」，乃大夫之服，《左傳》之「乘軒」，乃乘大夫之車。故《正義》以《左傳》曹共公「乘軒者三百人」當詩之「三百赤芾」。據《周禮‧夏官》天子之候人為上士，諸侯之候人為下士。以一下士之候人，而服大夫之赤芾，是僭也，故下文言其「不稱其服」也。「三百赤芾」者，服赤芾者三百，候人居此三百赤芾之一也。❺鵜，音啼，ㄊㄧˊ。《爾雅‧釋鳥》郭璞曰：「今之鵜鶘也。好群飛，入水食魚。」形似鶚而大，嘴長尺餘，頷下有大喉囊，能絕水取魚，先連水吞入，貯於囊中，然後吐水盡而食之，俗名淘河。見《正義》引陸機《疏》。濡，濕也。《箋》：「鵜在梁當濡其翼，今不濡者非其常也。」《詩本義》曰：「鵜當居泥水中，以自求魚而食；今乃邈然高處漁梁之上，竊人之魚以食，而得不濡其翼、咮，如彼小人竊祿於高位，而不稱其服也。」❻稱，音趁，ㄔㄣˋ，適合也。服，即指上文「赤芾」而言。士而服大夫之服，故云「不稱」。❼咮，音宙，ㄓㄡˋ。《傳》：「喙也。」即鳥嘴也。❽遂，《集傳》：「遂，稱。遂之為稱，猶今人謂遂意為稱意。」媾，《詩本義》曰：「媾，婚媾也。」又曰：「不遂其媾者，婚媾之義，貴賤匹偶，各有其類。彼在朝之小人，不下從群小居卑賤，而越在高位，處非其宜，而失其類也。」按歐陽公之言是也。此當是候人欲偶大夫之季女而不得，故詩曰：「不遂其媾」也。❾薈，音會，ㄏㄨㄟˋ。薈、蔚，《傳》：「雲興貌。」按薈、蔚本草木盛貌，此謂雲（隮）盛貌。❿隮，虹也。參見〈鄘風‧蝃蝀〉注❺。⓫婉、孌，《傳》：「婉，少貌。孌，好貌。」即少好之貌。參見〈齊風‧甫田〉注❺。⓬季女，少女。參見〈召南‧采蘋〉注⓯。《傳》謂：「季，人之少子。女，民之弱者。」其說亦迂。飢，指憂傷而言，猶〈汝墳〉「惄如調飢」之飢，非指腹飢也。此句承上章「不遂其媾」而言。彼其之子不能遂其婚媾，其婚媾之季女，企望成空，心憂意煩，直如腹之飢矣。

【詩義．章旨】

此寫某候人之詩。候人為下士，而竟服赤芾，居大夫之位，可見曹君用人之無常道，故此詩亦以刺曹共公用人之不以其道也。〈詩序〉曰：「〈候人〉，刺近小人也。共公遠君子，而好近小人焉。」候人乃一官職，無所謂君子，亦無所謂小人，〈序〉說失之。

全詩四章，每章四句，前三章形式複疊。一章之「候人」，乃詩之主角，「何戈與祋」乃是其職責，賢與不賢固不知也。而《傳》以為賢者，〈序〉以為君子，不知何由而知？下文三言「彼其之子」，當即指此候人。否則，「彼候人兮，何戈與祋」二語，於詩中將毫無意義。「三百赤芾」，謂候人服此赤芾而在三百大夫之中。下文「不稱其服」一語，足以說明此意。二三章之前二句，其意難詳，歐陽脩曰：「此鵜當居泥水中，以自求魚而食，今乃邈然高處漁梁之上，竊人之魚以食，而得不濡其翼、咮，如彼小人竊祿於高位，而不稱其服也。」其說大致不誤。「不遂其媾」應與「不稱其服」有其關聯，「不稱其服」是因，「不遂其媾」是果，而末章「季女斯飢」則又為「不遂其媾」之果。屈萬里《詩經詮釋》曰：「上章言不遂其媾，此言季女斯飢，似此季女未成婚而被棄以至於飢餒者。」能看出「彼其之子」與「季女」之婚媾關係，真目光如炬。此詩每章之末句皆是此章之重心，而此四末句又有其先後因果關係，讀者若能注意及之，則詩義自不難明矣。

三、鳲鳩

鳲鳩❶在桑，其子七兮。淑❷人君子，其儀一兮❸。其儀一兮，心如結兮❹。
鳲鳩在桑，其子在梅❺。淑人君子，其帶❻伊❼絲。其帶伊絲，其弁伊騏❽。
鳲鳩在桑，其子在棘。淑人君子，其儀不忒❾。其儀不忒，正是四國❿。
鳲鳩在桑，其子在榛⓫。淑人君子，正是國人⓬。正是國人，胡不萬年⓭！

【注釋】

❶鳲，音尸，ㄕ。鳲鳩，《傳》：「秸鞠也。」《集傳》：「亦名戴勝，今之布穀也。」❷淑，《傳》：「善也。」❸儀，儀度、禮儀也。一，謂均一不變。❹如結，《傳》：「用心固也。」❺梅，即〈摽有梅〉之梅。參見〈召南・摽有梅〉注❷。❻帶，《箋》：「謂大帶也，大帶用素絲。」❼伊，維也，為也。❽騏，《箋》：「騏，當作璂，以玉為之。」《釋文》曰：「騏，《說文》作璂，云：『弁飾也，往往置玉也。』或亦作璂。」按《周禮・弁師》：「王之皮弁，會五采玉璂。」鄭玄注：「皮弁之縫中，每貫結五采玉十二以為飾，謂之綦。《詩》云：『會弁如星』，又曰：『其弁伊綦』是也。」是璂者弁之玉飾也。字應作璂，或作琪。作綦、騏者，假借字也。❾忒，音特，ㄊㄜˋ。《集傳》：「忒，差忒也。」即差錯也。❿四國，四方、四方之國，猶言天下。正是四國，謂可以作天下人之法則。⓫榛，木名，栗屬。參見〈邶風・簡兮〉注⓬。⓬國人，詩在〈曹風〉，當指曹國之人。⓭胡不萬年，此祝其壽考之辭也。言何能不長壽乎！

【詩義・章旨】

詩曰：「其帶伊絲，其弁伊騏。」又曰：「正是四國。」由此觀之，此詩當是曹人頌美天子之公卿之詩。下篇〈下泉〉亦有「四國」一辭，或是美郇伯歟！又詩在〈曹風〉，若是美曹君之詩，則曹君時當為諸侯之長，如共公者，則不足以當之。否則，「正是四國」一語，則不可解矣。〈詩序〉曰：「〈鳲鳩〉，刺不壹也。在位無君子，用心之不壹也。」詩明言「其儀一兮」，〈序〉反曰「刺不壹」，是知其說不足取也。《集傳》曰：「詩人美君子之用心均平專一。」是矣。陳啟源《稽古編》以為此援古刺今，是則詩中「其帶伊絲，其弁伊騏」，豈想像之辭乎？

全詩四章，每章六句，形式複疊。一章為全詩之重心，首二句言鳲鳩之子有七，而其心則一，以象徵淑人君子雖有四國之子民，而其儀則一，其心如結，公正而無偏私，故能為四國之人之法則也。二章以下，述鳲鳩之子或在梅，或在棘，或在榛，正象徵君子之子民遍及四國也。二三章之後四句，為「其儀一兮」之注腳，「其帶」、「其弁」即儀也；「不忒」即一也。末章末句頌美之意畢現，亦此詩寫作之目的也。

四、下　泉

洌❶彼下泉❷，浸❸彼苞稂❹。愾我寤嘆❺，念彼周京❻。
洌彼下泉，浸彼苞蕭❼。愾我寤嘆，念彼京周❽。
洌彼下泉，浸彼苞蓍❾。愾我寤嘆，念彼京師❿。
芃芃⓫黍苗，陰雨膏⓬之。四國有王⓭，郇伯⓮勞之⓯。

【注釋】

❶洌，音列，ㄌㄧㄝˋ。《傳》：「洌，寒也。」《正義》：「洌字從冰。」是當作洌，寒涼之意。❷下泉，《傳》：「泉下流也。」即自高處下流之泉。❸浸，音近，ㄐㄧㄣˋ，潤漬也。❹稂，音郎，ㄌㄤˊ。《爾雅・釋草》：「稂，童粱。」《傳》同。一種害禾之草，又名狼尾草。❺愾，音慨，ㄎㄞˋ。《集傳》：「歎息之聲也。」寤，連續也。參見〈邶風・柏舟〉注㉕。此句言我愾然歎息不止。❻周京，《集傳》：「周京，天子之所居也。」當指西周之都。❼蕭，《傳》：「蒿也。」參見〈王風・采葛〉注❸。❽京周，《集傳》：「猶周京也。」倒文以協韻耳。❾著，音詩，ㄕ。《集傳》：「著，筮草也。」亦蒿屬，古人以其莖為占筮之用。❿京師，《公羊傳》桓公九年曰：「京師者何？天子之居也。京者何？大也。師者何？眾也。天子之居，必以眾大言之。」《正義》曰：「周京與京師一也，因異章而變文耳。」⓫芃，音朋，ㄆㄥˊ。芃芃，《傳》：「美貌。」《正義》曰：「言芃芃然盛。」按此芃芃與〈鄘風・載馳〉「芃芃其麥」之芃芃義同，茂盛之貌。⓬膏，潤也。⓭四國，指四方諸侯。有王，《箋》：「謂朝聘於天子也。」《正義》曰：「《莊二十三年・左傳》曰：『諸侯有王，王有巡守。』巡守是天子巡省諸侯，則知有王是朝於天子。」按《孟子・梁惠王下》曰：「天子適諸侯曰巡狩，巡狩者，巡所狩也；諸侯朝於天子曰述職，述職者，述所職也。」有王即述職，非有二事也。何楷《詩經世本古義》據《易林》以魯昭公二十二年王子朝作亂，晉籍談、荀躒帥九州之戎勤王事實之，並解「四國有王」為「四國共戴一王，皆以王之事為事。」誤矣。⓮郇伯，《傳》：「郇伯，郇侯也。」《箋》：「郇侯，文王之子。為州伯，有治諸侯之功。」按《左傳》僖公二十四年曰：「管、蔡……豐、郇，文之昭也。」其始封君為文王之子，詩所言郇伯，當是其後嗣。據《左傳》桓公九年曰：「秋，虢仲、芮伯、梁伯、荀侯、賈伯伐曲沃。」及《漢書・地理志》注引《汲郡古文》曰：「晉武公滅荀，以賜大夫原氏。」晉武公於魯莊公十七年卒，則詩之郇伯必是魯莊公十七年前之郇君。何楷以

昭公時之荀躒當之，非是。又李辰冬先生《詩經通釋》以郇伯乃邵伯之誤，邵伯即召伯，乃召穆公虎。曲折為解，難以採信。⑮勞，慰勞也。勞之，言為天子慰勞四國之諸侯也。《周禮・大行人》曰：「上公三勞，諸侯再勞，子男一勞。」〈小行人〉曰：「凡諸侯入王，則逆勞于畿，及郊，勞眡館。」

【詩義・章旨】

此蓋東遷後曹君思念西京之詩。詩三言「愾我寤嘆，念彼周京」，此周京必是鎬京，而非洛邑；若是洛邑，則會同朝覲，隨時可行，不必如此寤歎思念也。又詩言「四國有王，郇伯勞之」，郇伯為天子慰勞四國之諸侯，其地位必與〈小雅・黍苗〉「召伯勞之」之召伯相當，而為王之卿士。然東遷之初，諸侯之為王之卿士者，有鄭伯父子、虢公等，而無郇伯；郇國於東周亦無籍籍之名，是詩之郇伯當為西周時人，其勞四國諸侯，當為西周時事。詩在〈曹風〉，當是其時「有王」之曹君或其隨行之大夫所作也。

《易林・蠱之歸妹》曰：「下泉苞稂，十年無王，荀伯遇時，憂念周京。」此《齊詩》也。何楷據之，以為此詩寫魯昭公二十二年，王子朝作亂，晉籍談、荀躒帥師平亂之事，於三百篇中，最為晚出。然詩言「有王」，並無「無王」之文。有王即述職，「春見曰朝，夏見曰宗，秋見曰覲，冬見曰遇，時見曰會，殷見曰同」（《周禮・大行人》），皆「有王」也。魯昭公二十二年，晉籍談、荀躒帥師平亂，乃是勤王，非「有王」也。且其所帥者乃九州之戎，及焦瑕溫原之師，曹師未與焉。其後二十五年黃父之會、二十七年扈之會，曹師皆與會，而荀躒又未與焉。曹師與荀躒既未嘗相遇，則詩文「四國有王，郇伯勞之」之郇伯，絕非荀躒矣。況郇伯為諸侯，荀躒乃晉之大夫，身分不倫，豈能相混？鄭玄〈詩譜序〉謂孔子錄詩，訖於陳靈公淫亂之事，是鄭氏以〈株林〉一詩最為晚出，約在魯宣公十年左右。今何氏以此詩之「郇伯」為荀躒，則詩之作成當在昭公末年，去陳靈事約百年（時孔子已四十），若為事實，康成豈有不知者邪？孟子曰：「《詩》亡而後《春秋》作。」《詩經》縱晚

出，何至晚至春秋之末乎？（詳見拙作〈論曹風下泉詩作成的時代〉，刊於師大《國文學報》二十二期）

全詩四章，每章四句，前三章複疊。每章之前二句為興，象徵天子澤及下國也。「下泉」、「陰雨」，象徵王室之恩澤，「苞稂」、「苞蕭」、「苞蓍」、「芃芃黍苗」，則象徵「四國」。「浸」即四章之「膏」，易字避複而已，並無侵害之意。前三章之後二句似流水對，寫我之所以寤歎，正因念彼京師之顛覆。無窮感傷，盡在八字之中，此亦作此詩之旨也。卒章之末二句「四國有王，郇伯勞之」，正寫京師當年盛況，此所以念念不忘也。如今不復，此所以「愾我寤歎」也。全詩重心，即在「念彼京師」一語，若能緊握此語，則上下詩文如網之在綱矣。

豳

朱子《集傳》曰：「豳，國名，在〈禹貢〉雍州岐山之北，原隰之野（今陝西省栒邑縣西）。虞夏之際，棄為后稷而封於邰（今陝西省武功縣境）。及夏之衰，棄稷不務，棄子不窋，失其官守，而自竄於戎狄之間。不窋生鞠陶，鞠陶生公劉，能復脩后稷之業，民以富實；乃相其土地之宜，而立國於豳之谷焉。十世而大王徙居岐山之陽，十二世而文王始受天命，十三世而武王遂為天子。」

〈豳〉詩凡七篇，〈詩序〉以前三篇為周公所作，後四篇美周公也，然除〈七月〉外，皆與豳無涉。《集傳》謂：「武王崩，成王立，年幼不能蒞阼，周公旦以總宰攝政，乃述后稷公劉之化，作詩一篇，以戒成王，謂之〈豳風〉。而後人又取周公所作及凡為周公而作之詩以附焉。」屈萬里《詩經詮釋》曰：「疑周公東征時所率者多豳地之民；所為歌詩，皆豳地之聲調。故其詩雖作於東國，而仍以〈豳〉名之也。」按《周禮・籥章》曰：「籥章掌土鼓豳籥，中春晝擊土鼓，龡豳詩以逆暑，中秋夜迎寒亦如之。凡國祈年于田祖，龡豳雅擊土鼓以樂田畯，國祭蜡則龡豳頌擊土鼓以息老物。」豳風、豳雅、豳頌，皆指〈七月〉，豳籥則豳人吹籥之聲也。由此觀之，太王以豳民遷岐，文、武以岐而有天下，猶不忘豳聲。凡逆暑、迎寒、祈年、祭蜡，皆龡豳風，奏豳樂。豳聲幾成周樂，周民悉能為之，固不僅豳民也。屈萬里先生謂：周公東征所率者多豳地之民，是否為事實不可考知；然其謂：所為歌詩，皆豳地之聲調，則〈籥章〉之文，可為佐證。〈七月〉既名〈豳風〉，〈鴟鴞〉以下六篇，或周公所自作，或東征之士所作，而皆豳聲，故皆繫之〈豳〉焉。

一、七月

七月流火❶，九月授衣❷。一之日❸觱發❹，二之日栗烈❺；無衣無褐，何以卒歲❻？三之日于耜❼，四之日舉趾❽。同我婦子❾，饁彼南畝❿，田畯至喜⓫。

七月流火，九月授衣。春日載陽⓬，有鳴倉庚⓭。女執懿筐⓮，遵彼微行⓯，爰求柔桑⓰。春日遲遲⓱，采蘩祁祁⓲。女心傷悲，殆及公子同歸⓳。

七月流火，八月萑葦⓴。蠶月條桑㉑，取彼斧斨㉒，以伐遠揚㉓，猗彼女桑㉔。七月鳴鵙㉕，八月載績㉖。載玄載黃，我朱孔陽㉗，為公子裳。

四月秀葽㉘，五月鳴蜩㉙。八月其穫㉚，十月隕蘀㉛。一之日于貉㉜，取彼狐狸，為公子裘。二之日其同㉝，載纘武功㉞。言私其豵㉟，獻豜于公㊱。

五月斯螽動股㊲，六月莎雞振羽㊳。七月在野㊴，八月在宇㊵，九月在戶㊶，十月蟋蟀入我牀下㊷。穹窒熏鼠㊸，塞向墐戶㊹。嗟我婦子，曰為改歲㊺，入此室處㊻。

六月食鬱及薁㊼，七月亨葵及菽㊽。八月剝棗㊾，十月穫稻㊿。為此春酒(51)，以介眉壽(52)。七月食瓜，八月斷壺(53)，九月叔苴(54)。采荼薪樗(55)，食(56)我農夫。

九月築場圃(57)，十月納禾稼(58)。黍稷重穋(59)，禾(60)麻菽麥。嗟我農夫，我稼既同(61)，上入執宮功(62)。晝爾于茅(63)，宵爾索綯(64)；亟其乘屋，其始播百穀(65)。

二之日鑿冰沖沖(66)，三之日納于凌陰(67)，四之日其蚤(68)，獻羔祭韭(69)。九月肅霜(70)，十月滌場(71)。朋酒斯饗(72)，曰(73)殺羔羊。躋彼公堂(74)，稱彼兕觥(75)：「萬壽無疆」(76)。

【注釋】

❶七月，《集傳》：「斗建申之月，夏之七月也。」即夏曆七月。以下凡言月者，皆夏曆也。流，《傳》：「下也。」火，星名。《集傳》：「火，大火，心星也。」按《禮記・月令》：「季夏之月，昏，火中。」火星於六月昏中，至七月昏則西沉，故曰：「流火」，此句謂天氣漸寒也。❷授衣，《集傳》：「九月霜降始寒，而蠶績之功亦成，故授人以衣使禦寒也。」按此謂豳政府授與人民寒衣也。❸一之日，《傳》：「一之日，周正月也。」按夏正建寅，與今陰曆同；殷正建丑，即以夏曆十二月為正月；周正建子，即以夏曆十一月為正月；秦正建亥，即以夏曆十月為正月。《史記・秦始皇本紀》有載。此詩中一之日，二之日，三之日，四之日，皆周曆，依序為夏曆之十一月、十二月、一月、二月也。❹觱，音畢，ㄅㄧˋ。觱發，《傳》：「風寒也。」《說文》引詩作滭冹。❺栗烈，《傳》：「寒氣也。」《說文》引詩作凓冽。❻褐，音何，ㄏㄜˊ。《箋》：「毛布也。」賤者之服也。卒，《箋》：「終也。」《正義》曰：「一之日有觱發之寒風，二之日有栗烈之寒氣。此二日者，大寒之時，人之貴者無衣，賤者無褐，何以終其歲乎？」❼于耜，《傳》：「始修耒耜也。」《傳箋通釋》：「于，猶為也。為與修同義。于耜，即為耜也；為耜，即修耜也。」耜，音似，ㄙˋ，農具，耒之下端也，古以木，後世以金，略似今之鐵鍬，其柄謂之耒。❽趾，足也。舉足踩耜，即耕也。❾我，詩人自稱。婦子，農人之婦與子也。《集傳》：「少者既皆出而在田，故老者率婦子而餉之。」❿饁，音葉，ㄧㄝˋ。《爾雅・釋詁》：「饁，饋也。」《傳》同。今謂之送飯。南畝，南方之田畝也。⓫畯，音俊，ㄐㄩㄣˋ。《傳》：「田大夫也。」按《周禮・籥章》：「擊土鼓

以樂田畯。」注引鄭司農曰：「田畯，古之先教田者。」蓋田畯乃掌理田事之官，今至田間見農夫治田勤勞故喜樂也。《箋》謂：「喜，讀為饎。饎，酒食也。」義似稍遜。⑫載，《箋》：「載之言則也。」下同。《集傳》訓為始，恐誤。陽，《箋》：「溫也。」即溫和、溫暖之意。⑬倉庚，《傳》：「離黃也。」又名商庚、楚雀、黃鶯。參見〈周南・葛覃〉注⑦。⑭懿筐，《傳》：「深筐也。」⑮遵，《集傳》：「循也。」微行，《集傳》：「小徑也。」⑯爰，乃也。柔桑，《箋》：「穉桑也。」即嫩桑葉，新生之蠶食之。⑰遲遲，《傳》：「舒緩也。」春日漸長，故云。⑱蘩，《傳》：「白蒿也。」參見〈召南・采蘩〉注②。祁祁，《傳》：「眾多也。」參見〈召南・采蘩〉注⑧。⑲殆，《古書虛字集釋》：「猶將也。」公子，《正義》：「諸侯之子稱公子。」按公子，《傳》、《箋》、《正義》、《集傳》皆謂豳公之子，是也。後人或解為女公子，則與下文「為公子裘」、「為公子裳」不合，故不可從。同歸，即〈素冠〉「聊與子同歸兮」之同歸、〈丰〉「叔兮伯兮，駕予與歸」之與歸。及公子同歸，蓋欲嫁與公子也。《箋》謂：「有與公子同歸之志，欲嫁焉。」是矣！⑳萑，音完，ㄨㄢˊ。萑葦，《傳》：「薍為萑，葭為葦。」按葦有三類，十一名，參見〈召南・騶虞〉注②。㉑蠶月，《正義》：「養蠶之月。」據《禮記・月令》季春說養蠶之事，知蠶月即指三月。條桑，俞樾《群經平議》：「條桑，言桑葉茂盛也。」按《玉篇》引詩作挑桑，謂挑取桑葉，亦通。㉒斨，音槍，ㄑㄧㄤ，斧屬。受柄之孔，橢者曰斧，方者曰斨。參見〈破斧〉注①及此詩《傳》。㉓遠揚，《集傳》：「遠枝揚起者也。」即枝條之遠伸而揚起者。㉔猗，音倚，ㄧˇ。《傳》：「角而束之曰猗。」《群經平議》：「猗乃掎之假借。《說文・手部》：『掎，偏引也。』女桑乃桑之小者，故以手引而采之也，並無以繩束之義。」按戴震《毛鄭詩考正》以猗為「有實其猗」之猗，訓為茂盛貌，然此詩中「饁彼」、「遵彼」、「取彼」、「躋彼」、「稱彼」，「彼」上之字皆為動詞，此「猗彼」之猗，當為動詞，如俞氏訓為偏引，不當為狀詞，如戴氏訓為茂盛之意也。女桑，《集傳》：「小桑。」㉕鵙，音決，ㄐㄩㄝˊ。《爾雅・釋鳥》：「鵙，伯勞也。」《傳》同。㉖績，《集傳》：「緝也。」即紡也。㉗玄、黃、朱，皆染絲之色。陽，《傳》：

「明也。」此句謂我所染之紅色最為鮮明。㉘秀，《傳》：「不榮而實曰秀。」葽，音腰，ㄧㄠ。《傳》：「葽，葽草也。」《說文》：「葽，草也。詩曰：『四月秀葽。』劉向說：此味苦，苦葽也。」或以為即遠志。㉙蜩，音條，ㄊㄧㄠˊ。《傳》：「蜩，螗也。」《方言》：「楚謂蟬為蜩，宋衛謂之螗蜩，陳鄭謂之蜋蜩，秦晉謂之蟬。」按俗名知了，蓋以其鳴聲而得名也。㉚穫，《傳》：「禾可穫也。」《正義》：「八月其穫者，唯有禾耳，故知其穫謂禾可穫也。」按八月可穫者極多，如「八月萑葦」、「八月剝棗」、「八月斷壺」，皆是也。唯禾最重要，故知「八月其穫」，謂穫禾也。㉛隕，《爾雅・釋詁》：「隕，墜也。」擇，音拓，ㄊㄨㄛˋ。見〈鄭風・擇兮〉注❶。㉜貉，音曷，ㄏㄜˊ。《詩經稗疏》：「貉，兵祭也。《周禮》：『有司表貉于陳前。』『甸祝掌表貉之祝號。』田獵以講武事，故有兵祭。一之日于貉者，祭表貉而守也。」按《周禮・甸祝》鄭注：「貉，兵祭也。甸以講武治兵，故有兵祭。」又詩下文云：「載纘武功。」由此觀之，王氏之說是也。此句謂農事既畢，十一月乃行貉祭，田獵以習武事也。㉝同，《傳箋通釋》：「同之言會合也。」㉞纘，音纂，ㄗㄨㄢˇ。《傳》：「繼也。」功，《傳》：「事也。」二句謂十二月則會合眾人，舉行冬獵，以繼續習武之事。㉟私，《集傳》：「私之以為己有。」豵，音宗，ㄗㄨㄥ。《傳》：「豕一歲曰豵。」此謂獸之小者。㊱豜，音肩，ㄐㄧㄢ。《傳》：「(豕)三歲曰豜。」〈齊風・還〉作肩，借字也。此謂獸之大者。公，豳公也。㊲斯螽，即〈周南〉之螽斯，參見〈周南・螽斯〉注❶。動股，《集傳》：「以股鳴也。」即以股磨翅作聲也。㊳莎，音梭，ㄙㄨㄛ。莎雞，蟲名。黑身赤頭，以其生莎草間，故名。俗稱紅娘子或紡織娘。振羽，謂振動其翅羽而作聲也。㊴野，謂屋外空曠之地，非必邑外也。㊵宇，《集傳》：「簷下也。」㊶戶，室內也。㊷十月蟋蟀入我牀下，此句言十月孟冬，天氣大寒，蟋蟀避寒依人，故入牀下。《箋》：「自七月在野至十月入我牀下，皆謂蟋蟀也。」按此以蟋蟀在野、在宇、在戶、入牀下，示天候漸寒也。又按「十月蟋蟀入我牀下」八字為一句，如此方合每章十一句之數。㊸穹，《傳》：「窮也。」空也，盡也，動詞。窒，音秩，ㄓˋ。《爾雅・釋言》：「窒，塞也。」《傳》同。穹窒，謂窮盡室中窒塞之物使空，以備熏鼠也。熏鼠，以煙火熏鼠穴，迫使鼠逃去也。㊹向，《傳》：「北出牖也。」冬季北風凜冽，塞北窗以禦寒也。墐，音謹，ㄐㄧㄣˋ。《傳》：「塗也。」庶人篳戶，至冬難禦風寒，故以泥塗之。㊺曰，發語詞。為，將也。改歲，言舊歲將盡，新歲即至也。由第一章「卒歲」及本章上文觀之，此謂夏曆，非周曆也。《正義》謂：「十月為莫，過十月則改歲。」恐誤。㊻處，居也。《箋》：「入所穹窒墐戶之室而居之。」㊼鬱，《傳》：「鬱，棣屬。」《正義》：「是唐棣之屬。」薁，音玉，ㄩˋ。《傳》：「蘡薁也。」《本草》：「蘡薁，俗名野葡萄。」㊽亨，古烹字。葵，《說文》：「葵，菜也。」菽，《集傳》：「豆也。」㊾剝，《傳》：「擊也。」按剝乃扑之假借。棗樹多刺，故擊之使落也。㊿稻，此指稻之黏者，如稌、糯之屬，可以為酒，故下文云「為此春酒」也。見《毛詩稽古編》。51春酒，《傳》：「凍醪也。」按冬日釀之，故稱凍醪；新春飲之，故稱春酒。52介，《詩經詮釋》：「介，與匄聲同義通，求也。」今多用丐字。眉壽，《正義》：「人年老者必有豪毛秀出。」故稱長壽曰眉壽。53壺，《傳》：「瓠也。」按壺，瓠之假借。斷壺，《正義》：「就蔓斷取而食之。」謂折斷其蒂而取之也。54叔，《傳》：「拾也。」苴，音居，ㄐㄩ。《傳》：「麻子也。」叔苴，謂取麻子以供食也。55荼，《集傳》：「苦菜也。」樗，音書，ㄕㄨ。《傳》：「惡木也。」按樗，俗稱臭椿，故《傳》訓惡木。又按《正義》曰：「荼以為菜，樗以為薪。」是訓采為菜，動詞。采荼、薪樗，文正相對。荼為苦菜，春夏已成，《呂氏春秋・任地》曰：「日至，苦菜死。」不待九月採也。故孔氏訓采為菜，是也。句謂以荼（乾荼）為菜，以樗為薪，言農夫生活之苦也。56食，音嗣，ㄙˋ，以食與人也。57場圃，《傳》：「春夏為圃，秋冬為場。」按場圃是一地而二用：春夏作圃以種菜茹，秋冬為場以治穀物。九月築場圃，《正義》：「九月之時，築場於圃之中以治穀也。」58納，《箋》：「納，內也。治於場而內之囷倉也。」禾、稼，皆穀之通稱。曰禾稼者，統言之也。59重穋，音蟲陸，ㄔㄨㄥˊ ㄌㄨˋ。《傳》：「後熟曰重，先熟曰穋。」《釋文》：「重，又作種。穋，又作稑。」按《周禮・天官・內宰》鄭司農曰：「先種後熟謂之重，後種先熟謂之穋。」蓋指所有穀類，非徒黍稷也。60禾，上言「禾稼」，此又言「禾麻」者，《正義》曰：「禾稼、禾麻，再言禾者，以禾是大名也，非徒黍稷重穋四種而已，其餘稻秫苽粱之輩，皆名為禾。麻與菽麥，則無禾稱，故於麻麥之上更言禾字以總諸禾也。此文所不見者，明其皆納之也。」竊意「禾稼」之禾，乃穀之統稱；「禾麻」之禾，乃穀之專名，即指稻而言也。(61)既同，《箋》：「言已聚也。」按同，即「二之日其同」之同，合也、聚也。(62)上，即〈陟岵〉「上慎旃哉」之上，猶尚也。入，《傳》：「入都邑。」執，治也，作也。功，事也。宮功，豳公宮室之事也。《群經平議》曰：「上入執宮功，言野功既畢，尚入而執宮中之事也。」(63)爾，《古書虛字集釋》：「猶而也。」于，猶「于耜」之于，為也。于茅，治茅、取茅也。(64)宵，《傳》：「夜也。」索綯，《經義述聞》曰：「索者糾繩之名。綯，即繩也。索綯，猶言糾繩。于茅、索綯，文正相對。」(65)亟，音極，ㄐㄧˊ。《箋》：「急也。」乘，音成，ㄔㄥˊ。《說文》：「乘，覆也。」乘屋，謂以茅覆蓋屋也。其，將也。百穀，穀類之總稱。二句謂急速覆蓋屋頂，因新春將至，又將播種百穀矣。(66)沖沖，《傳》：「鑿冰之意。」《釋文》：「沖，聲也。」按應是鑿冰之聲。《禮記・月令》：「季冬之月，命取冰。」與詩合。(67)凌陰，《傳》：「冰室也。」今謂之冰窖。(68)蚤，古早字。(69)獻羔祭韭，《箋》：「祭司寒而藏之，獻羔而啟之。」按獻羔羊、韭菜以祭司寒之神，此開啟冰室之禮也。《禮記・月令》：「仲春之月，天子乃鮮（獻）羔開冰。」《左傳》昭公四年：「其藏之也，黑牡秬黍，以享司寒；其出之也，桃弧棘矢，以除其災。」又曰：「祭寒而藏之，獻羔而啟之。」是藏冰、開冰，皆有祭禮也。(70)肅霜，《集傳》：「氣肅而霜降也。」王國維以為肅霜猶言肅爽，亦通。見《觀堂集林》。(71)滌場，《集傳》：「農事畢而掃場地也。」按場即「場圃」之場，禾稼既納，農事已畢，乃清掃場地，以饗朋酒也。又王國維以為滌場猶言滌蕩，亦通。見《觀堂集林・肅爽滌蕩說》。(72)朋酒，《傳》：「兩樽曰朋。」《詩經通論》曰：「朋酒，當是朋儕為酒，乃『歲時伏臘，田家作苦』之意耳。」按姚氏之說是也。今農家往往於農事既畢，群聚宴飲歌舞，以慶豐收，謂之「豐年祭」。詩「朋酒斯饗，曰殺羔羊」有類於是。斯，《經傳釋詞》：「斯，猶是也。」饗，宴也。《傳》：「饗者，鄉人飲酒也。」《正義》曰：「鄉人飲酒而謂之饗者，鄉飲酒禮尊事重，故以饗言之。」73曰，語詞。74躋，音基，ㄐㄧ。《集傳》：「升也。」公堂，《傳》：「學校也。」《集傳》：「君之堂也。」按詩中「公」字皆指豳公，此「公堂」當指豳公之堂。朱子之說是也。75稱，《集傳》：「舉也。」兕觥，見〈周南・卷耳〉注18。76萬壽無疆，《傳》：「疆，竟（境）也。」謂長壽無窮盡也。此祝福之語，然非豳公不足以當之。陳奐謂是致祝於大夫，或謂農人互祝之辭，皆非是。

【詩義・章旨】

此詩人寫豳國農人生活及上下協和之詩。〈詩序〉：「〈七月〉，陳王業也。周公遭變，故陳后稷先公風化之所由，致王業之艱難也。」朱子以下之說詩者多從之。觀詩文多寫農事，此實非周公所能知；又詩言「同我婦子」、「入我牀下」、「嗟我婦子」、「食我農夫」、「嗟我農夫」、「我稼既同」，亦絕不類周公語。故〈序〉謂周公所陳，不可從也。然詩已用周曆，其作於周代，當無疑也。

全詩八章，每章十一句，為十五〈國風〉中之最長者。全詩以寫衣食為主。前四章多言衣，後四章多言食。一章兼言衣食，為一詩之綱領。二三四章或言採桑，或言績麻，或言為裳，或言為裘，皆寫衣事也。五章言居。六章以下，則皆言食事矣。每章皆以紀月開頭，如《禮記・月令》，而夏曆、周曆間用，變文取新，益增其姿彩。一章曰：「九月授衣。」此上愛下也；四章曰：「獻豜于公。」末章曰：「躋彼公堂，稱彼兕觥：『萬壽無疆』。」此下愛上也。一章曰：「同我婦子，饁彼南畝。」此妻愛夫也；五章曰：「嗟我婦子……入此室處。」此夫愛妻也。三章曰：「我朱孔陽，為公子裳。」此女愛男也。四章曰：「取彼狐狸，為公子裘。」此壯愛少也。上下親愛和睦，使人如見豳國淳樸之風、豳民忠厚之意，至今猶在也。有風化如此，欲其不王也，亦難矣。

姚際恆曰：「鳥語蟲鳴，草榮木實，似月令；婦子入室，茅綯升屋，似風俗書；流火寒風，似五行志；養老慈幼，躋堂稱觥，似庠序禮；田官染織，狩獵藏冰，祭獻執功，似國家典制書。其中又有似採桑圖、田家樂圖、穀譜、酒經。一詩之中無不具備，洵天下之至文也。」

二、鴟鴞

鴟鴞鴟鴞❶！既取我子，無毀我室❷！恩斯勤斯❸，鬻子之閔斯❹。

迨❺天之未陰雨，徹彼桑土❻，綢繆牖戶❼。今女下民❽，或敢侮予❾！

予手拮据❿，予所捋荼⓫，予所蓄租⓬，予口卒瘏⓭，曰予未有室家⓮。

予羽譙譙⓯，予尾翛翛⓰，予室翹翹⓱，風雨所漂搖⓲。予維音嘵嘵⓳。

【注釋】

❶鴟鴞，音痴消，ㄔ ㄒㄧㄠ。即〈陳風・墓門〉「有鴞萃止」之鴞，貓頭鷹也。此以之比武庚。疊言鴟鴞者，《詩本義》曰：「鳥之愛其巢者呼鴟鴞而告之。」《毛詩後箋》曰：「與〈魏風〉『碩鼠碩鼠，無食我黍。』〈小雅〉『黃鳥黃鳥，無集于穀。』文例正同。」❷《集傳》：「室，鳥自名其巢也。鳥之愛巢者呼鴟鴞而謂之曰：『爾既取我之子矣，無更毀我之室也。』以比武庚既敗管蔡，不可更毀我王室也。」❸恩，《傳》：「愛也。」斯，《經傳釋詞》：「斯，語已詞也。」勤，即〈周頌・賚〉「文王既勤止」之勤，勞也。恩斯勤斯，猶曰「鬻子之恩斯，鬻子之勤斯」，與下「鬻子之閔斯」語句一律，省去「鬻子之」三字而已。陳奐謂「承無毀我室句」，恐誤。❹鬻，音育，ㄩˋ。《傳》：「稚也。」鬻子，《傳》：「稚子，成王也。」閔，憐憫也。此句謂憐憫此稚子。

❺迨，《傳》：「及也。」❻徹，《傳》：「剝也。」《孟子・公孫丑》趙注：「取也。」桑土，《傳》：「桑根

也。」《釋文》：「土，音杜，《韓詩》作杜，義同。」《方言》：「東齊謂根曰杜。」是土者，杜之假借也。徹彼桑土，《孟子》趙注：「取桑根之皮。」❼綢繆，《箋》：「猶纏綿也。」參見〈唐風・綢繆〉注❶。牖，音有，ㄧㄡˇ，窗也。戶，門也。《集傳》：「牖，巢之通氣處，戶，其出入處也。」❽女，同汝，《孟子》引作「此」。下民，《箋》：「巢下之民。」❾或，《助字辨略》：「或，誰也。」或敢侮予，《正義》曰：「寧或敢侮慢我，欲毀我巢室乎！」《集傳》：「誰敢侮予者，亦以比己深愛王室而預防其困難之意。」❿拮据，音結居，ㄐㄧㄝˊㄐㄩ。《傳》：「撠挶也。」《毛詩傳疏》：「《玉篇》云：『拮据，手病也。』」戟挶者，即手病之謂。戟，俗作撠。」此謂兩手因勞苦而屈如鉤戟之形。⓫捋，取也。參見〈周南・芣苢〉注❻。荼，《傳》：「萑苕也。」即蘆荻之穗，可以鋪巢。⓬蓄，《釋文》引《韓詩》曰：「積也。」租，《傳箋通釋》：「通作苴。《說文》：『苴，履中草。』」此處為名詞，草也。蓄租，與上句「捋荼」文正相對，皆言手之拮据、口之卒瘏之因也。⓭卒，《傳箋通釋》：「卒，當讀為顇。《爾雅》：『顇，病也。』」瘏，《傳》：「病也。」參見〈周南・卷耳〉注㉑。卒瘏與拮据相對成文，皆言因勞苦而病也。⓮曰，語詞。此句言其所以辛勞如此者，以予未有室家之故。以喻王室新造而未安也。⓯譙，音樵，ㄑㄧㄠˊ。譙譙，《傳》：「殺也。」掉落減少之意。⓰翛，音消，ㄒㄧㄠ。翛翛，《傳》：「敝也。」凋敝衰敗之意。羽譙尾翛，皆謂因勤勞王家而形容枯槁衰敝也。⓱翹，音喬，ㄑㄧㄠˊ。翹翹，《爾雅・釋訓》：「翹翹，危也。」《傳》同。⓲漂搖，動蕩不安也。漂屬雨，搖屬風，與上文陰雨、綢繆相應。⓳嘵，音消，ㄒㄧㄠ。《傳》：「懼也。」《箋》：「音嘵嘵然，恐懼告愬之意。」

【詩義・章旨】

〈詩序〉：「〈鴟鴞〉，周公救亂也。成王未知周公之志，公乃為詩以遺王，名之曰〈鴟鴞〉焉。」《集傳》：「武王克商，使弟管叔鮮、蔡叔度，監于紂子武庚之國。武王崩，成王立，周公相之，而二叔以武庚叛，且流言于國曰：周公將不利於孺子，故周公東征。二年，乃得管叔、武庚而誅之，而成王猶未知周公之意也，公乃作此詩以貽王。」此皆據《金縢》為說也。《尚書・金縢》謂：「周公居東二年，則罪人斯得。于後公乃為詩以貽王，名之曰《鴟鴞》。」《金縢》一文，今人多謂是春秋晚年或戰國初年作品。然此詩第二章孟子曾援引，孔子曾曰：「為此詩者，其知道乎！」是其成詩也早矣。故《金縢》之文，未可輕疑也。至於此詩全用比體，今人讀之猶感艱深，成王何以知此詩之意？此點朱子有解。《朱子語類・卷七十九》云：「問：《鴟鴞》詩，其詞艱苦深奧，不知當時成王便是如何理會得？曰：當時事變在眼前，故讀其詩者便知其命意所在。自今讀之，既不及見當時事，所以謂其詩難曉。然成王雖得此詩，亦只是『未敢誚公』，其心未必能遂無疑。及至雷風之變，啟《金縢》之書後，方始釋然開悟。」朱子後之說詩者，大抵確信《金縢》之說而不疑。今亦從眾。

全詩四章，每章五句，皆託小鳥哀呼鴟鴞而告之之語。全用比體，於三百篇中僅此一篇，頗為獨特。首章「無毀我室」一語，為全詩之重心，以後三章，皆圍繞此語而立說。於此足見周公之用心，全在周室而已。三四句「恩斯勤斯，鬻子之閔斯」，造語奇特。後之以「恩斯勤斯」言「室」者，皆未得其解。二三章承「無毀我室」言。二章「未雨綢繆」，見其思慮之遠；三章拮据、卒瘏，見其勞苦之甚。其中「手拮据」與「口卒瘏」、「捋荼」與「蓄租」皆相對成文。明乎此而解詩，亦可得一臂之助也。末章承前章之勢，述其身心之疲敝，情況之危急。羽譙譙、尾翛翛、音嘵嘵，頗有聲嘶力竭之概。而所憂者，厥在「予室翹翹，風雨所漂搖」而已。

三、東　山

我徂東山❶，慆慆❷不歸。我來自東❸，零雨其濛❹。我東曰歸❺，我心西悲❻。制彼裳衣❼，勿士❽行枚❾。蜎蜎者蠋❿，烝⓫在桑野。敦彼獨宿⓬，亦在車下⓭。

我徂東山，慆慆不歸。我來自東，零雨其濛。果臝⑭之實，亦施于宇⑮。伊威⑯在室，蠨蛸⑰在戶。町畽鹿場⑱，熠燿宵行⑲。不可畏也，伊可懷⑳也。

我徂東山，慆慆不歸。我來自東，零雨其濛。鸛鳴于垤㉑，婦歎于室㉒。洒埽穹窒㉓，我征聿至㉔。有敦瓜苦㉕，烝在栗薪㉖。自我㉗不見，于今三年。

我徂東山，慆慆不歸。我來自東，零雨其濛。倉庚㉘于飛，熠燿㉙其羽。之子于歸㉚，皇駁㉛其馬。親結其縭㉜，九十其儀㉝。其新孔嘉，其舊如之何㉞？

【注釋】

❶徂，即「自我徂爾」之徂，往也。參見〈衛風．氓〉注㉘。東山，《詩說解頤》曰：「東山，即魯之東山。魯蓋古之奄國，《書》所謂『王來自奄』，即東征而歸之事也。」《毛詩傳疏》曰：「東山，魯東蒙山，在今山東省沂州府蒙陰縣南。周公所誅之奄國，在魯境內。」按季、陳二氏之說是也。《孟子．盡心》謂：「孔子登東山而小魯。」即詩之東山。亦即《論語．季氏》「昔者先王以為東蒙主」之東蒙山也。❷慆，音滔，ㄊㄠ。慆慆，《傳》：「言久也。」❸來，《詩緝》：「來歸也。」此句謂我自東方來歸也。❹零，即「靈雨既零」之零，落也。參見〈鄘風．定之方中〉注⑲。濛，《傳》：「雨貌。」按《說文》曰：「濛，微雨貌。」其濛，猶濛然、濛濛。《詩緝》引錢氏曰：「濛濛，細雨貌。」❺曰，語詞。此句謂我由東而歸。❻悲，即「遊子悲故鄉」之悲，憂思也。此句謂我心思念西方之故鄉而憂傷。❼制，製也。裳衣，《集傳》：「平居之服也。」❽勿，即〈園有桃〉「蓋亦勿思」之勿，不也。士，《傳》：「事也。」勿士，不必從事或不用之意。❾行枚，《箋》：「亦初無行陣銜

枚之事。」按枚狀如箸，兩端有繩，使人銜之，繫於頭後，所以止語也。❿蜎，音娟，ㄐㄩㄢ。蜎蜎，《集傳》：「動貌。」蠋，音蜀，ㄕㄨˇ。《傳》：「桑蟲也。」《集傳》：「桑蟲如蠶者也。」⓫烝，下文「烝在栗薪。」《傳》：「烝，眾也。」此烝字當亦訓眾。凡釋為語詞，釋為寘、正、乃、久者，皆誤。⓬敦，《傳》：「敦敦然。」按敦敦然，即團團然。蓋獨宿者畏寒而蜷曲其身，故團團然也。⓭亦，語詞。車下，兵車之下也。⓮羸，音裸，ㄌㄨㄛˇ。果羸，《傳》：「栝樓也。」一種攀援植物，一名瓜蔞，俗名天花粉。⓯施，音異，ㄧˋ。《集傳》：「延也。」宇，屋簷也。此句謂果羸蔓生延施簷下也。⓰伊威，蟲名。《爾雅．釋蟲》曰：「伊威，委黍。」《傳》同。一名鼠婦。類土鼈而小，常棲於陰濕之處。⓱蠨蛸，音蕭稍，ㄒㄧㄠ ㄕㄠ，蟲名。《爾雅．釋蟲》曰：「蠨蛸，長踦。」《傳》同。《正義》曰：「小蜘蛛長腳者，俗呼為喜子。」⓲町畽，音挺疃，ㄊㄧㄥˇ ㄊㄨㄢˇ。《傳》：「鹿迹也。」《集傳》曰：「舍旁隙地也。無人焉，故鹿以為場也。」⓳熠燿，音異耀，ㄧˋ ㄧㄠˋ。《集傳》：「明不定貌。」宵行，《集傳》：「蟲名。如蠶，夜行喉有光如螢。」《本草》李時珍曰：「〈豳風〉：『熠燿宵行。』宵行乃蟲名，熠燿其光也。《詩》注及《本草》皆誤以熠燿為螢名矣。」⓴懷，《箋》：「思也。」㉑鸛，音灌，ㄍㄨㄢˋ。《正義》引陸機《疏》云：「鸛，鸛雀也。似鴻而大，長頭赤喙，白身黑尾翅。」《集傳》：「鸛，水鳥似鶴者也。」俗名老等。垤，音迭，ㄉㄧㄝˊ。《傳》：「螘塚也。」㉒婦，征人之妻也。思夫行役久且勞苦，故嘆於室。㉓穹窒，窮盡堵塞物，略如今語清除廢物。參見〈七月〉注㊸。洒埽穹窒，以待夫歸也。㉔聿，音玉，ㄩˋ。聿至，爰至、且至也。㉕有敦，猶敦然，《傳》：「猶專專也。」專，古團字，專專即團團。瓜苦，《毛詩會箋》曰：「言苦匏也。」㉖烝，《傳》：「眾也。」栗薪，《毛詩傳疏》曰：「栗木為薪，故曰栗薪。」㉗我，詩中「我」字皆征人自謂，上文「我征聿至」及此句中之「我」字亦然。鄭氏於上文云：「我君子行役，述其日月，今且至矣。言婦望也。」孔氏於此句亦云：「自我不見君子以來，於今三年矣。」謂此二「我」字乃征人之妻，恐非是。㉘倉庚，見〈周南．葛覃〉注❼及〈七月〉注⓭。㉙熠燿，《傳》：「羽鮮明也。」按與上文

「熠燿宵行」之熠燿義同。此狀其羽光閃動不定，故為鮮明貌。㉚之子，征人謂其妻也。此征人追憶初婚時事。㉛駁，音薄，ㄅㄛˊ。皇駁，《傳》：「黃白曰皇，騮白曰駁。」按騮白，赤白也。㉜縭，音離，ㄌㄧˊ。《爾雅・釋器》：「婦人之褘謂之縭。」《傳》：「縭，婦人之褘也。母戒女施衿結帨。」按縭，一名帨，一名巿，一名佩巾，所以蔽前也。女嫁時，母為之結縭，故曰「親結其縭」。㉝九十其儀，《集傳》：「九其儀，十其儀，言其儀之多也。」㉞新，謂新婚。嘉，《箋》：「善也。」舊，對上「新」而言。二句謂昔日新婚甚善，今分別三年，亦已舊矣，將如之何哉？頗有「小別勝新婚」之意。蓋戲謔之語也。

【詩義・章旨】

此東征之士，既歸之後，述其於歸途所見所思及其既歸之樂也。〈詩序〉曰：「〈東山〉，周公東征也。周公東征，三年而歸，勞歸士，大夫美之，故作是詩也。」《集傳》曰：「周公東征已三年矣，既歸，因作詩以勞歸士。」詩非周公所作，殆可斷言。詩中無美周公、勞歸士之語，故非「大夫美周公」或「周公勞歸士」之作。崔述〈豐鎬考信錄〉曰：「細玩其詞，乃歸士自敘其離合之情耳。」是矣。然詩曰：「皇駁其馬」、「九十其儀」，作者之身分必為大夫或士之貴族，而非平民也。

全詩四章，每章十二句。起首四句，四章全同，此為三百篇所僅見。作者所以再四述之，或有慨於「慆慆不歸」也。一章寫戰爭初止，勿士行枚之情景。蜎蜎者蠋，敦敦者人，一烝在桑野，一獨宿車下。以兩特殊景象，顯現一片寧靜祥和之氣。二章寫其於途中想像家中三年不見之荒涼情景。然猶謂「伊可懷也」，其思鄉之切，可以見矣。三章由思物轉為思人，蓋離家愈近也。此章以「鸛鳴于垤」與「婦歎于室」，猶首章以蠋之「烝在桑野」興人之獨宿車下，末章以「倉庚于飛」與「之子于歸」。皆以物托人，如綠葉紅花，相得益美。「于今三年」遙應「慆慆不歸」。末章寫既歸之後與婦相見之樂，然卻回寫新婚之情，又於「之子于歸」前，先寫仲春嫁娶之候；而於既見之樂，僅以「其舊如之何」一語帶過。此語看似含蓄，實則風趣無窮。姚際恆曰：「末章駘蕩之極，真是出人意表。凱旋詩乃作此香豔幽情之語，妙絕！」可謂深識其趣者矣！然駘蕩、香豔，語似過露。

四、破斧

既破我斧，又缺我斨❶。周公東征，四國是皇❷。哀我人斯❸，亦孔之將❹。

既破我斧，又缺我錡❺。周公東征，四國是吪❻。哀我人斯，亦孔之嘉❼。

既破我斧，又缺我銶❽。周公東征，四國是遒❾。哀我人斯，亦孔之休❿。

【注釋】

❶斧、斨，見〈七月〉注㉒。斧斨為伐木析薪之具，亦兵器也，此當指兵器而言。破斧、缺斨，言戰爭之久也。《詩緝》謂：「詩人言兵器，必曰弓矢干戈矛戟，無專言斧斨錡銶者。」然〈伯兮〉有「執殳」、《孟子》有「殺人以梃」。殳梃尚可為兵器，何況斧斨錡銶？又《傳》以斧斨喻禮義，《箋》以斧喻周公，斨喻成王，頗鑿；而後人或依毛攻鄭，或依鄭攻毛，尤鑿。❷四國，四方、天下也。舊謂指管蔡商奄，或謂指管蔡商霍，然《孟子・滕文公》謂：「周公誅紂伐奄，滅國者五十。」何僅四國！二〈雅〉中「四國」一詞多矣，豈能皆指出國名？皇，《傳》：「匡也。」《詩記》引董氏曰：「《齊詩》作『四國是匡』。」賈公彥引以為據。」❸哀，猶今語可憐。我人，猶今語我們。參見〈唐風・羔裘〉注❸。此從征者自謂也。❹將，《傳》：「大也。」❺錡，音奇，ㄑㄧˊ。《傳》：「鑿屬曰錡。」❻吪，音訛，ㄜˊ。《傳》：「化也。」❼嘉，《箋》：「善也。」❽銶，音求，ㄑㄧㄡˊ。《釋文》引《韓詩》曰：「鑿屬也。」高亨《詩經今注》以為即〈小戎〉「厹矛」之厹，三隅矛也。❾遒，音酋，

ㄑㄧㄡˊ。《傳》：「固也。」《箋》：「斂也。」固與斂義相成。❿休，《傳》：「美也。」

【詩義・章旨】

此東征之士美周公成弔民伐罪大業且自慶助成此功之詩。〈詩序〉曰：「〈破斧〉，美周公也。周大夫以惡四國焉。」云「周大夫」所作，大致不誤，然謂「惡四國」，則似不切詩義。《集傳》曰：「從軍之士以前篇周公勞己之勤，故言此以答其意。」前篇非周公勞歸士，即是，歸士亦無答周公之理。故朱子之說，實為武斷，不可信也。

全詩三章，每章六句，形式複疊。每章之首二句以破斧缺斨、錡、銶等，示戰役之長久。次二句美周公成匡正四國、鞏固周室之大業，末二句慶自身無恙且喜助成此大功。故曰：「亦孔之將」、「亦孔之嘉」、「亦孔之休」也。二句之斨、錡、銶，四句之皇、吪、遒，末句之將、嘉、休，易字求變而已，無深意也。

五、伐　柯

伐柯❶如何？匪斧不克❷。取妻如何？匪媒不得。

伐柯伐柯，其則不遠❸。我覯之子❹，籩豆有踐❺。

【注　釋】

❶柯，《傳》：「斧柄也。」伐柯，伐木以為斧柄。❷克，《箋》：「能也。」❸則，《箋》：「法也。」即法則、楷模也。手執斧柄伐木以為斧柄，其法則即在手中，不必遠求，故曰其則不遠。以喻我覯之子，之子足可以為

楷模也。❹我覯之子，《箋》：「覯，見也。之子，是子也，斥周公也。」按《集傳》曰：「之子，指其妻而言也。」後人或衍其意為新婦，然揆之下篇，《箋》訓周公，義似較勝。❺籩豆，《爾雅・釋器》：「竹豆謂之籩，木豆謂之豆。」邢疏：「籩盛棗栗桃梅……之屬，祭祀享燕所用。豆，其實韭菹醓醢之類……以供祭祀燕饗。」踐，《傳》：「行列貌。」有踐，猶踐然。按此句乃承上句「之子」而言，謂此子設籩豆以享我，非承上句「我」也。

【詩義・章旨】

此美周公之詩。由「我覯之子，籩豆有踐」二語觀之，作者身分當不至低於大夫。〈詩序〉曰：「〈伐柯〉，美周公也。周大夫刺朝廷之不知也。」所謂「刺朝廷之不知」，詩中並無此意，不知其何所據也。《集傳》於一章曰：「周公居東之時，東人言此，以比平日欲見周公之難。」又於二章曰：「東人言此，以比今日得見周公之易。」亦與詩義不合，均不可從。朱子謂：「之子指其妻而言。」傅斯年遂疑此詩為言婚姻之詩，今之說詩者多從之。然「取妻如何，匪媒不得」，重心在媒而不在妻，是則以「之子」指妻，亦嫌牽強，且與「其則不遠」、「籩豆有踐」皆無甚關係也。

全詩二章，每章四句。首章前二句為比，以伐柯喻娶妻，而以斧喻媒。後二句乃詩人所欲敘寫之事，即對良媒之感謝，並非比喻。《詩緝》以比喻釋之，恐誤。二章前二句亦為比，「其則不遠」，即指下文「之子」，極為清楚。後二句為全詩之重心，「我覯之子」，「我」為作者，「之子」即作者所欲寫之人，亦即前章之「媒」。末句「籩豆有踐」，乃美「之子」以盛饌享我，頗有「庭實旅百」之意。古天子享諸侯用八簋，公食大夫六簋，大夫食士四簋（參見〈秦風・權輿〉注❹）。「之子」以籩豆享詩人，固不知幾簋，然既曰「有踐」，其豐盛可知。證之二〈雅〉中言及籩豆享客之詩篇，如〈常棣〉、〈伐木〉、〈賓之初筵〉、〈既醉〉、〈韓奕〉等，其主人身分無低於公侯者，是則此詩「之子」之身分，亦必為公侯無疑。下篇又謂「之子」、「袞衣繡裳」，由此觀之，鄭玄謂「之子，斥周公」，實不可易也。是則此詩詩義已大白矣，何待嘮嘮哉！

六、九罭

九罭❶之魚，鱒魴❷。我覯之子❸，袞衣繡裳❹。
鴻❺飛遵渚，公歸無所❻，於女信處❼。
鴻飛遵陸❽，公歸不復❾，於女信宿❿。
是以有袞衣兮⓫，無以⓬我公歸兮，無使我心悲兮。

【注釋】

❶罭，音域，ㄩˋ。《說文新附》：「罭，魚網也。」九罭，《傳》：「緵罟，小魚之網也。」《正義》引孫炎曰：「謂魚之所入有九囊也。」按《御覽·八百三十四》引《韓詩》曰：「九罭，取蝦笓。」既為取蝦之網，則其為小網可知。❷鱒，音忖，ㄘㄨㄣˇ。《傳》：「鱒、魴，大魚也。」《正義》引郭璞曰：「鱒似鯶之赤眼者。」又引陸機《疏》曰：「鱒似鯶，而鱗細於鯶，赤眼。」❸之子，《傳》：「周公也。」❹袞，音滾，ㄍㄨㄣˇ。袞衣，《傳》：「卷龍也。」《釋文》曰：「天子畫升龍於衣，上公畫降龍。」按袞衣，九章之衣（畫衣五章，繡裳四章），上公之服也。見《周禮·司服》鄭注。繡裳，見〈秦風·終南〉注❼。袞衣繡裳，周公所服也。❺鴻，雁之最大者。〈鴻雁〉《傳》曰：「大曰鴻，小曰雁。」❻所，《詩經詮釋》：「所，處也；處，止也。無所，猶言不止；謂不留止於東國也。」❼於，音烏，ㄨ，嘆詞。參見〈秦風·權輿〉注❶。女，同汝，謂周公也。信，

《傳》：「再宿曰信。」此望其多留幾日也。❽陸，高平之地曰陸。參見〈衛風・考槃〉注❾。❾不復，不返。《集傳》：「不復，言將留相王室，而不復來東也。」❿宿，《傳》：「宿，猶處也。」⓫是，《箋》：「是，是東土也。」即此也。是以，此而也。袞衣，指周公也。此句言此地而有服袞衣之周公，蓋以之為榮也。⓬以，使也。無以，即下文之「無使」，易字以求變耳。

【詩義・章旨】

此周公僚屬，聞公將歸，所作惜別之詩也。〈詩序〉曰：「〈九罭〉，美周公也。周大夫刺朝廷之不知也。」與〈伐柯〉之文全同。然詩文四章，除首章與上篇末章相似外，其他三章無論文與義皆不相同，而〈詩序〉述此二詩之義，與上篇竟無一字之易，究何如哉？《集傳》曰：「此亦周公居東之時，東人喜得見之。」此僅見及首章耳，其他三章皆無「喜得見之」之意，故其說亦不可取。姚際恆曰：「此詩東人以周公將西歸，留之不得，心悲而作。」是矣。

全詩四章，一章四句，其他三章皆三句，二三章形式複疊。一章首二句以小網不能得大魚，以象徵周公不克久留東土下國。末句「袞衣繡裳」，寫「之子」之上公身分以顯其威儀之盛。二三章首句之鴻，亦猶首章之鱒魴，象徵周公心志遠大，非燕雀可比。「遵渚」、「遵陸」，即遵水、遵陸，正鴻飛之常，而《傳》竟以為渚陸非鴻所宜循止，誤矣。末句「信處」、「信宿」，僅望其少留，於此足見詩人對周公眷戀之深。末章語氣忽變，語勢突緩，每句不僅增為六字，且句尾皆用兮字，頗為悽惻感人。

按：此詩之首章，似是由前篇〈伐柯〉之末章分割而來。此可由形式與內容兩方面觀之！就形式言，此篇後三章每章皆三句，獨此章為四句，而與前篇兩章之句數吻合。此章之第三句「我覯之子」，亦與前篇末章第三句相同。就內容言，此詩二三四章寫周公將「歸」，當是此篇主旨；而此章則寫初見周公之情形，與此篇主旨不合，然與前篇詩義則相近。又此章末句「袞衣繡裳」寫「之子」之衣，前篇末章末句「籩豆有踐」寫「之子」之食，皆所以表現周公之儀度異於常人。若將此章還置前篇之末，則兩篇每篇各三章，前篇每章四句，此篇每章三句；前篇寫初見周公，此篇寫惜別周公。每篇形式既劃一，詩義亦完整無缺。吳闓生《詩義會通》亦以此篇首章與前篇末章文義相應，然吳氏以為此二篇本為一篇，與敝意稍有出入。

七、狼跋

狼跋其胡，載疐其尾❶。公孫❷碩膚❸，赤舄几几❹。

狼疐其尾，載跋其胡。公孫碩膚，德音不瑕❺。

【注釋】

❶跋，《爾雅・釋言》：「跋，躐也。」《傳》同。按躐，足有所踐踏也。胡，《集傳》：「頷下懸肉也。」疐，音至，ㄓˋ。《爾雅・釋言》：「疐，跲也。」《傳》同。按《說文・叀部》曰：「疐，礙不行也。詩曰『載疐其尾。』」〈足部〉曰：「躓，跲也。詩曰：『載躓其尾。』」是疐與躓通，足有所礙也。二句謂老狼進則踐其胡，退則踏其尾，喻進退兩難也。❷公孫，《傳箋通釋》：「公孫，當指周公。」按《傳》謂成王，然「赤舄」為上公之服，非天子之服；且成王事，亦不得列於〈豳風〉，故其說不可從。《箋》以「公」指周公，「孫」讀為遜，文既不暢，義亦難通。❸碩，《傳》：「大也。」膚，當即〈六月〉「以奏膚公」之膚，亦大也。《傳》訓為美，恐非是。碩膚，碩大，即馬瑞辰所謂「心廣體胖」也。❹舄，音細，ㄒㄧˋ，屨也。複下（底）曰舄，單下曰屨。赤舄，《傳》：「人君之盛屨也。」《集傳》：「冕服之舄也。」按赤舄乃上公之服，周公為上公，袞衣繡裳，

故著赤舄。几，音己，ㄐㄧˇ。几几，《廣雅・釋訓》：「几几，盛也。」王念孫《疏證》曰：「〈豳風・狼跋〉篇云：『赤舄几几。』是几几為盛貌也。」❺瑕，音霞，ㄒㄧㄚˊ，已也。見〈思齊〉《箋》。德音不瑕，即〈有女同車〉之「德音不忘」、〈南山有臺〉之「德音不已」，謂聲譽不止也。

【詩義・章旨】

〈詩序〉：「〈狼跋〉，美周公也。周公攝政，遠則四國流言，近則王不知，周大夫美其不失其聖也。」其謂「美周公也」，甚是。「周大夫」云云，則不足取也。《集傳》曰：「周公雖遭疑謗，然所以處之不失其常，故詩人美之。」大致可信。然詩人為誰，則不可知矣。觀其稱周公為公孫，又以狼跋胡疐尾暗喻公之處境艱困，則其必公之親近友人或僚屬也。

全詩二章，每章四句，形式複疊。每章首二句寫其境遇之艱困，然並不直說，而以狼之跋前躓後以為象徵，既含蓄不露，以免招禍；又情味雋永，令人解頤。三句寫周公之形貌，亦寫其處困境而猶安也。前章末句寫其服飾之盛，後章末句寫其聲譽之隆。所謂美之者，即此也，故此二句為全篇之精神。

小雅

「雅」一名而含三義：於物則為樂器，於地則為中夏，於樂則為正聲。此已詳於〈緒論〉。〈雅〉不同於〈風〉者有三：

一、〈雅〉無東周之詩，東周之詩應入於〈王風〉。〈節南山〉諸篇為幽王末年作品，非東遷後詩。

二、〈雅〉皆記王室，或王室公卿大夫之事。以其不屬於封國諸侯，故不能入於〈國風〉。

三、〈雅〉多敘事，其辭較宏偉，其氣象亦較開闊。

《集傳》曰：「雅者，正也。正樂也歌也。其篇本有小大之殊，而先儒說又各有正變之別。以今考之，正〈小雅〉，燕饗之樂也；正〈大雅〉，會朝之樂，受釐陳戒之辭也。」按〈雅〉有小大之殊，未必有正變之別。另〈大雅〉多史詩，〈小雅〉則一無；〈大雅〉多述天子公卿之事，其作者如吉甫、召虎等，其地位似較〈小雅〉作者如家父、孟子等為高，故其詩較孔碩，其風較肆好，而其辭則尤宏偉瑰麗也。然此皆其梗概而已。

鹿鳴之什

〈雅〉、〈頌〉無國別，但依其次第，編十篇為一什。

一、鹿鳴

呦呦❶鹿鳴，食野之苹❷。我有嘉賓❸，鼓瑟吹笙❹。吹笙鼓簧❺，承筐是將❻。人之好我❼，示我周行❽。

呦呦鹿鳴，食野之蒿❾。我有嘉賓，德音孔昭❿。視民不恌⓫，君子是則是傚⓬。我有旨酒，嘉賓式燕以敖⓭。

呦呦鹿鳴，食野之芩⓮。我有嘉賓，鼓瑟鼓琴。鼓瑟鼓琴，和樂且湛⓯。我有旨酒，以燕⓰樂嘉賓之心。

【注釋】

❶呦，音悠，ㄧㄡ。呦呦，《傳》：「鹿得蓱呦呦然鳴而相呼。」《詩記》：「程氏曰：和聲也。」❷苹，音平，ㄆㄧㄥˊ。《傳》：「苹，蓱也。」《箋》：「苹，藾蕭。」按毛、鄭之訓，皆見《爾雅．釋草》，然蓱生水中，非鹿所食；且郭璞注曰：「苹，今藾蒿也。」正與詩二章「食野之蒿」詞義一例，故鄭氏之說較勝。《正義》曰：「陸機《疏》云：『苹，葉青白色，莖似箸而輕肥，始生香。可生食，亦可烝食。』」❸嘉賓，《集傳》：「賓，所

燕之客，或本國之臣，或諸侯之使也。」姚氏《通論》曰：「嘉賓，即群臣。」按此天子燕群臣之詩，所謂「嘉賓」，當指群臣。姚氏之說是也。❹鼓瑟吹笙，所以致歡迎之意，且娛樂嘉賓也。❺簧，《說文》：「笙中簧也。」參見〈王風・君子陽陽〉注❷及〈秦風・車鄰〉注❼。❻承筐，《傳》：「筐，篚屬，所以行幣帛也。」《箋》：「承猶奉也。」又曰：「飲之而有幣，酬幣也；食之而有幣，侑幣也。」將，《集傳》：「將，行也。奉筐而行幣帛，飲則以酬賓送酒，食則以侑賓勸飽也。」按筐所以盛幣帛。古天子或諸侯於燕饗之禮中，往往以幣帛贈送賓客，致其款誠之意，以勸賓客多用酒食，而得盡興也。❼好，音浩，ㄏㄠˋ。《正義》：「好，愛也。」人，指嘉賓而言。❽周行，《傳》：「周，至。行，道也。」《集傳》：「周行，大道也。」按毛、朱二說，義得相通。鄭氏訓為「周之列位」，似誤。❾蒿，《爾雅・釋草》：「蒿，菣。」《傳》同。《正義》引陸機曰：「蒿，青蒿也。荊豫之間、汝南、汝陰皆曰菣也。」按又名草蒿、方潰、犱蒿、香蒿。《本草綱目》曰：「《爾雅》諸蒿，獨菣得單稱為蒿。豈以諸蒿葉背皆白，而此蒿獨青，異於諸蒿故耶！」❿德音，嚴氏《詩緝》、屈氏《詩經詮釋》皆訓為言語，然言語清明，無足稱道。竊意此「德音」，仍應如〈有女同車〉「德音不忘」、〈南山有臺〉「德音不已」、「德音是茂」之「德音」，訓為聲名。唯聲名孔昭，故「君子是則是傚」也。孔昭，《箋》：「孔，甚。昭，明也。」句謂聲名甚顯著也。⓫視，《箋》：「視，古示字也。」《集傳》：「視與示同。」王先謙《集疏》：「三家視作示。」按《詩緝》引曹氏曰：「視民，與『視民如傷』同義。」亦通。姚氏《通論》曰：「視民猶民視。」義似稍遜。恌，音祧，ㄊㄧㄠ，《韓詩》作佻。《集傳》：「偷薄也。」句謂顯示於民者，無輕薄之態。⓬傚，《魯詩》作效。《傳》：「是則是傚，言可法傚也。」按則、傚義同，皆傚法也。⓭式，發語詞。燕，下章《傳》：「燕，安也。」此處亦當訓安。《正義》曰：「燕飲以敖遊。」是以燕為宴。屈氏《詮釋》、高氏《今注》皆謂燕同宴，為宴飲之意；然「式……以……」為《詩經》中常見之套語，其用法與「既……且……」相似，其下二字多為形容詞，且意甚相近，〈南有嘉魚〉「式燕以樂」、「式燕以衎」，〈車舝〉「式燕且喜」、「式燕且譽」，可以為證。若以燕為宴飲，則與敖、樂、衎、喜、譽之意遠隔，亦無以解於三章「燕樂嘉賓之心」。〈車舝〉篇無一酒字，而詩曰：「式燕且喜」、「式燕且譽」，見足燕非宴飲之意。敖，《傳》：「遊也。」敖、遊皆遊樂之意。⓮芩，音琴，ㄑㄧㄣˊ。《釋文》：「《說文》云：『蒿也。』」《正義》引陸機曰：「莖如釵股，葉如竹，蔓生。」⓯湛，音沉，ㄔㄣˊ。《傳》：「湛，樂之久。」陳子展《詩經直解》：「猶今言盡興也。」⓰燕，《傳》：「安也。」按燕亦樂也。見注⓭。

【詩義．章旨】

此天子燕群臣之詩。〈詩序〉曰：「〈鹿鳴〉，燕群臣嘉賓也。」既未明示主持燕會者為天子，又分群臣、嘉賓為二，使人誤以為此記邦國諸侯燕會之詩，《集傳》即謂：「所燕賓客，或本國之臣，或諸侯之使。」毫釐之失，遂致千里之差。

全詩三章，每章八句，形式複疊。一章寫待嘉賓之厚，「鼓瑟吹笙」、「承筐是將」，即具體寫之也。二章寫嘉賓之美，在於「德音孔昭。視民不恌」——此二句亦在補出上章「周行」之實。末章總結前二章，寫君臣和睦，上下無間。既迎之以琴瑟笙簧，又贈之以幣帛，享之以旨酒，如此誠意厚情，君臣自然了無睽隔而和樂且湛矣。

三章皆以「鹿鳴」起句，較之〈國風〉之雞鳴、雉鳴、蟲鳴，另有一番氣象。讀〈國風〉諸詩，似曲徑通幽；才入〈雅〉，便覺豁然開朗，道路寬廣，氣象宏闊。明明是燕群臣，而詩五言「嘉賓」，誠摯之意，盡在其中。

二、四牡

四牡騑騑❶，周道倭遲❷。豈不懷歸❸？王事靡盬❹，我心傷悲。
四牡騑騑，嘽嘽❺駱❻馬。豈不懷歸？王事靡盬，不遑啟處❼。
翩翩❽者鵻❾，載❿飛載下，集于苞栩⓫。王事靡盬，不遑將⓬父。
翩翩者鵻，載飛載止，集于苞杞⓭。王事靡盬，不遑將母。
駕彼四駱，載驟駸駸⓮。豈不懷歸？是用作歌⓯，將母來諗⓰。

【注釋】

❶牡，說文：「畜父也。」此指雄馬。騑，音非，ㄈㄟ。騑騑，《傳》：「行不止之貌。」❷周道，《集傳》：「大路也。」按即周行，見〈周南・卷耳〉注❾。倭，音威，ㄨㄟ。倭遲，《傳》：「歷遠之貌。」《集傳》：「回遠之貌。」即迂曲遙遠貌。《釋文》引《韓詩》作倭夷，《傳箋通釋》以為與逶迤音義相近。❸懷，思也。懷歸，思歸。❹王事，見〈邶風・北門〉注❻。盬，音古，ㄍㄨˇ。靡盬，不止。見〈唐風・鴇羽〉注❷。❺嘽，音貪，ㄊㄢ。嘽嘽，《詩經詮釋》曰：「此當與〈杕杜〉之『幝幝』，〈采芑〉之『嘽嘽』同義。蓋形容聲之盛；〈杕杜〉、〈采芑〉，形容車聲，此形容馬行聲也。」按屈氏之說是也。《集傳》訓為「眾盛之貌」，似已得其解矣。〈崧高〉、〈常武〉之「嘽嘽」，其義亦同此。❻駱，音洛，ㄌㄨㄛˋ。《爾雅・釋畜》：「白馬黑鬣，駱。」《傳》同。❼遑，暇。見〈召南・殷其靁〉注❺。啟處，《傳》：「啟，跪。處，居也。」按古人席地，跪與坐皆膝著於席，故跪與坐無別。啟處，猶言安居、止息。❽翩翩，《集傳》：「飛貌。」❾鵻，音追，ㄓㄨㄟ。《傳》：「鵻，夫不也。」

《釋文》：「夫，字又作鳺。不，字又作鴀。《草木疏》云：『夫不，一名浮鳩。』」按《爾雅・釋鳥》：「隹，鳺鴀。」郭璞注：「今鵓鳩。」邢疏引李巡曰：「今楚鳩也。」王闓運《詩經補箋》曰：「鵻，祝鳩，今鴿也。」以《箋》「夫不，鳥之慤謹者，人皆愛之」之語觀之，其說是也。❿載，則。⓫苞栩，見〈唐風・鴇羽〉注❶。⓬將，《傳》：「養也。」下二「將母」之將義同。⓭杞，音起，ㄑㄧˇ。《爾雅・釋木》：「杞，枸檵。」《傳》同。郭璞注：「今枸杞也。」邢疏：「陸機《疏》云：『一名苦杞，一名地骨，春生，作羹茹微苦。其莖似莓子，秋熟正赤。莖葉及子，服之輕身益氣。』」按此與〈鄭風・將仲子〉「無折我樹杞」之為杞柳者異。⓮驟，音縐，ㄗㄡˋ。《說文》：「驟，馬疾步也。」陳奐《傳疏》：「載驟，猶載馳。」駸，音侵，ㄑㄧㄣ。駸駸，《傳》：「驟貌。」即疾馳貌。⓯是用，朱守亮《評釋》：「是以也，所以也。」作歌，即作此詩。⓰諗，音審，ㄕㄣˇ。《爾雅・釋言》：「諗，念也。」《傳》同。《經傳釋詞》曰：「來，猶是也。將母來諗，言我惟養母是念也。」

【詩義・章旨】

〈詩序〉：「〈四牡〉，勞使臣之來也。」由「王事」、「懷歸」之文觀之，此當是征人思歸之作，與〈唐風・鴇羽〉相類。季本《詩說解頤》曰：「周之征夫勞於王事，不得歸而思其父母，故作此詩也。」是矣。姚氏《通論》曰：「《左・襄四年》穆叔曰：『〈四牡〉，君所以勞使臣也。小〈序〉但據《左傳》，謂『勞使臣』之來。後之解《詩》者，因作『君探其情而代之言』。試將此詩平心讀去，作使臣自詠極順，作代使臣詠極不順。解《詩》者何不取順而偏取逆乎？……此詩作于使臣，源也；勞使臣，流也；〈燕禮〉、〈鄉飲酒禮〉歌之，流而又流也。」

全詩五章，每章五句，形式複疊。「懷歸」二字，為全詩之重心。一章「傷悲」，開啟下三章「不遑啟處」與「將父」、「將母」，末章以「作歌」總結，章法井然。詩有縱面承接，亦有橫面連貫，讀詩者縱橫以觀，則詩義畢現矣。三、四章起句易馬為鳥，三章曰「載下」，四章曰「載止」，似另有寄託。末章起句又轉用馬，且曰

「載驟」，似託意斷絕，又回至現實，唯有「作歌」以寄意焉。末句「將母來諗」，最為傳神。蓋子女之於父母，無不尊父而親母。形諸語言文字，雖先父而後母（《詩》文無不如此），實則心中無不愛母甚於愛父也。此詩作者透露內心真實情感，不為禮教所拘，使千古以下之人讀之，猶共鳴不已。

勞於王事，忠也，公也；將父將母，孝也，私也。此詩忠孝並陳，公私兼顧，無怪乎後世邦國燕禮歌之，鄉飲酒禮用之，大學始教亦教之也。

三、皇皇者華

皇皇者華❶，于彼原隰❷。駪駪征夫❸，每懷靡及❹。
我馬維駒❺，六轡如濡❻。載馳載驅，周爰咨諏❼。
我馬維騏❽，六轡如絲❾。載馳載驅，周爰咨謀❿。
我馬維駱，六轡沃若⓫。載馳載驅，周爰咨度⓬。
我馬維駰⓭，六轡既均⓮。載馳載驅，周爰咨詢⓯。

【注　釋】

❶皇皇，《傳》：「皇皇，猶煌煌也。」即鮮明貌。參見〈陳風‧東門之楊〉注❸。華，古花字。❷原隰，《傳》：「高平曰原，下濕曰隰。」二句謂於高平、下濕之地，花皆鮮明而燦爛。此二句當是興。❸駪，音心，ㄒㄧㄣ。駪駪，《傳》：「眾多之貌。」王氏《詩三家義集疏》曰：「《韓》作莘。」征夫，《傳》：「行人也。」《集傳》：「使臣與其屬也。」按《傳》訓行人，乃行人之官，即使臣也。❹每懷靡及，《集傳》：「懷，思也。」又曰：

「其所懷思，常若有所不及。」按依朱子之意，每當訓常。靡及，即《論語・泰伯》「學如不及」之不及（竹添光鴻《毛詩會箋》亦有此說）。謂征夫常思惟恐不及其事。其說極是。〈大雅・烝民〉之「每懷靡及」，其義同此。《傳》承《爾雅》訓每為雖，屈氏《詮釋》謂：「及，猶值也。言雖懷念亦不能相見。」似皆未洽。❺維，為也。駒，馬五尺以上曰駒。見〈周南・漢廣〉注⓭。❻六轡，見〈秦風・駟驖〉注❷。如濡，言潤澤也。見〈鄭風・羔裘〉注❷。❼《集傳》：「周，徧也。爰，於。咨諏，訪問也。」按《釋文》：「咨，本亦作諮。」咨與諏義同。《爾雅・釋詁》詢、度、咨、諏，皆訓謀。《說文》：「謀事曰咨。」又曰：「諏，聚謀也。」❽騏，馬青黑色文如綦也。見〈秦風・小戎〉注⓫。❾如絲，《傳》：「言調忍也。」竹添光鴻《會箋》曰：「忍、韌同。調忍猶云和柔也。前後『如濡』、『沃若』，皆帶柔意。」❿謀，《集傳》：「謀，猶諏也，變文以協韻耳。下章放此。」⓫沃若，《集傳》：「猶如濡也。」亦言其潤澤。見〈衛風・氓〉注⓴。⓬度，音墮，ㄉㄨㄛˋ。《集傳》：「猶謀也。」參見注❼。⓭駰，音因，ㄧㄣ。《爾雅・釋畜》：「陰白雜毛，駰。」《傳》同。郭璞注：「陰，淺黑。今之泥驄。」⓮均，《傳》：「調也。」即調和也。⓯詢，《集傳》：「猶度也。」

【詩義・章旨】

〈詩序〉：「〈皇皇者華〉，君遣使臣也。」後之說《詩》者多從之。然君之地位極尊，而詩云「我馬」如何、「六轡」如何，又曰「載馳載驅」，皆不合其身分，而似駕者之詞。《詩經詮釋》曰：「此似使臣所自作，而被用為遣使臣之詩也。」是矣。

全詩五章，每章四句，二章以下形式複疊。一章首二句非僅記征途所見而已，亦當有所寄寓；否則，征途中山川草木蟲魚鳥獸不知多少，何以僅有見花邪？《傳》謂：「忠臣奉使，能光君命，無遠無近，如花之不以高下易其色。」似嫌迂曲。此蓋以原隰花皆皇皇，象徵天下清平而美好，猶〈桃夭〉以「桃花灼灼」，象徵女子之宜室宜家也。「每懷靡及」一語，為全詩之重心，其下四章之「咨諏」、「咨謀」、「咨度」、「咨詢」，皆由此生出，此詩之章法也。駒、騏、駱、駰，正是一乘，非易字也。「如濡」、「如絲」、「沃若」、「既均」，寫六轡之鮮澤柔和，實則寫御術之精也。

四、常棣

常棣❶之華，鄂不❷韡韡❸。凡今之人，莫如兄弟。
死喪之威❹，兄弟孔懷❺。原隰裒❻矣，兄弟求❼矣。
脊令❽在原，兄弟急難❾。每❿有良朋，況也永歎⓫。
兄弟鬩⓬于牆，外禦其務⓭。每有良朋，烝也無戎⓮。
喪亂既平⓯，既安且寧。雖有兄弟，不如友生⓰。
儐爾籩豆⓱，飲酒之飫⓲。兄弟既具⓳，和樂且孺⓴。
妻子好合㉑，如鼓瑟琴。兄弟既翕㉒，和樂且湛㉓。
宜爾室家，樂爾妻帑㉔。是究是圖㉕，亶其然乎㉖。

【注釋】

❶常棣，馬瑞辰《通釋》以為常乃棠之假借，常棣即棠棣，亦即唐棣。參見〈召南・何彼襛矣〉注❷。❷鄂不，《箋》：「承花者曰鄂。不，當作拊；拊，鄂足也。古聲不、拊同。」戴震《毛鄭詩考正》曰：「鄂不，今字

為萼跗。」姚氏《通論》曰：「萼，花苞也。不，花蒂也。」按鄂不象徵兄弟。❸韡，音偉，ㄨㄟˇ。韡韡，《傳》：「光明也。」《集傳》：「光明貌。」❹威，《傳》：「畏也。」馬氏《通釋》曰：「兵死曰畏。」按「威」為動詞，與下句「懷」字相對應。「死喪之威」，死喪是畏也。馬氏訓為兵死，恐誤。❺懷，《傳》：「思也。」❻裒，音抔，ㄆㄡˊ。《爾雅・釋詁》：「裒，聚也。」《傳》同。「原隰裒」，謂人相聚於原隰，非謂原與隰相聚也。❼求，《傳》：「求兄弟也。」《詩緝》曰：「方困窮流離，群聚於原野之時，維兄弟則相求以相依也。」按嚴氏用程伊川之意而稍易其辭，是也。《箋》謂：「原也隰也以相與聚居，猶兄弟相求。」義甚迂緩。《集傳》謂：「積屍裒聚於原野之間，亦惟兄弟為相求也（即求兄弟之屍）。」亦屬武斷。❽脊令，《傳》：「雝渠也。飛則鳴，行則搖，不能自舍耳。」《箋》：「雝渠，水鳥，而今在原，失其常處，則飛則鳴求其類，天性也。」《正義》引陸機云：「大如鷃雀，長腳、長尾、尖喙，背上青灰色，腹下白，頸下黑如連錢。」按《爾雅・釋鳥》作䳭鴒。❾急難，《傳》：「言兄弟之相救於急難。」❿每，《爾雅・釋訓》：「每，雖也。」《箋》同。⓫況，《傳》：「況，茲也。」永，《傳》：「長也。」戴震《毛鄭詩考正》曰：「茲，今通用滋。《說文》『茲』字注云：『草木多益。』『滋』字注云：『益也。』詩之辭意言不能如兄弟相救，空滋之長歎而已。」⓬鬩，音系，ㄒㄧˋ。《傳》：「鬩，很也。」⓭務，《爾雅・釋言》：「務，侮也。」《箋》同。《左傳》及《國語・周語》引詩並作「侮」。至二句之意，《箋》謂：「兄弟雖內鬩，而外禦侮也。」《正義》申之云：「言兄弟或有自不相得，可鬩很於牆內，若有他人來侵侮之，則同心合意外禦他人之侵侮。」于省吾《詩經新證》曰：「言兄弟同戰于牆，以禦外務也。」按《左傳》僖公二十四年引富辰諫曰：「召穆公思周德之不類，故糾合宗族于成周而作詩。其四章曰：『兄弟鬩于牆，外禦其侮。』如是，則兄弟雖有小忿，不廢懿親。」「小忿」，指「鬩于牆」；「不廢懿親」，則指「外禦其侮」。且詩「外」字即以牆言之，則「鬩于牆」自指在牆內而言，非指牆上可知。故于說不可從。⓮烝，眾也。見〈豳風・東山〉注⓫。戎，《爾雅・釋言》：「戎，相也。」《傳》同。按相，音像，ㄒㄧㄤˋ，佐助也。句謂良朋雖多亦無助。⑮平，定也。言死喪禍亂既定也。⑯生，人也。凡生民、生人、生靈、友生之生，皆應作此解，不與唐人習用語如「太憎生」、「太瘦生」、「怎麼生」、「何以生」等之用為語詞者相同。二句言兄弟居於平時，反不如朋友之可親。此當是不宜有者，故下三章皆就此立言也。⑰儐，音賓，ㄅㄧㄣ；又音鬢，ㄅㄧㄣˋ。《傳》：「陳也。」即陳列之意。籩豆，食器。見〈豳風・伐柯〉注❺。⑱飫，音玉，ㄩˋ。《集傳》：「饜也。」即飽足之意。之飫，是飫。⑲具，《集傳》：「俱也。」俱在也。⑳孺，俞樾《群經平議》以為「愉」字假借。由下章「和樂且湛」觀之，其說是也。《傳》從《爾雅・釋言》訓屬，《集傳》訓慕孺，義皆稍遜。㉑好合，《箋》：「志意合也。」《詩經詮釋》：「猶言歡好也。」㉒翕，音系，ㄒㄧˋ。《爾雅・釋詁》：「翕，合也。」《傳》同。㉓湛，見〈鹿鳴〉注⑮。㉔帑，音奴，ㄋㄨˊ。《傳》：「子也。」妻帑，即妻子。㉕究，《傳》：「深也。」即推究也。圖，《傳》：「謀也。」即思慮也。㉖亶，音膽，ㄉㄢˇ。《傳》：「信也。」亶其然乎，即誠其然乎。

【詩義・章旨】

〈詩序〉：「〈常棣〉，燕兄弟也。閔管蔡之失道，故作〈常棣〉焉。」蓋本《左傳》、《國語》為說。《國語・周語》曰：「周文公之詩曰：『兄弟鬩於牆，外禦其侮。』」《左傳》僖公二十四年曰：「昔周公弔二叔之不咸，故封建親戚，以藩屏周。……召穆公思周德之不類，故糾合宗族於成周而作詩曰：『常棣之華，鄂不韡韡。』其四章曰：『兄弟鬩于牆，外禦其侮。』」同為富辰之語，而歧異若此。然《左傳》又曰：「擇禦侮者，莫如親親，故以親屏周。召穆公亦云。」杜注：「周公作詩，召公歌之，故言『亦云』也。」韋昭注《國語》亦曰：「周公作〈常棣〉之篇，以閔管蔡而親兄弟。其後周室既衰，厲王無道，骨肉恩缺，親親禮廢，宴兄弟之樂絕。故召穆公思周德之不類，而合其宗族於成周，復作〈常棣〉之歌以親之。」後人遂多從〈詩序〉，而以為周公所作。

全詩八章，每章四句。一章「凡今之人，莫如兄弟」、五章「雖有兄弟，不如友生」，各開啟下三章。前四章述死喪急難，始見兄弟真情，後四章述喪亂既平，兄弟亦應和樂相處，宜室家、樂妻帑。前者述實然，故多精闢語；後者述應然，故多勉勵語。前後截然，畛域清楚。一章「鄂不」二字，已將兄弟關係清楚表明。二章言死喪是畏，益念兄弟。三、四章言急難之際，兄弟同心，良朋則不如遠甚。此正說明兄弟乃天屬，迫窮禍患害而相收，且境愈迫而相收愈緊；朋友非天屬，迫窮禍患害雖不致相棄，終不若兄弟之情急也。五章言喪亂既平，兄弟反不如友人，此無他，無死喪急難相迫而已，非真兄弟不如友人也。六、七、八章皆言平居之時，兄弟亦當相翕相親，和樂且湛，推而宜室家、樂妻帑，以合黨族也。詩因管、蔡而作，文中無一語言及管、蔡之事，而憫管、蔡之心，則惻然溢於言表。

五、伐木

伐木丁丁❶，鳥鳴嚶嚶❷。出自幽谷❸，遷于喬木❹。嚶其❺鳴矣，求其友聲。相❻彼鳥矣，猶求友聲；矧❼伊❽人矣，不求友生❾？神之聽之❿，終和且平⓫。

伐木許許⓬，釃酒⓭有藇⓮。既有肥羜⓯，以速⓰諸父⓱。寧適不來⓲，微我弗顧⓳。於粲洒掃⓴，陳饋㉑八簋㉒。既有肥牡㉓，以速諸舅㉔。寧適不來，微我有咎㉕。

伐木于阪，釃酒有衍㉖。籩豆有踐㉗，兄弟無遠㉘。民之失德㉙，乾餱以愆㉚。有酒湑我㉛，無酒酤㉜我。坎坎㉝鼓我，蹲蹲㉞舞我。迨我暇矣㉟，飲此湑㊱矣。

【注釋】

❶丁，音爭，ㄓㄥ。丁丁，《傳》：「伐木聲也。」❷嚶，音英，ㄧㄥ。嚶嚶，《傳》：「鳥鳴聲也。」❸幽，《傳》：「深也。」幽谷，深谷。❹喬，《傳》：「高也。」喬木，見〈周南・漢廣〉注❶。《正義》：「鳥既驚懼，乃飛出，從深谷之中，遷於高木之上。」❺嚶其，猶嚶然，即上「嚶嚶」。❻相，《箋》：「視也。」見〈鄘風・相鼠〉注❶。❼矧，音審，ㄕㄣˇ。《傳》：「況也。」❽伊，彼也。見〈秦風・蒹葭〉注❹。❾友生，友人。見〈常棣〉注⓰。❿神，《爾雅・釋詁》：「神，重也。」又曰：「神，慎也。」馬氏《通釋》曰：「神，慎也。慎，誠也。神之，即慎之也。」按舊釋「神之聽之」為神若聽之，誤。⓫終，既也。見〈邶風・燕燕〉注⓭。按《詩》凡「終……且……」、「既……且……」之套語中，其另二字義皆相近。如「終溫且惠」、「終窶且貧」、「終和且平」……「既和且平」、「既安且寧」、「既微且尰」皆是。⓬許，音虎，ㄏㄨˇ。許許，《說文》引作「所所」，曰：「伐木聲也。」段注：「丁丁者，斧斤聲；所所，則鋸聲也。」⓭釃，音斯，ㄙ。《說文》：「釃，下酒也。一曰醇也。」馬氏《通釋》曰：「此詩『有藇』、『有衍』，《傳》皆訓為美貌，『釃酒』正當从《說文》醇酒之訓。」按馬氏之說是也。釃酒，醇酒也。《傳》謂：「以筐曰釃。」似有未合。⓮藇，音序，ㄒㄩˋ；又音禹，ㄩˇ。《傳》：「美貌。」有藇，猶藇然，即〈楚茨〉「黍稷與與」之與與。⓯羜，音住，ㄓㄨˋ。《爾雅・釋畜》：「未成羊，羜。」《傳》同。郭璞注：「俗呼五月羔為羜。」⓰速，《箋》：「召也。」即《易・需》「不速之客」之速，今謂之邀請。⓱諸父，《傳》：「天子謂同姓諸侯，諸侯謂同姓大夫，皆曰父。異姓曰舅。」諸父，即伯父、叔父。⓲適，適然，有時而然。句謂寧彼適然而不來。⓳微，《箋》：「無也。」按凡《詩》言「微君」、「微我」，微皆訓非。句謂非我不顧念彼也。⓴於，音烏，ㄨ，歎詞。見〈秦風・權輿〉注❶。粲，《傳》：「鮮明貌。」句謂洒掃明潔也。㉑饋，食物。陳饋，謂陳設食物。㉒八簋，《傳》：「天子八簋。」參見〈秦風・權

興〉注❹。㉓肥牡，《正義》：「肥羜之牡。」是「牡」與上文「羜」為互文。㉔諸舅，伯舅、叔舅也。見注⑰。㉕咎，《傳》：「過也。」㉖衍，《傳》：「美貌。」蘇轍《詩集傳》曰：「多也。」按美與盛多之意相近。㉗有踐，行列貌。見〈豳風・伐柯〉注❺。㉘《正義》曰：「兄弟親戚，無有疏遠，皆使召之而與之燕也。」《集傳》：「先諸舅而後兄弟者，尊卑之等也。」㉙德，恩德、恩惠。失德，謂失乾餱之惠。㉚餱，音侯，ㄏㄡˊ。《說文》：「餱，乾食也。」段注：「凡乾者曰餱。」乾餱，乾食。愆，《集傳》：「過也。」二句謂人於朋友只因乾餱之薄，不能推恩分人，而至於得咎。㉛湑，音許，ㄒㄩˇ。《傳》：「湑，莤之也。」《釋文》：「莤，與《左傳》『縮酒』同義。謂以茅泲之而去其糟也。」即濾酒去其渣也。湑我，為我湑之倒文，下三句同。《詩經今注》謂：「我當為戔，形似而誤。戔借為哉。」恐非是。㉜酤，音姑，ㄍㄨ。《箋》：「買也。」㉝坎坎，擊鼓聲。見〈陳風・宛丘〉注❻。㉞蹲，音逡，ㄑㄩㄣ。蹲蹲，《傳》：「舞貌。」㉟迨，《箋》：「及也。」句謂趁我今時閒暇也。㊱湑，名詞，已濾之清酒。

【詩義・章旨】

〈詩序〉：「〈伐木〉，燕朋友故舊也。自天子至于庶人，未有不須友以成者，親親以睦，友賢不棄，不遺故舊，則民德歸厚矣。」其說是也，後之說《詩》者多從之。惟篇中曰「八簋」，曰「諸父」、「諸舅」，曰「民之失德」，自是天子之詩。

此詩注疏本分為六章，每章六句。朱熹從劉氏之說，以此詩三言「伐木」，遂分為三章，每章十二句。今從之（詳見拙作〈三百篇分章歧異考辨〉）。一章總言朋友之重要，二章言燕諸父、諸舅，三章言燕兄弟。諸父、諸舅，非真父、舅，尊之而已。由是推知兄弟亦非真同胞，年少位卑，稱之兄弟，親之而已。實則皆朋友也。

首章以伐木、鳥鳴二句為興，然三、四、五、六句仍續寫鳥，至七、八句始轉而寫人，可見興者，並非僅在「引起所詠之詞」而已。末句「終和且平」，為「燕朋友故舊」之目的，亦為此詩之深旨。二、三章僅寫伐木，不寫鳥鳴，乃省略筆法。二章速諸父，有釃酒、肥羜；速諸舅，則洒掃、陳八簋，非於諸父、諸舅待遇有別，互文足義而已。三章「乾餱以愆」，與首章末句「終和且平」遙為呼應。「有酒」四句，造語奇特。飲酒鼓舞，何僅「終和且平」，直「和樂且湛」矣！

六、天保

天保定爾❶，亦孔之固❷。俾爾單厚❸，何福不除❹？俾爾多益❺，以莫不庶❻。

天保定爾，俾爾戩穀❼。罄❽無不宜，受天百祿❾。降爾遐福❿，維日不足⓫。

天保定爾，以莫不興⓬。如山如阜⓭，如岡如陵⓮。如川之方至，以莫不增⓯。

吉蠲為饎⓰，是用孝享⓱。禴祠烝嘗⓲，于公先王⓳。君⓴曰：「卜爾㉑，萬歲無疆。」

神之弔㉒矣，詒㉓爾多福。民之質矣，日用飲食㉔。群黎百姓㉕，徧為爾德㉖。

如月之恆㉗，如日之升。如南山㉘之壽，不騫不崩㉙。如松柏之茂，無不爾或承㉚。

【注釋】

❶《箋》：「保，安也。爾，汝也，汝王也。」句言上天安定汝（王）也。❷固，《傳》：「堅也。」❸俾，《傳》：「使也。」單，《傳》：「單，信也。或曰：厚也。」按單當訓厚，謂福祿厚也。單、厚一義，猶下文「俾爾多益」，多、益一義也。翁方綱《詩附記》據《說文》訓大，大與厚義近。胡承珙、俞樾皆有說。❹除，俞樾《群

經平議》：「除，當讀為儲。《易・萃・象傳》：『君子以除戎器。』《釋文》曰：『除，本作儲。』」是其例。」按儲為蓄積，此申言「單厚」之意。《傳》訓除為開，《箋》曰：「皆開出以予之。」義似未洽。《詩經詮釋》訓為備，備亦儲積之意。陳奐《傳疏》：「『單厚』、『多益』，皆合二字成義。」❻以，因也。庶，《傳》：「眾也。」此申言「多益」之意。❼戩，音剪，ㄐㄧㄢˇ。《爾雅・釋詁》：「戩，福也。」《傳》同。穀，《爾雅・釋言》：「穀，祿也。」《傳》同。❽罄，音慶，ㄑㄧㄥˋ。《爾雅・釋詁》：「罄，盡也。」《傳》同。❾百祿，言祿之多。此承「穀」而言。❿遐福，言福之久。此承「戩」而言。⓫言享受福祿，惟感時日不足。⓬興，《箋》：「盛也。」莫不興，萬事萬物無不興盛。⓭阜，《說文》：「阜，山無石者。」《釋名》：「土山曰阜。」⓮陵，《爾雅・釋地》：「大阜曰陵。」《傳》同。⓯增，增加。言萬事增盛，如川水方至，源源不絕。⓰吉，《傳》：「善也。」蠲，音捐，ㄐㄩㄢ。《傳》：「潔也。」饎，音溪，ㄒㄧ。《爾雅・釋訓》：「饎，酒食也。」《傳》同。句言吉日齋戒沐浴潔身獻酒以祭祀。⓱享，《傳》：「獻也。」祭祀祖先以致孝心，故曰孝享。⓲禴，音越，ㄩㄝˋ。禴祠烝嘗，《爾雅・釋天》：「春祭曰祠，夏祭曰禴，秋祭曰嘗，冬祭曰烝。」《傳》同。天子諸侯宗廟之祭。⓳公，《箋》：「先公。」句謂致祭於先公先王。⓴君，《傳》：「先君也。」《集傳》：「通謂先公先王也。」㉑卜，《爾雅・釋詁》：「卜，予也。」《傳》同。賜予、給予也。此尸傳神意，以嘏主人之辭。㉒弔，善也。《書・費誓》：「無敢不弔。」又曰：「無敢不善。」是弔與善義同。《左傳》哀公十六年：「旻天不弔。」《周禮・大祝》先鄭注引作「閔天不淑」，淑亦善也。此詩《傳》訓弔為至，〈節南山〉《箋》曰：「至猶善也。」實則弔本有善義，不必假至轉訓善也。㉓詒，《傳》：「遺也。」按詒音義同貽。㉔質，《集傳》：「質，實也。言其質實無偽，日用飲食而已。」按此言君之德政。㉕黎，《箋》：「眾也。」群黎，眾庶、人民也。百姓，《傳》：「百官族姓也。」即百官也。㉖徧為爾德，《傳箋通釋》：「為，當讀如『式訛爾心』之訛。訛，化也。徧為爾德，猶云徧化爾德也。」㉗恆，《傳》：「弦升出也。」《箋》：「月上弦。」按《詩緝》訓為常久，義似稍遜。㉘南山，《詩緝》：「終南山也。」㉙騫，音千，ㄑㄧㄢ。《傳》：「虧也。」崩，傾覆也。㉚或，語助詞。承，《集傳》：「承，繼也。言舊葉將落，而新葉已生，相繼而長茂也。」按隱喻子孫孫，引無極也。

【詩義‧章旨】

〈詩序〉：「〈天保〉，下報上也。君能下下以成其政，臣能歸美以報其上焉。」《箋》曰：「下下，謂〈鹿鳴〉至〈伐木〉，皆君所以下臣也。臣亦宜歸美於王，以崇君之尊而福祿之，以答其歌。」〈序〉謂「報上」，是也；《箋》謂「歸美於王，以崇君之尊而福祿之」，亦是也。然與〈鹿鳴〉以下五詩未必有關，故《箋》謂「答歌」，《集傳》謂「臣歌此詩以答其君」，皆失其據。蓋所謂「報上」者，頌壽祝福而已。姚際恆所謂「致祝于君」，是矣，非後世之賦後詩答前詩也。篇中曰「于公先王」，則當作於武王受命以後；定為樂歌，則又武王以後事矣。

全詩六章，每章六句。前三章為一段，後三章又為一段。前三章假天以致君福祿，而以五「如」字作結；後三章假神（先公先王）以祝君永壽、祝君子孫繩繩，而以四「如」字作結，篇法章法，無不井然。九「如」字句，前者由靜而動，後者像其始生，皆取其增進興盛不已之意。五章「民之質矣，日用飲食。群黎百姓，徧為爾德」四句，乃寫君之懿德。而自人民生活行為驗之，正所謂「自我民視」、「自我民聽」，不落空言。〈序〉所謂「下報上」者，即報此德也。故此四句實為全詩之重心。

七、采薇

采薇❶采薇，薇亦作止❷。曰歸曰歸❸，歲亦莫❹止。靡室靡家❺，玁狁❻之故；不遑啟居❼，玁狁之故。

采薇采薇，薇亦柔❽止。曰歸曰歸，心亦憂止。憂心烈烈❾，載飢載渴❿。我戍未定⓫，靡使歸聘⓬。

采薇采薇，薇亦剛⓭止。曰歸曰歸，歲亦陽⓮止。王事靡盬、不遑啟處。憂心孔疚⓯，我行不來⓰。

彼爾維何⓱？維常⓲之華；彼路⓳斯⓴何？君子㉑之車。戎車㉒既駕，四牡業業㉓。豈敢定居？一月三捷㉔。

駕彼四牡，四牡騤騤㉕。君子所依㉖，小人所腓㉗。四牡翼翼㉘，象弭㉙魚服㉚。豈不日戒㉛？玁狁孔棘㉜。

昔我往矣，楊柳依依㉝；今我來思㉞，雨雪霏霏㉟。行道遲遲㊱，載渴載飢。我心傷悲，莫知我哀㊲。

【注釋】

❶薇，野豌豆苗。見〈召南・草蟲〉注⓭。❷作，《傳》：「生也。」止，語末助詞。❸曰，語詞。重言歸者，思歸之切也。❹莫，同暮。《箋》：「晚也。」❺靡，《箋》：「無也。」征人終歲在外，與室家分離，猶無室家，故曰「靡室靡家」。❻玁，音險，ㄒㄧㄢˇ。狁，音允，ㄩㄣˇ。玁狁，《傳》：「北狄也。」《箋》：「北狄，今

匈奴也。」按匈奴商周間稱鬼方、混夷、獯鬻，周稱玁狁，春秋謂之戎，謂之狄，戰國時始稱匈奴，稱胡。見王國維〈鬼方昆夷玁狁考〉（《觀堂集林・二冊》）。❼啟居，猶啟處，止息也。見〈四牡〉注❼。❽柔，《傳》：「始生也。」《集傳》：「始生而弱也。」❾烈烈，《箋》：「憂貌。」凡「憂心」下之疊字，皆是憂貌。說見〈召南・草蟲〉注❺。❿載飢載渴，《箋》：「則飢則渴，言其苦也。」按《箋》說是也。行役之人，常苦飢渴，故〈王風〉曰：「君子于役，苟無飢渴？」上言心憂，此言身苦，亦見其甚病耳。《詩經詮釋》謂：「言憂之甚，如飢渴也。」義似未允。⓫戍，屯兵以守也。見〈王風・揚之水〉注❹。定，《箋》：「止也。」句言我戍守疆場而無定所也。⓬聘，《傳》：「問也。」《正義》曰：「無人使歸問家安否。」按上文「我戍未定」與「問家安否」無關，而與家人問我有關，故孔氏之說不可從。馬瑞辰識得此理，然讀歸為餽，又訓餽為使，似嫌迂曲。竊意此歸字即〈邶風・靜女〉「自牧歸荑」之歸，與饋同，贈人以物也。征人身心俱苦，故盼飲食之物以解飢渴，盼家中音訊以解心憂。今戍守未定，故家中無人饋問之也。又按《釋文》曰：「『靡使』如字，本又作『靡所』。」作「靡所」者是也，《詩》例作「靡所」，不作「靡使」。且作「靡所」，正與上文「未定」之意相承接。如此，則義尤順暢。參見〈邶風・旄丘〉注❿。⓭剛，《集傳》：「既成而剛也。」⓮陽，《爾雅・釋天》：「十月為陽。」《箋》同。按夏曆十月，周曆十二月也。故一章曰：「歲亦莫止。」與此章並無牴牾。⓯疚，《爾雅・釋詁》：「疚，病也。」《傳》同。孔疚，甚憂病也。⓰來，《箋》：「猶反也。」《集傳》：「歸也。」按末章「今我來思」，可證。⓱爾，《傳》：「花盛貌。」《說文》引作薾。按此「爾」字為名詞，當解作花。句謂彼花為何種花。⓲常，《傳》：「常，常棣也。」參見〈召南・何彼襛矣〉注❷。⓳路，〈魏風・汾沮洳〉《傳》：「路，車也。」⓴斯，與上文「維」，皆為也。㉑君子，《傳》：「謂將率（帥）。」㉒戎車，〈六月〉「戎車既飭」《集傳》：「戎車，兵車也。」㉓業業，《傳》：「業業然壯也。」按〈烝民〉《傳》：「業業，高大也。」壯即高大之意。《詩》中狀馬之詞多如此。下「騤騤」、「翼翼」同。參見〈鄭風・清人〉注❼。㉔捷，《傳》：「勝也。」

「一月三捷」並非事實，此自期之詞，以勉從速立功，「豈敢定居」之因在此。㉕騤，音葵，ㄎㄨㄟˊ。騤騤，見注㉓。㉖依，《集傳》：「猶乘也。」㉗小人，《箋》：「戍役。」即士卒。腓，音肥，ㄈㄟˊ。《傳》：「辟也。」《正義》：「言小人倚此將帥戰車以避前敵來戰之患也。」按《箋》謂：「腓當作芘。」芘即庇蔭，與隱避義同。鄭雖破字，與毛意實相成。此謂士卒藉戎車之庇以避患，從而保護此戎車。步車相資，短長相輔，後世「魚麗之陣」當由此演化而來。㉘翼翼，見注㉓。㉙弭，音米，ㄇㄧˇ。《爾雅・釋器》：「有緣者謂之弓，無緣者謂之弭。」《傳》：「弭，弓反末也，所以解紒也。」按《說文》：「弭，弓無緣，可以解轡紛者。」末端繫以象骨，則稱象弭。㉚魚，《正義》謂：魚，獸名，似豬，東海有之，其皮可以為弓鞬矢服。魚服，魚獸皮製成之箭袋。㉛戒，《傳》：「警敕軍事也。」日戒，日日戒備。㉜棘，《箋》：「急也。」緊迫也。㉝依依，王先謙《集疏》：「韓說曰：依依，盛貌。」㉞思，《詩緝》：「李氏曰：思，語辭也。」㉟霏霏，《傳》：「甚貌。」《集傳》：「雪盛貌。」謂時已隆冬歲暮而歸途難行也。㊱遲遲，緩行也。見〈邶風・谷風〉注❾。㊲哀，傷痛。句言無人知我心中之悲哀痛苦也。

【詩義・章旨】

〈詩序〉：「〈采薇〉，遣戍役也。」詩明言：「曰歸曰歸，歲亦莫止。」又曰：「昔我往矣，楊柳依依；今我來思，雨雪霏霏。」當是作者自述之辭，豈遣戍役時得逆料乎（姚際恆說）？故王質《詩總聞》曰：「當是將佐述離家還家之狀。」姚氏《通論》曰：「此戍役還歸之詩。」屈氏《詮釋》曰：「此當是戍役者所自作。」是矣。至於作成之時代，〈詩序〉謂是文王之時。《漢書・匈奴傳》謂：「至穆王之孫懿王時，王室遂衰，戎狄交侵，暴虐中國，中國被其苦，詩人始作，疾而歌之曰：『靡室靡家，玁狁之故。』『豈不日戒，玁狁孔棘。』」以此詩作於懿王之時。據王國維〈鬼方昆夷玁狁考〉謂：玁狁一名，周始有之。文王之時，固未有也。則〈詩序〉之說不可信。又魏源《詩古微》以為作於宣王之世，後世從之者頗多。然宣王於玁狁已大張撻伐，詩人多美大其功，〈出車〉、〈六月〉是也。而此詩曰：「我戍未定。」又曰：「豈敢定居？」「豈不日戒？」不僅無功可美，且有肆應維艱之勢。此當是玁狁初起，兵力日盛之時。故《漢書》之說，不可易也。

全詩六章，每章八句，前三章形式複疊。一章曰「薇亦作止」、「歲亦莫止」；二章曰「薇亦柔止」、「心亦憂止」；三章曰「薇亦剛止」、「歲亦陽止」，層層遞進，而歸期未聞。一章不曰憂，二章曰「憂心烈烈」，三章曰「憂心孔疚」，亦遞進筆法也。四章、五章專言戰陣之事。四章曰「君子之車」，五章曰「君子所依」，此「君子」若非詩人，必與詩人之關係甚近。否則，兩章中四言「四牡」，兩言「君子」，即無甚意義矣。四章首二句：「彼爾維何？維常之華。」《集傳》以為興。實則此常棣之花即君子之車飾，觀乎〈召南・何彼襛矣〉則可知矣。故當為賦，非興也。四章末二語曰：「豈敢定居？一月三捷。」五章末二語曰：「豈不日戒？玁狁孔棘。」語法、內容皆相似，從而可知「一月三捷」非事實矣。末章寫歸途景物，並追憶昔時風光。「昔我往矣」四句，最為膾炙人口。方玉潤《原始》謂：「絕世文情，千古常新。」陳子展《直解》謂：「此詩句歷漢、魏、南朝至唐，屢見詩人追摹，而終有弗逮。」張學波《詩經篇旨通考》謂：「此詩之佳，全在末章，真情實景，感時傷事，別有深情，非可言喻。」末二句極堪玩味，行役思歸，今既歸矣，不僅無欣喜之情，且曰：「我心傷悲，莫知我哀。」其所哀恐非僅征途勞苦也。

八、出車

我出我車，于彼牧矣❶。自天子所，謂我來❷矣。召彼僕夫❸，謂之載❹矣。王事多難❺，維其棘❻矣。

我出我車，于彼郊矣。設此旐❼矣，建此旄❽矣。彼旟旐斯❾，胡不旆旆❿！憂心悄悄，僕夫況瘁⓫。

王命南仲⓬，往城于方⓭。出車彭彭⓮，旂旐央央⓯。天子命我，城彼朔方⓰。赫赫⓱南仲，玁狁于襄⓲。

昔我往矣，黍稷方華⓳；今我來思，雨雪載塗⓴。王事多難，不遑啟居。豈不懷歸？畏此簡書㉑。

喓喓草蟲，趯趯阜螽。未見君子，憂心忡忡；既見君子，我心則降㉒。赫赫南仲，薄伐西戎㉓。

春日遲遲，卉㉔木萋萋。倉庚㉕喈喈，采蘩祁祁㉖。執訊獲醜㉗，薄言還歸㉘。赫赫南仲，玁狁于夷㉙。

【注釋】

❶牧，郊外謂之牧。見〈邶風・靜女〉注⓬。出車於牧，就馬於牧地也。❷謂，《傳箋通釋》：「《廣雅》：『謂，使也。』謂我來，即使我來也。」銜天子命而來，示其重也。❸僕夫，《傳》：「御夫也。」即駕車者。❹載，乘也、駕也。謂之載，言使之駕也。❺難，危急。句言戰事危急也。❻維其，陳奐《傳疏》：「維，發聲。凡言維其，其也；維以，以也；維此，此也；維彼，彼也；維何，何也。維皆發聲。」棘，急也。見〈采薇〉注㉜。❼旐，《傳》：「龜蛇曰旐。」按《周禮・司常》曰：「司常掌九旗之物，名各有屬，以待國事。日月為常，

交龍為旂，通帛為旜，雜帛為物，熊虎為旗，鳥隼為旟，龜蛇為旐，全羽為旞，析羽為旌。」旐為繪有龜蛇之旗，縣鄙所建。設旐，《箋》：「設旐者，屬之於干旄而建之。」❽旄，旄牛尾也。見〈鄘風・干旄〉注❷。❾旟，音余，ㄩˊ。《傳》：「鳥隼曰旟。」參見〈鄘風・干旄〉注❾。斯，語末助詞。❿旆，音沛，ㄆㄟˋ。旆旆，《傳》：「旐垂貌。」《集傳》：「飛揚之貌。」按以〈生民〉「荏菽旆旆」度之，朱說較勝。⓫況瘁，《傳箋通釋》：「況瘁皆為病，與殄瘁、盡瘁同義。」⓬南仲，即〈大雅・常武〉「南仲太祖」之南仲，宣王時人。⓭方，即〈六月〉「侵鎬及方」之方。⓮彭，音邦，ㄅㄤ。彭彭，見〈鄭風・清人〉注❷及〈齊風・載驅〉注⓭。⓯旂，《傳》：「交龍為旂。」按《爾雅・釋天》：「有鈴曰旂。」郭璞注：「懸鈴於竿頭，畫交龍於旂。」諸侯所建。央央，《傳》：「鮮明也。」⓰朔方，《傳》：「北方也。」按與上文「方」為二地，南仲城方，詩人城朔方。舊以為一地，誤。⓱赫赫，《集傳》：「威名光顯也。」⓲于，《經傳釋詞》：「于，猶是也。」襄，《傳》：「除也。」《釋文》：「襄，本或作攘。」⓳方華，穗方吐花也。黍稷方華，六月時也。⓴載，則也。塗，《傳》：「凍釋也。」《集傳》：「凍釋而泥塗也。」此謂春正月也。一說載塗即〈生民〉「厥聲載路」之載路，滿路也。亦通。㉑簡書，《傳》：「戒命也。」《詩緝》引長樂劉氏曰：「謂王命載之於竹簡也。」如後世之詔書、敕命。㉒以上六句已見於〈召南・草蟲〉。首二句謂初夏之時。㉓薄，迫也。前已多見。西戎，即匈奴之支流。㉔卉，《傳》：「草也。」㉕倉庚，見〈豳風・七月〉注⓭。㉖祁祁，見〈召南・采蘩〉注❾。句又見〈七月〉。㉗訊，《爾雅・釋言》：「訊，言也。」《箋》：「訊，言。執其可言問。」《集傳》：「訊，其魁首當訊問者也。」是執訊者，執其魁首可訊問之人也。醜，《箋》：「眾也。」《集傳》：「徒眾也。」是獲醜者，獲其士卒也。陳奐《傳疏》訓獲為馘，馬氏《通釋》訓訊為諜，皆求之過甚。㉘句見〈召南・采蘩〉。㉙夷，《傳》：「平也。」謂平服也。

【詩義・章旨】

〈詩序〉：「〈出車〉，勞還率也。」然詩「昔我往矣」四語，與〈采薇〉相似，乃作者自述之詞；「赫赫南仲」，亦非勞帥之語；且「王命南仲」、「天子命我」，尤不合天子語氣。〈序〉說實不可信。王質《詩總聞》曰：「其詩以王命為辭，此亦是將佐敘離家還家之狀，與〈采薇〉同。」是矣。至於其作成時間，則當在宣王之世。

全詩六章，每章八句。一章言奉王命出征，示王事雖多難，而王室猶振作有為。二章言設旐建旄，示軍容之壯盛。末語「憂心悄悄，僕夫況瘁」正與一章末二語相呼應。三章言南仲城方，己則城朔方，任務雖異，而攘玁狁則一。又此章寫南仲有「旂」字，上章有「旐」有「旄」而無「旂」，足見此次出征，南仲為主帥，詩人則其副貳也。四章言夏往而春來；然來而未歸（或歸而未久），又奉簡書而上征途矣。故詩言「不遑啟居。豈不懷歸」也。五章言初夏之時於西戎與南仲相會合。末段言明年春末與南仲凱歸，而征伐玁狁之功乃告成。詩之前三章文字剛勁，一片肅殺之氣；後三章則語多溫婉，寫景、抒情，並記時節。而前後文能融而為一，此詩人之妙筆也。故竹添光鴻曰：「出師尚嚴：讀首三章，便凜如秋霜；凱歸貴和：讀後三章，便藹如春露。其間有整有暇，有勤有慎，有威有斷。我出我車，責任專也；自天子所，寵命渥也；憂心悄悄，臨事懼也；執訊獲醜，恩威著也。全是專閫氣象。」

九、杕杜

有杕之杜❶，有睆❷其實。王事靡盬，繼嗣我日❸。日月陽止❹，女心傷止，征夫遑止❺。

有杕之杜，其葉萋萋。王事靡盬，我心傷悲。卉木萋止，女心悲止，征夫歸止。

陟彼北山，言采其杞❻。王事靡盬，憂我父母。檀車幝幝❼，四牡痯痯❽，征夫不遠。匪載❾匪來，憂心孔疚❿。期逝⓫不至，而多為恤⓬。卜筮偕止⓭，會言近止⓮，征夫邇⓯止。

【注　釋】

❶見〈唐風・杕杜〉注❶。❷睆，音晚，ㄨㄢˇ。《傳》：「實貌。」按當是好貌，〈邶風・凱風〉「睍睆黃鳥」《傳》：「睍睆，好貌。」《禮記・檀弓》「華而睆」《正義》：「睆睆然好。可證。有睆，猶睆然、睆睆。」❸嗣，《箋》：「續也。」句謂繼續我出征之日也。❹陽止，見〈采薇〉注⓮。❺遑，《箋》：「暇也。」句言征夫今已閒暇且歸也。❻杞，枸杞。見〈四牡〉注⓭。❼檀車，《正義》：「檀可為車之輪、輻，是檀之所施於車廣矣。」《集傳》：「檀木堅，宜為車。」幝，音產，ㄔㄢˇ。幝幝，車聲。見〈四牡〉注❺。❽痯，音管，ㄍㄨㄢˇ。痯痯，《爾雅・釋訓》：「痯痯，病也。」《傳》：「痯痯，罷貌。」按疲（罷）亦病也。❾載，即〈出車〉「謂之載矣」之載，乘也，駕也。❿見〈采薇〉注⓯。⓫逝，《傳》：「往也。」期逝，歸期已過也。⓬恤，《傳》：「憂也。」⓭偕，《箋》：「俱也。」言卜筮俱用也。⓮會，《箋》：「合也。」句謂卜與筮二者共言征夫距家已近也。⓯邇，《傳》：「近也。」

【詩義・章旨】

〈詩序〉：「〈杕杜〉，勞還役也。」此說清人姚際恆《詩經通論》已駁斥其非。王質《詩總聞》曰：「此當是師徒室家所敘。」姚際恆亦曰：「此室家思其夫歸之詩。」後世從之者極多。然詩曰：「王事靡盬，繼嗣我日。」「王事靡盬，我心傷悲。」「王事靡盬，憂我父母。」皆征人自述之辭，「我」即征人，即此詩之作者。此種語句，〈唐風・鴇羽〉、〈四牡〉、〈采薇〉、〈北山〉多有之，皆征人之語，何以此篇獨為征人室家之辭？《詩經詮釋》曰：「此征人思歸之詩；乃假家人思念征夫語氣，以抒其懷歸之情也。」其謂「征人思歸之詩」，是也；其謂「假家人思念征夫語氣」，則仍蹈前人之誤也。竊意此詩當是征夫思歸之作。每章中僅末句「征夫遑止」、「征夫歸止」……為女心中忖度之辭；然此句乃承上句「女心傷止」、「女心悲止」而來，出自於征夫（作者）之忖度，故仍為征夫之語也。

全詩四章，每章七句，形式複疊。每章前四句（第三章前六句）皆征夫自述其行役之勞，思歸之苦，後三句（第三章末句）語氣突變，疊用「止」字為語末。轉述室家思己歸而傷悲，望己歸之殷切。一章分寫兩面。而以「日月陽止」、「卉木萋止」寫自然景色為轉軸，筆法巧妙。四章皆以「征夫」結尾，室家念己之情，盡在其中。一章曰「遑止」，二章曰「歸止」（始歸也），三章曰「不遠」，四章曰「邇止」，層層遞進，愈後而愈急。明明是思念室家，而反寫室家思己，與老杜「香霧雲鬟濕，清暉玉臂寒」之筆法，先後輝映。

一〇、魚麗

魚麗❶于罶❷，鱨鯊❸。君子有酒，旨且多❹。

魚麗于罶，魴鱧❺。君子有酒，多且旨❻。

魚麗于罶，鰋❼鯉。君子有酒，旨且有❽。

物❾其多矣，維其嘉矣。

物其旨矣，維其偕❿矣。

物其有矣，維其時⓫矣。

【注釋】

❶麗，與〈邶風・新臺〉「鴻則離之」之離同，遭遇也。又《傳》訓歷，《爾雅・釋詁》：「歷，傳也。」傳即「著」也（王質《詩總聞》即訓「著」），亦通。❷罶，音柳，ㄌㄧㄡˇ。《爾雅・釋器》：「嫠婦之笱謂之罶。」《傳》：「罶，曲梁也，寡婦之笱也。」《正義》：「曲，薄也，以薄為魚笱，其功易，故號之寡婦笱耳，非寡婦所作也。」按罶以薄（葦），笱以竹。罶非笱，而其用則同。❸鱨，音嘗，ㄔㄤˊ。《釋文》引陸機《疏》曰：「今江東呼黃鱨魚，尾微黃，大者長尺七八寸許。」《正義》曰：「鱨，一名黃頰魚。」鯊，《爾雅・釋魚》：「鯊，鮀。」《釋文》曰：「今吹沙小魚也。體圓而有黑點文。舍人云：『鯊，石鮀也。』」❹《箋》：「酒美而此魚又多也。」❺魴，見〈周南・汝墳〉注❽。鱧，《本草》李時珍曰：「鱧，烏魚也。」❻《箋》：「酒多而此魚又美也。」❼鰋，音晏，ㄧㄢˋ。《傳》：「鮎也。」按鮎，體滑無鱗，俗稱黏魚。❽有，《集傳》：「有，猶多也。」旨且有，《箋》：「酒美而此魚又有也。」❾物，指所有食物，非專指魚酒。❿偕，蘇轍《詩集傳》曰：「偕，齊也。」此言食物不僅盛多，且水、陸、山產皆齊也。⓫時，即《論語・鄉黨》「不時不食」之時，謂得時宜也。《詩緝》：「適當其時。」是矣。

【詩義・章旨】

〈詩序〉：「〈魚麗〉，美萬物盛多，能備禮也。文武以〈天保〉以上治內，〈采薇〉以下治外。始於憂勤，終於逸樂，故美萬物盛多，可以告於神明矣。」除首句「美萬物盛多」尚合詩義，其他皆附會之辭。《集傳》謂：

「此燕饗通用之樂歌。」此乃此詩之用，非初作之本旨也。姚際恆曰：「此王者燕享臣工之樂歌。」其說是也；然亦可能為王者燕享臣工、臣工歌此詩以美之也。至於燕禮、鄉飲酒禮皆歌之，則後世之事也。

全詩六章，前三章每章四句，後三章每章二句。前三章為三疊，後三章又為三疊，形式頗為特殊。前三章只言魚與酒，後三章推展開去，擴及萬物。後三章多、旨、有，依次承前三章末一字，為一層；嘉、偕、時，又為一層。於字句參差中見規律，於形式複疊中有層次。而主厚客歡，人和年豐之意，盡在其中。

南陔

白華

華黍

以上三篇，僅有篇目而無詩。〈詩序〉曰：「〈南陔〉，孝子相戒以養也。〈白華〉，孝子之絜白也。〈華黍〉，時和歲豐，宜黍稷也。有其義而亡其辭。」然成詩在前，撮詩義而為序在後；未有詩亡而能存其義者。《集傳》曰：「此笙詩也，有聲無辭。」其說是也。姚際恆作〈附論儀禮六笙詩〉，論之極詳。笙詩之說，已成定案矣。

南有嘉魚之什

一、南有嘉魚

南有嘉魚❶，烝然罩罩❷。君子有酒，嘉賓式燕❸以樂。

南有嘉魚，烝然汕汕❹。君子有酒，嘉賓式燕以衎❺。

南有樛木❻，甘瓠纍❼之。君子有酒，嘉賓式燕綏之❽。

翩翩者鵻❾，烝然來思。君子有酒，嘉賓式燕又思❿。

【注釋】

❶南，《傳》：「江漢之間，魚所產也。」嘉魚，《箋》：「善魚。」❷烝，《釋文》引王肅曰：「眾也。」罩罩，《毛鄭詩考正》曰：「《說文》引詩『烝然𩸞𩸞』，𩸞蓋與掉通，魚搖掉也。」按戴氏謂搖掉，即搖曳、搖擺之意，為魚游水貌，與下「汕汕」義同。❸式燕，見〈小雅・鹿鳴〉注⑬。❹汕，音善，ㄕㄢˋ。汕汕，魚游水貌。見《說文》。❺衎，音看，ㄎㄢˋ。《傳》：「樂也。」❻句見〈周南・樛木〉。❼瓠，音胡，ㄏㄨˊ，葫蘆。甘瓠，《詩記》曰：「瓠有甘有苦，甘瓠則可食也。」按瓜類甘者大，苦者小。纍，見〈周南・樛木〉注❹。❽綏，《箋》：「安也。」式燕綏之，猶言式燕以綏也。❾鵻，即鴿也。見〈小雅・四牡〉注❾。❿又，《毛詩後箋》：「又，疑侑之假借。侑，勸也。」按胡氏說是也。〈賓之初筵〉「矧可多又」，可以為證。惟「式燕又思」，「燕」仍訓樂，不訓宴。「思」與上文「烝然來思」之思同，為語詞。式燕又思，猶言式樂以又也。

【詩義・章旨】

〈詩序〉：「〈南有嘉魚〉，樂與賢也。大平君子，至誠樂與賢者共之也。」細觀詩文，僅有賓主燕樂之情，而無「樂與賢者」之意，故其說不可從。此當是述君燕臣工，君臣偕樂之詩。後世乃用為燕禮、鄉飲酒之樂，故燕禮、鄉飲酒禮皆歌之也。

全詩四章，每章四句，形式複疊。四章之首二句皆為興，《集傳》於末章曰：「此興之全不取義者也。」是則前三章之興皆有所取義矣。然末章「烝然來思」，「烝然」與一、二章全同，「來思」與「罩罩」、「汕汕」，文義互足。一、二章謂魚罩罩、汕汕而來，末章謂鵻翩翩而至，除魚與鵻不同外，其取義並無差異，故末章之興亦有所取義，且其取義與前三章同。魚、樛木、鵻皆象徵嘉賓，觀乎前三章皆有「南有」之文，「南有樛木」又見於〈周南〉，則此嘉賓當皆南方之諸侯也。又一、二章韻在句末，三、四章韻在第三字，變化中而有規律，由此可知，末句「又思」之思，即「來思」之思，為語詞無疑，而或謂「思」為思念之意，「又思」者，「又思念而不忘也」，誤矣；朱子竟載其說，尤誤。

二、南山有臺

南山有臺❶，北山有萊❷。樂只君子❸，邦家之基；樂只君子，萬壽無期❹。

南山有桑，北山有楊。樂只君子，邦家之光；樂只君子，萬壽無疆❺。

南山有杞❻，北山有李。樂只君子，民之父母❼；樂只君子，德音不已❽。

南山有栲，北山有杻❾。樂只君子，遐不眉壽❿；樂只君子，德音是茂⓫。

南山有枸⓬，北山有楰⓭。樂只君子，遐不黃耇⓮；樂只君子，保艾爾後⓯。

【注釋】

❶臺，《爾雅・釋草》：「臺，夫須。」《傳》同。《正義》曰：「陸機《疏》云：『舊說：夫須，莎草也，可以為蓑笠。』」按蓑以禦雨，笠以遮陽。今人多以臺為蓑，而以箬為笠。❷萊，《傳》：「草也。」《正義》曰：「萊為草之總名，非有別草名之為萊。陸機《疏》云：『萊，草名，其葉可食，今兗州人烝以為茹，謂之萊烝。』其義或當然。」按萊，亦名藜，葉香可食。❸只，哉也。見〈周南・樛木〉注❺。君子，由「邦家之基」、「民之父母」等語觀之，當是諸侯。《集傳》謂指賓客，恐誤。❹無期，《詩緝》：「言無窮也。」❺句見〈豳風・七月〉。❻杞，即〈鄭風・將仲子〉「無折我樹杞」之杞，木名，柳屬。非〈四牡〉「集于苞杞」之枸杞也。❼言愛民如子，民戴之若父母也。❽已，《箋》：「止也。」德音不已，即〈鄭風・有女同車〉之德音不忘、〈豳風・狼跋〉之德音不瑕。❾栲、杻，見〈唐風・山有樞〉注❻、❼。❿遐，《集傳》：「遐、何通。」眉壽，長壽。見〈豳風・七月〉注52。句言豈能不長壽乎。⓫茂，《箋》：「盛也。」⓬枸，音舉，ㄐㄩˇ。《傳》：「枸，枳枸。」《正義》曰：「陸機《疏》云：『枸樹高大似白楊，有子著枝端，大如指，長數寸。噉之甘美如飴，八月熟。今官園種之，謂之木蜜。』」⓭楰，音余，ㄩˊ。《爾雅・釋木》：「楰，鼠梓。」《傳》同。《正義》曰：「陸機《疏》曰：『其樹葉木理如楸，山楸之異者，今人謂之苦楸。』是也。」⓮黃，《傳》：「黃髮也。」《正義》：「老人髮白復黃也。」耇，音茍，ㄍㄡˇ。《傳》：「老也。」《正義》曰：「《釋詁》云：『耇、老，壽也。』孫炎曰：『耇，面凍梨色如浮垢。』」按凍梨，謂皮有斑點如凍梨色，與黃髮、台背、兒齒，皆壽徵也。⓯保，《傳》：「安也。」艾，《傳》：「養也。」後，謂子孫也。句言能保護養育爾之後代子孫。

【詩義・章旨】

〈詩序〉：「〈南山有臺〉，樂得賢也。得賢則能為邦家立太平之基矣。」其立說甚善，然篇中不見得賢之意，得賢顯非詩旨也。《集傳》曰：「此亦燕饗通用之樂。」此當是後世用此詩於燕饗，非此詩之為燕饗而作也。《詩說解頤》曰：「此人臣頌美其君之辭。」其說是也。然詩曰「邦家之基」、「邦家之光」，則此君當是邦國之諸侯，而非天子也。至於詩之作者，其同僚、臣工皆有可能，非必為「人臣」也。

全詩五章，每章六句，形式複疊。每章首二句皆為興，或以草，或以木。竹添光鴻《會箋》曰：「詩舉草木，各有倫類：臺也、萊也，附地者也，故曰邦家之基；桑也、楊也，葉之沃若者也，故曰邦家之光；杞也、李也，多子者也，故曰民之父母；栲杻也、枸楰也，耐久者也，故曰眉壽、黃耇，非直叶韻而已。」竊意不僅此也，臺萊桑楊等各有其用，此象徵邦國人才濟濟。山有草木，則生機旺盛，此象徵邦國基礎穩固，國力深厚。要之，皆有所取義也。若謂其用僅在叶韻，試將詩中「有」字盡易為「無」字，曰「南山無臺，北山無萊」，曰「南山無桑，北山無楊」，叶韻不變，詩文尚能仍舊流暢，詩義尚能仍舊無變乎？一章曰：「萬壽無期。」二章曰：「萬壽無疆。」此祝其長壽無盡也；三章曰：「德音不已。」四章曰：「德音是茂。」此祝其聲譽不已也；末章曰：「保艾爾後。」此祝其子孫無窮也。先言壽命，次言聲譽，末言子孫，自有層次。

由庚

崇丘

由儀

以上三篇，亦僅有篇目而無詩，與〈南陔〉、〈白華〉、〈華黍〉同。〈詩序〉曰：「〈由庚〉，萬物得由其道也。〈崇丘〉，萬物得極其高大也。〈由儀〉，萬物之生，各得其宜也。有其義而亡其辭。」朱子以為笙詩，是也。姚際恆有〈附論儀禮六笙詩〉，說之甚詳。

三、蓼蕭

蓼彼蕭斯❶，零露湑❷兮。既見君子，我心寫兮❸。燕❹笑語兮，是以有譽處❺兮。

蓼彼蕭斯，零露瀼瀼❻。既見君子，為龍為光❼。其德不爽❽，壽考不忘❾。

蓼彼蕭斯，零露泥泥❿。既見君子，孔燕豈弟⓫。宜兄宜弟⓬，令德壽豈⓭。

蓼彼蕭斯，零露濃濃⓮。既見君子，鞗革忡忡⓯。和鸞雝雝⓰，萬福攸同⓱。

【注釋】

❶蓼，音路，ㄌㄨˋ。《傳》：「長大貌。」蕭，《傳》：「蒿也。」按《爾雅・釋草》：「蕭，萩。」郭璞注：「即蒿。」陸機《疏》曰：「今人所謂萩蒿者是也。」參見〈王風・采葛〉注❸。斯，語詞。❷零，落也。見〈鄘風・定之方中〉注⓳。湑，盛貌。見〈唐風・杕杜〉注❷。《傳》謂：「湑湑然蕭上露貌。」即謂蕭上露盛貌也。❸寫，《傳》：「輸寫其心也。」《箋》：「我心寫者，舒其情意無留恨也。」按此「寫」字即〈邶風・泉水〉「以寫我憂」之寫，清除、舒洩之意。今猶稱逍遙舒適曰寫意。我心寫兮，即我心舒暢也。❹燕，樂也，

前已多見。❺譽，蘇轍《詩集傳》：「譽、豫通。凡《詩》之譽，皆言樂也。」處，《集傳》：「安樂也。」按譽處義近，猶愉樂也。❻瀼瀼，盛貌。見〈鄭風・野有蔓草〉注❽。❼龍，《傳》：「寵也。」句言君子加恩寵加光榮於我也。❽爽，《傳》：「差也。」句言其德無有差忒也。❾句見〈秦風・終南〉。❿泥，音你，ㄋㄧˇ。泥泥，《傳》：「霑濡也。」按一章湑兮，二章瀼瀼，末章濃濃，皆為露盛貌，則此泥泥當亦為露盛貌。《集韻》泥與薿同，曰：「露濃謂之薿，或省。」可證。《傳》訓霑濡，與盛義相成。⓫豈弟，《傳》：「豈，樂。弟，易也。」按已見〈齊風・載驅〉。句謂君子甚快樂而和易也。⓬宜兄宜弟，猶言宜其兄弟也。《傳》謂：「宜為兄也，宜為弟也。」似誤。《集傳》曰：「宜兄宜弟，猶曰宜其家人。蓋諸侯繼世而立，多疑忌其兄弟，如晉詛無畜群公子，秦鍼懼選之類。故以宜兄宜弟美之。」是矣。⓭豈，音凱，ㄎㄞˇ。壽豈，《集傳》：「壽而且樂也。」按豈即「豈弟」之豈，樂也。句言君子既有美德而又長壽歡樂也。⓮濃濃，《傳》：「厚貌。」⓯鞗，邵瑛《說文解字群經正字》以為鞗之正字當作鋚。《說文》：「鋚，一曰轡首銅也。」革，《爾雅・釋器》：「轡首謂之革。」《傳》同。忡忡，與〈周頌・載見〉「鞗革有鶬」之有鶬義同，鞗革聲也。轡首為近馬首部分，以金為飾，馬行則鏘鏘有聲，故曰：「鞗革忡忡。」此言君子之車飾也。⓰和鸞，皆鈴也。《傳》：「在軾曰和，在鑣曰鸞。」雝雝，鈴聲也。⓱攸，《箋》：「所也。」同，《集傳》：「聚也。」言萬福所聚也。

【詩義・章旨】

此當是諸侯朝見天子，歌以美之之詩。詩曰「為龍為光」、「宜兄宜弟」、「萬福攸同」可證。〈詩序〉謂：「〈蓼蕭〉，澤及四海也。」《正義》曰：「作者以四海諸侯朝王，而得燕慶，故本其在國蒙澤，說其朝見光寵。」其說大致不誤。《集傳》曰：「諸侯朝於天子，天子與之燕，以示慈惠，故歌此詩。」以天子所作以美諸侯，衡之「為龍為光」諸語，似有未合；且凡《詩》言「未見君子」、「既見君子」，「我心」如何，其「君子」身分，皆較「我」(作者)為高，依朱子之說，適得其反。故循其說以解詩，義多不暢也。然後世之說《詩》者多從之，亦可怪矣！

全詩四章，每章六句，形式複疊。四章首二句皆為興，以蓼蕭被露，象徵率土王臣，廣蒙王澤。〈序〉謂「澤及四海」者，蓋由此而推出。〈曹風・下泉〉曰：「芃芃黍苗，陰雨膏之。」〈湛露〉曰：「湛湛露斯，在彼豐草。」皆象徵上澤及下，故知詩人立言，有其法則也。「既見君子」以下，每章三句，共十二句，除一章「我心寫兮」一語外，其他十一句皆寫君子之辭。如「燕笑語兮」，謂君子安樂而笑語，他皆如此。一章寫君子安樂笑語之狀，二章寫得見君子，深感榮寵，因贊君子道德崇高，祝其長壽無疆。三章寫君子安樂平易，心胸寬闊而坦蕩，遇兄弟諸侯誠信有恩，因祝其德美壽高而安樂。末章寫車馬儀容之盛，因祝其萬福同歸。所有描繪祝頌之語，皆由「既見君子」而生，故此語於全詩中最為重要，而「君子」則詩之核心也。

四、湛露

湛湛❶露斯，匪陽不晞❷。厭厭夜飲❸，不醉無歸。
湛湛露斯，在彼豐❹草。厭厭夜飲，在宗載考❺。
湛湛露斯，在彼杞棘❻。顯允君子❼，莫不令德❽。
其桐其椅❾，其實離離❿。豈弟君子，莫不令儀⓫。

【注釋】

❶湛，音站，ㄓㄢˋ。湛湛，《傳》：「露茂盛貌。」❷陽，《傳》：「日也。」即陽光、日光。晞，《傳》：「乾

也。」❸厭厭，《傳》：「安也。」《釋文》：「《韓詩》作愔愔，和悅之貌。」按《韓詩》訓和悅之貌是也（見〈秦風・小戎〉注㊲），《傳》訓安，與和悅義近。夜飲，《傳》：「私燕也。」《正義》：「夜飲者，君留而盡私恩之義。」❹豐，《傳》：「茂也。」❺宗，《傳》：「宗室。」《集傳》：「宗室，蓋路寢之屬也。」按此「宗」字當訓宗廟，〈鳧鷖〉曰：「既燕于宗。」可證。古朝、聘、享皆於廟，則燕亦在廟也（姚際恆有說）。載考，《箋》：「載之言則也。考，成也。」句言在宗廟完成其燕禮也。❻杞，枸杞。杞、棘皆小木，故並言之。❼顯允，《集傳》：「顯，明。允，信也。」謂清明而信實也。君子，指諸侯而為賓客者。❽令德，《箋》：「令，善也。無不善其德，言飲酒不至於醉。」按句言燕飲之諸侯皆有令德，不專指飲而言。下章「令儀」同。❾桐、椅，皆木名。見〈鄘風・定之方中〉注❾。❿離離，垂貌。見〈王風・黍離〉注❷。⓫儀，《箋》：「威儀。」

【詩義・章旨】

〈詩序〉：「〈湛露〉，天子燕諸侯也。」其說是也。《左傳》文公四年曰：「昔諸侯朝正於王，王宴樂之，于是賦〈湛露〉。」此〈序〉之所本。然作此詩者當是天子之臣工，故全詩中無一「我」字，而稱諸侯為「君子」也。

全詩四章，每章四句，形式複疊。每章之前二句皆為興，一章言露，不言草木，二章言露在豐草，三章言露在叢木，末章不言露，而言桐椅之實離離，其間變化，似有跡可尋；每章之後二句皆言天子燕諸侯之事，一、二章言天子不言諸侯，三、四章言諸侯不言天子，其間變化，似亦有跡可尋。前二句與後二句既對應變化，則前二句之興必有所取義矣。依前篇露與蓼蕭之關係，則此篇露當象徵天子之恩澤，草木皆當象徵諸侯，木實離離，象徵諸侯之瓜瓞綿綿，自無疑問。一章「不醉無歸」、二章「在宗載考」，述天子厚愛於諸侯。三、四章「令德」、「令儀」，述諸侯自持嚴謹，無隕越於天子。君有餘愛，臣有餘敬；君盡其情，臣守其分。「湛湛露斯」、「其實離離」，不亦宜乎！

五、彤弓

彤弓弨兮❶，受言藏之❷。我有嘉賓，中心貺❸之。鐘鼓既設❹，一朝饗之❺。

彤弓弨兮，受言載❻之。我有嘉賓，中心喜之。鐘鼓既設，一朝右❼之。

彤弓弨兮，受言櫜❽之。我有嘉賓，中心好之。鐘鼓既設，一朝醻❾之。

【注釋】

❶彤弓，《傳》：「朱弓也。」按彤為赤色，彤弓，漆為赤色之弓。《荀子・大略》：「天子雕弓，諸侯彤弓，大夫黑弓，禮也。」弨，音超，ㄔㄠ。《傳》：「弛貌。」《正義》：「《說文》云：『弨，弓反。』謂弛之而體反也。受弓矢者皆定體之弓，弛而賜之。」按弓弛弦則體反，故賜弓不張。❷藏，《正義》：「王肅云：藏之以示子孫也。」按《左傳》襄公八年曰：「武子賦〈彤弓〉。宣子曰：『城濮之役，我先君文公獻功于衡雍，受彤弓于襄王，以為子孫藏。』」即此詩「藏之」之意也。❸貺，音況，ㄎㄨㄤˋ。《傳》：「賜也。」❹《周禮・樂師》：「饗食諸侯，序其樂事，令奏鐘鼓。」是饗諸侯有鐘鼓之禮。❺一朝，《箋》：「一朝，猶早朝。」陳奐《傳疏》：「一朝，猶終朝也。」按陳氏之說是也。燕以盡情，雖至夜而不為過；饗以成禮，故終朝而止。鄭訓早朝，當亦此義也。或訓為甲朝、即刻，皆未得其義。饗，《箋》：「大飲賓曰饗。」❻載，《傳》：「載以歸也。」即上章「藏之」之意。❼右，《傳》：「勸也。」《詩緝》曰：「右，助也。右與宥、侑通，皆助也。《莊公十八年・左傳》云：『王饗醴，命之宥。』注：『以幣物助歡也。』……是饗禮必有賜以為宥，而彤弓則宥之大者也。」

按嚴說是也。侑幣以助歡，亦所以勸酒，故《傳》說亦不誤。❽櫜，音高，ㄍㄠ。《傳》：「韜也。」櫜本大櫜（見《說文》），用以藏兵甲。此作動詞，謂藏弓於櫜也。參見〈周頌・時邁〉注⓬。❾醻，與酬同。《箋》：「猶厚也、勸也。」何楷《古義》曰：「禮於食有侑賓，勸飽之幣也，上章言『右』是也；於飲有酬賓，送酒之幣，此章言『醻』是也。飲為饗禮，兼言右、醻者，以饗以兼食故也。」按《儀禮・聘禮》曰：「致饗以酬幣。」注：「酬幣，饗禮酬賓勸酒之幣也。」是饗禮有酬幣之證。《箋》釋為酬酢，酬酢乃燕禮所有，此是饗禮，當以訓酬幣為是。

【詩義・章旨】

〈詩序〉：「〈彤弓〉，天子錫有功諸侯也。」

全詩三章，每章六句，形式複疊。一章為綱，二、三章皆申述其事。「載之」、「櫜之」，申述「藏之」之事；「喜之」、「好之」，申述「貺之」之心；「右之」、「醻之」，申述「饗之」之禮。而一章中又以「錫有功」為重心，因有功而賜弓以增其榮寵，「貺之」、「饗之」，述賜弓之事。全詩條理一貫，而文辭典雅，情意真誠，氣象開闊，與〈鹿鳴〉伯仲。《詩記》引呂氏曰：「本末情文，無所不稱。」

六、菁菁者莪

菁菁者莪❶，在彼中阿❷。既見君子，樂且有儀❸。

菁菁者莪，在彼中沚❹。既見君子，我心則喜。

菁菁者莪，在彼中陵❺。既見君子，錫我百朋❻。

汎汎楊舟，載沉載浮❼。既見君子，我心則休❽。

【注釋】

❶菁菁，《傳》：「盛貌。」參見〈唐風・杕杜〉注❽。莪，《爾雅・釋草》：「莪，蘿。」《傳》：「莪，蘿蒿也。」《正義》引舍人曰：「莪，一名蘿。」又引陸機《疏》曰：「莪，蒿也，一名蘿蒿。生澤田漸洳之處，葉似邪蒿而細科，生三月中。可生食，又可蒸，香美，味頗似蔞蒿。」❷中阿，《傳》：「中阿，阿中也。大陵曰阿。」❸儀，即〈湛露〉「莫不令儀」之儀，威儀也。「樂且有儀」，《詩本義》曰：「謂此君子樂易而有威儀也。」按歐陽公之說是也。此句乃承「君子」而言，如〈蓼蕭〉二、三、四章「君子」以下之文。而鄭氏謂：「見則心既喜樂，又以禮儀見接。」朱子承其說，嚴粲竟謂：「凡『既見君子』之下，其接句皆述喜之之情。謂見君子者喜，非所見者喜也。」誤矣。❹沚，見〈秦風・蒹葭〉注⑲。中沚，沚中也。❺陵，見〈小雅・天保〉注⑭。中陵，陵中也。❻錫，《箋》：「賜也。」朋，《箋》：「古者貨貝，五貝為朋。」按王國維〈釋珏朋〉曰：「五貝一系，二系一朋。」是以十貝為一朋也。❼載，《集傳》：「則也。」載沉載浮，無所維繫也。❽休，《經義述聞》曰：「休，亦喜也。」

【詩義・章旨】

〈詩序〉：「〈菁菁者莪〉，樂育材也。君子能長養人材，則天下喜樂之矣。」所言似未切詩旨。《集傳》曰：「此亦燕飲賓客之詩。」雖較〈序〉說為近，然亦未得其旨。季本以下，駁斥之者多矣，此處不贅。季本曰：「此人君得賢而愛樂之詩也。」姚際恆亦取此意，方玉潤更謂：「此詩當是君臨辟雍，見學校人材之盛，喜而作此；或即以燕饗群材，亦未可知。」然詩曰：「錫我百朋。」豈賢人或辟廱群材賜君百朋乎？較之〈詩序〉、《集傳》之說，離旨愈遠矣。王質曰：「諸侯喜見王者，凡經歷覽觀，皆樂事賞心也。」王氏謂此為「諸侯喜見王者」之詩，其說是也。「既見君子，錫我百朋」一語已見之矣，何必他求？《左傳》文公三年曰：「公如晉，及晉侯盟。晉侯饗公，賦〈菁菁者莪〉，莊叔以公降拜。曰：『小國受命於大國，敢不慎儀？君貺之以大禮，何樂如之！』」晉侯賦此詩，取其「既見君子，樂且有儀」，莊叔以公降拜，謝其以公比君子（皆見杜注），故曰「敢不慎儀」、「何樂如之」。則此詩為諸侯見天子之詩，君子即指天子，何需多辯！若君子指諸侯，莊叔何必以公降拜？又此詩頗似〈蓼蕭〉，菁莪似蓼蕭，皆象徵諸侯自身，王質謂為「經歷覽觀」，誤矣。此詩四言「既見君子」，〈蓼蕭〉亦四言。「我心則喜」，「我心則休」，即〈蓼蕭〉之「我心寫兮」；「樂且有儀」，即「孔燕豈弟」、「鞗革忡忡，和鸞雝雝」；「錫我百朋」，即「為龍為光」。由此觀之，此詩與〈蓼蕭〉並為諸侯喜見天子之詩也。

全詩四章，每章四句，形式複疊。每章之重心皆在末句，一、三章寫「君子」，二、四章寫「我心」；而一章之「樂且有儀」，則又全詩之重心，其他皆自此引申而出。至於「汎汎楊舟」，易物起興而已，其取義當與菁莪同。「載沉載浮」，朱子曰：「以比未見君子，而心不定。」或是也。

七、六月

六月棲棲❶，戎車既飭❷。四牡騤騤❸，載是常服❹。玁狁孔熾❺，我是用急❻，王于出征❼，以匡❽王國。

比物四驪❾，閑之維則❿。維此六月，既成我服⓫。我服既成，于三十里⓬。王于出征，以佐天子。

四牡脩廣⑬，其大有顒⑭。薄伐玁狁，以奏膚公⑮。有嚴有翼⑯，共武之服⑰；共武之服，以定王國。

玁狁匪茹⑱，整居焦穫⑲。侵鎬及方⑳，至于涇陽㉑。織文鳥章㉒，白旆㉓央央。元戎㉔十乘，以先啟行㉕。

戎車既安㉖，如輊如軒㉗。四牡既佶㉘，既佶且閑㉙。薄伐玁狁，至于太原㉚。文武吉甫㉛，萬邦為憲㉜。

吉甫燕㉝喜，既多受祉㉞。來歸自鎬㉟，我行永久。飲御諸友㊱，炰㊲鱉膾㊳鯉。侯㊴誰在矣？張仲孝友㊵。

【注釋】

❶六月，《集傳》：「建未之月也。」盛夏出兵，明其急也。棲棲，蘇轍《詩集傳》：「棲棲，不安也。」《詩記》引李氏曰：「與《論語》栖栖同，注：『栖栖，猶皇皇。』言其不安也。」《傳箋通釋》：「棲、栖古同字，義與《論語》栖栖同，謂行不止也。」按「不安」與「行不止」，其義相成。❷戎車，《集傳》：「兵車也。」飭，《集傳》：「整也。」❸騤騤，見〈小雅・采薇〉注㉓。❹常服，《箋》：「戎車之常服，韋弁服也。」按〈大雅・文王〉曰：「常服黼冔。」古兵事、祭祀皆有常服，兵事以韋弁服為常服，猶殷士助祭以黼冔為常服也。詩常服，當指著常服之人而言。❺熾，音斥，ㄔˋ。《傳》：「盛也。」❻是用，是以。急，緊急。戴震《毛鄭詩考正》以為急字於韻不合，《鹽鐵論》引作戒，當從之。按急與飭、服、熾、國相協，此緝與職合韻。見陳

新雄〈毛詩韻譜、通韻譜、合韻譜〉（《中國學術年刊》第十期）。❼于，《箋》：「于，曰也。」《詩記》引李氏曰：「《爾雅》以于為曰，則『王于』者，『王曰』也。如下章『王于出征，以佐天子』，豈王自征而又佐天子乎？」《毛詩稽古編》曰：「〈六月〉詩兩『王于』，若不訓于為曰，文義終不可通。」按《箋》訓于為曰，是也。〈秦風・無衣〉「王于興師」，語法同此。《詩經詮釋》訓于為在，曰：「謂『王在出征』也。此雖非王親征，然征伐出於王命，故云。」語頗難通。王親征與王命出征並非一事，不可混同。且「王在出征」，而曰「以佐天子」，文義終不可通。❽匡，《箋》：「正也。」❾比，《釋文》：「齊同也。」物，《傳》：「物，毛物也。」《正義》：「〈夏官・校人〉云：『凡大事、祭祀、朝覲、會同，毛馬而頒之；凡軍事，物馬而頒之。』注云：『毛馬齊其色，物馬齊其力。』《傳》以直言物，則難解，故連言毛物以曉人也。」戎事用物馬以齊力，故曰「比物」。今又齊色，故曰「四驪」。❿閑，習也。見〈秦風・駟驖〉注❾。則，《傳》：「法也。」維則，《經傳釋詞》：「維，有也。閑之維則，言閑之有法也。」⓫服，《箋》：「戎服。」即上文「常服」。⓬于，往也。三十里，《集傳》：「三十里，一舍也。古者吉行，日五十里；師行，日三十里。」⓭脩廣，《傳》：「脩，長。廣，大也。」⓮顒，音傛，ㄩㄥˊ。《傳》：「大貌。」有顒，猶顒然、顒顒。⓯奏，《傳》：「為也。」《集傳》：「薦也。」呈獻、成就之意。膚公，《傳》：「膚，大。公，功也。」公為功之假借，《漢書・劉歆傳》引作功。句言以成其大功也。⓰《傳》：「嚴，威嚴也。翼，敬也。」有嚴有翼，即嚴嚴翼翼，謂威嚴謹慎不敢怠忽也。此指將帥而言。⓱共，王肅音恭，古共與恭通用。服，《箋》：「事也。」言敬謹於武事也。按《箋》謂：「共典是兵事。」以共為共同之意，亦通，然不若訓恭為佳，〈小明〉「請共爾位」、〈韓奕〉「虔共爾位」共皆恭義。⓲茹，《箋》：「度也。」言玁狁不度量也。馬瑞辰據《廣雅》訓為柔，義似稍遜。⓳整，《箋》：「齊也。」焦穫，《正義》：「〈釋地〉云：『周有焦穫。』郭璞曰：『今扶風池陽縣瓠中是也。』」按焦穫為澤名，十藪之一，在山西涇陽縣西北。⓴鎬，《集傳》：「劉向以為千里之鎬，則非鎬京之鎬矣。」方，即〈出車〉「往城于方」之方。㉑涇陽，《集傳》：「涇水之北，在豐鎬之西北。言其深入為寇也。」㉒織，《箋》：「織，徽織也。」《集傳》：「織、幟字同。」徽幟，大夫以上為旌旗，士卒則著於衣。鳥章，《箋》：「鳥隼之文。」㉓旆，音佩，ㄆㄟˋ。《爾雅．釋天》：「繼旐曰旆。」注：「以帛繼續旐末為燕尾者。」白旆，白色之旆也。馬瑞辰以為白是帛之省借。按《釋名．釋兵》曰：「雜帛為旆。」旆既為雜帛，不專一色，白色當亦可為之。馬氏雖用《公羊》疏引詩作「帛旆」為證，然〈鄭風．出其東門〉《正義》又引作「白旆」，是則詩文原為白，抑為帛，未可遽定也。㉔元戎，《集傳》：「元，大也。戎，戎車也。軍之前鋒也。」㉕啟行，《集傳》：「啟，開。行，道也。」即開路也。㉖安，正也，平也。㉗如輊如軒，《箋》：「從後視之如摯，從前視之如軒，然後適調也。」《集傳》：「輊，車之覆而前也。軒，車之卻而後也。凡車從後視之如輊，從前視之如軒，然後適調也。」按輊，《說文》作蟄，此本字也。通作摯，或作輊。《玉篇》：「前頓曰蟄，後頓曰軒。」車前頓則後高，後頓則前高，故輊軒者，低昂之謂。此戎車安正，本無軒輊，故鄭、朱二氏並云：「自後視之如輊，自前視之如軒，然後適調也。」故詩曰：「如輊如軒。」實則不輊不軒也。諸訓「如」為「而」為「或」者，皆未得其旨。㉘佶，音吉，ㄐㄧˊ。《箋》：「健壯之貌。」㉙閑，《正義》：「習也。」熟習也。㉚太原，《集傳》：「地名，一曰大鹵，在今太原府陽曲縣。」此言追奔逐北至於太原之地。㉛吉甫，尹吉甫也。周宣王時伐玁狁之大將。㉜憲，《傳》：「法也。」言萬邦以之為楷式也。㉝燕，樂也。前已多見。舊釋為燕飲，誤。㉞祉，《傳》：「福也。」《箋》：「多受賞賜也。」㉟鎬，即上文「侵鎬及方」之鎬。《詩緝》引錢氏曰：「鎬，玁狁所侵之地，非鎬京之鎬也。」句言由鎬歸來也。㊱御，《傳》：「進也。」句言燕飲諸友進其酒食也。㊲炰，音袍，ㄆㄠˊ。〈大雅．韓奕〉《箋》：「以火熟之。」《正義》：「以火熟之，謂烝煮之也。」㊳膾，音快，ㄎㄨㄞˋ。《說文》曰：「膾，細切肉也。」㊴侯，《傳》：「維也。」㊵《傳》：「張仲，賢臣也。善父母為孝，善兄弟為友。」言座中有既孝又友之張仲在焉。

【詩義・章旨】

〈詩序〉：「〈六月〉，宣王北伐也。」宣王並未親征，此說不合。《集傳》曰：「玁狁內侵，宣王命尹吉甫帥師伐之。有功而歸，詩人作歌以序其事如此。」其說是也。

至於此詩之作者，季本曰：「尹吉甫伐玁狁成功而歸，故在朝之君子作此以美之。」方玉潤曰：「蓋吉甫成功凱還，歸飲私第，幕府賓客，歌功頌烈，追述其事如此。」一謂在朝君子，一謂幕府賓客，皆未指實其人。竊意此詩之作者，當從末二語求之。蓋《詩》三百篇，末一、二語往往精拔特出，意在言外。此詩之作者於篇末寫此二語，實亦有深意存焉。觀〈節南山〉之作者家父，〈巷伯〉之作者寺人孟子，〈崧高〉、〈烝民〉兩詩之作者吉甫，皆於末數語始予點明，則此詩出於張仲，豈不有跡可尋？不然，吉甫飲御諸友，何以獨寫張仲？豈張仲孝友，他友皆不賢乎？凸顯一友，開罪諸友，善於斲輪者，又豈為之乎！《傳》謂：「張仲，賢臣也。使文武之臣征伐，與孝友之臣處內。」此臆度之辭。姚際恆曰：「吁，張仲何人？附吉甫而傳；作者又何人？本以餘意作結，見其章法之妙，而適以傳其人也。」姚氏未達一間耳。若識得張仲即作者，作者即張仲，則其疑立解，而章法尤見其妙，更知張仲固附吉甫而傳，吉甫亦因張仲而傳也。

全詩六章，每章八句。一章寫軍事之緊急，及王師軍容之壯盛。古冬夏不興師，首句「六月棲棲」，盛夏興師，已見軍情之危急。戎車、四牡、常服，又見王師之威武。二章「閑之維則」、「既成我服」，寫出王師之從容與訓練有素。於此可見宣王之征伐玁狁，早有準備，並非應急也。三章寫將帥輯睦，戮力王事。四章前四句寫玁狁之猖獗，後四句寫王師之雄壯。居焦穫、侵鎬方、至涇陽，步步進逼，使人呼吸緊迫；白旆央央，元戎啟行，鮮明旗幟與精銳武力，反使人心如磐石。而大戰有一觸即發之勢。五章寫作戰經過，只以「薄伐玁狁，至于太原」記其結果，前四句寫戎車既安，四牡佶閑，說明勝利並非倖致，而末二語則歸功於主帥吉甫文武全能。

末章寫吉甫凱旋受賞，飲御諸友，由此引出張仲，點出作者為結，頗有畫龍點睛之妙。

八、采芑

薄言采芑❶，于彼新田❷，于此菑畝❸。方叔涖止❹，其車三千❺，師干之試❻。方叔率止❼，乘其四騏❽，四騏翼翼❾。路車有奭❿，簟茀魚服⓫，鉤膺鞗革⓬。

薄言采芑，于彼新田，于此中鄉⓭。方叔涖止，其車三千，旂旐央央⓮。方叔率止，約軝錯衡⓯，八鸞瑲瑲⓰。服其命服⓱，朱芾斯皇⓲，有瑲葱珩⓳。

鴥彼飛隼⓴，其飛戾天㉑，亦集爰止㉒。方叔涖止，其車三千，師干之試。方叔率止，鉦人伐鼓㉓，陳師鞠旅㉔。顯允方叔，伐鼓淵淵㉕，振旅闐闐㉖。

蠢爾蠻荊㉗，大邦為讎㉘。方叔元老㉙，克壯其猶㉚。方叔率止，執訊獲醜㉛。戎車嘽嘽㉜，嘽嘽焞焞㉝，如霆如雷㉞。顯允方叔，征伐玁狁，蠻荊來威㉟。

【注釋】

❶芑，音起，ㄑㄧˇ。《傳》：「芑，菜也。」《正義》引陸機《疏》曰：「芑菜，似苦菜也。莖青白色，摘其葉，白汁出。肥可生食，亦可蒸為茹。青州謂之芑，西河雁門芑尤美，土人戀之不出塞。」❷新田，《爾雅・釋地》：「田，一歲曰菑，二歲曰新田，三歲曰畬。」《傳》同。即新墾二歲之田也。❸菑，音茲，ㄗ，新墾一歲之田。畝，田也。❹方叔，《傳》：「卿士也，受命而為將也。」涖，音利，ㄌㄧˋ。《傳》：「臨也。」止，舊多解為

語詞，朱守亮《詩經評釋》以為與「之」同，其說是也。與芑、畝為韻，故非語詞。下「率止」、「爰止」同。❺其車三千，《箋》：「《司馬法》：『兵車一乘，甲士三人，步卒七十二人。』」《集傳》：「其車三千，法當用三十萬眾。蓋兵車一乘，甲士三人，步卒七十二人，又二十五人將重車在後，凡百人也。然此亦極其盛而言，未必實有此數也。」❻師，《傳》：「眾也。」干，《詩緝》引長樂劉氏曰：「盾也。」之，是也。試，《詩記》引程氏曰：「肄習也。」言練習甲兵也。❼率，《集傳》：「總率之也。」即統領之也。❽騏，見〈秦風・小戎〉注⓫。❾翼翼，見〈采薇〉注㉓。❿路車，諸侯曰路車。見〈秦風・渭陽〉注❸。奭，音士，ㄕˋ。《傳》：「赤貌。」有奭，奭然也。⓫簟，音店，ㄉㄧㄢˋ。茀，音扶，ㄈㄨˊ。簟茀，以竹蓆為車蔽也。見〈齊風・載驅〉注❸。魚服，魚獸皮製成之箭袋。見〈采薇〉注㉚。⓬膺，〈小戎〉《傳》：「膺，馬帶也。」以帶在馬胸，故謂之膺。鉤即馬帶之飾，以金為鉤，施之於膺以拘之，故謂之鉤膺。鞗革，見〈蓼蕭〉注⓯。⓭鄉，《傳》：「所也。」陳奐《傳疏》：「所，猶處也。中所者，謂此菑畝中處也。」⓮句見〈出車〉。⓯軧，音棋，ㄑㄧˊ。約軧，《傳》：「軧，長轂之軧也。朱而約之。」《正義》：「《說文》：『軧，長轂也。』兵車、乘車，其轂長於田車，是為長轂也。言『朱而約之』，謂以朱色纏束車轂以為飾。」按以皮纏轂，非僅為飾，亦以護之也。錯衡，《傳》：「文衡也。」按衡為車轅端橫於馬頭之木，施以文彩，故曰錯衡。⓰八鸞，《集傳》：「鈴在鑣曰鸞，馬口兩旁各一，四馬，故八也。」瑲，音槍，ㄑㄧㄤ。瑲瑲，《傳》：「聲也。」按〈蓼蕭〉曰：「和鸞雝雝。」〈庭燎〉曰：「鸞聲將將。」「鸞聲噦噦。」〈采菽〉曰：「鸞聲嘒嘒。」〈烝民〉曰：「八鸞鏘鏘。」「八鸞喈喈。」〈烈祖〉曰：「八鸞鶬鶬。」同一鸞聲，而狀聲之辭有如此之異。⓱命服，《集傳》：「天子所命之服也。」按下「朱芾」、「蔥珩」，即命服也。⓲朱芾，《傳》：「黃朱芾也。」《正義》曰：「〈斯干〉《傳（應作箋）》曰：『天子純朱，諸侯黃朱。』皆朱芾。」〈斯干〉《正義》曰：「天子之朝朱芾，諸侯之朝赤芾，朱深於赤。對文則朱赤深淺有異，散則皆謂之朱。」是此「朱芾」即〈曹風・候人〉之「赤芾」，諸侯之服也。斯，《經傳釋詞》：「斯，猶其也。」皇，《傳》：「皇，猶煌煌也。」煌煌，鮮明貌。⑲瑲，《傳》：「瑲聲也。」有瑲，瑲然、瑲瑲也。葱，《傳》：「蒼也。」《集傳》：「蒼色如葱者也。」珩，音杭，ㄏㄤˊ。《集傳》：「佩首橫玉也。禮：三命赤芾葱珩。」⑳鴥，音玉，ㄩˋ，疾飛貌。見〈秦風・晨風〉注❶。隼，音准，ㄓㄨㄣˇ。《集傳》：「鷂屬，急疾之鳥也。」㉑戾，《爾雅・釋詁》：「戾，至也。」《傳》同。戾天，言其飛之高也。㉒爰，《古書虛字集釋》：「爰，猶而也。」句言隼高飛則戾天，然亦集而止息也。㉓鉦，音征，ㄓㄥ。《說文》：「鉦，鐃也。似鈴，柄中上下通。」伐，《傳》：「擊也。」《箋》：「鉦也，鼓也，各有人焉，言『鉦人伐鼓』，互言爾。」按古軍中擊鼓以進兵，擊鉦以止兵。鉦人擊鉦，鼓人擊鼓，今詩言「鉦人伐鼓」，省文耳。㉔鞫，《傳》：「告也。」《箋》：「陳列其師旅誓告之也。」即今之誓師。㉕淵淵，《傳》：「鼓聲也。」㉖振旅，《傳》：「入曰振旅，復長幼也。」《正義》曰：「〈釋天〉云：『出為治兵，尚威武也；入為振旅，反尊卑也。』孫炎曰：『出則幼賤在前，貴勇力也；入則尊老在前，復常法也。』故此《傳》曰『復長幼』，是反為尊卑也。」按《爾雅》郭注：「振旅，整眾也。」是整齊師眾也。「振旅」一詞，《尚書》、《左傳》、《公羊》、《穀梁》、《周禮》、《國語》皆有之，皆言班師之事也。闐，音田，ㄊㄧㄢˊ。闐闐，《爾雅・釋天》郭注：「闐闐，群行聲。」《箋》訓為鼓聲，恐非是。㉗蠢，《爾雅・釋訓》：「蠢，不遜也。」郭注：「蠢動，為惡不遜也。」爾，汝也。蠻荊，《傳》：「荊州之蠻也。」㉘大邦，《集傳》：「猶言中國也。」言與大邦為敵。㉙元，《傳》：「大也。」元老，大老也。㉚壯，《傳》：「大也。」猶，《箋》：「猶，謀也；謀，兵謀也。」㉛執訊獲醜，見〈小雅・出車〉注㉗。㉜嘽嘽，見〈四牡〉注❺。㉝焞，音推，ㄊㄨㄟ。焞焞，竹添光鴻《會箋》曰：「據下句『如霆如雷』，則亦車盛聲也。」按《釋文》曰：「焞，本又作啍。」是焞焞當與〈王風・大車〉之啍啍同，亦車聲也。見〈王風・大車〉注❽。㉞霆，《爾雅・釋天》：「疾雷為霆。」如霆如雷，形容威勢之盛也。㉟威，陳奐《傳疏》：「威，猶畏也。」來威，是畏也。

〈詩序〉：「〈采芑〉，宣王南征也。」宣王並未親征，其說不確。《集傳》曰：「宣王之時，蠻荊皆叛，王命方叔南征。」是矣。吳闓生《詩義會通》謂：「此蓋北伐移陳，軍威以風蠻荊。……說者以為南征，非是。」似未達詩義也。

【詩義・章旨】

全詩四章，每章十二句。前三章複疊，皆述先期練兵習武之事：一章述方叔車馬之盛。二章述其旌旗服飾之美，在在顯示其身分之特殊。三章述其治兵振旅，號令嚴明，軍容齊整，預期南征之必勝。末章讚其智勇雙全，亦如〈六月〉讚吉甫之文武均備，又誇其大軍威勢足以懾服荊蠻。其中「執訊獲醜」六句，引起爭議最多。實則此六句以「征伐玁狁」結之，乃寫昔日北伐玁狁之事，而又以此預祝其南征也。朱熹謂：「南征荊蠻，想不甚費力，不曾大段戰鬥。」（《朱子語類・卷八十》）嚴粲謂：「不戰而屈之。」皆誤解其意矣。此詩十言「方叔」，命服路車，可見其元老尊崇。至於一、二章之興，新田、菑畝，皆示試師之地，采芑則示試師之時，並清除場地以為試師之用也。三章飛隼則象徵其師眾動靜有則也。

又此詩之用韻頗為複雜，有句句有韻者，如一章之翼、奭、服、革，二章之衡、瑲、皇、珩是。有隔句為韻者，如四章之讎、猶、醜是。有三句隔韻者，如一章之田、千，二章之芑、止、止，田、千，鄉、央是。似未著意安排，更覺自然。

九、車攻

我車既攻❶，我馬既同❷。四牡龐龐❸，駕言徂東❹。

田車既好❺，四牡孔阜❻，東有甫草❼，駕言行狩。
之子于苗❽，選徒嚻嚻❾，建旐設旄，搏獸于敖❿。
駕彼四牡，四牡奕奕⓫。赤芾金舄⓬，會同有繹⓭。
決拾既佽⓮，弓矢既調⓯，射夫既同⓰，助我舉柴⓱。
四黃既駕，兩驂不猗⓲。不失其馳⓳，舍矢如破⓴。
蕭蕭㉑馬鳴，悠悠旆旌㉒。徒御不驚㉓，大庖不盈㉔。
之子于征㉕，有聞無聲㉖，允矣㉗君子，展也大成㉘。

【注釋】

❶攻，《傳》：「堅也。」❷同，《傳》：「齊也。」謂四馬力齊而速度均等也。❸龐，音龍，ㄌㄨㄥˊ。龐龐，《詩記》引董氏曰：「蓋馬之高大也。」按由下章「四牡孔阜」證之，董氏之說是也。《傳》訓充實，似未切。《傳疏》訓強盛，與高大之意相近。❹東，《傳》：「洛邑也。」言我駕而往東都洛邑也。❺田車，《正義》：「田獵之車。」好，《集傳》：「善也。」❻句見〈秦風．小戎〉。❼甫草，《箋》：「甫草者，甫田之草也。鄭有甫田。」《釋文》：「甫，鄭音補，謂圃田，鄭藪也。」《正義》：「宣王之時，未有鄭國，圃田在東都畿內，故宣王得往田焉。」《集傳》：「今開封府中牟縣西圃田澤是也。」按《墨子．明鬼》曰：「周宣王合諸侯而田於圃田，車數百乘。」此宣王田於甫田之證。又《水經注．渠水》曰：「圃田澤多麻黃草，《詩》所謂『東有甫草』也。」是甫田即圃田澤也。❽之子，《傳》：「之子，有司也。」《詩記》引朱氏曰：「不敢斥王，故以有司言

也。」按今《集傳》無此語。苗，《傳》：「夏獵曰苗。」按上言狩，此言苗，皆獵也，易字而已，非經歷冬夏也。❾選，即〈邶風・柏舟〉「威儀棣棣，不可選也」之選，數也，算也。選徒，計算卒徒，如今日軍中之「報數」、「點名」然。此蓋出征前整飭士卒，故下接言「建旐設旄」也。古代是否有「報數」、「點名」之稱，固不可知，然其事則必有也。《傳》訓選為數目之數，謂「唯數車徒者為有聲」，文義既不可通，亦與末章「有聞無聲」之意相牴牾。《經義述聞》訓選為具，「具徒」與「計算卒徒」之意近似，然「嚻嚻」明明形容喧嘩之聲，今訓為「眾多」，終覺不暢。馬氏《通釋》據《爾雅・釋言》，以為嚻當訓閑，為閑暇之意。然閑暇並非無聲，且詩下云「建旐設旄」，又豈閑暇邪？嚻，音遨，ㄠˊ，同囂。《集傳》：「聲眾盛也。」❿搏獸，應作薄狩。《文選・東京賦》、《水經注・濟水》、《後漢書・安帝紀》注並作薄狩。段玉裁《詩經小學》有說。敖，陳奐《傳疏》：「今開封府滎澤縣有敖山，即此。」⓫奕奕，王先謙《集疏》：「《韓》說曰：『奕奕，盛貌。』」⓬金舄，《集傳》：「赤舄而加金飾。」赤芾、金舄，均諸侯之服。⓭會同，《周禮・大宗伯》：「時見曰會，殷見曰同。」鄭注：「時見者，言無常期。殷，猶眾也。」陳奐《傳疏》曰：「詩言會，而同則連及之耳。」繹，《集傳》：「陳列聯屬之貌也。」按繹有聯屬之意，而無陳列之意。有繹，繹然、繹繹也，亦即《論語・八佾》之繹如也。邢疏：「繹如，落繹然相續不絕也。」《傳》訓陳，《韓詩》訓盛貌，義似稍遠。⓮決，《傳》：「鉤弦也。」《集傳》：「決，以象骨為之，著右手大指，所以鉤弦開體。」拾，《傳》：「遂也。」《集傳》：「拾，以皮為之，著於左臂以遂弦，故亦名遂。」按決套於右大指，俗稱扳指；拾套於左臂，如今袖套。佽，音次，ㄘˋ。《傳》：「利也。」按《說文》曰：「佽，便利也。《詩》曰：『決拾既佽。』」便利謂順利、合適也，與下「弓矢既調」之調義近。⓯調，《箋》：「調弓強弱與矢輕重相得。」即調適之意。⓰射夫，《正義》：「射夫，即諸侯也。夫，男子之總名。」同，齊也、合也。⓱柴，音自，ㄗˋ。《傳》：「積也。」《箋》：「積禽也。」按《說文》引詩作「𢏗」，曰：「積也。」積指所獲之獵物而言，固不限於積禽也。「助我舉柴」，謂助我獲取獵物，亦即助我田獵也。何楷《古義》訓為薪柴，謂舉柴給燎以便夜獵，不知舉火給燎，自有士卒專供其職，不必由諸侯為之，尤不當由天子命諸侯為之也。故其說不可從。⑱猗，《集傳》：「猗，偏倚不正也。」句言御術之良也。⑲馳，《集傳》：「馳，馳驅之法也。」句言得其御法也。⑳舍矢，發箭。如，《經傳釋詞》曰：「如，猶而也。舍矢而破，與『舍拔則獲』同義，皆言其中之速也。」破，中而傷之也。句言射術之善。㉑蕭蕭，《正義》：「馬鳴之聲。」㉒悠悠，《正義》：「旆旌之狀。」《集傳》：「閒暇之貌。」按悠悠本長遠貌，此形容旆旌飄動之緩慢，緩慢與長遠義通。旆旌，旗幟也。㉓徒，《集傳》：「步卒也。」御，《集傳》：「車御也。」按步指步卒，車當指乘車之卒。不驚，謂不驚擾人民也。㉔大庖，《集傳》：「君庖也。」盈，滿也。君以獵物分與諸侯臣屬，自取甚薄，故大庖不盈也。《傳》謂：「不盈，盈也。」《集傳》謂：「取之有度，不極欲也。」皆誤。㉕征，《正義》：「行也。」㉖《詩記》引程氏曰：「有聞無聲，聞師之行而不聞其聲。」《詩經詮釋》：「言但聞其事而不聞其聲也，即上文不驚之意。」㉗允，《箋》：「信也。」允矣，猶言信哉。㉘展，《箋》：「誠也。」展也，猶言誠哉。大成，何楷《古義》：「謂功業大有成就。」按大成指此次獵事，兼指其功業。何氏之說不誤。《詩緝》亦曰：「言功業極盛無遺憾也。」

【詩義・章旨】

〈詩序〉：「〈車攻〉，宣王復古也。宣王能內脩政事，外攘夷狄，復文武之境土，脩車馬，備器械，復會諸侯於東都，因田獵而選車徒焉。」所謂「古」，當指成王二十五年大會諸侯於東都事（見《竹書紀年》）。證之《墨子・明鬼》之文，其說可信。故此詩明言狩獵，實則會諸侯以申君威而固王室也。

全詩八章，每章四句。一章言此行之日的地為東都。二章言此行之目的在行狩。三章言行前之準備，選徒、建旐、設旄，皆其事也。四章言此行之真正任務在於會同，故此行田獵其名，而會同其實也，五章言射前之準備工作。六章言田獵情形。七章言軍紀之嚴明與君遇下之有恩。末章以「大成」讚美君子作結。全詩脈絡分明，一氣呵成。

一〇、吉日

吉日維戊❶，既伯既禱❷。田車既好❸，四牡孔阜。升彼大阜，從其群醜❹。

吉日庚午❺，既差❻我馬。獸之所同❼，麀鹿麌麌❽。漆沮之從❾，天子之所。

瞻彼中原❿，其祁孔有⓫。儦儦俟俟⓬，或群或友⓭。悉率左右⓮，以燕⓯天子。

既張⓰我弓，既挾⓱我矢。發彼小豝⓲，殪此大兕⓳。以御賓客⓴，且以酌醴㉑。

【注釋】

❶戊，《箋》：「剛日也。」《集傳》：「以下章推之，是日也，其戊辰與?」按天干之奇數為剛日，偶數為柔日。《禮記‧曲禮》曰：「外事以剛日，內事以柔日。」田獵為外事，故以剛日行之。❷伯，《傳》：「伯，馬祖也。將用馬力，必先為之禱其祖。」按此處用作動詞，謂祭馬祖也。禱，祝禱也。❸句見前篇。❹從，音粽，ㄗㄨㄥˋ，即〈齊風‧還〉「並肩從兩肩兮」之從。陳奐《傳疏》：「逐也。」醜，《箋》：「眾也。」句言逐禽獸之群也。❺庚午，《集傳》：「亦剛日也。」❻差，音釵，ㄔㄞ。《爾雅‧釋畜》：「差，擇也。」《傳》同。❼同，《箋》：「猶聚也。」❽麀，音悠，ㄧㄡ。《傳》：「鹿牝曰麀。」麌，音禹，ㄩˇ。麌麌，《傳》：「言多也。」即眾多貌。❾漆沮，〈潛〉《傳》曰：「漆沮，岐州之二水也。」〈緜〉《傳》同。此詩無《傳》，依彼二詩推之，則漆沮當亦為二水也。蘇轍《詩集傳》曰：「漆沮在渭北，所謂洛水也。」以漆沮為一水，《集傳》以下

多從之。按雍州有二漆沮，在馮翊者，入渭之下流，〈禹貢〉之「漆沮既從」、「東過漆沮」是也；在扶風者，入渭之上流，〈潛〉之「猗與漆沮」及此詩之「漆沮之從」是也。陳啟源《毛詩稽古編》考之甚詳，其說可信。從，即「從其群醜」之從，句言從獸群於漆沮（天子之所）以供君射也。❿中原，《集傳》：「原中也。」⓫祁，《傳》：「大也。」孔有，甚多。句言獸群其大者甚眾也。按《箋》曰：「祁，當作麎；麎，麋牝也。」以下文「小豝」、「大兕」觀之，恐非是。⓬儦，音標，ㄅㄧㄠ。儦儦，《傳》：「趨則儦儦。」趨同趨，是儦儦為趨貌。俟俟，《傳》：「行則俟俟。」是俟俟為行貌。⓭《傳》：「獸，三曰群，二曰友。」⓮悉，盡也。《集傳》：「率其同事之人。」⓯燕，樂也。前已多見。⓰張，施弦於弓也。⓱挾，持也。《儀禮・大射》：「搢三挾一個。」注：「挾一個，挾於弦也。」⓲發，《集傳》：「發矢也。」豝，《箋》：「豕牝曰豝。」⓳殪，音意，ㄧˋ。《傳》：「殪，一發而死。」按《爾雅・釋詁》：「殪，死也。」不限一矢也。兕，音四，ㄙˋ。《集傳》：「野牛也。」⓴御，《集傳》：「進也。」賓客，《箋》：「謂諸侯也。」㉑酌，《說文》：「酌，盛酒行觴也。」自飲、飲人皆可曰酌。醴，《集傳》：「醴，酒名，如今甜酒也。」按《周禮・酒正》：「二曰醴齊。」注：「醴成而汁滓相將，如今恬酒矣。」二句謂以獵獲之物進送諸侯，且以之飲諸侯以為俎實也。

【詩義・章旨】

〈詩序〉：「〈吉日〉，美宣王田也。能慎微接下，無不自盡以奉其上焉。」其說大致不誤，惟其文字過簡，故其義難明。孔氏《正義》釋之曰：「作〈吉日〉詩，美宣王田獵也。以宣王能慎於微事，又以恩義接及群下，王之田獵能如是，則群下無不自盡誠心，以奉事其君上焉。」如此為說，詩義自明矣。按〈石鼓文〉者，韓退之以為宣王時石刻也。其文有云：「吾車既攻，吾馬既同，吾車既好，吾馬既駘。」又曰：「或群或友，悉率左右，以燕天子。」前者，〈車攻〉之文也；後者，〈吉日〉之文也。由此可證，此詩乃美宣王無疑。昔成王大會諸侯於東都，又大蒐於岐陽（見《竹書》及《左傳》昭公四年），宣王思復其舊業，故亦效之。〈車攻〉即其習武於東都之作，此詩則其習武於岐陽（漆沮為岐周之二水）之作也。

全詩四章，每章六句。一章言祭馬祖及從群醜，首二句即〈序〉所謂「慎微」之意。祭馬祖乃一細微之事，而宣王於出獵前竟親自行之，可謂「慎微」矣。二章言庚日選馬，逐獸至漆沮之間天子之所。三章言聚獸群於原，供天子射獵以為樂。「悉率左右，以燕天子」即〈序〉所謂群下「自盡以奉其上」也。卒章言天子親射，並燕賓客而酌醴。此篇與〈車攻〉同為寫天子田獵之詩，〈車攻〉重在寫天子車馬服飾及威儀，此篇重在寫射前之伯禱從獸及臣下之燕天子，然以燕賓客示同心作結則一也。

鴻鴈之什

一、鴻鴈

鴻鴈❶于飛，肅肅❷其羽。之子于征❸，劬勞❹于野。爰及矜人❺，哀此鰥寡❻。

鴻鴈于飛，集于中澤❼。之子于垣❽，百堵皆作❾。雖則劬勞，其究安宅❿。

鴻鴈于飛，哀鳴嗸嗸⓫。維此哲人⓬，謂我劬勞；維彼愚人，謂我宣驕⓭。

【注釋】

❶鴻鴈，《傳》：「大曰鴻，小曰鴈。」❷肅肅，《傳》：「羽聲也。」參見〈唐風・鴇羽〉注❶。❸之子，《傳》：「侯伯卿士也。」《集傳》：「流民自相謂也。」《詩緝》曰：「歐陽氏曰：之子，使臣也。」（《詩本義》無此文，有此義）按據〈車攻〉「之子于征」及此詩詩義觀之，歐陽公之說是也。姚際恆亦曰：「之子，指使臣也。」然此使臣當是侯伯卿士，故《傳》說亦不誤。征，《集傳》：「行也。」❹劬勞，《傳》：「病苦也。」參見〈邶風・凱風〉注❹。姚際恆曰：「篇中三『劬勞』皆指使臣言。」按姚氏之說是也。舊以為指流民，非是。❺矜，《傳》：「憐也。」矜人，《箋》：「可憐之人。」❻鰥，音關，ㄍㄨㄢ。《傳》：「老無妻曰鰥，偏喪曰寡。」按《孟子・梁惠王下》：「老而無妻曰鰥，老而無夫曰寡。」此舉鰥寡以該其餘孤獨廢疾等可憐之人。二句謂賙濟之德惠於是及於可憐之人，而哀憐此鰥夫寡婦也。❼中澤，《傳》：「澤中也。」❽垣，《正義》：「垣，牆。」按《詩經》凡「之子于」句，其第四字皆為動詞，如「之子于歸」、「之子于苗」、「之子于征」、「之子于

狩」、「之子于釣」等是。此「之子于垣」之垣，當亦為動詞，謂築牆也。《正義》曰：「徵民起築垣牆。」孔氏固已見之。《詩經詮釋》曰：「于垣，語法與〈豳風‧七月〉之于耜同，言作垣也。」如此，則與上章「之子于征」語不一律，且不合全書之句例矣。❾堵，《傳》：「一丈為版，五版為堵。」按《說文》：「堵，垣也。五版為堵。」段注：「版廣二尺，五版積高一丈為堵。」版長一丈，高二尺，五版為堵，則其高亦一丈，是一方丈為堵也。百堵，言堵之多。句言百堵同時興造也。❿究，《集傳》：「終也。」謂之子雖是劬勞，而流民終得安居也。⓫嗸，音遨，ㄠˊ。嗸嗸，《釋文》：「嗸嗸，聲也。」按當是鴻鴈哀鳴聲。《傳》謂：「未得所安集，則嗸嗸然。」當亦指鴻鴈而言。⓬哲，《集傳》：「智也。」哲人，智者、明智之人。⓭宣驕，《經義述聞》：「宣為侈大之意。宣驕，猶言驕奢，非謂宣示其驕也。《箋》曰：『謂我役作眾民為驕奢。』於義為長。」按王氏之說與〈魏風‧園有桃〉「謂我士也驕」合，是也。《傳》訓宣為示，謂宣示驕慢，義似稍遜。

【詩義‧章旨】

〈詩序〉：「〈鴻鴈〉，美宣王也。萬民離散，不安其居，而能勞來還定安集之，至于矜寡，無不得其所焉。」所言尚合詩義，惟「美宣王」一語，似非詩旨。《集傳》曰：「周室中衰，萬民離散，而宣王能勞來還定安集之，故流民喜之而作此詩。」《詩緝》曰：「此詩流民所作，述使臣之勤勞，能布宣其上之德意也。」其說皆無以解末章詩文。竊意此詩乃使臣從行之僚屬所作，故詩既曰「之子于征」、「之子于垣」，又曰「謂我劬勞」、「謂我宣驕」，「之子」與「我」皆指使臣也。此猶〈車攻〉詩既曰：「之子于征」、「之子于苗」，又曰「助我舉柴」，「之子」與「我」皆指宣王也。

全詩三章，每章六句，形式複疊。三章首二句皆為興，蓋以鴻鴈之「肅肅其羽」、「集于中澤」、「哀鳴嗸嗸」，象徵流民之流徙無定、愁苦哀怨與「其究安宅」也。朱子以一、二章為興，末章為比，是自亂其例也。每章之後四句，一章述出使之任務，二章述賙濟之工作，末章述劬勞至極，而猶被指為宣驕，故作詩以申其不平。此乃作是詩之動機，亦作是詩之目的也。

二、庭燎

夜如何其❶？夜未央❷。庭燎❸之光。君子至止❹，鸞聲將將❺。

夜如何其？夜未艾❻。庭燎晣晣❼。君子至止，鸞聲噦噦❽。

夜如何其？夜鄉晨❾。庭燎有煇❿。君子至止，言觀其旂⓫。

【注釋】

❶其，音基，ㄐㄧ。《集傳》：「語辭。」❷央，《釋文》：「已也，盡也。」言夜尚未盡，為時仍早也。❸庭燎，《傳》：「大燭也。」《集傳》：「諸侯將朝，則司烜以物百枚，并而束之，設於門內也。」按《周禮・司烜》注曰：「樹於門外曰大燭，門內曰庭燎，皆所以照眾為明。」《傳箋通釋》曰：「今燭以葦為心，灌以脂膏；古燭只用樵薪，或以麻稭為之。」❹君子，《傳》：「君子，謂諸侯也。」止，語詞。❺將將，《傳》：「鸞鑣聲也。」《釋文》：「將，本或作鏘。」按《漢石經》作鏘鏘。❻艾，《集傳》：「盡也。」❼晣，音至，ㄓˋ。晣晣，《傳》：「明也。」❽噦，音慧，ㄏㄨㄟˋ。噦噦，《傳》：「徐行有節也。」陳奐《傳疏》：「亦鸞鑣聲也。」❾鄉，陳奐《傳疏》：「鄉者，今之向字。」鄉晨，《集傳》：「近曉也。」❿煇，《傳》：「光也。」有煇，猶煇然，光亮貌。⓫言，陳奐《傳疏》：「言，語詞。」觀，按當如《左傳》昭公五年「楚子遂觀兵」之觀，示也。主詞為「君子」，承上而省。言君子既至，乃展示其旂也。舊訓為觀看，義不可通。

【詩義・章旨】

〈詩序〉：「〈庭燎〉，美宣王也，因以箴之。」美意詩或有之，箴意則不可見也。《箋》曰：「箴者，王有難人之官，凡國事為期，則告之以時，王不正其官而問夜早晚。」說頗牽強。「夜如何其」一語，如《詩緝》所云，為詩人設問之辭，非宣王之問，故《箋》說不可從。《詩經原始》曰：「考之宣王前後，幽、厲皆無道主，豈尚有勤於視朝事哉？又況《列女傳》云：『宣王嘗晏起，姜后脫簪珥待罪於永巷。宣王感悟，於是勤於政事，早朝晏退，卒成中興之名。』以此證之，即以為宣王詩也，亦奚不宜？唯〈序〉既以為美宣王也，又以為箴之。詩無箴意。」方氏之說極是。竊意此詩乃記諸侯朝見宣王情形，於此見宣王治政之勤與德威之盛也。

全詩三章，每章五句，形式複疊。每章首句「夜如何其」，皆詩人自為設問之辭。次句「夜未央」、「夜未艾」，言猶在夜中，天色未明，而諸侯已至，然只能聞其鸞聲將將、噦噦。及至「夜鄉晨」，天已破曉，可辨其色，君子至止，則「觀其旂」矣。朱守亮謂此詩「為一幅鮮明早朝圖，有聲有色，敘次如畫」（《詩經評釋》）。由此亦可見宣王聲威之盛，與其文治武功之隆矣。

三、沔水

沔❶彼流水，朝宗于海❷。鴥彼飛隼❸，載飛載止。嗟我兄弟，邦人諸友，莫肯念亂❹，誰無父母❺？

沔彼流水，其流湯湯❻。鴥彼飛隼，載飛載揚❼。念彼不蹟❽，載起載行❾。心之憂矣，不可弭忘❿。

鴥彼飛隼，率彼中陵⑪。民之訛言⑫，寧莫之懲⑬？我友敬⑭矣，讒言其興⑮。

【注釋】

❶沔，音免，ㄇㄧㄢˇ。《傳》：「水流滿貌。」❷朝宗，《箋》：「諸侯春見天子曰朝，夏見曰宗。」借以喻水，言流水必會歸於海，小就大也。❸句見〈采芑〉。❹莫，《箋》：「無也。」言無人肯憂念亂者，皆願平治也。❺句言人人皆有父母，而有所顧惜也。❻湯湯，水流聲。參見〈衛風・氓〉注㉚。❼揚，《說文》：「揚，飛舉也。」❽不蹟，《傳》：「不蹟，不循道也。」❾行，音杭，ㄏㄤˊ。載起載行，《集傳》：「言憂念之深，不遑寧處也。」❿弭，《傳》：「止也。」按弭忘二動詞皆指憂而言，謂止憂而忘之也。⑪率，《傳》：「循也。」中陵，陵中也。⑫訛，音蛾，ㄜˊ。《箋》：「偽也。」訛言，詐偽之言，猶今語謠言。⑬寧，乃也，曾也。見《經傳釋詞》。懲，《傳》：「止也。」《詩經今注》：「戒也。」與止義相通。寧莫之懲，為寧莫懲之之倒文，謂乃不止之也。⑭敬，〈雨無正〉「各敬爾身」《箋》曰：「各敬慎女之身。」〈小宛〉「各敬爾儀」《箋》曰：「各敬慎威儀。」〈周頌・閔予小子〉「夙夜敬止」《箋》曰：「敬，慎也。」是敬有謹慎、戒慎之意。⑮讒言，讒毀之言，此處即指上文之訛言。其興，將起也。二句謂我友各謹慎其身，不然讒言即將興起矣。

【詩義・章旨】

此勸友人謹慎其身以止讒防禍之詩。其友人為何人固不可知，然其身分必諸侯以上。由此，詩之作者身分亦可知矣。〈詩序〉曰：「〈沔水〉，規宣王也。」證之《傳》謂「疾王不能察讒也」，其說或是。《集傳》曰：「此憂亂之詩。」僅得其一偏耳。季本《解頤》曰：「亂世讒謗相傾，而勸其友人謹言免禍，故作是詩。此朋友相戒之辭也。」是矣。

全詩三章，一、二章每章八句，三章六句。《集傳》曰：「疑當作三章，章八句，卒章脫前兩句。」其說是也；然此無傷於詩義之完整。方玉潤謂難於詮釋，過矣。

一章前四句為興，言流水有所歸，飛隼有所止，以象徵兄弟、邦人、諸友皆當有所歸。所歸者何？末句「誰無父母」即其答案。周代為宗法社會，歸於父母，推其原始則歸於天子，此所以首二句說流水歸海而曰「朝宗」也。次章前四句亦為興，而其義則與一章相反。後四句亦與前章相對。前章言邦人諸友莫肯念亂，此章則言我獨念彼不蹟，心憂難忘。末章首二句為興。以飛隼率陵而飛，象徵人亦當循道而行。讒謗之起，必有所由，止謗之道，莫如修身，故末二句勸友人謹慎其身以止讒；否則，讒言將興，禍亂亦將至矣。二章「念彼不蹟」，乃承一章「念亂」而言。三章「我友敬矣」，「友」即一章之「諸友」，「敬」則對應於一章「亂」、二章「不蹟」而言。蓋敬則合蹟，合蹟則不亂；反之，不敬則不蹟，不蹟則亂矣。故「敬」之一字，實為全詩之重心。如此為解，全詩思理清楚，脈絡條貫，不必猜摹也。

四、鶴鳴

鶴鳴于九皐❶，聲聞于野❷。魚潛在淵，或在于渚❸。樂彼之園，爰有樹檀❹，其下維蘀❺。它山之石，可以為錯❻。

鶴鳴于九皐，聲聞于天❼。魚在于渚，或潛在淵。樂彼之園，爰有樹檀，其下維穀❽。它山之石，可以攻玉❾。

【注　釋】

❶九皐，《詩經詮釋》：「九，有高義；皐，猶陵也、岸也。九皐，猶言高陵、高岸也。」❷聞，音問，ㄨㄣˋ，傳也，達也。聲聞于野，言聲聞之廣也。二句之意，《傳》曰：「言身隱而名著也。」❸淵，水深處也。渚，小沚也。《正義》：「此文止有一魚，而云『或在』，是魚在二處。以魚之出沒，喻賢者之進退，於理為密。」❹樹檀，檀樹。❺擇，音唾，ㄊㄨㄛˋ。《經義述聞》：「擇，當為木名。」參見〈鄭風・擇兮〉注❶。❻錯，《釋文》：「厲石也。」厲，即礪，礪石，可以磨治美玉。❼天，《箋》：「高遠也。」此言聲聞之高也。❽穀，音古，ㄍㄨˇ。《傳》：「惡木也。」《正義》引陸機《疏》曰：「幽州人謂之穀桑，荊楊人謂之穀，中州人謂之楮……今江南人績其皮以為布，又擣以為紙，謂之穀皮紙。」❾攻，《傳》：「錯也。」即磨治也。攻玉，磨治美玉也。

【詩義・章旨】

〈詩序〉：「〈鶴鳴〉，誨宣王也。」《箋》：「誨，教也。教宣王求賢人之未仕者。」「求賢人之未仕者」，誠是。然所教是否為宣王，則不可知。王質《詩總聞》曰：「賢者退處自樂也。」此無以解每章之末二句詩文。《集傳》曰：「必陳善納誨之辭。」其說過於空泛。《詩經原始》曰：「此一篇好招隱詩也。」此自鄭氏之說出，然猶不如鄭說之完善也。此詩重心，全在每章之末二句，識得此旨，則詩義自明。

全詩二章，每章九句，形式複疊。每章前四句為興。「鶴鳴」二句，言賢者處隱而自有聞也。「聲聞于天」一語，尤堪玩味。「魚潛」二句，言賢者進退無常也。「樂彼之園」，乃理想之園，非真有此園也。檀可為車、為輪，其用大；擇可為決，穀可為布、為紙，其用小。其用大者處上，其用小者處下，舉賢用才，無不適所。「它山」二句，乃每章之結語，言必藉賢人才士以成君之德業也。此明明是理想之政，而以「樂園」方之，可謂善於用喻矣。

五、祈父

祈父❶！予，王之爪牙❷。胡轉予于恤❸？靡所止居❹。

祈父！予，王之爪士❺。胡轉予于恤？靡所厎止❻。

祈父！亶不聰❼。胡轉予于恤？有母之尸饔❽。

【注釋】

❶祈，《箋》：「祈、圻、畿同。」父，音甫，ㄈㄨˇ。祈父，《傳》：「祈父，司馬也。職掌封畿之甲兵。」《箋》：「此司馬也。時人以其職號之，故曰祈父。《書》曰：『若疇圻父。』謂司馬。」按祈，通圻。圻，封畿也。司馬掌封畿之甲兵，故呼之曰圻父。❷予，《箋》：「我也。」爪牙，《正義》：「鳥用爪，獸用牙，以防衛己身。此人自謂王之爪牙，以鳥獸為喻也。」按王之爪牙，王之護衛之士，蓋即虎賁也。❸轉，《箋》：「移也。」恤，《傳》：「憂也。」謂憂患之地也。❹所，處所。止，即居也。止居，安居也。《箋》：「爪牙之士，當為王閑守之衛，女何移我於憂，使我無所止居乎？」❺爪士，《集傳》：「爪牙之士也。」《傳箋通釋》：「爪士，猶言虎士。」❻厎，音紙，ㄓˇ。《爾雅・釋詁》：「厎，定、止也。」厎與止義同。❼亶，音旦，ㄉㄢˋ。《傳》：「誠也。」聰，聞也。參見〈王風・兔爰〉注⑫。❽尸饔，《集傳》：「尸，主也。饔，熟食也。言不得奉養而使母反主勞苦之事也。」

【詩義・章旨】

〈詩序〉：「〈祈父〉，刺宣王也。」王之爪牙，行則扈從車駕，居則防閑禁宮，征役非其職也。今竟轉戰疆埸，此必出於王命，而非司馬所得專擅。故此詩辭則咎祈父，而意實在王也。故〈序〉謂刺王，誠是；然所刺是否為宣王，於詩文中頗難看出。毛、鄭以千畝之役，王師敗於姜氏之戎事實之，或是也。又爪牙之士，從軍行役，一甲士耳。以一甲士，作詩以責司馬，並暗刺天子，似與其身分不倫，竊意此詩當是禁衛之長，如漢世未央衛尉、長樂衛尉者所為。彼等行役亦為將帥之副貳，地位頗高，故敢直呼祈父而咎之，並責之「亶不聰」也。至於稱「王之爪牙」，則謙辭也。

全詩三章，每章四句，形式複疊。三章首句皆直呼祈父，情切而意憤也。次句「王之爪牙」，為了解詩義之關鍵。以其責在捍衛禁宮，不在行役戍守，故下句「胡轉予于恤」乃順勢而出。三章「亶不聰」，乃深斥之言。末句「有母之尸饔」，乃詩人作此詩之因，故為全詩之重心。綜觀此詩責祈父者有二：一為爪牙之士不當行役，二為有母不得奉養，而後者尤甚於前者，「亶不聰」一語即以此而發也。

六、白駒

皎皎❶白駒，食我場苗❷。縶之維之❸，以永今朝❹。所謂伊人❺，於焉逍遙❻。

皎皎白駒，食我場藿❼。縶之維之，以永今夕。所謂伊人，於焉嘉客❽。

皎皎白駒，賁然來思❾。爾公爾侯❿，逸豫無期⓫。慎爾優游，勉爾遁思⓬。

皎皎白駒，在彼空谷⓭。生芻一束⓮，其人如玉⓯。毋金玉爾音，而有遐心⓰。

【注釋】

❶皎皎，《釋文》：「潔白也。」當是潔白貌。❷場，《集傳》：「圃也。」苗，《毛詩會箋》：「穀蔬初生皆曰苗，草之類始生亦曰苗。」❸縶，音至，ㄓˋ。《傳》：「絆也。」維，《傳》：「繫也。」《正義》：「縶之，謂絆其足。維之，謂繫靷也。」按維之，謂繫之於木，若繫舟然。句言絆繫其駒，不使其去也。❹永，終也。見〈唐風・山有樞〉注⓭。以永今朝，示留意之殷也。❺伊人，是人，彼人。《箋》：「所謂是乘白駒而去之賢人。」❻於焉，陳奐《傳疏》：「《玉篇》：『焉，是也。』言於是逍遙也。」按於焉、於是，謂自今而後也。逍遙，《集傳》：「遊息也。」❼藿，音霍，ㄏㄨㄛˋ，豆之嫩葉也。見《說文》及《說文通訓定聲》。❽嘉客，即〈商頌・那〉「我有嘉客」之嘉客，美好賓客也。按嘉客一詞，注者解釋極為紛歧，有上客、逍遙、禮客、客神、邂逅、寄寓之不同。皆見季旭昇〈詩經小雅白駒篇「於焉嘉客」新解〉（八十年四月一日《中央日報・長河》）及龍宇純〈詩「彼其之子」及「於焉嘉客」釋義〉（《中國文哲研究集刊・第三期》）。呂氏訓為暫客（見《詩記》引），裴學海又訓為居處寄託（見《古書虛字集釋・卷二》），使人無所適從。竊意諸說似皆求之過甚，不若用其本義為貼切而自然也。於焉嘉客，謂於是（自今而後）而為嘉客也。❾賁然，《集傳》：「光彩之貌也。」思，《正義》：「此來思、遁思，二思皆語助，不為義也。」❿爾公爾侯，《集傳》：「爾，指乘駒之賢人也。以爾為公，以爾為侯。」按公、侯當是實指，言昔日爾為公為侯；非假設也。⓫逸豫，《傳》：「逸樂。」即安樂也。無期，無盡期也。言今後爾逸樂無盡也。⓬慎，《詩緝》：「謹也。」優游，《集傳》於〈卷阿〉曰：「閑暇之意。」遁，隱逸也。二句謂謹慎爾之優游，努力爾之隱逸生活。⓭空谷，王先謙《集疏》：「《韓》、《齊》空作穹。《韓》說曰：『穹谷，深谷也。』」⓮生芻，《詩緝》：「芻，刈草也。俗作蒭。生芻，新刈之草，所謂青芻也。」一束，言其少也。此當是詩人所贈者。⓯如玉，《箋》：「賢人其德如玉然。」⓰金玉，王先謙《集疏》：「金玉

者，珍重愛惜之意。」音，音信也。遐心，《箋》：「遠我之心。」《正義》：「汝雖不來，當傳書信，毋得金玉汝之音聲於我。謂自愛音聲如金玉，不以遺問我，而有疏遠我之心。」

【詩義・章旨】

此天子贈某公侯歸隱之詩。詩既曰「爾公爾侯」，則此人必有封地或采邑無疑。是則所謂歸隱者，歸其封域，不為天子之卿而已，非如後世所謂歸隱山林也。〈詩序〉曰：「〈白駒〉，大夫刺宣王也。」與詩義全不相涉。《集傳》：「為此詩者，以賢者之去而不可留也。」其說近之，後世說《詩》者多從之。

全詩四章，每章六句。一、二章形式複疊，其前四句但於白駒致其挽留之意，下二句始指出乘駒之人。逍遙、嘉客，乃伊人今後之生活寫照，而迥異於昔日者。三章「爾公爾侯」，指出伊人之身分。末二語「慎爾優游，勉爾遁思」，叮嚀告誡，情真意切，顯示作者地位尤在公侯之上，此非天子而何？卒章「生芻一束，其人如玉」，一讚其馬，一頌其人，似皆超塵而脫俗。末二語繾綣之情，眷顧之意，深而且摯。

七、黃鳥

黃鳥黃鳥❶，無集于穀❷，無啄我粟❸。此邦之人，不我肯穀❹。言旋言歸❺，復我邦族❻。

黃鳥黃鳥，無集于桑，無啄我粱。此邦之人，不可與明❼。言旋言歸，復我諸兄。

黃鳥黃鳥，無集于栩，無啄我黍。此邦之人，不可與處❽。言旋言歸，復我諸父。

【注　釋】

❶黃鳥，黃雀。非黃鶯。見〈周南・葛覃〉注❼。❷穀，木名。參見〈鶴鳴〉注❽。❸粟，《說文》：「粟，穀實也。」黃鳥食粟，黃鶯食果。❹穀，《傳》：「善也。」《箋》：「不肯以善道與我。」❺言旋言歸，即旋歸、回歸也。言，語詞，猶乃也。❻復，《箋》：「反也。」邦，本國也。族，宗族也。邦族，即下諸兄、諸父也。❼明，音盟，ㄇㄥˊ。《箋》：「明，當為盟；盟，信也。」不可與明，不可相信也。❽處，《傳》：「居也。」不可與處，不可相處也。

【詩義・章旨】

〈詩序〉：「〈黃鳥〉，刺宣王也。」詩中但述思歸之情，既無刺意，亦與宣王無涉。故其說不可從。《集傳》曰：「民適異國，不得其所，故作是詩。」其說近之，後之說詩者多從之。然詩云：「復我邦族」、「復我諸兄」、「復我諸父」，作者有族有邦，其諸兄、諸父控有其邦族，則朱子所謂「民」者，當是貴族，而非平民也。所謂「民適異國」，亦如陳公子完之適齊，晉公子重耳之適狄矣。

又此詩與下篇〈我行其野〉所寫者似為一事，作者似為一人。此詩云：「此邦之人，不我肯穀。言旋言歸，復我邦族。」下篇云：「爾不我畜，復我邦家。」「爾不我畜，言歸斯復。」文字語氣，極為相似。故〈詩序〉兩篇皆云：「刺宣王也。」《集傳》亦僅於下篇改「不得其所」為「依其昏姻，而不見收恤」而已。編詩者將此二詩編於前後，必非無因。而此二詩並列於〈小雅〉者，詩人為一邦國（「復我邦族」），詩人所責者為另一邦國（「此邦之人」），此二邦國之君必有一為或皆為天子之卿大夫，貢職於京師也。此猶寺人孟子作〈巷伯〉而入於〈小雅〉，衛武公作〈抑〉（時為王卿士）而入於〈大雅〉也。

全詩三章，每章七句，形式複疊。每章前三句為興，後四句始言本事。首句連呼黃鳥者，舊以為喻此邦之人之侵迫，嚴粲以為此與黃鳥告別之意（皆見《詩緝》），未知孰是。竊意以為此詩人深憐之也，與〈魏風・碩鼠〉連呼碩鼠以示恨者完全不同。詩人蓋以黃鳥象徵自己，無集於穀、桑、栩者，止非其處也；無食我粟、粱、黍者，食非其所也。以之象徵自己所適非其邦而欲復歸也。二章末句言「復我諸兄」，卒章末句言「復我諸父」，皆猶一章言「復我邦族」也。先諸兄、後諸父者，先親後尊也。

八、我行其野

我行其野，蔽芾其樗❶。昏姻❷之故，言就爾居。爾不我畜❸，復我邦家❹。

我行其野，言采其蓫❺。昏姻之故，言就爾宿❻。爾不我畜，言歸斯復❼。

我行其野，言采其葍❽。不思舊姻❾，求爾新特❿。成不以富⓫，亦祇以異⓬。

【注釋】

❶蔽芾，茂盛貌。見〈召南・甘棠〉注❶。樗，惡木也。見〈豳風・七月〉注㊺。❷昏姻，有二解：其一，壻之父為姻，婦之父為昏。見《爾雅・釋親》及此詩《箋》；其二，壻曰昏，婦曰姻。見《禮記・經解・注》。《周禮・大宗伯・疏》曰：「若據男女身，則男曰昏，女曰姻；若以親言之，則女之父曰昏，壻之父曰姻。」此詩之昏姻，據下文「不思舊姻」，當指前者而言。❸畜，《傳》：「養也。」《詩緝》：「〈邶・谷風〉：『不我能慉』字異，音義同。」按此畜字當與「不我能慉」之慉義同，好也、喜也。《傳》訓養，義似過重。❹復我邦家，此句與前篇「復我邦族」義同。❺蓫，音逐，ㄓㄨˊ。《傳》：「惡菜也。」《正義》引陸機《疏》曰：「今

人謂之羊蹄。」❻宿，猶居也。❼復，《傳》：「反也。」斯復之斯，語詞，無義。❽葍，音福，ㄈㄨˊ。《傳》：「惡菜也。」《正義》引陸機《疏》曰：「葍，一名蒚，幽州人謂之燕葍。其根正白，可著熱灰中，溫噉之。饑荒之歲，可蒸以禦饑。」❾舊姻，詩人自稱舊姻，則是壻之父也。❿特，蘇轍《詩集傳》：「匹也。」《詩緝》：「新特，謂新親也。」按新特，當指新壻。⓫成，誠之假借字。《論語．顏淵》作誠。⓬祇，《傳》：「適也。」即只也，僅也。異，新異也。《集傳》：「雖實不以彼之富而厭我之貧，亦祇以其新而異於故耳。」蓋責其喜新厭舊也。

【詩義．章旨】

〈詩序〉：「〈我行其野〉，刺宣王也。」詩文所述乃王之卿大夫之事，與王無涉。故〈序〉說不可從。《集傳》曰：「民適異國，依其昏姻，而不見收恤，故作此詩。」其說是也。惟篇中曰：「不思舊姻」，則當是壻之父所作。其他皆見前篇。

全詩三章，每章六句，形式複疊。第二句一章言樗，二章言蓫，卒章言葍。詩人蓋以樗雖惡木，猶可庇身；蓫、葍雖惡菜，猶可果腹，而昏姻之親，反不我畜也。三、四句為了解此詩之關鍵。一、二章「昏姻之故」，乃言就居、就宿之因；卒章「不思舊姻，求爾新特」，乃言「爾不我畜」之故。卒章末二句，朱子謂：「此詩人責人忠厚之意。」然其刺亦可謂銳利，但隱而不露而已。

九、斯干

秩秩斯干❶，幽幽南山❷；如竹苞矣❸，如松茂矣。兄及弟矣，式相好矣❹，無相猶矣❺。

似續妣祖❻，築室百堵❼，西南其戶❽。爰居爰處，爰笑爰語❾。
約之閣閣❿，椓之橐橐⓫。風雨攸除⓬，鳥鼠攸去，君子攸芋⓭。
如跂斯翼⓮，如矢斯棘⓯，如鳥斯革⓰，如翬斯飛⓱。君子攸躋⓲。
殖殖其庭⓳，有覺其楹⓴，噲噲其正㉑，噦噦其冥㉒。君子攸寧㉓。
下莞上簟㉔，乃安斯寢㉕。乃寢乃興㉖，乃占我夢㉗。吉夢維何？維熊維羆㉘，維虺維蛇㉙。
大人㉚占之，維熊維羆，男子之祥㉛；維虺維蛇，女子之祥㉜。
乃生男子，載寢之牀㉝，載衣之裳㉞，載弄之璋㉟。其泣喤喤㊱，朱芾斯皇㊲，室家君王㊳。
乃生女子，載寢之地㊴，載衣之裼㊵，載弄之瓦㊶。無非無儀㊷，唯酒食是議㊸，無父母詒罹㊹。

【注釋】

❶秩秩，《爾雅・釋訓》：「秩秩，清也。」斯，《集傳》：「此也。」干，《傳》：「澗也。」❷幽幽，《傳》：「深遠也。」南山，《詩記》引長樂劉氏曰：「南山，鎬京之陽，終南之山也。」❸如，朱彬《經傳考證》：「如，與而通。」下句如字同。苞，茂盛也。見〈唐風・鴇羽〉注❶。❹式，語詞。見《經傳釋詞》。相好，《箋》：「相愛好。」❺猶，《詩本義》：「圖謀也。」二句言兄弟應相親愛而無相圖謀也。❻似，《傳》：「嗣也。」似續，繼續也。妣祖，《箋》：「妣，先妣姜嫄。祖，先祖也。」《正義》：「先妣姜嫄，先祖后稷。」又曰：「周之先妣特立廟者唯姜嫄耳。此妣文亦在祖上，故知是姜嫄也。祖，先祖，不斥號諡，則后稷文武兼親廟亦

在其中。」按古者祖母以上皆謂之妣，祖父以上皆謂之祖，後世始考妣對稱（見《詩經詮釋》）。此妣祖指姜嫄后稷以下之祖先，非必限於姜嫄后稷也。先妣後祖者，協下韻故也。❼堵，築牆一方丈為一堵。見〈鴻鴈〉注❾。百堵，言房室之多也。❽戶，門戶也。謂或西向其戶，或南向其戶。❾《箋》：「於是居，於是處，於是笑，於是語。言諸寢之中皆可安樂。」❿約，《傳》：「束也。」閣閣，《傳》：「閣閣，猶歷歷也。」《傳箋通釋》：「謂束板歷錄之貌。」按下文「橐橐」為椓土之聲，此「閣閣」亦當為約版之聲。高亨《今注》即訓為捆版之聲。⓫椓，《正義》：「如椓杙之椓，謂以杵築之也。」參見〈周南．兔罝〉注❸。橐，音陀，ㄊㄨㄛˊ。橐橐，《正義》：「既投土於版，以杵築之橐橐然。」蘇轍《詩集傳》：「橐橐，杵聲也。」⓬攸，與由義同，猶以也、用也。下同，見《經傳釋詞》。除，《集傳》：「猶去也。」言風雨之害因是而去。⓭芋，《經傳釋詞》：「芋，當讀為宇。宇，居也。」王先謙《集疏》：「《魯》芋作宇。」⓮跂，音支，ㄓ。《古書虛字集釋》：「跂，當讀為⿰支隹。《說文．隹部》：『⿰支隹，⿰支隹鳥也。』跂、⿰支隹同從支聲，故假跂為⿰支隹。」按裴氏之說是也。此四「如」字句，第二字皆為名詞。舊訓此跂字為跂竦（舉踵），於義難通，且與下三句不能一律。⿰支隹雖不知其形狀，然漢武帝有鳷鵲觀（見《說文繫傳》及段注），足見房舍有鳷形者矣。斯，之也。見《古書虛字集釋》。《經傳釋詞》訓為其，用於前三句尚可，用於「如翬斯飛」，則似阻滯難通。翼，羽翼。舊訓為敬，非是。⓯棘，《傳》：「稜廉也。」⓰革，《傳》：「翼也。」《釋文》：「《韓詩》作䩷，云：『翼也。』」⓱翬，音輝，ㄏㄨㄟ。《釋文》：「雉名。」飛，以上三句翼、棘、革皆名詞，此飛字當亦為名詞，非動詞，尤非副詞。以上四句，皆狀其高脊飛簷之勢，謂如⿰支隹之羽翼，如矢之鏃頭，如鳥之翅羽，如雉之飛翔。⓲躋，《傳》：「升也。」謂升而入之也。⓳殖殖，《傳》：「言平正也。」庭，《集傳》：「宮寢之前庭也。」參見〈齊風．著〉注❻。⓴覺，《集傳》：「高大而直也。」有覺，猶覺然。楹，《正義》：「柱也。」堂前柱也。㉑噲，音快，ㄎㄨㄞˋ。噲噲，明亮貌。見《傳箋通釋》。正，《詩記》引呂氏曰：「正，謂正寢。」即中堂也。㉒噦，音慧，ㄏㄨㄟˋ。噦噦，《傳箋通釋》：

「猶昧昧也。是狀其室之深暗。」冥，即偏室也。㉓寧，《正義》：「安也。」㉔莞，音管，ㄍㄨㄢˇ。《集傳》：「蒲蓆也。」簟，竹蓆也。見〈齊風．載驅〉注❸。句言蒲蓆在下，上覆竹蓆。㉕斯，《經傳釋詞》：「斯，亦乃也，互文耳。」斯寢，乃寢也。㉖興，起也。參見〈秦風．小戎〉注㊱。㉗占夜中所夢之事。此下皆假設之辭。㉘羆，音皮，ㄆㄧˊ。《爾雅．釋獸》：「羆，如熊，黃白文。」郭注：「似熊，而長頭高腳。猛憨多力，能拔樹木。」㉙虺，音毀，ㄏㄨㄟˇ，蛇之一種，有劇毒。《正義》引舍人曰：「蝮，一名虺。江淮以南曰蝮，江淮以北曰虺。」又引郭璞曰：「此自有一種蛇，人自名為蝮虺。今蛇細頸大頭，色如文綬……，大者常七八尺。」熊、羆、虺、蛇，皆所夢之物也。㉚大人，《集傳》：「大卜之屬，占夢之官也。」尊之，故曰大人。㉛祥，吉凶之先兆也。見《說文繫傳》。熊羆強力壯毅，故為男子之兆。㉜虺蛇柔弱隱伏，故為女子之兆。㉝《箋》：「男子生而臥於牀，尊之也。」㉞衣，音亦，ㄧˋ，動詞，穿著也。裳，《傳》：「下之飾也。」當是繡裳。《箋》：「衣以裳者，明當主於外事也。」㉟璋，《傳》：「半圭曰璋。」《箋》：「玩以璋者，欲其比德焉。玉以璋者，明成之有漸。」《正義》曰：「王肅云：『言无生而貴之也。』明欲為君父，當先知為臣子也。璋而得為臣職者，王肅云：『群臣之從王行禮者奉璋。』」㊱喤喤，《集傳》：「大聲也。」謂其哭聲洪亮也。㊲見〈采芑〉注⓲。㊳室家君王，《箋》：「室家，一家之內。宣王將生之子，或且為諸侯，或且為天子。」《集傳》：「有室有家為君為王。」按室家，謂周室周家也。句言為周室之諸侯、天子也。鄭玄、朱子之說，似有未切。㊴載寢之地，寢之於地，欲其取法坤道之卑順，非賤之也。㊵裼，音替，ㄊㄧˋ。《傳》：「褓也。」即包裹嬰兒之小被。《說文》引作禘。㊶瓦，《傳》：「紡塼也。」《傳箋通釋》：「《說文》專字注云：『一曰：專，紡專。』古之撚線者，以專為錘。」即紡錘也。㊷非，《說文》：「非，違也。」無非，即不違也。儀，專制也。見《傳箋通釋》。謂於人言不違背，亦不自作主張。古女子「以順為正」，故云。㊸議，議論。㊹詒，貽也，遺也。《釋文》：「詒，本又作貽，遺也。」罹，《傳》：「憂也。」參見〈王風．兔爰〉注❹。句言無遺父母之憂也。

【詩義．章旨】

〈詩序〉：「〈斯干〉，宣王考室也。」陳啟源《稽古編》曰：「〈斯干〉之為宣王詩，見劉向〈昌陵疏〉，非小〈序〉一家之說也。」考《竹書》於宣王之世曰：「八年，初考室。」是宣王建築宮室之事，信而有徵。〈詩序〉之說，不可疑也。至於姚姬傳宣王遷都之說，胡承珙《毛詩後箋》固已駁之，不必辭費矣。

全詩九章，四章每章七句，五章每章五句。一章總述其宮室之形勢，山水竹木既美，兄弟家族自相親愛矣。二章「似續妣祖」一語，為建築宮室之提綱。善繼人之志，善述人之事，然後乃能建功立業。此古人知本識原也。三章言建築之事，閣閣、橐橐，言築之堅也。至風雨除，鳥鼠去，室已成矣，於是「君子攸芋」。四章言外觀之雄偉靈動。四「如」字句大抵形容屋頂之高聳，屋脊之凸出，屋面之平滑，屋角之勾翹。如此佳構，於是「君子攸躋」。五章言室之內觀：庭則平正，楹則高直，堂則明亮，室則幽暗，無不各得其宜，於是「君子攸寧」。六章承前而啟後。此章以上，皆已然事；此章以下，皆未然事。此章前三句言室成之後，居而寢興，下四句因夢兆而開啟下三章。七章言生男生女之兆，與二章「似續妣祖」，遙遙相應。是解夢兆，亦是祝辭。八章言生男子情形，「朱芾斯皇，室家君王」二語，已隱然指出此王家之事，雖公侯不與焉，況乎平民。末章言生女子之情形，男尊女卑，當時已成定制矣。此詩寫建室之由，上續妣祖，下啟子孫，非為個人享受，已見主人之胸襟不凡；寫宮室之美，外則重雄偉，內則重方正，毫不華麗奢靡，又見主人之儉樸務實。劉向曰：「周德既衰而奢侈，宣王賢而中興，更為儉宮室，小寢廟，詩人美之。」當即指此詩矣。

一〇、無羊

誰謂爾無羊？三百維群❶，誰謂爾無牛？九十其犉❷。爾羊來思，其角濈濈❸；爾牛來思，其耳濕濕❹。

或降于阿❺，或飲于池，或寢或訛❻。爾牧❼來思，何蓑何笠❽，或負其餱❾。三十維物❿，爾牲則具⓫。

爾牧來思，以薪以蒸⓬，以雌以雄⓭。爾羊來思，矜矜兢兢⓮，不騫不崩⓯。麾之以肱⓰，畢來既升⓱。

牧人乃夢，眾維魚矣，旐維旟矣⓲。大人占之：眾維魚矣，實維豐年⓳；旐維旟矣，室家溱溱⓴。

【注釋】

❶維群，《集傳》：「羊以三百為群，其群不可數也。」按《國語・周語》：「獸三為群。」〈吉日・傳〉同。羊不當獨以三百為群也。「維」與下文「九十其犉」之「其」為互文，故維即其也。「三百維群」，乃維群三百之倒文，謂其群有三百，此正答「誰謂爾無羊」之問也。若如朱子之說，是未曾答也。❷犉，音醇，ㄔㄨㄣˊ。《爾雅・釋畜》：「牛七尺為犉。」《傳》：「黃牛黑唇曰犉。」此言七尺之牛（或黑唇之牛）即有九十頭。或謂「九十」如〈豳風・東山〉「九十其儀」之九十，恐誤。❸濈，音吉，ㄐㄧˊ。濈濈，《傳》：「聚其角而息濈濈然。」又

《集傳》引王氏曰：「濈濈，和也。羊以善觸為患，故言其和，謂聚而不相觸也。」❹濕濕，《傳》：「呞而動其耳濕濕然。」又《集傳》引王氏曰：「濕濕，潤澤也。牛病則耳燥，安則潤澤也。」按濈濈、濕濕，王氏之說較勝。❺阿，大陵曰阿。參見〈菁菁者莪〉注❷。❻訛，《傳》：「動也。」❼牧，牧人。❽何，音賀，ㄏㄜˋ，同荷。《傳》：「揭也。」蓑笠，《傳》：「蓑所以備雨，笠所以禦暑。」《正義》：「蓑唯備雨之物，笠則元以禦暑，兼可禦雨。」❾餱，乾食也。見〈伐木〉注㉚。❿物，雜色牛也。王國維〈戩壽堂殷虛書契考釋〉曰：「三十維物，與三百維群、九十其犉，句法正同，謂雜色牛三十也。」（《觀堂集林・續編・三冊》）⓫具，《集傳》：「備也。」言爾之牲足供祭祀之用也。⓬《箋》：「麤曰薪，細曰蒸。」此言採薪以供飼食也。⓭《集傳》：「雌雄，禽獸也。」此言合雄雌以蕃育也。⓮矜矜兢兢，《傳》：「以言堅強也。」陳奐《傳疏》：「矜矜與兢兢同。」⓯《傳》：「騫，虧也。崩，群疾也。」《毛詩後箋》：「騫謂羊不肥，崩則謂羊有疾。《齊民要術》云：『羊有疥，輒相污。』又云：『羊有疥者，間別之；不別，相污染，或能合群致死。』」⓰麾，同揮，指揮也。肱，音工，ㄍㄨㄥ。《傳》：「臂也。」⓱畢，俱也，均也。既，《集傳》：「盡也。」升，《箋》：「升，升入牢也。」《集傳》：「其羊亦馴擾從人，不假箠楚，但以手麾之，使來則畢來，使升則既升也。」⓲俞樾《群經平議》：「眾維魚矣，猶云維眾魚矣；旐維旟矣，猶云維旐旟矣。」按此二句說者紛紜，而莫得其旨。據上篇「維熊維羆，維虺維蛇」，此「眾維魚矣」，猶云「維眾維魚」；「旐維旟矣」，猶云「維旐維旟」。熊、羆、虺、蛇、旐、旟，皆名詞，則眾、魚當亦為二名詞。眾，眾庶也、師眾也，不當訓眾多之意；如訓眾多，則與「旐維旟矣」句法不類矣。王引之上「維」字訓乃，下「維」字訓與，同字異訓，亦不可取。⓳按眾、魚二字取義必同，魚行成群，與「眾」義相同，故有豐年之象。⓴《傳》：「溱溱，眾也。旐旟，所以聚眾也。」按溱溱，猶〈周南・桃夭〉「其葉蓁蓁」之蓁蓁（《潛夫論・夢列》即作蓁蓁），盛也。室家，與上篇「室家君王」之室家義同，指周室、王室也。旐旟所以聚眾，故有王室興盛之象。

【詩義・章旨】

〈詩序〉：「〈無羊〉，宣王考牧也。」三家無異義。《箋》曰：「厲王之時，牧人之職廢，宣王始興而復之，至此而成，謂復先王牛羊之數。」朱子《辨說》無文，然其《集傳》曰：「此詩言牧事有成，而牛羊眾多也。」方玉潤《原始》且曰：「但曰美司牧，而天子自在其中矣，〈序〉必以為宣王考牧，未免小視乎朝廷也。且並上篇考室亦歸美宣王，二事相提並論，則尤附會無稽。」後世從朱說者日眾，從〈序〉說者日少，近世幾無從之者矣。然詩如美司牧，何以列於〈雅〉？此可疑者一；牧人之夢，何以須大人占之？此可疑者二；其夢何以與豐年、王室有關？此可疑者三；牛羊供食用也，何以詩僅言及牲用？此可疑者四。觀之詩文屢言「爾」，如「爾羊」、「爾牛」、「爾牧」、「爾牲」，則知詩人所美者為爾，非司牧也。其畜牛羊，主在祭祀，非為食用，則「爾」之身分如何，亦可知矣。又詩之字句，頗多與上篇相類，其說夢尤似，又皆以「室家」結尾，故其所寫者不僅為一人，其文字恐亦出於一手也。姚際恆氏一向疑〈序〉，其《通論》亦多大言炎炎，而於此篇則曰：「小〈序〉謂『宣王考牧』，亦近是。考室、考牧，皆是既廢而中興之事。」其慧眼卓識，求真唯謹之態度，令人折服。胡承珙《後箋》曰：「〈斯干〉、〈無羊〉二詩，與〈定之方中〉正相類，……〈定之方中〉一詩首言營室，終言畜牧，此則分為二篇，〈風〉、〈雅〉體自別爾。然其為遭亂中興之事則同，不屬之宣王而誰屬歟？」其說至當。竊意營室、畜牧之事，當於宣王初年行之，然以其事小，故其詩列於言征伐玁狁、荊蠻及田獵、會同諸詩之後也。

全詩四章，每章八句。首章言牛羊蕃盛強健之狀。以設問開端，頗能引人。二章寫牛羊生態，並及牧人之辛勤。「爾牲則具」一語，實為了解此詩之關鍵。有此句，則畜牧之旨出，詩旨亦隱現矣。三章言牧人放牧技術之高超，羊群之健壯。姚際恆曰：「此兩章是群牧圖，或寫物態，或寫人情，深得人物兩意之妙。」末章以大人占夢作結，亦兼有祝頌之意。其文字、作法，似上篇六、七章之綜合；然其義則頗耐尋味。

節南山之什

一、節南山

節彼南山❶，維石巖巖❷。赫赫師尹❸，民具爾瞻❹。憂心如惔❺，不敢戲談❻。國既卒斬❼，何用不監❽！

節彼南山，有實其猗❾。赫赫師尹，不平謂何❿！天方薦瘥⓫，喪亂弘多⓬。民言無嘉⓭，憯莫懲嗟⓮。

尹氏大師，維周之氐⓯。秉國之均⓰，四方是維⓱；天子是毗⓲，俾民不迷⓳。不弔昊天⓴，不宜空我師㉑。

弗躬弗親㉒，庶民弗信㉓；弗問弗仕㉔，勿罔君子㉕。式夷式已㉖，無小人殆㉗。瑣瑣姻亞㉘，則無膴仕㉙。

昊天不傭㉚，降此鞠訩㉛；昊天不惠㉜，降此大戾㉝。君子如屆㉞，俾民心闋㉟；君子如夷㊱，惡怒是違㊲。

不弔昊天，亂靡有定。式月斯生㊳，俾民不寧。憂心如酲㊴，誰秉國成㊵。不自為政，卒勞百姓㊶。

駕彼四牡，四牡項領㊷。我瞻四方，蹙蹙靡所騁㊸。
方茂爾惡㊹，相爾矛矣㊺；既夷既懌㊻，如相醻矣㊼。
昊天不平㊽，我王不寧。不懲其心㊾，覆怨其正㊿。
家父作誦(51)，以究王訩(52)。式訛爾心(53)，以畜萬邦(54)。

【注釋】

❶節，《傳》：「高峻貌。」南山，《詩緝》：「終南山也。」❷巖巖，《傳》：「積石貌。」《正義》：「節與巖巖一也。」是巖巖亦高峻貌也。❸赫赫，《傳》：「顯盛貌。」師尹，《傳》：「師，太師，周之三公也。尹，尹氏，為太師。」按據下文「尹氏太師」，《傳》說是也。《集傳》亦曰：「師尹，太師尹氏也。太師，三公，尹氏蓋吉甫之後，《春秋》書尹氏卒，公羊子以為譏世卿者，即此也。」王國維〈書作冊詩尹氏說〉（《觀堂集林・第四冊》）以太史、尹氏皆官名，尹氏即古內史尹。然〈常武〉曰：「太師皇父。」〈十月之交〉曰：「皇父卿士。」皆官與氏合言，為一人，則「尹氏太師」當亦為一人，非二人矣。❹具，《集傳》：「俱也。」句言赫赫然尊顯之太師，人皆惟爾是視也。❺惔，音談，ㄊㄢˊ。《傳》：「燔也。」按〈大雅・雲漢〉《傳》：「惔，燎之也。」是惔亦焚也。❻戲談，《箋》：「相戲而言。」即戲言也。❼卒，《傳》：「盡也。」斬，《傳》：「絕也。」卒斬，《正義》：「絕滅也。」❽監，《傳》：「視也。」❾猗，《經義述聞》：「猗，疑當讀為阿。山之曲隅謂之阿。實，廣大貌。有實其猗者，言南山之阿實然廣大也。」❿謂何，猶如何、奈何也。見《經傳釋詞》。⓫薦，《傳》：「重也。」《正義》：「薦與荐文異而義同。《釋言》云：『荐，再也。』再是重之義也。」瘥，音嵯，ㄘㄨㄛˊ。《爾雅・釋詁》：「瘥，病也。」⓬喪亂，《詩緝》：「死喪禍亂。」弘，《傳》：「大也。」言死

喪禍亂甚大而且多也。⑬嘉，善也。謂民於師尹之政，一無善言，惟聞謗讟而已。⑭憯，音慘，ㄘㄢˇ。《傳》：「曾也。」懲，戒也。見〈沔水〉注⑬。嗟，《經傳釋詞》：「嗟，句末語助耳。」按〈十月之交〉曰：「胡憯莫懲。」〈沔水〉、〈正月〉曰：「寧莫之懲。」文義與此相同。⑮氐，音底，ㄉㄧˇ，同柢。《傳》：「本也。」言太師重任，為周室之根本也。⑯均，《傳》：「平也。」《朱子語類．卷八十一》：「均，本當從金，所謂如泥之在鈞者。」⑰四方，猶天下。維，繫也。⑱毗，音皮，ㄆㄧˊ。《箋》：「輔也。」⑲使民不迷惑也。⑳不弔，即不淑，猶不幸也。見王國維〈與友人論詩書中成語書〉（《觀堂集林．第一冊》）。昊，音浩，ㄏㄠˋ。昊天，〈王風．黍離〉《傳》：「元氣廣大則稱昊天。」猶今語老天也。㉑空，《傳》：「窮也。」師，《集傳》：「眾也。」句言不宜困窮我百姓，意即不宜使太師久居其位而應速去之也。㉒躬，《爾雅．釋詁》：「躬，身也。」〈釋言〉：「身，親也。」是躬亦親也。言不躬親為政，而委之姻亞也。㉓庶，眾也。言百姓已不信賴。㉔仕，《集傳》：「事也。」㉕勿，語助詞。見《經傳釋詞》。罔，蘇轍《詩集傳》：「欺也。」二句言汝弗聞問、弗行事，則是欺罔君子也。㉖夷，《傳》：「平也。」已，《集傳》：「止也。」按夷訓平，平亦有止義。謂停止此「弗躬弗親」、「弗問弗仕」之治政態度也。㉗殆，《傳》：「危也。」無小人殆，言無為小人所危也。㉘瑣瑣，《傳》：「小貌。」姻，《箋》：「壻之父曰姻。」參見〈我行其野〉注❷。亞，《傳》：「兩壻相謂曰亞。」㉙膴，音五，ㄨˇ。《傳》：「厚也。」仕，事也，用也。言瑣瑣裙帶之親，則不可重用，置之大位予以重祿也。㉚傭，《爾雅．釋言》：「傭，均也。」《傳》同。㉛鞫訩，《集傳》：「鞫，窮也。訩，亂也。」《傳箋通釋》：「窮，極也。訩，當讀如『日月告凶』之凶，謂凶咎也。鞫凶，猶言極凶，與大戾同義。」㉜惠，《詩緝》：「愛也。」㉝戾，《箋》：「乖也。」大戾，指災難也。㉞屆，《傳》：「極也。」《箋》：「至也。」按《爾雅．釋詁》：「極，至也。」是毛、鄭之訓義同。極、至皆有止義，此應上文「式已」也。㉟闋，音缺，ㄑㄩㄝ。《傳》：「息也。」調使人民惡怒之心平息也。㊱夷，《箋》：「平也。」按此應上文「式夷」也。㊲違，《傳》：「去也。」

按「惡怒是違」與上句「俾民心闋」為互文。此四句言君子（斥師尹而言）如能即時停止，則庶乎人民厭惡憤恨之情乃能平息而消去也。㊳式，語詞。斯，而也。見《古書虛字集釋》。句言災亂按月而生也。㊴酲，音呈，ㄔㄥ。《傳》：「病酒曰酲。」㊵成，《傳》：「平也。」秉國成，即上文秉國均，皆謂執國政也。㊶卒，《箋》：「終也。」勞，《正義》：「勞苦也。」言終使人民受其痛苦也。㊷項，《傳》：「大也。」領，頸也。項領，言馬肥大也。㊸蹙蹙，《箋》：「縮小之貌。」騁，馳騁。言天下日蹙，雖欲馳騁而無所往。㊹茂，《集傳》：「盛也。」方茂爾惡，乃爾惡方茂之倒文。㊺相，《箋》：「視也。」相爾矛，《箋》：「言欲戰鬪。」二句言當爾之惡行方盛時，我則視爾之矛欲與爾戰鬪。以見其嫉惡如讎。㊻夷，《箋》：「說也。」懌，《集傳》：「悅也。」㊼醻，同酬。飲酒之禮：始主人酌客曰獻，客飲而還酌主人曰酢，主人既卒酢爵，又飲而酌客曰酬。二句謂汝既終止惡行，而我既已悅樂矣，則我與汝如賓主飲酒相醻酢也。以見其不念舊惡。㊽昊天不平，與上文「昊天不傭」義同。㊾懲，即上文「憯莫懲嗟」之懲，戒也。㊿覆，《箋》：「反也。」正，正道、正人也。二句言師尹不自懲其惡心，反怨憎其正道也。(51)家父，《傳》：「大夫也。」《春秋》桓公八年曰：「天子使家父來聘。」杜注：「家氏，父字。」此詩《正義》曰：「古人以父為字，或累世同之。宋大夫有孔父者，其父正考父，其子木金父。此家父或是父子同字，未必是一人也。」陳奐《傳疏》：「家父，周大夫。食邑於家，以邑為氏者也。〈十月之交〉篇有家伯，或是家父之族。《春秋》周桓王時有家父，或即家父之後歟！」誦，《詩緝》：「誦，歌誦也。《僖二十八年．左傳》云：『聽其人之誦。』注：『聽其歌誦。』」(52)究，《箋》：「窮也。」窮究也。訩，即「降此鞠訩」之訩，災亂也。王訩，王之災亂之由來也。(53)訛，《箋》：「化也。」爾，謂師尹。(54)畜，《箋》：「養也。」萬邦，天下也。句言使萬邦得以休養也。

【詩義・章旨】

此家父責尹氏之詩。〈詩序〉：「〈節南山〉，刺幽王也。」然通篇皆責尹氏，詞義甚明，並無一語刺王，故〈序〉說不可從。又卒章詩人直言其字，無所隱諱，與私言之譏刺者不同，故亦不當言刺。至於此詩作成之時代，韋昭以為平王時作（見《正義》引），龔橙等從之；季本、何楷等又以為桓王時作。然詩中「南山」，乃指終南山，姚際恆曰：「東遷以後，曷為詠南山哉？」且如為平王、桓王時詩，則應列於〈王風〉，不應入於〈雅〉也。

全詩十章，前六章每章八句，後四章每章四句。一章首二句以南山高大，象徵師尹尊顯，然國既卒斬，而師尹不監，此詩人所以憂心如惔也。說者以詩有「國既卒斬」一語，遂斷此詩為平王時作；而姚際恆曰：「詩人愁苦，必用危言聳聽，如曰『國既卒斬』及下篇『褒姒烕之』是也。其實未斬未烕也。」姚氏之說是也。若國已卒斬，則下文「我王不寧」、「以究王訩」，王不知何指；而「式夷式已」、「式訛爾心」諸句，亦成贅語矣。二章以南山之曲隅，象徵師尹用心當平，而「喪亂弘多」，即由不平而來。三章「維周之氐」、「四方是維；天子是毗」，皆言師尹地位之重要。而「秉國之均」一語，正與上章「不平謂何」相應。四章責師尹輕庶民、罔君子，其由皆因弗躬弗親而任用姻親也。五章言天降訩戾，而勸師尹適時悔悟，庶幾天意可回，而民怨可去。六章應上三、四章。「誰秉國成」，應三章「尹氏太師」六句。誰乎？尹氏太師也。「不自為政」，則應四章全章。七章言欲馳騁而無從，頗有自傷不能展志之意。八章言己之嫉惡與不念舊惡，其目的亦在勸其悛惡歸正而已。九章「我王不寧」應上文「俾民不寧」，先人民，後我王，實堪玩味。「不懲其心」則應上文「憯莫懲嗟」。卒章末二句言所以作此詩之目的。

此詩前六章每章皆言「民」，而全詩言「天子」者一，言「王」者二，由此可知，百姓與天子在詩人心中之比重，及詩人作此詩、究王詛之用心矣。又詩曰「憯莫懲嗟」、「式夷式已」、「君子如屆」、「君子如夷」、「不懲其心」、「式訛爾心」，凡此，皆冀望師尹及時悔悟，於此亦可見詩人之敦厚也。

二、正　月

正月繁霜❶，我心憂傷。民之訛言❷，亦孔之將❸。念我獨兮，憂心京京❹。哀我小心，癙憂以痒❺。

父母生我！胡俾我瘉❻？不自我先，不自我後❼。好言自口，莠言自口❽，憂心愈愈❾，是以有侮❿。

憂心惸惸⓫，念我無祿⓬。民之無辜⓭，并其臣僕⓮。哀我人斯，于何從祿⓯？瞻烏爰止，于誰之屋⓰？

瞻彼中林，侯薪侯蒸⓱。民今方殆⓲，視天夢夢⓳。既克有定⓴，靡人弗勝㉑。有皇上帝㉒，伊誰云憎㉓！

謂山蓋卑，為岡為陵㉔。民之訛言，寧莫之懲㉕。召彼故老㉖，訊之占夢㉗，具曰：「予聖㉘。」誰知烏之雌雄㉙。

謂天蓋高，不敢不局㉚；謂地蓋厚，不敢不蹐㉛。維號斯言㉜，有倫有脊㉝。哀今之人，胡為虺蜴㉞！

瞻彼阪田㉟，有菀其特㊱。天之扤我㊲，如不我克㊳。彼求我則，如不我得㊴；執我仇仇，
亦不我力㊵。
心之憂矣，如或結之㊶。今茲之正㊷，胡然厲㊸矣！燎之方揚㊹，寧或滅之㊺。赫赫宗周㊻，
褒姒烕之㊼。
終其永懷㊽，又窘陰雨㊾。其車既載，乃棄爾輔㊿。載輸爾載(51)，將伯助予(52)。
無棄爾輔，員于爾輻(53)，屢顧爾僕(54)，不輸爾載。終踰絕險(55)，曾是不意(56)！
魚在于沼(57)，亦匪克樂(58)；潛雖伏矣(59)，亦孔之炤(60)。憂心慘慘(61)，念國之為虐(62)。
彼有旨酒，又有嘉殽；洽比其鄰(63)，昏姻孔云(64)。念我獨兮，憂我慇慇(65)。
佌佌彼有屋(66)，蔌蔌方有穀(67)。民今之無祿，天夭是椓(68)。哿(69)矣富人，哀此惸獨(70)。

【注釋】

❶正月，《傳》：「夏之四月。」《集傳》：「正月，夏之四月。謂之正月者，以純陽用事，為正陽之月也。」繁，《傳》：「多也。」據《竹書》幽王四年夏四月（周六月）隕霜。四月非降霜之時，今乃多霜，是天變示儆也。❷訛言，謠言。參見〈沔水〉注⑫。❸將，《傳》：「大也。」句言民之詐偽之言，流傳甚盛也。❹京京，《傳》：「憂不去也。」當是憂貌。二句言念我獨為此謠言而憂心不已。❺癙，音鼠，ㄕㄨˇ，憂也。癙憂，與〈雨無正〉「鼠思泣血」之鼠思，文異而義同。（見《詩記》及《毛詩後箋》）痒，音羊，ㄧㄤˊ。《爾雅．釋詁》：「痒，病也。」《傳》同。句謂憂傷而至於病也。❻瘉，音魚，ㄩˊ。《爾雅．釋詁》：「瘉，病也。」《傳》同。

句言何為使我遭此喪亂之痛苦。❼自，《箋》：「從也。」二句言禍亂之興，不先不後，而我適逢其會。❽莠，音有，ㄧㄡˇ。《傳》：「醜也。」二句言訛言之人，反覆無常，好言出自其口，惡言亦出自其口。❾愈愈，《傳》：「憂懼也。」當亦為憂貌。❿侮，辱也。句言我憂心不已，因而反遭侮辱也。⓫惸，音瓊，ㄑㄩㄥˊ。惸惸，《傳》：「憂意也。」當是憂貌。⓬無祿，《詩記》引陳氏曰：「祿，福也。無祿，猶言不幸也。」⓭辜，《箋》：「罪也。」⓮并，《集傳》：「并，俱也。」臣僕，《集傳》：「古者以罪人為臣僕，亡國所虜，亦以為臣僕。」二句言一旦國亡，與此無罪之民，而同為人臣僕也。⓯我人，吾人，我們。參見〈唐風・羔裘〉注❸。從祿，得祿。言國亡後，吾人將復從何處而受祿。⓰止，棲息。俗謂烏落於富家之屋；今舉世窮困，不知烏將落於誰家之屋也。⓱侯，維也。參見〈六月〉注㊴。蒸，見〈無羊〉注⓬。二句謂林中盡為薪蒸，而無棟樑之材。⓲殆，《箋》：「危也。」言民今方危殆也。⓳夢夢，《集傳》：「不明也。」猶今言迷迷糊糊。句言仰視上天，則夢夢然似無能為者。⓴定，謂定亂。㉑此言天既肯定亂，則無人不能勝過。所謂天定勝人也。㉒皇，《集傳》：「大也。」有皇，猶〈魯頌・閟宮〉「皇皇后帝」之皇皇，偉大之意。上帝，《集傳》：「天之神也。」程子曰：『以其形體謂之天，以其主宰謂之帝。』」㉓伊，維也。云，《經傳釋詞》：「云，猶是也。」憎，惡也，恨也。此呼上天而告曰：我尚能憎惡何人乎！㉔岡，山脊也。見〈周南・卷耳〉注⓰。大阜曰陵。見〈天保〉注⓮。山本高而謂之卑，僅是岡、陵而已。二句即下文所謂「民之訛言」也。㉕二句見〈沔水〉注⓬、⓭。㉖故老，《傳》：「故老，元老。」《正義》：「宿舊有德者。」按故，耆舊也。老，元老也。謂年高德劭之人。㉗訊，《傳》：「問也。」占夢，《集傳》：「官名，掌占夢者也。」謂詢之故老，問之占夢也。《箋》謂召故老但問占夢之事，恐誤。㉘具，《集傳》：「俱也。」言故老、占夢皆自以為聖哲也。㉙烏之雌雄難辨，比喻故老、占夢之言，亦難辨其是非也。㉚局，《傳》：「曲也。」《正義》：「曲者，曲身也。」天雖高，不敢直身而行者，以言謹也。㉛蹐，音及，ㄐㄧˊ。《說文》：「蹐，小步也。」言地雖厚，不敢闊步而行者，以言慎也。㉜號，《箋》：「呼也。」斯言，指上文局蹐等語也。謂其號呼而出此言。33倫，《傳》：「道也。」脊，《傳》：「理也。」34蜴，音易，ㄧˋ。《傳》：「螈也。」即蜥蜴。《集傳》：「虺蜴，皆毒螫之蟲也。」二句言可憐今世之人，何以竟如虺蜴為害人之事！35阪田，《箋》：「崎嶇墝埆之處。」36菀，音玉，ㄩˋ。《集傳》：「茂盛之貌。」有菀，菀然也。特，《集傳》：「特，特生之苗也。」崎嶇之田，有菀然特出之苗，喻昏亂之朝，有挺然特立之賢者。37扤，音誤，ㄨˋ。《傳》：「動也。」動搖、不安也。38克，《箋》：「勝也。」言天之危害我，無所不用其極也。39則，于省吾《詩經新證》：「則、敗古通。」敗，謂敗壞、錯失也。二句言彼求我之錯失，如不能得我，以見其無所不至也。40仇仇，上仇字為動詞，讎也，惡也。謂所惡恨之仇人。力，亦動詞。《集傳》：「謂用力。」二句言拘執我之仇人，又不用我之力（或又不助我）。41結，鬱結。《正義》：「言憂不離，如有物之纏結也。」42茲，亦今也。今茲，今日也。正，《集傳》：「政也。」43胡然，何以如此。參見〈鄘風・君子偕老〉注16。厲，《傳》：「惡也。」即暴也、亂也。44燎，《箋》：「火田為燎。」揚，《箋》：「盛也。」言火之方盛也。45寧，《經傳釋詞》：「寧，猶乃也。」二句言以燎火之盛，而乃有滅之者。46宗周，《傳》：「鎬京也。」按周為天下所宗，故周之王都所在，如豐、鎬、洛邑，皆稱宗周，固不限於鎬京也。此則指鎬京而言。47褒姒，《傳》：「褒，國也。姒，姓也。有褒國之女，幽王惑焉，而以為后。」褒國在今陝西褒城縣。烕，《傳》：「滅也。」《正義》：「於時宗周未滅。詩人明得失之跡，見微知著，以褒姒淫妒，知其必滅周也。」48陳奐《傳疏》：「終，猶既也。永，長。懷，傷也。言既長為之憂傷。」49窘，《傳》：「困也。」陰雨，陳奐《傳疏》：「以喻所遭多難。」50載，裝載。輔，陳奐《傳疏》：「輔者，揜輿之版……大車揜版置諸兩旁，可以任載。」即今所謂車箱也。51載，《箋》：「則也。」輸，《箋》：「墮也。」爾載，爾所載之物。既棄爾輔，則爾所載之物墮落也。52將，《傳》：「請也。」伯，《傳》：「長也。」對人之敬稱，猶今語老兄、仁兄。此言爾所載之物既已墮落，乃請人協助，亦已遲矣。53員，《傳》：「益也。」陳奐《傳疏》：「益與大義相近。」朱駿聲《說文通訓定聲》：「員，叚借為隕，落也。與『棄輔』同。《傳》訓為益，失之。」按朱氏之說較勝。蓋與上章「乃棄爾輔，載輸爾載」之義相貫，「于」字亦能顯其作用。若如《傳》訓益，轉訓為大，則既與上文義不相貫，「員」下「于」字亦嫌多餘也。54屢顧爾僕，《箋》：「屢，數也。顧，猶視也、念也。僕，將車者也。」55終，即上文「終其永懷」之終，既也。絕險，極險之處也。56曾，乃也。是，此也。指「無棄爾輔」四句。不意，《箋》：「不以為意」。句謂汝既欲踰越絕險，乃不以此為意乎！57沼，《傳》：「池也。」58匪，非也。句言魚雖在池沼之中，亦不能樂也。59潛，深藏也。伏，隱伏也。60炤，音濁，ㄓㄨㄛˊ。《箋》：「炤炤，易見也。」謂雖藏於深水之中，亦炤然易見。以喻禍亂之及，無所逃也。61慘慘，《傳》：「猶戚戚也。」62虐，暴也。為虐，施行暴虐也。此言心所念者，唯國家行暴政於民耳。63洽，《傳》：「合也。」和洽也。《左傳》僖公二十二年、襄公二十九年兩引並作協，義同。比，《毛詩會箋》：「親附也。」鄰，《傳》：「近也。」64云，《箋》：「友也。」昏姻孔云，乃孔云昏姻之倒文。《傳》訓云為旋，亦通。此二句謂當政者有旨酒嘉肴，但洽比其鄰近，親友其昏姻而已，不能推恩以及遠也。65慇慇，《傳》：「慇慇然痛也。」亦憂貌也。66佌，音此，ㄘˇ。佌佌，猶〈邶風・新臺〉之「有泚」、〈鄘風・君子偕老〉之「玼兮」，鮮盛貌。言屋之華麗也。見《詩經詮釋》。67蔌，音速，ㄙㄨˋ。蔌蔌，車行聲。方有轂，《釋文》：「方轂，本或作方有轂，非也。」《後漢書・蔡邕傳》作「速速方轂」，章懷注曰：「方，猶並。」方轂，謂並轂而行也。二句指在位者，即下文所謂之「富人」。言彼富人居則華屋，行則並轂。68無祿，即上文「念我無祿」之無祿，不幸也。天夭，《後漢書・蔡邕傳》作夭夭，章懷注謂《韓詩》亦作夭夭。詩作天夭，當為夭夭之誤。夭夭，名詞，謂少壯之人也（見《詩經詮釋》）。椓，音卓，ㄓㄨㄛˊ。《集傳》：「害也。」句言少壯者皆受害。是則老弱者可知矣。69哿，音可，ㄎㄜˇ。《經義述聞》：「哿者，歡樂也。」70惸，《釋文》：「獨也。」惸獨，孤獨也。句言哀哉，此孤獨之人也。

【詩義・章旨】

〈詩序〉：「〈正月〉，大夫刺幽王也。」由篇中「無棄爾輔」、「終踰絕險」、「念國之為虐」及「憂心」等語觀之，其說是也。《集傳》曰：「時宗周未滅，以褒姒淫妒讒諂，而王惑之，知其心滅周也。」然又引或說曰：「此東遷後詩也，時宗周已滅矣。」姚際恆駁之曰：「此詩刺時也，非感舊也。若褒姒已往，鎬京已亡，言之亦復何益；與後文意皆不類矣。」

全詩十三章，前八章每章八句，後五章每章六句。首章由天時不正，人多訛言，預示國將大亂，而詩人獨憂之。二章言生不逢辰，處境艱困。三章憂國將崩潰，後患莫測。四章言讒邪害民，天定勝之。五章言訛言不止，是非莫辨。六章傷無辜之民，無所容身。七章傷己孤獨無力，處境艱困。八章言朝政昏亂，褒姒為禍原，至此始揭出主題。九、十章皆以車輔為喻，言為政亦必得賢者為輔弼也。十一章傷己進退維谷。十二章言當政者朋黨為奸，己愈感孤獨。卒章言富貴者多樂，貧賤者多哀，既傷世而亦哀己。全詩言「憂」者八，言「哀」者四，言「民」者五，則詩人所憂所哀者可知矣。

三、十月之交

十月之交❶，朔月辛卯❷。日有食之❸，亦孔之醜❹。彼月而微，此日而微❺。今此下民，亦孔之哀。

日月告凶❻，不用其行❼，四國無政❽，不用其良❾。彼月而食，則維其常❿；此日而食，于何不臧⓫。

爗爗震電⑫，不寧不令⑬。百川沸騰⑭，山冢崒崩⑮。高岸為谷，深谷為陵⑯。哀今之人，胡憯莫懲⑰？

皇父卿士⑱，番維司徒⑲，家伯維宰⑳，仲允膳夫㉑，聚子內史㉒，蹶為趣馬㉓，楀維師氏㉔，豔妻煽方處㉕。

抑㉖此皇父，豈曰不時㉗？胡為我作㉘，不即我謀㉙？徹我牆屋㉚，田卒汙萊㉛。曰：「予不戕，禮則然矣㉜。」

皇父孔聖㉝，作都于向㉞。擇三有事㉟，亶侯多藏㊱。不憖遺一老，俾守我王㊲。擇有車馬，以居徂向㊳。

黽勉從事，不敢告勞㊴。無罪無辜，讒口囂囂㊵。下民之孽，匪降自天㊶；噂沓背憎㊷，職競由人㊸。

悠悠我里㊹，亦孔之痗㊺。四方有羨，我獨居憂㊻。民莫不逸，我獨不敢休㊼。天命不徹㊽，我不敢傚我友自逸㊾。

【注　釋】

❶十月，《集傳》：「以夏正言之，建亥之月也。」交，《傳》：「日月之交會。」即月朔之時也。❷朔月，月之朔也，即月之初一日。《集傳》作「朔日」。辛卯，是日為辛卯日。❸有，又也。食，今通作蝕。❹醜，《傳》：

「惡也。」日食、地震等，古人皆以為乃國君失道，天所示儆也。故曰醜惡。❺彼，彼時也。微，《箋》：「謂不明也。」〈邶風．柏舟〉「胡迭而微」，《箋》訓微為虧。虧與不明義正相成。此，今也。二句言日月迭食，以見必有大凶也。❻告凶，《箋》：「告天下以凶亡之徵也。」❼行，《集傳》：「道也。」句謂不用其常行之道，亦即失其道也。❽四國，天下也。前已多見。無政，無善政也。❾良，《正義》：「善人也。」❿維，為也。常，常事。月食常見，故云。⓫于何，如何也，猶今口語「多麼」。臧，《箋》：「善也。」不臧，即上文醜也。⓬爗，音頁，ㄧㄝˋ。爗爗，《集傳》：「雷光貌。」猶今語閃閃。震，《傳》：「雷也。」雷電閃閃，地震前往往有此情況。⓭《集傳》：「寧，安也。令，善也。」十月而雷電，此不安而又不祥之兆。⓮沸騰，《傳》：「沸，出。騰，乘也。」謂波濤湧起也。⓯冢，《爾雅．釋山》：「山頂，冢。」《傳》同。崒，音族，ㄗㄨˊ。《傳箋通釋》：「崒崩二字當連讀，與上沸騰相對成文，即碎崩之叚借。」按馬氏之說是也。沸騰二字為動詞，義同。崒崩二字亦當如此，故崒即崩也。崒崩者，頹崩也。《經義述聞》曰：「崒，本又作卒，當讀為猝。猝，急也。」恐非是。以上二語為地震之景象。《國語．周語》曰：「幽王三年，西周三川（涇、渭、洛）皆震。」又曰：「是歲也，三川竭，岐山崩。」⓰岸，《說文》：「水厓洒而高者。」《正義》：「高大之岸，陷為深谷；深下之谷，進出為陵。」此二句言地震後之景象。⓱憯，《箋》：「曾也。」參見〈節南山〉注⓮。此言可憐今在位之人，何以乃莫之懲戒乎？⓲皇父，《箋》：「皇父、家伯、仲允，皆字。番、棸、蹶、楀，皆氏。」卿士，《集傳》：「卿士，六卿之外，更為都官以總六官之事也。」是卿士乃六卿之長也。⓳番，氏也。維，為也。下同。司徒，《箋》：「司徒之職，掌天下土地之圖，人民之數。」⓴家伯，字也。宰，《箋》：「冢宰掌建邦之典。」《正義》：「鄭司農〈宰夫〉注曰：『詩人曰：「家伯維宰。」謂此宰夫也。』王肅以此宰為小宰，鄭以為冢宰者，以宰夫等，經傳之中未有單稱宰處。」㉑仲允，字也。膳夫，《箋》：「上士也。掌王之飲食膳羞。」㉒棸，音鄒，ㄗㄡ，氏也。《正義》：「棸子以子配之，若曾子、閔子然。」內史，《箋》：「中大夫也。掌爵祿廢置、殺生予奪之法。」㉓蹶，音桂，ㄍㄨㄟˋ，氏也。趣，音趨，ㄑㄩ。趣馬，《箋》：「中士也。掌王馬之政。」㉔楀，音矩，ㄐㄩˇ，氏也。師氏，《箋》：「中大夫也，掌司朝得失之事。」于省吾《詩經新證》：「師氏，掌師旅之官。」按于氏之說似較勝。㉕豔妻，《傳》：「豔妻，褒姒。美色曰豔。」煽，《傳》：「熾也。」《說文》引詩作傓，曰：「熾盛也。」方，《箋》：「並也。」方處，並處，有聯手、朋黨之意。言褒姒時方勢力熾盛，而與七子朋黨為奸也。㉖抑，《集傳》：「發語辭。」㉗時，《傳》：「是也。」言皇父豈自謂所作非是？㉘作，《箋》：「役作也。」即役使、驅使也。高亨《今注》曰：「作，借為詐，欺也。」亦通。㉙即，《集傳》：「就也。」言汝何以役使我，而不就我商議乎？㉚徹，陳奐《傳疏》：「徹，讀為撤。」撤，去也，毀也。㉛卒，《集傳》：「盡也。」汙萊，《傳》：「下則汙，高則萊。」《集傳》：「汙，停水也。萊，生草也。」言使我之田低者盡積水成池，高者盡生草荒蕪也。㉜戕，音牆，ㄑㄧㄤˊ。《箋》：「害也。」《釋文》：「王（肅）本作臧。臧，善也。」句言皇父不自知不是，反曰：「予並非戕害汝，於禮制則當如是也。」㉝孔聖，甚為聖明。此諷刺語。㉞都，《集傳》：「都，大邑也。」向，《集傳》：「地名。在東都畿內。」在今河南濟源縣境。皇父於向作城，蓋預為避亂計也。㉟三有事，《傳》：「國之三卿也。」《箋》：「禮：畿內諸侯二卿。」《正義》：「皇父封畿內，當二卿。今立三有事，是增一卿，以比列國也。」按皇父為卿士，有權選人而用之，故詩云「擇」也。㊱亶，信也。參見〈常棣〉注㉖。侯，《傳》：「維也。」陳奐《傳疏》：「侯訓維。維，猶是也。」藏，《集傳》：「蓄也。」言三有事實是富有之人。㊲憖，音印，ㄧㄣˋ。《說文》：「憖，肯也。」《釋文》：「願也。」句言皇父率舊臣以俱去，不肯留一人使守衛天子也。㊳居，《經傳釋詞》：「居，語助。」《古書虛字集釋》：「居，猶其也。居與其皆有基音，可通用。」按「居」訓語詞，多在句末；今在動詞（或介詞）「以」之下，解為語詞，似有未妥。故裴氏之說較勝。句言皇父擇有車馬之人，以之遷往向地。㊴黽勉，勉力也。見〈邶風・谷風〉注③。二句謂己勉力從事王事，雖勞而不敢自謂勞苦。㊵囂囂，《箋》：「眾多貌。」當是聲眾盛貌。參見〈車攻〉注❾。㊶孼，音聶，ㄋㄧㄝˋ。《正義》：「災害也。」句言人民之災害，非由天降。㊷噂，音撙，ㄗㄨㄣˇ。《說文・人部》引詩作僔，曰：「聚也。」沓，《傳箋通釋》：「沓，合也。小人之情，聚則相合，背則相憎。」㊸職，《爾雅・釋詁》：「職，主也。」《傳》同。競，《箋》：「逐也。」言下民之災害，實由於人專事競相噂沓背憎有以致之也。㊹里，〈雲漢〉「云如何里。」《箋》：「里，憂也。」《釋文》：「里，本或作悝。」《爾雅・釋詁》：「悝，病也。」病與憂義同。句謂我憂深遠也。㊺痗，《傳》：「病也。」參見〈衛風・伯兮〉注⑰。㊻羨，《傳》：「餘也。」即寬裕閒暇之意。居，有也。陳奐《傳疏》訓為語詞，恐誤。句言四方皆寬裕優游，而我獨有憂也。㊼逸，《箋》：「逸，逸豫也。」即逸樂也。句言民莫不逸樂，而我獨勞苦不敢休息。㊽徹，《傳》：「道也。」《詩記》引王氏曰：「徹，通也。」不徹，不道，不通，皆謂天命無常也。㊾傚，同效，仿也。我友，指同僚。此八字句，言我不敢效我之友人自求逸樂也。

【詩義・章旨】

〈詩序〉：「〈十月之交〉，大夫刺幽王也。」鄭氏《箋》曰：「當是刺厲王。」以曆法推之，厲王二十五年十月朔辛卯，幽王六年十月朔辛卯，皆有日蝕。然《國語》謂：「幽王二年，西周三川皆震。」「是歲也，三川竭，岐山崩。」與詩文「百川沸騰，山冢崒崩」合。詩「豔妻煽方處」，亦當指褒姒無疑。又向在東都，去西都千里之遙。皇父城之，徙巨族豪門實之，其意即在規避戎禍。姚際恆謂：「皇父都向，即平王東遷之兆。」信不誣也。由此觀之，〈序〉說較勝。然詩作於幽王之世，而並非刺幽王。觀乎詩文曰：「不憖遺一老，俾守我王。」不僅非刺王，且有深愛於王也。何楷《古義》曰：「幽王之世，褒姒用事於內，皇父之徒亂政於外……大夫惡之，故作是詩。」其說是矣。

全詩八章，每章八句。首章言日食天變，下民之哀。二章廣首章之意，推言四國無政之因。三章言雷電大作，川溢山崩，而不知懲之可哀。四章言七子與豔妻內外相援而為虐，而皇父為其魁首。五章單責皇父築邑，毀屋廢田。六章再責皇父，「擇三有事」，「擇有車馬，以居徂向」，皆其惡蹟也。七章詩人自言盡瘁王事，而無辜被讒。末章言願獨任憂勞，以明己志。詩之前半主言天災，後半主言人禍，而人禍則歸咎於皇父。蓋皇父官居卿士，身繫天下安危，竟築向自謀，朋黨自利，擇有車馬，立三有事，儼然一小朝廷。其視君若贅旒，視民若芻狗，如此，天下之不亡者幾希，此詩人所以深責之也。

四、雨無正

浩浩❶昊天，不駿其德❷。降喪饑饉❸，斬伐四國❹。昊天疾威❺，弗慮弗圖❻。舍彼有罪，既伏其辜❼；若此無罪，淪胥以鋪❽。

周宗既滅❾，靡所止戾❿。正大夫離居⓫，莫知我勩⓬。三事大夫⓭，莫肯夙夜⓮；邦君諸侯，莫肯朝夕⓯。庶曰式臧⓰，覆出為惡⓱。

如何昊天，辟言不信⓲？如彼行邁，則靡所臻⓳。凡百君子，各敬爾身⓴。胡不相畏？不畏于天㉑？

戎成不退㉒，饑成不遂㉓。曾我暬御㉔，憯憯日瘁㉕。凡百君子，莫肯用訊㉖。聽言㉗則答，譖言則退㉘。

哀哉不能言，匪舌是出㉙，維躬是瘁㉚。哿㉛矣能言，巧言如流，俾躬處休㉜。

維曰于仕㉝，孔棘且殆㉞。云不可使，得罪于天子；亦云可使，怨及朋友㉟。

謂爾遷于王都，曰：「予未有室家㊱。」鼠思泣血㊲，無言不疾㊳。昔爾出居㊴，誰從作爾室㊵！

【注釋】

❶浩浩，《集傳》：「廣大貌。」❷駿，《爾雅・釋詁》：「駿，長也。」《傳》同。陳奐《傳疏》：「長，猶常也。不長其德，猶云不恆其德耳。」❸饑饉，《爾雅・釋天》：「穀不熟為饑，蔬不熟為饉。」《傳》同。句言降此令萬民死喪之饑饉。❹斬伐，《正義》：「絕滅也。」句言絕滅天下人民之生機。❺昊天，《注疏》本作旻天。《正義》曰：「上有昊天，明此亦昊天，定本皆作昊天。俗本作旻天，誤也。」疾威，《集傳》：「猶暴虐也。」❻《箋》：「慮、圖，皆謀也。」二句言昊天暴虐降此饑饉，而當政者又不圖修明政教以肆應之。❼舍，《傳》：「除也。」即除去也。伏，服也。伏其辜，即《左傳》隱公十一年「伏其罪」也。《經義述聞》訓伏為藏，似誤。❽淪，《傳》：「率也。」胥，《爾雅・釋詁》：「胥，相也。」《箋》同。以，而也。鋪，《詩經詮釋》：「即〈大雅・江漢〉『淮夷來鋪』及〈常武〉『鋪敦淮濆』之鋪，猶懲處也。」二句言若此無罪之人，亦相率而被懲處也。蓋傷無罪而受累也。❾周宗，《詩經》中，宗字若用作名詞，皆謂宗廟，此詩當亦如之。周宗者，周之宗廟也。《箋》曰：「周宗，鎬京也。」是以周宗為宗周，亦通。《左傳》昭公十六年引此詩即作宗周。時周之宗廟（或宗周）未滅，此由「三事大夫」等語可知，詩言「周宗既滅」者，亦如〈節南山〉之言「國既卒斬」也，誇詞而已。❿戾，《傳》：「定也。」按《爾雅・釋詁》曰：「戾、定，止也。」是止、戾二字義同。《詩經》中凡「靡所」句，其下之二字義皆相同。說見〈邶風・旄丘〉注❿。句言無處所可得安身也。⓫正大夫，《箋》：「正，長也。長官之大夫。」即正卿也。離居，即下文「昔爾出居」之出居，謂離京而居也。蓋指

上篇皇父徂向之事。⓬勩，音亦，ㄧˋ。《爾雅・釋詁》：「勩，勞也。」《傳》同。⓭三事，即〈十月之交〉之「三有事」。三事大夫，《正義》：「上文正大夫為一人，三事大夫不得分為二也。」即三卿也。⓮夙夜，謂晨昏朝省於王也。⓯朝夕，與夙夜同。謂朝暮朝省於王也。⓰庶，《箋》：「庶幾也。」希冀之詞。曰，語詞。式，即〈大雅・崧高〉「南國是式」、「式是南邦」之式，法式、典式也，動詞。臧，善也。式臧與下文為惡相對為文，謂法善、行善也。⓱覆，《傳》：「反也。」此二句指正大夫、三事大夫、邦君諸侯而言。謂本希望汝等作為善良之典型，汝等乃反出而為惡也。⓲辟，《傳》：「法也。」辟言，合於法度之言。句謂合於法度之言，竟不為執政者所採信也。⓳行邁，猶行道。參見〈王風・黍離〉注❺。臻，《集傳》：「至也。」⓴凡百君子，《箋》：「謂眾在位者。」敬，謹慎也。言諸在位之君子，當各戒慎其身也。㉑二句言天災如此，何能不畏懼乎？豈不畏懼天命乎？㉒戎，《傳》：「兵也。」句謂兵戎之禍已成，而其勢不退。此言外患之熾也。㉓遂，《傳》：「安也。」句謂饑饉之災已成，而其生不遂。此言內憂之迫也。㉔曾，《箋》：「但也。」即僅也、只也。暬，音謝，ㄒㄧㄝˋ。暬御，《傳》：「侍御也。」《集傳》：「近侍也。蓋如漢侍中之官也。」㉕憯，音慘，ㄘㄢˇ。憯憯，《集傳》：「憂貌。」瘁，《傳》：「病也。」二句言惟我近侍之臣，心憂而日病也。㉖訊，《箋》：「告也。」戴震《毛鄭詩考正》：「訊乃誶字轉寫之譌。誶，告；訊，問，聲義不相通借。」按訊當作誶，其誤與〈陳風・墓門〉「歌以誶止」今本作訊者同。參見〈墓門〉注❾。㉗聽言，《傳箋通釋》：「聽有順從之義。聽言對譖言而言，正謂順從之言。」㉘譖，音怎四聲，ㄗㄣˋ。譖言，《傳箋通釋》：「譖言，即諫言也。」退，避也。二句謂聞順從之言則答之，聞逆耳之諫言則避而不答也。㉙不能言，不善於言辭也。出，表達。㉚躬，身也。瘁，《箋》：「病也。」此三句乃詩人自傷不善於言辭，因口笨舌拙不能巧言，故其身則見病困也。㉛哿，樂也。參見〈正月〉注69。㉜休，美也，樂也。此三句謂彼善言之人，巧言從俗，如水之流，無所凝滯，故使其身處於安樂之境也。㉝維，發語詞。于，即〈鄘風・定之方中〉「作于楚宮」之于，為也。仕，官職也。于仕，為官也。㉞棘，《箋》：「急也。」即難也。殆，危也。二句謂至於言及為官，則困難而且危險。㉟云，說也。使，用也。亦，若也。見吳昌瑩《經詞衍釋》。朋友，指同僚。以上四句，謂若言某人不可用，則得罪於天子；若言某人可用，則同僚因嫉其能而又怨我。此所以「孔棘且殆」也。㊱謂，使也。爾，《集傳》：「謂離居者。」王都，毛奇齡以為指洛邑，東周之京都。（見《毛詩後箋》引）室家，指房舍言。句謂使汝遷往王都，汝則曰：「我王都未有室家。」以此相推諉而不肯遷也。㊲鼠，《箋》：「憂也。」泣，《說文》：「泣，無聲出涕者曰泣。」泣血，陳奐《傳疏》：「泣盡而繼以血，是涕多則血出為泣血也。」㊳疾，憎恨也。謂己之言無不被憎惡也。㊴出居，即上文之「離居」。㊵從，《經詞衍釋》：「從，猶為也。」句言汝昔日出居之時，誰為汝作房室乎？

【詩義・章旨】

〈詩序〉：「〈雨無正〉，大夫刺幽王也。雨自上下者也，眾多如雨，而非所以為政也。」〈序〉謂幽王時詩，自是不誤。詩曰「周宗既滅」、「謂爾遷于王都」，可以為證。魏源《詩古微》言之甚詳。《箋》謂厲王時詩，恐誤。篇中謂：「曾我暬御，憯憯日瘁。」《集傳》謂：「此詩實正大夫離居之後，暬御之臣所作。」其說極是。篇中之「我」，既是詩人自謂，則「爾」當是指正大夫、三事大夫也。是則此詩乃暬御之臣責正大夫等而作，非刺幽王也。〈序〉謂「刺幽王」，不可從也。至〈序〉謂「眾多如雨」云云，與詩義無涉，歐陽脩已疑其非，後世幾無人從之。篇名「雨無正」者，《集傳》引元城劉氏曰：「嘗讀《韓詩》，有〈雨無極〉篇，序云：『雨無極，正大夫刺幽王也。』至其詩之文，則比《毛詩》篇首多『雨無其極，傷我稼穡』八字。」朱子謂：「劉說似有理，然第一、二章，本皆十句，今遽增之，則長短不齊，非《詩》之例也。」按「極」，即正也。又《詩》之篇名不見於詩文者，除此篇外，尚有〈巷伯〉、〈常武〉、〈酌〉、〈賚〉、〈般〉五篇。〈詩序〉皆述其各篇之意，而多與詩文無涉，前人爭訟已久而不能決。吾人讀詩，但由詩文直採詩義，〈序〉說僅供參考而已，不必受其左右也。

全詩七章，首二章每章十句，次二章每章八句，後三章每章六句。首章言天降饑饉，使天下有罪無罪，悉受其懲。此或篇名「無正」之意也。二章責正大夫、三事大夫離散於內，邦君諸侯自全於外。三章責凡百君子行無忘憚，不信辟言。「辟言」二字，開啟下四章，章章有「言」。四章言外則兵寇，內則饑饉，災禍頻仍，已獨憂瘁。「莫肯用訊」，正承上章「辟言不信」之文。五章承上章「聽言」與「譖言」，詩人自傷譖言不入，惟身受其苦；佞人巧言如流，而身受其休。六章仍承上文「譖言」，以其直言，故孔棘且殆。「云不可使」四句，述所以棘、殆之由也。末章嚴責諸臣不遷於王都，並自傷泣血陳言而見疾，可謂沉痛已極。全詩七章，有「言」者凡四章。曰：「辟言」、「聽言」、「譖言」、「能言」、「巧言」、「無言」。而詩人自謂「不能言」，其所不能者，聽言、巧言耳，非不能辟言、譖言也。

五、小旻

旻天疾威❶，敷于下土❷。謀猶回遹❸，何日斯沮❹！謀臧不從，不臧覆用❺。我視謀猶，亦孔之邛❻。

潝潝訿訿❼，亦孔之哀。謀之其臧，則具是違❽；謀之不臧，則具是依❾。我視謀猶，伊于胡厎❿！

我龜既厭，不我告猶⓫。謀夫孔多，是用不集⓬。發言盈庭，誰敢執其咎⓭？如匪行邁⓮謀，是用不得于道⓯。

哀哉為猶！匪先民是程⑯，匪大猶是經⑰。維邇言是聽⑱，維邇言是爭⑲。如彼築室于道謀⑳，是用不潰于成㉑。

國雖靡止㉒，或聖或否㉓；民雖靡膴㉔，或哲或謀㉕，或肅或艾㉖。如彼泉流，無淪胥以敗㉗。

不敢暴虎㉘，不敢馮河㉙。人知其一，莫知其他㉚。戰戰兢兢㉛，如臨深淵㉜，如履薄冰㉝。

【注釋】

❶旻，音民，ㄇㄧㄣˊ。旻天，〈王風・黍離〉《傳》：「仁覆閔下，謂之旻天。」《集傳》：「旻，幽遠之意。」疾威，見上篇注❺。❷敷，《傳》：「布也。」下土，下地。見〈邶風・日月〉注❶。二句謂皇天暴虐，降災難於大地。❸猶，《集傳》：「謀也。」謀與猶義同。單言謀，累言謀猶。回，《傳》：「邪也。」遹，音玉，ㄩˋ。《傳》：「辟也。」回遹，即邪僻也。❹斯，《經傳釋詞》：「斯，猶乃也。」沮，音居，ㄐㄩ。《箋》：「止也。」言王之謀猶邪僻，何日乃止也。❺臧，善也。覆，《集傳》：「反也。」二句言謀之善者不從，謀之不善者反用之。❻邛，音窮，ㄑㄩㄥˊ。《傳》：「病也。」二句言我視其謀猶，甚為有害也。❼潝，音細，ㄒㄧˋ。潝潝，《集傳》：「相和也。」訿，音子，ㄗˇ。訿訿，《集傳》：「相詆也。」按《爾雅・釋訓》：「翕翕訿訿，莫供職也。」郭注：「賢者陵替，姦黨熾，背公恤私，曠職事。」《漢書・劉向傳》：「眾小在位，而從邪議，歙歙相是，而背君子。」是潝潝者，小人黨與之合也；訿訿者，小人毀君子之言也。潝潝、訿訿，皆指小人而言，故下文曰：「亦孔之哀」也。❽具，《集傳》：「俱也。」二句言謀之善者，俱背棄之而不用也。❾依，從也。二句言謀之不善者，則俱用之也。❿伊，維也，發語詞。厎，音致，ㄓˋ。《箋》：「至也。」極也。二句言我視彼等之謀猶，

其將何所至乎？言謀無所成，是必至於亂也。⑪猶，《箋》：「謀也。」不告者，《正義》曰：「雖得兆及占之於繇，則其言皆不中。言吉不必吉，言凶不必凶，是不告也。」《易・蒙》：「初筮告，再三瀆，瀆則不告。」屢卜而瀆龜，我龜既厭，故不告猶矣。謂龜卜不靈也。⑫集，《傳》：「就也。」《韓詩外傳・六》引詩作就。就，成也。句言出謀之人甚多，是以所謀無成也。⑬執其咎，《箋》：「當其咎責也。」二句謂發言之人滿庭，然事若不成，則無人敢任其咎責也。⑭匪，《經傳釋詞》：「匪，彼也。」〈雨無正〉曰：「如彼行邁。」行邁，行路。⑮道，正道。彼行路之人與己無故，知己不詳，不負其言責，己與之謀，是以不能得其正道也。⑯程，《傳》：「法也。」⑰大猶，大謀，大計，即《傳》所謂大道也。經，綱也，紀也，即法也。二句言不以先民為法，不以大計為綱。⑱邇，《傳》：「近也。」邇言，淺近之言，無關國家大計者。此言在上者惟邇言是聽。⑲爭，爭訟也。此言在下者惟邇言是爭也。⑳如彼築室于道謀，《箋》：「如當路築室，得人而與之謀所為，路人之意不同，故不得遂成也。」按揆之上章「如匪行邁謀」，此句之意應為如與彼築室於道之人謀，非築室於道而謀之路人也。諺曰：「作舍道邊，三年不成。」（見《後漢書・曹褒傳》）與「築室于道」之人謀，其不能成明矣。㉑潰，《傳》：「遂也。」按遂，達也，至也。㉒止，《集傳》：「定也。」㉓或，有也。聖，睿智也。否，未至於聖也。即《箋》所謂「賢者」也。二句言國雖未定，然國中有聖者，有未至於聖之賢者。㉔膴，《集傳》：「大也，多也。」㉕或哲或謀，《傳》：「有明哲者，有聰謀者。」㉖艾，音亦，一ˋ。或肅或艾，《傳》：「艾，治也。有恭肅者，有治理者。」《集傳》：「艾，與乂同，治也。聖、哲、謀、肅、艾，即〈洪範〉五事之德。」三句言民雖不多，尚有此類才智之士可進用也。㉗淪胥，相率。參見上篇注❽。泉水無論巨細，皆傾瀉而下。此言無如彼泉水，善惡相率而敗亡也。㉘暴虎，《爾雅・釋訓》：「暴虎，徒搏也。」《傳》同。參見〈鄭風・大叔于田〉注❽。㉙馮，音平，ㄆㄧㄥˊ，同憑。馮河，《爾雅・釋訓》：「馮河，徒涉也。」《傳》同。暴虎、馮河，皆危險之事，故不敢也。㉚一，指暴虎憑河之患。《箋》：「人皆知暴虎憑河立至之害，而無知當畏慎小人能危亡也。」意謂小人禍國之害更甚於其他，而人莫之知也。㉛戰戰兢兢，《傳》：「戰戰，恐也。兢兢，戒也。」即恐懼戒慎也。㉜如臨深淵，《傳》：「恐隊也。」隊，同墜。㉝如履薄冰，《傳》：「恐陷也。」二句言己懼亡國災禍之甚也。

【詩義．章旨】

〈詩序〉：「〈小旻〉，大夫刺幽王也。」《集傳》：「大夫以王惑於邪謀，不能斷以從善，而作此詩。」以詩文衡之，其說皆是也。鄭氏以為刺厲王，恐誤。篇名〈小旻〉，鄭玄、孔穎達以為此詩所刺，小於〈十月之交〉、〈雨無正〉，故曰〈小旻〉。以所刺大小分，過於籠統，且亦無解於〈小宛〉等諸詩名篇之意，故其說不可從。蘇轍《詩集傳》曰：「〈小旻〉、〈小宛〉、〈小弁〉、〈小明〉四詩，皆以『小』名篇。所以別其為〈小雅〉也。其在〈小雅〉者，謂之『小』，故其在〈大雅〉者，謂之〈召旻〉、〈大明〉。獨宛、弁闕焉，意者孔子刪之矣。」郝敬《毛詩原解》評之曰：「夫〈小雅〉詩多矣，何獨別此四篇？若然，〈大東〉名『小東』正宜，反以『大』名，何也？凡篇目，皆作者自命，或太史記之，太師目之。未有二〈雅〉，先有篇目。如前說，是先有〈小雅〉，而後以詩從之，非也。若謂〈小旻〉、〈小明〉為別于〈大雅．召旻〉、〈大明〉，則〈小宛〉、〈小弁〉又何別乎？〈頌〉有〈小毖〉，又焉得有『大毖』乎？」姚際恆氏深然郝氏之說，並曰：「〈小宛〉、〈小弁〉，以其止『弁』、『宛』二字，故加以『小』字，〈小明〉以其『明明』二字，故改『小』字。此篇或以『旻天』涉泛，故去『天』字，加『小』字與？然必用『小』字，又何也？」竊意以為篇名是否為作者自命，殊不可知；然〈小旻〉諸詩，「小」字不見於詩文，其必為編《詩》者所加，殆無可疑。〈小旻〉、〈小明〉二詩之加「小」字，當以詩在〈小雅〉，而別於〈大雅〉之〈召旻〉、〈大明〉之故。故蘇氏之說，未可輕疑也。〈小宛〉、〈小弁〉二詩，或以其次於〈小旻〉之後，又在〈小雅〉，遂亦以「小」字加之，以求一律也。至於〈小毖〉一詩，雖在〈周頌〉，亦援其例矣。篇名並無深義，亦無關詩旨，然既為一疑問，則亦不可不辨也。

全詩六章，前三章每章八句，後三章每章七句。首章「謀猶回遹」一句為全詩之旨，以下皆反覆言之。「謀臧不從，不臧覆用」，指王而言，此亦正為「謀猶回遹」之因。二章「謀之其臧」四句，指臣而言。上既好之，下必甚焉。三章言謀夫孔多，發言盈庭，皆自為謀，非為國謀，故無敢執其咎。君與之謀，如與行邁謀也。四章言臣皆智慮短淺，君無遠大心胸，故謀終不成也。五章言國小民寡，尚有智士賢人，況周為天下之共主！然不用人才，終陷敗亡。卒章「人知其一，莫知其他」，正說明君臣皆無遠慮宏規，國步維艱，災禍即至，已則戒慎恐懼也。全詩言謀猶者三，單言謀者七，單言猶者三。故謀猶者，本篇之主旨也。軍無謀則敗，國無謀則亡。俗云：「馬上得天下，不可以馬上治天下。」實則治天下須用謀，得天下亦不可不無謀士也。暴虎馮河，豈能得天下乎？《正義》謂：「此篇之事為小。」治國安民，猶謂之小，孰能謂之大？

又此篇三章以下，每章皆以比喻作結，意味深遠。

六、小宛

宛彼鳴鳩❶，翰飛戾天❷。我心憂傷，念昔先人❸。明發❹不寐，有懷二人❺。

人之齊聖❻，飲酒溫克❼，彼昏不知❽，壹醉日富❾。各敬爾儀❿，天命不又⓫。

中原有菽，庶民采之⓬。螟蛉⓭有子，蜾蠃負之⓮。教誨爾子，式穀似之⓯。

題彼脊令⓰，載飛載鳴。我日斯邁⓱，而月斯征⓲。夙興夜寐⓳，毋忝爾所生⓴。

交交桑扈㉑，率場㉒啄粟。哀我填寡㉓，宜岸宜獄㉔。握粟出卜㉕，自何能穀㉖？

溫溫恭人㉗，如集于木㉘。惴惴㉙小心，如臨于谷㉚。戰戰兢兢，如履薄冰㉛。

【注釋】

❶宛，《傳》：「小貌。」鳴鳩，《釋文》引陸機《疏》曰：「鳴鳩，班鳩也。」《集傳》：「鳴鳩，斑鳩也。」按即布穀。又名鴶鵴、獲穀、郭公。見《本草》。❷翰，《傳》：「高也。」按即《易・賁》「白馬翰如」之翰。「翰飛」，高飛也。《集傳》訓為羽，「羽飛」，則不成辭矣。戾，《傳》：「至也。」戾天，見〈采芑〉注㉑。❸先人，《傳》：「先人，文武也。」高氏《今注》：「先人指作者的父母。」按先人，祖先也。總文武至父母而言。至下文「有懷二人」，始突出父母。❹明發，《集傳》：「謂將旦而光明開發也。」❺二人，《集傳》：「父母也。」❻齊聖，《經義述聞》：「齊聖，聰明睿智之稱，與下文『彼昏不知』相對。齊者，知慮之敏也。」❼溫克，《傳》：「克，勝也。」《集傳》：「言齊聖之人，雖醉猶溫恭自持以勝，所謂『不為酒困』也。」❽彼昏不知，《箋》：「童昏無知之人。」❾壹醉，《詩緝》：「壹，專也。壹醉，專務酣飲也。」富，《集傳》：「猶甚也。」二句言彼昏瞶無知之人，飲酒專意於醉，且日甚一日，終以酒喪德敗行。❿敬，謹慎也。參見〈雨無正〉注⑳。儀，《箋》：「威儀。」⓫又，《傳》：「復也。」言天命一去，則不復來也。⓬中原，《傳》：「原中也。」菽，豆也。參見〈豳風・七月〉注㊽。庶民，眾民也。此二句《箋》謂：「以喻王位無常家也，勤於德者則得之。」《毛詩後箋》謂：「詩人興義，乃如秦人失鹿之喻。」⓭螟，音冥，ㄇㄧㄥˊ。蛉，音零，ㄌㄧㄥˊ。《爾雅・釋蟲》：「螟蛉，桑蟲。」《傳》同。《正義》引陸機《疏》云：「螟蛉者，桑上小青蟲也。似步屈，其色青而細小，或在草萊上。」⓮蜾，音果，ㄍㄨㄛˇ。蠃，音裸，ㄌㄨㄛˇ。蜾蠃，《爾雅・釋蟲》：「蜾蠃，蒲盧。」《傳》同。《正義》曰：「蠃蜾，土蜂也，似蜂而小腰。取桑蟲負之於木空中，七日，而化為其子。」按蜾蠃常

取螟蛉以飼其子。古人但見幼蜂自穴中出，以為其養螟蛉以為子，後世乃稱義子為螟蛉或螟蛉子。⑮式，法也，動詞。《箋》訓為用，《詩經詮釋》訓為語詞，恐皆非是。穀，《箋》：「善也。」式穀，猶〈雨無正〉之式臧，謂效法善道也。似，肖也，像也。之，指「爾子」。謂使爾子有所肖像也。⑯題，《傳》：「視也。」脊令，見〈常棣〉注❽。⑰邁，《箋》：「行也。」⑱而，語助詞，無義。征，《箋》：「行也。」《詩經詮釋》：「日邁月征，謂僕僕道路，無休息之時。」⑲句見〈衛風・氓〉。⑳忝，《爾雅・釋言》：「忝，辱也。」《傳》同。所生，《孝經》注曰：「所生，父母也。」按詩文原應作「毋忝所生爾」，「所生爾」指父母無疑。以協韻之故，乃移「爾」字於「所生」之上。後人訓「所生」為父母，似誤。㉑交交，鳥鳴聲也。參見〈秦風・黃鳥〉注❶。桑扈，《爾雅・釋鳥》：「桑扈，竊脂。」《傳》同。《正義》引郭璞《注》曰：「俗呼青雀，觜曲，食肉，喜盜脂膏食之，因以名云。」按《本草》李時珍曰：「桑扈，乃扈之在桑間者，觜或淡白如脂，或凝黃如蠟，故名竊脂，俗名蠟觜。淺色曰竊。陸機謂其好盜食脂肉，殆不然也。」又《詩經稗疏》曰：「桑扈，好食粟稻。竊，淺也。脂，白也。淺白者，白間青，俗謂之瓦灰色。邱光庭曰：『竊脂者，淺白色也。』郭璞不察，謂其好盜脂膏，然則竊元、竊黃何者？為元為黃而盜之食邪？……凡小鳥之肉食者皆啄蟲耳，然亦未嘗不食粟。桑扈食粟，尤有明徵，『率場啄粟』正其性也。《箋》、《傳》以為失其天性，誣矣。」㉒率，《箋》：「循也。」場，即場圃也。參見〈白駒〉注❷。㉓填，《集傳》：「填，與瘨同，病也。」寡，《箋》：「寡財。」《傳箋通釋》：「寡即貧也。」按作者身分當是王公，無貧窮可能，且貧窮亦不可哀。此「寡」字仍宜訓為孤獨之意。㉔岸，《釋文》：「《韓詩》作犴，音同。云：『鄉亭之繫曰犴，朝廷曰獄。』」按古刑不上大夫，此云「宜岸宜獄」，乃是謙詞，非真犯罪在獄也。《傳箋通釋》以兩「宜」字為「且」之譌，《詩經詮釋》謂：「宜」、「且」互通。不知《詩經》中「宜……宜……」為常用語法，而絕無作「且……且……」者。且如作「且岸且獄」，則為事實，作者既曾在獄，何以尚能教人「敬儀」、「毋忝爾所生」邪？㉕握粟出卜，《箋》：「技粟以行卜，求其勝負，從何能得生？」句謂以粟為卜資也。此乃喻詞，非事實也。㉖穀，《詩緝》：「長樂劉氏曰：『穀，善也。』」《集傳》：「何自而能善乎？」㉗溫溫，《傳》：「和柔貌。」恭人，恭謹之人。㉘如集于木，《傳》：「恐隊也。」言恭謹之人，持身敬慎，如鳥棲于樹，惟恐墜落。㉙惴惴，懼貌。參見〈秦風・黃鳥〉注❻。㉚如臨于谷，《傳》：「恐隕也。」按即前篇「如臨深淵」之意。㉛二句見前篇。

【詩義・章旨】

〈詩序〉：「〈小宛〉，大夫刺幽王也。」觀乎篇中曰：「天命不又。」必是指天子無疑，諸侯、大夫皆不得謂天命也。若指天子，則又必指幽王無疑，是〈序〉說確然有據，無可疑也。惟詩曰：「有懷二人。」曰：「毋忝爾所生。」作者當是幽王之兄長。故此詩當是兄長之臣戒幽王而作。《詩緝》謂：「刺不能自強而昏於酒，下不能撫其子，上不能紹其先。」姚氏《通論》謂：「此為同姓兄弟刺王之詩，故有『念昔先人』諸語。」是矣。惟易「刺」為「規」為「戒」，則尤切詩義。至《集傳》曰：「此大夫遭時之亂，而兄弟相戒以免禍之詩。」除「兄弟相戒」一語外，其他皆不可取。《詩經原始》曰：「賢者自箴也。」《詩經詮釋》曰：「此傷時之詩。」則離旨愈遠矣。

全詩六章，每章六句。一章首二句似有楚莊王一飛沖天之意。《淮南子・時則》高注：「鳴鳩奮迅其羽，直刺上飛入雲中。」觀乎此，則知鳴鳩戾天乃事實，而其興意亦可知矣。後四句「念先人」、「懷二人」，既以之感悟幽王，復以之自重身分，略如後世諸葛亮〈出師表〉之屢稱「先帝」也。二章戒其勿為酒困而宜敬慎威儀。蓋飲酒過度，小則蕩心敗德，大則荒政失位。禹惡旨酒，而曰：「後世必有以酒亡其國者。」是則末句「天命不又」，並非誇大其辭矣。救之之道，則在「各敬爾儀」。此處提出「敬」字，至末章始暢言之。三章勉其「教誨爾子」以承先啟後。首四句為興，姚際恆氏所謂「雙興」也。首二句有「天命靡常」之意，毛鄭得其正解。

《集傳》謂：「興善道人皆可行。」似稱欠切。「螟蛉」二句，乃謂子非己出，尚可教之，況己子乎？而高亨乃謂作者無子，以其兄弟之子為己子，鑿矣！四章以己日邁月征，勞苦不休，勸其「夙興夜寐，無忝爾所生」。首二句言脊令載飛載鳴，亦取其勤勞不息之意。五章皆自謙之辭。首二句以桑扈率場啄粟，以示自己盡其職分，以求一飽而已。末章示敬慎威儀之道，以之自勉，亦所以勉王也。

七、小弁

弁彼鸒斯❶，歸飛提提❷。民莫不穀❸，我獨于罹❹。何辜❺于天？我罪伊❻何？心之憂矣，云如之何❼？

踧踧❽周道，鞫為茂草❾。我心憂傷，惄焉如擣❿。假寐永歎⓫，維憂用⓬老。心之憂矣，疢如疾首⓭。

維桑與梓，必恭敬止⓮。靡瞻匪父，靡依匪母⓯。不屬于毛，不罹于裏⓰。天之生我，我辰安在⓱？

菀⓲彼柳斯，鳴蜩嘒嘒⓳。有漼⓴者淵，萑葦淠淠㉑。譬彼舟流㉒，不知所屆㉓。心之憂矣，不遑假寐㉔。

鹿斯之奔㉕，維足伎伎㉖。雉之朝雊㉗，尚求其雌。譬彼壞木㉘，疾用無枝㉙。心之憂矣，寧莫之知㉚。

相彼投兔㉛，尚或先之㉜；行㉝有死人，尚或墐㉞之。君子秉心，維其忍之㉟。心之憂矣，涕既隕之㊱。

君子信讒，如或醻之㊲。君子不惠，不舒究之㊳。伐木掎矣㊴，析薪扡矣㊵。舍彼有罪，予之佗矣㊶。

莫高匪山，莫浚匪泉㊷。君子無易由言㊸，耳屬于垣㊹。無逝我梁，無發我笱，我躬不閱，遑恤我後㊺。

【注釋】

❶弁，音變，ㄅㄧㄢˋ。《傳》：「樂也。」按當是昪之假借，《說文》：「昪，喜樂貌。从日，弁聲。」《集傳》訓為「飛拊翼貌」，與下文「歸飛提提」義複。鸒，音豫，ㄩˋ。《傳》：「鸒，卑居。卑居，雅烏也。」《正義》：「郭璞曰：『雅烏，小而多群，腹下白，江東呼為鵯烏。』是也。此鳥名鸒，而云斯者，語辭。猶蓼彼蕭斯，菀彼柳斯。」❷提提，《傳》：「群貌。」❸穀，《集傳》：「善也。」❹罹，《箋》：「憂也。」二句言凡民莫不生活善美，而我獨在憂患之中。❺辜，罪也。❻伊，維也，是也。❼云，發語詞。句言我當如何哉。❽踧，音狄，ㄉㄧˊ。踧踧，《傳》：「平易也。」❾鞫，《箋》：「窮也。」平坦之周道，今盡為茂草，荒廢之象也。❿惄，音逆，ㄋㄧˋ。《傳》：「思也。」按惄即〈召南・汝墳〉「惄如調飢」之惄，憂也。《傳》訓為思，思亦憂也。或訓為飢意，恐誤。擣，音島，ㄉㄠˇ。《集傳》：「舂也。」按《說文》：「擣，手椎也。一曰：築也。」⓫假寐，《箋》：「不脫衣冠而寐曰假寐。」永歎，長歎也。寐中而永歎，以言憂之深也。⓬用，以也。⓭疢，

音趁，ㄔㄣˋ。《箋》：「猶病也。」按《說文》：「疢，熱病也。」疾首，《正義》：「謂頭痛也。」⑭《集傳》：「桑、梓二木，古者五畝之宅，樹之牆下以遺子孫，給蠶食、具器用者也。」二句言桑梓乃養生之具，尚必恭敬以對，況賜我生命，為我所敬仰依恃之父母乎！⑮《集傳》：「瞻者，尊而仰之。依者，親而依之。」二句謂所仰者惟父，所依者惟母。⑯《集傳》：「屬，連也。罹，麗也。毛，膚體之餘氣。裏，心腹也。」按毛指髮膚，裏指體內。此二句承上「靡瞻」二句而言。故《正義》曰：「毛，指謂父也。裏，指謂母也。」「屬于毛」，謂連屬於父之毛髮體軀；「罹于裏」，謂依附於母之體軀之內。皆述出生前之情形。⑰辰，《傳》：「時也。」按「辰」承上句「生」而言，謂出生時日也。此四句義理一貫，謂我若不連屬於父之體軀，不依附於母之體內，則天雖欲生我，我之生日又在何時？言天雖欲生我，我亦不可得而生也。我之生命乃父母所賜，此所以「靡瞻匪父，靡依匪母」也。《箋》訓「辰」為六物之吉凶，後世訓為時運，皆與上文義不相貫，似誤。⑱菀，音玉，ㄩˋ。茂盛貌。參見〈正月〉注㊱。⑲《傳》：「蜩，蟬也。嘒嘒，聲也。」《箋》：「柳木茂盛則多蟬。」⑳漼，音璀，ㄘㄨㄟˇ。《傳》：「深貌。」有漼，猶漼然。㉑萑葦，蘆葦。參見〈豳風・七月〉注⑳。淠，音譬，ㄆㄧˋ。淠淠，《傳》：「眾也。」㉒舟流，舟之順水而下也。㉓屆，《箋》：「至也。」㉔遑，《箋》：「暇也。」言心憂之甚，雖假寐亦不得閒暇。㉕斯，《正義》：「此鹿斯與鷽斯、柳斯，斯皆辭也。」鹿斯之奔，即鹿之奔走。㉖伎，音祈，ㄑㄧˊ。伎伎，《傳》：「舒貌，謂鹿之奔走伎伎然舒也。」《傳箋通釋》：「速行之貌。」按馬氏之說是也。然《傳》訓舒，乃舒展之意，非舒遲之貌。是舒展則躍高而行速，故其說亦不誤。鹿性群行，此言鹿見前有其類，則飛行以奔之，與「雉求其雌」取義正同。㉗雊，音夠，ㄍㄡˋ。《箋》：「雉鳴也。」㉘壞，《傳》：「瘣也，謂傷病也。」按《說文》引詩作「瘣」。壞木，枯萎之木也。㉙用，以也。句謂木疾因以無枝葉也。㉚寧，《傳》：「曾也。」曾，乃也。謂乃無人知之也。㉛相，視也，前已多見。投，《箋》：「掩也。」按投兔，指為網所掩之兔。《箋》謂：「視彼人將掩兔。」似誤。㉜或，《箋》：「有也。」先，《傳箋通釋》：「先，始也，義與開近。」謂開脫之也。㉝行，音杭，ㄏㄤˊ。《箋》：「道也。」㉞墐，音謹，ㄐㄧㄣˇ。《正義》：「墐者，埋藏之名耳。」㉟君子，《箋》：「斥幽王也。」秉，《箋》：「執也。」忍，《新書・道術》：「反慈為忍。」即殘忍也。二句謂君子之居心，竟如此之殘忍也。㊱隕，《傳》：「隊也。」隊即今墜字。謂涕淚墜落也。㊲醻，《箋》：「旅醻也。如醻之者，謂受而行之。」《正義》：「酬酢皆作酬，此作醻者，古字得通用也。……交錯相酬，名曰旅酬，謂眾相酬也。」按酬有二等：一為奠酬，一為旅酬。旅，眾也。旅酬謂眾相酬也。句謂如有人酬酒則受，以喻有讒則信也。㊳《箋》：「惠，愛也。」《集傳》：「舒，緩也。究，察也。」二句謂君子曾不惠愛，聞讒言不加細察而遂信之。㊴掎，音機，ㄐㄧ；又音己，ㄐㄧˇ。《說文》：「掎，偏引也。」即由一面牽引之使倒也。《詩緝》：「木附著於本根，伐木者既以斤斧伐之，又以繩索從其後牽拽之，以倒其木，使絕離其本根。」㊵扡，音褫，ㄔˇ。《詩緝》引錢氏曰：「以手離之。」段玉裁曰：「謂隨木理之迆衺而析之也。」（見《說文》注）句言薪本一木相聯屬，析薪者既斧之，又以手扡而離之，使一木析而為二。篇中木、薪以喻父子一體，掎、扡以喻讒也。㊶佗，《正義》：「此佗謂他人也。言舍有罪，而以罪與佗人。」《詩經通論》：「佗，即他。予、與同。謂舍彼之有罪，而予他人耳。」按孔、姚二氏之說是也。《詩經》中凡言「予之」，皆「與之」之意。《傳》訓「佗」為加，《箋》訓「予」為我，皆佶屈而難通。二句謂舍彼有罪之讒人，而以之與他人（當指詩人自身）也。㊷浚，《傳》：「深也。」《毛詩後箋》：「此二句與〈北風〉『莫赤匪狐』二句文例相似。此言無高而非山，無浚而非泉。」《毛詩會箋》：「言高者皆山，浚者皆泉，以喻前後左右之人，莫非讒黨，皆凶邪陰險也。」㊸由，〈大雅・抑〉「無易由言」《箋》：「由，於也。」按此詩《箋》曰：「由，用也。」用亦於也。言君子勿輕於出言也。㊹屬，附也。垣，牆也。耳附於牆，言竊聽也。㊺四句已見於〈邶風・谷風〉。

【詩義・章旨】

〈詩序〉：「〈小弁〉，刺幽王也。太子之傅作焉。」《集傳》：「幽王太子宜臼被廢而作此詩。」按毛氏傳詩，例不說詩義，然其解釋詞語，亦往往有助詩義之了解。如於此詩首章「民莫不穀，我獨于罹」下云：「幽王取申女，生太子宜臼。又說褒姒，生子伯服，立以為后。而放宜臼，將殺之。」其以宜臼釋詩文之「我」，以「放」及「將殺」釋「于罹」，顯然可見。由此可知〈序〉謂「刺幽王」者不誤。惟其謂太子之傅所作，頗可疑焉。此點姚際恆氏已予駁斥，其《詩經通論》曰：「詩可代作，哀怨出於中情，豈可代乎！況此詩尤哀怨痛切之甚，異於他詩也。」是則《集傳》謂太子宜臼所自作，益為可信。至於孟子謂：「〈小弁〉之怨，親親也。親親，仁也。」（《孟子・告子下》）用之於宜臼，並無不可。姚際恆氏固嘗疑「宜臼實不德，孟子何為以『親親之仁』許之？」然又自解曰：「意者其果宜臼作耶？而孟子特原其被廢之情，姑許之以仁爾。」是姚氏亦承認此詩乃宜臼為刺幽王而作也。《魯詩》以為伯奇所作，然伯奇母早死，而詩中父母並稱；又「踧踧周道，鞫為茂草」，亦非伯奇所能言，故《魯詩》之說，不可信也。

全詩八章，每章八句。一章述「我獨于罹」。首二句以鸒鳥歸飛之樂，反襯己身遭放不得歸家之苦。五、六句呼天而訴，以示含冤而無告。二章三用「憂」字，重心突出。首二句言周道盡為茂草，則不僅為己憂，亦為國憂。「如擣」、「疾首」，皆以身體之痛，況心中之苦。三章言桑梓生活所需，尚必恭敬以對，況身體髮膚，父母所賜，如此重恩，豈可輕忘！孟子以「親親之仁」許之，蓋指此也。四、五兩章複疊，皆述「心之憂矣」。首四句皆雙興，蜩集萑茂，鹿雉求友，象徵人亦當求友合群。五、六句則皆為比，舟流無至，壞木無枝，皆比喻己身之孤寂。六章述父母忍心。起首亦用雙興，言人放投兔，墐死人，皆有不忍之心。五、六句則言父母忍心，怨心生矣。七章「信讒」二字述獲罪之因，為全詩最吃緊處。「不惠」、「不究」，似有怨於君子。「伐木」、「析薪」

二句為比，然義深而切。如用賦體，則不知用字若干始能盡意，比喻之妙，由此可見。末章承上章未盡之情。「無易由言，耳屬于垣」，承上章「信讒」二字，似有「幾諫」之意。末四句怨意頗深。全詩五出「心之憂矣」，又曰「我心憂傷」、「維憂用老」，用「憂」之句凡七見，詩人憂愁鬱結之重，由此可見。總結八章，前五章重在言憂，後三章重在表怨，是高叟疑其為「小人之詩」，非無由矣。

八、巧言

悠悠昊天，曰父母且❶。無罪無辜，亂如此憮❷。昊天已威❸，予慎❹無罪；昊天大憮❺，予慎無辜。

亂之初生，僭始既涵❻。亂之又生，君子信讒❼。君子如怒，亂庶遄沮❽；君子如祉❾，亂庶遄已❿。

君子屢盟，亂是用長⓫；君子信盜⓬，亂是用暴⓭。盜言孔甘，亂是用餤⓮。匪其止共⓯，維王之邛⓰。

奕奕寢廟⓱，君子作之。秩秩大猷⓲，聖人莫之⓳。他人有心，予忖度之⓴。躍躍毚兔，遇犬獲之㉑。

荏染柔木㉒，君子樹之。往來行言㉓，心焉數之㉔。蛇蛇碩言㉕，出自口矣。巧言如簧㉖，顏之厚矣㉗。

彼何人斯㉘？居河之麋㉙。無拳無勇㉚，職為亂階㉛。既微且尰㉜，爾勇伊何㉝。為猶將
多㉞，爾居徒幾何㉟！

【注釋】

❶悠悠，《集傳》：「遠大之貌。」曰，語詞。且，音居，ㄐㄩ。《集傳》：「語辭。」二句乃呼天呼父母之意。❷幠，音呼，ㄏㄨ。《傳》：「大也。」❸已，《箋》：「已、泰，皆言甚也。」已威，甚威怒也。❹慎，《爾雅・釋詁》：「慎，誠也。」《傳》同。猶口語實在。❺大，音泰，ㄊㄞˋ，同太，甚也。句言昊天威怒甚大也。❻僭，音譖，ㄗㄣˋ。《毛詩傳疏》：「僭，當為譖。《眾經音義・卷五》引詩作譖。」讒言也。既，《箋》：「盡也。」涵，《傳》：「容也。」二句言亂之初生，乃由於讒言盡為王所容受。❼君子，《集傳》：「指王也。」下同。二句言亂之再生，乃由於王之信讒，非僅容受而已。❽庶，《箋》：「庶幾也。」遄，《傳》：「疾也。」參見〈邶風・泉水〉注㉑。沮，音舉，ㄐㄩˇ。《傳》：「止也。」二句言君子如聞讒言而怒，則禍亂庶幾可以速止。❾祉，《集傳》：「猶喜也。」謂喜賢人也。❿已，《箋》：「止也。」二句言君子如見賢人而喜，則禍亂庶幾亦可速止。⓫盟，《周禮・序官》注：「盟，以約辭告神，殺牲歃血，明著其信也。」長，音掌，ㄓㄤˇ。《正義》：「滋長也。」盟在示信，屢盟，則是屢屢背信違盟，亂是以滋長。⓬盜，《箋》：「謂小人也。」《正義》：「讒者小人，故以盜名之。」⓭暴，烈也。⓮餤，音談，ㄊㄢˊ。《爾雅・釋詁》：「餤，進也。」《傳》同。按《說文通訓定聲》：「餤，進食也。《類篇》引《說文》有此字。」餤本進食，引申有進意。與上文「長」、「暴」為層遞。⓯匪，非也。〈雨無正〉「匪舌是出，維躬是瘁」、〈小旻〉「匪先民是程，匪大猶是經。維邇言是聽，維邇言是爭」，與此篇句型相似，「匪」皆訓非，此處當亦如之。或訓為彼，誤。止，即〈大雅・抑〉「淑慎爾止」之

止，容止也。共，《釋文》：「音恭，本又作恭。」止共，容止恭敬也。《詩經詮釋》：「止恭，猶足恭，言過恭也。」其說極巧，然恐非詩義。《論語》之「足恭」恐乃止恭之誤。⑯卬，《箋》：「病也。」參見〈小旻〉注❻。二句言非讒人之容止恭敬（諂媚進讒），乃王信讒之病耳。⑰奕，音亦，ㄧˋ。奕奕，《傳》：「大貌。」寢廟，《正義》：「大猷雖是常法，不如宗廟為尊，故寢廟在大猷之先。《周禮》注云：『前曰廟，後曰寢。』則寢廟一物，先寢後廟，便文耳。」按寢廟有二：一為生者所居，以寢為主；一為亡者所處，以廟為主。孔氏以宗廟釋之，則此為亡者之寢廟也。《禮記・月令・疏》：「廟，是接神之處，其處尊，故在前；寢，衣冠所藏之處，對廟為卑，故在後。」⑱秩秩，《爾雅・釋訓》：「秩秩，智也。」《傳》：「進知也。」大猷，大謀，大計，已見於〈小旻〉。⑲莫，《傳》：「謀也。」《釋文》：「莫，一本作謨。」是莫者，謨之假借。⑳他人，《箋》：「讒人。」忖，音刌，ㄘㄨㄣˇ。《詩緝》：「錢氏曰：忖，默度也。」忖度，《毛詩傳疏》：「言案切測度也。」即今語揣量也。㉑躍，音替，ㄊㄧˋ。躍躍，同趯趯，《正義》：「躍躍然跳疾。」《集傳》：「跳疾貌。」毚，音讒，ㄔㄢˊ。毚兔，《傳》：「狡兔也。」二句謂狡兔雖跳躍迅疾，遇犬則見獲，以喻讒人雖用心狡險，我則能忖度之也。㉒荏，音忍，ㄖㄣˇ。荏染，《集傳》：「柔貌。」柔木，《傳》：「椅桐梓漆也。」《毛詩會箋》：「柔木，是杞柳之屬，非桐梓也。」按李光地《詩所》曰：「荏染柔木，以興善柔便佞者也。君子惡強梗正直者，而惟柔木之樹。」柔木既喻小人，則《會箋》之說較是。㉓行言，《群經平議》：「浮言也，流言也。」句言無定之流言也。㉔數，《集傳》：「辨也。」按當是計量、審度之意。二句仍就君子而言，謂彼無定之流言，君子之心當審度之。㉕蛇，音移，ㄧˊ。蛇蛇，《傳箋通釋》：「即訑訑之叚借，大言欺世之貌。」按「蛇蛇碩言」，猶《莊子・齊物論》之「大言炎炎」，簡文注：「炎炎，美盛貌。」蛇蛇，亦美盛貌，蓋反譏之辭。（見洪頤煊《讀書叢錄》）碩，《箋》：「大也。」㉖如簧，陳奐《傳疏》：「如笙之鼓簧也。」此言巧言之悅耳動聽。㉗《集傳》：「顏厚者，頑不知恥也。」《詩經詮釋》：「即今語厚臉皮也。」㉘何人，《箋》：「何人者，斥讒人也。賤而惡之，故曰何人。」斯，語詞。㉙麋，音梅，ㄇㄟˊ。《傳》：「水草交曰湄。」《釋文》：「麋，本又作湄。」按《爾雅・釋水》：「水草交為湄。」郭注：「《詩》曰：居河之湄。」是麋者，湄之假借字。句謂居黃河之旁。㉚拳，《傳》：「力也。」句言既無拳力亦無勁勇。㉛職，《古書虛字集釋》：「職，猶但也。」句言但為禍亂之階梯。㉜尰，音腫，ㄓㄨㄥˇ。《爾雅・釋訓》：「骭瘍為微，腫足為尰。」《傳》同。《正義》曰：「孫炎曰：『皆水溼之疾也。』郭璞曰：『骭，腳脛也。瘍，瘡也。』然則膝脛之下有瘡。」按腳脛生瘡與足腫之疾，非他人所能見，且與下文「爾勇伊何」之勇力無關。竊意微，小也。腫，脹也。「既微且尰」，指其身材而言，謂其身材短小而臃腫肥胖。夫身材短小而臃腫，人人可見，且必無勇力，而為譏笑之對象。《國語・鄭語》說周幽王曰：「夫虢石父，讒諂巧從之人也，而立以為卿士……侏儒戚施，實御在側，近頑童也。」「既微且尰」，即指「侏儒戚施之人」，此點李辰冬先生《詩經通釋》已言及之。惟先生以此文所寫即〈鄘風・新臺〉之衛宣公，義有未合耳。㉝伊，維也，為也。二句言汝既短小而臃腫，有何勇力可言。㉞《箋》：「猶，謀。將，大也。」謀指謀詐，言其使謀詐甚多也。㉟居，蓄也。句言爾所蓄徒眾幾何人也。見俞樾《群經平議》。

【詩義・章旨】

〈詩序〉：「〈巧言〉，刺幽王也，大夫傷於讒，故作是詩也。」觀之詩曰：「君子信讒。」「君子信盜。」「荏染柔木，君子樹之。」凡言「君子」者，皆斥幽王而言，是知〈序〉說不誤。《集傳》謂：「大夫傷於讒，無所控告，而訴之於天。」與〈序〉說無異，惟不以為刺幽王而已。方玉潤《原始》曰：「此詩大旨因讒而致亂。而讒之所以能入與不能入，則信與不信之故耳，故前三章皆言信讒。」又曰：「讒非易進也，有積漸焉，容而受之，譖乃能入……唯王不然，而又甘之，是以天心變亂，罪及無辜。」其說固與〈序〉無異。然方氏結語謂：「此必有所指，惜史無徵，〈序〉不足信。」姚際恆氏疑〈序〉甚於方氏，然猶曰：「此幽王時之大夫以小人讒謀啟亂，而賦是詩。」此詩既幽王時大夫所作，則詩中之「王」、「君子」，非指幽王而何？由此益證〈序〉說不誤。方氏疑〈詩序〉而反牴牾其說，後人從之，亦可謂失察矣。

全詩六章，每章八句。一章自述無罪而遭禍亂。呼天呼地呼父母，即刺王也。二章述亂生於君子信讒及止亂在於怒讒而喜賢。三章言亂之滋長在於君子屢盟；亂之暴烈，在於君子信讒；亂之增進，在於君子嗜讒，終而君子自陷於痛苦之境。述君子信讒三階段，極有層次。四章述宗廟社稷、典章制度，皆先聖先賢所創制，正所以勉今王當繼志述事，無隳祖業也。小人用讒，自以為得計，而予忖度之，如見其肺肝然，亦猶狡兔之遇獵犬，無所遁其形也。五章責讒人厚顏無恥。首二句喻讒人得勢，乃君子養而成之，此刺王之意明甚。而讒人猶大言炎炎，巧言如簧，可謂無恥矣。末語「顏之厚矣」，語似過激，然由此足見詩人怨尤之深。末章深責讒人，並冀王能幡然悔悟。「無拳無勇」，乃責其一無可取；「既微且尰」，乃譏其形象之醜惡。此等人竟能「職為亂階」，可見王之昏暗矣。末語「爾居徒幾何」，言居徒不多，除之不難，猶望王能黜退之也。

全詩凡八言「亂」，憂之深矣；七言「君子」，刺之深矣。同一讒言，而或曰「僭」，或曰「讒」，或曰「盜言」，或曰「行言」，或曰「碩言」，或曰「巧言」，極變化之能事。

九、何人斯

彼何人斯？其心孔艱❶。胡逝我梁，不入我門❷？伊誰云從❸？維暴之云❹。

二人從行，誰為此禍❺？胡逝我梁，不入唁我❻？始者不如今，云不我可❼。

彼何人斯？胡逝我陳❽？我聞其聲，不見其身❾。不愧于人，不畏于天❿？

彼何人斯？其為飄風⓫。胡不自北？胡不自南？胡逝我梁？祇攪我心⓬。

爾之安行，亦不遑舍⑬；爾之亟行，遑脂爾車⑭。壹者之來⑮，云何其盱⑯！
爾還而入，我心易也⑰；還而不入，否難知也⑱。壹者之來，俾我祇也⑲。
伯氏吹壎⑳，仲氏吹篪㉑。及爾如貫㉒，諒不我知㉓？出此三物㉔，以詛爾斯㉕。
為鬼為蜮㉖，則不可得㉗。有靦面目㉘，視人罔極㉙。作此好歌，以極反側㉚。

【注釋】

❶艱，《集傳》：「險也。」謂其心甚險也。❷梁，《箋》：「魚梁也。」參見〈邶風・谷風〉注⑳。二句謂何以往我魚梁，而竟不入我門？❸伊，陳奐《傳疏》：「維也。」云，《經傳釋詞》：「云，猶是也。」從，跟隨，即下章「從行」。句言此人從誰而行乎？❹暴，《箋》：「暴公。」按上句以疑問代名詞「誰」發問，則此句之「暴」當是人姓或名無疑。姚際恆氏疑之，亦多疑也。之，猶是也。云，當是上文「云從」之省略。因與「艱」、「門」為韻且求字數整齊，故省「從」字。《傳》訓為言，高亨《今注》訓為友，皆不合詩義。屈萬里《詮釋》、王靜芝《通釋》訓為語已詞。然《詩》凡云「維某之（或是）某」者，末字或為動詞，或為名詞，無為語詞者，故此說不合《詩》之語法。❺二人，《箋》：「二人者，謂暴公與其侶也。」從行，同行也。禍，由下文「不入唁我」觀之，即詩人之災禍。既曰「從行」，則此禍乃二人所共為甚明。❻唁，《正義》：「弔生曰唁，不必失國也。」按《說文》：「唁，弔生也。」參見〈鄘風・載馳〉注❷。❼始者，昔者，當初。不我可，不以我為是也。二句言始者與我甚厚，不似今日之不以我為是也。❽陳，《爾雅・釋宮》：「堂塗謂之陳。」《傳》同。《正義》引孫炎曰：「堂下至門之徑。」❾《集傳》：「聞其聲而不見其身，言其踪跡之詭祕也。」按此人逝作者之梁、陳，而不見作者，似有所規避。高氏《今注》謂奉王命有所調查，或是。❿言其行為能不愧於人乎？

亦能不畏於天乎？⓫飄風，《傳》：「暴起之風。」按〈檜風・匪風〉《傳》曰：「暴風，非有道之風。」飄風驟雨往往為害，以喻其人之來，於己不祥，故下文曰：「祇攪我心」、「云何其盱」也。⓬祇，音支，ㄓ。《箋》：「適也。」攪，《傳》：「亂也。」句言適足以亂我心也。⓭安，《集傳》：「徐也。」安行，緩行，對下「亟行」而言。遑，《箋》：「暇也。」二句言汝此次之來，若謂汝無事緩行，汝亦不暇休息。⓮亟，《箋》：「疾也。」脂，膏也，油也。此作動詞。脂車，謂塗脂於車軸，使其潤滑也。二句謂汝有事疾行，竟有暇停車而塗脂。四句皆責其既來而不見己也。⓯壹者，《詩經詮釋》：「猶言一次也。」壹者之來，猶口語來這一次。⓰云何，如何也。盱，音虛，ㄒㄩ，憂也。云何其盱，即〈周南・卷耳〉「云何吁矣」。參見〈卷耳〉注㉕。⓱還，音旋，ㄒㄩㄢˊ。《箋》：「行反也。」入，謂入我門而唁我也。易，《傳》：「說也。」二句言汝旋反而入我門以唁我，則我心庶乎喜悅也。⓲否，音痞，ㄆㄧˇ。《箋》：「不通也。」即否泰之否，否塞不順也。二句言汝來而不入唁我，則我事之不順，難以知也。⓳俾，使也。見〈邶風・綠衣〉注⓫。祇，音棋，ㄑㄧˊ。《傳》：「病也。」按《說文》：「疧，病不翅也。」段注：「〈何人斯〉叚借祇為疧，故《毛傳》曰：『祇，病也。』言假借也。」俾我祇也，即上章「云何其盱」之意，惟語較重而已。鄭氏訓「祇」為安，則與「云何其盱」義不一律矣。⓴伯氏，《箋》：「伯、仲，喻兄弟也。」壎，音勳，ㄒㄩㄣ。《傳》：「土曰壎。」《正義》引郭璞曰：「壎，燒土為之，大如鵝子，銳上，平底，形似稱錘，六孔。小者如雞子。」㉑篪，音池，ㄔˊ。《傳》：「竹曰篪。」《正義》：「郭璞曰：『篪，以竹為之，長尺四寸，圍三寸，一孔上出，徑三分，橫吹之。小者尺二寸。』即引《廣雅》云：『八孔。』」又曰：「〈笙師〉注鄭司農云：『篪，七孔。』」按譙周《古史考》曰：『周幽王時，暴辛公善壎，蘇成公善篪。』」其說何所據，或即因此詩附會而成，不可考知。然此詩所責者乃暴公之友，而非暴公，則甚明也。或暴公之友亦善壎也。㉒及，《箋》：「與也。」如貫，《集傳》：「如繩之貫物也，言相連屬也。」句言我與爾昔日相親暱，如物之相串於一處也。㉓諒，《箋》：「信也。」《集傳》：「誠也。」句言汝豈真不知我乎？㉔三物，《傳》：「三物，豕、犬、雞也。」㉕詛，音祖，ㄗㄨˇ。《書・無逸・正義》：「請神加殃謂之詛。」句言出豕、犬、雞三物，以求神降禍於彼人也。下章「為鬼為蜮」，即所以詛之也。《傳》訓為盟詛，恐誤。㉖蜮，音域，ㄩˋ。《傳》：「短狐也。」《正義》曰：「陸機《疏》云：『一名射影，江淮水皆有之，人在岸上，影見水中，投人影則殺之，故曰射影。南人將入水，先以瓦石投水中，令水濁，然後入。或曰含沙射人皮肌，其瘡如疥。』是也。」按《說文》曰：「蜮，短弧也。似鼈，三足，以氣射殺人。」段注：「弧，各本作狐。」為鬼為蜮，即詛之之詞也。㉗不可得，即不可能。㉘靦，音腆，ㄊㄧㄢˇ。《傳》：「姡也。」按《說文》：「靦，面見人也。」徐灝箋：「王氏念孫曰：靦之本義為人面貌，而慙赧之義，即由是而生。故靦有懷慙義，亦有不知媿怍義。」有靦，猶靦然。㉙視，即〈鹿鳴〉「視民不恌」之視，示也。罔極，不正。參見〈衛風・氓〉注㉞。二句言汝之不知羞愧之面目，所顯示於人者為邪惡不正。㉚極，即上文「罔極」之極，動詞，正也。反側，《正義》：「翻覆之義。」二句言作此美好之歌，以糾正反覆無常之人。

【詩義・章旨】

〈詩序〉：「〈何人斯〉，蘇公刺暴公也。暴公為卿士而譖蘇公焉，故蘇公作是詩以絕之。」然詩中既無蘇公其人，亦無譖蘇公之事，更無絕暴公之言，三者一無，故〈序〉說不足信也。《集傳》既疑〈序〉說曰：「舊說於詩無明文可考，未敢信其必然耳。」又曲為之解曰：「不欲直斥暴公，故但指其從行者而言。」自失立場，其言亦不足信也。詩中三言「彼何人斯」。此「何人」本與詩人親若兄弟，後反側而維暴是從，共同為禍於詩人，故詩人作此好歌以責之。詩之所言者，如此而已，至於詩人是否為蘇公，則不可知也。

全詩八章，每章六句。前四章曰「彼」，後四章曰「爾」，所指乃一人，非有二人也。一章言其人「其心孔艱」。逝梁而不入門，維暴是從，則其事實也。二章言其既為禍而不唁我。三章言其行愧於天人。四章言其來去疾如飄風，於禍事無補，而祇亂我心。五、六章皆言其來而不止，還而不入，使我心憂。七章責其不念昔時如兄弟之情，欲出三物以詛之。末章言詛其為鬼為蜮而不可得，乃作此詩以責其趨炎附勢、反臉無情。詩人言其人之心則孔艱，其貌則靦然，其行則罔極，總結之則反側，使人讀之如在目前焉。

一〇、巷伯

萋兮斐兮❶，成是貝錦❷。彼譖人者，亦已大甚❸。

哆兮侈兮❹，成是南箕❺。彼譖人者，誰適與謀❻？

緝緝翩翩❼，謀欲譖人❽。慎爾言也，謂爾不信❾。

捷捷幡幡❿，謀欲譖言⓫。豈不爾受，既其女遷⓬。

驕人好好⓭，勞人草草⓮。蒼天蒼天，視彼驕人，矜此勞人⓯。

彼譖人者，誰適與謀？取彼譖人，投畀豺虎⓰；豺虎不食，投畀有北⓱；有北不受，投畀有昊⓲。

楊園之道⓳，猗于畝丘⓴。寺人孟子㉑，作為此詩。凡百君子㉒，敬而聽之㉓。

【注釋】

❶萋兮斐兮，《傳》：「萋斐，文章相錯也。」按《說文》：「緀，帛文貌。《詩》曰：緀兮斐兮，成是貝錦。」是萋乃緀之假借。斐，即《論語·公冶長》「斐然成章」之斐，〈衛風·淇奧〉作「匪」。萋斐，文彩貌。❷貝錦，

《傳》：「錦文也。」即貝文之錦也。此以貝錦喻譖人之巧言羅織人罪。❸譖，音怎四聲，ㄗㄣˋ。《說文》：「譖，愬也。」又曰：「讒，譖也。」是譖即讒也。譖人，讒人也。大，與太同。大甚，過甚也。❹哆，音侈，ㄔˇ。《說文》：「哆，張口也。」侈，《正義》：「侈者，因物而大之名。」蘇轍《詩集傳》：「哆、侈，皆張也。」❺南箕，《傳》：「箕星也。」按〈大東〉：「維南有箕。」箕星在南，故曰南箕。箕宿四星成梯形。口大踵小，形似簸箕，故名箕。《史記・天官書》：「箕為敖客，曰口舌。」此以南箕喻譖人之利口進讒為害。❻適，《集傳》：「主也。」按即〈衛風・伯兮〉「誰適為容」之適。言誰主與此譖人相謀乎？❼緝緝，《傳》：「口舌聲。」陳奐《傳疏》：「《說文》：『咠，聶語也。』『聶，附耳私小語也。』咠下引詩作咠咠。今詩緝緝為咠咠之假借字，『附耳私小語』即《傳》所謂『口舌聲』也。」翩翩，《傳箋通釋》：「《說文》：『諞，便巧言也。』翩翩，即諞諞之叚借。諞諞，猶便便也，言之巧也。」❽譖人，讒譖他人也。言彼緝緝私語，便便巧言者，無非謀欲讒害他人也。❾此二語乃戒譖人之辭，謂爾當謹慎其言，否則王將察爾之欺詐，而謂爾不誠信矣。❿捷捷，《傳》：「猶緝緝也。」《漢石經》作唼唼，猶喋喋也，多言貌。幡幡，《傳》：「猶翩翩也。」《集傳》：「反覆貌。」按皆巧言便給之貌。⓫譖言，誹謗之言。⓬其，《經傳釋詞》：「其，猶乃也。」《古書虛字集釋》：「其，猶而也。」按《箋》與《正義》皆訓為將，義似較勝。遷，《傳》：「去也。」此二語亦戒譖人之辭。言王豈不受汝之譖言，然汝之言既不誠信，則王將捨去汝也。⓭驕人，譖人得志而驕，故稱驕人。好好，《傳》：「喜也」。⓮勞人，憂人，指被譖之人。草草，《傳》：「勞心也。」陳奐《傳疏》：「草讀為慅，假借字也。〈月出〉：『勞心慅兮。』重言曰慅慅。」按當是憂貌。⓯《詩記》引李氏曰：「察此驕人之有罪，憫此勞人之無辜乎。」⓰畀，音閉，ㄅㄧˋ，予也。見〈鄘風・干旄〉注❽。豺，音柴，ㄔㄞˊ，狼屬，形似狗。⓱有北，《傳》：「北方寒涼而不毛。」按有北，即北方，有為語首助詞。⓲有昊，《傳》：「昊，昊天也。」《箋》：「付與昊天，制其罪也。」⓳楊園，《傳》：「園名。」蓋寺人孟子之居處。楊園之道，以喻己之言也。⓴猗，胡承珙《後箋》：「猗與倚同字。倚者，依也。」畝丘，《傳》：「丘名。」二句謂楊園之道雖小，而臨近高丘，以喻己之言雖卑微，而甚有道理，可用於凡百君子也。㉑寺人，內小臣也。見〈秦風・車鄰〉注❸。孟子，寺人字也。《傳》：「寺而曰孟子者，罪已定矣，而將踐刑，作此詩也。」㉒凡百，總括之辭，猶所有也。君子，指在高位者。㉓敬，謹也。《箋》：「欲使眾在位者慎而知之也。」

【詩義・章旨】

〈詩序〉：「〈巷伯〉，刺幽王也。寺人傷於讒，故作是詩。」綜觀全詩，並無刺幽王之意；如有，亦言外之旨也。故當是傷於讒言之寺人，作此詩以刺讒人，並警朝中之卿大夫也。

詩題「巷伯」者，《集傳》曰：「巷是宮內道名，秦漢所謂永巷是也。伯，長也。主宮內道官之長，即寺人也。故以名篇。」

全詩七章，前四章每章四句，五章五句，六章八句，末章六句。首二章責譖人編製巧言，羅織人罪以行讒。貝錦、南箕，狀其巧言、利口，堪稱絕妙。三、四章警戒譖人，讒言誹謗，終將自食惡果。五章分述譖人之得意與被譖者之痛苦，而訴之於天。六章述對譖人之憎恨，而求除此巨惡大凶。末章述作詩之由，並望君子知所警惕。全詩凡五言「譖人」，三言「投畀」，似對譖人深惡而痛絕，必欲去之而後可也。

谷風之什

一、谷　風

習習谷風❶，維風及雨。將恐將懼，維予與女❷；將安將樂，女轉棄予❸。

習習谷風，維風及頹❹。將恐將懼，寘予于懷❺；將安將樂，棄予如遺❻。

習習谷風，維山崔嵬❼。無草不死，無木不萎❽。忘我大德，思我小怨。

【注釋】

❶見〈邶風・谷風〉注❶。❷《箋》：「將，且也。恐懼，喻遭厄難勤苦之事也。」二句言昔日且恐且懼遭逢困厄之際，惟我與汝共度此難。❸轉，《詩緝》：「反也。」二句言今且安且樂矣，汝反棄我而不顧。❹頹，音隤，ㄊㄨㄟˊ。《傳》：「頹，風之焚輪者也。」《詩緝》：「頹，暴風也。」按《爾雅・釋天》：「焚輪謂之頹。」郭注：「暴風從上下。」邢疏引李巡曰：「焚輪暴風從上來降謂之頹。頹，下也。」❺寘予于懷，《箋》：「寘，置也。置我于懷，言至親己也。」❻如遺，《箋》：「如遺者，如人行道遺忘物，忽然不省存也。」按遺，動詞，忘也，失也。❼崔嵬，陳奐《傳疏》：「崔嵬者，是山顛巉巖之狀。」《詩經詮釋》：「崔嵬，高貌。與〈周南・卷耳〉之為名詞者異。」❽無草不死，無木不萎，即凡草皆死，凡木皆萎也。此言暴風之下，則草死木萎，以喻忘德思怨，則恩斷情絕。

【詩義．章旨】

〈詩序〉：「〈谷風〉，刺幽王也。天下俗薄，朋友道絕焉。」詩中並無刺語，尤無刺幽王之語，故姚際恆《通論》曰：「小〈序〉謂：『刺幽王。』泛甚。」甚是。又詩曰：「寘予于懷。」此夫婦之事，非友朋之行。且此詩與〈邶風．谷風〉不僅篇名相同，其文字、內容亦多相似，故亦當為婚變之詩。《詩經詮釋》曰：「此與〈邶風〉之〈谷風〉相似，蓋亦棄婦之辭也。」是矣。朱子以下多以為「朋友相怨之詩」者，乃受〈詩序〉之誤導。此詩〈風〉體而列於〈小雅〉，後人多疑之，如姚際恆氏即曰：「此固朋友相怨之詩，然何以列于〈雅〉，而其體絕類〈風〉？不可解。」方玉潤氏亦曰：「愚亦以為不可解，豈其間固不能無所誤歟？」竊意以為此與作詩之人、地有關，而與詩之體無關。郝敬《毛詩原解》謂：「〈小雅〉短章疊詠，如此篇之類，猶是〈風〉體。」實誤。此點容以專文說之，此處不贅。

全詩三章，每章六句，形式複疊。一、二章寫患難相親，安樂相棄。一章「維予與女」，二章「寘予于懷」，此相親之遞進；一章「女轉棄予」，二章「棄予如遺」，此相棄之遞進。卒章末二語「忘我大德，思我小怨」，點出相棄之因，而曲直亦盡在其中。

二、蓼　莪

蓼蓼者莪❶，匪莪伊蒿❷。哀哀❸父母，生我劬勞❹。

蓼蓼者莪，匪莪伊蔚❺。哀哀父母，生我勞瘁❻。

缾之罄矣，維罍之恥❼。鮮民❽之生，不如死之久矣❾。無父何怙❿？無母何恃⓫？出則銜恤⑫，入則靡至⑬。

父兮生我，母兮鞠我⑭。拊我畜我⑮，長我育我⑯，顧我復我⑰，出入腹我⑱。欲報之德⑲，

昊天罔極⑳！

南山烈烈㉑，飄風發發㉒。民莫不穀㉓，我獨何害㉔？

南山律律㉕，飄風弗弗㉖。民莫不穀，我獨不卒㉗！

【注釋】

❶蓼，音路，ㄌㄨˋ。蓼蓼，《傳》：「長大貌。」莪，蘿蒿。見〈菁菁者莪〉注❶。❷匪，《箋》：「非也。」伊，《古書虛字集釋》：「伊，是也。」蒿，見〈鹿鳴〉注❾。按莪長大為蒿，莪美而蒿惡。說見《詩緝》。此以莪喻美材，蒿喻劣材。❸哀哀，哀傷之甚也。❹劬勞，見〈邶風・凱風〉注❹。❺蔚，音尉，ㄨㄟˋ。《爾雅・釋草》：「蔚，牡菣。」《傳》同。《正義》引陸機《疏》曰：「牡蒿也。三月始生，七月始華，華似胡麻花而紫赤。八月為角，角似小豆，角銳而長。一名馬薪蒿。」❻瘁，《箋》：「病也。」勞瘁，劬勞而憔瘁也。❼缾之罄矣，維罍之恥，《傳》：「罄，盡也。」《集傳》：「言缾資於罍，而罍資缾；猶父母與子相依為命也。故缾罄矣，乃罍之恥；猶父母不得其所，乃子之責。」《詩緝》：「缾小喻子，罍大喻父母。缾汲水以注於罍，猶子之養父母。缾罄竭則罍無所資，為罍之恥；猶子窮困則貽親之羞也。」按缾、罍之喻，朱、嚴二氏意正相反。細思此二句乃詩人以不能終養父母，致貽父母羞，而深切自責之語。故嚴說較是。❽鮮民，《傳》：「鮮，寡也。」《集傳》：「窮獨之民。」按毛、朱二說義同。阮元《揅經室集・釋鮮》訓鮮為斯，謂「鮮民」如《論語》之「斯民」。音義並無可取。❾二語謂我窮獨之人活著，不如早死為好。此亦詩人自責之詞。❿怙，《釋文》：「《韓

詩》云：『怙，賴也。』」《正義》：「怙，依怙。」⓫恃，《說文》：「恃，賴也。」《正義》：「恃，倚恃。」按怙與恃皆依賴、倚仗之意，後世稱父母曰怙恃，即由此而來。⓬恤，《箋》：「憂也。」⓭靡，《箋》：「無也。」二句謂出則懷憂抱恨，返則空虛不安，一如無所歸止。⓮鞠，《傳》：「養也。」《正義》：「母兮懷任以養我。」即孕育也。⓯拊，《釋文》：「拊，音撫。」《詩緝》：「謂以手摩拊。」按拊與撫為古今字，摩撫之以示愛也。畜，《集傳》：「養也。」按《正義》訓為「畜愛」。亦通。⓰育，《箋》：「覆育也。」《正義》：「謂其寒暑或身體傴之，覆近而愛育焉。」《詩經詮釋》：「言寒冷之時，母以身偎兒，如鳥之以翼覆其子也。」⓱顧，《箋》：「旋視也。」《正義》：「旋視謂去之而反顧也。」復，《箋》：「反覆也。」《詩緝》：「復謂顧之又顧，是反覆不能暫捨，愛之之至也。」按復無視義，承上文顧而言，故是反覆視之也。⓲腹，《箋》：「懷抱也。」⓳之，《箋》：「猶是也。」之德，此德也。⓴罔極，不正、無良也。見〈衛風・氓〉注㉞。《經義述聞》曰：「言我方欲報是德，而昊天罔極，降此鞠凶，使我不得終養也。『昊天罔極』，猶言『昊天不傭』、『昊天不惠』。」按王氏之說是也，此斥天之語。《集傳》謂：「言欲報之以德，而其恩之大如天無窮。」其說雖通，恐非詩之本旨也。㉑烈烈，〈四月〉「冬日烈烈」《箋》：「烈烈，猶栗烈也。」此詩之「烈烈」，當亦如之。栗烈，寒貌也。此詩《箋》云：「視南山則烈烈然，飄風發發然，寒且疾也。」是鄭氏亦以「烈烈」為寒貌也。《傳》訓「至難」，義不可通。《集傳》於此詩云：「高大貌。」於〈四月〉云：「猶栗烈也。」㉒發發，《傳》：「疾貌。」㉓穀，《集傳》：「善也。」句言民人皆有父母，生活莫不美好。㉔句言我何以獨遭此災害。㉕律律，《傳》：「律律，猶烈烈也。」㉖弗弗，《傳》：「弗弗，猶發發也。」㉗卒，《箋》：「終也。」謂我獨不得終養父母也。

【詩義・章旨】

〈詩序〉：「〈蓼莪〉，刺幽王也。民人勞苦，孝子不得終養爾。」其言「孝子不得終養」，是也。其言「刺幽王」、「民人勞苦」，則詩中未見。《集傳》云：「民人勞苦，孝子不得終養而作此詩。」「民人勞苦」一語，仍襲〈序〉意。季本《解頤》云：「父母背棄，孝子追悼之而作此詩也。」是矣。惟文云：「民莫不穀，我獨何害？」「民莫不穀，我獨不卒！」則作者（我）之身分必非一般人民，而為有民有土之王室貴族可知，如此，則詩列於〈小雅〉可得而說矣。

全詩六章，四章每章四句，二章每章八句。首二章形式複疊，蒿、蔚皆作者喻己之不才。「哀哀」二句，力愈千鈞，動人肺腑，感人至深，此二句實為全詩之重心。三章寫其「哀哀」，「銜恤」、「靡至」正述其失怙恃之狀。四章寫父母之劬勞。連用九「我」字，最為感人。姚際恆曰：「勾人眼淚，全在此無數『我』字。」末二語斥責昊天，此朱子所謂「蓋無所歸咎，而歸之天也」（語見〈小雅・節南山〉）。於此可見詩人之無奈矣。末二章複疊，皆寫不能終養之恨，益見其「哀哀」之情。

《晉書・王裒傳》曰：「(裒）讀《詩》至『哀哀父母，生我劬勞』，未嘗不三復流涕，門人受業者並廢〈蓼莪〉之篇。」實則劬勞之恩，人人身受，千古以來，讀此詩而流涕者何止萬千，豈王裒而已哉？嚴粲《詩緝》曰：「讀此詩而不感動者，非人子也。」信哉斯言！

三、大東

有饛簋飧❶，有捄棘匕❷。周道如砥❸，其直如矢❹；君子所履，小人所視❺。睠言顧之❻，潸焉❼出涕。

小東大東❽，杼柚其空❾，糾糾葛屨，可以履霜❿。佻佻公子⓫，行彼周行⓬。既往既來⓭，使我心疚⓮。

有冽氿泉⓯，無浸穫薪⓰。契契寤歎⓱，哀我憚人⓲。薪是穫薪⓳，尚可載也⓴；哀我憚人，亦可息也㉑。

東人㉒之子，職勞不來㉓；西人㉔之子，粲粲衣服㉕。舟㉖人之子，熊羆是裘㉗；私人㉘之子，百僚是試㉙。

或以其酒，不以其漿㉚。鞙鞙佩璲㉛，不以其長㉜。維天有漢㉝，監亦有光㉞。跂彼織女㉟，終日七襄㊱。

雖則七襄，不成報章㊲。睆彼牽牛㊳，不以服箱㊴。東有啟明，西有長庚㊵。有捄天畢㊶，載施之行㊷。

維南有箕㊸，不可以簸揚㊹；維北有斗㊺，不可以挹酒漿㊻。維南有箕，載翕其舌㊼；維北有斗，西柄之揭㊽。

【注釋】

❶饛，音蒙，ㄇㄥˊ。《傳》：「滿簋貌。」按《說文》：「饛，盛器滿貌。」不專謂簋也。有饛，猶饛然。簋，

見〈秦風・權輿〉注❹。飧，《傳》：「熟食，謂黍稷也。」❷捄，音求，ㄑㄧㄡˊ。《傳》：「長貌。」《傳箋通釋》：「捄者，觓之段借，匕之曲長貌。」有捄，猶捄然。匕，音比，ㄅㄧˇ，《傳》：「所以載鼎實。」即今之匙、勺之類。棘匕，棘木之勺也。《傳箋通釋》：「棘匕對桑匕言，古者喪用桑匕，吉用棘匕，皆取聲近為義。」❸周道，《詩經詮釋》：「蓋周之國道也。」如砥，《正義》：「砥謂礪之石。如砥，言其平。」❹如矢，《正義》：「如矢，言其直。」❺君子，《正義》：「此言君子、小人，在位與庶民相對。」履，《集傳》：「行也。」二句謂在位君子得行此國道，平民禁行，惟視之而已。❻睠，音倦，ㄐㄩㄢˋ。《傳》：「反顧也。」陳奐《傳疏》：「睠者，反顧之貌。《傳》『也』字當作『貌』。」睠言，猶睠焉、睠然，亦猶〈小明〉「睠睠懷顧」之睠睠。《荀子・宥坐》引作「眷焉顧之」，《後漢書・劉陶傳》引作「睠然顧之」。之，指周道。❼潸，音山，ㄕㄢ。《傳》：「涕下貌。」潸焉，猶潸然、潸潸。❽小東大東，傅斯年〈大東小東考〉：「大東，今山東境濟南泰安以南，兼及泰山東部是也。小東，當今山東濮陽大名一帶，自漢以來，所謂東郡是也。」見《傅斯年全集・第三冊》。❾杼，音住，ㄓㄨˋ。《集傳》：「持緯者也。」柚，音逐，ㄓㄨˊ，《釋文》：「本又作軸。」《集傳》：「受經者也。」空，《傳》：「盡也。」二句言杼柚盡空，無布可織，以示賦斂之重，民財皆盡也。❿二語見〈魏風・葛屨〉。此言貧困至極也。⓫佻，音窕，ㄊㄧㄠˇ。佻佻，《釋文》：「《韓詩》作嬥嬥。」《經義述聞》曰：「佻佻，當從《韓詩》作嬥嬥。嬥嬥，直好貌也。」公子，指京師貴族。《傳》謂譚公子，恐誤。⓬周行，即上文「周道」。⓭既往既來，《經詞衍釋》：「既，猶其也。既往既來，言其往其來也。」⓮疚，《箋》：「病也。」參見〈采薇〉注⓯。⓯洌，音列，ㄌㄧㄝˋ，《傳》：「寒意也。」按《說文》：「洌，寒貌。」有洌，猶洌然。氿，音軌，ㄍㄨㄟˇ。氿泉，《傳》：「側出曰氿泉。」即泉從旁出而不從正出也。⓰穫薪，《傳》：「穫，艾也。」《箋》：「落木名也。」按《詩》有「棘薪」、「栗薪」、「柞薪」、「桑薪」，薪上之字皆木名，則「穫薪」之穫，當亦為木名，鄭氏之說是也。若依毛意訓艾，艾為刈之借字（《釋文》作刈），刈取之薪，可置之高地，亦可隨時運去，何必一定置於氿泉之下而望其無浸？詩文當作檴，《爾雅・釋木》：「檴，落。」《說文》槦，重文作檴，曰：「以其皮裹松脂。」段注：「所謂樺燭。」⑰契，音器，ㄑㄧˋ。契契，《傳》：「憂苦也。」寤，連續之意。見〈邶風・柏舟〉注㉕。寤歎，嘆息不止也。⑱憚，音旦，ㄉㄢˋ。《傳》：「勞也。」憚人，憂勞之人。⑲薪，動詞，猶〈豳風・七月〉「薪樗」之薪。《詩經今注》謂借為新，取木也。亦通。是，此也。句謂以此檴薪為柴，或析此檴薪也。⑳載，《箋》：「載而歸也。」句言尚可以車裝載而歸。㉑二句謂哀我勞苦之人，亦可稍事休息矣。按陳奐《傳疏》以「亦」字當作「不」，非是。蓋如作「不」，則詩文當作「不可載也」。「不可載」，則「亦可息」矣，故詩文不誤。㉒東人，《傳》：「譚人也。」《集傳》：「諸侯之人也。」《毛詩會箋》：「東人泛言東諸侯之人，譚亦與焉。」㉓職，《集傳》：「專主也。」《古書虛字集釋》：「職，猶但也。」來，音賴，ㄌㄞˋ。《集傳》：「慰撫也。」二句言東人之子，只勞苦而不獲慰撫也。㉔西人，《傳》：「京師之人也。」㉕粲粲，《傳》：「鮮盛貌。」陳奐《傳疏》：「粲、采一聲之轉。」是「粲粲衣服」，即〈陳風・蜉蝣〉之「采采衣服」，謂衣服美盛也。㉖舟，《箋》：「舟，當作周。」㉗裘，《箋》：「裘當作求，聲相近故也。」按此言「是裘」，下言「是試」，是知裘為動詞，鄭說不誤。句言周人之子逸豫無事，惟田獵取樂。㉘私人，家臣。（見〈大雅・崧高・傳〉）㉙百僚，《傳》：「百官也。」試，《傳》：「用也。」言各官職皆用其私人。㉚或以其酒，不以其漿，陳奐《傳疏》：「或，有也。以，用也。不以，不用也。」按漿亦酒類，但味微酢。此謂人飲其酒，而不飲漿，蓋以酒美於漿也。二句當指一人。《傳》謂：「或醉於酒，或不得漿。」似誤。㉛鞙，音炫，ㄒㄩㄢˋ；或音捲，ㄐㄩㄢˇ。鞙鞙，《傳》：「佩玉貌。」《漢石經》作琄琄。璲，音遂，ㄙㄨㄟˋ。《傳》：「瑞也。」《箋》：「佩璲，以瑞玉為佩，佩之鞙鞙然。」馬瑞辰以璲為綬，亦通。㉜不以其長，即不用其良也。㉝漢，《傳》：「天河也。」㉞監，按《詩》言「監」率有下視之義，如〈大雅・大明〉「天監在下」、〈皇矣〉「監觀四方」、〈烝民〉「天監有周」、〈周頌・敬之〉「日監在茲」、〈商頌・殷武〉「天命降監」是。故《箋》云：「監，視也。」《正義》曰：「仰監視之。」似誤。《集傳》曰：「維天之有漢，則庶乎其有以監我。」是矣。亦，語詞。言天漢監下而有光也。㉟跂，《傳》：「隅貌。」《正義》：「孫毓云：織女三星，跂然如隅。然則三星鼎足而成三角，望之跂然。故云：隅貌。」按毛奇齡《毛詩寫官記》曰：「跂，望也，跂予望之也。」由下文「睆彼」觀之，其說似誤。織女，星名。㊱襄，《箋》：「襄，駕也，駕，謂更其肆也。」《集傳》：「蓋天有十二次，日月所止舍，所謂肆也。經星一晝一夜左旋一周而有餘，則終日之間，自卯至酉，當更七次也。」㊲不成報章，《傳》：「不能反報成章也。」《箋》：「織女有織名爾，駕則有西無東，不如人織相反報成文章。」陳奐《傳疏》：「報，反也。反報，猶反復。」章，指布帛而言。㊳睆，《傳》：「明星貌。」牽牛，星名。㊴以，《箋》：「用也。」服，《集傳》：「駕也。」箱，《集傳》：「車箱也。」㊵《傳》：「日旦出謂明星為啟明，日既入謂明星為長庚。庚，續也。」《集傳》：「啟明、長庚，皆金星也。以其先日而出，故謂之啟明；以其後日而入，故謂之長庚。」參見〈鄭風・女曰雞鳴〉注❸。㊶天畢，《集傳》：「天畢，畢星也，狀如掩兔之畢。」畢本田獵之網，網小柄長，用以掩兔。此星似之，故亦名畢。以其在天，故曰天畢。㊷載，則也。施，即〈周南・兔罝〉「施于中逵」之施，置也。行，《箋》：「列也。」言但置於眾星之行列而已，並無捕兔之用，是有名無實也。㊸箕，星名，四星相聯，狀似簸箕。㊹簸揚，陳奐《傳疏》：「簸亦揚也。」箕所以簸揚穀物，箕星則不能簸揚。㊺斗，《正義》以為南斗，蘇轍《詩集傳》、李樗《集解》、呂氏《詩記》、嚴氏《詩緝》皆以為北斗，朱氏《集傳》則兩存其說，後之說《詩》者莫衷一是。按上文「東」、「西」、「南」各就其方位說其一星，此句之「斗」當指北斗無疑。南斗雖在箕星之北，究其方位畢竟在南也。王引之《述聞》以南斗之柄常西，故詩言「西柄」；然北斗之柄並非全不西向，僅不常而已。故不得據「西柄」一詞斷其非北斗也。㊻挹，音邑，ㄧˋ。《傳》：「㪺也。」即酌也。句言斗星不可以酌取酒漿。㊼翕，音系，ㄒㄧˋ。《箋》：「猶引也。」《詩記》引董氏曰：「箕四星，二為踵，二為舌，踵狹而舌廣，故曰翕。」翕其舌，言欲有所吞噬也。㊽揭，陳奐《傳疏》：「高舉也。」北斗有七星，四為斗，三為柄。斗柄西揭，似若有所酌取於東。

【詩義・章旨】

〈詩序〉曰：「〈大東〉，刺亂也。東國困於役而傷於財，譚大夫作是詩以告病焉。」其云「東國困於役而傷於財」，自無可疑；然謂譚大夫所作，則不知何據。後世反對其說者頗多，而又無以證明其非是。考《潛夫論・班祿》曰：「賦斂重而譚告通。」以此觀之，〈序〉說或不誤。《春秋》莊公十年謂：「齊師滅譚。」又詩中屢言「西人」、「周人」，則此詩當作於西周宣幽之世也。

全詩七章，每章八句。一章首二句述食物之豐盛，惟此乃舊日情景，自「周道」大通，君子頻頻東來，東國遂「困於役而傷於財」，顧瞻周道，惟有潸然出涕而已。二章述東國杼柚其空，東人衣履無著，深秋之際，猶著葛屨以履，而佻佻公子，穿梭周行依舊，故詩人為之心疚不已。三章述采薪之苦，而東人心中之苦，過於采薪遠甚。四章明寫西人之逸樂、專橫與東人之勞苦、無助。五章最為難解，首二句以酒漿為比，酒美於漿，故人「或以其酒，不以其漿」。三四句並非比喻，而為事實。言彼鞙鞙佩玉之在位者，王反不用其良。猶之天上諸星徒有其名而已。此章下四句忽寫天漢，詩人正欲以天喻周王，以諸星喻諸在位者，乃姚際恆氏竟謂：「『維天有漢，監亦有光』，此二句不必有義，蓋時方中夜，仰天感嘆，見天河爛然有光，即所見以抒寫其悲哀也。」亦可謂老驥失足矣。末二章接寫天漢，其用意與前同。其首寫牽牛、織女者，正應一二章之食與衣也。其餘東南西北各舉一星，以概括朝中之全體。而南箕、北斗，不僅竊其名而無其用，且翕其舌、揭其柄，遂使東人不能聊生，其喻義可謂既切且巧矣，然而姚氏反謂：「從來解者，于啟明諸星，亦以『有星名而無實用』為解，不但毫無意義，且使上下牛、女、箕、斗之義反覺平常，不見其奇妙矣。」惡！是何言也！

四、四月

四月維夏，六月徂暑❶。先祖匪人❷，胡寧忍予❸？
秋日淒淒❹，百卉具腓❺。亂離瘼矣❻，爰其適歸❼？
冬日烈烈❽，飄風發發。民莫不穀，我獨何害❾？
山有嘉卉❿，侯栗侯梅⓫。廢為殘賊⓬，莫知其尤⓭。
相⓮彼泉水，載清載濁⓯。我日構禍⓰，曷云能穀⓱？
滔滔⓲江漢，南國之紀⓳。盡瘁以仕⓴，寧莫我有㉑。
匪鶉匪鳶㉒，翰飛戾天㉓；匪鱣匪鮪，潛逃于淵㉔。
山有蕨薇，隰有杞桋㉕，君子作歌，維以告哀㉖。

【注釋】

❶徂，《箋》：「猶始也。」言四月入夏，六月乃始盛暑。❷先祖匪人，《箋》：「匪，非也。我先祖非人乎？」王夫之《詩經稗疏》曰：「匪人者，猶匪他人也。〈頍弁〉之詩曰：『兄弟匪他』，義同此。自我而外，不與己親者，或謂之他，或謂之人，皆疏遠不相及之詞。」按王氏之說是也。屈萬里先生謂：「匪人者，猶口語『不是人』。憾先祖之靈不能救己之困，故以惡語詈之。」（見〈詩三百篇成語零釋〉）其說亦通。惟詈罵先祖，稍傷敦厚爾。❸寧，《箋》：「曾也。」言何乃忍心使予遭禍而不救乎？❹淒淒，寒涼貌。見〈鄭風・風雨〉注❶。

❺卉，《傳》：「草也。」腓，音肥，ㄈㄟˊ。《傳》：「病也。」言百草皆枯萎也。❻離，《詩緝》：「離，離散也。」瘼，音末，ㄇㄛˋ。《傳》：「病也。」❼爰，《箋》：「曰也。」適，《傳》：「之也。」即往也。言遭亂離而病苦，不知何時將還歸也。按《孔子家語・辨政》引詩作「奚其適歸」，義似較勝。朱子《集傳》即用之。❽烈烈，《箋》：「猶栗烈也。」即洌洌，寒冷貌。❾語皆見〈蓼莪〉。❿嘉，《箋》：「善也。」卉，《詩緝》：「錢氏曰：卉，草也。通言之，則草木皆卉也。」⓫侯，《箋》：「維也。」言此嘉卉是栗是梅也。⓬廢，《集傳》：「變也。」殘、賊義同，皆害也。⓭尤，《箋》：「過也。」言在位者變為害人之人，而竟無人知其罪過。⓮相，《箋》：「視也。」⓯載，《箋》：「則也。」言泉水或清或濁，而在位者並為惡，曾無為善者。⓰構，《毛詩傳箋通釋》：「構者遘之叚借，構禍，猶云遇禍也。」⓱曷，何時也。云，語詞。穀，《箋》：「善也。」言我日日遭逢災禍，何時始能改善？⓲滔滔，《傳》：「大水貌。」⓳紀，《集傳》：「綱紀也，謂經帶包絡之也。」言南國諸水悉受江漢二水之制約、影響，故江漢乃為南國諸水之綱紀。⓴盡瘁，即憔悴。見王引之《經義述聞》。仕，《傳》：「事也。」猶今言任職。㉑寧，《箋》：「曾也。」有，《廣雅疏證・一》：「古者謂相親曰有。有，猶友也。」參見〈王風・葛藟〉注❻。二句言我雖勞悴以任職，而竟無人親友我。㉒匪，彼也。鶉，音團，ㄊㄨㄢˊ。《傳》：「鵰也。」鳶，《傳》：「貪殘之鳥也。」《說文》：「鳶，鷙鳥也。」㉓翰，《箋》：「高也。」戾，《箋》：「至也。」㉔鱣、鮪皆大魚，見〈衛風・碩人〉。此言鶉、鳶高飛至天，鱣、鮪深潛於淵，可逃避災禍，我則無能避害也。㉕桋，音夷，ㄧˊ。《傳》：「赤棟也。」《正義》引郭璞曰：「赤棟，樹葉細而岐銳也，皮理錯戾，好叢生山中，中為車輞。白棟，葉員而岐，為木大也。」按桋為堅木，叢生山中，不生於隰。杞亦堅木，〈杕杜〉、〈北山〉兩言「陟彼北山，言采其杞」。〈南山有臺〉亦曰：「南山有杞。」是杞亦生山中，不生於隰。而此云「隰有杞桋」，詩人或以桋杞生非其地，以象徵自己不得其所也。㉖君子，詩人自稱。陳奐謂指在位之人，似誤。告哀，訴其哀苦。

【詩義・章旨】

〈詩序〉：「〈四月〉，大夫刺幽王也，在位貪殘，下國構禍，怨亂並興焉。」詩中並無刺幽王之語，其說不可信；然其謂周大夫之作，則無可疑。《集傳》曰：「此亦遭亂自傷之詩。」其說近是。惟文中既曰「胡寧忍予」、「民莫不穀，我獨何害」，則此亂似非國家之亂，乃詩人自身之災亂，故季本《詩說解頤》曰：「仕者……為小人構禍，無所容身，故作是詩。」是矣。

全詩八章，每章四句。除第七章外，每章皆用興體。方玉潤《詩經原始》謂前三章「自夏徂秋，由秋而冬，歷時三序」。竊意第四章所寫者乃春景，否則「山有嘉卉，侯栗侯梅」二句，則成贅語矣。經年未歸，故詩人哀傷特重，感慨特深也。一章寫事發之日，雖有先祖之功而不能救。二章寫遭逢亂離，還歸無期。三章怨獨逢災害。四章寫春日既回，草木嘉美，而猶不得歸，因深責在位者為殘賊而莫知其罪。五章寫己之災禍了無已時。六章以江漢為南國眾水之紀，以象徵自己亦為國之貞幹，然鞠躬盡瘁，竟構閔遭禍，無一相親。七章全用比體，以鶉鳶戾天，鱣鮪潛淵，以比喻自己無所逃隱於天地之間。末章以蕨薇居於高山，杞桋堅木反居下濕之地，以示自己所處時地之不宜，故作歌訴其哀也。每章前二句重在寫景，後二句重在抒情，而情景相融，毫無勉強之跡。至於構禍之由，隱而不露，此固逐臣之常情也。

五、北山

陟彼北山，言采其杞❶。偕偕士子❷，朝夕從事❸。王事靡盬❹，憂我父母。

溥❺天之下，莫非王土，率土之濱❻，莫非王臣。大夫不均❼，我從事獨賢❽。

四牡彭彭⑨，王事傍傍⑩。嘉我未老，鮮我方將⑪。旅力方剛⑫，經營⑬四方。

或燕燕居息⑭，或盡瘁事國⑮；或息偃⑯在牀，或不已于行⑰。

或不知叫號⑱，或慘慘劬勞⑲；或棲遲偃仰⑳，或王事鞅掌㉑。

或湛樂㉒飲酒，或慘慘畏咎㉓；或出入風議㉔，或靡事不為㉕。

【注釋】

❶句見〈杕杜〉。❷偕偕，《傳》：「強壯貌。」士子，居官職者。此詩人自謂也。❸《箋》：「言不得休息也。」❹王事靡盬，謂從事王事而不止。見〈唐風・鴇羽〉注❷。❺溥，音義同普，ㄆㄨˇ。《傳》：「大也。」《孟子・萬章》引作「普」，趙注：「徧也。」❻率，《傳》：「循也。」濱，《傳》：「涯也。」❼均，《集傳》：「平也。」陳奐《傳疏》：「即〈序〉所謂『役使不均』也。」❽賢，《傳》：「勞也。」《集傳》：「不斥王而曰大夫，不言獨勞，而曰獨賢，詩人之忠厚如此。」按鄭氏以為賢才，失其義矣。❾彭，音邦，ㄅㄤ。彭彭，《傳》：「彭彭然不得息。」❿傍傍，《傳》：「傍傍然不得已。」⓫嘉，《箋》：「善也。」鮮，《箋》：「善也。」將，《傳》：「壯也。」⓬旅，《集傳》：「旅與膂同。」旅力方剛，言體力正強。⓭經營，規畫造作也。⓮燕燕，《傳》：「安息貌。」居息，安居休息也。⓯盡瘁，勞瘁。見〈四月〉注⓴。事國，《詩緝》：「從事於國也。」即從事於國事也。⓰偃，音掩，ㄧㄢˇ。息偃，安息仰臥也。⓱不已，《箋》：「猶不止也。」不已于行，謂奔馳於道路而不止也。⓲不知叫號，《傳》：「叫，呼。號，召也。」陳啟源《毛詩稽古編》：「徵發呼召，正劬勞之事，不聞之，所以為安逸也。」又《集傳》：「深居安逸，不聞人聲也。」《毛詩稽古編》：「深居安逸，不聞呼叫之聲，義亦可通。」按依前解則號讀去聲，依後解則號讀號呶之號，平聲。後說較勝。⓳慘慘，猶戚戚

也。見〈正月〉注(61)。慘慘劬勞，謂勞苦不安也。⑳棲遲，游息也。見〈陳風・衡門〉注②。偃仰，《詩經詮釋》：「猶俯仰也。」棲遲偃仰，從容自如也。㉑鞅掌，《正義》：「鞅掌為煩勞之狀。」馬瑞辰《傳箋通釋》：「事多之貌。王事鞅掌，猶王事靡盬、王事傍傍，皆謂王事煩多也。」㉒湛，樂之過也。見〈鹿鳴〉注⑮。湛樂，過度之享樂也。㉓咎，猶罪過也。㉔風議，《箋》：「風，放也。」《正義》：「出入風議，謂閒暇無事，出入放恣議量時政。」又風，《釋文》音諷，ㄈㄥˋ，諷刺也。亦通。㉕靡事不為，極言其勞也。

【詩義・章旨】

〈詩序〉曰：「〈北山〉，大夫刺幽王也。役使不均，己勞於從事，而不得養其父母焉。」姚際恆《通論》曰：「此為為士者所作以怨大夫也，故曰『偕偕士子』，曰『大夫不均』，有明文焉。」姚氏謂此詩為士所作，舉詩文為證，實不可移易。然謂詩旨在「怨大夫」，似未深察。蓋「大夫不均，我從事獨賢」，表面在怨大夫，實所以刺王也。故〈詩序〉之說，除詩之作者外，其他悉可從焉。

全詩六章，前三章每章六句，後三章每章四句。何楷合後三章十二句為一章，姚際恆從之，並曰：「以其文法相同也。」其說有理。今不從，仍從注疏本之舊者，唯謹而已。

一章言朝夕從事王事，久不歸養父母，因以為憂。二章言率土之濱，皆為王臣，王理應公平相待，然大夫皆逸而我獨勞，實不平之甚。曰「大夫不均」，曰「我獨賢」，皆所以深刺王也。三章寫「獨賢」之實。曰「未老」、曰「方將」、曰「方剛」，皆托詞而已。末三章寫不均之狀。文雖三章，仍應作一章看，孔氏《正義》曰：「三章勢接，須通解之。」通解，便覺氣勢一貫；分觀，則有割裂之感，而氣勢亦隔絕矣。此十二句可分六組，每組前一句皆述大夫之逸樂，後一句皆述己之「獨賢」。大夫則燕燕居息，息偃在牀，不知叫號，棲遲偃仰，進而湛樂飲酒，出入風議；己則盡瘁事國，不已于行，慘慘劬勞，王事鞅掌，而猶慘慘畏咎，靡事不為，其「不均」竟有如此者！而十二句皆以「或」字領之，可謂奇筆。

六、無將大車

無將大車❶，祇自塵兮❷。無思百憂，祇自疧兮❸。

無將大車，維塵冥冥❹。無思百憂，不出于熲❺。

無將大車，維塵雍❻兮。無思百憂，祇自重❼兮。

【注釋】

❶將，《箋》：「猶扶進也。」謂以手推而前進也。大車，《正義》：「鄭云：平地載任之車，則是此也。其車駕牛。」按大夫之車亦曰大車。此「大車」重在「大」字，不必問其駕馬駕牛也。❷祇，音支，ㄓ。《箋》：「適也。」言將大車適為塵土所汙也。❸疧，音其，ㄑㄧˊ。《傳》：「病也。」按疧，通疷。段玉裁《詩經小學》曰：「疷與十二部之塵韻，讀若真（ㄓㄣ），此古合韻之例。」陳新雄〈毛詩韻譜、通韻譜、合韻譜〉列於第四部脂部合韻。句謂思百憂適自尋其病也。❹冥冥，《集傳》：「昏晦也。」❺熲，音炯，ㄐㄩㄥˇ。《集傳》：「熲與耿同，小明也。在憂中耿耿然不能出也。」《詩經評釋》：「句言不能離於憂也。」❻雍，《箋》：「猶蔽也。」按《釋文》：「雍，字又作壅。」《集傳》作雝，同。❼重，《箋》：「猶累也。」言思百憂只自疲累而已。

【詩義・章旨】

〈詩序〉曰：「〈無將大車〉，大夫悔將小人也。」《荀子・大略》曰：「《詩》曰：『無將大車，維塵冥冥。』」

言無與小人處也。」《傳》曰：「大車，小人之所將也。」〈序〉蓋本之荀子、毛公。實則詩中並無小人，其言實誤。《集傳》曰：「此亦行役勞苦而憂思者之作。」此又以「將大車」為行役，實則詩中亦無行役之意。詩曰「思百憂」，則其作者必為大夫以上之在位者，以世衰政亂，欲救無從，心生感慨而作也。方玉潤《詩經原始》曰：「此詩人感時傷亂，搔首茫茫，百憂並集；既憂知其徒憂無益，祇以自病，故作此曠達聊以自遣之詞。」其說是矣。

全詩三章，每章四句，形式複疊，與〈齊風・甫田〉前二章極為相似。每章首二句為比，此由〈甫田〉一詩可以得知。朱子《集傳》、姚氏《通論》皆標「興也」，似與毛公之意相違。故此詩之重心，僅在「無思百憂」一語而已。孟子曰：「夫以百畝之不易為己憂者，農夫也。」（《孟子・滕文公上》）平民事少，故憂亦少。在位者則不然，憂世，憂國，憂氏，進亦憂，退亦憂，可謂無時不憂，無事不憂，憂何僅百？今詩人既「思百憂」，又因憂而病，而昏，而疲，可見其憂之多與深，於此亦可見其位之高，事之繁，是則其非公卿大夫而誰何？

七、小明

明明上天，照臨下土❶。我征徂西❷，至于艽野❸。二月初吉❹，載離寒暑❺。心之憂矣，其毒大苦❻。念彼共人❼，涕零如雨。豈不懷歸？畏此罪罟❽。

昔我往矣，日月方除❾。曷云其還❿，歲聿云莫⓫。念我獨兮，我事孔庶⓬。心之憂矣，憚我不暇⓭。念彼共人，睠睠⓮懷顧。豈不懷歸？畏此譴怒⓯。

昔我往矣，日月方奧⓰。曷云其還？政事愈蹙⓱。歲聿云莫，采蕭穫菽⓲。心之憂矣，自詒伊戚⑲。念彼共人，興言出宿⑳。豈不懷歸？畏此反覆㉑。

嗟爾君子㉒，無恆安處㉓。靖共爾位㉔，正直是與㉕。神之聽之㉖，式穀以女㉗。

嗟爾君子，無恆安息。靖共爾位，好是正直㉘。神之聽之，介爾景福㉙。

【注釋】

❶下土，下地。見〈邶風‧日月〉注❶。❷征，《箋》：「行也。」徂，《箋》：「往也。」❸艽，音求，ㄑㄧㄡˊ。艽野，《傳》：「遠荒之地。」《正義》：「野是遠稱，艽是地名。」蘇轍《詩集傳》、朱子《集傳》皆用其說。宋翔鳳《過庭錄》曰：「艽野即鬼方。」未知是否。❹二月，《集傳》：「以夏正數之，建卯之月也。」初吉，《傳》：「朔日也。」又《經義述聞》以為上旬之吉日。❺載離寒暑，《箋》：「則更夏暑冬寒。」《正義》：「離，更也。」是離者，更也，經歷也。寒暑，謂冬與夏也。載離寒暑，謂經歷一年，言其久也。❻毒，《箋》：「憂之甚，心中如有毒藥也。」大，同太。❼共，恭也。共人，《詩經詮釋》：「蓋行役者謂其妻也。」按屈先生之說是也。下文接云：「涕零如雨，豈不懷歸。」念共人而涕零懷歸，則此共人當指其妻無疑。又〈秦風‧小戎〉妻稱夫為良人，則夫自可稱妻為共人。《箋》謂「靖共爾位，以待賢者之君」，《集傳》謂「僚友之處者」，皆未得其解。❽懷，《箋》：「思也。」罟，音古，ㄍㄨˇ。《傳》：「網也。」罪罟，法網也。言我豈不思歸乎？以畏此法網，故不敢潛歸也。❾除，《傳》：「除，除陳生新也。」按除即〈唐風‧蟋蟀〉「日月其除」之除，去也。詩人二月初吉出征，時舊歲方去，故曰「日月方除」。❿曷，何時。云，語詞。言何時將可還歸？⓫聿，《古書虛字集釋》：「聿，猶已也。」云，語詞。莫，同暮。言今歲已暮矣。此未歸之詞。⓬庶，《箋》：「眾也。」言我事甚多也。⓭憚，《傳》：「勞也。」《正義》：「以事多勞我，不得有閒暇之時。」⓮睠睠，陳奐

《傳疏》：「〈大東・傳〉：『睠，反顧貌。』重言曰睠睠。」⓯譴怒，《集傳》：「罪責也。」⓰奧，音玉，ㄩˋ。《傳》：「煖也。」⓱蹙，音促，ㄘㄨˋ。《傳》：「促也。」即緊急也。⓲菽，豆也。見〈豳風・七月〉注㊽。《詩記》：「董氏曰：采蕭，所以祭也。穫菽，所以畜也。」⓳詒，《箋》：「遺也。」伊，《箋》：「此也。」戚，《傳》：「憂也。」參見〈邶風・雄雉〉。⓴興，《箋》：「起也。」《集傳》：「憂至於不能安寢，而出宿於外也。」㉑反覆，《集傳》：「傾側無常之意也。」按一章曰：「畏此罪罟。」畏王之治罪也。二章曰：「畏此譴怒。」畏王之譴責也。三章曰：「畏此反覆。」畏王之反臉降罪也。罪罟、譴怒、反覆，皆指王而言，不便明指，故皆以「此」字代之。㉒君子，《箋》：「謂其友未仕者。」《集傳》：「指其僚友也。」按下文曰：「靖共爾位。」既已在位，當是其僚友之執政者。《箋》謂未仕者，恐誤。㉓無恆安處，言無常久安逸享樂也。㉔靖，《集傳》：「靖與靜同。」是靖者，安也。《左傳》襄公七年引此詩，杜注：「靖，安也。」共，恭也。言汝當安靖恭謹汝之職位也。㉕與，親也。言當與正直之人相親近也。㉖神，慎也。見〈伐木〉注⑩。㉗式穀，《箋》：「式，用。穀，善也。其用善人，則必用汝。」《集傳》以「式」為語詞，曰：「穀，祿也。以，猶與也。以穀與女也。」按二說似皆欠當。《詩》中「式」字有二解：一訓為用，語詞；一訓為法，動詞或名詞。此「式」字當訓為動詞之法，「式穀」，猶〈雨無正〉之「式臧」，與〈小宛〉、〈大雅・桑柔〉之「式穀」義同，皆謂法善、行善也。（詳見拙作〈釋詩經中「式」字〉）句謂行善由汝也。㉘好是正直，《集傳》：「愛此正直之人。」㉙介，即〈豳風・七月〉「以介眉壽」之介，匄也，求也。《傳》訓為大，亦通。《箋》訓為助，義似稍遜。景，《傳》：「大也。」句言求爾大福也。

【詩義・章旨】

〈詩序〉曰：「〈小明〉，大夫悔仕於亂世也。」此乃自「自詒伊戚」、「懷歸」數字捕風捉影而來，絕非詩旨。《集傳》曰：「大夫以二月西征，至於歲暮而未得歸，故呼天而訴之。」此亦表相而已，未之深察也。竊意此詩乃詩人藉寫出征之苦，以勸誡朝中僚友勠力朝政，靖共其職也。至於思家涕零云云，確是實情，然僅是用以激勵僚友，並非詩之主旨。其言「其毒大苦」、「我事孔庶」、「采蕭穫菽」，在勸僚友「無恆安處」也；其言「畏此罪罟」、「畏此譴怒」、「畏此反覆」，在誡僚友不可隕越、「靖共爾位，正直是與」也。觀其曰「嗟爾君子」，曰「神之聽之」，其身分非為執政公卿，即為元老重臣，大夫恐不能為之。彼身在千里之外，而猶心繫魏闕，何嘗有「悔仕」之意！又何嘗真在「呼天而訴」來歸之情！

全詩五章，前三章每章十二句，後二章每章六句。前三章形式複疊，一章述離家之久與思家之苦，二、三又增述事務之繁。後二章形式複疊，內容相同，在勸誡僚友，「無恆安處。靖共爾位」而已——此正本篇之主旨所在也。

八、鼓鐘

鼓鐘將將❶，淮水湯湯❷。憂心且傷。淑人君子❸，懷允不忘❹。
鼓鐘喈喈❺，淮水湝湝❻。憂心且悲。淑人君子，其德不回❼。
鼓鐘伐鼛❽，淮有三洲❾。憂心且妯❿。淑人君子，其德不猶⓫。
鼓鐘欽欽⓬，鼓瑟鼓琴。笙磬同音⓭。以雅以南⓮，以籥不僭⓯。

【注釋】

❶鼓，動詞，《正義》：「擊也。」將，音槍，ㄑㄧㄤ。將將，《釋文》：「聲也。」《正義》：「鼓擊其鐘而聲將

將然。」❷淮水，《集傳》：「淮水出信陽軍桐柏山，至楚州漣水軍入海。」湯，音傷，ㄕㄤ。湯湯，《釋文》：「流盛貌。」按當是水流聲，見〈衛風・氓〉注㉚。❸淑，《箋》：「善也。」淑人君子，指所懷之人。❹懷，抱也。允，《箋》：「信也。」不忘，不已也。前已數見。句言其守信不已也。《集傳》訓「懷」為思，則指詩人，非指淑人君子，與下二章文義不倫矣。❺喈，音皆，ㄐㄧㄝ。喈喈，《傳》：「猶將將。」❻湝，音皆，ㄐㄧㄝ。湝湝，《傳》：「猶湯湯。」❼回，《傳》：「邪也。」言其德正而不邪也。❽鼛，音高，ㄍㄠ。《傳》：「大鼓也。」《正義》：「鼛鼓尋有四尺，長丈二，是大鼓也。」❾淮有三洲，朱右曾《詩地理徵》：「《水經注》曰：『淮水又東，為安風津。津中有洲，俗號關洲。蓋津關所在，故洲納厥稱。』通校全淮，惟此有洲，在今霍邱縣北也。」❿妯，音抽，ㄔㄡ。《箋》：「妯之言憚也。」《說文通訓定聲》：「妯，叚借為憚。」⓫猶，《傳》：「若也。」按若，猶同也。〈召南・小星〉一章曰：「寔命不猶。」二章曰：「寔命不同。」《集傳》：「猶，亦同也。」此言其德與常不同也。⓬欽欽，《正義》：「亦鐘聲也。」⓭磬，《集傳》：「樂器，以石為之。」同音，蘇轍《詩集傳》：「言其和也。」⓮雅，樂器名，見本書〈緒論〉。南，亦樂器名，見文幸福《詩經周南召南發微》。蘇轍謂是二雅二南，恐誤。⓯籥，音悅，ㄩㄝˋ，樂器名，見〈邶風・簡兮〉注❽。以籥，《傳》：「以為籥舞。」《正義》：「謂吹籥而舞也。」僭，音欽，ㄑㄧㄣ，《集傳》：「亂也。」言吹籥而舞，進退不亂也。

【詩義・章旨】

〈詩序〉曰：「〈鼓鐘〉，刺幽王也。」《傳》：「幽王用樂，不與德比，會諸侯于淮上，鼓其淫樂以示諸侯，賢者為之憂傷。」《箋》：「為之憂傷者，嘉樂不野合，犧象不出門，今乃於淮水之上作先王之樂，失禮尤甚。」《正義》：「毛以刺鼓其淫樂以示諸侯，鄭以為作先王音樂於淮水之上，毛鄭雖其意不同，俱是失所，故刺之。」蘇轍、呂東萊、嚴粲、范處義等皆從其說，朱子謂：「此詩之義未詳。」然又謂：「王氏曰：幽王鼓鐘淮水之上，為流連之樂，久而忘反，聞者憂傷而思古之君子不能忘也。」姜炳璋《詩廣義》、范家相《詩瀋》更據《左傳》昭公四年椒舉曾言：「周幽為大室之盟，戎狄叛之。」而以為幽王因大室之盟遨遊桐柏，以證幽王曾會諸侯於淮上。然歐陽脩早已斥其不實，其《詩本義》曰：「旁考詩書史記，無幽王東巡之事，無由遠至淮上而作樂。」姚際恆亦謂：「幽王無至淮之事，固不待歐陽氏而後疑之矣。」後之說《詩》者或依或違，莫能決也。屈萬里先生曰：「此疑悼南國某君之詩。」李辰冬先生又謂是召虎悼念召伯之詩，而作者為尹吉甫。屈先生之說並無確證，李先生匯聚三百篇詩以求《詩經》之作者及其生平，又以其所求得之結果以解詩，如此循環為解，自無不合。然是否為事實，則不可知也。

全詩四章，每章五句，前三章形式複疊。此三章首二句點明作樂之所。第三句最使人困擾，以不知其所憂何事也。第四句「淑人君子」為此詩所歌詠之對象，作樂淮上，若非出於其意，必是為之而作。以詩中所記樂器觀之，此人身分極高（〈曹風・鳲鳩〉中之「淑人君子」亦然），若非天子，即為公侯。屈萬里先生以為南國諸侯，或是。末句則頌揚此君子之德。末章盛讚樂舞和諧而不亂，則此樂並非淫樂可知。不僅非淫樂，且與此「淑人君子」之德相得而益彰。因此，〈詩序〉「刺幽王」之說全不可信。

九、楚茨

楚楚者茨❶，言抽其棘❷。自昔何為？我蓺黍稷❸。我黍與與❹，我稷翼翼❺。我倉既盈，
我庾維億❻。以為酒食，以享以祀❼。以妥以侑❽，以介景福❾。
濟濟蹌蹌❿，絜爾牛羊⓫，以往烝嘗⓬。或剝或亨⓭，或肆或將⓮。祝祭于祊⓯，祀事孔
明⓰。先祖是皇⓱，神保是饗⓲。孝孫有慶⓳，報以介福⓴，萬壽無疆。

執爨踖踖㉑，為俎孔碩㉒。或燔或炙㉓，君婦莫莫㉔。為豆孔庶㉕，為賓為客㉖。獻醻交錯㉗，禮儀卒度㉘，笑語卒獲㉙，神保是格㉚。報以介福，萬壽攸酢㉛。

我孔熯矣㉜，式禮莫愆㉝。工祝致告㉞，徂賚孝孫㉟。苾芬孝祀㊱，神嗜飲食㊲。卜爾百福㊳，如幾如式㊴。既齊既稷㊵，既匡既敕㊶。永錫爾極㊷，時萬時億㊸。

禮儀既備，鐘鼓既戒㊹。孝孫徂位㊺，工祝致告。神具醉止㊻，皇尸載起㊼。鼓鐘送尸㊽，神保聿歸㊾。諸宰㊿君婦，廢徹不遲(51)。諸父兄弟，備言燕私(52)。

樂具入奏(53)，以綏後祿(54)。爾殽既將(55)，莫怨具慶(56)。既醉既飽，小大稽首(57)。神嗜飲食，使君壽考(58)。孔惠孔時(59)，維其盡之(60)。子子孫孫，勿替引之(61)。

【注釋】

❶楚楚，《集傳》：「盛密貌。」茨，蒺藜也。見〈鄘風・牆有茨〉注❶。❷抽，《傳》：「除也。」棘，刺也。《方言》：「凡草木刺人，自關而西謂之刺，江湘之間謂之棘。」去其棘以利黍稷生長也。❸蓺，種也。見〈齊風・南山〉注⓮。言我昔日何為如此勤苦？為種黍種稷也。❹與與，《箋》：「蕃廡貌。」《正義》：「蕃殖而茂盛也。」❺翼翼，《集傳》：「與與、翼翼，皆蕃盛貌。」❻庾，音禹，ㄩˇ。《傳》：「露積曰庾。」《正義》：「言露地積之。」按《說文》：「庾，一曰倉無屋者。」段注：「無屋，無上覆者也。」億，《傳》：「萬萬曰億。」《箋》：「倉言盈，庾言億，亦互辭喻多也。」十萬曰億。」❼享，《箋》：「獻也。」言獻之先祖而祀之也。❽以妥以侑，《傳》：「妥，安坐也。侑，勸也。」《正義》：「迎尸使處神坐而食，於時拜以安之，是妥

也。為其嫌不飽，祝以主人之辭勸之，是侑也。」❾介，求也。言以求大福也。❿濟濟蹌蹌，《傳》：「言有容也。」按《詩》凡言「濟濟」，皆盛多之貌。此言大夫儀容之盛也。凡言「蹌蹌」，皆趨進之貌。此言大夫趨進有節也。⓫絜，《詩記》：「長樂劉氏曰：絜者，在滌而芻之也。」⓬烝嘗，《箋》：「冬祭曰烝，秋祭曰嘗。」《正義》：「據四時，則嘗先於烝，經先烝後嘗，便文爾。」按此泛指祭祀。⓭剝，《箋》：「解剝其皮也。」亨，古烹字，《正義》：「謂煮之使熟。」⓮肆，《正義》：「陳也。」蘇轍《詩集傳》：「謂陳其骨體於俎也。」將，《箋》：「奉持而進之也。」⓯祝，《說文》：「祝，祭主贊辭者。」祊，音邦，ㄅㄤ。《傳》：「門內也。」《說文》：「祊，門內祭，先祖所旁皇也。」⓰明，《箋》：「猶備也。」《集傳》：「猶著也。」⓱皇，《傳》：「大也。」《箋》：「皇，暀也。先祖以孝子祀禮甚明，故精氣歸暀也。」按〈周頌．執競〉「上帝是皇」《傳》：「皇，美也。」此詩「皇」字亦當訓美。言先祖美之，故神來饗也。《傳》訓大，大亦美也。《箋》訓為暀，失其義矣。⓲神保，祖考之異名也。見王國維〈與友人論詩書中成語書〉。饗，食也。⓳孝孫，《集傳》：「主祭之人也。」按《禮記．郊特牲》曰：「祭稱孝孫、孝子，以其義稱也。」慶，《集傳》：「猶福也。」⓴介，大也。言神報孝孫以大福也。㉑爨，音竄，ㄘㄨㄢˋ。《集傳》：「竈也。」執爨，謂主持廚事也。踖，音鵲，ㄑㄩㄝˋ。踖踖，《正義》：「敬慎也。」《集傳》：「敬也。」㉒俎，《集傳》：「所以載牲體也。」即盛牲體之器。孔碩，《正義》：「甚博大。」句言俎中之牲體甚大也。㉓燔，音煩，ㄈㄢˊ。《箋》：「燔肉也。」即燒肉。炙，《箋》：「肝炙。」《正義》：「炙肝也。」按燔近火，炙遠火。㉔君婦，《箋》：「謂后也。凡嫡妻稱君婦。」《集傳》：「主婦也。」莫莫，《傳》：「言清靜而敬至也。」㉕豆，盛殽之器，此指豆中殽類，故《傳》曰：「豆，謂肉羞庶羞也。」庶，《正義》：「眾多也。」㉖為賓為客，《詩記》：「朱氏曰：言既以豆獻尸，又與賓客相獻酬也。」此句專主賓客而言，謂設豆所以為賓客也。賓客，謂助祭者。㉗獻醻，飲酒之禮，見〈節南山〉注㊼。交錯，《傳》：「東西為交，邪行為錯。」㉘卒，《箋》：「盡也。」度，《傳》：「法度也。」言禮儀盡合法度也。㉙獲，《傳》：「得時也。」《集傳》：「得其宜也。」于省吾《澤螺居詩經新證》：「獲，應讀作矆，規也。」按〈魯頌・泮水〉「淮夷卒獲」，「獲」字如訓為規，於義難通。故此詩仍以從毛公之訓為宜。㉚格，《傳》：「格，來也。」㉛酢，《傳》：「報也。」㉜熯，音漢，ㄏㄢˋ。《爾雅・釋詁》：「熯，敬也。」《傳》同。于省吾以為「熯」即謹字。㉝式，《箋》：「法也。」式禮，法禮、行禮也。愆，《箋》：「過也。」言依禮而行不敢有誤也。㉞工，馬瑞辰《傳箋通釋》：「工，官也。」工祝，即祝官。致告，《箋》：「致神意告主人。」㉟賚，音賴，ㄌㄞˋ。《傳》：「予也。」句言往賜福與主人也。㊱苾，音必，ㄅㄧˋ。苾芬，《釋文》：「馨香也。」《韓詩》作「馥芬」。孝，馬瑞辰《傳箋通釋》：「孝，享也。」孝祀，即享祀。句言芬芳之享祀物品。㊲嗜，愛好也。句言神喜飲之食之也。㊳卜，《箋》：「予也。」百福，言福之多也。㊴如幾如式，《傳》：「幾，期也。式，法也。」按《傳》訓「幾」為期，義不可通。高本漢《詩經注釋》訓為期望，離詩義愈遠。竊意《詩》複字句中之相異二字義必相類，故「幾」、「式」二字義當相近（高亨已及見之），幾者，機之假借。機持經緯，式為規矩，皆造作器物根本之具，故以之喻「百福」之源源不絕，一如〈天保〉之以「如山如阜」、「如岡如陵」喻福祿之大而固也。（詳見拙作〈釋詩經中「式」字〉）㊵既齊既稷，《傳》：「稷，疾也。」《正義》：「既能整齊矣，既能極疾矣。」按《詩》中凡言「既……既……」者，兩「既」下之字，義多相同或相近，故「齊」、「稷」二字之義亦當相同。《爾雅・釋詁》：「齊，疾也。」是「齊」與「稷」皆疾速之義。㊶既匡既敕，《集傳》：「匡，正也。」敕，音赤，ㄔˋ。《毛詩後箋》：「敕與飭同。」是敕有整義，與匡義近。㊷錫，《箋》：「賜也。」極，《傳》：「中也。」按此「極」字當指祿位而言，《正義》謂「中和之福」，恐誤。㊸時，《箋》：「是也。」句言萬萬年也。㊹備，《正義》：「畢也。」戒，《詩經詮釋》：「備也。」備鐘鼓以送尸也。㊺徂位，《箋》：「以祭禮畢，孝孫往位，堂下西面位也。」㊻具，《箋》：「皆也。」止，語詞。㊼皇，《傳》：「大也。」尸，古祭祀時，以生人象所祭之祖先以備祭也。天子以卿為尸，諸侯以大夫為尸，卿大夫以下則以孫輩為之。皇尸，《集傳》：「尊稱之也。」句謂祭祀已畢，尸則起而離其受祭之位。(48)鼓鐘送尸，《正義》：「鳴鐘鼓以送尸。」段玉裁《詩經小學》以為「鼓鐘」當作「鐘鼓」。(49)聿，語詞。言神靈乃歸也。(50)諸宰，《集傳》：「家宰非一人之稱也。」宰指家臣。(51)廢，《箋》：「去也。」不遲，《箋》：「以疾為敬也。」言急速徹去祭品。(52)備，俱也，齊也。燕私，宴飲家人也。句言諸父、諸兄弟乃齊集而私宴也。(53)《正義》：「祭時在廟，燕當在寢，故言祭時之樂，皆復來入於寢而奏之。」(54)綏，《傳》：「安也。」祿，福也。《集傳》：「於祭既受祿矣，故以燕為將受後祿而綏之也。」(55)將，《集傳》：「進也。」(56)莫怨具慶，言諸父兄弟無人嗟怨，而皆歡慶。(57)小大，《箋》：「猶長幼也。」稽，音起，ㄑㄧˇ。稽首，《詩記》：「董氏曰：稽首，謂頭拜至地也。」(58)二句言君明德馨香，神既喜君之飲食，是以使君壽考也。(59)惠，《箋》：「順也。」言君之祭祀甚順於禮，甚得其時也。(60)之，指上文「惠」與「時」。句言維君能盡此順禮、得時之美。(61)替，《傳》：「廢也。」引，《傳》：「長也。」言願君子子孫孫勿廢棄此祭禮，並代代延而續之。

【詩義・章旨】

〈詩序〉曰：「〈楚茨〉，刺幽王也。政煩賦重，田萊多荒，饑饉降喪，民卒流亡，祭祀不饗，故君子思古焉。」姚際恆駁之曰：「此唯泥『自昔何為』一語耳。不知此句正喚起下黍、稷句，以見黍、稷之所由來也。其餘皆詳敘祭祀，自始至終，極其繁盛，無一字刺意。而說者猶爭之，何也？」姚氏所言極是。不僅此也，詩曰：「楚楚者茨，言抽其棘。」此作者親見之景也。「我蓺黍稷，我黍與與，我稷翼翼。我倉既盈，我庾維億。」「我孔熯矣，式禮莫愆。」此作者親歷之事也。豈是「思古」之詞？《集傳》曰：「此詩述公卿有田祿者力於農事，以奉其宗廟之祭。」觀詩曰「萬壽無疆」、「鼓鐘送尸」，而所奏肆夏，乃王者之禮，非公卿所可當，故非公卿之詩也。呂氏《詩記》曰：「〈楚茨〉極言祭祀，所以事神受福。」可謂一語中的。

全詩六章，每章十二句。首章寫豐收後為酒食以祭祀求福。二章寫祭祀者準備祭物之情景，三章寫祭祀之禮儀，四章寫祝官致神意以告主人，五章寫祭畢送尸後而為私宴，末章寫宴後諸父兄弟之祝福。除五章外，每章皆有求福之語，如一章曰：「以介景福。」二章曰：「報以介福，萬壽無疆。」三章曰：「報以介福，萬壽攸酢。」四章曰：「卜爾百福。」「永錫爾極。」末章曰：「使君壽考。」是則祭神之目的，非在謝恩，而在「以綏後祿」也。至於「諸父兄弟，備言燕私」、「莫怨具慶」，加強全族之團結力量，此又祭祀祖先之另一目的。曾子曰：「慎終追遠，民德歸厚。」（《論語・學而》）信然。

一〇、信南山

信彼南山❶，維禹甸之❷。畇畇原隰❸，曾孫田之❹。我疆我理❺，南東其畝❻。

上天同雲❼，雨雪雰雰❽。益之以霢霂❾，既優既渥❿，既霑既足⓫，生我百穀。

疆場翼翼⓬，黍稷彧彧⓭，曾孫之穡⓮，以為酒食。畀我尸賓⓯，壽考萬年。

中田有廬⓰，疆場有瓜⓱。是剝是菹⓲，獻之皇祖⓳。曾孫壽考，受天之祜⓴。

祭以清酒㉑，從以騂牡㉒，享于祖考㉓。執其鸞刀㉔，以啟其毛㉕，取其血膋㉖。

是烝是享㉗，苾苾芬芬㉘，祀事孔明。先祖是皇，報以介福，萬壽無疆㉙。

【注釋】

❶信，《毛詩傳箋通釋》：「古伸字借作信，長遠貌。」南山，《詩記》：「董氏曰：南山，終南山也。」❷甸，

音店，ㄉㄧㄢˋ。《傳》：「治也。」❸畇，音雲，ㄩㄣˊ。《傳》：「墾闢貌。」按墾闢義在下句「田」字，此「畇畇」當是原隰之貌，亦猶「信」為南山之貌。「畇」當借作勻。勻，均也，平也，引申有平坦之意。《文選．左思．魏都賦》「原隰畇畇」注：「向曰：畇畇，平坦貌。」其注可從。原隰，見〈皇皇者華〉注❷。❹曾孫，《傳》：「成王也。」《集傳》：「曾孫，主祭者之稱。曾，重也。自曾祖以至無窮，皆得稱之也。」按〈甫田〉、〈大田〉、〈大雅．行葦〉、〈周頌．維天之命〉皆有「曾孫」一詞，未必皆指成王。故《集傳》謂是主祭者，似是。惟此主祭者亦是周之天子也。田，動詞，闢之為田，即下文「我疆我理，南東其畝」之事也。❺我疆我理，《傳》：「疆，畫經界也。理，分地理也。」《集傳》：「疆者，為之大界也。理者，定其溝塗也。」❻南東，猶縱橫也。畝，《集傳》：「壟也。」謂或南其畝，或東其畝也。❼上天，《正義》：「以雲在於天上，雨從上下，故曰上天。」按天在上，故曰上天。同雲，《集傳》：「雲一色也，將雪之候如此。」句言雲行雨施之周普也。❽雨，音玉，ㄩˋ，動詞，落也。雰雰，猶紛紛，《傳》：「雪貌。」❾益，加也。霡，音末，ㄇㄛˋ。霂，音木，ㄇㄨˋ。霡霂，《爾雅．釋天》：「小雨謂之霡霂。」《傳》同。按言冬有雪，春有雨，豐年之兆。❿優，《箋》：「潤澤也。」渥，《箋》：「饒洽也。」⓫既霑既足，《正義》：「既已霑潤，既已豐足。」《集傳》：「優、渥、霑、足，皆饒洽之意也。」⓬埸，音易，ㄧˋ。《傳》：「畔也。」何楷《詩經世本古義》：「疆埸皆田界之名。」翼翼，《集傳》：「整飭也。」言疆界田畔翼翼然整齊也。⓭彧，音域，ㄩˋ。彧彧，《傳》：「茂盛貌。」《正義》：「上言生我百穀，此獨言黍稷者，黍稷為穀之長，故特言之也。」⓮穡，斂之曰穡。見〈魏風．伐檀〉注❽。此指所收之穀類。⓯畀，音閉，ㄅㄧˋ。《箋》：「予也。」言以此酒食獻之於尸及賓客也。⓰中田，《箋》：「田中也。」廬，《正義》：「廬舍。」謂農人作廬舍於田間，農時居其中以利耕作也。⓱《集傳》：「於畔上種瓜，以盡地利。」⓲菹，音居，ㄐㄩ。《箋》：「淹漬也。」句言剝削淹漬之以為菹也。⓳皇祖，《箋》：「先祖也。」⓴祜，《箋》：「福也。」㉑清酒，《集傳》：「清潔之酒也。」按《箋》分清酒為二：清謂玄酒，即水也。酒謂鬱鬯、五齊、三酒之屬。然以之解〈韓奕〉「清酒百壺」，似有未合。《周禮・天官・酒正》鄭司農謂「祭祀之酒」，亦然。故當以朱子之說為是。㉒從，隨也，繼也。騂，音辛，ㄒㄧㄣ。《集傳》：「赤色，周所尚也。」牡，雄牲也。祭時先以酒灌地求神於陰，然後迎牲。㉓享，《正義》：「獻也。」言以清酒騂牡獻於祖考也。㉔鸞刀，《正義》：「鸞即鈴也。謂刀環有鈴，其聲中節。」㉕啟其毛，《集傳》：「啟其毛以告純也。」按〈車攻〉《傳》曰：「宗廟齊豪，尚純也。」今開啟其毛所以示毛之純也。㉖膋，音聊，ㄌㄧㄠˊ。《箋》：「膋，脂膏也。血以告殺，膋以升臭。」言取其血與脂膏也。按取血與脂膏，合以黍稷，實之於蕭，燔之以求神於陽也。㉗烝，《傳》：「進也。」享，獻也。㉘苾苾芬芬，《詩緝》：「香氣上達也。」㉙以上四語見〈楚茨〉。

【詩義・章旨】

〈詩序〉曰：「〈信南山〉，刺幽王也。不能脩成王之業，疆理天下，以奉禹功，故君子思古焉。」此詩當與前篇相同，亦為詠周王祭祀祖先之詩。所詠何王，不可得知，要非刺幽王也。故〈序〉說不可信。

全詩六章，每章六句。首章前二句記禹甸南山，後四句記曾孫開原隰之勞。「我疆我理，南東其畝」，即記其勞苦之事也。二章述天時之和，豐年之兆。三章述年豐而人樂。四章述感恩祖先，祭祀以求福。五章記祭祀經過，前三句寫求神於陰，後三句寫求神於陽。末章述祭祀受福。全詩用字精練而生動，如首章先寫禹，後寫曾孫，明以曾孫之功與禹比肩。「疆」、「理」、「南」、「東」，名詞用作動詞，益見其巧。二章前三句寫天象，後二句寫地狀，只在為寫末一句「生我百穀」而已。四章首二句「中田有廬，疆埸有瓜」，農村景色，畢現眼前。末二章寫祭祀過程，細致入微。故姚際恆曰：「多閒情別致。」與上篇〈楚茨〉相較，格調又自不同。

甫田之什

一、甫田

倬彼甫田❶，歲取十千❷。我取其陳❸，食我農人❹。自古有年❺。今適南畝，或耘或耔❻，黍稷薿薿❼。攸介攸止❽，烝我髦士❾。

以我齊明❿，與我犧羊⓫，以社以方⓬。我田既臧，農夫之慶⓭。琴瑟擊鼓⓮，以御田祖⓯。以祈甘雨，以介我稷黍⓰，以穀⓱我士女。

曾孫來止⓲，以其婦子，饁彼南畝。田畯至喜⓳，攘其左右⓴，嘗其旨㉑否。禾易長畝㉒，終善且有㉓。曾孫不怒，農夫克敏㉔。

曾孫之稼，如茨如梁㉕；曾孫之庾，如坻如京㉖，乃求千斯倉㉗，乃求萬斯箱㉘，黍稷稻梁㉙。農夫之慶，報以介福，萬壽無疆㉚。

【注　釋】

❶倬，音濁，ㄓㄨㄛˊ。《釋文》：「《韓詩》作菿。」段玉裁《詩經小學》：「《爾雅》：『菿，大也。』」是倬當訓大。甫，《正義》：「大也。」甫田，大田也。❷十千，《傳》：「言多也。」言一歲取其稅十千。❸我，《集傳》：「食祿主祭之人也。」陳，《集傳》：「舊粟也。」粟以新為貴。❹食，音四，ㄙˋ，以食與人也。句言我

取舊粟，以養我之農夫。❺有年，《箋》：「豐年也。」句言自昔以來皆是豐年也。❻耘，《傳》：「除草也。」耔，音子，ㄗˇ。《傳》：「雝本也。」覆土壅其根也。耘耔皆農夫之事。❼薿，音以，ㄧˇ。薿薿，《集傳》：「茂盛貌。」❽攸，乃也，則也。介，《箋》：「舍也。」舍必歸於廬，止則隨其所倦而息。❾烝，《傳》：「進也。」髦，音毛，ㄇㄠˊ。《傳》：「俊也。」髦士，謂農夫中之俊秀者。句言招進我髦士以勞之。❿齊明，《傳》：「器實曰齊，在器曰盛。」馬瑞辰《傳箋通釋》：「齊者，齍之省借。明者，盛之叚借。」齍與粢同。粢，六穀也，即《傳》所謂器實也。盛於器則謂之盛。粢盛，所以供祭祀也。⓫犧羊，《箋》：「純色之羊。」《正義》：「〈郊特牲〉云『社稷太牢』，則四方之神亦太牢。此獨言羊以會句，言犧以見純，明非特羊而已。」⓬社，《傳》：「后土也。」即土神。方，《正義》：「四方之神。」此皆作動詞用，謂祭之也。⓭慶，《箋》：「賜也。」之慶，是慶也。言我田既善，乃予農夫以賞賜也。⓮琴瑟擊鼓，《正義》：「鼓言擊，明琴瑟亦擊可知。」或以「擊」亦樂器，柷也。⓯御，《箋》：「迎也。」田祖，《傳》：「先嗇也。」先嗇即神農。《正義》：「始教造田謂之田祖，先為稼穡謂之先嗇，神其農業謂之神農，名殊而實同也。」⓰介，《箋》：「助也。」⓱穀，《箋》：「養也。」⓲曾孫，見〈信南山〉注❹。止，語詞。⓳三句見〈豳風．七月〉。喜，《箋》：「讀為饎。饎，酒食也。」謂以酒食饋餉南畝之農夫。亦通。⓴攘，《集傳》：「攘，取也。」謂取其左右之食也。又《箋》曰：「攘，讀為饟，饋也。」謂司嗇（田畯）至，又加之以酒食，饟其左右從行者。亦通。㉑旨，《箋》：「美也。」㉒禾易長畝，《傳》：「易，治也。長畝，竟畝也。」言竟畝之禾皆治之安善也。又俞樾《群經平議》：「易，當讀為施，延也。禾易長畝，言禾連延竟畝耳。」亦通。㉓有，《集傳》：「多也。」終善且有，即既好且多也。㉔敏，《傳》：「疾也。」言曾孫未施威怒，而農夫皆能敏疾治田也。㉕茨，《箋》：「屋蓋也。」梁，《傳》：「車梁也。」按當為魚梁。如茨、如梁，亦猶如坻、如京，皆言其穹隆也。于省吾《詩經新證》以茨為棘，以梁為荊字之誤，以〈瞻彼洛矣〉「福祿如茨」一語觀之，似誤。㉖庾，見〈楚茨〉注❻。坻，《箋》：「水中之高地。」

即小沚也。京，《傳》：「高立也。」㉗斯，語詞。言求千倉以藏之。㉘箱，《正義》：「車箱也。」言求萬箱以載之。㉙言千倉萬箱者，乃黍稷稻粱也。㉚言給與農夫以賞賜，農夫則以「介福，萬壽無疆」以報孝孫也。

【詩義．章旨】

〈詩序〉曰：「〈甫田〉，刺幽王也。君子傷今而思古焉。」按詩中「我」字，乃曾孫之代稱。故此詩所寫皆當前之事，非「傷今而思古」也。〈序〉說實誤。《集傳》曰：「此詩述公卿有田祿者，力於農事，以奉方社田祖之祭。」實則此詩除第二章外，其他三章無一語言及祭祀，故《集傳》之說亦失其實。實則此詩亦如〈豳風．七月〉，寫上下（尤其農夫）相敬相親，故終豐收焉。觀詩之一章曰：「食我農人」、「烝我髦士。」二章曰：「農夫之慶。」三章曰：「曾孫來止」、「曾孫不怒，農夫克敏。」末章曰：「農夫之慶，報以介福，萬壽無疆。」則可知矣。

全詩四章，每章十句。一章寫農夫人得其養，才得其用。二章寫祭祀諸神，然猶不忘農夫，故曰：「我田既臧，農夫之慶。」三章寫曾孫視察農地，親饁南畝，故農夫克敏也。末章寫豐收情形。末三句尤為畫龍點睛。上賜農夫，農夫則報上「萬壽無疆」。上下協和，宜乎其豐收也。此詩開頭與結尾皆與〈七月〉相似，文字亦有部分相同。惟〈七月〉所寫較詳，而此詩稍略而已。

二、大田

大田多稼❶，既種既戒❷，既備乃事❸，以我覃耜❹，俶載❺南畝，播厥百穀。既庭且碩❻，曾孫是若❼。

既方既皁❽，既堅既好❾，不稂不莠❿。去其螟螣⓫，及其蟊賊⓬，無害我田穉⓭。田祖有神⓮，秉畀炎火⓯。

有渰萋萋⓰，興雨祈祈⓱，雨我公田⓲，遂及我私⓳。彼有不穫穉⓴，此有不斂穧㉑；彼有遺秉㉒，此有滯穗㉓，伊寡婦之利㉔。

曾孫來止，以其婦子，饁彼南畝；田畯至喜㉕。來方禋祀㉖，以其騂黑㉗，與其黍稷，以享以祀，以介景福。

【注釋】

❶大田，廣大之田畝也。多稼，多種穀類也。❷種，《箋》：「擇其種也。」戒，《集傳》：「飭其具也。」❸乃，《古書虛字集釋》：「猶其也。」言既備選種飭具之事也。❹覃，音眼，ㄧㄢˇ。《傳》：「利也。」耜，農具。見〈豳風・七月〉注❼。❺俶，音觸，ㄔㄨˋ。《正義》：「王肅以為始也。」載，《詩經詮釋》：「在也。」❻庭，《傳》：「直也。」碩，《箋》：「大也。」言眾穀之生，皆條直而碩大。❼若，《箋》：「順也。」顧廣譽《學詩詳說》：「《詩》云是若，皆是以為順於其心。」句言曾孫乃順心滿意也。❽方，《箋》：「房也，謂孚甲（殼）始生而未合時也。」皁，音造，ㄗㄠˋ。《毛詩後箋》：「孚甲已成而未堅也。」❾堅，謂其實堅實。好，謂其實豐滿。❿稂，草名。見〈曹風・下泉〉注❹。莠，音有，ㄧㄡˇ，《傳》：「似苗也。」即似苗之草。⓫螟，音明，ㄇㄧㄥˊ。《傳》：「食心曰螟。」螣，音特，ㄊㄜˋ。《傳》：「食葉曰螣。」⓬蟊，音矛，ㄇㄠˊ。《傳》：「食根曰蟊。」賊，《傳》：「食節曰賊。」按《傳》全用《爾雅・釋蟲》文。孔氏《正義》引陸機《疏》曰：

「舊說云：螟、螣、蟊、賊，一種蟲也，如言寇賊奸宄，內外言之耳。故犍為文學曰：此四種蟲皆蝗也。實不同，故分釋之。」⓭稺，《箋》：「稺禾也。」即幼禾也。⓮田祖，農神。見〈甫田〉注⓯。有，語詞。田祖有神，即田祖之神，亦即農神也。⓯秉，《釋文》：「執持也。」畀，《釋文》：「與也。」炎，《箋》：「盛也。」炎火，大火也。蝗蟲之屬，遇火則投之自焚，故此謂田祖持之而投於大火也。⓰渰，音掩，ㄧㄢˇ。《傳》：「雲興貌。」萋萋，《集傳》：「盛貌。」⓱祁祁，眾盛貌。⓲雨，音玉，ㄩˋ，動詞。公田，公眾之田。《集傳》：「公田者，方里而井，井九百畝。其中為公田，八家皆私百畝，而同養公田也。」⓳私，私田也。此言農夫之心先公後私，望天雨我公田，因遂及我之私田。⓴不穫稺，未收割之稺禾。㉑穧，音寄，ㄐㄧˋ。《正義》：「禾之鋪而未束者。」不斂穧，割而未收束之禾。㉒秉，《傳》：「把也。」言此處有遺餘之禾把。㉓滯穗，《正義》：「滯漏之禾穗也。」㉔不穫稺、不斂穧、遺秉、滯穗，遺置於田間，維寡婦拾取之以為己之利益也。㉕四句見〈甫田〉。㉖來，發語詞，猶維也。方，《箋》：「四方之神。」禋，音因，ㄧㄣ。《集傳》：「精意以享謂之禋。」禋祀，祭祀也。句言祭祀四方之神也。㉗騂，《傳》：「牛也。」黑，《傳》：「羊豕也。」《箋》：「陽祀用騂牲，陰祀用黝牲。」按四方當用四色以祭，今僅言騂（南方色）、黑（北方色）者，略舉二方以韻句耳。

【詩義．章旨】

〈詩序〉曰：「〈大田〉，刺幽王也。言矜寡不能自存焉。」詩明言「遺秉」、「滯穗」、「伊寡婦之利」，而〈序〉謂「矜寡不能自存」，誤矣。《集傳》曰：「此詩為農夫之辭，以頌美其上，若以答前篇之義也。」以文中「雨我公田，遂及我私」二語觀之，其說近是；然以之衡度全詩，則仍未全合。實則此詩乃記辛勤耕作之歷程及豐收後之祭神活動。始述播種，次述除害，再述豐收，末述祭神，非久於農事者不能為也。

全詩四章，每章八句。一章述春耕之勤，自選種、備具、下田、播種，無不畢記，而層次井然。末句以「曾孫是若」作結，正顯示周王所重者在稼穡也。二章寫夏日去草、除蟲之勞。三章寫秋收之歡，雖寡婦亦得其利。末章寫豐收後周王祭祀之誠。祭祀須用黍稷以為粢盛，而黍稷必待耕種收穫而後有。故祭祀乃收成後之活動，亦為農事之一環也。

三、瞻彼洛矣

瞻彼洛矣❶，維水泱泱❷。君子至止❸，福祿如茨❹。韎韐有奭❺，以作六師❻。

瞻彼洛矣，維水泱泱。君子至止，鞞琫有珌❼。君子萬年，保其家室。

瞻彼洛矣，維水泱泱。君子至止，福祿既同❽。君子萬年，保其家邦。

【注釋】

❶洛，《傳》：「洛，宗周溉浸水也。」《正義》：「宗周，鎬京也。〈夏官・職方氏〉：『正西曰雍州，其浸渭洛。』是洛為宗周之浸水也。」按《說文》：「洛，洛水出左馮翊歸德北夷畍中，東南入渭。」是此洛乃雍州之洛，非豫州之洛也。段玉裁《說文》注及《經韻樓集・伊洛字古不作洛攷》均述之甚詳。❷泱泱，《傳》：「深廣貌。」❸君子，《集傳》：「指天子也。」按下文「以作六師」，可證。《箋》謂：「諸侯世子。」恐誤。❹茨，《箋》：「茨，屋蓋也。如屋蓋，喻多也。」❺韎，音妹，ㄇㄟˋ。《傳》：「茅蒐染韋也。」韐，音閣，ㄍㄜˊ。《傳》：「韐，所以代韠也。」《正義》：「其體合韋為之。此韎韐是蔽膝之衣爾。」奭，音式，ㄕˋ。《正義》：「赤貌。」有奭，猶奭然。❻作，《集傳》：「猶起也。」即興起也。六師，《傳》：「天子六軍。」❼鞞，音丙，ㄅㄧㄥˇ；或音筆，ㄅㄧˇ。琫，音菶，ㄅㄥˇ。鞞琫，戴震《毛鄭詩考正》：「刀室曰削（俗作鞘），室口之飾曰

琫，下末之飾曰鞞。」按〈大雅・公劉〉「鞞琫容刀」《傳》：「下曰鞞，上曰琫。」珌，音必，ㄅㄧˋ。《毛鄭詩考正》：「文飾貌。」有珌，猶珌然。❽同，《集傳》：「猶聚也。」既同，盡聚也。

【詩義・章旨】

〈詩序〉曰：「〈瞻彼洛矣〉，刺幽王也。思古明王能爵命諸侯，賞善罰惡焉。」全詩無一刺語，若此詩為刺詩，則三百篇何詩不可視為刺詩？《集傳》曰：「此天子會諸侯於東都以講武事，而諸侯美天子之詩。」其說自較〈序〉為勝，然謂「會諸侯於東都」，則地與事皆有未合。洛水在西都，不在東都，此地未合也；會諸侯無需作六師，此事未合也。《箋》曰：「時有征伐之事。」是矣。詩之首章末語曰：「以作六師。」二章末語曰：「保其家室。」卒章末語曰：「保其家邦。」合此三語以觀，則詩義自得矣。竊嘗謂詩篇文字不僅有縱面之層次，亦有橫面之脈絡，觀之此詩，益信。至於「作六師」之天子，當以宣王較合也。

全詩三章，每章六句，形式複疊。一章首二句寫「作六師」之地，三、四句寫其人，五句「韎韐有奭」寫其人之容止，若如《箋》說為「祭服之韠」，則尤見情勢之急迫。末句「以作六師」，不僅為此章之重心，亦為全詩之重心。二、三章，末語「保其家室」、「保其家邦」為祝頌語，實亦為「作六師」之目的，否則「君子萬年」一語已足，何必再作此贅語？三百篇中祝頌之詩多矣，獨此詩有此二語，則尤可見其非僅作祝頌之用也。

四、裳裳者華

裳裳者華❶，其葉湑兮❷。我覯之子❸，我心寫兮❹；我心寫兮，是以有譽處兮❺。

裳裳者華，芸其黃矣❻。我覯之子，維其有章矣❼；維其有章矣，是以有慶❽矣。

裳裳者華，或黃或白。我覯之子，乘其四駱❾；乘其四駱，六轡沃若❿。

左之左之，君子宜之。右之右之，君子有之⓫；維其有之，是以似之⓬。

【注釋】

❶裳裳，《傳》：「猶堂堂也。」陳奐《傳疏》：「《傳》以裳裳為堂堂之假借。《說文・門部》云：『闛闛，盛貌。』與堂堂同。」華，古花字。❷湑，音煦，ㄒㄩˇ。《傳》：「盛貌。」陳奐《傳疏》：「於華言裳裳，於葉言湑，皆有盛義。」❸覯，《箋》：「見也。」之子，《箋》：「是子也。」句見〈豳風・伐柯〉、〈九罭〉。❹寫，舒暢也。句見〈蓼蕭〉。❺譽處，安樂也。《箋》謂「聲譽常處」，誤。句見〈蓼蕭〉。❻芸，《傳》：「黃盛也。」芸其，猶芸芸、芸然，眾盛貌。按《老子》：「夫物芸芸。」河上公注：「芸芸者，華葉盛。」下章曰：「或黃或白。」則此句「黃」字乃言華之色。芸其黃矣，乃言其盛，非言其衰也。❼章，《箋》：「禮文也。」言其有威儀容止也。❽慶，《集傳》：「福慶也。」❾駱，見〈天保〉注❻。❿句見〈皇皇者華〉。⓫《傳》：「左，陽道朝祀之事。右，陰道喪戎之事。」《詩經詮釋》：「左、右，與〈商頌・長發〉『實左右商王』之左右同義；左、佐，古通用；右、佑，古通用，皆助也。故左右，猶言輔翼也。」按《詩》中左字極多，除〈長發〉「實左右商王」一語，其他皆用本義。右字用作輔助之義者亦不多。竊意此左右字仍用本義，惟作動詞耳。〈秦風・駟驖〉「公曰左之」，「左之」指駕車而言，此章乃承上章之「乘其四駱，六轡沃若」之文（姚際恆、方玉潤皆有此意），「左之」、「右之」當亦指駕車而言，而輔翼之義，朝祀、喪戎之事隱含其中。宜，適宜也。君子，即指「之子」。言君子駕車左右自如，隱示其行事無往而不宜也。⓬似，《傳》：「嗣也。」言惟其有左右俱宜之能，故能嗣續祖考之業也。

【詩義・章旨】

〈詩序〉曰：「〈裳裳者華〉，刺幽王也。古之仕者世祿，小人在位，則讒諂並進，棄賢者之類，絕功臣之世焉。」依〈詩序〉，〈小雅〉自〈節南山〉以下，刺幽王之詩，竟佔三十餘篇，何其多也！詳考其實，並非如此。即以此詩而言，乃美某君子允文允武，故能嗣續祖考之詩，義甚顯然，而〈序〉乃以為刺幽王之詩，無怪乎〈小雅〉中刺幽王之詩幾佔其半也。《集傳》謂：「此天子美諸侯之詩。」「美諸侯」則是矣，是否為天子所作，則未敢遽定；然作者非平民，則毫無可疑也。

全詩四章，每章六句，前三章形式複疊。三章之首二句皆以花葉之盛，象徵君子才德之茂。一章述見君子之樂，而其所樂之事，則於後三章述之。二章述君子斐然有章，是以有慶。三章述君子御術之美，末章繼前章述其御術之精，左右自如，以示其才德兼備，無往而不自得，其承繼祖考之業絕非倖致也。

五、桑扈

交交桑扈❶，有鶯其羽❷。君子樂胥❸，受天之祜。

交交桑扈，有鶯其領❹。君子樂胥，萬邦之屏❺。

之屏之翰❻，百辟為憲❼。不戢不難❽，受福不那❾。

兕觥其觩❿，旨酒思柔⓫。彼交匪敖⓬，萬福來求⓭。

【注釋】

❶桑扈，竊脂。見〈小宛〉注㉑。❷有鶯，《傳》：「鶯然有文章。」按《傳》意鶯為文彩貌，有鶯猶鶯然。句言桑扈之羽文彩鮮盛也。❸君子，《箋》：「王者。」即天子也。胥，蘇轍《詩集傳》：「辭也。」《古書虛字集釋》：「猶兮也。」❹領，《箋》：「頸也。」按桑扈全身皆有文彩，獨取其領者，韻句而已。❺屏，《傳》：「屏，蔽也。」言天子為萬邦諸侯之屏障、依靠。❻之，陳奐《傳疏》：「猶是也。」翰，《集傳》：「翰，幹也。所以當牆兩邊障土者也。」聞一多《詩經新義》以為韓（井垣）之假借，亦通。❼辟，《箋》：「君也。」憲，《傳》：「法也。」言此屏此翰，所統之諸侯皆以之為法象也。❽不，戴震《毛鄭詩考正》：「古丕字通作不，大也。」下「不難」、「不那」二不字同。戢，音吉，ㄐㄧˊ。難，音挪，ㄋㄨㄛˊ。《毛詩傳箋通釋》：「戢，借為濈，和也。難，借為戁，敬也。」此言君子為人甚和甚敬也。❾那，音挪，ㄋㄨㄛˊ。《傳》：「多也。」此言受福甚多也。❿兕觥，酒器。見〈周南・卷耳〉注⑱。觩，音求，ㄑㄧㄡˊ。《集傳》：「角上曲貌。」按角形如匙形，故觩義當如〈大東〉「有捄棘匕」之捄，曲長貌也。其觩，觩然也。⓫思，《集傳》：「語辭也。」柔，蘇轍《詩集傳》：「和柔也。」此言美酒醇和而不烈也。⓬彼交匪敖，《左傳》襄公二十七年引作「匪交匪敖」，《漢書・五行志上中》引作「匪儌匪傲」，臧琳《經義雜記》據之而謂彼，與匪通。交、儌古通，言不儌訐、不倨傲也。王引之《經義述聞》據之亦謂：「彼，亦匪也。交，亦敖也。言樂胥之君子不侮慢、不驕傲也。」二說皆通。惟王說較勝。⓭來，《古書虛字集釋》：「猶是也。」萬福來求，即求萬福也。按「求福」一詞，《詩》中常見。王引之《經義述聞》曰：「求，與逑同。逑，聚也。」以〈大雅・江漢〉「淮夷來求」一語證之，其說非是。

【詩義・章旨】

〈詩序〉曰：「〈桑扈〉，刺幽王也。君臣上下，動無禮文焉。」以之解詩，扞格難通。《集傳》曰：「此亦天子燕諸侯之詩。」詩曰「萬邦之屏」，「百辟為憲」，諸侯恐不足以當之。然詩曰：「兕觥其觩，旨酒思柔。」乃言燕會之事，則又無可疑也。《詩經詮釋》曰：「此頌美天子之詩。」合二說而觀之，則詩義得矣。故此詩當是天子燕諸侯，諸侯頌美天子之詩。

全詩四章，每章四句，一、二章形式複疊。前二章首二句以桑扈有鶯其羽、領起興，以象徵君子文采斐然。一章末句「受天之祜」為頌美語，然已隱示其身分。至二章「萬邦之屏」一出，則揭示其身分非天子莫屬。三章承前章末句「萬邦之屏」而來，亦猶前篇〈裳裳者華〉末章承前章之末一語也。此種筆法《詩》中多見，蓋受早出之詩篇影響之結果也。末章首二句寫眼前之事，當前之物，然並非隨意拈來，「其觩」、「思柔」與下句「彼交匪敖」聲氣互通，趣味一致，非精心安排，曷克臻此！

六、鴛鴦

鴛鴦于飛❶，畢之羅之❷。君子萬年，福祿宜之❸。
鴛鴦在梁，戢其左翼❹。君子萬年，宜其遐福❺。
乘馬在廐❻，摧之秣之❼。君子萬年，福祿艾之❽。
乘馬在廐，秣之摧之，君子萬年，福祿綏之❾。

【注釋】

❶鴛鴦，《傳》：「匹鳥。」《箋》：「匹鳥，言其止則相耦，飛則為雙，性馴偶也。」❷畢，田網也。見〈大東〉注㊶。羅，鳥網也。見〈王風・兔爰〉注❷。此處皆作動詞用。❸君子，《箋》：「謂明王也。」宜，安也。❹梁，《箋》：「梁，石絕水之梁。」前已數見。戢，音吉，ㄐㄧˊ。《箋》：「斂也。」戢其左翼，《箋》：「斂其左翼，以右翼掩之。」《釋文》曰：「《韓詩》曰：『捷也，捷其噣於左也。』」捷，即插也，其說可通。❺遐，《箋》：「遠也。遠，猶久也。」此言安其遠大之福也。❻廐，音救，ㄐㄧㄡˋ。《說文》：「廐，馬舍也。」言四馬在馬房也。❼摧，音錯，ㄘㄨㄛˋ。《傳》：「挫也。」《箋》：「挫，今莝字也。」《說文》：「莝，斬芻也。」此言以斬芻餵馬也。秣，音莫，ㄇㄛˋ，飼馬穀也。見〈周南・漢廣〉注⓫。此言以秣食馬也。❽艾，《傳》：「養也。」❾綏，《箋》：「安也。」

【詩義・章旨】

〈詩序〉曰：「〈鴛鴦〉，刺幽王也。思古明王交於萬物有道，自奉養有節焉。」按《傳》曰：「太平之時，交於萬物有道，取之以時，於其飛乃畢掩而羅之。」毛公並未明言此太平之時為古或今，〈詩序〉易以「思古明王」，乃成刺幽王之詩。自〈楚茨〉至此凡八篇，〈序〉皆以為「陳古刺今」，而所刺皆幽王，實與詩義遠乖，難以令人信服。《集傳》以此詩為「諸侯所以答〈桑扈〉之詩也。」「答〈桑扈〉」之意，詩文中徧尋不得。《詩經詮釋》曰：「此蓋頌禱天子之詩。」其說是矣。然此篇與〈桑扈〉皆以鳥起興，所頌美者皆天子，內容皆祝天子得福，詩又在前後篇，二篇似為並時之作，所美者亦似為一人。惟究為何王，則不可知也。

全詩四章，每章四句。一、二章形式複疊，三、四章形式複疊。首章前二句似寓「弋不射宿」（《論語・述而》）取物有節之意，故下接云「君子萬年，福祿宜之」，覺勢順而義貫也。二章首二句「鴛鴦在梁，戢其左翼」，其所象徵者與三、四章「乘馬在廄」相同，皆謂國家太平無事、人民安樂也，故毛公於二章曰：「言休息也。」至於每章之三、四句，皆頌美之詞，亦此詩之主旨也。

七、頍弁

有頍者弁❶，實維伊何❷？爾酒既旨，爾殽既嘉❸。豈伊異人？兄弟匪他❹。蔦與女蘿❺，施❻于松柏。未見君子，憂心弈弈❼；既見君子，庶幾說懌❽。

有頍者弁，實維何期❾？爾酒既旨，爾殽既時❿，豈伊異人？兄弟具來⓫。蔦與女蘿，施于松上。未見君子，憂心怲怲⓬；既見君子，庶幾有臧⓭。

有頍者弁，實維在首。爾酒既旨，爾殽既阜⓮。豈伊異人？兄弟甥舅⓯。如彼雨雪，先集維霰⓰。死喪無日⓱，無幾相見⓲。樂酒今夕⓳，君子維宴⓴。

【注釋】

❶頍，音傀，ㄎㄨㄟˇ。《傳》：「弁貌。」按《說文》：「頍，舉頭也。」此頍之本義也。弁貌為其引申義也。弁，《傳》：「皮弁也。」❷實，《箋》：「猶是也。」維，陳奐《傳疏》：「猶為也。」言著此皮弁，是為何故乎？意謂將宴飲也。❸《箋》：「旨、嘉，皆美也。」❹伊，《經傳釋詞》：「伊，有也。」異人，外人也。匪他，《集傳》：「非他人也。」此言與燕者豈有外人乎？皆是兄弟而非他人也。❺蔦，音鳥，ㄋㄧㄠˇ。《傳》：「寄生

也。」《正義》引陸機《疏》曰：「蔦，一名寄生，葉似當盧，子如覆盆子，赤黑，甜美。」女蘿，《爾雅．釋草》：「女蘿，菟絲。」《傳》同。《正義》引陸機《疏》曰：「今菟絲蔓連草上生，黃赤如金，今合藥菟絲子是也。」❻施，音易，ㄧˋ，蔓延也。參見〈周南．葛覃〉注❸。❼君子，指主人及其他與宴者。弈，音亦，ㄧˋ。弈弈，《爾雅．釋訓》：「怲怲、奕奕，憂也。」《傳》：「奕奕然無所薄也。」❽說，同悅。懌，亦悅也。見〈邶風．靜女〉注❿。❾期，音基，ㄐㄧ。《箋》：「期，辭也。」即語詞。何期，《箋》：「猶伊何也。」❿時，《傳》：「善也。」菜殽應時，故善也。⓫具，《箋》：「猶皆也。」言來者皆兄弟也。⓬怲，音丙，ㄅㄧㄥˇ。怲怲，《傳》：「憂盛滿也。」⓭臧，《傳》：「善也。」⓮阜，《箋》：「猶多也。」富也，盛也。⓯甥舅，《集傳》：「謂母姑姊妹妻族也。」⓰霰，音線，ㄒㄧㄢˋ。《箋》：「將大雨雪，始必微溫，雪自上下，遇溫氣而摶，謂之霰。久而寒甚，則大雪矣。」按霰，俗稱雪珠，亦稱雪子，天將雪時常先下霰。乃雨點下降未達地面時，遇冷空氣凝聚而成。此言如天降雪，先降者則為霰也。維，為也。⓱無日，《箋》：「無有日數。」即不久也。言死亡很快來臨，極言生命之短也。⓲無幾，無多也。言能相聚之時無多也。⓳樂酒，猶今言開懷暢飲。此言今夕且樂此酒以盡歡。⓴宴，宴飲也。此言君子儘管暢飲也。

【詩義．章旨】

〈詩序〉曰：「〈頍弁〉，諸公刺幽王也。暴戾無親，不能宴樂同姓，親睦九族，孤危將亡，故作是詩也。」詩文明言：「爾酒既旨，爾殽既嘉。豈伊異人？兄弟匪他。」又言：「既見君子，庶幾悅懌。」記兄弟宴飲顯然，而〈序〉竟謂：「不能宴樂同姓。」真可謂「以珠玉為礫石」（《文心雕龍．知音》）矣。《集傳》曰：「此亦燕兄弟親戚之詩。」其說是也。

全詩三章，每章十二句，形式複疊。每章首二句，毛公以為興，朱子曰：「賦而興，又比也。」姚際恆又謂：「興而比也。」分歧竟如此！後出本應轉精，於此則未必然。三、四句言酒殽之美且多，所以盛推主人情意之濃也。五、六句言與宴者皆兄弟甥舅，並無外人；既無外人，則此宴會情勝於禮，故以下文字，皆以情寫出。一、二章之蔦與女蘿，喻人生如寄；末章霰之與雪，則喻生命短促。惟其有人生如寄、短促之感，始知兄弟無故，乃人生之至樂，一、二章末四句謂未見君子則憂，既見君子始樂，即由此而來。卒章末四句乃全詩之高峰，頗似魏武〈短歌行〉之「對酒當歌」八句。惟魏武之文，稍嫌悲壯；此詩則感傷中猶有歡欣之情也。

八、車舝

間關車之舝兮❶，思孌季女逝兮❷。匪飢匪渴，德音來括❸。雖無好友，式燕且喜❹。

依彼平林❺，有集維鷮❻。辰彼碩女❼，令德來教❽。式燕且譽❾，好爾無射❿。

雖無旨酒，式飲庶幾；雖無嘉殽，式食庶幾⓫。雖無德與女，式歌且舞⓬。

陟彼高岡，析其柞薪⓭。析其柞薪，其葉湑兮⓮。鮮我覯爾⓯，我心寫兮。

高山仰止⓰，景行行止⓱。四牡騑騑⓲，六轡如琴⓳。覯爾新昏⓴，以慰我心㉑。

【注釋】

❶間關，展轉也。馬瑞辰《毛詩傳箋通釋》引阮福說。舝，音峽，ㄒㄧㄚˊ，與鎋同。《說文》：「舝，車軸耑鍵也。」段注：「以鐵豎貫軸頭而制轂，如鍵閉然。」句言車展轉而行也。❷思，《經傳釋詞》：「思，發語詞也。」孌，《傳》：「美貌。」季女，少女。逝，《箋》：「往也。」去也。言去家而成婚也。❸德音，《詩緝》：「聲名也。」《詩經詮釋》：「語言也。」按二章曰：「令德來教。」是嚴氏之說較勝。括，《傳》：「會也。」言我

並非飢渴，乃以女有德音而來會也。❹式，語詞。燕，樂也。見〈鹿鳴〉注⓭。言雖無其他好友，亦當喜樂也。❺依，即〈采薇〉「楊柳依依」之依依，盛貌。平林，《傳》：「林木之在平地者也。」❻集，棲止也。鷮，音嬌，ㄐㄧㄠ。《傳》：「雉也。」長尾雉也。句言茂盛之平林，來止息者是鷮也。❼辰，王先謙《詩三家義集疏》：「《列女・漢楊夫人傳》引詩『展彼碩女』，是據《魯詩》之文。展，信也。」碩女，高大之女也。❽令德，美德也。句言彼誠實高大之季女，以令德來教我也。❾燕、譽，皆樂也。見〈鹿鳴〉注⓭及〈蓼蕭〉注❺。❿好，《箋》：「愛好。」爾，《集傳》：「即季女也。」射，音亦，ㄧˋ。《箋》：「厭也。」言我喜愛汝永不厭也。⓫庶幾，希冀之詞。言我雖無美酒嘉殽，尚望汝能飲之食之也。⓬言我雖無德以與汝，尚望汝歌舞以為樂也。此皆安慰季女之詞。⓭柞，音昨，ㄗㄨㄛˊ。《集傳》：「櫟也。」⓮湑，音煦，ㄒㄩˇ，茂盛也。見〈唐風・杕杜〉注❷。⓯鮮，《箋》：「善也。」言善乎我得見汝。⓰仰，《集傳》：「瞻望也。」仰止，仰望之也。⓱景，《傳》：「大也。」行，音杭，ㄏㄤˊ。景行，《集傳》：「大道也。」行止，行之也。⓲騑騑，見〈四牡〉注❶。⓳如琴，《集傳》：「謂六轡調和如琴瑟也。」⓴新昏，《箋》：「謂季女也。」㉑慰，《傳》：「安也。」言我能見女與爾為新昏，足以安慰我之心矣。

【詩義・章旨】

〈詩序〉曰：「〈車舝〉，大夫刺幽王也。褒姒嫉妬，無道並進，讒巧敗國，德澤不加於民，周人思得賢女以配君子，故作是詩也。」既曰「刺幽王」，何以又「思得賢女以配君子」？又何以知此詩為刺幽王？凡此皆令人難解。《集傳》曰：「此燕樂其新婚之詩。」衡之詩文，頗為吻合。今從之。詩曰：「四牡騑騑。」作者非平民可知矣。

全詩五章，每章六句。一章述駕車親迎，並謂結此婚姻，匪因飢渴，乃慕其有德音也。二章首二句為興，以鶺之美象徵季女之美，然重心仍在三、四句，一述其身形高大，一述其令德可仰。三章謙言己無旨酒、嘉殽，亦無令德，惟仍冀其歌舞以為樂。四章述得此季女之喜悅。前四句寫采柞為薪，以供結婚之用，此為賦體，而朱子以為興，亦令人不解。末章以高山、景行象徵季女之美德。三、四句與首章「間關」為呼應。而「覯爾新昏」一語，點出駕車迎季女之故，亦揭示全篇主旨。全篇寫季女之美，僅有二處：一為一章「孌」字，一為二章首二句以象徵手法表現。然寫季女之德，幾章章皆有。作者如此好德，則亦一君子人也。

九、青蠅

營營青蠅❶，止于樊❷。豈弟君子❸，無信讒言。

營營青蠅，止于棘。讒人罔極❹，交亂四國❺。

營營青蠅，止于榛。讒人罔極，構我二人❻。

【注　釋】

❶營營，歐陽脩《詩本義》：「往來之飛聲。」青蠅，汙濁之蟲，此以象徵讒人。❷樊，《傳》：「藩也。」《箋》：「止于藩，欲令外之，令遠物也。」❸豈弟，《箋》：「樂易也。」參見〈齊風・載馳〉注❿。君子，《正義》：「謂當今之王者。」❹罔極，無良也，不正也。前已數見。❺交亂，擾亂也，構禍也。四國，猶言天下。❻構，《釋文》：「《韓詩》：『構，亂也。』」二人，《正義》：「謂人君與見讒之人。」按當指王者與詩人自身。

【詩義・章旨】

〈詩序〉曰：「〈青蠅〉，大夫刺幽王也。」詩曰：「讒人罔極，交亂四國。」明此讒人必在王之朝廷，且為王所親信。是則詩之「豈弟君子」，必指王無疑。王先謙《詩三家義集疏》曰：「《易林・豫之困》：『青蠅集藩，君子信讒。害賢傷忠，患生婦人。』據此，《齊詩》為幽王信褒姒讒而害忠賢也。《困學紀聞》曰：『袁孝政釋《劉子》曰：「魏武公信讒，詩刺之曰：營營青蠅，止于藩。此〈小雅〉也，謂之〈魏〉詩，可乎？」按魏當衛之誤，三家《詩》以此合下篇，皆衛武公所作。』」何楷說同。愚按衛武公王朝卿士，詩又為幽王信讒而刺之，所以列於〈小雅〉；若武公信讒，而他人刺之，其詩當入〈衛風〉矣。」王氏之說極為有理。詩曰：「構我二人。」若為衛武公所作，則作此語，頗為契合。是則〈詩序〉「刺幽王」之說，未可輕疑也。

全詩三章，每章四句，形式複疊。三章首二句皆寫青蠅，其意顯然可見，孰謂興詩「不可以事類推，不可以義理求」邪？一章曰：「止于樊。」二章曰：「止于棘。」三章曰：「止于榛。」棘、榛亦樊也。樊言其用，棘、榛言其質而已。一章戒君子「無信讒言」，此全詩之主旨也。凡詩有多章者，其主旨或在首章，或在卒章，極少置於中章者，此詩之常法也。二章極言讒人之害，末章始點明戒君無信讒言之因，以其構我二人也。

一〇、賓之初筵

賓之初筵❶，左右秩秩❷。籩豆有楚❸，殽核維旅❹。酒既和旨❺，飲酒孔偕❻。鐘鼓既設，舉醻逸逸❼。大侯既抗❽，弓矢斯張❾。射夫既同❿，獻爾發功⓫。發彼有的⓬，以祈爾爵⓭。

籥舞笙鼓⑭，樂既和奏⑮。烝衎烈祖⑯，以洽百禮⑰。百禮既至⑱，有壬有林⑲。錫爾純嘏⑳，子孫其湛㉑。其湛曰樂，各奏爾能㉒。賓載手仇㉓，室人入又㉔。酌彼康爵㉕，以奏爾時㉖。

賓之初筵，溫溫其恭㉗。其未醉止㉘，威儀反反㉙；曰既醉止，威儀幡幡㉚。舍其坐遷㉛，屢舞僊僊㉜。其未醉止，威儀抑抑㉝；曰既醉止，威儀怭怭㉞。是曰既醉，不知其秩㉟。

賓既醉止，載號載呶㊱。亂我籩豆，屢舞僛僛㊲。是曰既醉，不知其郵㊳。側弁之俄㊴，屢舞傞傞㊵。既醉而出，並受其福㊶。醉而不出，是謂伐德㊷。飲酒孔嘉，維其令儀㊸。

凡此飲酒，或醉或否。既立之監，或佐之史㊹。彼醉不臧，不醉反恥㊺。式勿從謂㊻，無俾大怠㊼。匪言勿言，匪由勿語㊽。由醉之言㊾，俾出童羖㊿。三爵不識(51)，矧敢多又(52)。

【注釋】

❶筵，《箋》：「席也。」《正義》：「筵亦席也。鋪陳曰筵，藉之曰席。」初筵，《集傳》：「初即席也。」

❷左右，《詩記》：「邱氏曰：左右，謂據筵席上左右之人。」秩秩，《集傳》：「有序也。」此言賓客之初入席，或坐於左，或坐於右，皆秩秩然有次序。❸楚，《傳》：「列貌。」《毛詩傳箋通釋》：「楚與且同音同部，〈大雅・韓奕〉『籩豆有且』《毛傳》：『且，多貌。』」按有楚，猶楚楚，楚楚為盛多之貌。見〈楚茨〉注❶。

❹殽，《傳》：「豆實也。」《箋》：「豆實，菹醢也。」核，《傳》：「加籩也。」《箋》：「籩實，有桃梅之屬。」旅，《傳》：「陳也。」維旅，是陳也。二句言籩豆豐盛，中所陳者乃菹醢之殽與桃梅之果也。❺和旨，

《箋》：「和旨，調美也。」按和即〈桑扈〉「旨酒思柔」之柔。句言酒既和柔而美也。❻偕，《詩經詮釋》：「偕，當為諧之假借，和諧也。」❼醻，主人復酌賓曰醻。見〈節南山〉注㊼。舉醻，舉醻爵也。逸逸，《詩緝》：「曹氏曰：逸逸然整而暇也。」按「整而暇」者，安逸也。高本漢《詩經注釋》亦主此說，惟曹氏早發其義矣。❽侯，今謂之箭靶。見〈齊風・猗嗟〉注❿。大侯，《傳》：「君侯也。」《箋》：「天子、諸侯之射，皆張之侯，故君侯謂之大侯。」抗，《傳》：「舉也。」❾斯，乃也。按弓可言張，矢不得言張，此因弓而連言之耳。《正義》有說。❿射夫，《箋》：「眾射者也。」同，聚也。句已見〈車攻〉。⓫獻，《箋》：「猶奏也。」《正義》：「獻、奏皆奉上之言，以發矢能中，是呈奏己功，故以獻為奏也。」發功，《箋》：「發矢中的之功。」⓬發，《箋》：「發矢也。」即射也。有，《經傳釋詞》：「語助也。」的，《傳》：「質也。」《禮記・射義》鄭注：「的謂所射之識也。」孔疏：「即正鵠之中也。」今謂之紅心。⓭祈，《傳》：「求也。」按《箋》曰：「古之禮，勝者飲不勝者。」所謂「飲不勝者」，非謂罰之，乃謂敬之、謝之也。此亦勸酒之方，故詩曰「祈」。句言以求進爾酒也。⓮籥舞，《傳》：「秉籥而舞。」笙鼓，《正義》：「吹笙擊鼓，音節相應。」⓯奏，陳奐《傳疏》：「奏，猶作也。」⓰烝，《箋》：「進也。」衎，《箋》：「樂也。」烈祖，《正義》：「有功烈之祖。」《集傳》：「烈，業也。」⓱洽，《箋》：「合也。」百禮，《正義》：「百眾之禮。」《集傳》：「百禮，言其備也。」此言樂既和奏，乃進以衎樂烈祖，以合其事神之眾禮。⓲至，《箋》：「徧至也。」即完備也。⓳王，《傳》：「大也。」林，《集傳》：「盛也。」按有王有林，猶王然林然，言禮之大而多也。⓴純，《箋》：「大也。」嘏，音古，ㄍㄨˇ。《箋》：「福也。」言尸賜主人以大福也。㉑湛，音丹，ㄉㄢ。《箋》：「樂也。」㉒奏，獻也。能，《毛詩傳箋通釋》：「古以善射為能。」按「各奏爾能」與下「以奏爾時」，猶一章「獻爾發功」，皆謂射事也。以上文已言「發」，故此句與下句皆省言也。㉓手仇，《傳》：「手，取也。賓自取其匹而射。」《正義》：「毛以手為取……自相牽引而為耦也。」按手所以取物，因而凡取即謂之手。如手弓、手劍是也。仇，匹也，耦也，今謂「對手」。此謂賓則自擇其射伴也。㉔室人，《傳》：「主人也。」《正義》：「以主人自居於室，故謂之室人也。」入，《傳》：「入於次。」《正義》：「次，若今更衣帳，張席為之。」又，通侑，《說文》：「侑，耦也。」此謂主人入於次以耦賓而射也。按《傳》謂：「主人亦入于次，又射以耦賓。」即此義也。㉕康，大也。馬瑞辰說。康爵，猶〈大雅．行葦〉「酌以大斗」之大斗也。㉖時，《傳》：「中者也。」此言酌以進中者，令以飲彼不中者也。㉗溫溫，《箋》：「柔和也。」㉘止，語詞。㉙反反，《傳》：「言重慎也。」即謹慎貌。㉚幡，音翻，ㄈㄢ。幡幡，反覆貌。見〈巷伯〉注⑩。此狀其不安於坐，行止失所也。《傳》訓「失威儀也」，《集傳》訓「輕數也」，皆此義也。㉛遷，《傳》：「屣也。」言捨其坐席遷於他處也。㉜僊，音仙，ㄒㄧㄢ。僊僊，《正義》：「僊僊然失所也。」《莊子．在宥》成疏：「僊僊，輕舉之貌。」㉝抑抑，《傳》：「慎密也。」《正義》：「慎禮而密靜，即為美之義。」按〈大雅．假樂〉《傳》：「抑抑，美也。」此詩當亦為美義。㉞怭，音必，ㄅㄧˋ。怭怭，《傳》：「媟嫚也。」即侮慢不恭之貌。㉟秩，《傳》：「常也。」按俞樾《群經平議》曰：「秩，當作失。『不知其失』，正與『不知其郵』同義。」義似較勝。㊱號，音毫，ㄏㄠˊ。《傳》：「號呼也。」呶，音撓，ㄋㄠˊ。《傳》：「讙呶也。」句言賓既醉之後，又呼叫又喧嘩也。㊲僛，音欺，ㄑㄧ。僛僛，《傳》：「舞不能自正也。」《集傳》：「傾側之狀。」㊳郵，《箋》：「過也。」《集傳》：「郵，與尤同。」㊴側，《箋》：「傾也。」俄，《箋》：「傾貌。」此謂傾斜之弁搖搖欲墜也。㊵傞，音娑，ㄙㄨㄛ。傞傞，《傳》：「舞不止也。」㊶出，《箋》：「猶去也。」言賓既醉而出，則賓與主可俱受其得禮之福也。㊷伐，《集傳》：「害也。」伐德，敗德，害德也。㊸維，通惟，僅也，但也。令，善也。儀，儀態，猶今言風度。句言飲酒固甚善，惟在於其有美儀耳；否則即是敗德也。㊹監，酒監，監督飲酒之人。史，書過者也。《集傳》：「監、史，司正之屬。《燕禮．鄉射》：『有解倦失禮者，立司正以監之，察儀法也。』」《詩緝》：「立之監以正其禮，佐之史以書其過。政欲防失禮者也。」㊺言彼醉者失禮不善而不自知，反以不醉者為恥也。㊻式，語詞。謂，言說也。按下四句皆戒醉者慎其言語，此二句當亦是此意。「勿從謂」者，勿從人而言說，亦即勿言也。昔人謂勸飲或勸不飲者，恐誤。[47]俾，《箋》：「使也。」大，同太。怠，《箋》：「怠慢也。」此謂失禮也。醉已失禮，醉而胡言，則猶失禮，故曰大怠也。[48]匪言，《箋》：「非所當言。」即不當言之言。由，《毛詩傳箋通釋》：「〈方言〉、〈廣雅〉並曰：『由，式也。』式，猶法也。」匪由，即不合法之語。句言不當言之言則勿言，不合法之語則勿語。[49]由醉之言，出於醉中之言也。[50]童，禿也。羖，音古，ㄍㄨˇ。《說文》：「羖，夏羊牡曰羖。」《通訓定聲》：「夏羊，黑羊也。」羖皆有角，故《傳》曰：「羖羊不童也。」童羖（無角牡羊）乃必無之物，然醉中則能說出牡羊無角之語。[51]三爵，《箋》：「三爵者，獻也，酬也，酢也。」不識，《箋》：「不知也。」《集傳》：「識，記也。」亦通。[52]矧，音審，ㄕㄣˇ。《箋》：「況也。」又，《毛詩傳箋通釋》：「又，即侑之叚借，謂勸酒也。」句言三爵之後已不省人事，況敢多飲乎？

【詩義・章旨】

〈詩序〉曰：「〈賓之初筵〉，衛武公刺時也。幽王荒廢，媟近小人，飲酒無度，天下化之。君臣上下，沉緬淫液。武公既入，而作是詩也。」《韓詩》亦謂衛武公所作。考《史記・衛康叔世家》曰：「武公即位，修康叔之政，百姓和集。四十二年，犬戎殺周幽王。武公將兵往佐周平戎，甚有功，周平王命武公為公。」陳子展《詩經直解》據此以為此詩作於平王之世。然東遷之時，武公已八十餘歲，何能遠赴東都治理朝政？孔氏《正義》曰：「衛武公既入為王之卿士，見其如此，而作是詩。」東遷之初，為卿士者乃鄭之武公，衛武公為卿士不知在何世，要非平王之世可知，是則此詩當作於西周之時也。《集傳》曰：「衛武公飲酒悔過而作此詩。」此據《韓詩》為說也。果如所言，則此詩當在〈衛風〉，不當在〈小雅〉也。馬瑞辰《毛詩傳箋通釋》舉三證以明此詩為記大射之詩，就詩之一二章觀之，其說極是。然詩之後三章專記飲酒之事，三四章又突出醉後醜態，詩人之為此，豈無其用心哉？是則〈詩序〉之說未可輕疑也。

全詩五章，每章十四句。一章言燕而後射，此射禮也。前八句言飲，後六句言射。「大侯既抗」一語，知此乃大射，非燕射也。二章言祭而後射，此亦射禮也。古者射禮皆三射，大射、鄉射同。詩一章「射夫既同，獻爾發功」，一射也；此章「各奏爾能」，再射也；「酌彼康爵，以奏爾時」，三射也。三射既罷，射禮已備，餘則燕飲之事，故詩之後三章唯言飲不言射也。三四章寫醉後形態。其行為之放浪，與一二章和眾樂、洽百禮之整齊、有序，卻成一強烈對比。此二章寫醉態最入神者，莫如三「屢舞」句。孔穎達《正義》曰：「上言僊僊，是舞之形貌猶能自正；僛僛，則不能自正；傞傞，則非徒不正，又不能止，為差降也。」姚際恆《詩經通論》曰：「始曰『舍其坐遷，屢舞僊僊』，猶是僅遷其坐處耳。再曰『亂我籩豆，屢舞僛僛』，則且亂其有楚之籩豆矣。終曰『側弁之俄，屢舞傞傞』，甚至冠弁亦不正矣。由淺入深，備極形容醉態之妙。」末章轉寫醉言。此章告戒之語多，形容醉言之文僅「俾出童羖」一語而已；然雖僅一語，亦足見詩人寓言之妙矣。「式勿從謂」四句皆告戒之語，蓋醉言不僅失儀，亦可招禍，故詩人戒之特深也。惟醉行醉言，雖立監佐史，亦難以禁之，事前之告戒，更是東風馬耳。故去醉行醉言之方，莫如飲而不醉。末二語「三爵不識，矧敢多又」，其意正在此，此所謂釜底抽薪也。詩人之用心亦苦矣！

魚藻之什

一、魚　藻

魚在在藻❶，有頒其首❷。王在在鎬❸，豈樂飲酒❹。
魚在在藻，有莘其尾❺。王在在鎬，飲酒樂豈❻。
魚在在藻，依于其蒲。王在在鎬，有那其居❼。

【注　釋】

❶《正義》：「魚何所在乎？在於藻也。」❷頒，音墳，ㄈㄣˊ。《傳》：「大首貌。」《正義》：「〈釋詁〉云：『墳，大也。』頒與墳字雖異，音義同。」有頒，猶頒然。❸鎬，音皓，ㄏㄠˋ。《箋》：「鎬京。」武王所營之都，在今陝西長安西。《正義》：「王何所在乎？在於鎬京。」❹豈，音凱，ㄎㄞˇ。《箋》：「豈，亦樂也。」言王在鎬京歡樂飲酒也。❺莘，《傳》：「長貌。」有莘，猶莘然。言其尾莘然而長也。❻樂豈，猶豈樂。顛倒以韻句也。❼那，音挪，ㄋㄨㄛˊ。《箋》：「安貌。」有那，猶那然。句言王於其居安然，謂無四方之憂也。

【詩義・章旨】

〈詩序〉曰：「〈魚藻〉，刺幽王也。言萬物失其性，王居鎬京，將不能以自樂，故君子思古之武王焉。」

詩曰：「王在在鎬。」此是西周之詩，當無疑問。然西周自武王以下皆居鎬京，故詩中之「王」，究指何王，實不可知。觀詩中一片太平景象，必盛世之作，是則此王非最初之武成康，必為宣王也。詩中並無刺語，〈序〉云「刺幽王」，實不可從。《集傳》曰：「此天子燕諸侯，而諸侯美之之詩。」詩中雖不見「燕諸侯」之文，然既曰「豈樂飲酒」，則非獨飲可知，故朱子之說可從。

全詩三章，每章四句，形式複疊。三章皆以「魚在在藻」起句，當是興體，朱子以下如嚴粲《詩緝》、季本《詩說解頤》等皆如此標示，然而毛公獨付闕如，當是一時疏誤。胡承珙《毛詩後箋》曰：「《傳》當言興，而不言者，毛意以經『魚在』、『王在』對文，恐人誤以魚興王，而不知魚之在藻，乃萬物得所之實，為王所以豈樂之由，文義相因，故不言興。」其說或是。一章曰頒首，二章曰莘尾，皆言魚體之大，以示萬物各遂其生，故三、四句言王乃能豈樂飲酒也。三章曰依蒲，以示萬物各得其所，故三、四句接言王乃能安其居也。全詩言王與天下萬物息息相關，必萬物安其性，王始能樂飲安居，此王果為聖王，而為此詩者亦謂為卓越之詩人也。

二、采菽

采菽❶采菽，筐之筥之❷。君子❸來朝，何錫予之？雖無予之，路車乘馬❹；又何予之，
玄衮及黼❺。

觱沸檻泉❻，言采其芹❼。君子來朝，言觀其旂❽。其旂淠淠❾，鸞聲嘒嘒❿。載驂載駟⓫，
君子所屆⓬。

赤芾在股⓭，邪幅在下⓮。彼交匪紓，天子所予⓯。樂只君子，天子命之⓰；樂只君子，
福祿申之⓱。

維柞⑱之枝，其葉蓬蓬⑲。樂只君子，殿⑳天子之邦㉑；樂只君子，萬福攸同㉑。平平左右㉒，
亦是率從㉓。
汎汎楊舟㉔，紼纚維之㉕。樂只君子，天子葵之㉖；樂只君子，福祿膍之㉗。優哉游哉㉘，
亦是戾矣㉙。

【注釋】

❶菽，《箋》：「大豆也。」❷筐、筥，皆竹器，見〈召南・采蘋〉注❼。此處作動詞用，謂以筐筥盛之也。❸君子，《傳》：「謂諸侯也。」❹路車，諸侯之車也。參見〈王風・大車〉注❶。乘馬，四馬也。❺玄，黑色也。袞，音滾，ㄍㄨㄣˇ。玄袞，《傳》：「卷龍也。」《箋》：「玄衣而畫以卷龍也。」參見〈豳風・九罭〉注❹。黼，音斧，ㄈㄨˇ。《傳》：「白與黑謂之黼。」《集傳》：「黼，如斧形畫之於裳也。」黼乃白與黑相次文，畫為斧形，因名為黼。❻觱，音必，ㄅㄧˋ。觱沸，《傳》：「泉出貌。」檻泉，《傳》：「檻泉，正出也。」按《爾雅・釋水》作濫泉，曰：「濫泉，正出；正出，涌出也。」《說文》引詩亦作濫泉，段注：「作檻泉，字之假借也。」❼芹，《箋》：「菜也，可以為菹。」❽旂，交龍為旂。觀其旂，謂展示其旂。見〈庭燎〉注⓫。❾淠，音譬，ㄆㄧˋ。淠淠，眾也。見〈小弁〉注㉗，來朝之諸侯甚眾，故其旂亦多也。❿鸞，鈴也。見〈秦風・駟驖〉注⓫。嘒嘒，鸞聲。⓫駿，《說文》：「駿，駕三馬也。」句言君子或駕三馬或駕四馬也。⓬屆，《集傳》：「至也。」⓭芾，音費，ㄈㄟˋ，蔽膝也。諸侯赤芾。股，《箋》：「脛本曰股。」芾下垂至股，故曰在股。⓮邪幅，《箋》：「邪幅，如今行縢也。偪束其脛，自足至膝，故曰在下。」⓯彼，《荀子・勸學》引此詩作匪。紓，《箋》：「緩也。」怠緩、怠慢也。彼交匪紓，猶〈桑扈〉彼交匪敖。二句倒文為義，謂赤芾、邪幅雖皆天子所予，而

諸侯不因此殊榮而驕傲怠慢也。⑯樂只君子，句見〈周南，樛木〉。命，賜命也。《詩記》：「董氏曰：其命之，則路車乘馬，玄袞及黼是也。」⑰申，《傳》：「重也。」《箋》：「天子賜之，神則以福祿申重之。」⑱柞，櫟也。參見〈車舝〉注⑬。⑲蓬蓬，《傳》：「盛貌。」⑳殿，《傳》：「鎮也。」㉑同，聚也。句見〈蓼蕭〉。㉒平平，《釋文》：「《韓詩》作便便，云：閑雅之貌。」左右，《集傳》：「諸侯之臣也。」㉓亦是，《詩經詮釋》：「猶於是也。」率，《箋》：「循也。」言諸侯之屬臣，於是相率而從之也。㉔楊舟，《箋》：「楊木之舟。」㉕紼，音弗，ㄈㄨˊ。《傳》：「綍也。」《正義》：「孫炎曰：綍，大索也。」纚，音離，ㄌㄧˊ。《傳》：「緌也。」李黼平《毛詩紬義》：「緌，在冠為繫冠之繩，則在舟為繫舟之繩，即纜也。」是紼纚皆繩索也。維，《集傳》：「繫也。」言以繩索維繫之也。㉖葵，《傳》：「揆也。」揆度也。言天子揆度之，即謂天子器重之、賞識之也。㉗膍，音皮，ㄆㄧˊ。《傳》：「厚也。」㉘優哉游哉，即優游也，閑適也。參見〈白駒〉注⑫。㉙戾，《傳》：「至也。」言於是至矣。

【詩義・章旨】

〈詩序〉曰：「〈采菽〉，刺幽王也。侮慢諸侯，諸侯來朝，不能錫命以禮，數徵會之，而無信義，君子見微而思古焉。」詩中所記，與〈序〉說完全相反；而〈序〉欲以「思古」二字顛倒詩旨，無怪乎後人多違棄而不從也。《集傳》曰：「此天子所以答〈魚藻〉也。」《詩經原始》曰：「此美諸侯來朝也。」是也。然方氏謂「非出自朝廷制作，乃草野歌咏其事」。草野之士，竟知朝廷之事，竟識赤芾邪幅之物，尤有進者，竟能作如此優美高雅如藝術品之詩，直「天方夜譚」。雖有儀秦之辯，亦難令人信服也。

全詩五章，每章八句。一章述初錫路車乘馬，再錫玄袞及黼，足見天子寵命之優渥，及此諸侯身分之貴重。首二句為興，然采菽乃所以供祭祀及燕賓之用，並非僅在「引起所詠之詞」而已。二章述諸侯車乘之美。三章述天子又錫赤芾、邪幅，而諸侯得此寵錫，並無驕慢之態。四章述諸侯能鎮撫天子之邦，而其臣屬，亦率從而至也。卒章述天子懷諸侯甚厚，而諸侯亦優游閑適，以見君臣之間之融洽與無間。詩中寫物，細如菽芹筐筥、柞枝紼纚，貴如車馬袞黼，旂鸞芾幅，熔於一爐。記事，大如天子錫命、諸侯來朝，小如旂狀鸞聲，采菽維舟，無不盡到，詩人之筆真如椽矣。

三、角弓

騂騂角弓❶，翩其反矣❷。兄弟昏姻，無胥❸遠矣。

爾之遠矣，民胥然矣❹。爾之教矣，民胥傚矣❺。

此令兄弟❻，綽綽有裕❼；不令兄弟，交相為瘉❽。

民之無良，相怨一方❾。受爵不讓❿。至于己斯亡⓫。

老馬反為駒⓬，不顧其後⓭。如食宜饇⓮，如酌孔取⓯。

毋教猱升木⓰，如塗塗附⓱。君子有徽猶⓲，小人與屬⓳。

雨雪瀌瀌⓴，見晛曰消㉑。莫肯下遺㉒，式居婁驕㉓。

雨雪浮浮㉔，見晛曰流㉕。如蠻如髦㉖，我是用憂㉗。

【注釋】

❶騂騂，《傳》：「調和貌。」角弓，《集傳》：「以角飾弓也。」❷翩，《集傳》：「翩，反貌。弓之為物，張

之則內向而來，弛之則外反而去。」❸胥，《箋》：「相矣。」❹胥，《箋》：「皆也。」言爾不親爾之兄弟昏姻，則民皆如此也。❺傚，仿效。❻令，《箋》：「善也。」❼綽綽，《傳》：「寬也。」即寬裕貌。裕，《傳》：「饒也。」言相善之兄弟，情感融洽、綽然寬裕。❽瘉，音愈，ㄩˋ。《傳》：「病也。」言不相親善之兄弟，則互相詬病也。❾一方，《集傳》：「彼一方也。」言相怨彼一方受爵不讓也。❿爵，《傳》：「祿也。」⓫斯，則也。亡，《經義述聞》：「亡，即忘字也。」言至於己之一方，則忘之矣。⓬駒，小馬。言老馬已不足以任事，反自以為駒，以喻老人反如孩童也。⓭後，指將來。言只顧眼前，不顧未來也。⓮宜，《詩經今注》：「宜，借為多。」按宜從多省聲，故可通多。饇，音玉，ㄩˋ。《傳》：「飽也。」⓯孔，《集傳》：「甚也。」二句言如吃飯則吃太飽，如飲酒則飲過量。凡此皆不顧其後也。⓰猱，音撓，ㄋㄠˊ。《傳》：「猨屬。」《箋》：「猱之性善登木。」《正義》引陸機《疏》曰：「猱，獼猴也。楚人謂之沐猴，老者為玃，長臂者為猨。」⓱塗，《傳》：「泥也。」二塗字義同。附，《傳》：「著也。」言如本為泥土，又以泥土附於其上也。⓲徽，《傳》：「美也。」猶，《箋》：「道也。」⓳屬，《集傳》：「附也。」與、屬義同，猶與歸。句言小人皆歸附。⓴瀌，音標，ㄅㄧㄠ。瀌瀌，《正義》：「雪之盛貌。」㉑晛，音現，ㄒㄧㄢˋ。《傳》：「日氣也。」按《說文》：「晛，日光也。」曰，《古書虛字集釋》：「猶則也。」二句謂落雪雖盛，日出則消溶也。㉒遺，《毛詩後箋》：「墮也。」下遺，謙卑下降也。㉓式，語詞。婁，《毛詩傳箋通釋》：「婁，當從《釋文》作樓，高也。」「婁驕」與上文「下遺」義正相反，二句謂無人肯謙卑下降，惟自居高傲而已。㉔浮浮，《傳》：「猶瀌瀌也。」㉕流，《毛詩傳箋通釋》：「流，與消同義。」㉖蠻，《傳》：「南蠻也。」髦，音毛，ㄇㄠˊ。《箋》：「西夷別名。」言其無禮義而相殘賊也。㉗是用，是以。

【詩義・章旨】

〈詩序〉曰：「〈角弓〉，父兄刺幽王也。不親九族而好讒佞，骨肉相怨，而作是詩也。」詩中屢言兄弟，又云「小人與屬」，則〈序〉所謂「不親九族而好讒佞，骨肉相怨」，大致不誤。惟詩曰：「君子有徽猶，小人與屬。」又曰：「如蠻如髦，我是用憂。」詩人似尚有勸王推行善政、潛化小人之意。

全詩八章，每章四句。一章勸王無遠兄弟昏姻，首二句以角弓為興，頗為巧妙。蓋弓張則內向，弛則外反，以此示兄弟親戚親之則附，疏之則離。詩曰：「爾其反矣。」則詩人之意可知矣。二章言王之行止，民皆效之。三章述兄弟相善與不相善差異之大，相善則事物皆有餘裕，不善則交病，交病則俱傷也。四章承三章而言，「無良」即上章之「不令」。此章點出不遠兄弟之方全在一「讓」字，無良之人，僅知怨人受爵不讓，而己之一方則完全忘卻。五章承「讓」字而言。老馬為駒，食則多饇，酌則孔取，皆不讓之表現。既不顧其後，則其後之傷害可知矣。六章言行善政大道，則小人皆歸附矣。教猱升木，泥土附塗，是陷溺愈甚而已。末二章皆以雪見日則消為喻，以示為政當用君子。君子當道，則小人自遠。七章後二句言王不肯謙卑，自居高傲。末章言王待兄弟如蠻夷，此皆詩人之所深憂也。

為政者當愛人，亦當知人。愛人為仁，知人為智。愛人欲其周，知人別善惡。踐行之道，在「舉直錯諸枉」而已。於萬民如此，於親族亦然。此詩前五章勸王無遠兄弟，此仁者之事，後三章戒王辨君子小人，此智者之事。「雨雪瀌瀌，見晛曰消」，豈非舉皋陶、伊尹，不仁者則遠矣邪！是則聖人之道，古今一也。

四、菀柳

有菀❶者柳，不尚息焉❷。上帝甚蹈❸，無自暱焉❹。俾予靖之❺，後予極焉❻。

有菀者柳，不尚愒❼焉。上帝甚蹈，無自瘵❽焉。俾予靖之，後予邁❾焉。

有鳥高飛，亦傅于天❿。彼人之心，于何其臻⓫？曷⓬予靖之，居以凶矜⓭。

【注釋】

❶菀，《傳》：「茂木也。」《箋》：「枝葉茂盛也。」馬瑞辰《毛詩傳箋通釋》以為當作枯病解。按〈正月〉「有菀其特」、〈小弁〉「菀彼柳斯」、〈桑柔〉「菀彼桑柔」，菀皆為茂盛義，此處不當獨訓枯病。故仍以《傳》說為是。❷尚，《箋》：「庶幾也。」言茂盛柳樹之下，不庶幾可以休息乎？意謂可以休息也。❸上帝，《正義》：「王肅、孫毓，皆以上帝為斥王。」蹈，《傳》：「動也。」《毛詩傳箋通釋》：「動者，言其喜怒變動無常。」❹暱，《傳》：「近也。」言無自往親近之也。❺靖，《詩本義》：「安也。」《集傳》：「定也。」按此對上文蹈動而言。❻極，《箋》：「誅也。」謂誅放也。言使我靖之，其後我將遭誅放焉。❼愒，音憩，ㄑㄧˋ。《傳》：「息也。」❽瘵，音債，ㄓㄞˋ。《傳》：「病也。」言勿自取其病也。❾邁，《箋》：「邁，行也；行，亦放也。」❿傅，《箋》：「至也。」⓫彼人，《箋》：「斥幽王也。」臻，《箋》：「至也。」于何其臻，乃其臻于何之倒文。言彼人之心，將至於何地乎？謂其心變化無常而難測也。⓬曷，何時也。前已多見。⓭矜，《傳》：「危也。」言我將居於凶危之地也。

【詩義・章旨】

〈詩序〉曰：「〈菀柳〉，刺幽王也。暴虐無親，而刑罰不中，諸侯皆不欲朝，言王者之不可朝事也。」所言與詩文甚合，後世之說此詩者或有增減，大旨固不異也。故其說可從。魏源《詩古微》以為刺厲王，以詩之編次論之，〈序〉說較是。

全詩三章，每章六句，前二章形式複疊。一章首二句為興，以菀柳尚息，以示王之不可親。三四句言王性情多變，戒人勿往親近。末二句言已往諫之必遭誅放。二章與一章相同，惟第四句易為「無自瘵焉」。一章言暱，二章言瘵，此互足其義也。末章首二句亦為興，言鳥雖高飛，傅于天而已，三四句則言王之多變，不知其何所底止。末二句與前二章之義相近，惟「曷予靖之」一語甚為重要，蓋既曰「曷」，則「靖之」之事尚未發生，而「予極」、「予邁」及此章之「居以凶矜」，亦僅必然之結果而已，非事實也。若以事實解之，恐將扞格而難通矣。吳闓生《詩經會通》以此詩「乃有功獲罪之臣作此以自傷悼」，似未達其旨也。

五、都人士

彼都❶人士，狐裘黃黃❷。其容不改❸，出言有章❹。行歸于周，萬民所望❺。

彼都人士，臺笠緇撮❻。彼君子女❼，綢直如髮❽。我不見兮，我心不說❾。

彼都人士，充耳琇實❿。彼君子女，謂之尹吉⓫。我不見兮，我心苑結⓬。

彼都人士，垂帶而厲⓭。彼君子女，卷髮如蠆⓮。我不見兮，言從之邁⓯。

匪伊垂之，帶則有餘⓰；匪伊卷之，髮則有旟⓱。我不見兮，云何盱矣⓲。

【注釋】

❶都，《箋》：「城郭之域曰都。」《集傳》：「王都也。」按下文曰：「行歸于周。」則此都當指周都鎬京也。❷狐裘，諸侯之服。見〈秦風・終南〉注❹。黃黃，《集傳》：「狐裘色也。」按黃有美義，如《呂氏春秋・功名》「缶醯黃蜹」高注：「黃，美也。」黃黃，除指狐裘之色，當亦有鮮麗之義。否則，言黃即可，不必重一黃字也。《詩經今注》：「黃，借為煌。煌煌，明亮貌。」與鄙意正同。❸不改，《集傳》：「有常也。」❹章，《集傳》：「文章也。」❺行，將也。周，《集傳》：「鎬京也。」言此都人士行將歸於周京，而為萬民所仰望也。❻臺，莎草也。見〈南山有臺〉注❶。臺笠，《箋》：「以臺為笠也。」緇撮，《傳》：「緇布冠也。」《集傳》：「其制小，僅可撮其髻也。」❼彼君子女，《箋》：「謂都人之家女也。」《集傳》：「都人貴家之女也。」❽綢，《釋文》：「密也。」如髮，《毛詩傳箋通釋》：「如髮，猶云乃髮。乃，猶其也。即謂綢直其髮耳。」按以四章五章推之，此言其髮之美也。❾說，同悅。都人士、君子女皆行歸於周，我將不可得見，故我心不悅也。❿琇，《傳》：「美石也。」實，即果實之實。〈齊風・著〉有瓊華、瓊瑩、瓊英，以彼例此，則琇實即美玉所作之實也。⓫尹吉，《箋》：「吉，讀為姞。尹氏、姞氏，周室昏姻之舊姓也。」《集傳》：「李氏曰：所謂尹吉，猶晉言王謝。唐言崔盧。」按詩既言「謂之」，則尹吉當是女子之稱。〈大雅・韓奕〉記韓侯之妻稱韓姞，則此尹吉當為尹氏之妻矣。⓬苑，《正義》作菀。阮元《校勘記》曰：「菀結，即〈素冠〉之蘊結。」鬱結也。⓭厲，《傳》：「帶之垂者。」《箋》：「厲字當作裂。」按《說文》：「裂，繒餘也。」古者裂帛以續帶為飾。句言帽帶下垂而有厲以為續也。⓮卷，同捲。蠆，音柴，ㄔㄞˊ。《箋》：「螫蟲也。」《釋文》：「通俗文曰：長尾為蠆，短尾為蠍。」蠆尾上曲如鉤，女子髮末上捲似之。⓯言，語詞。邁，《箋》：「行也。」從之邁，謂願從之而行也。蓋思之甚也。⓰匪，非也。伊，其也。參見〈邶風・雄雉〉注❺。言非其故意垂之，因

帶長有餘而垂之也。⑰旟，音余，ㄩˊ。《傳》：「揚也。」言非其故意卷曲，因髮自然揚起，故卷曲也。⑱盱，音須，ㄒㄩ，與忓、吁同，憂也。見〈周南．卷耳〉注㉕。

【詩義．章旨】

〈詩序〉曰：「〈都人士〉，周人刺衣服無常也。古者長民衣服不貳，從容有常，以齊其民，則民德歸壹。傷今不復見古人也。」按《禮記．緇衣》曰：「子曰：『長民者衣服不貳，從容有常，以齊其民，則民德壹。』《詩》云：『彼都人士，狐裘黃黃。其容不改，出言有章。行歸于周，萬民所望。』」〈緇衣〉引詩文以為證，〈序〉又引〈緇衣〉之文以解詩，顛之倒之，無怪乎姚際恆、方玉潤等皆置之而不辯也。《集傳》曰：「亂離之後，人不復見昔日都邑之盛，人物儀容之美，而作是詩以歎息之也。」二〈雅〉之中，恐無東周之詩。詩曰：「行歸于周，萬民所望。」既曰歸周，當是西周之作；若是東周，京都已在洛邑，去鎬京何得云歸周乎？詩中「君子女」既「謂之尹吉」，則「都人士」必為尹氏可知。故此詩乃尹氏與尹吉行歸于周，其友人詠而送之之詩。亦猶〈豳風．九罭〉之詠周公也。其不列於〈風〉者，以其無國可列，故入之〈小雅〉也。

全詩五章，每章六句，二三四章形式複疊。一章寫都人士服飾之盛，儀容之正，言行之美。故將歸周，而能為萬民所望也。「行歸于周」一語，乃詩人作此詩之緣由，亦為此詩之重心也。二章寫都人士與君子女平時服飾，以顯其平時生活之閑適。末二句承上章「行歸于周」而來。三章明示二人姓名。四章又寫其服飾，一寫垂帶，示其服飾之盛；一寫卷髮，示其裝束之巧。末章承前章之文，言帶有餘，髮有旟，非假修飾，乃自然而美也。

詩一章全寫都人士，二章始述及尹吉，此明主從也。二章曰：「我心不說。」三章曰：「我心苑結。」四章曰：「言從之邁。」末章曰：「云何盱矣。」層層遞進，愈後而寖重。而凡此皆承一章「行歸于周」而來，是則詩篇不僅有縱面之層次，亦有横面之脈絡。善讀者，縱横馳驅，交通阡陌，庶幾可盡覽其美矣。

六、采綠

終朝采綠❶，不盈一匊❷。予髮曲局❸，薄言歸沐❹。

終朝采藍❺，不盈一襜❻。五日為期，六日不詹❼。

之子于狩，言韔其弓❽；之子于釣，言綸之繩❾。

其釣維何？維魴及鱮❿。維魴及鱮，薄言觀者⓫。

【注釋】

❶終朝，《傳》：「自旦及食時為終朝。」〈鄘風・蝃蝀〉、〈衛風・河廣〉皆作崇朝。綠，《箋》：「王芻也。」陳奐《傳疏》：「綠，讀為菉，假借字也。」按《說文》曰：「藎草也。」一名黃草，可以染黃。❷匊，《傳》：「兩手曰匊。」❸局，《傳》：「卷也。」曲局，《集傳》：「言其首如飛蓬也。」❹薄言，迫而、急忙也。前已多見。沐，濯髮也。歸沐，歸家洗髮也。❺藍，《箋》：「染草也。」《正義》：「可以染青。」❻襜，音沾，ㄓㄢ。《傳》：「衣蔽前謂之襜。」即衣之前襟也。❼詹，《傳》：「至也。」言本期五日而歸，今已六日而不得至也。❽韔，音暢，ㄔㄤˋ，弓囊也。見〈秦風・小戎〉注㉛及注㉝。言此子若往狩獵，則我願為收弓於囊。❾綸，《傳》：「釣繳也。」此作動詞用。《正義》：「綸是繩名。言綸之繩，謂與之作繩。」《集傳》：「理絲曰綸。」❿魴、鱮，見〈齊風・敝笱〉注❹。⓫者，通諸，之也。古諸與者互通，見《經傳釋詞》。此言速往觀之也。

【詩義．章旨】

〈詩序〉曰：「〈采綠〉，刺怨曠也。幽王之時，多怨曠者也。」詩無刺怨曠之意，故朱子《辨說》曰：「此詩怨曠者所自作，非人刺之，亦非怨曠者有所刺於上也。」朱子所駁甚是。惟其謂怨曠者所自作，恐亦失實，蓋以詩中雖有曠事，而無怨語也。其《集傳》謂：「婦人思其君子。」後之說詩者悉從之。然古之臣僕忠於其主，亦猶妻妾忠於其夫，故忠臣往往與貞女並稱，以是竊疑此詩為臣屬思念其主之詩，觀其用字明潔，語氣豪爽，毫無憂愁之情，不作兒女之態，則可知矣。吳闓生《詩義會通》謂：「詩與〈殷雷〉、〈伯兮〉略同，純為〈風〉體，不當列入〈雅〉。疑三百篇〈風〉、〈雅〉之序，亦或有紊者也。」彼以此為思婦之詞，故有是言也。今以之為臣屬思主之詩，則〈國風〉、〈小雅〉，涇渭分明，曷嘗有紊者哉！

全詩四章，每章四句。一章首二句言思念之深，遂不專於事。下二句言髮既曲局，乃歸而沐之。用語奇妙，行為亦灑脫不羈。二章「五日為期，六日不詹」，乃承前章薄言歸沐而言。既欲歸沐，乃經久不至，益見其不羈之性。三章「之子」，即其所事之人。言願為之韔弓綸繩，願為之執鞭，以示忠貞不渝也。末章承上章而言。僅言釣而不言狩者，從簡也。魴、鱮皆大魚，「維魴及鱮」，期其所釣者大，所志者遠也。末語「薄言觀者」，示其期望即歸而已。〈小雅〉七十四篇，無論內容、氣象，皆與〈風〉迥異；如以〈風〉視之，是自紊也。

七、黍苗

芃芃黍苗，陰雨膏之❶。悠悠❷南行，召伯勞之❸。
我任我輦，我車我牛❹。我行既集❺，蓋云歸哉❻！

我徒我御❼，我師我旅❽。我行既集，蓋云歸處❾！
肅肅謝功❿，召伯營之⓫；烈烈征師⓬，召伯成之⓭。
原隰既平，泉流既清⓮。召伯有成⓯，王心則寧⓰。

【注釋】

❶二句見〈曹風・下泉〉。❷悠悠，遠也。前已數見。❸召伯，見〈召南・甘棠〉注❹。言召伯勞慰之也。❹《傳》：「任者，輦者，車者，牛者。」按《傳》以四者皆指人，似嫌勉強。馬瑞辰《毛詩傳箋通釋》曰：「我任我輦，即謂以輦載任器。我車我牛，車牛為一。」尤不可通。任、輦、車、牛，皆指物而言，與下章徒、御、師、旅指人者正相對應。任，載也。指所載之輜重也。輦，載物之車也（見《周禮・地官・鄉師》注）。❺集，《箋》：「猶成也。其所為南行之事既成。」按疑集當訓合，句言我之行列既集合也。南行營謝之事乃召伯成之，非詩人（我）也。❻蓋，陳奐《傳疏》：「蓋，讀為盍，盍又謂之曷。蓋云歸哉，曷云歸哉也。」言何時可歸也。❼徒、御，《傳》：「徒行者，御車者。師者，旅者。」❽師、旅，《箋》：「五百人為旅，五旅為師。」《正義》：「徒行、御車，還是師旅之人，而經別之者。以其所司各異，故亦歷言以類上章也。」❾歸處，歸而安息也。❿肅肅，《箋》：「嚴正之貌。」謝，邑名，申伯所封之國，在今河南信陽境。謝功，營謝之功也。召伯營謝事見〈大雅・崧高〉。⓫營，《箋》：「治也。」即經營也。⓬烈烈，《箋》：「威武貌。」征，《箋》：「行也。」⓭成，組成也。言此征行之眾，乃召伯組成之也。⓮《傳》：「土治曰平，水治曰清。」⓯有成，言營謝之功既成也。⓰王心則寧，《箋》：「宣王之心則安也。」

【詩義・章旨】

〈詩序〉曰：「〈黍苗〉，刺幽王也。不能膏潤天下，卿士不能行召伯之職焉。」詩乃美召伯營謝成功，並非刺詩。詩文曰：「我行既集，蓋云歸哉。」「烈烈征師，召伯成之。」是詩之作者乃召伯之將佐，非幽王時人，與幽王亦無關。故〈序〉說不可信。《左傳》襄公十九年杜注：「〈黍苗〉，美召伯勞來諸侯。」此乃詩之首章之旨，非全詩之旨也。《集傳》曰：「宣王封申伯于謝，命召穆往營城邑，故將徒役南行，而行者作此」極是，但在營謝功成之後，而非南行之時也。季本《詩說解頤》曰：「南行之士將歸，故作此詩以美其成功也。」證之詩之末章，信然。

全詩五章，每章四句，二、三章形式複疊。一章言召伯勞撫南行師徒。二、三章述功成而思歸。「我任我輦，我車我牛」、「我徒我御，我師我旅」，造語精練而巧妙。四章言謝功、征師，皆召伯所成。營謝本征師之功，今並歸美召伯，此固詩人之巧筆，然亦見古人忠主之心也。末章言營謝功成，末句點明營謝出於王命，且為王所懸念者也。

八、隰桑

隰桑有阿❶，其葉有難❷。既見君子，其樂如何❸！
隰桑有阿，其葉有沃❹。既見君子，云何❺不樂？
隰桑有阿，其葉有幽❻。既見君子，德音孔膠❼。
心乎愛矣，遐不謂矣❽。中心藏之❾，何日忘之❿！

【注　釋】

❶隰，《正義》：「下濕曰隰。桑宜濕潤之所。」隰桑，隰中桑也。阿，《傳》：「美貌。」陳奐《傳疏》：「阿之為言猗也。」〈淇奧〉《傳》：「猗猗，美盛貌。」有阿，猶阿然。❷難，音挪，ㄋㄨㄛˊ。《傳》：「盛貌。」有難，猶難然。又難與儺同，阿難，即〈檜風．隰有萇楚〉「猗儺其枝」之猗儺。陳奐《傳疏》有說。❸二句言既見君子而甚樂也。❹沃，《傳》：「柔也。」陳奐《傳疏》：「柔者亦是美盛之意。」❺云何，如何也。前已數見。❻幽，《傳》：「黑色也。」《毛詩傳箋通釋》：「葉之盛者色青而近黑，則黑色亦為盛貌。」❼德音，聲譽也。膠，《傳》：「固也。」❽遐，《集傳》：「遐與何同。〈表記〉作瑕，鄭氏注曰：『瑕之言胡也。』」謂，《集傳》：「猶告也。」言我中心誠愛此君子，而既見之何不遂以告之也。❾中心藏之，謂藏於心中也。❿何日忘之，言何曾有一日忘之。

【詩義．章旨】

〈詩序〉曰：「〈隰桑〉，刺幽王也。小人在位，君子在野，思見君子盡心以事之。」朱子《辨說》謂：「此亦非刺詩。」《集傳》曰：「此喜見君子之詩，辭義大概與〈菁莪〉相類，然所謂君子，則不知其何所指矣。」〈序〉謂刺幽王，實不可取。詩曰：「既見君子。」則亦非思見君子也。其他皆可從。《集傳》謂「與〈菁莪〉相類」，此識者之言。〈菁莪〉中有「錫我百朋」一語，此詩中無有，致令近世說詩者以為男女相悅之詩，詩之難解，於此可見矣。

全詩四章，每章四句，前三章形式複疊。三章首二句皆言隰桑美而葉盛，以象徵君子「德音是茂」。三章末語德音孔膠為全詩之重心，前二章言樂見君子，末章言愛之，其原因皆在此。

九、白華

白華菅兮❶，白茅束兮❷。之子之遠❸，俾我獨兮❹。
英英❺白雲，露彼菅茅❻。天步艱難❼，之子不猶❽。
滮池北流❾，浸彼稻田。嘯歌傷懷❿，念彼碩人⓫。
樵彼桑薪⓬，卬烘于煁⓭。維彼碩人，實勞我心⓮。
鼓鐘于宮，聲聞于外⓯。念子懆懆⓰，視我邁邁⓱。
有鶖⓲在梁，有鶴在林。維彼碩人，實勞我心。
鴛鴦在梁，戢其左翼⓳。之子無良，二三其德⓴。
有扁斯石㉑，履之卑兮㉒。之子之遠，俾我疧兮㉓。

【注釋】

❶白華，《爾雅・釋草》：「白華，野菅。」《傳》同。菅，音奸，ㄐㄧㄢ。《傳》：「已漚為菅。」《正義》：「漚之柔韌，異其名謂之為菅，因謂在野未漚者為野菅。」此云白華已漚而為菅也。❷白茅束兮，猶〈召南・野有死麕〉之「白茅純束」。❸之子，《箋》：「斥幽王也。」之遠，往遠方。❹言使我獨處也。❺英英，《毛詩傳箋通釋》：「白貌。」❻露，《詩經稗疏》：「露之為言濡也，謂濕雲之濡菅茅也。」❼步，《傳》：「行也。」天步，《集傳》：「猶言時運也。」句言時運不濟也。❽猶，《箋》：「圖也。」❾滮，音標，ㄅㄧㄠ。滮池，池

名。《水經注》有滮池，在豐鎬之間，水北流。❿嘯歌，號歌也。見〈召南・江有汜〉注❿。言傷心而號歌也。⓫碩人，《集傳》：「亦謂幽王也。」⓬樵，《集傳》：「采也。」桑薪，《箋》：「薪之善者也。」⓭卬，《傳》：「我也。」見〈邶風・匏有苦葉〉注⓳。烘，《傳》：「燎也。」煁，音塵，ㄔㄣˊ。《傳》：「烓竈也。」《正義》：「無釜之竈，若今之火爐也。」⓮勞，憂也。句見〈邶風・燕燕〉。⓯言擊鐘于宮中，其聲必傳於外也。⓰懆，音草，ㄘㄠˇ。懆懆，《集傳》：「憂貌。」⓱邁邁，《傳》：「不說貌。」《釋文》：「《韓詩》及《說文》並作怖怖，《韓詩》云：『意不說好也。』」評云：「很怒也。」⓲鶖，音秋，ㄑㄧㄡ。《傳》：「禿鶖。」狀如鶴而大，青蒼色。長頭赤目，頭項皆無毛，好啖魚蛇。⓳二句見〈鴛鴦〉。⓴二三其德，猶今言三心二意。句見〈衛風・氓〉。㉑扁，陳奐《傳疏》：「扁者，器不圜也。」即扁平也。有扁，猶扁然、扁扁。斯，《經傳釋詞》：「猶其也。」斯石，乘車所登之石也。㉒履，踐也。之，指石。二句言扁薄者此登車墊腳之石，踐踏之而使之扁薄。㉓疷，《傳》：「病也。」參見〈無將大車〉注❸。

【詩義・章旨】

〈詩序〉曰：「〈白華〉，周人刺幽后也。幽王取申女以為后，又得褒姒而黜申后，故下國化之，以妾為妻，以孽代宗，而王弗能治。周人為之作是詩也。」《集傳》曰：「幽王取申女以為后，又得褒姒以黜申后，故申后作此詩。」詩用第一人稱，曰卬、曰我，似出申后口吻，故《集傳》之說較長。〈序〉說過於煩瑣，且刺幽后亦難合詩義也。近人多謂此寫一般夫婦閒事，然詩曰：「鼓鐘于宮。」「有扁斯石（乘石）。」豈一般平民所得有邪？

全詩八章，每章四句，首二句全用興體。菅茅同類，一章首二句述白茅束菅，相得益彰，象徵夫婦之得宜。下二句寫之子（幽王）離棄，遂使我獨兮。二章首二句述露霑菅茅，亦象徵夫婦之得宜，然所以生變，乃因時運之不濟及之子之不猶也。三章首二句言滮池微流，尚能浸潤，而王反不能施其寵澤。下二句乃言念王而傷懷也。四章首二句言桑薪乃薪之善者，而竟用非其所，正象徵嫡后而遭卑視，而此由幽王暗昧所致，故下二句謂念念而憂心也。五章以鼓鐘宮中，聲必外傳，以示宮中之事，外人皆知也。然我思念汝如此之深，女反以怨怒回報我也。六章言鶖鶴皆食魚之鳥，而鶖惡在梁有魚可食，鶴善反在林不得食魚，其所興之意最為清楚。此魚即幽王，下二句乃云思之令我心憂也。七章以鴛鴦象徵夫婦恩愛，義亦顯明。而我夫婦之不相愛者，皆由之子德不貞固也。末章以扁石象徵己身遭棄，念之子而身心俱病也。每章詩義，皆隱藏於首二句興詩之中，而以之合幽王申后之事，若符節之相合，以此知朱子之說不誤也。而全詩之旨盡在興語之中，亦三百篇之絕無僅有者也。

一〇、緜蠻

緜蠻黃鳥❶，止于丘阿❷。道之云遠❸，我勞如何❹！飲之食之，教之誨之❺，命彼後車❻，謂之載之❼。

緜蠻黃鳥，止于丘隅❽。豈敢憚行，畏不能趨❾。飲之食之，教之誨之，命彼後車，謂之載之。

緜蠻黃鳥，止于丘側，豈敢憚行，畏不能極❿。飲之食之，教之誨之，命彼後車，謂之載之。

【注釋】

❶緜蠻，《傳》：「小鳥貌。」黃鳥，黃雀。見〈周南．葛覃〉注❼。❷丘阿，丘之曲處也。見〈衛風．考槃〉注❻。❸云，語詞。道之云遠，即道遠也。❹我勞如何，言我如何勞哉，意謂甚勞苦也。我，行役者自稱。❺飲，音印，ㄧㄣˋ。食，音四，ㄙˋ。皆作動詞用。四「之」字皆指行役者。❻後車，《釋文》：「副車也。」❼謂，使也。見〈出車〉注❷。上之字，後車駕者。下之字，指行役者。以上四句皆行役者假想之詞，非事實也。❽丘隅，《傳》：「丘角也。」❾憚，《集傳》：「畏也。」趨，《集傳》：「疾行也。」二句言我豈敢憚行乎？恐不能疾趨耳。❿極，《箋》：「至也。」

【詩義．章旨】

〈詩序〉曰：「〈緜蠻〉，微臣刺亂也。大臣不用仁心，遺忘微賤，不肯飲食教載之，故作是詩也。」其說大致不誤。惟非「刺亂」，以詩中無亂象也。《集傳》謂：「此微賤勞苦而思有所託者，為鳥言以自比也。」謂作者為微賤者甚是，謂為鳥言以自比，似求之過甚，豈禽鳥亦望有飲食教載之事邪？

全詩三章，每章八句，形式複疊。每章首二句以黃鳥起興。言黃鳥止其所止，以示人亦當有所依托。一章「道之云遠，我勞如何」，為全詩之重心。行役道遠，勞苦倍常，此詩人所以作此詩也。二章「畏不能趨」，三章「畏不能極」，皆承此二句而來。每章後四句皆想像之詞，然於此益見其苦也。每章後四句全同，〈國風〉中常見，〈雅〉中僅此一篇而已。

一一、瓠葉

幡幡瓠葉❶，采之亨❷之。君子有酒，酌言嘗之❸。

有兔斯首❹，炮之燔之❺。君子有酒，酌言獻❻之。

有兔斯首，燔之炙之❼。君子有酒，酌言酢❽之。

有兔斯首，燔之炮之。君子有酒，酌言醻❾之。

【注釋】

❶幡幡，反覆貌。見〈巷伯〉注❿。言瓠葉因風而翻動也。❷亨，同烹，煮也。❸言，而也。言酌而飲之也。

❹斯，《詞詮》、《古書虛字集釋》皆曰：「猶之也。」兔斯首，即兔之首也。按《箋》訓斯為白，兔斯首即兔白首也。考〈秦風・車鄰〉曰：「有馬白顛。」〈小雅・漸漸之石〉曰：「有豕白蹢。」蓋以此顯示馬身、豕身非白色也。兔之身首並無異色，而云兔白首，則似無甚意義。《集傳》曰：「有兔斯首，一兔也，猶數魚以尾也。」曲折難通。❺炮，音袍，ㄆㄠˊ。《傳》：「毛曰炮。」謂連毛（上裹以泥）燒之也。燔，《傳》：「加火曰燔。」《正義》：「加置於火上，是燔燒之。」❻獻，《集傳》：「獻之於賓也。」飲酒之禮，主人始酌酒敬賓曰獻。

❼炙，《傳》：「炕火曰炙。」《正義》：「炕，舉也。謂以物貫之而舉於火上以炙之。」按近火曰燔，遠火曰炙。見〈楚茨〉注㉓。❽酢，音作，ㄗㄨㄛˋ。《傳》：「報也。」《箋》：「賓既卒爵，洗而酌主人也。」謂賓受主人獻酒，既飲，乃酌以敬主人也。❾醻，音酬，ㄔㄡˊ，同酬。《箋》：「主人既卒酢爵，又酌自飲，卒爵，復酌進賓。猶今俗之勸酒。」

【詩義．章旨】

〈詩序〉曰：「〈瓠葉〉，大夫刺幽王也。上棄禮而不能行，雖有牲牢饔餼，不肯用也。故思古之人，不以微薄廢禮焉。」按此詩是否作於幽王之世，不可得知；然詩無刺意，一讀詩文便知。故姚際恆曰：「三章言獻、酢、醻，賓主之禮悉備，毫無刺意。」其說是也。毛、鄭謂是庶人之事，亦不合「君子有酒」之文。《集傳》曰：「此亦燕飲之詩。」得之。然此必是君燕臣屬，而由屬吏記之之詩也。

全詩四章，每章四句，形式複疊。每章前二句為興，瓠葉、兔首，示物薄也；亨、炮、燔、炙，示意誠也。後二句述飲事，嘗、獻、酢、醻，言禮備也。賓主歡樂之情，盡寓其中，視之〈賓之初筵〉，不可同日而語也。

二二、漸漸之石

漸漸❶之石，維其高矣。山川悠遠，維其勞矣❷。武人東征❸，不皇朝❹矣。

漸漸之石，維其卒❺矣。山川悠遠，曷其沒矣❻。武人東征，不皇出矣❼。

有豕白蹢❽，烝涉波矣❾。月離于畢❿，俾滂沱⓫矣。武人東征，不皇他矣⓬。

【注釋】

❶漸漸，《傳》：「山石高峻。」《釋文》：「亦作嶄嶄。」《毛詩傳箋通釋》：「漸漸即嶄嶄之叚借，高也。」

❷勞，《正義》以為遼之假借，廣遠也。按孔氏之說是也。下章「曷其沒矣」之沒指山川，則此「勞」字亦不得指人也。王肅訓為勞苦，可通，但不若孔說為勝也。❸武人，《箋》：「謂將率也。」東征，《正義》：「征伐

荊舒之國。」❹皇，《集傳》：「暇也。」朝，朝見天子。❺卒，同崒。《箋》：「崔嵬也。」即高也。《正義》：「卒，讀為崒。」❻沒，《傳》：「盡也。」言山川何時而窮盡也。❼出，出困也。言不暇計及出困後事也。❽蹢，音滴，ㄉㄧ。《傳》：「蹄也。」❾烝，《箋》：「眾也。」謂群豕渡水也。《集傳》：「豕涉波，將雨之驗也。」❿離，即〈邶風‧新臺〉「鴻則離之」之離，遭遇也。畢，星名。見〈大東〉注㊶。《正義》：「月離歷于畢之陰星，在天為將雨之候。」⓫滂沱，大雨貌。⓬他，他事也。言無暇計及他事也。

【詩義‧章旨】

〈詩序〉曰：「〈漸漸之石〉，下國刺幽王也。戎狄叛之，荊舒不至，乃命將率東征，役久病於外，故作是詩也。」幽王之世，內憂外患頻仍，肆應維艱，是否有力東征，頗令人生疑。此姑不論。詩曰：「不皇朝矣。」處困境猶思朝王，忠貞之心令人感佩，何有刺意？然〈序〉謂：「將率東征，役久病於外，故作是詩。」正是詩義，不可疑也。《集傳》曰：「將率出征，經歷險遠，不堪勞苦，而作是詩也。」與〈序〉說不異，惟較詳耳。

全詩三章，每章六句，形式複疊。每章首四句皆寫身歷之情景。一二章述山高水遠，窮盡無期，以示情景之窘困。末章天將大雨，其境愈困矣。每章後二句皆寫心境，一章「不皇朝矣」，特舉朝君之事，以示其重要。二章「不皇出矣」，不暇顧及之事又多矣，末章「不皇他矣」，除脫困外，其他一切皆不暇計及矣。不暇計及之事愈後而愈廣，則其心境愈久而愈苦矣。

一三、苕之華

苕之華❶，芸其黃矣❷。心之憂矣，維其傷❸矣。

苕之華，其葉青青❹。知我如此，不如無生❺。
牂羊墳首❻，三星在罶❼。人可以食，鮮可以飽❽。

【注　釋】

❶苕，音條，ㄊㄧㄠˊ。見〈陳風・防有鵲巢〉。❷句見〈裳裳者華〉。《經義述聞》曰：「芸其黃矣，言其盛，非言其衰也。」❸傷，哀傷。❹青，音精，ㄐㄧㄥ。青青，盛貌。見〈衛風・淇奧〉注⑩。❺無生，未出生。❻牂，音臧，ㄗㄤ。牂羊，《傳》：「牝羊也。」墳，《傳》：「大也。」《集傳》：「羊疾則首大也。」❼三星，參星，見〈唐風・綢繆〉注❷。罶，《釋文》：「本又作霤。」按作霤是也。《說文》：「霤，屋水流也。」即以指屋簷。〈綢繆〉詩曰：「三星在戶。」「三星在隅。」戶、隅，皆就屋而言，可證此罶字當作霤。罶為魚笱，三星在魚笱中，則斷無之事也。❽言人有食可食，但得飽者殊少。此饑饉之象，亦衰亂之徵也。

【詩義・章旨】

〈詩序〉曰：「〈苕之華〉，大夫閔時也。幽王之時，西戎東夷交侵中國，師旅竝起，因之以饑饉。君子閔周室之將亡，傷己逢之，故作是詩也。」按之詩文，其說甚是。後人或有所增損改易者，皆盲目反對〈詩序〉而然，不足取也。

全詩三章，每章四句，一二章複疊。一二章前二句以苕之華茂葉盛為興，似與詩旨不諧，實則苕乃自然植物，其花葉茂盛，正顯示天時地利兩者並宜，饑饉之成，並非天災，純由人為也。一章後二句言心憂且傷，二章「不如無生」更進而悲痛矣。末章作者以墳首言牂羊瘦瘠，以象徵人民不飽。以三星在罶表示憂不能寐。末二語揭示全詩重心，亦解答所以憂傷哀痛之故。全詩辭簡而情哀，而周室衰亂之象，如在目前。

一四、何草不黃

何草不黃❶？何日不行❷？何人不將❸？經營四方❹。
何草不玄❺？何人不矜❻？哀我征夫，獨為匪民❼。
匪兕匪虎❽，率彼曠野❾。哀我征夫，朝夕不暇！
有芃者狐❿，率彼幽⓫草，有棧⓬之車，行彼周道。

【注釋】

❶《箋》：「言草皆黃也。」蓋歲暮之時也。❷行，音杭，ㄏㄤˊ。言日日奔走無止息也。❸將，《集傳》：「亦行也。」❹句見〈北山〉。❺玄，《箋》：「赤黑色。」《經傳釋詞》：「玄黃，皆病也。」❻矜，《經義述聞》：「矜，讀為鰥。《爾雅》：『鰥，病也。』」按《箋》訓無妻曰矜，義似較遜。❼匪，非也。匪民，即非人，言如牛馬也。❽匪，非也。《箋》：「言我非是兕非是虎，何為常循彼空野之中。」按馬瑞辰謂：「匪讀為彼。」亦通。❾率，《集傳》：「循也。」曠，《箋》：「空也。」言兕虎循彼曠野而行也。❿芃，音朋，ㄆㄥˊ。《集傳》：「尾長貌。」《毛詩傳箋通釋》：「芃，猶蓬也。蓋狐尾蓬叢之貌。」按芃本草盛貌，此借以形容狐尾之蓬叢也。有芃，猶芃然、芃芃。⓫幽，深也。見〈伐木〉注❸。⓬棧，音站，ㄓㄢˋ。《毛詩傳箋通釋》：「車高之貌。」有棧，猶棧然。

【詩義．章旨】

〈詩序〉曰：「〈何草不黃〉，下國刺幽王也。四夷交侵，中國背叛，用兵不息，視民如禽獸，君子憂之，故作是詩也。」詩兩云「哀我征夫」，作者當是征夫中人，非「下國刺幽王」，亦非君子憂之而作甚明。《集傳》曰：「周室將亡，征役不息，行者苦之，故作是詩。」得其旨矣。

全詩四章，每章四句。一章起首連用三問句，頗為奇特，似一腔憤懣，急欲一吐為快。至末語「經營四方」始轉入正題。二章述征夫之苦，「獨為匪民」一語，似有無窮血淚。三四章述行役苦況，其首二句皆承「匪民」而言。每章末句為章旨，串聯此末句，則詩義自出，不勞外求也。

大雅

說見〈小雅〉。

文王之什

一、文王

文王在上❶，於昭于天❷。周雖舊邦，其命維新❸。有周不顯❹，帝命不時❺。文王陟降❻，在帝左右❼。

亹亹❽文王，令聞不已❾。陳錫哉周❿，侯文王孫子⓫。文王孫子，本支百世⓬。凡周之士，不顯亦世⓭。

世之不顯，厥猶翼翼⓮。思皇多士⓯，生此王國⓰。王國克生，維周之楨⓱。濟濟⓲多士，文王以寧。

穆穆⓳文王，於緝熙敬止⓴。假㉑哉天命，有商孫子㉒。商之孫子，其麗不億㉓。上帝既命，侯于周服㉔。

侯服于周，天命靡常㉕。殷士膚敏㉖，祼將于京㉗。厥作祼將，常服黼冔㉘。王之藎臣㉙，無念爾祖㉚。

無念爾祖，聿脩厥德㉛。永言配命㉜，自求多福㉝。殷之未喪師㉞，克配上帝㉟。宜鑒于殷，駿命不易㊱。

命之不易，無遏爾躬㊲。宣昭義問㊳，有虞殷自天㊴。上天之載，無聲無臭㊵。儀刑文王㊶，萬邦作孚㊷。

【注釋】

❶上，指天上。❷於，音烏，ㄨ。《傳》：「歎辭。」昭，《傳》：「明也。」❸周自后稷始封，子孫居西戎，太王時，徙於岐下，有國甚久，故稱舊邦。命，《箋》：「天命。」文王得天命而建周之王業，故曰其命維新。❹有，語詞。有周，《傳》：「周也。」不，姚際恆《詩經通論》：「不，楊愼、陸深皆作丕，謂古字通，從之。後放此。丕，《說文》：『大也。』」不顯，大顯、甚顯也。❺時，《傳》：「是也。」言周王朝甚光顯，上帝命周代殷亦甚是也。❻陟降，王國維〈與友人論詩書中成語書〉：「古人言陟降，猶今人言往來，不必兼陟與降二義。」❼言不離上帝之左右，謂其重要也。❽亹，音尾，ㄨㄟˇ。亹亹，《傳》：「勉也。」❾令聞，《集傳》：「善譽也。」不已，不止也。❿陳錫，《毛詩傳箋通釋》：「陳錫，即申錫也。申，重也。重錫，言錫之多。」哉，于省吾《詩經新證》：「哉、才、在古通。陳錫哉周，應讀作陳錫在周。在，猶于也。謂申錫于周也。」

⑪侯，《傳》：「維也。」二句言文王重賜於周者，厥惟其子孫也。⑫本支，《傳》：「本，本宗也。支，支子也。」此言文王之子孫，本宗為天子，支子為諸侯，皆能緜延百世也。⑬亦世，《毛詩傳箋通釋》：「亦世，即奕世也。亦與奕古本通用。奕世，即長世也，或亦訓為累世。」句言凡周之同姓、異姓之士，皆能累世丕顯也。⑭猶，《箋》：「謀也。」翼翼，眾盛貌。見〈小雅・楚茨〉注⑤。言周之士世世丕顯，皆由其謀猶眾多。⑮思，《傳》：「辭也。」皇，《集傳》：「美也。」多士，《集傳》：「眾多之賢士。」⑯王國，指周也。言生於此王國之中。⑰楨，《傳》：「幹也。」按《書・費誓》蔡傳：「楨幹，板築之木。題曰楨，牆端之木也；旁曰幹，兩旁障土者。」是在端者曰楨，在旁者曰幹，此以喻棟梁之材也。句言王國能生此眾多之士，皆周之棟梁也。⑱濟濟，多貌。見〈小雅・楚茨〉注⑩。⑲穆穆，《傳》：「美也。」⑳緝熙，《傳》：「光明也。」按《爾雅・釋詁》緝、熙並訓為光。〈周頌・昊天有成命〉「於緝熙」，《國語・周語下》引之，韋昭注曰：「緝，明也。熙，光大也。」是緝熙為光明，引申則有光大之義。詩緝熙凡五見，其義並同。止，《集傳》：「語詞。」句言文王能光大其敬慎之德。㉑假，《集傳》：「大也。」㉒有，保有也。有商孫子，謂得商之子孫為臣屬也，亦即代殷而有天下之意。㉓麗，《傳》：「數也。」不億，《正義》：「不徒止於一億而已，言其數過億也。」㉔侯，《經傳釋詞》：「侯，乃也。」侯于周服，為侯服于周之倒句，言乃臣服於周也。㉕靡常，無常。言殷人服於周，正示天命之無常也。㉖膚，《傳》：「美也。」敏，《傳》：「疾也。」言殷之後人壯美而敏疾也。㉗祼，音灌，ㄍㄨㄢˋ。《傳》：「灌鬯也。」謂以鬯酒獻尸，尸受酒灌於地，以降神也。將，《傳》：「行也。」京，《集傳》：「周之京師也。」言于京師行祼禮也。㉘厥，其也。作，行也。常服，指祭事之常服，即下文黼冔也。黼，見〈小雅・采菽〉注⑤。冔，音煦，ㄒㄩˇ。《傳》：「冔，殷冠也。夏后氏曰收，周曰冕。」《正義》：「常服，其殷所服黼衣而冔冠也。」此示周人之寬大。㉙王，周王也。藎，音進，ㄐㄧㄣˋ。《集傳》：「藎，進也。言其忠愛之臣，進進不已也。」藎臣，忠臣也。指「殷士」而言。㉚無念，《詩經詮釋》：「勿念也。」二句言王之忠

藎之臣，勿念爾之祖先。意謂但當忠於周也。㉛聿，《集傳》：「發語詞。」言但當修其德也。㉜永，《傳》：「長也。」即久也。配，《集傳》：「合也。」命，即上文天命。言當永遠配合天命而行。㉝多福，《集傳》：「盛大之福。」㉞師，《箋》：「眾也。」㉟克，能也。言能配合天命而行也。㊱鑒，《箋》：「鏡也。」駿，《傳》：「大也。」不易，《集傳》：「言其難也。」二句言應以殷為鏡，大命得之不易也。此周人自儆之辭。㊲遏，《集傳》：「絕也。」言無當爾身而絕此天命也。㊳宣，《經義述聞》：「明也。」昭，《集傳》：「明也。」宣昭，昌明、發揚也。義，《傳》：「善也。」問，《正義》：「聲聞也。」言發揚美好聲名也。㊴有，《傳》：「又也。」虞，《傳》：「度也。」言又當思慮殷之興廢皆由於天。㊵載，《傳》：「事也。」無聲無臭，《箋》：「天道難知也。耳不聞聲音，鼻不聞香臭。」㊶儀，宜也。見高本漢《詩經注釋》。刑，《傳》：「法也。」言當效法文王。㊷作，《古書虛字集釋》：「作，猶則也。」孚，《傳》：「信也。」言萬邦則信孚於周也。

【詩義・章旨】

〈詩序〉曰：「〈文王〉，文王受命作周也。」詩屢言文王，當為文王卒後之作，非文王所能自作也。〈序〉說失之。《集傳》曰：「周公追述文王之德，明周家所以受命而代商者，皆由於此，以戒成王。」此據《呂氏春秋・古樂》為說。觀詩中文字，懇切叮嚀，諄諄告戒，非周公不能作。故其說是也。至此詩之旨：四字可以盡之，曰：「敬天法祖」而已。

全詩七章，每章八句。一章言文王得天命而興周。二章言文王有賢子孫能繼世垂統。三章言周有多士能輔周繼世。四章言文王得天命而代商。五章言殷之子孫助祭于京，並示周之寬大，不易其常服。六章告戒殷士配天命而求多福，並以自儆。末章「儀刑文王」一語，指出作此詩之旨。

全詩言文王者七，言天、帝者九，並將文王與天或上帝綰於一處，既示君權神受，不可侵犯；亦示敬天法祖，實是一事也。又此詩後章之起句皆承前章之末語，使前後章辭相連鎖，義相貫串，全詩七章，婉似一體，頗為奇特。姚際恆氏即曰：「每四句承上語作轉韻，委委屬屬，連成一片。曹植〈贈白馬王彪詩〉本此。」方玉潤曰：「曹詩只起落相承，此則中間換韻亦相承不斷，詩格尤奇。」

二、大明

明明在下❶，赫赫在上❷。天難忱斯❸，不易維王❹。天位殷適❺，使不挾四方❻。

摯仲氏任❼，自彼殷商，來嫁于周❽，曰嬪于京❾。乃及王季❿，維德之行⓫。太任有身⓬，生此文王。

維此文王，小心翼翼⓭。昭事上帝⓮，聿懷⓯多福。厥德不回⓰，以受方國⓱。

天監在下⓲，有命既集⓳，文王初載⓴，天作之合㉑。在洽之陽，在渭之涘㉒。文王嘉止㉓，大邦有子㉔。

大邦有子，俔天之妹㉕。文定厥祥㉖，親迎于渭。造舟為梁㉗，不顯其光㉘。

有命自天，命此文王，于周于京㉙。纘女維莘㉚，長子維行㉛。篤㉜生武王，保右命爾㉝，燮伐大商㉞。

殷商之旅㉟，其會如林㊱。矢于牧野㊲：「維予侯興㊳。上帝臨女，無貳爾心㊴。」

牧野洋洋㊵，檀車煌煌㊶，駟騵彭彭㊷。維師尚父㊸，時維鷹揚㊹。涼㊺彼武王，肆㊻伐大商，會朝清明㊼。

【注釋】

❶明明，《詩緝》：「重言明者，至著也。」在下，在人間也。❷赫赫，顯盛貌。見〈小雅・節南山〉注❸。在上，在天上也。言文、武之德明明在下，其神則赫赫在上也。❸忱，《傳》：「信也。」斯，語詞。❹不易，《集傳》：「難也。」言天難信賴，王業不易也。❺位，同立，金文位、立同字。適，《詩經新證》：「適、敵聲同古通。」言天立殷之敵人，謂周也。❻挾，《集傳》：「有也。」言使之不能控有四方也。❼摯，《傳》：「國也。」仲氏，《傳》：「中女也。」任，《傳》：「姓也。」言摯國任姓之中女，即太任也。為王季之妻，文王之母。❽摯國為殷之諸侯，故曰自商來嫁于周也。❾曰，語詞。嬪，《傳》：「婦也。」作動詞用，謂來嫁作婦也。京，《集傳》：「周京也。」❿王季，《傳》：「太王之子，文王之父也。」⓫之，是也。維德之行，維行德也。《箋》：「配王季而與之共行仁義之德，同志意也。」⓬身，《箋》：「懷孕也。」⓭翼翼，《箋》：「恭慎貌。」⓮昭，《箋》：「明也。」⓯聿，語詞。懷，蘇轍《詩集傳》：「來也。」句言招來多福也。⓰回，邪也。見〈小雅・鼓鐘〉注❼。⓱受，承受也。方，《詩經詮釋》：「亦國也。」方國，指周而言。句言文王承受周國，為周之君也。⓲監，《集傳》：「視也。」言上天監視下民也。⓳集，《正義》：「鳥止謂之集。」是集有止義，引申有至義。句言天命既至於文王之身也。⓴載，始也。見〈皇矣〉《箋》。㉑合，《箋》：「配也。」言婚姻乃天所配合也。㉒洽，《傳》：「洽，水也。」馬瑞辰《通釋》：「洽，即郃之叚借。」郃在馮翊郃陽，故城在同州河西縣南三里。後改夏陽縣，縣南有莘城，即古莘國。文王妃太姒，即莘國之女。陽，水北曰陽。渭之涘，渭水之涯。㉓嘉，《傳》：「美也。」止，語詞。㉔大邦，《集傳》：「莘國也。」按莘為小國，不得

稱大邦。竊疑此大邦指殷，文王所娶者為殷帝乙之女、紂之妹。《易・泰・六五》曰：「帝乙歸妹。」即指此事。然此猶待詳考也。子，《集傳》：「太姒也。」按此二句為倒裝，言大邦有女，文王嘉美之也。㉕俔，音欠，ㄑㄧㄢˋ。《傳》：「磬也。」《釋文》：「《韓詩》作磬。磬，譬也。」按《說文》：「俔，諭也。」猶如也、若也。妹，《易・歸妹》王注：「妹者，少女之稱也。」言其美如天之妹，即如天仙也。㉖文定厥祥，《集傳》：「文，禮。祥，吉也。言卜得吉而以納幣之禮定其祥也。」如今之所謂訂婚也。㉗造舟為梁，《集傳》：「造，作。梁，橋也。作船於水，比之而加版於其上以通行者，即今之浮橋也。」按造舟、為梁恐是二事。如此者，蓋重其事而顯其光也。㉘不顯，丕顯。言大顯其光也。㉙于周，于周國也。于京，于周之京都也。㉚纘，《傳》：「繼也。」按竊疑此言繼娶莘氏女太姒也。《箋》謂繼太任之女事，恐誤。㉛長子，《傳》：「長女也。」即太姒也。行，《集傳》：「嫁也。」㉜篤，《傳》：「厚也。」㉝右，《傳》：「助也。」爾，汝也，指武王。《箋》以為語詞，然《詩》中爾字無作語詞者（高本漢有說）。「保右命爾」，謂天保右爾，又命爾也。㉞燮，音謝，ㄒㄧㄝˋ。《傳》：「和也。」按末章曰：「肆伐大商。」疑此燮字與肆字義同。㉟旅，《傳》：「眾也。」㊱如林，《集傳》：「言眾也。」此謂殷之兵眾甚多，其會聚如林也。㊲矢，《毛詩傳箋通釋》：「《爾雅・釋言》：『矢，誓也。』虞翻《易》注曰：『矢，古誓字。』」矢于牧野，謂周王誓師于牧野，當連下維予侯興三句言。三句皆誓詞也。」牧野，《釋文》：「在朝歌南七十里。」㊳侯，乃也，是也。維予侯興，言惟我是興也。㊴女，同汝，指周之兵眾。貳心，《詩經詮釋》：「猶言變心也。」二句言上帝監臨汝等，汝等當同心壹志，不得有二心也。㊵洋洋，《傳》：「廣也。」《集傳》：「廣大之貌。」㊶檀車，《正義》：「檀木之兵車。」參見〈小雅・杕杜〉注❼。煌煌，《傳》：「明也。」《集傳》：「鮮明貌。」㊷騵，音原，ㄩㄢˊ。《爾雅・釋畜》：「騮馬白腹，騵。」《傳》同。騮，赤色黑鬣也。彭彭，盛貌。見〈鄭風・清人〉注❷。㊸師，《傳》：「太師也。」尚父，《集傳》：「太公望為太師，而號尚父也。」㊹鷹揚，《傳》：「如鷹之飛揚也。」言其勇猛也。㊺涼，《傳》：「佐也。」《釋文》：「《韓詩》作亮，云：『相也。』」相亦佐也。㊻肆，《風俗通義・皇霸》引作襲。肆伐，襲伐、攻伐也。按此詩肆字當與〈皇矣〉「是伐是肆」之肆同義，是則《傳》訓為疾，《箋》訓為「故今」，《集傳》訓為縱兵，義皆不合。㊼會，《箋》：「合也。」會朝，《集傳》：「會戰之旦也。」清明，《詩經注釋》：「天氣清明。」按武王伐紂，天雨不止，事見《呂氏春秋・貴因》、《韓詩外傳》。

【詩義・章旨】

〈詩序〉曰：「〈大明〉，文王有德明，故天復命武王也。」復命武王在詩末二章，前六章並未言及，故〈序〉說與詩文不合。《集傳》曰：「此亦周公戒成王之詩。」詩中無儆戒語，其說似亦未得。此詩蓋追述文武之業，而推本於二代聖母也。故將述文王，則先述文母太任；將述武王，則先述武母太姒也。

全詩八章，四奇數章皆六句，四偶數章皆八句。一章述天命無常，惟德是與，並以此為一篇之綱領。二章述文王父母之德，而重在太任。故詩先出太任，後出王季也。三章述文王之德。四章引出太姒，與文王為天作之合。五章寫文王親迎，慎重其事，丕顯其光。六章言武王之生，乃得之於天命，蓋天欲其滅商也。七章述武王牧野誓師。末章述武王車馬師徒之盛，尚父及諸將之勇猛。末語「會朝清明」，看似閒筆，實則勝機已兆，《傳》謂「不崇朝而天下清明」之意，隱於其中。

三、緜

緜緜瓜瓞❶。民之初生❷，自土沮漆❸。古公亶父❹，陶復陶穴，未有家室❺。

古公亶父，來朝走馬❻。率西水滸❼，至于岐下❽。爰及姜女❾，聿來胥宇❿。

周原膴膴⑪，堇荼如飴⑫。爰始爰謀⑬，爰契我龜⑭。曰止曰時⑮，築室于茲。
迺慰迺止⑯，迺左迺右⑰；迺疆迺理⑱，迺宣迺畝⑲。自西徂東，周爰執事⑳。
乃召司空㉑，乃召司徒㉒，俾立家室。其繩則直㉓，縮版以載㉔，作廟翼翼㉕。
捄之陾陾㉖，度之薨薨㉗，築之登登㉘，削屢馮馮㉙。百堵皆興㉚，鼛鼓弗勝㉛。
迺立皐門㉜，皐門有伉㉝；迺立應門㉞，應門將將㉟。迺立冢土㊱，戎醜攸行㊲。
肆不殄厥慍㊳，亦不隕厥問㊴。柞棫拔㊵矣，行道兌矣㊶。混夷駾㊷矣，維其喙矣㊸。
虞芮質厥成㊹，文王蹶厥生㊺。予曰有疏附㊻，予曰有先後㊼，予曰有奔奏㊽，予曰有禦侮㊾。

【注釋】

❶緜緜，《傳》：「不絕貌。」瓞，音跌，ㄉㄧㄝˊ。瓜瓞，《正義》：「大者曰瓜，小者曰瓞。」《集傳》：「瓜之近本初生者常小，其蔓不絕，至末而後大也。」❷民，《傳》：「周民也。」民之初生，猶言民之初始，謂周之先世也。鄭氏指為公劉。❸自土沮漆，《經義述聞》：「土，當從《齊詩》讀為杜……杜，水名，在漢右扶風杜陽縣南……漆水在右扶風漆縣西……沮，當為徂。徂，往也。自土徂漆，猶下文言自西徂東，言公劉去邰適豳，自杜水往至於漆水也。」❹古公，《傳》：「豳公也。古，言久也。」惠棟《九經古義》：「古公者，故公也。……猶言先王先公也。」亶，音膽，ㄉㄢˇ。亶父，《傳》：「字也。」古公亶父，即太王也。❺陶，《毛詩傳箋通釋》：「陶，讀為掏。」挖掘也。復，《說文》引作𥧌，曰：「地室也。」《詩經新證》：「徑直而簡易者曰

穴，複出而多歧者曰窴。」句言太王掘洞穴而居，未有房室也。❻朝，《集傳》：「早也。」來朝，《詩經詮釋》：「早來也。」走，《玉篇》引作趣。走馬，顧廣譽《學詩詳說》：「走馬，猶去驅馬。」❼率，《傳》：「循也。」滸，《傳》：「水厓也。」《箋》：「循西水厓，沮漆水側也。」按沮既為徂字之誤，率西水滸，當是循漆水之西涯也。❽岐下，《正義》：「岐山之下。」岐山，在今陝西岐山縣。❾爰，《箋》：「於也。」猶口語於是。姜女，《傳》：「太姜也。」太姜乃太王之妃，季歷之母也。❿聿，語詞。胥，《傳》：「相也。」宇，《傳》：「居也。」《正義》：「宇者屋宇，所以居人，故為居也。」句言遂與太姜相居於此也。⓫周原，《集傳》：「周，地名，在岐山之地。高平曰原。」是周原者，周地之原，岐下之地也。膴，音五，ㄨˇ。膴膴，《傳》：「美也。」《集傳》：「肥美貌。」⓬堇，音謹，ㄐㄧㄣˇ。《傳》：「菜也。」按《爾雅．釋草》：「齧，苦堇。」郭注：「今堇葵也。葉似柳，子如米，汋食之滑。」《正義》以為烏頭之堇草，非是（見《爾雅義疏》）。荼，《傳》：「苦菜。」飴，音怡，ㄧˊ。《集傳》：「餳也。」今謂之糖漿。二句言周原土地肥美，雖堇荼苦菜，亦甘如飴也。⓭爰始爰謀，《毛詩傳箋通釋》：「始亦謀也。爰始爰謀，猶言是究是圖也。」⓮契，音氣，ㄑㄧˋ。《集傳》：「或曰：以刀刻龜甲欲鑽之處也。」《詩經詮釋》：「契，刻也。刻龜甲為橢圓形小孔，然後以火灼之而卜也。」⓯曰，指龜兆示象也。時，《經義述聞》：「時，亦止也。」按時蓋峙之叚借。峙，止也。⓰迺，《箋》皆作乃。《爾雅．釋詁》：「迺，乃也。」全詩皆作乃，唯此篇及〈公劉〉迺、乃雜出。慰，《傳》：「安也。」按安與止義近，故《正義》曰「乃安隱其居，乃止定其處」也。⓱迺左迺右，《正義》：「乃處之於左，乃處之於右。言或左或右，開地置邑以居民也。」⓲疆、理，見〈小雅．信南山〉注❺。《正義》：「乃為之疆場，乃分其地理。」⓳宣，蘇轍《詩集傳》：「道溝洫也。」《毛鄭詩考正》：「宣如《春秋》『宣汾洮』（《左傳》昭公元年）之宣，謂通洫澮。」畝，《集傳》：「治其田疇也。」⓴自西徂東，《毛鄭詩考正》：「巡行國中……為該舉域中之辭。」非如《箋》所謂「從西方而往東方之人」也。周，《集傳》：「徧也。」二句言從西到東，徧域中人皆有所事也。㉑司空，官名。《傳》：「掌營國邑。」㉒司徒，官名。《傳》：「掌徒役之事。」㉓繩，《集傳》：「繩所以為直，凡營度位處，皆先以繩正之。」句言以繩度之而直也。㉔縮，《正義》：「縛束之也。」縮版，《箋》：「以繩縮其築版。」載，《毛詩傳箋通釋》：「載，通作栽。栽，謂樹立其築牆長版也。」言綑束築牆之版而樹立之也。㉕作廟，建造宗廟也。《傳》：「君子將營宮室，宗廟為先。」翼翼，即〈大明〉「小心翼翼」之翼翼，恭慎貌。言恭敬謹慎造作宗廟也。㉖捄，音具，ㄐㄩˋ。《傳》：「虆也。」虆，盛土籠也。此處作動詞用，謂盛土於虆也。陾，音仍，ㄖㄥˊ。陾陾，《傳》：「眾也。」按下薨薨、登登、馮馮皆聲，此亦當為聲也。謂盛土於籠之聲也。㉗度，音惰，ㄉㄨㄛˋ。《箋》：「投也。」謂投土於版中也。薨薨，《正義》：「投土之聲音。」㉘築，《詩經詮釋》：「以杵搗土使堅也。」登登，築聲也。㉙削，削去也。屢，《毛詩傳箋通釋》：「屢，即婁字之俗。……婁之義為隆高。削婁，即削去其牆土之隆高者使之平且堅也。」馮，音平，ㄆㄧㄥˊ。馮馮，削聲也。㉚與〈小雅・鴻鴈〉「百堵皆作」一語義同。㉛鼛，大鼓也。見〈小雅・鼓鐘〉注❽。勝，《說文》：「任也。」引申有用義。弗勝，弗用也。鼛鼓所以動眾，今鼛鼓不用，言民皆踴躍以赴，猶〈靈臺〉「庶民子來」也。《箋》謂鼓不能止之，恐誤。㉜皐門，《傳》：「王之郭門曰皐門。」皐門乃天子郭門，大王非天子，而稱皐門者，美之也。㉝伉，《傳》：「高貌。」有伉，猶伉然。㉞應門，《傳》：「王之正門曰應門。」此亦美之也。㉟將，音槍，ㄑㄧㄤ。將將，《傳》：「嚴正也。」按《爾雅・釋詁》：「將，大也。」疑將將亦大義。《說苑・權謀》：「將將之臺。」㊱冢土，《傳》：「大社也。……美大王之社，遂為大社也。」《禮記・祭法》：「王為群姓立社曰大社，王自為立社曰王社。」㊲戎醜，《詩經新證》：「指戎狄醜虜言之。」攸，《經傳釋詞》：「用也。」以也，因也。行，音杭，ㄏㄤˊ，去也。句言戎狄醜虜因而遁去也。㊳肆，《經傳釋詞》：「故也。」殄，音忝，ㄊㄧㄢˇ。蘇轍《詩集傳》：「絕也。」厥，其也，指混夷言。慍，《傳》：「恚也。」即怒也。㊴隕，《傳》：「墜也。」問，《箋》：「小聘曰問。」二句言故既不能消除對混夷之恚怒，亦不能停止對混夷之聘問。㊵柞，樸也。前已數見。棫，音域，ㄩˋ。《傳》：「白桵也。」《正義》：「郭璞曰：桵，小木也，叢生有刺。」拔，焦循《毛詩補疏》：「拔去也。」㊶兌，《集傳》：「通也。」言柞棫既除，道路乃暢達也。㊷混，音昆，ㄎㄨㄣ。混夷，即西戎，又稱鬼方。孟子稱文王事混夷，則此詩所記乃文王時事。駾，音對，ㄉㄨㄟˋ。《傳》：「突也。」《箋》：「驚走奔突也。」㊸喙，音慧，ㄏㄨㄟˋ。《傳》：「困也。」《廣韻》引詩作瘃，曰：「困極也。」句言混夷困而不振矣。㊹芮，音瑞，ㄖㄨㄟˋ。虞、芮，二國名。虞，在今山西解縣。芮，在今山西芮城縣。質，《集傳》：「正也。」成，《傳》：「平也。」虞、芮之君爭田，往求正於周。至，見耕者讓畔，行者讓路，仕者讓位，乃慚而平息其爭端。詳見《傳》文。㊺蹶，《傳》：「動也。」生，《毛詩傳箋通釋》：「生、性古通用。文王蹶其生，謂文王有以感動其性也。」按「文王蹶厥生」，厥字指文王，不當指虞、芮之君，故此句謂文王感動其民之性。㊻予，《詩經今注》：「文王自稱。」按〈大明〉「維予侯興」，予是武王自稱，則此篇予字當是文王自稱，高氏之說是也。《箋》謂予是「詩人自我」，然謂疏附、先後、奔奏、禦侮皆詩人所有，義不可通。且此章述文王之德，詩人當隱於幕後，不當現於幕前也。曰，語詞。疏，遠也。附，近也。疏附與下先後相對成文，指親疏之臣如兄弟甥舅是也。㊼先後，猶左右，指輔弼之臣也。㊽奏，《釋文》：「本亦作走。」奔奏，《傳》：「喻德宣譽曰奔奏。」指宣揚教令之文臣。㊾禦侮，《傳》：「武臣折衝曰禦侮。」指捍衛疆埸之武臣。

【詩義・章旨】

〈詩序〉曰：「〈緜〉，文王之興，本由大王也。」按之詩文，其說不誤。《集傳》曰：「此亦周公戒成王之詩。追述大王始遷岐周以開王業，而文王因之以受天命也。」除「戒成王」一語外，其他皆與〈序〉同。詩為周公所作，頗有可能；然是否為戒成王而作，則不可知也。孫鑛《批評詩經》謂：「若周公戒成王詩，豈應復稱古公邪？」似有其理，然孔穎達氏早注意及此，《正義》曰：「不稱王而稱公者，此本其生時之事，故言生存之稱也。」是則稱古公，稱亶父，亦未為不可也。

全詩九章，每章六句。一章述公劉、太王居豳情形。二章述太王避狄遷岐，艱難創始。三章述卜居周原。四章述開墾耕作，人各執其事。五章述建宗廟宮室。六章述建築情形，人人踴躍以赴，於是百堵皆興。七章述建立門社，戎醜攸行，王業初具。八章述文王逐混夷。末章述文王德化，內則俊彥畢集，外則鄰國賓服，王業因而昌大矣。

四、棫樸

芃芃棫樸❶，薪之槱之❷。濟濟辟王❸，左右趣之❹。

濟濟辟王，左右奉璋❺。奉璋峨峨❻，髦士攸宜❼。

淠彼涇舟❽，烝徒楫之❾。周王于邁❿，六師及之⓫。

倬彼雲漢⓬，為章⓭于天。周王壽考⓮，遐不作人⓯？

追琢⓰其章，金玉其相⓱。勉勉⓲我王，綱紀⓳四方。

【注釋】

❶棫，見〈緜〉注㊵。樸，樸之假借。《說文》：「樸，棗也。」棫與樸皆叢生之木，故並言之。❷槱，音友，ㄧㄡˇ。《說文》：「槱，積木燎之也。」蓋燎之以祭神也。見《周禮・春官・大宗伯》。二句言茂盛之棫、樸，采之為薪，並積而燎之以祭神也。❸濟濟，《正義》：「多容儀也。」即威儀盛貌。辟，音璧，ㄅㄧˋ。《箋》：「辟，君也。君王，謂文王也。」❹趣，同趨。《傳》：「趨也。」謂左右之諸臣，皆疾行以赴之也（謂促疾於

祭祀之事也〉。❺奉，捧也。璋，《傳》：「半圭曰璋。」《箋》：「璋，璋瓚也。祭祀之禮，王裸以圭瓚，諸臣助之，亞裸以璋瓚。」圭璋，以圭為柄。璋瓚，以璋為柄。此言左右諸臣奉璋瓚以助祭也。瓚，見〈旱麓〉注❹。❻峨，音鵝，ㄜˊ。峨峨，《傳》：「盛壯也。」❼髦士，俊秀之士。見〈小雅・甫田〉注❾。攸，《古書虛字集釋》：「猶是也。」言此奉璋儀節，髦士允宜也。❽淠，音譬，ㄆㄧˋ。《傳》：「舟行貌。」涇，水名。見〈邶風・谷風〉注⓱。涇舟，涇水中之舟。❾烝，《箋》：「眾也。」烝徒，眾人也。楫，《傳》：「櫂也。」此作動詞用，謂以楫划行之也。❿邁，《箋》：「邁，行也。謂出兵征伐也。」⓫六師，《傳》：「天子六軍。」及，《箋》：「與也。」言周王出征，六軍從之而俱進也。⓬倬，《傳》：「大也。」雲漢，《傳》：「天河也。」⓭章，《集傳》：「文章也。」即文彩也。⓮壽考，《箋》：「文王是時九十餘矣，故云壽考。」《正義》：「文王受命之時，已九十矣。六年乃稱王。」《史記集解》：「徐廣曰：文王九十七乃崩。」⓯遐，《集傳》：「與何同。」作，《詩經今注》：「造就，培養。」言豈能不成就人才？言其造就者多也。⓰追，音堆，ㄉㄨㄟ。《傳》：「追，彫也。金曰彫，玉曰琢。」《荀子・富國》引詩作彫。《說文通訓定聲》：「追，叚借為彫。」⓱相，《傳》：「質也。」《正義》：「王肅曰：以興文王聖德，其文如彫琢矣，其質如金玉矣。」⓲勉勉，勤勉不已也。⓳綱紀，《詩經今注》：「治理。」

【詩義・章旨】

〈詩序〉曰：「〈棫樸〉，文王能官人也。」詩中周王，不知周之何王，毛鄭皆謂文王，當不誤也。故〈序〉說可從。《集傳》曰：「此亦以詠歌文王之德。」與〈序〉說無大差異。

全詩五章，每章四句。首章以「芃芃棫樸」起興，象徵周王之濟濟多士。二章述此多士皆俊彥，奉璋助祭皆得其宜。三章述周王征伐，六軍扈從而能成其事。四章述此眾多俊彥之士，皆經文王長久之培養。末章述文王金玉其質，斐然其表，兼之勉勉不已，故能治理天下也。《左傳》成公十三年曰：「國之大事，在祀與戎。」此詩前三章言髦士助祭從征無不適宜，四章歸結於文王之造就，末章專寫文王之德，明示文王造就人才之方無他，惟在德化而已。周以一人而興，殷以一人而亡，興亡之機，其微矣乎！

五、旱麓

瞻彼旱麓❶，榛楛濟濟❷。豈弟君子，干祿豈弟❸。
瑟彼玉瓚❹，黃流在中❺。豈弟君子，福祿攸降❻。
鳶飛戾天❼，魚躍于淵❽。豈弟君子，遐不作人❾。
清酒既載❿，騂牡既備⓫。以享以祀，以介景福⓬。
瑟彼柞棫⓭，民所燎⓮矣。豈弟君子，神所勞⓯矣。
莫莫葛藟⓰，施于條枚⓱。豈弟君子，求福不回⓲。

【注釋】

❶旱，《傳》：「山名也。」在今陝西漢中西南。麓，《傳》：「山足也。」❷楛，音戶，ㄏㄨˋ。《釋文》：「《草木疏》云：楛木，莖似荊而赤，其葉如著。」濟濟，《傳》：「眾多也。」❸干，《傳》：「求也。」祿，《爾雅・釋詁》：「祿，福也。」豈弟，樂易也。前已數見。干祿豈弟，言以樂易之心求福也。❹瑟，《箋》：「絜鮮貌。」按〈衛風・淇奧〉「瑟兮僩兮」《傳》曰：「瑟，矜莊貌。」此詩「瑟彼玉瓚」，玉瓚乃祭器，極受尊敬，故此瑟

字當據〈淇奧〉訓為莊嚴貌。瓚，音贊，ㄗㄢˋ。玉瓚，《傳》：「圭瓚也。」《箋》：「圭瓚之狀，以圭為柄，黃金為勺，青金為外，朱中央矣。」《正義》：「瓚者，器名。以圭為柄，圭以玉為之。指其體謂之玉瓚，據成器謂之圭瓚。」按玉瓚於祭祀中灌酒時用之。❺黃流，《詩經詮釋》：「流，流水之口也。瓚有流，流以黃金為之，色黃，故曰黃流。在中，謂流在器之中央也。」按昔皆以黃流為黃色之酒，實誤。四章始言酒。❻攸降，《箋》：「攸，所也。降，下也。」謂音福祿所降臨也。❼鳶，鷙鳥也。見《小雅・四月》注㉒。戾天，至天。前已數見。❽《傳》：「言上下察也。」按《傳》引〈中庸〉語為解，極是。此以示君子所察廣大精微，因能識人使才，故下云遐不作人也。《正義》曰：「言能化及飛潛，令上下得所，使之明察也。」失其旨矣。❾句見〈棫樸〉。❿清酒，清潔之酒也。見〈小雅・信南山〉注㉑。既載，《箋》：「謂已在尊中也。」⓫騂牡，見〈小雅・信南山〉注㉒。備，具也。⓬二句見〈小雅・楚茨〉。⓭瑟，《傳》：「眾貌。」按柞棫用於祭祀，故此瑟字不應與二章「瑟彼玉瓚」之瑟異解，亦應訓為莊嚴貌。柞棫，見〈緜〉注㊵。⓮燎，《集傳》：「爨也。」按此燎字乃指祭天、神而言，非一般燃燒也。⓯勞，《箋》：「勞，勞來，猶言佑助。」⓰莫莫，茂盛貌。見〈周南・葛覃〉注⓬。葛藟，見〈周南・樛木〉注❸。⓱施，音易，ㄧˋ。見〈周南・葛覃〉注❸。條枚，條樹之枚。見〈周南・汝墳〉注❸。⓲回，邪也。前已數見。言君子求福而守正不阿也。

【詩義・章旨】

〈詩序〉曰：「〈旱麓〉，受祖也。周之先祖，世修后稷、公劉之業，大王、王季申以百福干祿焉。」詩言干祿、介福、求福，則是祭祖求福也，故〈序〉謂「受祖也」，不可謂誤。受祖以下文字，僅在說明何祖而已，文雖繁縟，義實可取。朱子《辨說》謂其大誤，似嫌過甚。《集傳》曰：「此亦以詠歌文王之德。」姚際恆曰：「此篇與上篇亦相似，大抵詠其〈文王〉祭祀而獲福。」是矣。

全詩六章，每章四句。一章首二句以旱麓榛楛濟濟，象徵周之人才眾多。如此，三章遐不作人始不落空言。後二句乃是詩之重心。二章述君子執玉瓚以祭祀，神亦能降福也。三章首二句義極深遠，姚際恆謂：「此言鳶戾天，魚躍淵，亦見魚、鳥文藻掞及天、淵之意。」較之毛氏「言上下察也」，萬萬不及矣。四章述備酒、牲以求福。五章言燎柞棫以祭祀，神因勞之而賜之福也。末章以葛藟施於條枚，象徵君子能依緣祖業而庇其根本也。

六、思齊

思齊大任❶，文王之母。思媚周姜❷，京室之婦❸。大姒嗣徽音❹，則百斯男❺。

惠于宗公❻，神罔時怨❼，神罔時恫❽。刑于寡妻❾，至于兄弟，以御于家邦❿。

雝雝在宮⓫，肅肅在廟⓬，不顯亦臨⓭，無射亦保⓮。

肆戎疾不殄⓯，烈假不瑕⓰。不聞亦式⓱，不諫亦入⓲。

肆成人⓳有德，小子有造⓴。古之人無斁㉑，譽髦斯士㉒。

【注釋】

❶思，《集傳》：「語詞。」齊，音齋，ㄓㄞ，同齋。《傳》：「莊也。」大，音太，ㄊㄞˋ。大任，王季之妃，文王之母也。❷媚，《傳》：「愛也。」周姜，《傳》：「大姜也。」太王之妃也。❸京室，《傳》：「王室也。」《正義》：「京者，京師。」❹大姒，《傳》：「文王之妃也。」嗣，繼承也。徽，《箋》：「美也。」言大姒嗣續大任之美譽也。❺斯，《經傳釋詞》：「斯，猶其也。」百男，《集傳》：「舉其成數而言其多也。」按古以多子為貴。據《左傳》、《史記》等書所載，大姒之子十數人而已。此云百男者，言其多而頌之也。❻惠，《箋》：

「順也。」宗公，《傳》：「宗神也。」《正義》：「宗公，是宗廟先公也。」❼神，指先公之神。罔，無也。時，《毛詩傳箋通釋》：「時與所古同義通用。」言神無所怨恨也。❽恫，音通，ㄊㄨㄥ。《傳》：「痛也。」❾刑，《傳》：「法也。」寡妻，《傳》：「適（嫡）妻也。」即正妻也。❿御，音遇，ㄩˋ；亦音訝，ㄧㄚˋ。《箋》：「治也。」三句言作寡妻之法式，推而至於兄弟，於是乃可以治其家邦矣。言治政之道，由近及遠也。⓫雝，音雍，ㄩㄥ。雝雝，《傳》：「和也。」⓬肅肅，《傳》：「敬也。」句言文王在室家中則和順，在宗廟中則肅敬也。⓭不顯，丕顯也。見〈文王〉注❹。亦，《經傳釋詞》：「亦字皆語助詞。」臨，《箋》：「視也。」⓮射，音亦，ㄧˋ。《釋文》：「厭也。」二句言文王極光顯以治國，無厭倦以保民。⓯肆，《經傳釋詞》：「故也。」戎，《傳》：「大也。」戎疾，大疾疫也。殄，絕也。見〈緜〉注㊳。不殄，不絕也。按前人多訓「不」為語詞，以「不殄」為殄也。然《詩》中「不殄」多矣，如〈邶風・新臺〉「籧篨不殄」、〈大雅・緜〉「肆不殄厥慍」、〈桑柔〉「不殄憂心」、〈雲漢〉「不殄禋祀」中「不殄」，皆訓為不死或不絕，何以此詩之「不殄」獨訓為殄也？殊誤。⓰烈，《釋文》：「鄭作厲。」《詩經新證》：「烈、厲古通，大也。」假，《毛詩傳箋通釋》：「假，即瘕之叚借。病也。」是烈假，亦如上句之戎疾，大病也。瑕，《箋》：「已也。」不瑕，即〈豳風・狼跋〉「德音不瑕」之不瑕，不已也。《毛詩傳箋通釋》訓「不」為語詞，「不瑕」為已，恐誤。此二句言雖大疫不絕，大病不已，而文王獨善治其國也。⓱聞，《詩經今注》：「告也。」按凡人臣奏事於君曰聞。式，《箋》：「用也。」《集傳》：「法也。」按《詩》中式字凡訓作用義者皆語詞，作動詞用者皆法式之意。（見拙作〈釋詩經中式字〉）此詩式字為動詞，當是法式之意。故《集傳》之說是也。⓲入，《經傳釋詞》：「納也。」二句言有善言雖不告亦行之，雖不諫亦納之。按《經傳釋詞》以兩「不」與兩「亦」字皆語詞，恐誤。古書「不」字無作語詞者。⓳成人，《集傳》：「冠以上為成人。」⓴小子，《正義》：「未成人者。」《集傳》：「童子也。」造，《傳》：「為也。」㉑古之人，《集傳》：「指文王也。」無斁，不厭也。見〈周南・葛覃〉。不厭，即喜樂也。㉒譽，俞樾《群經平議》：「譽讀為豫，樂也。」按《詩經》中譽字皆為樂義，蘇轍有說，見〈小雅・蓼蕭〉注❺。髦，《爾雅・釋言》：「髦，選也。」句言樂於選擇此士人也。

【詩義・章旨】

〈詩序〉曰：「〈思齊〉，文王所以聖也。」已得其大旨。《集傳》曰：「此詩亦歌文王之德，而推本言之。」尤切。

全詩五章，前二章每章六句，後三章每章四句。一章言周室三母之德，而重在文王之母，以示文王之聖其來有自也。二章言文王事神、治人，兩得其宜。「刑于寡妻」三句，則是其治家國之道也。三章言文王在宮、在廟、在朝，皆無不全心以赴也。四章述其能察納雅言。末章述其能舉用俊才。詩雖五章，正誠修齊治平之事悉備焉。

七、皇　矣

皇❶矣上帝，臨下有赫❷。監觀❸四方，求民之莫❹。維此二國❺，其政不獲❻；維彼四國❼，爰究爰度❽。上帝耆之❾，憎其式廓❿。乃眷西顧⓫，此維與宅⓬。

作之屏之⓭，其菑其翳⓮；脩之平之⓯，其灌其栵⓰；啟之辟之⓱，其檉其椐⓲；攘之剔之⓳，其檿其柘⓴。帝遷明德㉑，串夷載路㉒。天立厥配㉓，受命既固㉔。

帝省其山㉕，柞棫斯拔㉖，松柏斯兌㉗。帝作邦作對㉘，自大伯王季㉙。維此王季，因心則友㉚。則友其兄，則篤其慶㉛，載錫之光㉜。受祿無喪㉝，奄有四方㉞。

維此王季㉟，帝度其心㊱，貊其德音㊲。其德克明㊳，克明克類㊴，克長克君㊵，王此大邦，克順克比㊶。比于文王㊷，其德靡悔㊸。既受帝祉，施于孫子㊹。

帝謂文王：無然畔援㊺，無然歆羨㊻，誕先登于岸㊼。密人不恭㊽，敢距大邦㊾，侵阮徂共㊿。王赫斯怒(51)，爰整其旅(52)，以按徂旅(53)，以篤于周祜，以對(54)于天下。

依其在京(55)，侵自阮疆(56)，陟我高岡。無矢我陵，我陵我阿；無飲我泉，我泉我池(57)。度其鮮原(58)，居岐之陽，在渭之將(59)。萬邦之方(60)，下民之王。

帝謂文王：予懷明德(61)，大不聲以色(62)，不長夏以革(63)。不識不知，順帝之則(64)。帝謂文王，詢爾仇方(65)，同爾兄弟(66)，以爾鉤援(67)，與爾臨衝(68)，以伐崇墉(69)。

臨衝閑閑(70)，崇墉言言(71)，執訊連連(72)，攸馘安安(73)。是類是禡(74)，是致是附(75)，四方以無侮(76)。臨衝茀茀(77)，崇墉仡仡(78)，是伐是肆(79)，是絕是忽(80)，四方以無拂(81)。

【注釋】

❶皇，《傳》：「大也。」❷臨，《箋》：「視也。」赫，《集傳》：「威明也。」有赫，猶〈大明〉「赫赫在上」之赫赫。❸監，《集傳》：「監，亦視也。」監觀，視察也。❹莫，《潛夫論・班祿》、《文選・安祿昭王碑》注並引詩作瘼，病也。句言求民之疾苦也。❺二國，《傳》：「殷、夏也。」《詩經通論》以為商、周，恐非是。

❻獲，《箋》：「得也。」不獲，《正義》：「不得於民心也。」《集傳》：「謂失其道也。」句言其政不善也。❼四國，《傳》：「四方也。」❽究，《傳》：「謀也。」度，《箋》：「亦謀也。」爰究爰度，猶〈小雅・常棣〉「是究是圖」，言上帝於是乃推究思慮彼四方之國，孰可受天命以代之也。❾耆，《傳》：「惡也。」按高本漢《詩經注釋》以為與〈周頌・武〉「耆定爾功」之耆義同，底也，定也。然如此為解，則此句「之」字與下句「其」字所稱代者不一，恐非是。❿式，語詞。廓，《傳》：「大也。」言上帝憎其（殷商）惡政浸大也。⓫眷，與〈小雅・大東〉「睠言顧之」之睠同，反顧貌。西顧，《傳》：「顧西土也。」周在西，故西顧即顧周也。⓬此，指西土也。宅，《傳》：「居也。」言惟西土可與居，即天意在周也。⓭作，《經義述聞》：「作，讀為柞。……除木曰柞。」屏，音丙，ㄅㄧㄥˇ。《釋文》：「除也。」⓮菑，音咨，ㄗ。《傳》：「木立死曰菑。」翳，音亦，ㄧˋ。《傳》：「自斃曰翳。」二句言凡直立枯死、倒地自斃之木，皆除去之。⓯脩之平之，《正義》：「修理之，平治之也。」⓰灌，《傳》：「叢生也。」見〈周南・葛覃〉注❿。栵，音列，ㄌㄧㄝˋ。《傳》：「栭也。」《正義》：「郭璞曰：栭樹似槲樕而庳小，子如細栗，今江東呼為栭栗。」⓱啟，《正義》：「啟拓也。」辟，同闢。《正義》：「開闢也。」⓲檉，音撐，ㄔㄥ。《傳》：「河柳也。」《正義》：「某氏曰：謂河旁赤莖小楊也。」椐，音居，ㄐㄩ。《傳》：「樻也。」《釋文》：「《草木疏》云：『節中腫似扶老，即今靈壽是也。今人以為馬鞭及杖。』」⓳攘之剔之，《正義》：「攘去之，剔翦之。」皆除去也。⓴檿，音掩，ㄧㄢˇ。《傳》：「山桑也。」柘，音蔗，ㄓㄜˋ。《集傳》：「檿與柘皆美材，可為弓幹，又可蠶也。」按《周禮・冬官・弓人》曰：「凡取幹之道，柘為上，檿桑次之。」㉑明德，《集傳》：「謂明德之君，即大王也。」句言上帝乃遷此明德之君，使居其地。㉒串，貫也，通也。夷，《詩緝》：「程子曰：平也。」載，通在。串夷載路，即指上文「作之屏之」等事也。言上帝遷徙此明德之君太王，為之貫通平蕩其路也。按《傳》曰：「串，習。夷，常。路，大也。」謂「周家習行此常道，至文王則益大」（陳啟源說）。與上文義不連貫。《箋》曰：「串夷，即混夷，西戎國名也。路，瘠

也。」謂混夷則瘠敗罷憊而去。然伐混夷者乃文王，此又與詩言太王不合。故並不從。㉓配，《集傳》：「賢妃也，謂大姜。」太王妃也。㉔二句言天為之立賢妃以輔之，受天命乃堅固而不拔矣。㉕省，音醒，ㄒㄧㄥˇ。《詩本義》：「視也。」其山，指岐山。㉖見〈緜〉注㊵。㉗兌，《傳》：「易直也。」二句言柞棫雜木既去，松柏乃能條達而茂盛也。㉘作，《箋》：「為也。」興立也。作邦，《箋》：「謂興周國也。」對，《傳》：「配也。」作配，《箋》：「謂為生明君也。」《集傳》：「對，當也。作對，言擇其可當此國者以君之也。」其義與毛、鄭同。句言帝為之興作周邦，又為之生明君以作配。㉙大伯，太王長子，王季長兄。《正義》：「王肅云：大伯見王季之生文王，知其天命必在於王季，故去而適吳。太王歿而不返。而後國傳於王季，周道大興。」㉚因心，《集傳》：「因心，非勉強也。」友，《傳》：「善兄弟曰友。」言王季順其心之自然，則能愛其兄太伯也。㉛篤，《箋》：「厚也。」慶，福也。見〈小雅．楚茨〉注⑲。㉜載，《集傳》：「則也。」錫，《詩緝》：「程子曰：錫，予也。」即賜也。言上帝則賜予光顯也。㉝喪，《傳》：「亡也。」言永受福祿而無亡失也。㉞奄，《說文》：「奄，覆也。」奄有四方，《箋》：「覆有天下。」按〈周頌．執競〉曰：「自彼成康，奄有四方。」此蓋預言之也。故《正義》曰：「至於子孫，而覆有天下四方也。」㉟王季，《左傳》昭公二十八年引作「維此文王」。《正義》曰：「今王肅注《毛詩》及《韓詩》，亦作維此文王。」《中論．務本》亦引作「文王」。按作文王是也。前章已言「維此王季」，且已盡述其德，此章不當再言也。㊱度，《傳》：「心能制義曰度。」句言天帝開度其心，使其能度物制義也。㊲貊，音末，ㄇㄛˋ。《釋文》：「《左傳》作莫，《韓詩》同。」按《左傳》昭公二十八年、《禮記．樂記》引詩皆作莫。《廣雅．釋詁》：「莫，布也。」德音，美譽也。前已數見。句言帝乃傳布其美譽，謂文王之聲譽日盛也。㊳明，《傳》：「照臨四方曰明。」㊴類，《傳》：「類，善也。勤施無私曰善。」㊵克長克君，《傳》：「教誨不倦曰長，賞慶刑威曰君。」言其能為師長，能為君上也。㊶克順克比，《傳》：「慈和徧服曰順，擇善而從曰比。」順，順從。比，親附。言能使人民順服，能使人民親附也。㊷比于文王，言人民皆親附於文王也。㊸靡，《箋》：「無也。」悔，按當是《論語》「言寡尤，行寡悔」之悔，咎也。言文王之德無缺失也。㊹祉，《箋》：「福也。」施，音亦，ㄧˋ。《箋》：「猶易也，延也。」二句言文王既受天帝所賜之福，乃能延之於後世子孫也。㊺無然，《集傳》：「猶言不可如此也。」畔援，即〈卷阿〉「伴奐爾游矣」之伴奐，《箋》：「自縱弛之意也。」㊻歆羨，《傳》：「貪羨也。」㊼誕，《經傳釋詞》：「誕，發語詞也。」岸，高岸也。因其高，故曰「登」。按此三句乃帝語文王征伐之事，故曰無縱弛，無貪羨，但當先敵人登于高岸也。《箋》謂「登于岸」為平獄訟，恐誤。㊽密，《集傳》：「密，密須氏也，姞姓之國。」在今甘肅靈臺縣。不恭，不恭順也。㊾距，抗拒也。大邦，指周也。阮、共皆周之屬國，故云。㊿阮、共，二國名，皆在今甘肅涇川縣。句言密國侵阮國又往侵共國也。[51]赫，《箋》：「怒意也。」陳奐《傳疏》：「盛怒之貌。」斯，《古書虛字集釋》：「斯，猶然也。」《經傳釋詞》謂「猶其也」，恐誤。赫斯，赫然也。[52]爰，《正義》：「於是也。」旅，《傳》：「師也。」言於是整齊其師旅。[53]按，《傳》：「止也。」徂旅，《集傳》：「密師之往共者也。」言以遏止往共之密師。[54]對，《傳》：「遂也。」《毛詩傳箋通釋》：「遂，即揚也。以對於天下，猶言以揚於天下。」按《孟子・梁惠王下》引此詩，趙注曰：「以揚名於天下。」[55]依，《經義述聞》：「依，兵盛貌。依之言殷也。殷，盛也。」依其，猶〈小雅・出車〉「楊柳依依」之依依。京，《集傳》：「周京也。」[56]侵，伐也。《周禮・大司馬》：「九伐之法：負固不服，則侵之。」鄭注：「侵之者，兵加其竟而已。」戴震《毛鄭詩考正》疑侵字當是寢兵之寢，實誤。蓋既寢兵，下文又言「陟我高岡」等語，是自相牴牾也。侵自阮疆，言文王用兵征伐始自阮疆，猶孟子謂「湯一征自葛始」也。[57]矢，《傳》：「陳也。」謂陳兵也。陵，大阜也。阿，《箋》：「大陵曰阿。」《正義》：「汝密須之人，無得陳兵於我周地之陵，此乃我文王之陵，文王之阿；無得飲食我周地之泉，此乃我文王之泉，文王之池。」《詩經詮釋》：「此四句乃周人戒密人之辭也。」[58]度，即〈公劉〉「度其隰原」之度，量也。鮮原，地名。《逸周書・和寤》：「王出圖商，至于鮮原。」孔晁

注：「近岐周之地也。」《正義》：「皇甫謐云：文王徙宅於程，蓋謂此也。」59將，《傳》：「側也。」言其地居岐山之南，在渭水之側。60方，《傳》：「則也。」言為萬國之法則也。《箋》：「鄉也。」鄉，即向也。言為萬方之所向也。與《傳》義相通。61予懷明德，《集傳》：「予，設為上帝之自稱也。懷，眷念也。明德，文王之明德也。」按下四句皆言文王之明德。62大，動詞，重也。聲，聲音、言語也。色，形色、容貌也。以，《集傳》：「與也。」句言不重視言語與形相也。63長，《詩記》：「朱氏曰：或曰長，尊尚也。」夏，《傳》：「大也。」革，朱駿聲《說文通訓定聲》：「革，亟也。」即急也。句言不尊尚侈大與急速也。按革，《傳》訓為更改，亦通，惟義似稍遜。馬瑞辰釋為鞭扑，義尤遜矣。64則，《箋》：「法也。」言不現識見，不作聰明，惟順上帝之法則而行也。65詢，《箋》：「謀也。」仇方，《集傳》：「讎國也。」即敵國也。66同，《箋》：「和協也。」兄弟，謂兄弟之國也。67鉤援，《集傳》：「鉤梯也。所以鉤引上城，所謂雲梯者也。」68臨衝，《傳》：「臨，臨車也。衝，衝車也。」《正義》：「臨者，在上臨下之名。衝者，從傍衝突之稱。」二者皆攻城之具也。69崇，國名。時其君為崇侯虎。文王伐崇事，見《史記・周本紀》。墉，《傳》：「城也。」此言上帝命文王謀於敵國，協和兄弟之國，同伐崇國也。70閑閑，《經義述聞》：「車之強盛也。」71言言，《傳》：「高大也。」72執訊，執其可訊問者，見〈小雅・出車〉注27。連連，《集傳》：「屬續狀。」即連續不斷，言其多也。73攸，《傳》：「所也。」馘，音國，ㄍㄨㄛˊ。《傳》：「馘，獲也。不服者殺而獻其左耳曰馘。」《正義》：「取其耳以計功也。」安安，《正義》：「不暴疾也。」即鄭氏所謂：「徐徐以禮為之，不尚促急也。」74是，《正義》：「於是也。」禡，音罵，ㄇㄚˋ。《箋》：「類也，禡也，師祭也。」按《禮記・王制》：「天子將出，類乎上帝，禡於所征之地。」類為出征時祭上帝也，禡為行軍所止之處祭神也。75致，《集傳》：「致其至也。」附，《毛詩傳箋通釋》：「附，讀如拊循之拊，亦通作撫。」句言於是招致之，於是安撫之。76侮，《箋》：「侮慢也。」言天下因而遂無復敢侮慢周者。77茀，音弗，ㄈㄨˊ。茀茀，《傳》：「強盛也。」78仡，音屹，ㄧˋ。仡仡，《傳》：

「猶言言也。」[79]肆，《箋》：「犯突也。」猶今語突擊也。句言於是攻伐之，於是突擊之。[80]忽，《傳》：「滅也。」按《爾雅・釋詁》：「忽、滅，盡也。」句言於是殄絕之，於是消滅之。[81]拂，《釋文》：「拂，違也。」句言天下因而遂無復敢違逆周者。

【詩義・章旨】

〈詩序〉曰：「〈皇矣〉，美周也。天監代殷莫若周，周世世脩德，莫若文王。」其說大致不誤，惟嫌過於籠統而已。《集傳》曰：「此詩敘大王、大伯、王季之德，以及文王伐密伐崇之事也。」其說是也，當從之。

全詩八章，每章十二句。一二章言天命大王。一章述天惡商紂之政不善，乃眷顧周而使大王徙於岐山。二章述大王篳路藍縷、建立王基之艱辛。三章言王季能紹述大王之業，為文王興周之張本。「因心則友。則友其兄」二語，大伯讓國之德隱見，而「則篤其慶，載錫之光」二語，王季無負父兄之望亦含於其中。四章以下皆言文王。四章述文王有明、類、長、君之德，故人民皆順、比也。五章述文王興義師救阮共，以揚周威，以厚周福。六章述文王伐密，因得人心，又作下都程邑。七章述文王受天命而伐崇。末章述文王滅崇，四方無拂，天下乃宗之矣。此章後五句與前文複疊，論者遂以為此寫復伐之事，不知伐崇一役，與周之是否能興有關，詩人特重其事，故重述之。若是寫復伐，則前文「是致是附，四方以無侮」，當如何解邪？全文八出帝與上帝，三出帝謂文王，在在顯示周家之興，文王之王，乃順天應人之事，不可遏抑也。

八、靈臺

經始靈臺❶，經之營之❷。庶民攻❸之，不日❹成之。經始勿亟❺，庶民子來❻。

王在靈囿❼，麀鹿攸伏❽；麀鹿濯濯❾，白鳥翯翯❿。王在靈沼⓫，於牣魚躍⓬。

虡業維樅⓭，賁鼓維鏞⓮，於論鼓鐘⓯，於樂辟廱⓰。

於論鼓鐘，於樂辟廱。鼉鼓逢逢⓱，矇瞍奏公⓲。

【注　釋】

❶經，《傳》：「度之也。」靈，蘇轍《詩集傳》：「靈之言善也。」參見〈鄘風・定之方中〉注⓳。臺，《傳》：「四方而高曰臺。」句言文王開始度量造為靈臺。按靈臺為文王之臺名，據《孟子》，其名為庶民所命。至何休謂「禮，天子有靈臺、諸侯有時臺。」（《公羊》莊公三十一年注）此後世之制，文王時固未有也。❷營，《孟子・梁惠王上》朱注：「謀為也。」句言量度之，謀畫之。❸攻，《傳》：「作也。」❹不日，《詩緝》：「不日，不多日也。今人言不久為不日。」按不日，言其速也。❺亟，《箋》：「急也。」句言其始文王並不急於興作。❻庶民子來，《箋》：「眾民各以子成父事而來攻之。」言庶民皆樂為之，故不日而成之也。❼囿，音又，ㄧㄡˋ。《傳》：「所以域養禽獸也。」❽麀，音幽，ㄧㄡ。《集傳》：「牝鹿也。」攸，《古書虛字集釋》：「猶是也。」伏，《集傳》：「言安其所處不驚擾也。」❾濯，音濁，ㄓㄨㄛˊ。濯濯，《集傳》：「肥澤貌。」❿翯，音賀，ㄏㄜˋ。翯翯，《集傳》：「潔白貌。」⓫沼，《傳》：「池也。」⓬於，音烏，ㄨ，歎詞。牣，音認，ㄖㄣˋ。《傳》：「滿也。」《集傳》：「魚滿而躍，言多而得其所也。」⓭虡，音巨，ㄐㄩˋ。《傳》：「植者曰虡，橫者曰栒。」《正義》：「懸鼓、磬者，兩端有植木，其上有橫木。謂直立者為虡，謂橫牽者為栒。」業，《傳》：「大版也。」覆於栒上，刻畫以為飾。維，與也。按《經傳釋詞》以下句「賁鼓維鏞」之維為與，而不及此句，實則此二句相偶，此句維字亦當訓與。樅，音聰，ㄘㄨㄥ。《傳》：「崇牙也。」《正義》：「其（業上）懸鐘磬之處，又以

彩色為大牙，其狀隆然，謂之崇牙。」⓮賁，音墳，ㄈㄣˊ。《傳》：「大鼓也。」按賁，亦作鼖。《周禮・韗人》：「鼓長八尺，鼓四尺，中圍加三之一，謂之鼖鼓。」賁鼓，大鼓也。鏞，音雍，ㄩㄥ。《傳》：「大鐘也。」⓯於，音烏，ㄨ，歎詞。下同。論，《集傳》：「論，倫也。得其倫理也。」言鼓鐘之排列有序不紊也。⓰辟，通璧。廱，音雍，ㄩㄥ。《集傳》：「辟、璧通。廱，澤也。辟廱，天子之學，大射、行禮之處也。」其學圓如璧，四周環水，故曰辟廱。⓱鼉，《正義》引陸機《疏》曰：「鼉，形似水蜥蜴，四足，長丈餘，生卵大如鵝卵，甲如鎧甲。其皮堅，可以冒鼓。」鼉鼓，以鼉皮所冒之鼓也。逢，音蓬，ㄆㄥˊ。逢逢，《毛詩傳箋通釋》：「鼓聲之大也。」⓲矇，音蒙，ㄇㄥˊ。《傳》：「有眸子而無見曰矇。」《正義》：「即今之青盲者也。」瞍，音叟，ㄙㄡˇ。《傳》：「無眸子曰瞍。」《正義》：「有目而無眸子曰瞍。」按無眸子者，黑白不分，非無目也。公，《傳》：「事也。」奏公，即奏樂也。

【詩義・章旨】

〈詩序〉曰：「〈靈臺〉，民始附也。文王受命，而民樂其靈德，以及鳥獸昆蟲焉。」朱子《辨說》曰：「民之歸周也久矣，非至此而始附也。」一語已道盡〈序〉之缺失。惟《集傳》據孟子之言為說，亦嫌未洽。朱子似亦自知，故又引東萊之說以實之，曰：「東萊呂氏曰：前二章樂文王有臺池鳥獸之樂也，後二章樂文王有鐘鼓之樂也。皆述民樂之辭也。」呂氏之說是矣。

此詩毛、鄭分五章，每章四句。賈誼《新書・君道・禮》篇引此詩「經始靈臺」六句為章，「王在靈囿」亦六句為章。朱子《集傳》分四章，前二章每章六句，後二章每章四句。今觀「經始勿亟」，緊接「不日成之」；「麀鹿濯濯」，緊接「麀鹿攸伏」，朱子分四章似較勝，故從之。一章述經始靈臺，庶民攻之如子趨父事，故能不日成之。二章述王有臺池鳥獸之樂，而民亦樂之；不僅此也，鹿本駭而伏，魚本潛而躍，鳥獸亦得其樂也。

三章述文王樂鐘鼓辟雍。四章述矇瞍奏樂，是與眾樂樂也。臺曰靈臺，囿曰靈囿，沼曰靈沼，庶民子來，人民之樂，於此等詩句中見之。

九、下武

下武維周❶，世有哲王❷。三后在天❸，王配于京❹。

王配于京，世德作求❺。永言配命❻，成王之孚❼。

成王之孚，下土之式❽。永言孝思❾，孝思維則❿。

媚茲一人⓫，應侯順德⓬。永言孝思，昭哉嗣服⓭。

昭茲來許⓮，繩其祖武⓯。於萬斯年⓰，受天之祜⓱。

受天之祜，四方來賀。於萬斯年，不遐有佐⓲。

【注釋】

❶下，《詩記》：「下者，繼上之辭也。」武，與「繩其祖武」之武同，蘇轍《詩集傳》：「迹也。」下武，《毛鄭詩考正》：「謂繼承步武也。」句言能繼承先祖者，惟有周家耳。❷哲，《箋》：「智也。」言世世有明智之王也。❸三后，《傳》：「大王、王季、文王也。」三后已歿，故曰在天。❹王，《傳》：「武王也。」京，《箋》：「鎬京也。」言武王在鎬京，能配三后之德也。❺世德，高本漢《詩經注釋》：「累世的德行。」即先祖之德行。作，《詩經詮釋》：「則也。」求，追求、尋求也。句言武王追求先祖之德也。❻句見〈文王〉。❼成，動

詞，成就也。孚，《箋》：「信也。」《集傳》：「能成王者之信於天下也。」按或疑成王為武王子誦（見《集傳》），恐誤。《書・酒誥》曰：「成王畏相。」又曰：「惟助成王德顯。」兩成字皆動詞，成王非指武王子。此詩亦如之。❽式，《傳》：「法也。」言為天下之法則也。❾孝思，孝敬之意念也。言永存孝敬先王之思也。❿則，法也。句言武王以孝思為則也。《集傳》以為天下咸法武王之孝思，恐誤，〈烝民〉「柔嘉維則」可資為證。⓫媚，《箋》：「愛也。」茲，《箋》：「此也。」一人，《傳》：「天子也。」《集傳》：「謂武王也。」言天下之人皆愛戴武王也。⓬應，《集傳》：「應，如『應不徯志』之應。」按「應不徯志」乃《尚書・益稷》文，《釋文》曰：「應，應對之應。」即今所謂反應、回應也。侯，《傳》：「維也。」語詞，猶以也。順德，孝順之德。《荀子・仲尼》、《淮南子・繆稱》引詩作「慎德」，謂敬慎之德。句謂武王應天下以此順德也。⓭昭，《正義》：「顯明也。」服，《箋》：「服，事也。武王之嗣行祖考之事，謂伐紂定天下。」陳奐《傳疏》：「嗣服，猶言纘緒也。」⓮茲，《集傳》：「茲、哉聲相近，古蓋通用也。」王先謙《詩三家義集疏》：「三家茲作哉。」來，《集傳》：「後世也。」許，《傳》：「進也。」王先謙《義疏》：「三家許作御。《廣雅》許、御並訓進。來許，猶云後進。」按《集傳》訓許為所，義不可通。嚴粲〈詩緝〉以許為語助詞，然許與武、祜為韻，似非語助。二說皆不可從。⓯繩，《集傳》：「繼也。」武，《傳》：「迹也。」言繼承先人之步武也。⓰於，歎詞。斯，語詞。萬斯年，即萬年。⓱祜，《箋》：「福也。」⓲不遐，不致，不會。見〈周南・汝墳〉注❼。《詩經詮釋》：「佐字古但作左；左，疏外之也。言千秋萬世，亦不至有疏外周室而不親附者也。」按林義光《詩經通釋》謂：「佐，讀為差。」義似較勝。

【詩義・章旨】

〈詩序〉曰：「〈下武〉，繼文也。武王有聖德，復受天命，能昭先人之功焉。」其說是也。《集傳》曰：「此章美武王能纘大王、王季、文王之緒，而有天下也。」其說尤洽。惟《集傳》於篇末曰：「或疑此詩有『成王』字，當為康王以後之詩。」自何楷而下，用此說者極多，遂引起後世之極大紛爭。考詩二章曰：「王配于京。」此王必現在之王，若下文「成王之孚」之成王為武王子，則此王必是康王無疑。然如此既與時代先後之次序不合；先子後父，亦有違倫常。以此知此王乃指武王，而「成王」非指武王子也。

全詩六章，每章四句。一章「王配于京」一語為全詩之重心，詩人明示此王乃繼在天三后而現今在京之王。其不加「武」字，當是由於王尚在京，未有謚號之故。是則此詩當作於武王在位之時也。二章言王在京求三后之世德而配天命。三章言王臨下以孚，繼武孝思，二者即世德也。四章重述前章之意，並明示孝思即世德也。五章言王能昭示子孫，繼武祖先，以受福萬年。所謂光前裕後也。末章承前章之旨而預期傳世萬年。全詩重在繼武世德，而所謂世德，即孝思而已。〈中庸〉謂：「武王纘大王、王季、文王之緒。」又讚其「達孝」，觀乎此詩，信然！

一〇、文王有聲

文王有聲❶，遹駿有聲❷，遹求厥寧❸，遹觀厥成❹。文王烝❺哉！

文王受命，有此武功❻。既伐于崇❼，作邑于豐❽。文王烝哉！

築城伊淢❾，作豐伊匹❿。匪棘其欲⓫，遹追來孝⓬，王后⓭烝哉！

王公伊濯⓮，維豐之垣⓯。四方攸同⓰，王后維翰⓱。王后烝哉！

豐水東注⓲，維禹之績⓳。四方攸同，皇王維辟⓴。皇王烝哉！

鎬京辟廱㉑，自西自東，自南自北，無思不服㉒。皇王烝哉！

考卜維王㉓，宅㉔是鎬京。維龜正之㉕，武王成之㉖。武王烝哉！

豐水有芑㉗，武王豈不仕㉘？詒厥孫謀㉙，以燕翼子㉚。武王烝哉！

【注釋】

❶聲，《箋》：「令聞之聲。」即聲譽也。❷遹，音玉，ㄩˋ，語詞也。見《毛鄭詩考正》及《經傳釋詞》。駿，《傳》：「大也。」言廣大其聲譽也。❸求厥寧，謂求其天下之安寧也。❹觀厥成，謂觀其事業之成功也。❺烝，《釋文》：「《韓詩》云：『美也。』」❻武功，《傳》：「武功，謂伐四國及崇之功也。」《正義》：「非獨伐崇而已，所伐邘、耆、密須、混夷之屬，皆是也。」❼既伐于崇，俞樾《群經平議》：「于，當作邘，亦國名也。」按俞氏之說是也，「伐」字下不當有語詞。文王伐邘、崇等國事，《尚書．大傳》及《史記．周本紀》皆有記載，惟次序不同而已。❽作邑，《傳》：「徙都也。」豐，《說文》作酆，曰：「周文王所都。」在今陝西鄠縣。❾伊，《古書虛字集釋》：「伊，猶為也。」減，音序，ㄒㄩˋ。《傳》：「成溝也。」陳奐《傳疏》：「成為城古文假借字。《傳》云：成溝，猶城池。」按《釋文》：「字又作洫。《韓詩》云：『洫，深池。』」是減者，城外之池，即護城河也。❿匹，《傳》：「配也。」伊匹，猶維匹、為匹也。言豐邑與其城池相配稱也。⓫棘，《箋》：「急也。」句言非以急成從己之欲也。按《禮記．禮器》引作「匪革其猶」，謂非改祖先之道也。其義與「匪棘其欲」相成。⓬追，高本漢《詩經注釋》：「追思也。」來，語詞。句言追思先王而孝之也。⓭后，《傳》：「君也。」王后，《集傳》：「亦指文王也。」⓮公，《集傳》：「功也。」濯，《傳》：「大也。」《釋文》：「《韓詩》云：『美也。』」美與大義近。句言文王之功實大也。⓯垣，牆也。謂城牆也。⓰同，聚

也。前已多見。句言天下所歸心也。⑰翰，《傳》：「幹也。」見〈小雅・桑扈〉注❻。句言文王為天下之楨幹也。⑱豐水，水名，在豐邑之東，鎬京之西。流經豐邑之東，入渭，而注於河。⑲績，通蹟，跡也。謂禹之遺跡也。馬瑞辰說。⑳皇，《傳》：「大也。」《箋》：「變王后言大王者，武王之事又益大。」《正義》：「此與下章俱言皇王，而下有鎬京之事，知此皇王為武王也。」辟，《箋》：「君也。」《釋文》：「法也。」陳奐《傳疏》：「皇王維辟，與上章王后維翰句法相同。翰為幹，則辟為法。當依陸別義為優。」㉑鎬，音皓，ㄏㄠˋ。鎬京，《集傳》：「鎬京，武王所營也，在豐水東，去豐邑二十五里。」辟廱，見〈靈臺〉注⑯。句言武王徙都鎬京，立辟廱以講學也。㉒思，《經傳釋詞》：「思，句中語助也。無思不服，無不服也。」三句言天下皆心服也。㉓考，《箋》：「猶稽也。」考卜，問卜也，亦即稽之於龜卜也。考卜維王，為維王考卜之倒文，謂武王問之於龜卜也。所考者，即下文「宅是鎬京」也。㉔宅，《箋》：「居也。」㉕正之，《箋》：「謂得吉兆。」《正義》：「出其吉兆以正定之。」是正，定也。《集傳》訓決，決亦定也。㉖成之，謂築成其邑也（見《禮記・坊記》注）。㉗芑，音起，ㄑㄧˇ。見〈小雅・采芑〉注❶。《詩緝》：「陳氏曰：芑以喻人材。」㉘仕，《傳》：「事也。」句言武王豈無所事乎？㉙詒，《集傳》：「遺也。」句言遺謀略與其子孫也。㉚燕，《箋》：「安也。」《詩緝》：「翼，輔翼之翼。」子，《詩記》：「孫與子，特互言之，皆謂子孫也。」

【詩義・章旨】

〈詩序〉曰：「〈文王有聲〉，繼伐也。武王能廣文王之聲，卒其伐功也。」辭既難通，義亦含混。《集傳》曰：「此詩言文王遷豐，武王遷鎬之事。」得其旨矣。

全詩八章，每章五句。前四章言文王遷豐，後四章言武王遷鎬。一章言文王之有聲，在於求寧、觀成而已。二章言文王既有武功，乃作邑于豐。三章言其作豐之意，乃追孝先祖也。四章言豐邑既成，四方歸心。五章以

「豐水東注」，象徵政治中心由豐移向鎬京，亦示武王繼文王而有天下。前章「四方攸同」，謂同於豐；此章「四方攸同」，謂同於鎬也。六章言武王遷鎬京，建辟廱，德化流行，不僅「四方攸同」，且「無思不服」也。七章述建鎬經過。末章述武王之高瞻遠矚。嚴粲《詩緝》曰：「八章，述用材也。豐水之傍，以潤澤生芑穀，喻養成人材也。武王豈有不仕以官者？言無不用之，無遺材也。武王蓋欲傳其孫之謀，而燕安輔翼其子耳。」是則周家傳世八百，文武創業垂統，厥功至偉！

此詩八章，末語皆以「烝哉」作結，並以之遙韻。一二章曰「文王烝哉」，三四章曰「王后烝哉」，五六章曰「皇王烝哉」，七八章曰「武王烝哉」。亦三百篇中之特例也。曰「王后」，曰「皇王」，避複求變而已，不必深求也。

生民之什

一、生 民

厥初生民❶，時維姜嫄❷。生民如何❸？克禋克祀❹，以弗無子❺。履帝武敏歆❻，攸介攸止❼。載震載夙❽，載生載育，時維后稷❾。

誕彌厥月❿，先生如達⓫。不坼不副⓬，無菑無害⓭。以赫厥靈⓮，上帝不寧⓯。不康禋祀，居然生子⓰。

誕寘之隘巷⓱，牛羊腓字之⓲。誕寘之平林，會伐平林⓳；誕寘之寒冰，鳥覆翼⓴之。鳥乃去矣，后稷呱矣㉑。實覃實訏㉒，厥聲載路㉓。

誕實匍匐㉔，克岐克嶷㉕，以就口食㉖。蓺之荏菽㉗，荏菽旆旆㉘，禾役穟穟㉙，麻麥幪幪㉚，瓜瓞唪唪㉛。

誕后稷之穡，有相㉜之道。茀㉝厥豐草，種之黃茂㉞。實方實苞㉟，實種實褎㊱，實發實秀㊲，實堅實好㊳，實穎實栗㊴，即有邰家室㊵。

誕降嘉種㊶，維秬維秠㊷，維穈維芑㊸。恆之秬秠㊹，是穫是畝㊺；恆之穈芑，是任是負㊻。以歸肇祀㊼。

誕我祀如何？或舂或揄(48)，或簸或蹂(49)；釋之叟叟(50)，烝之浮浮(51)。載謀載惟(52)，取蕭祭脂(53)，取羝以軷(54)，載燔載烈(55)，以興嗣歲(56)。

卬盛于豆(57)，于豆于登(58)。其香始升(59)，上帝居歆(60)。胡臭亶時(61)！后稷肇祀，庶無罪悔(62)，以迄于今(63)。

【注釋】

❶厥初，其始也。民，《集傳》：「人也。謂周人也。」❷時，《箋》：「是也。」嫄，音原，ㄩㄢˊ。姜嫄，《傳》：「姜，姓也。后稷之母。」《釋文》：「姜，姓。嫄，名。有邰氏之女，帝嚳元妃，后稷母也。」❸句言姜嫄如何生周之祖先。❹禋，音因，ㄧㄣ。《正義》：「外傳曰：『精意以享曰禋。』先儒曰：『凡絜（潔）祀曰禋。』」祀，指一般祭祀。句言能潔祀上帝，又能祭祀百神也。❺弗，三家詩作祓。《傳》：「弗，去也。去無子，求有子也。」《箋》：「弗之言祓也。」句言姜嫄能禋祀以祓除無子之不祥，即祭祀以求生子也。❻履，《傳》：「踐也。」帝，《箋》：「上帝也。」武，《傳》：「迹也。」敏，《箋》：「拇也。」即足大指也。《漢石經》作栂。歆，《毛詩傳箋通釋》：「歆之言忻。」欣悅也。句言姜嫄踐上帝足跡之大指，心忻然而悅也。按《史記・周本紀》：「姜原出野，見巨人迹，心忻然說，欲踐之。」即述此也。又按「敏」為韻腳，與上文「祀」、「子」，下文「止」相協，自注疏本以下，皆連「歆」字為句，今從之。❼介，舍也。見〈小雅・甫田〉注❽。句言姜嫄乃止而休息也。❽載，則也。震，《傳》：「動也。」《釋文》：「震，有娠也。」按震，即娠之假借。《說文》：「娠，女妊身動也。」是毛訓動亦不誤也。夙，《箋》：「夙之言肅也。」即肅敬也。《新書・雜事》：「周妃后妊成王於身，立而不跛，坐而不差，笑而不諠，獨處而不倨，雖怒不詈，胎教之謂也。」所言即「載夙」也。

❾時，是也。后稷，名棄，周之始祖也。❿誕，《集傳》：「發語詞。」彌，《詩經今注》：「滿也。」彌厥月，滿其妊娠之月，即滿十月也。⓫先生，《集傳》：「首生也。」即第一胎也。達，《箋》：「羊子也。」《毛詩傳箋通釋》：「《說文》：『羍，小羊也。讀若達。』《箋》蓋以達為羍之叚借。」按凡頭胎皆難產，而小羊易生，詩云如達，言后稷出生之易也。⓬坼，音撤，ㄔㄜˋ。副，音敝，ㄅㄧˋ。《正義》：「坼、副，皆裂也。」言母體無破裂之苦也。⓭菑，同災。言母體無傷害。二句謂姜嫄平安生子也。⓮赫，《傳》：「顯也。」句言上帝顯其靈也。⓯不，同丕，大也。前已多見。寧，《箋》：「安也。」句言上帝大安寧也。按姜嫄履帝跡而孕，則后稷乃帝之子。今姜嫄生后稷易而平安，故帝甚寧也。⓰康，《箋》：「安也。」陳奐《傳疏》：「樂也。」居，《詩經詮釋》：「安也。」二句言上帝安樂姜嫄之禋祀，故使之安然妊娠而生子也。⓱寘，《傳》：「置也。」隘，音愛，ㄞˋ。《集傳》：「狹也。」言棄置於狹隘巷中。后稷無父而生，故棄置之也。⓲腓，音肥，ㄈㄟˊ。《傳》：「辟也。」即避也。字，《傳》：「愛也。」言牛羊避之不踐踏而愛護之也。⓳平林，見〈小雅・車舝〉注❺。會，《集傳》：「值也。」句言又置之於平地林木之中，適值有人砍伐平林，見而收取之。⓴覆翼，《傳》：「一翼覆之，一翼藉之。」㉑呱，音孤，ㄍㄨ。《釋文》：「泣聲也。」按鳥乃去矣，后稷呱矣，示人來收取也。㉒實，《箋》：「實之言是也。」覃，音談，ㄊㄢˊ。《傳》：「長也。」訏，音須，ㄒㄩ。《傳》：「大也。」言其啼聲長而宏亮也。㉓載，《詩經今注》：「借為在。」言其聲傳於戶外而在路也。㉔匍匐，《集傳》：「手足並行也。」㉕嶷，音暱，ㄋㄧˋ。岐嶷，《傳》：「岐，知意也。嶷，識也。」大約如今語聰明也。㉖以就口食，《集傳》：「就，向也。口食，自能食也。蓋六七歲時也。」按口食，不需餵食也。朱子謂自能食，甚是。㉗蓺，《箋》：「樹也。」荏，音忍，ㄖㄣˇ。荏菽，《箋》：「大豆也。」㉘旆旆，《傳》：「長也。」參見〈小雅・出車〉注❿。㉙役，《傳》：「列也。」《正義》：「言其行相當。因禾文單，故以役配之。」按此句上下皆言穀類，「役」字當亦是也。《說文》「穎」、「穟」二字兩引此詩皆作「禾穎穟穟」，段氏注曰：「役者，穎之

叚借。古支、耕合韻之理也。」程瑤田《九穀考》以《傳》文「列」字乃「栵」字省去禾。凡此皆足證「役」非行列，蓋禾之行列穟穟，則不可通矣。穟，音遂，ㄙㄨㄟˋ。穟穟，《傳》：「苗好美也。」㉚幪，音猛，ㄇㄥˇ。幪幪，《傳》：「茂盛也。」㉛瓜瓞，見〈緜〉注❶。唪，音蹦，ㄅㄥˋ。唪唪，《傳》：「多實也。」多實亦茂盛之意。《說文》引詩作菶菶，曰：「草盛。」㉜相，音向，ㄒㄧㄤˋ。《傳》：「助也。」《集傳》：「助也，盡人力之助也。」按朱子之說是也，下文即言助長之道。㉝茀，音弗，ㄈㄨˊ。《傳》：「治也。」《釋文》：「《韓詩》作拂。拂，弗也。」弗，去也。見注❺。㉞黃茂，《傳》：「黃，嘉穀也。茂，美也。」《集傳》：「黃茂，嘉穀也。」按黃，亦茂也。（見〈小雅・裳裳者華〉注❻及〈苕之華〉注❷）皆指嘉穀也。二句言除去其豐盛之草，種之以茂美之嘉穀。㉟方，《集傳》：「房也。」謂甲（殼）未合也。見〈小雅・大田〉注❽。苞，《集傳》：「甲而未坼也。」實方實苞，《集傳》：「此漬其種也。」㊱種，《集傳》：「甲坼而可為種也。」褎，《傳》：「長也。」《箋》：「枝葉長也。」㊲發，《傳》：「盡發也。」秀，《集傳》：「始穗也。」㊳堅、好，見〈小雅・大田〉注❾。㊴穎，《集傳》：「實繁碩而垂末也。」栗，《正義》：「穀熟貌。」㊵即，《詩緝》：「就也。」有，語詞。邰，音颱，ㄊㄞˊ。《傳》：「姜嫄之國也。」在今陝西武功縣。《集傳》：「堯以其有功於民，封於邰，使即其母家而居之，以主姜嫄之祀。故周人亦世祀姜嫄焉。」㊶降，天降賜也。種，三家作穀。句言天降下美善之穀種也。㊷秬，音巨，ㄐㄩˋ。《傳》：「黑黍也。」秠，音丕，ㄆㄧ。《傳》：「一稃二米也。」《正義》：「秬是黑黍之大名，秠是黑黍之中有二米者。」㊸穈，音門，ㄇㄣˊ。《傳》：「赤苗也。」芑，音起，ㄑㄧˇ。《傳》：「白苗也。」按秬、秠、穈、芑，《傳》皆用《爾雅・釋草》文，惟〈釋草〉穈作虋，音同。郭璞曰：「虋，今之赤苗粟。芑，今之白苗粟。皆好穀也。」㊹恆，音亙，ㄍㄥˋ，通亙。《傳》：「徧也。」《釋文》：「本又作亙。」句謂徧種此秬與秠。㊺是，《正義》：「於是。」畝，《箋》：「以畝計之。」計所穫也。句言於是穫刈之，於是以畝計之。㊻是任是負，《集傳》：「任，肩任也。負，背負也。秬秠言穫畝，穈芑言任負，互文耳。」

㊼肇，《傳》：「始也。」《詩緝》：「王氏曰：后稷始受國為祭主，故曰肇祀。」按以秬秠等歸而祀天者，祀其降嘉種並以祈來歲之豐也。㊽舂，音充，ㄔㄨㄥ。《說文》：「擣粟也。」揄，音由，ㄧㄡˊ。《傳》：「抒臼也。」謂自臼中取出也。㊾簸，《集傳》：「揚去糠也。」見〈小雅・大東〉注㊹。蹂，音柔，ㄖㄡˊ。謂以手搓揉之以去其糠也。㊿釋，《傳》：「淅米也。」即今言淘米也。叟叟，《傳》：「聲也。」淘米之聲也。(51)烝，《正義》：「炊之於甑，爨而烝之。」浮浮，《傳》：「氣也。」《正義》：「其氣浮浮然，言升盛也。」烝氣上升貌。(52)載，則也。惟，《箋》：「思也。」謀思祭祀之事也。(53)蕭，《正義》：「香蒿也。」祭脂，《箋》：「祭牲之脂。」句言取香蒿與祭牲之脂爇之，使香氣遠聞，而神歆饗也。(54)羝，音低，ㄉㄧ。《傳》：「牡羊也。」軷，音拔，ㄅㄚˊ。《集傳》：「祭行道之神也。」(55)燔，《傳》：「傳火曰燔。」參見〈小雅・楚茨〉注㉓。烈，《傳》：「貫之而加于火曰烈。」《正義》：「即今之炙肉也。」(56)興嗣歲，《傳》：「興來歲，繼往歲也。」《正義》：「興者，是有所起發之意。嗣者，繼續之言。故知為此祭者，欲以追起來歲，以繼續往歲，使之歲穀恆熟，常獲豐年也。」(57)卬，《傳》：「我也。」盛，音成，ㄔㄥˊ。見〈召南・采蘋〉注❻。(58)登，《傳》：「木曰豆，瓦曰登。豆薦俎醢也，登盛大羹也。」按《爾雅・釋器》：「木豆謂之豆，瓦豆謂之登。」是豆與登形同，惟木與瓦之別爾。(59)其香始升，《箋》：「其馨香始上行。」(60)居，《箋》：「安也。」歆，《集傳》：「鬼神食氣曰歆。」句言上帝安然歆饗之。(61)胡，《箋》：「胡之言何也。」臭，音秀，ㄒㄧㄡˋ。《集傳》：「香也。」按《說文》「臭」段注：「凡氣息芳臭之稱。」此指香氣也。亶，《箋》：「誠也。」時，《毛詩傳箋通釋》：「善也。」句言此香氣何其誠善。(62)庶，幸也。悔，咎也，過也。見〈皇矣〉注㊸。庶無罪悔指后稷子孫，非指后稷。(63)迄，《傳》：「至也。」此對前句「肇」而言。三句言自后稷始祀天，以至於今，子孫庶無罪過也。

【詩義・章旨】

〈詩序〉曰：「〈生民〉，尊祖也。后稷生於姜嫄，文武之功，起於后稷，故推以配天也。」其說頗合詩文，然猶未能盡之。《集傳》曰：「此詩推本其始生之祥，明其受命於天，固有異於常人也。」若補入此數語，則完備無缺矣。或疑此詩多神話，如前三章所述即是。不知后稷教民稼穡，改善農事，固大有功於生民，即此，亦足以稱偉人矣。夫偉人多神話，古今中外皆然；若平凡人，雖欲以神話加之，亦不可得也。固知神話之有無，實無傷於后稷之傑出也。吾人取其可信，存其可疑，賞其奇文可也。

全詩八章，凡奇數之章，每章十句；偶數之章，每章八句。除首末二章外，中間六章皆以「誕」字領頭，此亦三百篇中所僅見者也。詩之前三章述后稷誕生之異。一章述姜嫄履帝跡而妊娠。二章述姜嫄無痛苦安然而生后稷。三章述后稷遭棄經過——置之隘巷、平林、寒冰，而終無恙，可謂奇矣。次三章述后稷投身農事。四章述其幼年好種植，而所種植者皆莖葉繁茂而果實豐碩。五章述其稼穡有道，並非倖致，終以農功而封邰。六章述其收穫豐碩，歸以肇祀。末二章述后稷祭祀情形。七章述其舂、揄、簸、蹂、釋、烝、燔、烈，以示奉祭之誠。末章述其祭品馨香，上帝居歆，世世如此，迄今而無咎。全詩起於「禋祀」，終於「肇祀」，首尾圓合，結構完整。其他如三章用三「誕寘之」，四章用四疊字句，五章用十「實」字，六章用四「維」字、四「是」字，七章用四「或」字、四「載」字，不僅不覺其繁複，且更覺其靈活多姿，斯亦奇矣。而全詩用八「誕」字，六章以「誕」字領章，斯尤奇矣。

二、行葦

敦彼行葦❶，牛羊勿踐履。方苞方體❷，維葉泥泥❸。

戚戚❹兄弟，莫遠具爾❺。或肆之筵❻，或授之几❼。

肆筵設席，授几有緝御❽。或獻或酢❾，洗爵奠斝❿。

醓醢以薦⓫，或燔或炙⓬。嘉殽脾臄⓭，或歌或咢⓮。

敦弓既堅⓯，四鍭既鈞⓰，舍矢既均⓱，序賓以賢⓲。

敦弓既句⓳，既挾四鍭；四鍭如樹⓴，序賓以不侮㉑。

曾孫維主㉒，酒醴維醹㉓。酌以大斗㉔，以祈黃耇㉕。

黃耇台背㉖，以引以翼㉗。壽考維祺㉘，以介景福㉙。

【注釋】

❶敦，《傳》：「聚貌。」行葦，《箋》：「道傍之葦也。」❷苞，《集傳》：「甲而未坼也。」參見〈生民〉注㉟。體，《箋》：「成形也。」❸泥，音你，ㄋㄧˇ。泥泥，《釋文》：「張揖作苨苨，云：草盛也。」《集傳》：「柔澤貌。」與盛義相通。參見〈小雅．蓼蕭〉注❿。❹戚戚，《正義》：「猶親親然。」❺莫，《箋》：「無也。」具，《箋》：「猶俱也。」爾，蘇轍《詩集傳》：「近也。」《集傳》：「猶邇也。」二句言親愛之兄弟，與己無疏遠而俱親近也。❻肆，《傳》：「陳也。」筵，《釋文》：「席也。」《正義》：「〈春官．司几筵〉注

云：『筵亦席也。鋪陳曰筵，藉之曰席。』」❼《箋》：「年稚者為設筵而已，老者加之以几。」《詩緝》：「曹氏曰：几，尊者憑之以為安。」❽設席，《傳》：「重席也。」按《禮記・禮器》：「天子之席五重，諸侯之席三重，大夫再重。」是古有重席也。緝御，《箋》：「緝，猶續也。御，侍也。」《詩緝》：「李氏曰：緝御，即所謂更僕是也。」按此承上文，言少者不僅肆筵而已，又有重席；老者不僅授几而已，又有侍御之人。《箋》以二句特為老者設文，恐非是。❾或獻或酢，見〈小雅・瓠葉〉注❻、❽。❿奠，置也，謂置而不舉也。斝，音鉀，ㄐㄧㄚˇ。《傳》：「爵也。」《箋》：「進酒於客曰獻，客答之曰酢，主人又洗爵醻客，客受而奠之，不舉也。」按所洗所奠，實一物也。而云洗爵奠斝者，變文協韻耳。⓫醓，音坦，ㄊㄢˇ。《集傳》：「醓之多汁者也。」醢，音海，ㄏㄞˇ。《正義》：「李巡曰：以肉作醬曰醢。」薦，進也，獻也。⓬或燔或炙，見〈小雅・楚茨〉注㉓。⓭脾，音皮，ㄆㄧˊ。陳奐《傳疏》：「胃薄如葉，碎切之謂之脾。」臄，音決，ㄐㄩㄝˊ。《集傳》：「口上肉也。」⓮咢，音鄂，ㄜˋ。《傳》：「徒擊鼓曰咢。」⓯敦，音雕，ㄉㄧㄠ，通雕。敦弓，《傳》：「畫弓也。天子敦弓。」《正義》：「敦與雕，古今之異，雕是畫飾之義。」堅，《集傳》：「猶勁也。」言畫弓強勁也。⓰鍭，音侯，ㄏㄡˊ。《釋文》：「矢名。」按《爾雅・釋器》：「金鏃翦羽謂之鍭。」即以金為鏃而去羽之矢也。鈞，王夫之《詩經稗疏》：「勻也。」陳奐《傳疏》：「鈞者，均之假借字。」⓱舍，《箋》：「舍之言釋也。」《正義》：「舍、釋俱是放義。」參見〈秦風・駟驖〉注❼。均，《集傳》：「皆中也。」⓲序賓以賢，《箋》：「謂以射中多少為次第。」《集傳》：「賢，射多中也。」按猶今言優勝也。⓳句，《釋文》：「《說文》作彀，云：張弓也。」《正義》：「句與彀，字雖異，音義同。」又曰：「既句，是引滿之時也。」⓴既挾四鍭，《箋》：「射禮（按《儀禮・大射》）：搢三挾一個。言已挾四鍭，則已徧射之。」《正義》：「搢者，插也。挾，謂手挾之。射用四矢，故插三於帶間，挾一以扣絃而射也。射禮每挾一個，今言挾四鍭，故知已徧射之也。」是挾者，持也，謂以手持而射也。每挾一矢，詩言既挾四鍭，則是四矢已射盡也。樹，植也。如樹，《詩緝》：「丘氏曰：如以手植之。」言其貫革而整齊也。㉑不侮，《箋》：「不侮者，敬也。」《集傳》：「或曰：不以中病不中者也。」郝敬《毛詩原解》：「不侮，不倨敖也。」此言於中少者亦不侮慢之。即今語勝不驕也。㉒曾孫，《集傳》：「主祭者之稱，今祭畢而燕，故因而稱之也。」維主，《正義》：「為主人。」㉓醴，甜酒也。見〈小雅・吉日〉注㉑。醹，音乳，ㄖㄨˇ。《傳》：「厚也。」言酒醴皆醇厚也。㉔大斗，《傳》：「長三尺也。」《釋文》：「三尺，謂大斗之柄也。」㉕祈，《集傳》：「求也。」黃耇，老人。見〈小雅・南山有臺〉注⓬。《集傳》：「以祈黃者，猶言以介眉壽云耳。」㉖台背，《傳》：「大老也。」《箋》：「台之言鮐也。大老則背有鮐文。」高亨《詩經今注》：「台背疑即駝背，長壽年老的人多駝背，故稱為駝背。台與駝一聲之轉。」按高氏之說極是，台、駝雙聲，例可通用。㉗引、翼，《箋》：「在前曰引，在旁曰翼。」引謂在前導之，翼謂在旁輔之。㉘祺，《傳》：「吉也。」㉙以介景福，見〈小雅・楚茨〉注❾。

【詩義・章旨】

〈詩序〉曰：「〈行葦〉，忠厚也。周家忠厚，仁及草木，故能內睦九族，外尊事黃耇，養老乞言，以成其福祿焉。」詩中只言尊老，未言養老，亦無「乞言」之文，故朱子《辨說》評之曰：「隨文生義，無復倫理。諸〈序〉之中，此失尤甚。」其《集傳》曰：「疑祭畢而燕父兄者老之詩。」詩中未言祭祀，於是鄒忠允《詩傳闡》、何楷《世本古義》、郝敬《原解》皆深斥之，以為其云「祭畢而燕」為非。不知《儀禮・大射》記射前後之燕飲，皆有祭事；而射前必祭侯，〈夏官・射人〉有明文可考，〈小雅・賓之初筵〉記燕、射亦有祭事，足證朱子之說不誤。惟詩言射事，朱子隻字未提，後人反不置一辭，亦甚可怪。故此詩當是祭畢而燕父兄者老並行射之詩。

全詩毛分七章，鄭分八章，朱子則分四章，雖各有優劣，但就用韻及思理等觀之。鄭氏似較勝（詳見拙作

〈三百篇分章歧異考辨〉一文），故從之。首章以行葦聚生，象徵兄弟之相親，猶〈小雅．常棣〉以「鄂不」象徵兄弟之同體也。牛羊勿踐履，則友于之情溢於言表。此雖是興語，而一篇之旨，盡蘊其中。次章首二句顯明前章之意。肆筵授几，非有遠近，實因老幼也。三章寫燕享之樂。四章寫食物之豐。五章述射事，重在末句「序賓以賢」。六章繼述射事，重在末句「序賓以不侮」。前章重在射能，此章重在射德。七章述尊老祝壽。末章述尊老祝福。前二章寫壯者射事，顯其能，誇其德；末二章述老者飲事，祈其壽，介其福，兄弟和樂融融。於此始知首章敦彼行葦，維葉泥泥興語之妙。

三、既醉

既醉以酒，既飽以德❶。君子萬年，介爾景福❷。

既醉以酒，爾殽既將❸。君子萬年，介爾昭明❹。

昭明有融❺，高朗令終❻。令終有俶❼，公尸嘉告❽。

其告維何？籩豆靜嘉❾。朋友攸攝，攝以威儀❿。

威儀孔時⓫，君子有孝子。孝子不匱⓬，永錫爾類⓭。

其類維何？室家之壼⓮。君子萬年，永錫祚胤⓯。

其胤維何？天被爾祿⓰。君子萬年，景命有僕⓱。

其僕維何？釐爾女士⓲。釐爾女士，從以孫子⓳。

【注釋】

❶既，《傳》：「盡也。」德，《集傳》：「恩惠也。」指濃厚之情誼也。❷君子，《集傳》：「謂王也。」下同。介，同丐，《廣雅・釋詁》：「丐，予也。」爾，《集傳》：「亦指王也。」言願王享萬年之壽，並願天予爾大福也。❸殽，同餚。《集傳》：「俎實也。」即肉饌，今日葷菜。將，《傳》：「行也。」《集傳》：「亦奉持而進之意。」既將，盡將也。❹昭明，光明也。❺融，《集傳》：「明之盛也。」有融，猶融然、融融也。❻朗，《傳》：「明也。」令終，《詩經今注》：「好結果。」兼指福祿名譽等而言。❼俶，《傳》：「始也。」《毛詩傳箋通釋》：「令終有俶，猶《易》言終則有始。」句言有善終必將又有善始也。❽公尸，《箋》：「公，君也。」《集傳》：「公尸，君尸也。周稱王，而尸但曰公尸，蓋因其舊。如秦已稱皇帝，其男女猶稱公子公女也。」嘉告，《箋》：「以善言告之，謂嘏辭也。」❾靜嘉，《毛詩傳箋通釋》：「靜，善也。」靜嘉，善美也。謂籩豆中祭物潔淨而美也。❿朋友，《集傳》：「指賓客助祭者。」攸，《古書虛字集釋》：「攸，猶是也。」攝，《傳》：「佐也。」威儀，禮儀容止也。句言助祭之群臣以威儀佐助之也。⓫孔時，《箋》：「孔，甚也。時，宜也。」言王之群臣威儀甚得其宜也。⓬孝子，《集傳》：「主人之嗣子。」匱，《傳》：「竭也。」言孝子之孝心孝行無有竭盡之時。⓭類，《傳》：「善也。」句言天賜汝之善亦永久不替也。⓮壼，音捆，ㄎㄨㄣˇ。《傳》：「廣也。」按《爾雅・釋宮》：「宮中衖謂之壼。」此其本義也。宮中道廣遠綿延，故引申有廣遠之義。《傳》訓為廣，取其引申義也。下文「永錫祚胤」、「景命有僕」、「從以孫子」，皆與此義密合。至《國語・周語》謂「廣裕人民」，則又引申也。詩謂「室家之壼」，當與人民無涉。⓯祚，音做，ㄗㄨㄛˋ。《集傳》：「福也。」胤，音印，ㄧㄣˋ。《傳》：「嗣也。」《箋》：「子孫也。」言天賜福祚子孫無窮也。⓰被，《箋》：「覆被也。」言天覆被汝以祿位，君臨天下也。⓱景命，《箋》：「大命也。」與〈文王〉「駿命」同，指天命言。僕，《傳》：「附也。」

謂附從也。指下文「女士」、「孫子」而言。「胤」指本幹，「僕」指枝葉。⑱釐，音離，ㄌㄧˊ。《傳》：「予也。」賜予也。女士，《詩經注釋》：「女和士實際上是兩個並用詞。」按高氏之說是也。此女士即〈小雅・甫田〉「以穀我士女」之士女（《列女傳・啟母塗山傳》引詩即作士女），謂男與女也，即指子女言。《箋》訓女而有士行者，恐誤。⑲從，《箋》：「隨也。」句言此子、女從而又生賢子孫也。

【詩義・章旨】

〈詩序〉曰：「〈既醉〉，大平也。醉酒飽德，人有士君子之行焉。」其說多與詩文無涉。《集傳》曰：「此父兄所以答〈行葦〉之詩，言享受飲食恩意之厚，而願其受福也。」〈行葦〉重在射事，而此詩無一語述及，是知朱子之說亦有未得也。范家相《詩瀋》曰：「此正是王與群臣宴畢，飲燕于寢，而群臣頌君之詞。」其說得之矣。

全詩八章，每章四句。一章述燕後祝君長壽而大福。飽德一詞，高雅脫俗。乃《詩經今注》以德字為食字之譌，其異不啻霄壤。二章祝君長壽而昭明。三章祝君令終令始，並引出公尸嘉告，以下五章則皆告語也。四章述祭品善美，助祭者威儀俱盛。五章又回述君子，言君子有孝子，故天永賜善也。六章言天賜福祚，後嗣緜緜不絕。七章言天又賜大命，命君有本而復有枝，俾能本枝百世而不絕也。末章言天又賜子女，並從而使之子孫蕃衍不絕也。此詩除首二章形式複疊，三章以下，每章起句皆承前章末句之文，而義則一貫，與〈文王〉篇相似；然多用疑問形式，則又與〈文王〉篇不同。

四、鳧鷖

鳧鷖在涇❶，公尸來燕來寧❷。爾酒既清，爾殽既馨❸。公尸燕飲，福祿來成❹。

鳧鷖在沙，公尸來燕來宜❺。爾酒既多，爾殽既嘉。公尸燕飲，福祿來為❻。

鳧鷖在渚，公尸來燕來處❼。爾酒既湑❽，爾殽伊脯❾。公尸燕飲，福祿來下❿。

鳧鷖在潀⓫，公尸來燕來宗⓬。既燕于宗⓭，福祿攸降。公尸燕飲，福祿來崇⓮。

鳧鷖在亹⓯，公尸來止熏熏⓰。旨酒欣欣⓱，燔炙芬芬⓲。公尸燕飲，無有後艱⓳。

【注釋】

❶鳧，野鴨。見〈鄭風・女曰雞鳴〉注❻。鷖，音醫，一。《釋文》：「《蒼頡解詁》云：鷖，鷗也。一名水鴞。」涇，水名。見〈邶風・谷風〉注⓱。按《箋》曰：「涇，水中也。」段玉裁《詩經小學》以詩下文沙、渚、潀、亹一例，此涇字當從《箋》訓，不應是水名。然鳧雖水鳥，少居水中，鷖尤然。且首章先以涇水定位，餘沙渚等俱從涇上推出（姚際恆有說），義似較佳也。❷來，是也。下同。燕，按凡複字句其相異二字義多相類（其詳當另以專文說之）。此「來燕」之燕，當訓安，訓樂，與下「來寧」之寧義近。舊訓為燕飲，恐誤。《詩本義》謂「公尸和樂」，是歐陽公早見之矣。來燕來寧，是安是寧也。❸爾，《集傳》：「指主人也。」按猶〈既醉〉「爾殽既將」之爾，指王也。馨，《傳》：「香之遠聞也。」❹來成，是成也。福祿來成，猶〈周南・樛木〉「福履成之」。言福祿成就之也。❺宜，《毛詩會箋》：「猶適也。」❻為，《箋》：「猶助也。」❼處，與〈小雅・蓼蕭〉「是以有譽處兮」之處同，安也。來處，與一章「來寧」、二章「來宜」文義一例（《正義》有說）。❽湑，

音煦，ㄒㄩˇ，見〈小雅．伐木〉注㉛。❾伊，維也，是也。脯，音甫，ㄈㄨˇ。《正義》：「乾脯也。」今言乾肉也。❿下，降也。言降與之也。⓫潨，音忠，ㄓㄨㄥ。《傳》：「水會也。」按《說文》：「小水入大水曰潨。」義與《傳》合。⓬宗，高亨《詩經今注》曰：「宗，借為悰。《說文》：『悰，樂也。』」按《傳》訓為尊，其義可通，惟與前後章義不一例而已。⓭宗，《正義》：「宗廟也。」⓮崇，《詩記》：「積而高大也。」句言福祿使之崇高也。⓯亹，音門，ㄇㄣˊ。《傳》：「山絕水也。」《正義》：「謂山當水路，令水斷絕也。」《漢書．地理志》注：「亹者，水流峽，山岸深若門也。」按馬瑞辰《毛詩傳箋通釋》以為湄之假借，水涯也。考凡《詩》用湄、側、涘等，其上必有山、水之名，無一例外。如〈王風．葛藟〉「在河之滸」、「在河之涘」、「在河之漘」，〈秦風．蒹葭〉「在水之湄」、「在水之涘」，〈鄘風．柏舟〉「在彼河側」，〈衛風．有狐〉「在彼淇厲」，〈小雅．緜蠻〉「止于丘側」，〈大雅．文王〉「在渭之涘」等皆是，從無言「在側」、「在湄」者。今詩言「鳧鷖在亹」，亹上無水名，以此知非湄字假借也。⓰止，息也。《說文》引詩此句作「來燕」。熏熏，《傳》：「和說也。」⓱欣欣，《傳》：「樂也。」按欣欣而樂，可指飲酒者，不可指酒。俞樾《群經平議》以經文熏熏、欣欣，字當互易，其說頗為有理。⓲芬芬，《傳》：「香也。」⓳後艱，《詩緝》：「猶後患也。」

【詩義．章旨】

〈詩序〉曰：「〈鳧鷖〉，守成也。太平之君子能持盈守成，神祇祖考，安樂之也。」其說含混。《箋》曰：「祭祀既畢，明日又設禮而與尸燕。」《正義》曰：「言公尸來燕，則是祭後燕尸，非祭時也。燕尸之禮，大夫謂之賓尸，即用其祭之日，今〈有司徹〉是其事也。天子、諸侯，則謂之繹，以祭之明日。《春秋．宣八年》言『辛巳，有事於太廟。壬午，猶繹。』是謂在明日也。」孔氏之言，極為詳盡。自朱子以下，凡用其說而又欲於其間有所增損者，不僅難顯詩旨，亦且自暴其短也。

全詩五章，每章六句，形式複疊。每章首句皆以鳧、鷖為興。蓋以鳧、鷖水鳥，在涇、在沙、在渚、在潀、在亹則安，以象徵祖考在廟則樂也（說見林佳珍〈詩經鳥類意象及其原型研究〉，刊於《師範大學國文研究所集刊・第三十八號》）。次句「公尸來燕」句，則承首句言公尸之安樂。公尸代表祖考，公尸樂，則祖考樂矣。句中來字非來去義，則燕字自非燕飲義。三四句言酒殽之美。五句順勢而下，言公尸飲此酒，食此殽，文義皆暢。末句言福祿如何，乃頌尸之語。五句之層次極為清楚。末章二三句與前四章不類，當依《說文》所引及俞氏之說為解，庶幾不致以辭害義也。

五、假樂

假樂君子❶，顯顯令德❷。宜民宜人❸，受祿于天。保右命之❹，自天申之❺。

干祿百福❻，子孫千億❼。穆穆皇皇❽，宜君宜王❾。不愆不忘❿，率由舊章⓫。

威儀抑抑⓬，德音秩秩⓭。無怨無惡，率由群匹⓮。受福無疆，四方之綱⓯。

之綱之紀，燕及朋友⓰。百辟卿士⓱，媚⓲于天子。不解⓳于位，民之攸塈⓴。

【注釋】

❶假，《傳》：「嘉也。」《禮記・中庸》、《左傳》文公三年、襄公二十六年引詩皆作嘉。嘉樂，美樂也。君子，《箋》：「成王也。」❷顯，《箋》：「光也。」顯顯，猶明明、昭明。《禮記・中庸》引作憲憲。❸宜民宜人，《傳》：「宜安民，宜官人。」《集傳》：「民，庶民也。人，在位者也。」❹見〈大明〉注㉝。❺申，《傳》：「重也。」二句言天之於王既保右之，命之，又加重之也。❻干，《箋》：「求也。」段玉裁《詩經小箋》作千，

《群經平議》：「干字疑千字之誤，千祿百福，言福祿之多也。」按俞氏之說是也。上章既曰「受祿于天」，下章亦曰「受福無疆」，此章又曰「干祿」，前後牴牾矣。且「干祿百福」，文義難通，雖有陳奐《傳疏》曲為之解曰：「於祿言干，於福言百，互詞也。」終覺牽強。❼億，《箋》：「十萬曰億。」陳奐《傳疏》：「千億，言子孫眾多也。」❽穆穆皇皇，《爾雅．釋詁》：「皇皇、穆穆，美也。」又《爾雅．釋訓》：「穆穆，敬也。」此當並為美義。❾宜君宜王，《傳》：「宜君王天下也。」按此句對應上章「宜民宜人」而言，君、王皆指成王一人，故《傳》說是也。《箋》以此句指「子孫」而言，謂「天子穆穆，諸侯皇皇……子孫或為諸侯，或為天子。」似誤。❿愆，《箋》：「過也。」忘，《正義》：「遺忘。」⓫率由舊章，《箋》：「率，循也。舊章，舊典之文章。」二句言不犯過，不遺失，一切皆遵從先王之典章也。⓬抑抑，《傳》：「美也。」參見〈小雅．賓之初筵〉注㉝。⓭德音秩秩，謂言語有序也。見〈秦風．小戎〉注㊴、㊵。⓮群匹，《箋》：「群臣之賢者，其行能匹偶己之心。」按《毛詩傳箋通釋》以群與匹義同。《春秋繁露》引詩作仇匹，仇亦匹也。〈蕩〉曰：「雖無老成人，尚有典刑。」前言「舊章」，即典刑也；此處「群匹」，即老成人，亦即鄭氏所謂「群臣之賢者」也。⓯綱，綱紀也。言為天下之綱紀也。⓰之，是也，此也。燕，《集傳》：「安也。」朋友，《傳》：「群臣也。」言人君為天下之綱紀，則臣下賴之以安也。⓱辟，君也。百辟，《詩記》：「董氏曰：百辟，諸侯也。」卿士，見〈小雅．十月之交〉注⓲。⓲媚，《箋》：「愛也。」⓳解，同懈。《集傳》：「惰也。」即懈怠也。⓴塈，音系，ㄒㄧˋ。《傳》：「息也。」息，安也。見〈邶風．谷風〉注㊶。

【詩義．章旨】

〈詩序〉曰：「〈假樂〉，嘉成王也。」《正義》：「經之所云，皆是嘉也。……以其能守成功，故於此嘉美之。」此說與詩文頗合，故後人從之者眾。《集傳》曰：「疑此即公尸之所以答鳧鷖者也。」姚際恆斥之為「武斷」，誠是。何楷《古義》曰：「贊美武王之德，為祭武王之詩。」然詩曰：「不愆不忘，率由舊章。」武王乃周開國之君，豈有舊章可率乎？此不待辨而明矣。

全詩四章，每章六句。首章言成王受命於天，而其所以受天之命，乃由於其有顯顯令德，而宜民宜人也。二章言其遵從祖制，故能子孫千億，而宜君宜王也。三章言其用賢尊賢，故能為四方之綱。末章言群臣百官不解於位，故人民乃安也。四章分言敬天、法祖、用賢、安民，而四者之本即在令德，故於篇首即將此旨揭出。

六、公劉

篤公劉[1]，匪居匪康[2]，迺埸迺疆[3]，迺積迺倉[4]。迺裹餱糧[5]，于橐于囊[6]，思輯用光[7]。
弓矢斯張[8]，干戈戚揚[9]，爰方啟行[10]。

篤公劉，于胥斯原[11]。既庶既繁[12]，既順迺宣[13]，而無永歎。陟則在巘[14]，復降在原[15]。
何以舟之[16]？維玉及瑤[17]，鞞琫容刀[18]。

篤公劉，逝彼百泉[19]，瞻彼溥原[20]。迺陟南岡，乃覯于京[21]。京師之野[22]，于時處處[23]，
于時廬旅[24]。于時言言，于時語語[25]。

篤公劉，于京斯依[26]。蹌蹌濟濟[27]，俾筵俾几[28]。既登乃依[29]，乃造其曹[30]，執豕于牢[31]，
酌之用匏[32]。食之飲之，君之宗之[33]。

篤公劉，既溥既長[34]。既景迺[35]岡，相其陰陽[36]，觀其流泉[37]。其軍三單[38]。度其隰原[39]，
徹田為糧[40]。度其夕陽[41]，豳居允荒[42]。

篤公劉，于豳斯館㊸。涉渭為亂㊹，取厲取鍛㊺。止基迺理㊻，爰眾爰有㊼。夾其皇澗㊽，遡其過澗㊾，止旅乃密㊿，芮鞫之即[51]。

【注釋】

❶篤，《傳》：「厚也。」公劉，《箋》：「后稷之曾孫也。」按據《史記・周本紀》后稷生不窋，不窋生鞠，鞠生公劉。公劉居部，復修后稷之業。當夏之衰，避桀徙居於豳，周道之興，自此始。❷匪，非也。下同。居，《集傳》：「安也。」康，《集傳》：「寧也。」❸埸、疆，見〈小雅・信南山〉注⑫。此作動詞用，謂正其田畝之疆埸也。按后稷以農起家，必早治埸疆，今又修治之者，欲增產以備遷徙也。❹積，《集傳》：「露積也。」即露天之倉，亦即〈小雅・楚茨〉「我庾維億」之庾也。句言乃實其積倉也。❺餱，乾食也。見〈小雅，伐木〉注㉚。糧，《詩緝》：「食米也。」❻橐，音駝，ㄊㄨㄛˊ。橐、囊，皆裹糧之袋。《傳》：「小曰橐，大曰囊。」《集傳》：「無底曰橐，有底曰囊。」❼思，《經傳釋詞》：「思，發語詞也。」輯，《詩緝》：「此輯亦聚集之也。」按《尚書・無逸》偽孔傳引作「思集用光」。光，廣大也，充實也。句言其聚積因而充實也。❽弓矢斯張，言張弓而挾矢也。矢不能張，因弓而連言之。❾戚揚，《傳》：「戚，斧也。揚，鉞也。」《正義》：「鉞大而斧小。」❿方，《集傳》：「始也。」啟行，開路也。見〈小雅・六月〉注㉕。三句謂張其弓矢，執其干戈戚揚，於是啟程遷豳。⓫胥，《傳》：「相也。」即視也。按《詩經注釋》以為與「須」同義，停留也。亦通。⓬既庶既繁，《集傳》：「庶、繁，謂居之者眾也。」按庶、繁皆眾多之意，指斯原物產豐富、人口眾多，不僅「居之者眾」而已。高本漢《詩經注釋》、裴普賢《詩經欣賞與研究》並有說。⓭順，《詩經注釋》訓為「合宜」，《詩經欣賞與研究》訓為「合意」，義同。謂斯原合公劉之意也。宣，《詩經注釋》：「宣告。」謂公劉乃宣告

留居於此也。⑭巘，音演，ㄧㄢˇ。《傳》：「小山別於大山也。」⑮原，即上文之「斯原」。陟山、降原，所以觀察地勢也。⑯舟，《傳》：「帶也。」馬瑞辰《通釋》以為匍字假借，字通作周。帶周於身，故舟得訓帶。汪中《經義知新記》以為舟無佩義，當是服字脫誤。按即如馬、王二氏所言，詩文亦應作「其舟維何」，且詩人於此時寫公劉佩飾，亦毫無意義。竊意當從《箋》說訓進，乃授之假借（朱駿聲說）。惟非人民進於公劉，而為公劉進於豳（斯原）人也。說見後文。⑰瑤，美玉。見〈衛風・木瓜〉注❻。⑱鞞，音筆，ㄅㄧˇ。琫，音莑，ㄅㄥˇ。鞞琫，見〈小雅・瞻彼洛矣〉注❼。容刀，《詩經稗疏》：「容刀者，為容之刀，具刀形而無利刃。」即佩刀也。⑲逝，《箋》：「往也。」百泉，顧廣譽《學詩正詁》：「百泉，約言其泉之多，非實指其名。」⑳溥，《傳》：「大也。」二句言往彼百泉之地，視其廣大之原也。㉑覯，《傳》：「見也。」京，即下文之「京師」，當是豳（斯原）之城邑，而公劉以為京都者。《傳》訓高阜，恐誤。㉒京師，按句曰「京師之野」，既曰「野」，則「京師」必為都城，亦即上句之「京」無疑。〈民勞〉「惠此京師」、〈曹風・下泉〉「念彼京師」，京師皆指都城。此篇當亦如之。公劉初至豳地，未有土木之事，而有京師，則上文「何以舟之」數句得其解矣。蓋以玉、瑤及容刀所取得依居之地也。《傳》謂「是京乃大眾所宜居」，《箋》謂「京地乃眾民所宜居之野」，文義並不可通。馬瑞辰雖曲為疏通，並引吳斗南之說為證；然以京為地名，終失詩義也。㉓于時，《箋》：「於是也。」處處，居其處也。㉔廬旅，《傳》：「廬，寄也。」馬瑞辰《通釋》：「廬、旅，古同聲通用。廬、旅一也。」廬旅，舍其室也。㉕言言，《箋》：「言其所當言。」語語，《箋》：「語其所當語。」㉖依，陳奐《傳疏》：「依之立國也。」按京本非公劉所建，故僅依之而已。㉗蹌蹌濟濟，見〈小雅・楚茨〉注❿。㉘俾，《箋》：「使也。」句言使設筵授几也。㉙既登乃依，《傳》：「已登席坐矣，乃依几矣。」㉚造，《一切經音義・卷九》引詩作「乃告其曹」。胡承珙《毛詩後箋》：「今《毛詩》造字恐係告字之誤。」告，令也。曹，《傳》：「群也。」《詩經注釋》：「曹指一群人，尤其是地位低的人。」句言告其下屬也。按《箋》訓造為適，謂往其豕群之處，非是。

蓋如此則句當為「乃造于曹」也。㉛牢，養豬之所，今所謂豬圈也。執豕以為飲酒之殽也。㉜用匏，《箋》：「以匏為爵。」陳奐《傳疏》：「蓋以一匏離而為二，酌酒於其中，是曰匏爵。亦謂之瓢。」㉝宗，《集傳》：「主也。」句言公劉為之君，為之主也。按公劉本部人之君長，今又曰「君之宗之」者，以有豳人新附也。㉞既溥既長，《集傳》：「溥，廣也。言其芟夷墾辟土地既廣而且長也。」㉟景，同影。《集傳》：「考日景以正四方也。」迺，吳昌瑩《經詞衍釋》：「乃，猶其也。」㊱相，《集傳》：「視也。」陰陽，《集傳》：「向背、寒暖之宜也。」句言視其陰陽方向，以為居室也。㊲觀其流泉，謂觀其泉流之所浸潤以利耕種也。㊳三單，《傳》：「相襲也。」《群經平議》曰：「《傳》讀單為禪，禪有禪代之義，故云相襲也。公劉當日疑用計口出軍之法，三分其民以為三軍，而用其一軍，使其更番相代，故曰三單也。」按詩之上文「既景迺岡，相其陰陽，觀其流泉」，下文「度其隰原，徹田為糧」，皆主農事而言也。蓋「食者，民之本也」（《文子・上仁》），農者，富強之基也。后稷以農興，故其子孫無不特重農事，公劉亦然。「其軍三單」，亦主農事而言也。蓋分其軍為三，用其一，而以其二從事耕作，更相番代，亦寓兵於農之意也。此無關於兵事，故自《箋》以下，凡以兵事釋之者，恐皆誤。㊴隰原，《箋》：「度有隰與原田之多少。」是隰與原為二，泛指廣平與下濕之地。《詩》例作原隰，此作隰原者，倒文以協韻耳。㊵徹，取稅之稱。《箋》：「什一而稅謂之徹。」句言治田取其糧以為稅也。㊶夕陽，《傳》：「山西曰夕陽。」㊷豳居，《詩經詮釋》：「猶言豳地也。」允，《箋》：「信也。」荒，《傳》：「大也。」㊸館，《傳》：「舍也。」動詞，居也。㊹亂，《傳》：「正絕流曰亂。」《正義》：「水以流為順，橫渡則絕其流，故為亂。」按亂，猶梁也。為亂，猶〈文王〉「造舟為梁」之「為梁」也。㊺厲，《集傳》：「砥也。」鍛，《傳》：「石也。」按《說文》：「段，椎物也。」《尚書・費誓》：「鍛乃戈矛，礪乃鋒刃。」厲、鍛皆石也。厲為砥石，用以磨銳；鍛為段之叚借，為椎石，用以椎堅。皆工具，非建材也。㊻止，《集傳》：「居也。」基，陳奐《傳疏》：「基亦止也。」是止、基義同。理，治也。句言乃治其居室也。㊼有，《毛詩傳箋通釋》：「有與眾同義。」句言來奔者日多也。㊽夾，《正義》：「謂在澗兩邊也。」皇，《傳》：「澗名也。」句謂人群居住於皇澗之兩旁也。㊾遡，《傳》：「鄉也。」即向也。過，《傳》：「澗名。」句言人群面向過澗而居也。㊿旅，《毛詩傳箋通釋》：「旅、廬古通用。」止旅，與上文止基義同，亦謂居室也。句言房室乃密，意謂居民日多也。51芮，音瑞，ㄖㄨㄟˋ。《釋文》：「本又作汭。」蓋汭之假借。芮鞫，《箋》：「水之內曰隩，水之外曰鞫。」《正義》：「芮、鞫皆是水厓之名，鞫是其外，則芮是其內。」之，是也。即，《正義》：「就也。」句言居民日多，乃就芮鞫而居之也。

【詩義・章旨】

〈詩序〉曰：「〈公劉〉，召康公戒成王也。成王將涖政，戒以民事，美公劉之厚於民，而獻是詩也。」《集傳》從之，曰：「舊說召康公以成王將涖政，當戒以民事，故詠公劉之事以告之。」然其《辨說》則曰：「此詩未有以見其為康公之作。」金履祥《通鑑前編》則以為是豳之舊詩。按此詩記公劉遷豳，一讀便知，〈詩序〉作者焉能不知。其謂「召康公戒成王」者，述詩之作者及其作詩之目的也。後人所爭論者在此，然於詩義固無異意也。

此篇文句，或與他篇雷同，或與他篇近似。如「弓矢斯張」，又見於〈小雅・賓之初筵〉。「迺場迺疆，迺積迺倉」，與〈緜〉「迺疆迺理，迺宣迺畝」句型相似。「爰方啟行」之「啟行」一詞，又見於〈小雅・六月〉。「既庶既繁」，與〈卷阿〉「既庶且多」相似。「乃覯于京」，與〈大明〉「曰嬪于京」、〈下武〉「王配于京」句型相似。「俾筵俾几」，與〈行葦〉「肆筵」、「授几」義近。「蹌蹌濟濟」，又見於〈小雅・楚茨〉。「食之飲之，君之宗之」，與〈小雅・緜蠻〉「飲之食之，教之誨之」句型相似。凡此皆證明此詩不作於夏末公劉之世，而為周初所追記。至於追記之人及追記之目的，既世遠難知；而〈詩序〉「召康公戒成王」之說，又並非毫無可能，故姑從之。

全詩六章，每章十句。六章首句皆曰「篤公劉」，篤有厚義。讚美、告戒之意，皆從此一字出。牛運震曰：「一篤字括通篇之旨。」旨哉斯言！然自馬瑞辰訓為語詞（見〈大明〉「篤生武王」），後人多從之。於是，不僅此句意味索然，詩之精神亦頓失矣。首章言行前之準備。「迺裹餱糧，于橐于囊」、「弓矢斯張，干戈戚揚」與「古公亶父，來朝走馬」倉皇而去者，不可同日而語。二章言公劉既至豳，見其既庶既繁，乃止焉。三章述公劉乃覯于京，而從行者則暫居京師之野。四章言公劉依居於京，祭祀燕飲而為君為宗。五章述其開墾土地，制定稅收。末章述築室安民，而民至日眾，氣象乃日興矣。

七、泂酌

泂酌彼行潦❶，挹彼注茲❷。可以餴饎❸。豈弟君子，民之父母。

泂酌彼行潦，挹彼注茲，可以濯罍❹。豈弟君子，民之攸歸❺。

泂酌彼行潦，挹彼注茲，可以濯溉❻。豈弟君子，民之攸塈❼。

【注釋】

❶泂，音迥，ㄐㄩㄥˇ。《傳》：「遠也。」陳奐《傳疏》：「泂，讀為迥，假借字也。」行潦，見〈召南・采蘋〉注❺。❷挹，音邑，ㄧˋ，酌也。見〈小雅・大東〉注㊻。彼，指行潦。注，陳奐《傳疏》：「猶瀉也。」茲，此也。❸餴，音芬，ㄈㄣ。《傳》：「餾也。」饎，音斥，ㄔˋ。《傳》：「酒食也。」❹濯，《傳》：「滌也。」洗也。罍，酒器。見〈周南・卷耳〉注⓮。❺攸，所也。歸，依附也。❻溉，音概，ㄍㄞˋ。《經義述聞》：「溉，當讀為概。罍與概皆尊名也。」❼句已見〈假樂〉。

【詩義・章旨】

〈詩序〉曰：「〈泂酌〉，召康公戒成王也。言皇天親有德，饗有道也。」《集傳》從之。然詩中既無「皇天」之文，亦無「親有德，饗有道」之義，至於「召康公戒成王」，更未有以見其必然。姚際恆斥之詳矣。此詩亦如〈假樂〉，頌美天子之作也。屈萬里先生已說之矣。

全詩三章，每章五句，形式複疊。每章皆以行潦取興，蓋以彼行潦之水，尚遠酌之以洗濯、飲食；以示豈弟君子，豈得不為民之父母，而為民所歸、塈乎？此義朱子已發之至詳，今述之而已。

八、卷阿

有卷者阿[1]，飄風[2]自南。豈弟君子，來游來歌，以矢其音[3]。

伴奐[4]爾游矣，優游爾休矣[5]。豈弟君子，俾爾彌爾性[6]，似先公酋矣[7]。

爾土宇昄章[8]，亦孔之厚矣[9]。豈弟君子，俾爾彌爾性，百神爾主矣[10]。

爾受命長矣，茀祿爾康矣[11]。豈弟君子，俾爾彌爾性，純嘏爾常矣[12]。

有馮有翼[13]，有孝有德[14]，以引以翼[15]。豈弟君子，四方為則[16]。

顒顒卬卬[17]，如圭如璋[18]，令聞令望[19]。豈弟君子，四方為綱。

鳳皇[20]于飛，翽翽其羽[21]，亦集爰止[22]。藹藹王多吉士[23]，維君子使[24]，媚于天子[25]。

鳳皇于飛，翽翽其羽，亦傅于天[26]。藹藹王多吉人，維君子命[27]，媚于庶人[28]。

鳳皇鳴矣，于彼高岡。梧桐生矣，于彼朝陽㉙。菶菶萋萋㉚，雝雝喈喈㉛。

君子之車，既庶且多。君子之馬，既閑且馳㉜。矢詩不多㉝，維以遂歌㉞。

【注釋】

❶卷，《傳》：「曲也。」有卷，猶卷然。阿，《箋》：「大陵曰阿。」❷飄風，《傳》：「迴風也。」《釋文》：「李巡曰：迴風，旋風也。」❸君子，《箋》謂諸侯，《集傳》謂王，以七章「藹藹王多吉士，維君子使，媚于天子」之語觀之，《箋》說較是。矢，《傳》：「陳也。」❹伴奐，《箋》：「自縱弛之意也。」《集傳》：「閑暇之意。」猶今語輕鬆也。參見〈皇矣〉注㊺。❺優游，《集傳》：「閑暇之意。」按《正義》：「伴奐之言，與優游相類。」故朱子並訓閑暇也。爾，指「君子」，即來朝之諸侯也。二句言爾輕鬆游遨矣，爾閑適休息矣。❻彌性，王國維〈與友人論詩書中成語書〉：「彌性，即彌生，猶言永命矣。」《詩經詮釋》：「此祝其長壽也。」按彌，久也。性，生也。彌性，即長生、久生之意。❼似，《傳》：「嗣也。」參見〈小雅．斯干〉注❻。酋，《詩經今注》：「酋，讀為猷，謀也。」句言爾繼續爾先公之謀猷也。❽宇，宇之本義為屋邊，引申國之邊境亦曰宇。土宇，陳奐《傳疏》：「猶言封畿也。」即國之疆土也。昄，《傳》：「大也。」章，蘇轍《詩集傳》：「著也。」句言爾之國土廣大而章顯也。按或謂昄通版，昄章為版圖，義似稍遜。❾亦孔之厚矣，《集傳》：「既甚厚矣。」按句言爾之所得（或天之與爾）亦甚厚矣。「之」為語詞，高本漢以為代名詞，實誤。❿主，主祭也。陳奐《傳疏》：「《孟子．萬章》篇云：『使之主祭，而百神饗之。』所謂百神爾主也。」⓫茀，《箋》：「福也。」按《爾雅．釋詁》：「祓，福也。」郭注引詩作「祓祿康矣」。康，《箋》：「安也。」句言福祿爾皆能安享也。⓬純，《箋》：「大也。」嘏，音古，ㄍㄨˇ。蘇轍《詩集傳》：「福也。」句言爾常享大福也。⓭馮，

同憑。《傳》：「馮依。」翼，《傳》：「輔翼。」《集傳》：「馮，謂可為依者。翼，謂可為輔者。」⑭有孝有德，《集傳》：「孝，謂能事親者。德，謂得於己者。」《詩經詮釋》：「有孝，謂有孝行者。有德，謂有德望者。」二說義同。⑮句見〈行葦〉。言有德之賢者在前導之，或在旁輔之也。⑯則，《箋》：「法也。」⑰顒，音喁，ㄩㄥˊ。顒顒，《傳》：「溫貌。」卬，音昂，ㄤˊ。卬卬，《傳》：「盛貌。」《正義》：「顒顒然溫和而敬順，卬卬然充滿而高朗。」又曰：「敬順即溫和也，高朗即盛壯也。」⑱圭，見〈衛風・淇奧〉注⑮。璋，見〈小雅・斯干〉注㉞。《集傳》：「如圭如璋，純潔也。」⑲令，《箋》：「善也。」聞、望，皆聲譽也。蘇轍《詩集傳》：「遠自則有令聞，近之則有令望。」⑳鳳皇，《傳》：「靈鳥仁瑞也。雄曰鳳，雌曰皇。」㉑翽，音慧，ㄏㄨㄟˋ。翽翽，《箋》：「羽聲也。」㉒句見〈小雅・采芑〉。㉓藹，音矮，ㄞˇ。藹藹，《傳》：「猶濟濟也。」《集傳》：「眾多也。」吉士，《箋》：「善士也。」參見〈召南・野有死麕〉注④。㉔君子，即「豈弟君子」之君子也。使，動詞，指使也。言惟君子之所使也。㉕句見〈假樂〉。㉖句見〈小雅・菀柳〉。㉗命，《箋》：「猶使也。」㉘媚，愛也。謂親愛於人民也。㉙梧桐，木名。《箋》：「鳳凰之性，非梧桐不棲，非竹實不食。」（按語出《莊子・秋水》）。朝陽，《傳》：「山東曰朝陽。」㉚菶，音琫，ㄅㄥˇ。菶菶萋萋，《傳》：「梧桐盛也。」《箋》：「喻君德盛也。」按《爾雅・釋訓》：「藹藹萋萋，臣盡力也。」郭注：「梧桐茂，賢士眾。」故菶菶萋萋當喻朝中賢臣之眾也。㉛雝雝喈喈，《傳》：「鳳凰鳴也。」《箋》：「喻民臣和協。」㉜閑，《箋》：「習也。」即熟習也。馳，《說文》：「馳，大驅也。」即疾驅也。㉝矢，《箋》：「陳也。」不多，少也。㉞遂，成也。二句言所獻之歌詞雖不多，惟足以成歌矣。

【詩義・章旨】

〈詩序〉曰：「〈卷阿〉，召康公戒成王也。言求賢用吉士也。」《集傳》從之，曰：「此詩舊說亦召康公作。

疑公從成王游歌於卷阿之上，因王之歌而作此以為戒。」此詩前六章每章皆言「豈弟君子」，後四章中三章言「君子」，則此君子乃詩人所歌詠之對象，自無疑問。考詩二章曰：「豈弟君子，俾爾彌爾性，似先公酋矣。」七章曰：「藹藹王多吉士，維君子使，媚于天子。」八章曰：「藹藹王多吉人，維君子命，媚于庶人。」則此君子並非天子，至為顯明，無待多言。故〈序〉說不可從。此詩乃頌美來朝（即「來游來歌」）之諸侯，其作者當是來游諸侯之一，觀乎《竹書》所記，或是召康公所作也。

全詩十章，前六章每章五句，後四章每章六句。高亨《詩經今注》以為此詩本為兩篇，前六章為一篇，篇名〈卷阿〉；後四章為一篇，篇名〈鳳凰〉。然君子一詞，貫串全篇；而末二句「矢詩不多，維以遂歌」，正應首章「來游來歌，以矢其音」。全篇脈理一貫，首尾相應，足證此為一完整詩篇，而並非由二篇拼合而成。高氏之說，純為臆度，不可信也。

首章言君子來游來歌，獻詩於王，立一篇之總綱。首二句以飄風自南迴盪卷阿，以象徵君臣游歌，其樂融融。二章祝君子長壽，而嗣承祖考之業。詩曰先公，不曰先王，即此一端，已足證非戒成王矣。三章頌君子長壽而能主祭百神。四章祝其受命長久，福祿永康。五章言君子有德，為王輔弼，為四國之則。六章讚君子外溫順而內高朗，如珠玉圭璋，外溫潤而內高潔，故有令儀令聞也。七八章言鳳凰集止，象徵朝中人才薈萃上媚天子，下媚庶人。九章言鳳凰鳴，梧桐生，以象徵群臣和協，上下一體。末章言君子車馬眾多，威儀鮮盛，獻詩雖不多，但足以成歌也。

詩曰：「鳳凰鳴矣……梧桐生矣。」曰：「如圭如璋，令聞令望。」吐辭高雅，比喻脫俗。曰：「伴奐爾游矣，優游爾休矣。」曰：「茀祿爾康矣……純嘏爾常矣。」語似祝頌，亦似告戒。揆其身分，非位居上公之老臣，不能為也。《竹書紀年》曰：「成王三十三年，遊於卷阿，召康公從。」是則〈序〉謂召康公作，頗為可信，惟非「戒成王」而已。

九、民勞

民亦勞止❶，汔可小康❷。惠此中國❸，以綏四方❹。無縱詭隨❺，以謹無良❻。式遏寇虐❼，憯不畏明❽。柔遠能邇❾，以定我王。

民亦勞止，汔可小休。惠此中國，以為民逑❿。無縱詭隨，以謹惽怓⓫。式遏寇虐，無俾民憂。無棄爾勞，以為王休⓬。

民亦勞止，汔可小息。惠此京師，以綏四國。無縱詭隨，以謹罔極⓭。式遏寇虐，無俾作慝⓮。敬慎威儀，以近有德⓯。

民亦勞止，汔可小愒⓰。惠此中國，俾民憂泄⓱。無縱詭隨，以謹醜厲⓲。式遏寇虐，無俾正敗⓳。戎雖小子⓴，而式弘大㉑。

民亦勞止，汔可小安。惠此中國，國無有殘㉒。無縱詭隨，以謹繾綣㉓。式遏寇虐，無俾正反㉔。王欲玉女㉕，是用大諫㉖。

【注釋】

❶止，句末語詞。❷汔，《箋》：「幾也。」表希望之詞，有庶幾之意。康，《箋》：「安也。」二句言人民亦甚勞苦矣，庶幾可以稍安。❸惠，《箋》：「愛也。」中國，《傳》：「京師也。」《正義》：「京師者，諸夏之根本。根本既安，枝葉亦安。」❹綏，《箋》：「安也。」四方，《傳》：「諸夏也。」即四方諸侯之國也。❺縱，

放縱也。詭隨，《後漢書・陳忠傳》引詩，章懷注：「詭詐委隨之人。」即詭詐諂媚之人也。又王引之《經義述聞》：「詭隨，謂詭詐謾欺之人。」與章懷注小異。❻謹，《箋》：「猶慎也。」二句言勿放縱詭詐諂媚之人，而慎防不善之人。❼式，語詞。遏，《箋》：「止也。」寇虐，賊害暴虐也。❽憯，《傳》：「曾也。」明，光明。《詩經詮釋》：「猶言正道也。」二句言遏阻賊害暴虐之人，彼等竟不畏懼光明之正道也。❾柔，《傳》：「安也。」能，親也。《史記・蕭相國世家》：「何素不與曹參相能。」謂不與曹參相親也。《漢書・百官公卿表上》「柔遠能邇」，師古曰：「能，善也。」善與親義近。此詩《箋》訓伽，《釋文》曰：「伽，檢字書，未見所出，《廣雅》曰：『如，若也。』」若有順義，順與親義相成。句言安遠人而親近人也。❿逑，《傳》：「合也。」《箋》：「合，聚也。」句言愛此京師，以為人民聚合（團結）之中心也。⓫惛，音昏，ㄏㄨㄣ。怓，音撓，ㄋㄠˊ。惛怓，《箋》：「猶讙譁也，好爭訟者也。」指多言致亂者。⓬勞，《箋》：「猶功也。」休，《傳》：「美也。」句言爾無盡棄前功，當繼續努力，以成就我王之休美。⓭罔極，不正、無良也。前已數見。⓮慝，音特，ㄊㄜˋ。《傳》：「惡也。」⓯有德，《集傳》：「有德之人也。」句言爾當謹慎威儀，庶能親近有德之人也。⓰愒，音氣，ㄑㄧˋ。《傳》：「息也。」⓱泄，音亦，ㄧˋ。《傳》：「去也。」《箋》：「猶出也、發也。」⓲厲，《箋》：「惡也。」《毛詩傳箋通釋》：「醜、厲二字同義，醜亦惡也。」⓳正敗，《經義述聞》：「正，當讀為政。寇虐之徒，敗壞國政。遏之，則政不敗矣。」⓴戎，《箋》：「猶女也。」小子，范處義《詩補傳》：「小子，年少之通稱。」王夫之《詩經稗疏》謂指執政者。㉑式，《箋》：「用也。」按《詩》中用式字凡四十餘次，凡毛、鄭訓為用者，皆是語詞；凡作動詞用者，悉為法式義，截然清楚，不相混雜（見拙作〈釋詩經中「式」字〉，刊於《紀念程旨雲先生百年誕辰學術研討會論文集》）。故此式字當訓法，謂當效法弘大也。㉒殘，害也，災害也。㉓繾，音遣，ㄑㄧㄢˇ。綣，音犬，ㄑㄩㄢˇ。繾綣，《正義》：「牢固相著之意。」蘇轍《詩集傳》：「小人之固結其君者也。」按《左傳》昭公二十五年：「繾綣從公。」杜注：「繾綣，不離散也。」正與孔、蘇之訓義同。

句謂慎防固結於王身旁之小人也。㉔正反，猶正敗，謂政治反覆也。㉕王欲玉女，《集傳》：「王欲以汝為玉而寶愛之。」按〈小雅・白駒〉「毋金玉爾音」《箋》曰：「毋愛女聲音。」則玉作動詞，有寶愛之意。阮元《揅經室集》以玉為畜之假借，訓好。似嫌迂曲。㉖用，以也。句言是以作此詩以大諫也。

【詩義・章旨】

〈詩序〉曰：「〈民勞〉，召穆公刺厲王也。」然詩曰：「無棄爾勞，以為王休。」又曰：「戎雖小子，而式弘大。」又曰：「王欲玉女，是用大諫。」爾、戎、女與王對舉，則此詩所刺者非王可知矣。《集傳》曰：「〈序〉說以此為召穆公刺厲王之詩，以今考之，乃同列相戒之辭耳，未必專為刺王而發。然其憂時感事之意，亦可見矣。」觀乎全詩五章中四章皆曰「惠此中國」，一章曰：「以定我王。」二章曰：「以為王休。」則詩人之心，固在王與國家也。朱子之說是也。又詩人稱其同列曰「小子」，是則詩人必為年高德劭者無疑。下篇詩曰：「老夫灌灌，小子蹻蹻。」可資為證。故作者縱非召穆公，如〈詩序〉所言者，亦必為老成人矣。

全詩五章，每章十句。形式複疊。每章首句皆曰「民亦勞止」，既曰「亦」，則知民之勞也久矣。而詩人所求者，不過小康、小休、小息、小愒、小安而已。亦可見安康之難也。三四句指出安康之道，在於「惠此中國」，然後始能「綏四方」、「為民逑」、「綏四國」、「民憂泄」、「國無殘」也。五至八句則指示行之之方，在於「無縱詭隨」、「式遏寇虐」。二者既具，則無良、惛怓、罔極、醜厲、繾綣無所施其伎倆，而民安政興矣。末二句皆勉勵「小子」之語。末章曰：「王欲玉女。」實則詩人亦欲玉成之，故作此詩以諫戒之也。全詩情意委婉而真摯，規勸嚴峻而懇切，老成謀國之心，忠誠悃款，感人至深。

一〇、板

上帝板板❶，下民卒癉❷。出話不然❸，為猶不遠❹。靡聖管管❺，不實於亶❻。猶之未遠，是用大諫❼。

天之方難❽，無然憲憲❾；天之方蹶❿，無然泄泄⓫。辭之輯矣⓬，民之洽⓭矣；辭之懌矣，民之莫矣⓮。

我雖異事⓯，及爾同僚⓰。我即爾謀，聽我囂囂⓱。我言維服⓲，勿以為笑。先民有言：「詢于芻蕘⓳。」

天之方虐⓴，無然謔謔㉑。老夫灌灌㉒，小子蹻蹻㉓。匪我言耄㉔，爾用憂謔㉕。多將熇熇㉖，不可救藥㉗。

天之方懠㉘，無為夸毗㉙。威儀卒迷㉚，善人載尸㉛。民之方殿屎㉜，則莫我敢葵㉝。喪亂蔑資㉞，曾莫惠我師㉟。

天之牖民㊱，如壎如篪㊲，如璋如圭㊳，如取如攜㊴。攜無曰益㊵，牖民孔易㊶。民之多辟，無自立辟㊷。

价人維藩㊸，大師維垣㊹。大邦㊺維屏，大宗維翰㊻。懷德維寧㊼，宗子維城㊽。無俾城壞，無獨斯畏㊾。

敬天之怒，無敢戲豫(50)，敬天之渝(51)，無敢馳驅(52)。昊天曰明(53)，及爾出王(54)；昊天曰旦，及爾游衍(55)。

【注釋】

❶板板，《傳》：「反也。」按《說文》有版無板，《後漢書・董卓傳論》注、《文選・辯命論》注引詩並作版版。《爾雅・釋訓》：「版版，僻也。」此詩《正義》曰：「邪僻即反戾之義。」言上帝乖僻不正也。❷卒，《箋》：「盡也。」癉，音旦，ㄉㄢˋ。《傳》：「病也。」言下民皆病苦也。❸然，陳奐《傳疏》：「猶是也。」不然，不當，即《集傳》所謂「不合理也」。又《傳》訓話為善言，《箋》訓然為行，曰：「其出善言而不行之也。」亦通。❹猶，《箋》：「猶謀也。」遠，遠大也。句言所為計慮短淺也。❺管管，《傳》：「無所依也。」按《廣韻》引《傳》曰：「悹悹，憂無所依。」陳啟源、胡承珙等以詩管管，乃悹悹之假借，憂也。句言無聖哲之人，使人心憂也。❻實，忠也。於，《唐石經》作于。亶，音膽，ㄉㄢˇ。《箋》：「誠也。」句言不忠於誠信也。❼句已見上篇。❽難，蘇轍《詩集傳》：「艱難也。」句言天方降艱困於下民也。❾憲憲，《傳》：「猶欣欣也。」猶今語高興、得意也。句言無如此高興也。❿蹶，音貴，ㄍㄨㄟˋ。《傳》：「動也。」變也。謂天方變動其常也。⓫泄，音亦，ㄧˋ。泄泄，《說文・口部》引詩作呭呭，〈言部〉引詩作詍詍，並曰：「多言也。」孟子曰：「泄泄，猶沓沓也。」（〈離婁上〉）《說文》：「沓，言多沓沓也。」是泄泄為多言貌。錢大昕《潛研堂集》、王引之《經義述聞》並有說。⓬辭，言辭也。《箋》：「謂政教也。」蓋指法令而言。輯，《傳》：「和也。」⓭洽，《傳》：「合也。」⓮朱彬《經傳考證》：「懌，與斁同，猶『口無擇言』之擇，敗也。莫，如『求民之莫』，亦與瘼通，病也。蓋輯與懌相反，洽與莫相反。言辭善則民獲益，辭不善則民受其害也。」按《傳》訓懌為悅，

訓莫為定，似不若朱說為允。然懌之通斁，當訓〈周南・葛覃〉「服之無斁」之斁，厭也。⓯異事，《正義》：「異其所職之事。」蓋六卿分職，故言我與爾異其所職也。⓰僚，《傳》：「官也。」同僚，《正義》：「謂同為王官。」猶今言同事也。⓱即，《箋》：「就也。」囂，音遨，ㄠˊ。囂囂，《傳》：「猶謷謷也。」按即〈小雅・車攻〉「選徒囂囂」之囂囂，諠譁聲也。⓲服，即《尚書・說命中》「乃言惟服」之服，行也。⓳芻蕘，《傳》：「薪采者。」《正義》：「謂謀於取芻取蕘之人。……芻者，飼馬牛之草；蕘者，供燃火之草。」句謂古之賢者有言云：有疑事可詢謀於採薪微賤之人，況我為汝之同僚乎。⓴虐，暴虐。言天方降暴虐也。㉑謔謔，蘇轍《詩集傳》：「戲侮也。」言勿如此戲而輕慢之也。㉒老夫，《集傳》：「詩人自稱。」灌灌，《傳》：「猶款款也。」陳奐《傳疏》：「誠懇愷切之意。」㉓小子，見前篇注⓴。蹻，音矯，ㄐㄧㄠˇ。蹻蹻，《傳》：「驕貌。」二句言我老夫誠懇以忠告，汝小子反驕恣而不聽。㉔耄，音貌，ㄇㄠˋ。《傳》：「八十曰耄。」句謂非我言老，意即非我賣老也。㉕用，以也。用憂謔，蘇轍《詩集傳》：「以憂為戲耳。」所謂以憂為戲，即燕巢飛幕，魚游沸鼎也。㉖多，指謔而言。熇，音賀，ㄏㄜˋ。熇熇，《傳》：「熾盛也。」言爾戲謔過多，則憂患將熾盛也。㉗此以病為喻，言憂患既盛，則如病患既深，不可以藥救之也。㉘懠，音寄，ㄐㄧˋ。《傳》：「怒也。」㉙夸，蘇轍《詩集傳》：「大也。」毗，音皮，ㄆㄧˊ。高本漢《詩經注釋》：「無論從比作𣬈、毗、肶，或從毘，作膍，意義都是盛大。所以夸毗是同義複詞，指自尊自大，或誇大。」㉚卒，《箋》：「盡也。」卒迷，盡迷亂也。㉛載，《箋》：「則也。」則尸，言則如尸之不言語也。㉜殿屎，《傳》：「呻吟也。」按《說文》引詩作唸吚，曰：「呻也。」句言民方痛苦呻吟也。㉝葵，《箋》：「揆也。」度也。按此句應是則莫敢葵我之倒文，言則無人敢揆度我，而皆厭棄我矣。㉞蔑，《傳》：「無也。」資，《傳》：「財也。」後人多從之。按資當訓助。句言民死喪禍亂而無助也。㉟惠，愛也。師，《集傳》：「眾也。」句言竟無人施惠於我民眾也。㊱牖，《傳》：「導也。」《正義》：「牖與誘古字通用。」牖民，謂導民使之向善也。㊲如壎如篪，《傳》：「言相和也。」《正義》：

「壎、篪俱是樂器，其聲相和。」以喻民之應天。㊳如璋如圭，《傳》：「言相合也。」《正義》：「半圭為璋，合二璋則成圭。」以喻民之合天。㊴如取如攜，《傳》：「言必從也。」按取、攜皆就天而言。凡人取物攜物，則物必從之。以言「牖民孔易」也。㊵曰，語詞。益，《詩經今注》：「益，借為搤（同扼）。《說文》：『搤，捉也。』」按高氏之說是也。此正言「牖民」，若搤之，則非牖矣。㊶牖民孔易，《正義》：「言上為善政，民必為善，是甚易也。」㊷辟，《集傳》：「邪也。」二句言今民已多邪辟矣，在位者無更自立邪辟以道之也。㊸价，《集傳》：「大也。」朱彬《經傳考證》：「价與介同，大也。此與下文大師、大邦、大宗一例。」按《集傳》訓价為大，是也。价人，即大人，指朝中官吏。卿、大夫、士，皆在其中，與下文「大師」指民眾者相對。朱子謂大德之人，朱彬謂諸侯，馬瑞辰謂善人，高本漢謂偉大之人，皆非是。藩，《傳》：「屏也。」㊹師，《集傳》：「眾也。」大師，大眾，即民眾也。垣，《傳》：「牆也。」㊺大邦，《箋》：「成國諸侯也。」即大國之諸侯也。㊻大宗，《箋》：「王之同姓之適子也。」翰，《傳》：「幹也。」聞一多以為井垣，亦通。㊼懷，謂心中存有也。寧，《箋》：「安也。」此句就天子而言。言王能懷有德惠，則价人、大師、大邦、大宗皆為王之藩、垣、屏，翰，而王室可安。㊽宗子，《箋》：「謂王之適子。」城，較藩、垣、屏、翰為重、為大，且總此四者而會其歸也。㊾俾，使也。斯，高本漢《詩經注釋》訓是。二句言無使城壞，則無畏孤獨也。蓋城壞，則藩垣屏翰皆壞，王乃孤獨矣。㊿敬，謹也，慎也。無敢，《左傳》昭公三十二年引作不敢。戲豫，《傳》：「逸豫也。」陳奐《傳疏》：「豫，樂也。」是戲豫，逸樂也。(51)渝，《箋》：「變也。」(52)馳驅，《傳》：「自恣也。」即馳騁游樂也。(53)曰，語詞。《經傳釋詞》：「曰，猶惟也。」明，清明也。喻世太平也。(54)及，《箋》：「與也。」及爾，即上文「及爾同僚」之及爾，言我與爾也。王，《傳》：「往也。」出往，猶出遊。此言昊天清明之時，我當與爾俱出遊也。(55)旦，《傳》：「明也。」衍，《集韻》：「衍，樂也。」《文選．謝朓．和伏武昌詩》注：「衍，樂也。」按《釋文》作羨，羨亦有樂意。游衍，游樂也。

【詩義・章旨】

〈詩序〉曰：「〈板〉，凡伯刺厲王也。」凡伯固為厲王之舊動，然是否作為此詩，詩無明文可考。〈序〉說不知何據。《集傳》曰：「今考其意，亦與前篇相類，蓋責之益深切耳。」觀詩曰：「我雖異事，及爾同僚。我即爾謀，聽我囂囂。」又曰：「老夫灌灌，小子蹻蹻，匪我言耄，爾用憂謔。」皆同列之詞，知朱子之說是也。

全詩八章，每章八句。首章「出話不然，為猶不遠」，乃一詩之綱領。詩人所以作此詩以諫者，厥在「猶之未遠」也。實則話亦猶也，猶亦話也。二者一而已矣。下文曰辭、曰謀、曰言，皆話也，猶也，惟異其辭耳。二章「辭之輯矣」四句，乃承上章話、猶而來。辭輯民洽，是為話然，猶遠；辭懌民莫，則是話不然，猶不遠也。三章「我即爾謀」，乃詩人為之謀猶，「我言維服」，言其謀之特點惟能行而已。此即「話然」也。四章以下，皆詩人為之謀者。四、五章先勸其「無然謔謔」，「無為夸毗」，先自明德，而後新民，此為政之序也。六章言牖民之方，在攜而無搤，如此則上下一體，如壎篪之和洽矣。七章為全詩最吃緊處，鳥瞰國家結構，分析最要形勢，而歸結於「懷德維寧，宗子維城」二語。說者皆謂懷德一詞，意在諫王，竊意以為此詩人勸其同列，為之謀猶之關鍵，亦治國之本也。藩、垣、屏、翰、城，有德則固，無德則毀，雖有兵革之利，山蹊之險，亦無如之何也。末章告之方今天怒天渝，正宜修德；及天明天旦，當與爾共樂也。

此篇與上篇〈民勞〉，無論就其文字、內容而觀，似皆出於一人之手，其目的皆在「是用大諫」，而所規諫者似亦為一人——小子，故當合而觀之以互相發明也。

蕩之什

一、蕩

蕩蕩上帝[1]，下民之辟[2]。疾威[3]上帝，其命多辟[4]。天生烝[5]民，其命匪諶[6]。靡不有初，鮮克有終[7]。

文王曰：「咨[8]！咨女殷商[9]。曾是彊禦[10]，曾是掊克[11]；曾是在位[12]，曾是在服[13]。天降滔德[14]，女興是力[15]。

文王曰：「咨！咨女殷商。而秉義類[16]，彊禦多懟[17]。流言以對[18]，寇攘式內[19]。侯作侯祝[20]，靡屆靡究[21]。

文王曰：「咨！咨女殷商。女炰烋[22]于中國，斂怨以為德[23]。不明爾德[24]，時無背無側[25]；爾德不明，以無陪無卿[26]。

文王曰：「咨！咨女殷商。天不湎[27]爾以酒，不義從式[28]。既愆爾止[29]，靡明靡晦[30]。式號式呼，俾晝作夜[31]。

文王曰：「咨！咨女殷商。如蜩如螗[32]，如沸如羹[33]。小大近喪[34]，人尚乎由行[35]。內奰[36]于中國，覃及鬼方[37]。

文王曰：「咨！咨女殷商。匪上帝不時㊳，殷不用舊㊴。雖無老成人㊵，尚有典刑㊶。曾是莫聽㊷，大命以傾㊸。

文王曰：「咨！咨女殷商。人亦有言：『顛沛之揭㊹，枝葉未有害，本實先撥㊺。』殷鑒不遠，在夏后之世㊻！」

【注釋】

❶蕩蕩，《正義》：「蕩蕩是廣平之名。」歐陽脩《詩本義》：「蕩蕩，廣大也。」上帝，《傳》：「以託君王也。」❷辟，音必，ㄅㄧˋ。《傳》：「君也。」❸疾威，《集傳》：「猶暴虐也。」見〈小雅・爾無正〉及〈小旻〉。❹辟，音僻，ㄆㄧˋ。《箋》：「邪辟也。」❺烝，《箋》：「眾也。」❻命，指天命。諶，音塵，ㄔㄣˊ。《集傳》：「信也。」言天命不可信賴也。❼鮮，少也。《集傳》：「其降命之初無有不善，而人少能以善道自終。」按此二句實指在位者而言。謂在位者受天命初創之時，無不興盛；而鮮少能善其終也。❽咨，歎詞。《傳》：「嗟也。」❾殷商，《集傳》：「紂也。」殷商並舉，猶荊楚連稱。❿曾，《經傳釋詞》：「乃也，則也。」彊禦，《傳》：「彊梁禦善也。」陳奐《傳疏》：「禦善即彊梁。彊與禦，猶掊與克，雖分釋而皆同義。」是彊禦即彊橫、彊梁也。⓫掊，音抔，ㄆㄡˊ。掊克，《傳》：「自伐而好勝人也。」《正義》：「自伐釋掊，好勝人解克。」陳奐《傳疏》：「自伐、勝人，二義實一意也。」按《釋文》：「掊克，聚斂也。」以掊為裒之假借。《集傳》：「掊克，聚斂之臣也。」義似稍遜。⓬在位，《箋》：「處位也。」謂處高位也。⓭服，《集傳》：「事也。」在服，執其職事也。⓮滔，《傳》：「慢也。」《毛詩傳箋通釋》：「滔，通作慆。」滔德，倨慢不恭之德也。按滔而曰德，猶言凶德。即指上彊禦、掊克也。⓯興，《集傳》：「起也。」句言女勉力興起之（滔德）也。此

數句謂汝曾是強禦之人，曾是在位之人，曾是在職之人，天降與汝凶德，汝竟力行之。⑯而，《集傳》：「而，亦女也。」義類，《箋》：「義之言宜也。類，善也。」陳奐《傳疏》：「義、類皆善也。」⑰對，音對，ㄉㄨㄟˋ。《集傳》：「怨也。」強橫則多怨懟也。⑱流言，《集傳》：「浮浪不根之言也。」對，答也。⑲寇攘，《箋》：「寇盜，攘竊，為姦宄者。」式，語詞。內，朱彬《經傳考證》：「內、入，古通用。」句言盜竊因入而用事於內。⑳侯，《箋》：「維也。」作，音祖，ㄗㄨˇ。《傳》：「作、祝，詛也。」《釋文》：「作，本亦作詛。」按凡《詩》複字句，其相異二字義必相近。故作、祝二字，《傳》並訓詛也。高本漢訓作為起，與祝義遠隔，誤矣。㉑屆，《傳》：「極也。」究，《傳》：「窮也。」靡屆靡究，即無盡無止也。㉒炰，音袍，ㄆㄠˊ。烋，音消，ㄒㄧㄠ。炰烋，《箋》：「自矜氣健之貌。」按《文選・魏都賦》注引詩作咆烋，曰：「猶咆哮也。」謂人暴怒也。㉓斂，《箋》：「聚也。」言聚斂人之怨恨以為己之美德，即《集傳》所謂「多為可怨之事，而反自以為德也」。㉔明，《正義》：「光明也。」言不能修明爾之德也。㉕時，是也，則也。無背無側，《正義》：「背後無良臣，傍側無賢人也。」㉖無陪無卿，《傳》：「陪貳也，卿士也。」言無陪貳無卿士以為輔弼。即朱子所謂「前後左右公卿之臣，皆不稱其官，如無人也」。㉗湎，音勉，ㄇㄧㄢˇ。《說文》：「湎，湛於酒也。」蘇轍《詩集傳》：「湎，沉湎也。」㉘式，《箋》：「法也。」不義從式，乃從式不義之倒文。言天未使爾沉湎於酒，效行不義也。按《集傳》訓式為用，然《詩》中式為用義者皆語詞，無作動詞者。㉙愆，《箋》：「過也。」止，蘇轍《詩集傳》：「容止也。」㉚明、晦，即下文之晝夜也。句言既敗壞爾之威儀容止，又無日無夜，無有止息也。㉛式，語詞。式號式呼，即〈小雅・賓之初筵〉「載號載呶」，謂叫號諠譁也。俾，《傳》：「使也。」式號式呼，承上既愆爾止；俾晝作夜，承上靡明靡晦。㉜蜩，《傳》：「蟬也。」螗，《傳》：「蝘也。」陸機《疏》：「螗，蟬之大而黑色者。」㉝沸，沸水也。羹，今謂之湯也。言如水之沸，如羹之方熟也。《集傳》：「如蜩鳴，如沸羹，皆亂意也。」按蜩螗言其亂聲，沸羹言其亂象。皆狀其亂也。㉞小大，《詩經詮釋》：「猶言老少也。」近，《集傳》：「幾也。」言民之老少幾於喪亡矣。㉟人，即〈假樂〉「宜民宜人」之人，謂在位者也。尚，《集傳》：「尚且也。」由行，《集傳》：「由此而行，不知變也。」句言民之老少已瀕於死亡，而在位者仍舊由此而行，不改其惡也。㊱奰，音必，ㄅㄧˋ。《傳》：「怒也。」㊲覃，音談，ㄊㄢˊ。《正義》：「延也。」鬼方，殷周間稱匈奴為鬼方。見〈小雅・采薇〉注❻。二句言內則國人怨怒，外則延及於鬼方。自近及遠，自中國至夷狄，無不怨怒也。㊳時，《毛詩傳箋通釋》：「善也。」㊴舊，《箋》：「先王之故法也。」㊵老成人，《正義》：「年老成德之人。」《集傳》：「舊臣也。」㊶典型，《集傳》：「舊法也。」《毛詩會箋》：「典者先王之典章，型者先王之法度。」㊷曾是莫聽，《集傳》：「乃無能聽用之者。」㊸大命，《詩記》：「國命也。」即天所與之命也。句言國家因而傾覆也。㊹顛沛，《傳》：「顛，仆。沛，拔也。」言木倒也。揭，《集傳》：「本根蹶起之貌。」句言樹木本根蹶起而將傾倒時。㊺撥，《箋》：「絕也。」句言枝葉並未敗壞，而樹根實已先絕，然後此木乃相隨而顛沛爾。㊻鑒，《箋》：「明鏡也。」夏后，《集傳》：「桀也。」句言殷人之借鏡並不在遠，即在夏后之世也。即夏后之亡，足為殷之鑒戒也。

【詩義・章旨】

〈詩序〉曰：「〈蕩〉，召穆公傷周室大壞也。厲王無道，天下蕩蕩，無綱紀文章，故作是詩也。」後世說《詩》者多從之。即反〈序〉最烈者如朱子，亦僅於《辨說》中引蘇氏之說，謂其「蕩蕩」一詞，不合詩意，而於其大旨，固無疑也。嚴粲《詩緝》曰：「此詩託言文王歎商，特借秦為喻耳。」姚際恆氏亦如是觀，足見〈序〉說未可輕疑也。王靜芝先生《詩經通釋》謂：「〈序〉說無據，以此詩當作於周之衰世。」揆其意當指幽王之世。然幽王闇弱，所用皆佞幸、柔弱之徒，與厲王所用皆彊禦掊克、剛暴之徒者不同，此點魏源《詩序集義》固已言之矣。故仍應從〈序〉說為是。

全詩八章，每章八句。首章總冒全篇，下七章皆言「文王」，此章不言者，孔氏《正義》曰：「以諸章皆言『文王曰咨』，此獨不然者，見實非殷商之事，故于章首不言文王以起發其意也。」同一上帝，而有「蕩蕩」、「疾威」之變，故「其命匪諶」也。二章以下，皆以「文王曰咨，咨女殷商」二句發端，固是「借秦為喻」，亦以厲王監謗，不敢直刺也。三至六句，明是「彊禦在位，掊克在服」二句，詩人析為四句，以凸顯其暴虐也。末語「女興是力」，特為吃重。足見禍由人生，非由上帝也。以下六章，皆述此意。三章述寇攘之臣入內主事，已成氣候，王秉義類，反遭排斥。四章述王斂怨以為德，於是朝中無輔弼之臣也。五章述殷紂湛湎于酒，厲王當亦有此疾也。六章言對王之怨怒不僅現於中國，亦延及夷狄也。「如蜩如螗，如沸如羹」，如聞亂聲，如見亂象，詩人之造語亦奇矣。七章「匪上帝不時」乃回應首章之語。又言殷不由舊章，終於傾覆。晨鐘暮鼓，實發人深省。末章以傾木為喻，事近而義遠。末二句「殷鑒不遠，在夏后之世」，為千古警語，亦為詩人作此詩之本心也。《書・召誥》曰：「我不可不監于有夏，亦不可不監于有殷。」祖孫忠諫，先後耀輝。

二、抑

抑抑❶威儀，維德之隅❷。人亦有言：「靡哲不愚❸。」庶人之愚，亦職維疾❹；哲人之愚，亦維斯戾❺。

無競維人❻，四方其訓❼之；有覺❽德行，四國順之。訏謨定命❾，遠猶辰告❿。敬慎威儀，維民之則⓫。

其在于今，興迷亂于政⓬。顛覆⓭厥德，荒湛于酒⓮。女雖湛樂從⓯，弗念厥紹⓰，罔敷求先王⑰，克共明刑⑱。

肆皇天弗尚⑲，如彼泉流，無淪胥以亡⑳。夙興夜寐㉑，洒掃庭內㉒，維民之章㉓。脩爾車馬，弓矢戎兵㉔，用戒戎作㉕，用逷蠻方㉖。

質爾人民㉗，謹爾侯度㉘，用戒不虞㉙。慎爾出話，敬爾威儀，無不柔嘉㉚。白圭之玷㉛，尚可磨也；斯言之玷，不可為也㉜。

無易由言㉝，無曰苟㉞矣，莫捫朕舌㉟，言不可逝矣㊱。無言不讎，無德不報㊲。惠于朋友，庶民小子。子孫繩繩㊳，萬民靡不承㊴。

視㊵爾友君子，輯柔爾顏㊶，不遐有愆㊷。相在爾室，尚不愧于屋漏㊸。無曰：「不顯，莫予云覯㊹。」神之格思㊺，不可度思㊻，矧可射思㊼？

辟爾為德㊽，俾臧俾嘉。淑慎爾止㊾，不愆于儀㊿。不僭不賊，鮮不為則(51)。投我以桃，報之以李(52)。彼童而角，實虹小子(53)。

荏染柔木(54)，言緡之絲(55)。溫溫恭人，維德之基(56)。其維哲人，告之話言(57)，順德之行(58)。其維愚人，覆謂我僭(59)，民各有心。

於乎小子，未知臧否(60)。匪手攜之，言示之事(61)，匪面命之，言提其耳(62)。借曰未知(63)，亦既抱子(64)。民之靡盈(65)，誰夙知而莫成(66)。

昊天孔昭，我生靡樂(67)。視爾夢夢(68)，我心慘慘(69)。誨爾諄諄(70)，聽我藐藐(71)。匪用為教，覆用為虐[72]。借曰未知，亦聿既耄[73]。

於乎小子，告爾舊止[74]。聽用我謀，庶無大悔[75]。天方艱難，曰喪厥國[76]。取譬不遠，昊天不忒[77]。回遹其德[78]，俾民大棘[79]。

【注釋】

❶抑抑，美也。見〈小雅・賓之初筵〉注[33]。❷維德之隅，《傳》：「隅，廉也。」廉隅方正，故隅引申有方正之意。按《隸釋・劉熊碑》作「惟德之隅」。威儀者，德之外現也。德與威儀，若相偶焉。故作「偶」亦通。❸哲，《集傳》：「知也。」即智者。愚，《箋》：「佯愚。」《正義》：「佯為愚人也。」即俗語裝傻也。句即《論語・公冶長》「邦無道則愚」之意。❹亦，語詞。職，王引之《經義述聞》曰：「職、直，古字通。」（見「爰得我直」條）直，但也，只也。維，為也。二句言眾人之愚，只是其疾病而已。❺戾，《集傳》：「反也。」即乖戾也。句言哲人之愚，則是乖違其常矣。❻競，《箋》：「彊也。」無競，嚴粲《詩緝》：「無競者，莫強也。孟子云：『晉國，天下莫強焉。』《經》中言『無競』，皆同。」按屈萬里先生《書傭論學集・詩三百篇成語零拾》說之尤詳。維，猶〈周南・葛覃〉「維葉萋萋」之維，其也。句言其人（之德）無可與之競爭者。參見〈周頌・執競〉注❷。❼訓，《箋》：「順從也。」《詩本義》：「服從也。」按《左傳》哀公二十六年引作順。❽覺，《箋》：「大也。」❾訏，《傳》：「大也。」謨，《傳》：「謀也。」命，即前篇「大命以傾」之大命，指國命也。句言大謀安定國之命運也。❿遠猶，即上文訏謨，易字而已。辰，《傳》：「時也。」句言遠謀以時而告，即《箋》所謂「正月始和，布政于邦國都鄙」是也。⓫則，《箋》：「法也。」句言慎其威儀，以為人民之典範也。⓬興，俞樾《群經平議》：「興與舉同義，《廣雅・釋詁》：『興，舉也。』舉，皆也。舉迷亂于政，

言皆迷亂于政也。」⓭顛覆，《箋》：「傾敗也。」即敗壞也。⓮荒，即《管子・戒》「從樂而不及者謂之荒」之荒，與湛義同。荒湛，耽樂也。句言沉湎于酒也。⓯雖，陳奐《傳疏》：「《釋詞》云：『雖，維也。』古雖、維聲通。《書・無逸》篇云：『惟耽樂之從。』文義正與此同。」湛樂，即〈無逸〉之耽樂。句言惟追求耽樂也。⓰紹，《傳》：「繼也。」謂繼承先人之業也。⓱罔，《箋》：「無也。」敷，《箋》：「廣也。」即普也。句言不普求先王之道。⓲共，《詩緝》：「王氏音恭。」即恭敬也。刑，《傳》：「法也。」此承上句言不能恭敬先王之明法也。⓳肆，發語詞。尚，《經義述聞》：「《爾雅》：『尚，右也。』右與祐通，言皇天不右助之也。」⓴二句言無如彼泉流，相率以敗亡也。參見〈小雅・小旻〉注㉗。㉑句見〈衛風・氓〉。㉒庭內，本指中庭與內室（見〈唐風・山有樞〉注❽），此處隱指朝廷之中。《正義》：「假庭內不掃，以見職事不理耳。」《詩緝》：「李氏曰：只是修潔其朝廷耳。」㉓章，《傳》：「表也。」猶今語表率也。㉔戎兵，兵器也。戎，亦兵也。㉕用，以也。戒，《箋》：「備也。」戎，《箋》：「兵事也。」作，《箋》：「起也。」言以防備戰事興起也。㉖逷，音替，ㄊㄧˋ。《傳》：「遠也。」《箋》：「逷，當作剔。剔，治也。」按二說皆可通，《箋》義似較長。蠻方，蠻夷之邦也。㉗質，《詩本義》：「定也。」按《傳》訓成，〈緜〉《傳》：「成，平也。」平亦定也。人民，《正義》作民人。按《詩》例作民人，〈桑柔〉「民人所瞻」、〈瞻卬〉「人有民人」是也。《說苑》等書引詩亦作民人（見阮氏《校刊記》），可證。㉘侯度，諸侯之法度也。句言謹慎汝諸侯之法度也。㉙虞，《集傳》：「慮也。」不虞，不可測之事，即今語意外也。㉚柔嘉，《傳》：「柔，安。嘉，善也。」按安亦善也。㉛玷，音店，ㄉㄧㄢˋ。《傳》：「缺也。」即斑點。㉜為，作為也。句言白圭有污點，尚可磨去之；斯言一出，如有錯失，則無可作為矣。㉝由，《箋》：「於也。」言無輕易於出言，以免差失也。參見〈小雅・小弁〉注㊸。㉞苟，《箋》：「苟且也。」猶今語隨便也。㉟莫，無人也。捫，音門，ㄇㄣˊ。《傳》：「持也。」朕，《正義》：「〈釋詁〉云：『朕，我也。』自周以前，朕為通言。」㊱逝，《箋》：「往也。」蘇轍《詩集傳》：「發也。」二句謂雖無人執持我之舌，然言亦不可妄發，蓋發則必報也。俞樾訓逝為及，謂駟不及舌。恐詩無此義。㊲讎，《正義》：「相對謂之讎。」《集傳》：「讎，答也。」二句謂無有出言而人不讎答者，無有施惠而人不回報者。謂出則必有應也。㊳繩繩，見〈周南・螽斯〉注❺。㊴承，《箋》：「承順也。」㊵視，看待也。㊶輯，《傳》：「和也。」二句言和柔爾之容顏，以對待爾之友人君子也。倒句以協韻耳。㊷不遐，不至也。見〈周南・汝墳〉注❼。愆，《正義》：「罪過也。」言不至於有過錯也。㊸相，《集傳》：「視也。」尚，《集傳》：「庶幾也。」希冀之詞。屋漏，《爾雅・釋宮》：「西北隅謂之屋漏。」《傳》同。謂幽暗之處也。句言視爾在爾之室，雖屋漏幽暗之處，亦必恭謹，庶幾無愧也。㊹云，是也。覯，《箋》：「見也。」言爾無曰：「此處幽暗不明，無人可見我也。」㊺格，《箋》：「至也。」思，《詩記》：「語辭也。」㊻度，音墮，ㄉㄨㄛˋ。《集傳》：「測也。」即測知也。㊼矧，《箋》：「況也。」射，音亦，ㄧˋ。《箋》：「厭也。」三句言神何時降臨，不可測知，豈可厭棄而忽修德之事乎？㊽辟，《箋》：「法也。」言人民法爾以為德也。㊾止，《箋》：「容止也。」㊿儀，《箋》：「威儀也。」言汝當善慎汝之容止，以無損于汝之威儀也。(51)僭，音賤，ㄐㄧㄢˋ。《傳》：「差也。」賊，《箋》：「殘賊也。」按僭為差錯，賊為殘害，二字義近。二句謂無過錯、不害人，則鮮少不為人之楷模也。(52)句言凡有恩於我者，我必善報之也。(53)童，《傳》：「羊之無角者也。」參見〈小雅・賓之初筵〉注㊿。虹，《傳》：「潰也。」即亂也。言彼謂童羊而有角者，皆欺詐之人，實亂汝小子也。(54)荏染柔木，句見〈小雅・巧言〉。(55)緡，音民，ㄇㄧㄣˊ。《傳》：「被也。」《集傳》：「緡，綸也。被之綸以為弓也。」《毛詩傳箋通釋》：「言緡之絲，當謂是琴瑟之弦。」(56)溫溫恭人，句見〈小雅・小宛〉。基，本也。句言荏染柔木，乃琴瑟之質；溫溫恭人，乃德行之本。(57)話言，《傳》：「古之善言也。」(58)之，《詩經評釋》：「猶而也。」句言順德而行也。(59)覆，《箋》：「猶反也。」僭，《箋》：「不信也。」言反謂我不誠實也。此言人各有其心也。(60)於乎，即嗚呼，歎詞。否，音痞，ㄆㄧˇ。臧否，《釋文》：「臧，善也。否，惡也。」(61)二句言我非但以手提攜之，且指示其事以證驗之。

所謂百聞不如一見也。62二句言我非但當面教誨之，且提撕其耳以告之。言喻之懇切而詳盡也。63借，《傳》：「假也。」《箋》：「假令也。」言假如汝曰：不知。64言汝已抱子而為人父，非幼童也。65靡盈，《詩本義》：「不自滿也。」66夙，早也。莫，《傳》：「晚也。」夙知莫成，言其成之速也。句言人如不自滿自溢，誰能早知而晚即有成？蓋進學修德，真積力久則入，豈有速成哉！67孔昭，《箋》：「甚明也。」二句言昊天甚明察，故我之生不敢逸樂也。68夢夢，《正義》：「孫炎曰：昏昏之亂也。」69慘慘，《傳》：「憂不樂也。」70諄，音肫，ㄓㄨㄣ。諄諄，《集傳》：「詳熟也。」《詩經詮釋》：「告曉懇切之貌。」71藐藐，《集傳》：「忽略貌。」72用，以也。覆，《箋》：「反也。」虐，《毛詩傳箋通釋》：「虐之言謔也。」二句言不以我言為教誨，而反以為戲謔也。73耄，《傳》：「老也。」二語謂假如汝曰：不知，則汝可謂已老耄矣。按上文曰「亦既抱子」，則其人並未老耄，故不得曰未知也。74舊，《集傳》：「舊，舊章也。」止，《箋》：「辭也。」75庶，《箋》：「幸也。」悔，《箋》：「恨也。」罪咎也。76曰，語詞。《釋文》：「《韓詩》作聿。」二句言天方降災難，將喪其國矣。77忒，音特，ㄊㄜˋ。《集傳》：「差也。」句言天之報施無差忒也。78遹，音玉，ㄩˋ。回遹，邪僻也。見〈小雅・小旻〉注3。79棘，《箋》：「困急也。」參見〈小雅・采薇〉注31。

【詩義・章旨】

〈詩序〉曰：「〈抑〉，衛武公刺厲王，亦以自警也。」朱子《辨說》謂其「曰刺厲王者失之，而曰自警者得之」，並各舉五事以證明之。清姚際恆《通論》又以朱子之說為非，而其意正與朱子相反，亦各舉五事以為證，並斥朱子「是非顛倒，黑白互錯」。方玉潤《原始》又駁斥姚說，而以朱子之說為是。自此以下，說《詩》者或從〈序〉，或從朱，或從姚。是非迄不能定，而紛爭至今不絕。

考〈詩序〉說《詩》，三百五篇，絕無兩歧之說，獨此篇例外。其云「刺厲王」者，乃據詩文及前後篇以為斷，此正其一貫說《詩》之模式。其云「亦以自警」者，則受《國語》之影響。《國語・楚語上》曰：「昔衛武公年數九十有五矣，猶箴儆於國……於是乎作〈懿戒〉以自儆也。」〈詩序〉作者以《國語》所記，與此詩有關，遂取以為說，故既曰「刺厲王」，又曰「自警」也。及至韋昭注《國語》，又引以為證；後人說《詩》，又引韋注以為證。〈懿戒〉之文，莫之能覩，終致此糾葛千古難解矣。

竊意以為武公〈懿戒〉與此詩毫無關連，此點姚際恆氏已舉五證，論之頗詳。今再舉三證如下：一、名稱不同。《國語》曰：「衛武公……於是乎作〈懿戒〉以自儆。」「懿戒」二字無論為書名（據韋注：「三君云：懿戒，書也。」）抑為篇名，其為專名無疑。「戒」非動詞，故不可以單稱「懿」。而詩之名〈抑〉，乃取於首句「抑抑威儀」，猶之〈板〉篇取名於首句「上帝板板」，〈蕩〉篇取名於首句「蕩蕩上帝」也。詩中既無「懿」字，亦無「懿戒」一詞，若無《國語》之文，詩與〈懿戒〉可謂風馬牛而不相及。二、人稱不一。衛武公作〈懿戒〉既在「自警」，則其人稱當用「我」字，以符「自警」之旨；即或用「爾」字，亦應全篇一致。而此詩「爾」、「我」並用，《集傳》謂：「汝，武公使人誦詩而命己之辭也。」然則「我」又何指？既使人誦之，則誦者任何人皆可，用「我」何為？三、身分不倫。武公一諸侯耳，雖為卿士，亦天子之臣也。而曰「四方其訓之」、「四國順之」、「罔敷求先王」，可乎？武公作〈懿戒〉時，年已九十有五，而曰「於乎小子」，曰「借曰未知，亦既抱子」，又可乎？而今人說《詩》，猶謂此詩為武公自警，其誤也明矣。

然則此為「刺厲王」之詩？曰：否。此不僅非刺厲王之詩，亦非刺王之詩。何以知之？蓋以詩曰「於乎小子」也。夫「小子」一詞，《尚書》中多矣，而未有以之稱天子者。此不僅非刺王之詩，亦非刺詩。詩曰：「質爾人民，謹爾侯度。」「慎爾出話，敬爾威儀。」「無易由言，無曰苟矣。」「淑慎爾止，不愆于儀。」「告爾舊止，聽用我謀，庶無大悔。」凡此，皆告誡之語，非刺語也。此詩當與〈民勞〉、〈板〉篇相同，亦告誡同僚之詩。〈民勞〉曰：「戎雖小子。」〈板〉曰：「小子蹻蹻。」而此詩三言「小子」，此為堅強證明。不僅此也，〈民勞〉曰：「以綏四方。」「以綏四國。」此詩曰：「四方其訓之。」「四國順之。」〈民勞〉曰：「敬慎威儀，以近有德。」此詩曰：「敬慎威儀，維民之則。」〈板〉曰：「猶之未遠。」此曰：「遠猶辰告。」〈板〉曰：「我即爾謀。」此曰：「聽用我謀。」〈板〉曰：「天之方難。」此曰：「天方艱難。」凡此，皆足以證明此三詩所寫者為一事，所告誡者為一人，即「小子」是也。〈詩序〉作者既取《國語》「自儆」之說，而猶謂「刺厲王」者，即以此也（前二篇〈序〉亦以刺厲王）。

全詩十二章，前三章每章八句，後九章每章十句。首章首二句「抑抑威儀，維德之隅」，為一詩之綱領。下文凡七言德，三言儀，皆從此二句出。二章言「訏謨定命，遠猶辰告」，皆以德為本，蓋有德此有言也。三章言今之亂政敗德。四章言修德應自「夙興夜寐，洒掃庭內」始，庶能為民之表章；修車馬弓矢，則能「用逷蠻方」也。此正所謂德施於內而威加於外也。五章言「慎爾出話，敬爾威儀」，即孔子答子張干祿之慎言慎行。白圭之玷，斯言之玷，即行悔言尤也。六章仍申慎言修德之義。七章言修德之道，在於不愧屋漏，即〈中庸〉所謂「慎獨」也。八章言修德慎止，乃為民則。九章哲人、愚人，乃呼應首章之文。十章寫告誡叮嚀之懇切。十一章重述上章之義。末章言「聽用我謀，庶無大悔」，正示其謀乃訏謨、遠猶也。若不能聽用，則民受大困，君臣亦淪胥以亡也。全詩反覆叮嚀告誡者，厥在敬、謹、慎、戒、修其德，俾無愆、愧、悔、棘、迷、亂而已。看似老生常談，實為千古不易之理，故彌足珍貴也。

三、桑　柔

菀彼桑柔❶，其下侯旬❷。捋采其劉❸，瘼此下民❹。不殄❺心憂，倉兄填兮❻。倬❼彼昊天，寧不我矜❽。

四牡騤騤[9]，旟旐有翩[10]。亂生不夷[11]，靡國不泯[12]。民靡有黎[13]，具禍以燼[14]。於乎[15]有哀，國步斯頻[16]。

國步滅資[17]，天不我將[18]。靡所止疑[19]，云徂何往[20]。君子實維[21]，秉心無競[22]。誰生厲階[23]，至今為梗[24]。

憂心慇慇，念我土宇[25]。我生不辰[26]，逢天僤怒[27]。自西徂東，靡所定處[28]。多我覯痻[29]，孔棘我圉[30]。

為謀為毖[31]，亂況斯削[32]。告爾憂恤[33]，誨爾序爵[34]。誰能執熱[35]，逝不以濯[36]。其何能淑？載胥及溺[37]。

如彼遡風[38]，亦孔之僾[39]。民有肅心[40]，荓云不逮[41]。好是稼穡，力民代食[42]。稼穡維寶，代食維好[43]。

天降喪亂，滅我立王[44]。降此蟊賊[45]，稼穡卒痒[46]。哀恫中國，具贅卒荒[47]。靡有旅力[48]，以念穹蒼[49]。

維此惠君[50]，民人所瞻。秉心宣猶[51]，考慎其相[52]。維彼不順，自獨俾臧[53]。自有肺腸[54]，俾民卒狂[55]。

瞻彼中林，甡甡[56]其鹿。朋友已譖[57]，不胥以穀[58]。人亦有言：「進退維谷[59]。」

維此聖人，瞻言百里[60]；維彼愚人，覆狂以喜[61]。匪言不能，胡斯畏忌[62]。

維此良人，弗求弗迪63；維彼忍心，是顧是復64。民之貪亂，寧為荼毒65！
大風有隧66，有空大谷67。維此良人，作為式穀68；維彼不順，征以中垢69。
大風有隧，貪人敗類70。聽言則對71，誦言如醉72。匪用其良，覆俾我悖73。
嗟爾朋友，予豈不知而作74？如彼飛蟲75，時亦弋獲76。既之陰77女，反予來赫78。
民之罔極，職涼善背79。為民不利，如云不克80，民之回遹81，職競用力82。
民之未戾83，職盜為寇84。涼曰不可，覆背善詈85。雖曰匪予，既作爾歌86。

【注釋】

❶菀，《傳》：「茂貌。」參見〈小雅・正月〉注36。桑柔，《箋》：「桑之柔濡。」按桑柔，即〈豳風・七月〉之柔桑，謂嫩桑也，倒文以協韻耳。❷侯，維也。旬，《傳》：「言陰均也。」陳奐《傳疏》：「古旬聲、勻聲通。」陰均，即蔭翳普徧也。❸捋，見〈周南・芣苢〉注❻。劉，《傳》：「爆爍而希也。」按爆爍，即剝落，謂雕殘、雕落也。其劉，猶劉然，剝落貌。句言捋采之則其葉剝落而無蔭翳矣。❹瘼，《傳》：「病也。」下民，《正義》：「其下所息之民。」按意指民眾也。❺殄，《箋》：「絕也。」❻倉，音愴，ㄔㄨㄤˋ。兄，音況，ㄎㄨㄤˋ。倉兄，《集傳》：「與愴怳同，悲憫之意也。」按《廣韻》：「愴怳，失意貌。」填，《集傳》：「疑與瘨字同，為病之義。」二句言我心憂傷不止，悵恨失意而至於病也。❼倬，大也。前已數見。❽矜，憐也。見〈小雅・鴻鴈〉注❺。❾騤騤，見〈小雅・采薇〉注24。❿旟旐，九旗之一。見〈小雅・出車〉注❼。有翩，猶翩然，翩翩也。陳奐《傳疏》：「動搖不止息也。」⓫夷，《傳》：「平也。」即止也。⓬泯，音敏，ㄇㄧㄣˇ。《經義述

聞》：「亂也。」句言無國不亂也。⓭黎，《詩緝》：「眾也。」句言禍亂不止，民死喪殆盡，所餘不多也。⓮具，《箋》：「猶俱也。」燼，《箋》：「災餘曰燼。」《說文》作㶳，曰：「火餘也。」句言俱災禍之餘也。⓯於乎，即嗚呼。已見前篇。⓰步，《集傳》：「猶運也。」頻，《傳》：「急也。」《集傳》：「急蹙也。」國步斯頻，猶〈小雅・白華〉「天步艱難」也。⓱蔑資，無助也。見〈板〉注㉞。句言國運日蹙而無助也。⓲將，《箋》：「猶養也。」⓳疑，《傳》：「定也。」按《爾雅・釋言》：「疑，戾也。」又〈釋詁〉：「戾，止也。」《傳》訓定，定亦戾、止也。靡所止疑，即〈小雅・雨無正〉之「靡所止戾」，皆謂無處止息也。⓴云，語詞。徂，《集傳》：「亦往也。」句言欲去則何往乎？意謂無安身之所也。㉑君子，《箋》：「謂諸侯及卿大夫也。」即當政者。實維，即實為、實是也。《詩》中常語。君子實維，即實維君子之倒文。㉒無競，莫強也。見〈抑〉注❻。二句言實維朝中君子，秉心過強也。㉓厲，《傳》：「惡也。」即指災亂也。厲階，進於惡之階梯，即禍根、禍端也。㉔梗，《傳》：「病也。」二句言誰製造此禍端？至今猶為病害也。㉕土宇，國土也。見〈卷阿〉注❽。㉖辰，《箋》：「時也。」句言我生不逢時也。㉗僤，音但，ㄉㄢˋ。《傳》：「厚也。」僤怒，盛怒也。㉘定處，猶上文「止疑」也。㉙痻，音昏，ㄏㄨㄣ。《箋》：「病也。」句言我所遭遇之病苦極多也。㉚棘，《集傳》：「急也。」圉，音宇，ㄩˇ。《傳》：「垂也。」即邊垂、邊疆也。句言我之邊疆甚急也，謂禍亂日深也。㉛毖，音必，ㄅㄧˋ。《傳》：「慎也。」㉜亂況，《毛詩傳箋通釋》：「猶亂狀也。」削，《毛詩傳箋通釋》：「猶殺也。」言在上者如善其謀，慎其事，亂況斯能減削也。㉝恤，《箋》：「亦憂也。」按恤為名詞。憂恤，謂憂其可憂之事也。㉞序爵，《箋》：「次序賢能之爵。」㉟執熱，《毛詩傳箋通釋》：「執熱，即治熱，亦即救熱。」按《箋》訓「手持熱物」，與下文「逝不以濯」義不能貫。㊱逝，發語詞。見〈魏風・碩鼠〉注❺。濯，《傳》：「所以救熱也。」按段玉裁《經韻樓集・詩執熱解》：「濯訓滌。沐以濯髮，浴以濯身，洗以濯足，皆得云濯。」救熱用濯，喻救亂用賢、用謀也。㊲淑，《箋》：「善也。」胥，《箋》：「相也。」溺，溺於水，以喻喪亡也。

二句言不然其將何能善乎？則惟有相與沉溺而已。㊳遡，音素，ㄙㄨˋ。《傳》：「鄉也。」遡風，逆風也。㊴僾，音愛，ㄞˋ。《傳》：「唈也。」《箋》：「不能息也。」謂風唈人氣，使人不能喘息也。㊵肅，《箋》：「進也。」肅心，《箋》：「進於善道之心。」㊶荓，音乒，ㄆㄧㄥ。《傳》：「使也。」云，《古書虛字集釋》：「云，猶其也。」按《經傳釋詞》訓或，然此云字在動詞之下，恐非語詞。逮，及也。句言民有向善之心，使其不能達目的也。㊷力民，《毛詩傳箋通釋》：「斂民之賦稅為力民。」代食，代民食之也。二句言在位者愛好此稼穡，於是聚斂人民以為賦稅而代人民食之也。㊸代食，「力民代食」之省文。句言在位者唯以稼穡為寶，而以聚斂人民代民而食為好也。（治政者當以賢人為寶，而以輕稅薄斂為好也）㊹立王，《集傳》：「所立之王。」滅者，是將滅，非已滅也。㊺蟊賊，害禾稼之蟲。見〈小雅・大田〉注⑫。㊻卒痒，《箋》：「卒，盡。痒，病也。」句言禾稼盡受其害也。㊼恫，音通，ㄊㄨㄥ。《箋》：「痛也。」中國，國中也。具，俱也。贅，《傳》：「屬也。」陳奐《傳疏》：「《說文》云：『屬，連也。』具贅卒荒，猶云饑饉薦臻耳。」按穀不升、果不熟皆謂之荒，荒即凶年也。句言俱連年盡災荒也。㊽旅，《集傳》：「與膂同。」旅力，即力也。㊾穹蒼，《傳》：「蒼天也。」天形穹隆，其色蒼蒼，故謂之穹蒼。句言已無力挽救，唯望天救之耳。㊿惠，《傳》：「順也。」順君，《箋》：「順道之君。」(51)宣，明也。見〈文王〉注㊳。猶，謀也，慮也。（《說文》：「慮難曰謀。」）宣猶，即〈周頌・雝〉「宣哲維人」之宣哲，謂明智也。舊訓徧謀，恐非是。(52)考，《正義》：「考察也。」相，《箋》：「助也。」句言考察慎用其輔佐之人。此言其擇賢之審也。(53)自獨，《詩緝》：「猶獨自也。」俾臧，使之善也。謂其用人不考察、不慎擇也。(54)肺腸，喻心思、主見也。(55)狂，《箋》：「迷惑也。」句言彼不順道而行之君，自有私心，任用惡人，而使民眩惑也。(56)甡，音申，ㄕㄣ。甡甡，《傳》：「眾多貌。」(57)譖，音僭，ㄐㄧㄢˋ。《箋》：「不信也。」《釋文》：「本亦作僭。」(58)不胥以穀，《箋》：「胥，相也。以，猶與也。穀，善也。今朝廷群臣皆相欺，皆不相與以善道。」(59)維，為也。谷，《傳》：「窮也。」《正義》：「谷謂山谷。墜谷是窮困之義。」

按谷是山谷，山谷難行。進退維谷，言進退皆難也。(60)聖人，睿智之人，與下良人，皆詩人自喻。瞻，視也。言，《毛詩後箋》：「言，語助。」百里，《箋》：「言見事遠。」瞻言百里，謂慮之遠也。(61)覆，《正義》：「反也。」句言愚人不知禍敗已近，反狂惑而喜樂也。(62)匪，非也。二句言賢人非不能言者，然何以如此畏忌而不言邪？意謂畏懼犯顏得罪，故不敢言也。(63)迪，音笛，ㄉㄧˊ。《傳》：「進也。」《箋》：「國有善人，王不求索，不進用之。」按陳奐《傳疏》以為此言良人自己不干進，高本漢並證成之，然觀乎下文「是顧是復」等語，其說恐誤。(64)忍，《集傳》：「殘忍也。」忍心，謂殘忍之人也。顧，《箋》：「顧念。」復，《箋》：「重復。」句謂王眷顧之不已也。(65)貪亂，二字並列，謂貪婪暴亂。《箋》謂貪「猶欲也」，動詞，恐非是。寧，《箋》：「安也。」荼毒，《正義》：「荼，苦菜。毒者，螫蟲。荼毒皆惡物。」句言民不堪命，貪婪暴亂，寧願為此荼毒之行也。(66)隧，《經義述聞》：「古謂衝風為隧風。」是隧者衝也，疾也。有隧，猶隧然。(67)有空，猶空然。空谷易於生風，大谷則生大風。以象徵小人亦往往乘虛而入也。(68)作為，名詞，行為也。式，《詩緝》：「法也。」穀，《箋》：「善也。」按嚴氏訓式為法，是也。式穀，法善也。凡式穀、式臧、式禮、式弘大，式皆訓法。（見拙作〈釋詩經中的「式」字〉）(69)征，《箋》：「行也。」即上句之作為也。垢，《毛詩後箋》：「垢，塵垢也。」此言行為污穢也。(70)類，《傳》：「善也。」句言貪人敗壞善類也。(71)聽言，《毛詩傳箋通釋》：「聽言，謂順從之言，即譽言也。」對，答也。(72)誦言，箴諫之言也。《國語・周語上》「瞍賦矇誦」注：「誦，謂箴諫之語也。」二句謂聞諛言則答，聞諫言則如醉而不聽也。(73)良，指良人。覆，《傳》：「反也。」悖，《箋》：「悖逆也。」二句言不用其善人，反使我為背逆之事也。按作者（我）並未為背逆之事，只是貪人以為如此，故曰「覆」也。(74)作，《詩緝》：「即下章『既作爾歌』之作。」按呼之為「朋友」者，以其為同僚也。(75)飛蟲，《箋》：「飛鳥也。」《正義》：「《經》言飛蟲，《箋》言飛鳥者，蟲是鳥之大名。」(76)時，有時也。弋，繳射也。見〈鄭風・女曰雞鳴〉注❺。弋獲，射獲也。按詩人以飛蟲喻貪人，以射者自喻。意謂千慮亦有一得也。(77)之，《毛詩傳箋通釋》：「猶其也。」陰，《箋》：「覆蔭也。」78來，《經傳釋詞》：「來，詞之是也。」赫，《釋文》：「本亦作嚇。《莊子》云：『以梁國嚇我』是也。」即威怒也。二句謂我既其以善言蔭覆汝，汝反威怒我也。79罔極，不正、無良也。前已多見。職，直也，但也。見〈抑〉注❹。涼，《傳》：「薄也。」善背，《集傳》：「工為反覆也。」句言民之所以為惡者，但由於在上者涼薄而善反覆也。80云，語詞。克，《箋》：「勝也。」句言為不利於民之事，如恐不勝者。極言其用力也。81回遹，邪僻也。見〈小雅・小旻〉注❸。按「民之罔極」、「民之回遹」及下章「民之未戾」，皆言上文「民之貪亂」也。82競，《箋》：「逐也。」句言民之所以邪僻者，但由於在上者相競用力而然也。83戾，《毛詩傳箋通釋》：「《廣雅・釋詁》：『戾，善也。』未戾，即未善，與上章罔極同義。」按未戾，亦與回遹同義，皆言貪亂也。84句言但由於在上者為盜寇也。85曰，語詞。覆背，《正義》：「反背也。」此應上文「職涼善背」句，言涼薄待人，固不可矣，乃又反背行事而好詈罵也。86二句言汝雖曰此惡政非我所為，則我已為爾作此歌，明言汝之過矣。

【詩義・章旨】

〈詩序〉曰：「〈桑柔〉，芮伯刺厲王也。」按《左傳》文公元年曰：「秦伯（穆公）曰：是孤之罪也。周芮良夫之詩曰：『大風有隧，貪人敗類。聽言則對，誦言如醉。匪用其良，覆俾我悖。』」此〈序〉說所本也。然《左傳》但云芮良夫所作，並無刺厲王之文。王符《潛夫論・遏利》曰：「昔者周厲王好專利，芮良夫諫而不入，退而賦〈桑柔〉之詩以諷。言是大風也必將有遂，是貪民也，必將敗其類。王又不悟，故遂流死于彘。」《史記・周本紀》亦曰：「厲王即位三十年，好利，近榮夷公。大夫芮良夫諫厲王曰……厲王不聽。」凡此皆可作為詩本事讀。王先謙《詩三家義集疏》且謂：「此詩之作，在榮公為卿士後，去流彘之年當亦不甚相遠。」足見〈詩序〉之說不誤。至於詩謂「天降喪亂，滅我立王」，殆如〈小雅・正月〉之「赫赫宗周，褒姒滅之」，乃詩人之預言，非記實也。後人據此遂謂此為東周之詩，置《左傳》記秦穆公引詩之文於不顧，亦已過矣。〈雲漢〉之詩曰：「周餘黎民，靡有孑遺。」準此以觀，豈不亦東周之作乎？不信經典之確據，反信一己之臆測，如此紛紜其說，將使後之讀詩者何所準乎？

全詩十六章，為三百篇中最多章之詩。前八章每章八句，後八章每章六句。首章言王澤不能被民，民困已深也。首二句以桑葉為喻，最能傳神。蓋桑之為物，其葉最盛，及捋之采之，一朝而盡，無黃落之漸。故取以喻極盛之周，忽焉凋弊。乃由人為，無關天命也。二章言征役不息，民不聊生。三章哀民之流亡，無所歸往。四章重申前旨，而自嘆生不逢辰。五章述救國之道，在以謀以德，猶救熱以濯也。六章言役民人，重賦斂，民不堪其苦也。七章言天降災亂，大命將傾，詩人欲救無力，唯念穹蒼而已。八章述國君不順，自有私心，輔相非人，終使人民狂惑悖亂也。九章言同僚相疑，而身處窮困也。十章言同僚所見者近，畏忌而不敢諫也。十一章言退賢人，進小人，終使民貪亂也。十二章言君子小人性行相反，一式穀，一污垢，判然而明。十三章言用貪人，喜諛言，此亂之所由也。十四章言同僚朋友拒我善意，而加我威怒也。十五章言民有不善，皆在上者導之，非民之咎也。末章重言上章之旨，且明作詩之意以終之。

四、雲漢

倬彼雲漢❶，昭回于天❷。王曰：「於乎！何辜今之人❸！天降喪亂，饑饉薦臻❹。靡神不舉❺，靡愛斯牲❻。圭璧既卒❼，寧莫我聽❽？

旱既大❾甚，蘊隆蟲蟲❿。不殄禋祀⓫，自郊徂宮⓬。上下奠瘞⓭，靡神不宗⓮。后稷不克⓯，上帝不臨⓰，耗斁下土⓱，寧丁我躬⓲。

旱既大甚，則不可推⑲。兢兢業業，如霆如雷⑳。周餘黎民，靡有孑遺㉑。昊天上帝，則不我遺㉒。胡不相畏？先祖于摧㉓。

旱既大甚，則不可沮㉔。赫赫炎炎㉕，云我無所㉖。大命近止㉗，靡瞻靡顧㉘。群公先正㉙，則不我助。父母先祖，胡寧忍予㉚？

旱既大甚，滌滌山川㉛。旱魃㉜為虐，如惔如焚㉝。我心憚暑，憂心如薰㉞。群公先正，則不我聞㉟。昊天上帝，寧俾我遯㊱！

旱既大甚，黽勉畏去㊲。胡寧瘨我以旱㊳？憯㊴不知其故。祈年孔夙㊵，方社不莫㊶。昊天上帝，則不我虞㊷。敬恭明神，宜無悔怒㊸。

旱既大甚，散無友紀㊹。鞫哉庶正㊺，疚哉冢宰㊻，趣馬師氏，膳夫左右㊼。靡人不周㊽，無不能止㊾。瞻卬昊天，云如何里㊿！

瞻卬昊天，有嘒(51)其星。大夫君子(52)，昭假無贏(53)。大命近止，無棄爾成(54)。何求為我(55)？以戾庶正(56)。瞻卬昊天，曷惠其寧(57)？」

【注　釋】

❶倬，大也。前已數見。雲漢，《傳》：「謂天河也。」❷昭，明也。回，《傳》：「轉也。」言明亮轉運於天上也。❸辜，《箋》：「罪也。」言今之人何罪也。❹饑饉，見〈小雅・雨無正〉注❸。薦臻，《傳》：「薦，

重也。臻，至也。」言饑饉一再降臨也。❺舉，《禮記・王制》「山川神祇有不舉者為不敬」鄭注：「舉，猶祭也。」句言無神不祭也。❻愛，《正義》：「恡也。」即吝惜也。言於三牲無所吝惜也。❼圭、璧，《集傳》：「禮神之玉也。」卒，《箋》：「盡也。」❽寧，《集傳》：「猶何也。」句言何以無神聽我之祭禱而興雨？❾大，同太。下同。❿蘊，《釋文》：「本又作熅，《韓詩》作鬱，同。」《詩緝》：「王氏曰：蘊積也。」即鬱悶也。隆，《集傳》：「盛也。」蟲蟲，《正義》：「熱氣蒸人之貌。」又引郭璞曰：「旱熱薰炙人也。」句言暑氣鬱積隆盛而薰炙人也。⓫禋，音因，ㄧㄣ，絜祀也。見〈生民〉注❹。句言祭祀不絕也。⓬郊，《集傳》：「祀天地也。」宮，《箋》：「宗廟也。」言祭天地於郊，又往至宗廟以次而祭也。⓭上下，《傳》：「上祭天，下祭地。」瘞，音亦，ㄧˋ。奠瘞，《傳》：「奠其禮，瘞其物。」《正義》：「奠，謂置之於地，瘞，謂埋之於土。禮與物，皆謂為禮事神之物，酒食牲玉之屬也。」⓮宗，《傳》：「尊也。」⓯后稷，周之始祖也。克，《正義》：「毛以克為能。王肅云：『稷后不能福祐我。』」按不克，不能也，言無能為力也。《集傳》訓克為勝，義同。《箋》謂當作刻，高亨謂當作享，皆意度也。⓰臨，即〈大明〉「上帝臨女」之臨，視也。《集傳》訓享，恐誤。⓱斁，音杜，ㄉㄨˋ。《箋》：「敗也。」耗斁，敗壞也。下土，《箋》：「天下也。」⓲丁，《傳》：「當也。」言何以當我身有此旱災也。⓳推，《傳》：「去也。」⓴兢兢，《傳》：「恐也。」業業，《傳》：「危也。」如霆如雷，《正義》：「如有霆之鼓於天，如有雷之發於上，言其恐怖之甚也。」參見〈小雅・采芑〉注㉞。㉑黎，《箋》：「眾也。」靡有孑遺，《正義》：「孑然，孤獨之貌。言靡有孑遺，謂無有孑然得遺漏。」按陳奐、馬瑞辰據《方言》、《廣雅》訓孑為餘，以孑亦遺也。靡有孑遺，即靡有餘遺，言悉盡也。㉒遺，《正義》：「遺留。」句言天欲殺我民，而不為我留存也。㉓相，語詞。胡不相畏，即胡不畏之也。于，《古書虛字集釋》：「猶是也。」摧，《集傳》：「摧，滅也。言先祖之祀將自此而滅也。」㉔沮，音舉，ㄐㄩˇ。《傳》：「止也。」㉕赫赫炎炎，陳奐《傳疏》：「赫赫，旱氣之盛也。炎炎，熱氣之盛也。」㉖云，語詞。句言我無所容身也。㉗大命，即〈蕩〉

「大命以傾」之大命，謂國運、國祚也。《箋》謂民命，《集傳》謂死亡，恐皆非是。止，終也。㉘靡瞻靡顧，言神不一顧也。㉙群公，周之群先公也。正，《正義》：「長也。」先正，先世之百辟卿士也。㉚句見〈小雅．四月〉。言何乃忍心於我而不救也。㉛滌，音笛，ㄉㄧˊ。滌滌，《詩經詮釋》：「猶濯濯也。」句言山禿水盡也。㉜魃，音拔，ㄅㄚˊ。《傳》：「旱神也。」㉝惔，音談，ㄊㄢˊ。《傳》：「燎之也。」二句言旱神施行暴虐，使大地如焚。㉞憚，《箋》：「猶畏也。」熏，《傳》：「灼也。」句言我心畏懼此暑熱，憂心如火熏灼也。㉟聞，《經義述聞》：「聞，猶恤問也。」按前章曰：「則不我助。」此章曰：「則不我聞。」此聞字訓為恤問自較《箋》訓聽為勝。㊱遯，音盾，ㄉㄨㄣˋ。《集傳》：「逃也。」句言如何使我能逃避此旱災。㊲黽勉，見〈邶風．谷風〉注❸。畏去，《箋》：「欲使所尤畏者去。所尤畏者魃也。」按去，除去也。今人多訓為逃去，恐非是。畏去，除去所畏之旱魃也。㊳瘨，音顛，ㄉㄧㄢ。《箋》：「病也。」言天何乃以旱災病困我也。㊴憯，音慘，ㄘㄢˇ。《箋》：「曾也。」㊵祈年，祈豐年之祭也。《禮記．月令》：「孟冬之月，天子乃祈來年于天宗。」孔夙，《箋》：「甚早也。」孟冬行祭，故曰孔夙也。㊶方、社，皆祭名。見〈小雅．甫田〉注⓬。莫，同暮。《箋》：「晚也。」句言祭四方之神與祭社神不晚也。㊷虞，《經義述聞》：「助也。」㊸悔，《傳》：「恨也。」二句言我敬事光明之神如此，明神當不致恨怒於我也。㊹友，《詩記》：「橫渠張氏曰：友，宜作有。」《毛詩傳箋通釋》：「《釋名》：『友，有也。』此詩友即有之叚借。」句言群臣散亂而無有綱紀也。㊺鞫，《箋》：「窮也。」庶正，《箋》：「眾官之長也。」㊻疚，病也。前已數見。冢宰，見〈小雅．十月之交〉注⓴。㊼趣馬師氏，皆官名。見〈小雅．十月之交〉注㉓㉔。膳夫，見〈小雅．十月之交〉注㉑。左右，《正義》：「君之左右，總謂諸臣不修者。」陳奐《傳疏》：「統大夫、士而言也。」㊽周，《傳》：「救也。」《箋》：「周，當作賙。」㊾無，無人也，即上文「靡人」之省。止，對上文散而言，謂止於位而不散也。庶正冢宰等所以「散無友紀」者，以饑饉無食之故。故若「靡人不予周濟，則無人不能停止散亂」者（此假設之語，非事實也）。奈何今此等人不得救濟，故惟有繼續散亂不止而已。如此，始有下文「瞻卬昊天，云如何里」之嘆也。[50]云，語詞。里，《箋》：「憂也。」《釋文》：「本亦作瘇，《爾雅》作悝，並同。」[51]嘒，見〈召南・小星〉注❶。有嘒，猶嘒然。[52]大夫君子，指庶正、冢宰等。此呼而告之也。[53]假，音格，ㄍㄜˊ。《傳》：「至也。」昭假，屈萬里先生《書傭論學集・詩經零拾》：「神降臨謂之昭假，祈神降臨亦謂之昭假。」贏，《詩記》：「呂氏曰：贏，餘也。」句言祭祀祈神降臨而不遺餘力也。[54]成，《箋》：「成功也。」無棄爾成，即〈民勞〉之「無棄爾勞」也。[55]句言我所求豈為我自身哉？[56]戾，《傳》：「定也。」句言我所求為安定眾官耳。[57]曷，何時也。惠，《詩經今注》：「賜也。」句言何時賜我以安寧乎？

【詩義・章旨】

〈詩序〉曰：「〈雲漢〉，仍叔美宣王也。宣王承厲王之烈，內有撥亂之志，遇烖而懼，側身脩行，欲銷去之。天下喜於王化復行，百姓見憂，故作是詩也。」朱子《辨說》謂：「此〈序〉有理。」《集傳》從之。元許謙《詩集傳名物鈔》雖亦用〈序〉說，然又謂：「宣王遇災憂懼，始祈外神，次祈於宗廟，既而無驗，則自揆事神之誠或未至；誠既至，則又盡人事以聽天命也。」至明季本始棄〈序〉說，而曰：「此述宣王憂旱之詩也。」何楷《古義》亦曰：「仍叔美宣王憂旱也。」清方玉潤《詩經原始》直曰：「此一篇禳旱文也。而篇中所言，乃王自禱詞耳。」詩旨至此始顯，而後之說《詩》者率從之。

《春秋繁露・郊祀》、《論衡・須頌》雖有記宣王旱災之文，並未著其年代。皇甫謐《帝王世紀》曰：「宣王元年，天下大旱。二年，不雨，至六年乃雨。」後之史家如金履祥等遂據以推定此詩作於宣王六年。然何楷以為「謐之此言無所憑據，不可依據」。竊意亦然。其理有六：一、《竹書紀年》宣王初年無記旱災之文，二十五年曰：「大旱，王禱于郊廟，遂雨。」與詩「自郊徂宮」之文合。二、《帝王世紀》謂宣王元年不籍千畝，而

《史記》在十二年。三、據《後漢書・西羌傳》宣王四年，使秦仲伐西戎。據《竹書紀年》五年尹吉甫伐玁狁，方叔伐荊蠻。六年召穆公伐淮夷，王親伐徐戎。若初年有旱災，救死之不暇，何暇屢事征伐，王且親伐徐戎？四、宣王初年，有周公、召公輔政，雖有旱災，何至百官冢宰，「散無友紀」？五、詩文兩言「大命近止」，宣王即位方數年，何以有此語？六、詩曰：「祈年孔夙，方社不莫。」是涖政有年，非初始即位之語（此點何楷已言及）。由此觀之，此大旱當如《竹書》所記在二十五年，而此詩亦當成於是年也。此詩既為宣王禱詞，則仍叔其人，可置而不論焉。

全詩八章，每章十句。除首末二章外，中間六章皆以「旱既大甚」起句，於此可見旱情之嚴重。實則首末二章之首二句亦在言旱；不僅言旱，且以示宣王憂旱之殷，望雨之切，不然，何以知雲漢之昭回，群星之有嘒邪？一章言「天降喪亂，饑饉薦臻」，此為一篇之總綱。二章言祭祀天地百神，以祈降雨。三章言旱害之甚，民無孑遺，宗祀且絕。四章求助於群公先正、父母先祖。五章言山川滌滌，大地如焚，祈昊天上帝降雨以救之。六章述無神不祭，無祭不恭，何以竟遭此厄？七章述朝綱已解，百官散亂。末章期勉大夫君子，致力祭祀以祈雨。全詩六言昊天，四言上帝，屢言群公先正，父母先祖，足見其望雨之切，祭祀之誠，憂慮之深，哀怨之重。然而雲漢昭回，群星有嘒，其奈天地何！

五、崧　高

崧高維嶽❶，駿極❷于天。維嶽降神，生甫及申❸。維申及甫，維周之翰❹。四國于蕃❺，四方于宣❻。

亹亹❼申伯，王纘之事❽。于邑于謝❾，南國是式❿。王命召伯⓫，定申伯之宅，登⓬是南邦，世執其功⑬。

王命申伯：「式是南邦。因是謝人⑭，以作爾庸⑮。」王命召伯，徹⑯申伯土田。王命傳御⑰，遷其私人⑱。

申伯之功，召伯是營⑲。有俶⑳其城，寢廟㉑既成，既成藐藐㉒，王錫申伯，四牡蹻蹻㉓，鉤膺濯濯㉔。

王遣申伯，路車乘馬㉕。「我圖爾居㉖，莫如南土㉗。錫爾介圭㉘，以作爾寶㉙。」往近王舅㉚，南土是保㉛。

申伯信邁㉜，王餞于郿㉝。申伯還南，謝于誠歸㉞。王命召伯，徹㉟申伯土疆，以峙其粻㊱，式遄其行㊲。

申伯番番㊳，既入于謝，徒御嘽嘽㊴。周邦咸喜，戎有良翰㊵。不顯申伯，王之元舅㊶，文武是憲㊷。

申伯之德，柔惠且直㊸。揉此萬邦㊹，聞于四國㊺。吉甫作誦㊻，其詩孔碩㊼。其風肆好㊽，以贈申伯。

【注釋】

❶崧，音松，ㄙㄨㄥ。《傳》：「山大而高曰崧。」按《說文》「崇」段注：「崧、嵩二形，皆即崇之異體。」崧

高，即崇高也。嶽，即〈禹貢〉之岍山，亦名吳嶽，一名吳山，在今陝西隴縣西南。見《毛詩傳箋通釋》。❷駿，《傳》：「大也。」極，《傳》：「至也。」❸甫、申，《詩緝》：「仲山甫及申伯也。」又：「當時仲山甫為相，申伯亞於山甫，此詩為美申伯，而以山甫並言，蓋謂申伯與山甫伯仲間耳。借山甫以大申伯也。」二句言維此嶽降下神靈，以生仲山甫及申伯也。意謂甫、申二人佐宣王中興，則其生必不凡也。❹翰，《傳》：「幹也。」❺蕃，屏也。見〈板〉注㊸。按于，是也。下同。四國于蕃，即屏蕃四國也。《箋》謂：「四國有難，則往扞禦之，為之蕃屏。」是也。馬瑞辰謂于字當讀為，于蕃猶言為蕃，則四國為申伯之蕃，其義難通。陳奐謂為蕃四國，亦鑿。❻宣，《毛詩傳箋通釋》：「宣與蕃對言，宣當為垣之叚借。」❼亹亹，《箋》：「勉也。」參見〈文王〉注❽。❽纘，《箋》：「繼也。」王纘之事，《正義》：「王欲使繼其故諸侯之事。」按申伯纘其故緒，即繼其先人之事也。❾邑，《集傳》：「國都之處也。」謝，《傳》：「周之南國也。」在今河南南陽縣。《正義》：「申伯本國近謝，今命為州牧，故改邑於謝，取其便宜。」于，按兩「于」字當同其義，於也，在也。「于邑于謝」，猶〈大明〉之「于周于京」也。《箋》訓上「于」字為往，馬瑞辰訓為為，恐皆誤。蓋王命申伯者，命其「式是南邦」，非命其作邑於謝也。❿式，《箋》：「法也。」南國是式，即式南國，謂作為南國諸侯之法式也。⓫召伯，《正義》：「召穆公也。」又：「王肅云：『召伯為司空，主繕治。』」按召穆公名虎，詳見〈召南・甘棠〉注❹。⓬登，《詩緝》：「錢氏曰：登，升也。」⓭功，《傳》：「事也。」句言世世執行其職事也。⓮因，藉也。句言憑藉此謝國之人也。⓯庸，《箋》：「功也。」句謂以成汝之功也。⓰徹，《傳》：「治也。」《集傳》：「定其經界，正其賦稅也。」⓱傅御，《集傳》：「申伯家臣之長也。」⓲私人，《傳》：「家臣也。」句謂遷徙申伯之家臣於謝也。⓳營，治理也。見〈小雅・黍苗〉注⓫。⓴俶，《說文》：「俶，善也。」有俶，猶俶然。按城言有俶，猶寢廟言藐藐也。馬瑞辰謂有俶為繕修之貌，恐誤。㉑寢廟，見〈小雅・巧言〉注⓱。㉒藐藐，《傳》：「美貌。」㉓蹻，音矯，ㄐㄧㄠˇ。蹻蹻，《傳》：「壯貌。」㉔鉤膺，見〈小雅・采芑〉注⓬。濯濯，《傳》：

「光明也。」㉕遣，送也。路車乘馬，句見〈小雅・采菽〉。㉖圖，《箋》：「謀也。」爾，指申伯。㉗南土，即南國、南邦，易字以協韻耳。㉘錫，賜也。介圭，《說文》：「玠，大圭也。」介，即玠之假借，大也。《詩記》：「介圭，在《周官》，雖天子所服。〈韓奕〉曰：『以其介圭，入覲於王。』」則當是諸侯之瑞圭。蓋介之為言大也，詩人特美大其圭而稱之，非《周官》之介圭也。」按天子之圭，長尺二寸。諸侯之圭，自九寸而下。㉙寶，《傳》：「瑞也。」《正義》：「瑞，符信也。則瑞為所執之圭。」按《傳》訓寶為瑞，則以介圭為九寸之桓圭，諸侯所執，非天子所執尺二寸之介圭也。㉚近，音記，ㄐㄧˋ。《箋》：「近，辭也。聲如彼記之子之記。」惠棟《九經古義》以為近乃迈之訛。《詩經今注》：「猶哉。」王舅，《傳》：「申伯，宣王之舅也。」按此當是詩人之文，非宣王稱之也。若宣王稱之，應稱「舅氏」，不當稱「王舅」也。㉛保，《箋》：「守也，安也。」南土是保，即保此南土也。㉜信，誠也。邁，《箋》：「行也。」句言申伯確定出行（日期）也。㉝餞，見〈邶風・泉水〉注⑩。郿，《傳》：「地名。」《正義》：「時王蓋省視岐周，申伯從王至岐。自岐適之，故餞之於郿也。」㉞謝于誠歸，《箋》：「誠歸于謝。」《正義》：「謝于誠歸，正是誠心歸於謝國，古人之語多倒。」按此句若為倒文，則應作「于謝誠歸」，不當作「謝于誠歸」。蓋「于」為介詞，「謝」為被介之處所詞。介詞置於被介之詞之前，絕無可能置於被介之詞之後，否則即失去其功用。高本漢疑此句有誤，亦非是。竊意此句並非倒文，「謝」為辭謝之義，「于」，而也。《古書虛字集釋》有「于」訓「而」之例，但未錄此文。「謝于誠歸」者，謂申伯辭謝宣王而信歸也。㉟徹，取稅也。㊱峙，音至，ㄓˋ。《集傳》：「積也。」即存儲也。粻，音章，ㄓㄤ。《箋》：「糧也。」㊲式，語詞。遄，速也。前已多見。三句謂取稅於申伯之土，以積其糧，並促使申伯速行也。㊳番，音撥，ㄅㄛ。番番，《傳》：「勇武貌。」㊴徒御，《傳》：「徒，行者。御，車者。」嘽，音貪，ㄊㄢ。嘽嘽，聲盛也。見〈小雅・四牡〉注⑤。㊵戎，陳奐《傳疏》：「大也。」按《正義》：「今有大良善幹事之君。」是孔氏亦以戎為大義。此言周邦之人皆喜，喜其有偉大之良翰也。㊶不，音丕，ㄆㄧ，大也。元舅，

《正義》：「長舅。」今謂大舅也。㊷憲，《集傳》：「憲，法也。言文武之士，皆以申伯為法也。」㊸柔惠且直，《正義》：「安順而且正直。」㊹揉，《釋文》：「本亦作柔。」即〈民勞〉「柔遠能邇」之柔，安也。馬瑞辰有說。萬邦，《正義》：「周無萬邦。因古有萬國，舉大數耳。」㊺句謂聲名遠傳於四方也。此二句似為祝頌之詞。㊻吉甫，《傳》：「尹吉甫也。」誦，見〈小雅・節南山〉注(51)。作誦，即作此詩也。㊼碩，《箋》：「大也。」㊽風，指音聲曲調也。見本書〈國風〉。肆，蘇轍《詩集傳》：「極也。」二句言其詩篇甚大，其音聲極好也。

【詩義・章旨】

〈詩序〉曰：「〈崧高〉，尹吉甫美宣王也。天下復平，能建國親諸侯，褒賞申伯焉。」此詩之末章曰：「吉甫作誦，其詩孔碩。其風肆好，以贈申伯。」作者、詩旨，俱極清楚，一讀便知。詩中雖多申複之辭，寓宣王丁寧之意，眷顧之情，如嚴粲《詩緝》所言者，然究以贈申伯為主。朱子《辨說》即曰：「此尹吉甫送申伯之詩，因可以見宣王中興之業耳，非專為美宣王作也。下三篇仿此。」《集傳》亦曰：「宣王之舅申伯出封于謝，而尹吉甫作詩以送之。」其說至確。〈序〉說不足取也。

全詩八章，每章八句。首章言申甫之生有所自來。此章申甫並言，而〈烝民〉中並無一語言及申伯，足見當時甫重於申，此章乃以甫托申也。二章言王封申伯于謝，式是南邦。三章三言王命，以著其寵眷申伯之隆。四章言召伯既營謝邑，而王於申伯有所錫予。五章言王錫申伯多而且重，以示寵命優渥。六章言申伯往謝。七章言申伯就謝，為天子之楨幹。末章言作詩送行。詩中凡五言王命，又屢言王纘、王錫、王遣、王餞、王舅，足見申伯獲宣王寵眷之深，然終不能以此謂此詩「美宣王」也。

六、烝民

天生烝❶民，有物有則❷。民之秉彝❸，好是懿德❹。天監有周，昭假于下❺。保茲天子，生仲山甫❻。

仲山甫之德，柔嘉維則❼。令儀令色❽，小心翼翼❾。古訓是式，威儀是力❿。天子是若⓫，明命使賦⓬。

王命仲山甫：式是百辟⓭，纘戎祖考⓮，王躬是保⓯。出納王命⓰，王之喉舌。賦政于外⓱，四方爰發⓲。

肅肅⓳王命，仲山甫將之⓴；邦國若否㉑，仲山甫明㉒之。既明且哲㉓，以保其身。夙夜匪解㉔，以事一人㉕。

人亦有言：「柔則茹之，剛則吐之㉖。」維仲山甫，柔亦不茹，剛亦不吐；不侮矜寡，不畏彊禦㉗。

人亦有言：「德輶如毛㉘，民鮮克舉之㉙。」我儀圖之，維仲山甫舉之㉚，愛莫助之㉛。袞職有闕，維仲山甫補之㉜。

仲山甫出祖㉝，四牡業業，征夫捷捷㉞，每懷靡及㉟。四牡彭彭，八鸞鏘鏘㊱。王命仲山甫，城彼東方㊲。

四牡騤騤，八鸞喈喈㊳。仲山甫徂齊，式遄其歸㊴。吉甫作誦，穆㊵如清風。仲山甫永懷，以慰其心㊶。

【注釋】

❶烝，《傳》：「眾也。」❷有物有則，《傳》：「物，事。則，法也。」按物兼指事與物。則，法也，理也。有是物，必有是理，如父之有慈，子之有孝，夫婦之有愛，朋友之有信，萬物之有引力等皆是。此點宋儒程氏兄弟言之最詳。分見《易傳・卷四》及《遺書・卷十一》。❸彝，《傳》：「常也。」❹懿，《傳》：「美也。」四句言上天生此眾民，與之萬物萬事亦與之萬法萬理；眾民秉有其常性，則莫不好此美德也。❺假，音格，ㄍㄜˊ。《箋》：「至也。」昭假，神降臨也。參見〈雲漢〉注㊾。下，謂下土、人間也。❻仲山甫，《傳》：「樊侯也。」《正義》：「仲山甫是樊國之君，爵為侯而字仲山甫也。」按仲山甫，姬姓，食邑於樊。❼柔嘉，見〈抑〉注㉚。句言柔嘉為其法則也。❽《箋》：「令，善也。善威儀，善顏色。」❾句見〈大明〉。❿古訓，《箋》：「先王之遺典也。」式，《箋》：「法也。」力，《箋》：「猶勤也。」蘇轍《詩集傳》：「勉也。」二句言遵法先王之訓典而行，而勉力於威儀也。⓫若，《傳》：「順也。」⓬賦，《傳》：「布也。」四句謂效法古訓，努力威儀，順從天子，天子有明令則使之施布之。⓭百辟，《箋》：「百君。」句言為眾諸侯之表率也。⓮戎，《箋》：「猶女也。」句言繼承汝先祖先父之德業。⓯躬，《傳》：「身也。」句言保護王也。⓰出納王命，《集傳》：「出，承而布之也。納，行而復之也。」按今人訓納，或謂「接納人言，以進於王」，似誤。⓱賦政于外，《箋》：「布政於畿外。」即布施政教於諸侯之國也。⓲發，《毛詩傳箋通釋》：「行也。」句言四方諸侯之國乃行之也。⓳肅肅，《箋》：「敬也。」《集傳》：「嚴也。」⓴將，《傳》：「行也。」句言王命甚嚴肅，仲山甫則能奉行

之。㉑若，《爾雅‧釋詁》：「善也。」若否，《箋》：「猶臧否，謂善惡也。」㉒明，明曉、明察也。㉓既明且哲，《詩記》：「明，亦哲也。並言之，則明者哲之發，哲者明之實也。」㉔匪，《箋》：「非也。」解，同懈。《集傳》：「怠也。」㉕一人，《箋》：「斥天子。」句言早晚不懈怠，以奉事天子也。㉖茹，音如，ㄖㄨˊ。《釋文》：「食也。」二句義謂陵弱而畏強也。㉗矜，同鰥。矜寡，見〈小雅‧鴻鴈〉注❻。彊禦，強橫之人，見〈蕩〉注❿。㉘輶，音友，ㄧㄡˇ。《箋》：「輕也。」句言德之輕而易舉，如毛羽然。㉙舉，立也。二句言德雖易修，而民成德者則甚少也。㉚我，《箋》：「吉甫自我也。」儀，《集傳》：「度也。」圖，《集傳》：「謀也。」按儀、圖二字義同。二句言我思量其誰能舉之？惟仲山甫而已。㉛句言我愛之而莫能助之。意謂其德已全，無待人助也。㉜袞職有闕，《集傳》：「天子龍袞，不敢斥言王闕，故曰袞職有闕也。」二句言天子如有闕失，惟仲山甫能補之也。㉝祖，《箋》：「將去而祀軷也。」按祖本路神，行而祭之亦曰祖。出門而後祖祭，故曰出祖。參見〈生民〉注(54)。㉞業業，見〈小雅‧采薇〉注㉒。捷捷，《正義》：「舉動敏疾之貌。」㉟每懷靡及，句見〈小雅‧皇皇者華〉。言常思惟恐不及其事也。㊱四牡彭彭，句見〈小雅‧北山〉。鏘，音羌，ㄑㄧㄤ。鏘鏘，《正義》：「八鸞之聲。」參見〈小雅‧采芑〉注⓰。㊲城彼東方，《傳》：「東方，齊也。」蓋去薄姑，而遷於臨菑也。」按《史記‧齊太公世家》曰：「獻公元年，盡逐胡公子，因徙薄姑，都治臨菑。」仲山甫徂齊，當為此事也。詳見魏源《詩古微》。㊳騤騤，見〈小雅‧采薇〉注㉔。喈，音基，ㄐㄧ。喈喈，《傳》：「猶鏘鏘也。」㊴式，語詞。遄，《傳》：「疾也。」句言周人望其速歸也。㊵穆，《箋》：「和也。」㊶句言仲山甫長記此詩，可以撫慰其不安之心也。

【詩義‧章旨】

〈詩序〉曰：「〈烝民〉，尹吉甫美宣王也。任賢使能，周室中興焉。」詩末章明言：「吉甫作誦，穆如清風。仲山甫永懷，以慰其心。」詩旨極為清楚，無待多言，而〈序〉猶曰「美宣王」，實不足辨也。《集傳》曰：「宣王命樊侯仲山甫築城於齊，而尹吉甫作詩以送之。」是矣。

全詩八章，每章八句。首章言仲山甫生也有自來，其作法絕類〈崧高〉之首章。惟前四句說理，姚際恆曰：「三百篇說理始此，蓋在宣王之世矣。」二章備述仲山甫之德。三章備述仲山甫之職。四章述仲山甫任事之勤。五章述其剛柔不偏。六章述仲山甫能自修其德，又能補君之失。七章述仲山甫出祖，奉命城齊。末章述周人望其速歸，作詩以慰其心。起首四句，孔子嘗曰：「為此詩者，其知道乎！」孟子引之，以證性善之說。宋代理學家更發揮其義蘊無餘，足見其精微奧妙矣。

七、韓奕

奕奕梁山❶，維禹甸之❷，有倬其道❸。韓侯受命❹，王親命之：「纘戎祖考❺。無廢朕
命❻，夙夜匪解❼，虔共爾位❽。朕命不易❾，榦不庭方❿，以佐戎辟⓫。」

四牡奕奕⓬，孔脩且張⓭。韓侯入覲⓮，以其介圭⓯，入覲于王。王錫韓侯：淑旂綏章⓰，
簟茀錯衡⓱，玄衮赤舄⓲，鉤膺鏤鍚⓳，鞹鞃淺幭⓴，鞗革金厄㉑。

韓侯出祖㉒，出宿于屠㉓。顯父餞㉔之，清酒㉕百壺。其殽維何？炰鱉鮮魚㉖。其蔌㉗維
何？維筍及蒲㉘。其贈維何？乘馬路車㉙。籩豆有且㉚，侯氏燕胥㉛。

韓侯取妻，汾王之甥㉜，蹶父之子㉝。韓侯迎止，于蹶之里。百兩彭彭，八鸞鏘鏘㉞，不
顯其光㉟。諸娣從之㊱，祁祁如雲㊲。韓侯顧之，爛其盈門㊳。

蹶父孔武，靡國不到㊴。為韓姞相攸㊵，莫如韓樂。孔樂韓土㊶，川澤訏訏㊷，魴鱮甫甫㊸，麀鹿噳噳㊹，有熊有羆，有貓㊺有虎。慶既令居㊻，韓姞燕譽㊼。

溥㊽彼韓城，燕師所完㊾。以先祖受命，因時百蠻㊿。王錫韓侯，其追其貊[51]，奄受北國[52]，因以其伯[53]。實墉實壑[54]，實畝實籍[55]。獻其貔皮，赤豹黃羆[56]。

【注釋】

❶奕奕，《傳》：「大也。」梁山，江永《群經補義》：「今之通州，其西有梁山，正當固安縣之東北。」詩曰：「奕奕梁山。」示山在韓境，猶〈小雅・信南山〉曰：「信彼南山。」表其所在地也。❷甸，《傳》：「甸，治也。禹治南山除水災。」❸倬，大也。前已數見。道，道路也。舊訓道德，恐誤。❹韓，《水經注》：「聖水逕方城縣故城北，又東逕韓侯城東。」此韓侯城在今河北固安縣，即此詩之韓城也。見朱右曾《詩地理徵》及馬瑞辰《毛詩傳箋通釋》。受命，《傳》：「受命為侯伯也。」按韓侯今始受命為侯。命，冊命也。❺句見〈烝民〉。❻朕，《箋》：「我也。」二句言汝當紹繼汝先祖先父之德業，無廢棄我之命令也。❼句見〈烝民〉。❽虔，《集傳》：「敬也。」共，《箋》：「古之恭字或作共。」按句與〈小雅・小明〉「靖共爾位」相類。❾易，《箋》：「改易。」言我之命令不改易也。❿幹，《詩經注釋》：「整治。」不庭方，《集傳》：「不來庭之國也。」句謂整治不朝見之國家也。詳見高本漢《詩經注釋》。⓫以佐戎辟，《箋》：「以佐女君。女君，王自謂也。」⓬句見〈小雅・車攻〉。⓭脩，《傳》：「長也。」張，《傳》：「大也。」⓮覲，音近，ㄐㄧㄣˋ。《箋》：「諸侯秋見天子曰覲。」⓯介圭，見〈崧高〉注㉘。⓰淑旂，《傳》：「淑，善也。交龍為旂。」綏，《傳》：「大綏也。」《詩經詮釋》：「即登車時手執之組。」綏章，《集傳》：「染鳥羽或旄牛尾為之，注於旂竿之首，為表

章者也。」⑰簟茀，見〈齊風・載驅〉注③。錯衡，見〈小雅・采芑〉注⑮。句言以方文漆簟為車之蔽，錯置文采為車之衡也。⑱袞，見〈豳風・九罭〉注④。玄袞，黑色之袞衣也。赤舄，見〈豳風・狼跋〉注④。⑲鉤膺，見〈小雅・采芑〉注⑬。鏤，《箋》：「刻也。」鍚，音陽，ㄧㄤˊ。《箋》：「眉上曰鍚，刻金飾之，今當盧也。」按鍚，馬眉上之飾，用以發聲。《左傳》桓公二年「鍚鸞和鈴，昭其聲也。」是也。刻金為之，故曰鏤鍚。當馬之額，故又名當盧（顱）也。⑳鞹，音擴，ㄎㄨㄛˋ。《傳》：「革也。」鞃，音弘，ㄏㄨㄥˊ。《傳》：「軾中也。」《正義》：「鞹鞃者，蓋以去毛之皮，施於軾之中央，持車使牢固也。」淺，《傳》：「虎皮淺毛也。」幭，音密，ㄇㄧˋ。《傳》：「覆式也。」《正義》：「淺幭，以淺毛之皮為幭也。獸之淺毛者，唯虎耳。」按幭，字一作幦，又作複，作幂，覆蓋之名也。以淺毛虎皮覆於軾上，以供憑依，故曰淺幭。㉑鞗革，見〈小雅・蓼蕭〉注⑮。金厄，《集傳》：「以金為環，纏搤轡首也。」按厄，即今軛字，在車衡兩端，所以扼馬頸者也。以金為之，故曰金厄。㉒出祖，見〈烝民〉注㉝。㉓屠，《集傳》：「地名。或曰：即杜也。」姚際恆以為即杜陵。㉔顯父，《箋》：「周之卿士也。」餞，見〈邶風・泉水〉注⑩。㉕清酒，清潔之酒也。見〈小雅・信南山〉注㉑。㉖炰鼈，《箋》：「以火熟之也。」《正義》：「以火熟之，謂烝煮之也。」參見〈小雅・六月〉注㊲。鮮魚，《箋》：「中膾者也。」《正義》：「新殺謂之鮮，魚餒則不任為膾。」㉗蔌，音速，ㄙㄨˋ。《傳》：「菜殽也。」即蔬菜也。㉘筍，《箋》：「竹萌也。」即竹初萌生者也。蒲，《傳》：「蒲蒻也。」即蒲始生水中者也。㉙句見〈小雅・采菽〉。㉚籩豆，見〈豳風・伐柯〉注⑤。且，音居，ㄐㄩ。《箋》：「多貌。」有且，猶且然也。㉛侯氏，謂韓侯也。見陳奐《傳疏》。燕，樂也。前已多見。胥，語詞，猶「兮」也。燕胥，猶〈小雅・桑扈〉之樂胥。參見〈桑扈〉注③。㉜汾王，《箋》：「汾王，厲王也。厲王流于彘，彘在汾水之上，故時人因以號之。」俞樾《群經平議》以汾王為西戎之王。按詩人先言「汾王之甥」，後言「蹶父之子」，乃所以尊汾王也。猶之〈召南・何彼襛矣〉先言「平王之孫」，後言「齊侯之子」，乃所以尊平王也。此《詩》之倫理也。即此可知汾王乃周王，而非西戎之王矣。甥，《箋》：「姊妹之子為甥。」㉝蹶，音貴，ㄍㄨㄟˋ。蹶父，《傳》：「卿士也。」姑姓。子，女也。王之甥、卿士之女，言顯貴也。㉞句見〈烝民〉。㉟不顯，大顯也。前已多見。光，《箋》：「猶榮也。」㊱娣，《釋文》：「妻之女弟為娣。」即妹也。古者諸侯嫁女，姪娣亦從嫁，謂之媵。詩言「諸娣從之」，不言姪從，舉其貴者也。㊲祁祁，見〈召南・采蘩〉注❾。如雲，《傳》：「言眾多也。」㊳爛其，猶〈鄭風・女曰雞鳴〉「明星有爛」之有爛，爛然也，鮮明貌。盈，滿也。句言韓侯顧而視之，眾女粲然盈門也。㊴靡國不到，《箋》：「為王使於天下，國國皆至。」㊵韓姞，《集傳》：「蹶父之子，韓侯妻也。」相攸，《箋》：「相，視也。攸，所也。」《集傳》：「擇可嫁之所也。」㊶句言甚樂矣，韓之國土也。㊷訏，音須，ㄒㄩ。訏訏，《傳》：「大也。」㊸魴鱮，見〈齊風・敝笱〉注❹、❼。甫甫，《傳》：「大也。」㊹麀，見〈靈臺〉注❽。噳，音禹，ㄩˇ。噳噳，《傳》：「眾也。」㊺貓，《傳》：「似虎淺毛者也。」《毛詩傳箋通釋》：「今俗稱山貓者。」㊻慶既令居，《箋》：「慶，善也。蹶父既善韓之國土，使韓姞嫁焉。」按慶，歡慶也。既，其也。令，善也。句謂歡慶其好居處也。主語乃韓姞，非蹶父也。㊼燕譽，猶〈小雅・車舝〉之「式燕且譽」，謂安樂也。㊽溥，《箋》：「大也。」㊾燕，《釋文》：「王肅云：北燕國。」師，《傳》：「眾也。」此韓國近燕，故以燕眾為之築城也。㊿以，依循也。因，《詩經注釋》：「憑藉。」時，《箋》：「是也。」百，言其多也。百蠻，諸蠻夷之國也。按「以先祖受命」，謂依循韓之先祖受命為侯。此言其爵也。「因時百蠻」，謂韓侯憑藉此百蠻之地，宣王乃以追、貊、北國封之。此言其封地也。(51)其追其貊，《傳》：「追、貊，戎狄國也。」其，猶〈小雅・湛露〉「其桐其椅」之其，彼也。(52)奄，覆也。見〈皇矣〉注㉞。奄受，盡受也。亦即王盡予之也。北國，北方蠻夷之國。追、貊亦在其中。(53)伯，長也。因以韓侯為北國之長也。(54)實，《箋》：「實，當作寔。寔，是也。」墉，《傳》：「城也。」按墉、壑皆動詞，句言於是築治其城，於是濬深其壑。(55)籍，《箋》：「稅也。」句言於是治其田畝，於是收其賦稅。(56)貔，音皮，ㄆㄧˊ。《說文》：「貔，豹屬。」句言韓侯貢其貔、豹、羆之皮於王也。

【詩義．章旨】

〈詩序〉曰：「〈韓奕〉，尹吉甫美宣王也。能錫命諸侯。」「錫命諸侯」，僅首末二章記之，他章並未言及，且言尹吉甫作此詩，並未有據，故〈序〉說不可從。《集傳》謂：「韓侯初立，來朝，始受王命而歸，詩人作此詩以送之。」雖亦未能籠罩全篇，已差近之。

全詩六章，每章十二句。首章述韓侯始封。首二句言禹甸梁山，筆法極似〈小雅．信南山〉。先言禹者，蓋欲與韓侯古今比功，先後耀美也。二章述韓侯入覲，王多錫予也。受錫愈多，愈見王寵之優渥。三章述其既覲而歸，公卿餞送之盛況。四章述其娶妻。五章述韓土之樂。此二章自側面讚美韓侯，頗收烘托之效。末章述韓侯統領百蠻，勤修貢職，與首章遙應。綜觀全詩，則知此詩主在頌美韓侯，惟以詩人高才，全篇不僅了無諛詞，反莊嚴華麗兼而有之。吳闓生《詩義會通》曰：「雄峻奇偉，高華典麗，兼而有之。在三百篇中，亦為傑出之作。」實非虛譽。

八、江漢

江漢浮浮，武夫滔滔❶。匪安匪遊❷，淮夷來求❸。既出我車，既設我旟❹，匪安匪舒❺，淮夷來鋪❻。

江漢湯湯❼，武夫洸洸❽。經營四方，告成❾于王。四方既平，王國庶定❿。時靡有爭⓫，王心載寧⓬。

江漢之滸⓭，王命召虎⓮：「式辟⓯四方，徹⓰我疆土。匪疚匪棘⓱，王國來極⓲。于疆于理⑲，至于南海。」
王命召虎，來旬來宣⑳：「文武受命，召公維翰㉑。無曰予小子㉒，召公是似㉓。肇敏戎公㉔，用錫爾祉㉕。」
「釐爾圭瓚㉖，秬鬯一卣㉗，告于文人㉘。錫山土田㉙，于周受命㉚。自召祖命㉛。」虎拜稽首㉜：「天子萬年。」
虎拜稽首，對揚王休㉝。作召公考㉞，天子萬壽。明明天子，令聞不已㉟。矢其文德㊱，洽此四國㊲。

【注釋】

❶《傳》：「浮浮，眾強貌。滔滔，廣大貌。」王引之《經義述聞》曰：「《經》當作江漢滔滔，武夫浮浮。」
❷匪，《箋》：「非也。」安與遊皆樂也。句言非敢遊樂也。❸淮夷，《集傳》：「夷之在淮上者也。」即淮河流域之夷也。來，猶是也。前已多見。求，《詩經注釋》：「搜尋。」句言尋求淮夷也。❹旟，見〈鄘風・干旄〉注❾。❺舒，《說文》：「舒，一曰緩也。」徐緩引申有安適之意。匪安匪舒，與上文「匪安匪遊」義近。❻鋪，即〈小雅・雨無正〉「淪胥以鋪」之鋪，懲處也。句言懲討淮夷也。❼湯，音傷，ㄕㄤ。見〈衛風・氓〉注㉚。❽洸，音光，ㄍㄨㄤ。洸洸，《傳》：「武貌。」參見〈邶風・谷風〉注㊴。❾成，《正義》：「成功。」❿庶，《箋》：「幸也。」庶幾也，希冀之詞。庶定，庶幾安定也。⓫時，《箋》：「是也。」是，於是也。爭，《釋文》：「爭，爭鬪之爭。」言於是無有戰爭。⓬載，《箋》：「載之言則也。」即〈小雅・黍苗〉之「王心則寧」。

⓭滸，音虎，ㄏㄨˇ。《箋》：「水涯也。」參見〈王風・葛藟〉注❶。⓮召虎，《傳》：「召穆公也。」⓯式，《詩經注釋》：「助詞。」按《箋》訓法，非是。辟，《箋》：「開辟。」同闢。⓰徹，《箋》：「治也。」謂治其賦稅也。⓱疚，《箋》：「病也。」按猶〈小雅・采薇〉「我心孔疚」之疚，憂也。棘，《箋》：「急也。」焦急也。匪疚匪棘，其句型與上文「匪安匪遊」、「匪安匪舒」相類，謂不憂煩不焦急也。《箋》謂「非可以兵病害之也，非可以兵躁切之也」，似誤。⓲來，猶是也。極，《箋》：「中也。」中即正也。王國是極，謂正其王國之疆土也。此章皆言闢疆土之事。⓳疆、理，見〈小雅・信南山〉注❺。⓴來，猶是也。旬，《毛詩傳箋通釋》：「旬，通作徇。徇，巡也。」宣，蘇轍《詩集傳》：「布也。」《毛詩後箋》訓示，義同。來旬來宣，即是巡是布，謂巡視而宣布也。㉑召公，《箋》：「召康公，名奭，召虎之始祖也。」翰，《集傳》：「幹也。」二句言昔文王武王受命為天子，召康公為之楨幹。㉒《箋》：「女無自減損曰：『我小子耳。』」予小子，乃自我貶損之詞。㉓似，《傳》：「嗣也。」句言繼續召康之業。㉔肇，《傳》：「謀也。」敏，按《爾雅・釋言》：「肇，敏也。」是肇與敏義同，肇敏為複詞。于省吾《詩經新證》以敏即誨字，讀為謀。肇敏，圖謀也。戎，《傳》：「大也。」按《箋》訓汝，以之解〈周頌・烈文〉「念茲戎功」，不合。王國維〈與友人論詩書中成語書〉訓為兵戎，亦嫌不切。蓋召康之功，不全在戎事也。公，《傳》：「事也。」《後漢書・宋宏傳》引詩作「戎功」。句言汝當圖謀大功（或大事）。㉕用，因也。祉，蘇轍《詩集傳》：「福也。」句言我因是賜爾以福也。下章即言「錫爾祉」之事。㉖釐，《傳》：「賜也。」參見〈既醉〉注⓲。圭瓚，祭器，即〈旱麓〉之玉瓚，見〈旱麓〉注❹。㉗秬，《傳》：「黑黍也。」參見〈生民〉注㊷。鬯，音暢，ㄔㄤˋ。秬鬯，《箋》：「黑黍酒也。謂之鬯者，芬香條鬯也。」卣，音友，ㄧㄡˇ。《集傳》：「尊也。」按《爾雅・釋器》：「卣，中尊也。」㉘文人，《傳》：「文德之人也。」謂先祖也。㉙句言又賜之山川土地也。㉚周，《詩緝》：「錢氏以為鎬京。」按錢氏之說是也。時召公在江漢，故天子曰「于周受命」也。屈萬里先生《詩經詮釋》亦有說。《箋》謂岐周，嚴粲謂豐，皆鑿。

㉛自，《箋》：「用也。」召祖，召穆公之祖康公奭也。句言用召康公受命之禮也。㉜稽首，九拜中至敬之禮。參見〈小雅・楚茨〉注57。㉝對，按《廣雅・釋詁》：「對，揚也。」王念孫引此詩以證，是對即揚也。對揚，頌揚也。《傳》訓遂，《箋》訓答，義皆欠切。休，休命也。句言頌揚天子休美之冊命也。見陳漢平《西周冊命制度研究》。㉞作召公考，《詩經今注》：「郭鼎堂《周代彝器進化觀》：『考乃簋之假借字。』簋，古銅器銘文多作𣪘。作召公簋，言召虎作祭祀召公的簋器，以資紀念。今存古銅器召穆虎𣪘有銘文『用作朕烈祖召公嘗𣪘』，與詩文所言相合。」㉟令聞，美譽也。不已，不止也。㊱矢，《傳》：「施也。」文德，文治之德，指禮樂教化也。《集傳》：「勸其君以文德，而不欲其極意於武功。」㊲洽，《詩緝》：「錢氏曰：洽，浹洽也。」即和洽也。二句言天子施行其文德，使天下和洽也。

【詩義・章旨】

〈詩序〉曰：「〈江漢〉，尹吉甫美宣王也。能興衰撥亂，命召公平淮夷。」其云「宣王命召公平淮夷」與詩文頗合，其云尹吉甫作，則頗堪斟酌。《集傳》曰：「宣王命召穆公平淮南之夷，詩人美之。」然《集傳》又曰：「言穆公既受賜，遂答稱天子之美命，作召公之廟器，而勒王策命之辭以考其成，且祝天子以萬壽也。古器物銘云：『郘拜稽首，敢對揚天子休命，用作朕皇考龔伯尊敦。郘其眉壽，萬年無疆。』語正相類。但彼自祝其壽，而此祝君壽耳。」似以此詩為召穆公自作。方玉潤亦持此看法，其《詩經原始》曰：「此似一篇召伯家廟紀勳銘。蓋穆公平淮夷，歸受上賞，因作成於祖廟，歸美康公以祀其先也。」今人郭沫若先生據周金文辭，斷定此詩乃召穆虎簋銘之一，其《兩周金文辭大系考釋・召伯虎𣪘・其二》曰：「此銘所記與〈大雅・江漢〉篇乃同時事，為召虎平定淮夷歸告成功而作。《詩》之『告成于王』，即此之『告慶』，《詩》之『錫山土田，于周受命』，即此之『余以邑訊有司，余典勿敢封』。邑即所受之土田，典即所受之冊命，『勿敢封』者，謂不敢封存于天府也。《詩》之『作召公考，天子萬壽』，即此之『對揚朕宗君其休，用作烈祖召公嘗𣪘』。考即𣪘之借字，古本同音字也。『告慶』在六年四月，則五征當在五年年末或六年年初，……今本《竹書紀年》敘召穆公帥師伐淮夷及錫召穆公命，事在宣王六年，與本銘相符，蓋有所本。」

諸家謂此詩為召穆公虎所自作，甚是；然謂此詩即〈召伯虎𣪘銘〉，則尚待商榷。蓋銘主敘事，文字簡質，佶詘難讀；詩除敘事外，尚游揚德業，褒讚成功，故文采斐然，情韻緜邈。今〈召伯虎𣪘銘〉二銘猶在，取之一讀便知。竊意當從《集傳》之說，此詩與〈召伯虎𣪘銘〉皆召穆公一人所作，所述為一事，而其用則不同。故銘自銘，詩自詩，以之互參互證則可，視為一文，則不可也。

全詩六章，每章八句。一章述整軍經武，由江漢進軍淮夷。二章述淮夷既平，告成於王。三章述召虎闢其疆界，治其賦稅。四章述諸事既定，王乃褒功錫福。五章述王之寵賜及其策命之辭。末章述穆公對揚王休而作「召公考」。宣王褒虎之功，召虎揚君之德，不矜不伐，互敬互愛，君之心胸恢宏，臣之意度悠遠。如此聖君賢臣，無怪乎能成中興之大業也。

九、常武

赫赫明明❶，王命卿士❷，南仲大祖❸，大師皇父❹，整我六師，以脩我戎❺。既敬既戒❻，惠此南國❼。

王謂尹氏❽，命程伯休父❾，左右陳行❿，戒我師旅⓫：「率彼淮浦⓬，省此徐土⓭，不留不處⓮。三事就緒⓯。」

赫赫業業⓰，有嚴⓱天子，王舒保作⓲。匪紹匪遊⓳，徐方繹騷⓴。震驚㉑徐方，如雷如霆，徐方震驚。

王奮厥武，如震如怒㉒。進厥虎臣，闞如虓虎㉓。鋪敦淮濆㉔，仍執醜虜㉕。截彼淮浦，王師之所㉖。

王旅嘽嘽㉗，如飛如翰㉘，如江如漢㉙。如山之苞㉚，如川之流㉛。緜緜翼翼㉜，不測不克㉝，濯㉞征徐國。

王猶允塞㉟，徐方既來㊱，徐方既同㊲，天子之功。四方既平，徐方來庭㊳。徐方不回㊴，王曰：「還歸。」

【注釋】

❶赫赫，顯盛貌。見〈小雅・節南山〉注❸。明明，《爾雅・釋訓》：「察也。」《傳》同。赫赫明明，形容王之威嚴明察也。❷卿士，見〈小雅・十月之交〉注⓲。❸南仲，見〈小雅・出車〉注⓬。大祖，《傳》：「王命南仲於大祖。」《正義》：「謂於太祖之廟命南仲也。」按《禮記・祭統》曰：「古者明君爵有德而祿有功，必賜爵祿于太廟。」是大祖即太祖廟也。又魏源《詩古微》載羅士琳〈周無專鼎銘考〉銘文曰：「惟九月既望甲戌，王格于周廟，燔于圖室，司徒南仲。」南仲受命為卿士，或在此時。❹太師皇父，《正義》：「謂命此皇父為太師。」皇父受命，當亦在太祖廟中。❺整，治也。我，《集傳》：「宣王自我也。」六師，見〈棫樸〉注❺。戎，《集解》：「兵器也。」❻敬，《箋》：「敬之言警也。」言既警惕又戒懼也。❼惠，猶〈民勞〉「惠此中國」之惠，愛也，施惠也。南國，南方諸侯之國也。❽尹氏，《傳》：「掌命卿士。」《集傳》：「尹氏，吉甫也。」

蓋為內史，掌策命卿大夫也。」❾程伯休父，《傳》：「始命為大司馬。」《國語・楚語下》韋注：「程，國。伯，爵。休父，名也。」❿陳行，《集傳》：「陳其行列。」⓫戒，《箋》：「勑戒。」戒師旅，猶今言誓師也。⓬率，《箋》：「循也。」浦，《傳》：「涯也。」⓭省，音醒，ㄒㄧㄥˇ。《箋》：「省視。」即巡視也。二句言循彼淮水之涯，巡視徐方之地。徐方，在淮水之北。⓮不留，即不處也。句謂不久據其地，以免擾民也。⓯三事，即〈小雅・雨無正〉「三事大夫」之三事，謂三卿也。《詩經注釋》謂即上文南仲、皇父及程伯休父。緒，《箋》：「業也。」句言備戰之事，三卿籌備就緒也。⓰業業，《集傳》：「大也。」赫赫業業，形容王威儀之盛大也。⓱嚴，《傳》：「威也。」有嚴，嚴然也。⓲王舒保作，《傳》：「舒，徐也。保，安也。作，行也。」句言王師舒緩而安行也。⓳紹，《箋》：「緩也。」《經義述聞》：「紹與舒緩同義，故訓為緩也。〈江漢〉曰『匪安匪遊』、『匪安匪舒』，此曰『王舒保作，匪紹匪遊』，保亦安也，紹亦舒也。合讀二詩，而其義自明。」⓴騷，《傳》：「動也。」繹騷，《毛詩傳箋通釋》：「《說文》：『繹，抽絲也。』抽絲即有動義，引申為擾動之稱。繹騷連言，猶震驚並舉也。」按上篇「匪安匪遊」、「匪安匪舒」、「匪疚匪棘」，其下句「淮夷來求」、「淮夷來鋪」、「王國來極」，皆表示原因或目的，並非表示結果。則此詩「徐方繹騷」，當亦是表示「匪紹匪遊」之原因或目的。意謂王匪紹匪遊者，以徐方騷動之故。《箋》謂徐方聞王師來而騷動，恐非詩義。㉑震驚，《詩緝》：「震動、驚懼。」㉒如震如怒，《釋文》：「一本此兩如字皆作而。」按震、怒兩字詞類必同，義必相似，兩「如」字若為「而」，亦然。震，動詞，雷動也，俗云打雷。怒，發怒。此以天為喻，謂王奮揚其威武，如天打雷，如天發怒。㉓虎臣，如虎之臣，言其臣勇猛也。闞，音瞰，ㄎㄢˋ。《集傳》：「奮怒之貌。」虓，音消，ㄒㄧㄠ。《說文》：「虓，虎鳴也。」虓虎，怒吼之虎也。二句言王揮進其勇猛之臣，其臣勇武如怒吼之虎也。㉔鋪，懲處也，攻伐也。見〈江漢〉注❻。敦，投擲也。見〈邶風・北門〉注⓫。引申有擊義。鋪敦，猶〈宗周鐘〉「敦伐其至」之敦伐，攻擊也。濆，《傳》：「涯也。」㉕仍，《詩經詮釋》：「數也。」頻也。醜，即〈魯頌・泮水〉「屈此群醜」之醜，惡也。虜，《正義》：「虜者，因繫之名。」即俘虜也。㉖截，即〈商頌·長發〉「海外有截」、〈殷武〉「有截其所」之截，整齊也。二句言截然整齊彼淮水之涯，乃王師所在之所也。㉗嘽嘽，見〈小雅·四牡〉注❺。㉘翰，《正義》：「是飛之疾者。」按飛、翰二字，其義必近，孔說得之。朱子訓羽，誤矣。如飛如翰，狀師行之迅疾也。㉙《箋》：「江、漢，以喻盛大也。」此狀其軍容也。㉚苞，茂也。此詩之「山苞」，如〈小雅·斯干〉之「竹苞」，以喻軍力之旺也。《傳》訓為本，謂如山之固不可驚動，則詩逕言「如山」可矣，何必曰「如山之苞」哉？㉛如川之流，《箋》：「以喻不可禦也。」按疑亦喻軍力旺盛不絕也。㉜緜緜，《集傳》：「不可絕也。」翼翼，《集傳》：「不可亂也。」即嚴整之意。㉝不測不克，《箋》：「不可測度，不可攻勝。」㉞濯，《傳》：「大也。」㉟猶，《傳》：「謀也。」允，《箋》：「信也。」塞，《集傳》：「實也。」句言王之謀猶誠然不誤也。㊱來，歸也。謂歸順於王也。㊲同，《說文》：「同，會合也。」即《論語·先進》「如會同」之同，猶朝也。㊳來庭，來朝也。參見〈韓奕〉注❿。㊴回，《箋》：「猶違也。」背叛也。

【詩義·章旨】

〈詩序〉曰：「〈常武〉，召穆公美宣王也。有常德以立武事，因以為戒然。」其言「美宣王」，則是也。其言召穆公作，則不可知也。其言「因以為戒焉」，詩中似無戒意。《箋》謂：「戒者，『王舒保作。匪紹匪遊，徐方繹騷』。」此數語乃述王行師之狀及其用兵之目的，似與戒義無涉。且既美之矣，則當以為法，又何「因以為戒」？其言「有常德以立武事」以釋篇名〈常武〉，詩中固言武事，且曰「王奮厥武」；然詩中並無常字，詩義亦與「常德」無關，故其說非是。後之議者雖多，似皆未當。竊意此常字乃尚之意。「常武」者，尚武也。此解是否有當，姑俟來者。至於詩旨，《集傳》曰：「宣王自將以伐淮北之夷，而命卿士之謂南仲為大祖兼大師而字皇父者，整治其從行之六軍，修其戎事，以除淮夷之亂，而惠此南方之國。詩人作詩以美之。」其說近之。

全詩六章，每章八句。首章言王命將帥，整六軍，修戎備，以伐徐方。末句言「惠此南國」，真聖明天子之語。二章述王命副帥，並誓師以行。三章述王師猶在路，而徐方已如聞雷霆而震驚。四章五章述王師之勇武強大。卒章述徐方來庭，天下大定，王乃還師以歸。吳闓生《詩義會通》曰：「首章曰：既敬既戒，惠此南國。次章曰：不留不處，三事就緒。三章曰：王舒保作，匪紹匪遊。末章曰：徐方不回，王曰還歸。何其舂容而大雅也！四、五兩章，正敘兵事。如飛四句形容軍陳，措語之精，振古無倫。緜緜三句，承上文而下，氣勢浩穰，有天地褰開、風雲變色之象。噫嘻！歎觀止矣！」

一〇、瞻卬

瞻卬❶昊天，則不我惠❷。孔填不寧❸，降此大厲❹。邦靡有定，士民其瘵❺。蟊賊蟊疾❻，靡有夷屆❼。罪罟不收❽，靡有夷瘳❾。

人有土田，女反有之❿；人有民人，女覆⓫奪之。此宜無罪，女反收⓬之；彼宜有罪，女覆說之⓭。哲夫成城，哲婦傾城⓮。

懿⓯厥哲婦，為梟為鴟⓰。婦有長舌⓱，維厲之階⓲。亂匪降自天，生自婦人。匪教匪誨⓳，時維婦寺⓴。

鞫人忮忒㉑，譖始竟背㉒。豈曰不極㉓？「伊胡為慝㉔」！如賈三倍㉕，君子是識㉖。婦無公事，休其蠶織㉗。

天何以刺㉘？何神不富㉙？舍爾介狄㉚，維予胥忌㉛。不弔不祥㉜，威儀不類㉝。人之云亡㉞，邦國殄瘁㉟。

天之降罔㊱，維其優㊲矣。人之云亡，心之憂矣。天之降罔，維其幾矣㊳。人之云亡，心之悲矣。

觱沸檻泉㊴，維其深矣。心之憂矣，寧自今矣㊵。不自我先，不自我後㊶。藐藐昊天㊷，無不克鞏㊸。無忝皇祖㊹，式救爾後㊺。

【注釋】

❶卬，《釋文》：「音仰。」同仰。❷惠，《箋》：「愛也。」不我惠，不愛我也。❸填，即〈小雅・小宛〉「哀我填寡」之填，與瘨同，病也。句言民甚病苦而不安也。❹厲，《傳》：「惡也。」《集傳》：「亂也。」義得相通。❺瘵，音債，ㄓㄞˋ。《傳》：「病也。」❻蟊，害禾之蟲也。已見〈小雅・大田〉。賊、疾，俞樾《群經平議》：「賊也、疾也，並猶害也。」❼夷屆，《集傳》：「夷，平。屆，極也。」按夷、屆二字義同，皆止極也。〈小雅・節南山〉曰：「君子如屆，俾民心闋；君子如夷，惡怒是違。」夷、屆二字對舉，可證。朱子訓夷為平，平息亦止極也。王引之《經傳釋詞》訓夷為語詞，恐誤。句言蟊蟲所為之災害，無有已時也。❽罪罟，刑網也。見〈小雅・小明〉注❽。收，《箋》：「收斂也。」❾瘳，音抽，ㄔㄡ。《傳》：「愈也。」按夷與瘳義同。〈鄭風・風雨〉一章曰：「云胡不夷。」二章曰：「云胡不瘳。」夷與瘳對舉，可證。《傳》訓瘳為愈，愈亦有止義。夷瘳，即夷屆也。句言施刑罪以羅網天下而不收斂，則士民之病苦無有已時也。❿女，汝也。斥王而言。有，《廣韻・釋詁》：「有，取也。」參見〈周南・芣苢〉注❹。⓫覆，《箋》：「猶反也。」⓬收，《傳》：「拘也。」⓭說，與脫通。《傳》：「赦也。」⓮哲，《傳》：「知也。」《箋》：「多謀慮也。」城，《箋》：

「猶國也。」哲婦，《集傳》：「蓋指褒姒也。」傾，《集傳》：「覆也。」句言有智謀之男子則能立國，有智謀之婦人反適以覆國。古以女子「無非無議」為善，無所用其才智也。⑮懿，《箋》：「有所痛傷之聲也。」《正義》：「懿與噫，字雖異，音義同。」⑯鴟，音痴，ㄔ，貓頭鷹也。見〈豳風．鴟鴞〉注❶。梟，《箋》：「梟，鴟，惡聲之鳥也。」按《爾雅．釋鳥》：「梟，鴟。」是梟亦鴟類。俗謂聞其聲者則主凶災。⑰長舌，《箋》：「喻多言語。」⑱維，為也。厲階，見〈桑柔〉注㉓。此言婦人多言為禍亂之源也。⑲匪教匪誨，按凡言教言誨，十九指人而言，《詩經》、《論語》中無不如此。若是指事，亦指正當事，無指邪惡事者。故「匪教匪誨」一語，當指「婦寺」而言。而就文勢觀之，亦當為開啟下句之語，非承上「亂」字而言也。故《箋》謂：「非有人教王為亂，語王為惡者。」似誤。⑳時，《箋》：「是也。」寺，《集傳》：「奄人也。」按《傳》訓近，《正義》：「寺即侍也。侍御者必近其旁，故以寺為侍。」以寺為妾媵，就廣義而言，亦通。㉑鞫，《箋》：「窮也。」《毛詩會箋》：「惡也。」句謂窮治人之過失凶狠而惡毒也。㉒譖，《箋》：「不信也。」《正義》：「讒譖者皆不信之言。」是譖即讒毀也。竟，《箋》：「猶終也。」句言始則讒毀之，終則背棄之。此即「忮忒」也。忮，音至，ㄓˋ。《傳》：「害也。」按《說文》：「忮，很也。」即狠也。害即狠義之引申。忒，音特，ㄊㄜˋ。㉓極，《箋》：「中也。」正也。㉔伊，《箋》：「維也。」發語詞。慝，《箋》：「惡也。」二句言豈謂其不正乎？彼反曰：「此何足為惡事哉？」㉕賈，音古，ㄍㄨˇ。《集傳》：「居貨者也。」三倍，《集傳》：「獲利之多也。」㉖識，《箋》：「識，知也。賈物而有三倍之利者，小人所宜知也；君子反知之，非其宜也。」㉗公事，《經義述聞》：「公事，即功事。休其蠶織，即無功事也。」休，《箋》：「息也。」蠶織，《箋》：「蠶桑織紝之職。」婦人以蠶織為功事，今婦人（褒姒）竟不為功事，息其蠶桑織績之事。非其宜也。㉘刺，《傳》：「責也。」句言天如何可以刺責？按上文謂：「亂匪降自天，生自婦人。」亂既非自天生，則不可以責天也。㉙富，《傳》：「福也。」句言何神不降福予人？意謂凡神皆降福予人，惟自修其德耳。㉚爾，指王也。介，《正義》：

「毛當訓為大。」狄，《箋》：「夷狄。」按此篇末語云「式救爾後」，下篇云「日蹙國百里」，則此時當已有犬戎之患矣。(31)胥，《古書虛字集釋》：「猶是也。」忌，《傳》：「怨也。」二句言爾棄置爾之重大戎狄之患不問，反惟忌恨我也。(32)不弔，即〈小雅・節南山〉「不弔昊天」之不弔，不幸也。祥，吉也。(33)類，《傳》：「善也。」(34)云，語詞。亡，《箋》：「奔亡。」言賢人皆奔亡也。(35)殄瘁，《經義述聞》：「殄瘁，皆病也。殄瘁之同為病，猶勞瘁之同為病也。」(36)罔，陳奐《傳疏》：「罔，古網字。天之降罔，猶言天降罪罟耳。」(37)優，《箋》：「寬也。」罪網寬廣，則所害者眾多。(38)幾，《箋》：「近也。」罪網近，則禍及身，故下云「心之悲矣」也。(39)句見〈小雅・采菽〉。此言檻泉源深，以象徵己之憂所由來亦久也。(40)寧，豈也，何也。二句言我心之憂，何自今日，早已有之也。(41)二句言己正當此害也。(42)藐藐，《集傳》：「高遠貌。」(43)鞏，《傳》：「固也。」二句謂高遠之天，神明莫測，雖危亂之國，但能自勵，亦無不能鞏固之。(44)忝，辱也。見〈小雅・小宛〉注(20)。皇，大也。皇祖，先祖也。(45)式，語詞。後，《箋》：「謂子孫也。」二句言爾若能自勵自新，庶幾不辱爾之先祖，拯救爾之後世子孫也。按鞏與後協韻，猶講從冓得聲也。董同龢先生說。

【詩義・章旨】

〈詩序〉曰：「〈瞻卬〉，凡伯刺幽王大壞也。」其言刺幽王，當無可疑。其言凡伯所作，則未知所據。《集傳》曰：「此刺幽王嬖褒姒，任奄人，以致亂之詩。」姚際恆、方玉潤皆駁其「任奄人」一語非是；然詩文明言「時維婦寺」，朱子乃據諸詩文，不得謂其謬誤也。夫褒姒雖得寵，一人終難致亂，內必有嬖幸為之羽翼，外必有皇父、番、家伯、仲允、聚子、蹶、楀為之呼應，始能成勢。此等人闇然媚世，視之為寺、妾亦無不可，何必斷斷於寺人之名哉？故朱子之說得之。

全詩七章，三章每章十句，四章每章八句。首章述遭虐政，仰天而訴之。二章述倒行逆施，皆源於褒姒也。

三章述婦寺致亂，亦猶〈小雅・十月之交〉「豔妻煽方處」一章也。四章申言婦寺干政之害。五章述內有婦災，外有狄患，賢人奔亡，國病深矣。六章述天降罪罟既廣既近，賢人奔亡，故心為之憂悲也。末章述冀王悔悟，庶無辱先祖，挽救子孫也。前五章寫事實，後二章詩人自抒心意。方玉潤《詩經原始》曰：「詩之尤為痛切者，在人之云亡、邦國殄瘁二語。夫賢人君子，國之棟梁；耆舊老成，邦之元氣。今元氣已損，棟梁將傾，此何如時邪？」

一一、召旻

旻天疾威❶，天篤降喪❷。瘨我饑饉❸，民卒❹流亡。我居圉卒荒❺。

天降罪罟，蟊賊內訌❻。昏椓靡共❼。潰潰回遹❽，實靖夷我邦❾。

皋皋訿訿❿，曾不知其玷⓫。兢兢業業⓬，孔填不寧⓭，我位孔貶⓮。

如彼歲旱，草不潰茂⓯，如彼棲苴⓰。我相此邦，無不潰止⓱。

維昔之富，不如時；維今之疚，不如茲⓲。彼疏斯粺⓳，胡不自替⓴，職兄斯引㉑。

池之竭矣，不云自頻㉒？泉之竭矣，不云自中㉓？溥斯害矣㉔，職兄斯弘㉕，不烖我躬㉖？

昔先王受命㉗，有如召公㉘，日辟㉙國百里；今也日蹙㉚國百里。於乎哀哉！維今之人，不尚有舊㉛。

【注釋】

❶句見〈小雅・小旻〉。❷篤，《箋》：「厚也。」降喪，降下喪亂也。❸瘨，音顛，ㄉㄧㄢ。《箋》：「病也。」饑饉，見〈小雅・雨無正〉注❸。句言天降饑饉以病我也。❹卒，《箋》：「盡也。」❺居，《集傳》：「國中也。」圉，《傳》：「垂也。」即邊疆也。荒，《箋》：「虛也。」句言我國中至邊疆盡空虛也。❻蟊賊，本害禾之蟲，見〈小雅・大田〉注⓬。此處喻惡人。訌，音紅，ㄏㄨㄥˊ。《箋》：「爭訟相陷也。」❼昏椓，《箋》：「昏椓，皆奄人也。昏，其官名也。椓，椓毀陰者也。」《正義》：「〈天官・閽人〉注云：『閽人司昏晨以啟閉者。』是昏其官名也……椓毀其陰，即割勢是也。」按幽王之世，未聞有閹寺執政為亂者。此昏椓當是「指內小臣、奄人因緣為奸者」（見《詩經通論》），或是詩人深惡執政官吏之詞，猶上文稱之為蟊賊也。共，《釋文》：「共，音恭。」靡共，不恭敬也。❽潰潰，《傳》：「亂也。」回遹，邪僻也。見〈小雅・小旻〉注❸。❾靖夷，《集傳》：「靖，治。夷，平也。」按靖與夷義同，《箋》訓謀滅，恐非是。句謂實彼等（指蟊賊、昏椓）治理我國家也。❿皋，音高，ㄍㄠ。皋皋，《傳》：「頑不知也。」《正義》：「某氏曰：無德而空食祿也。」按《爾雅・釋訓》：「皋皋，刺素食也。」是皋皋者，頑鈍無能也。訿訿，相詆毀也。見〈小雅・小旻〉注❼。⓫玷，音店，ㄉㄧㄢˋ。《箋》：「缺也。」參見〈抑〉注㉛。⓬句見〈雲漢〉。⓭句見〈瞻卬〉。⓮貶，《傳》：「隊也。」即墜落也。此言小人在位，怠惰毀謗，而王不知其缺失；我戒慎恐懼，反而憂病不安之甚，地位亦低落之甚。⓯潰，《詩緝》：「潰，訓散，又訓亂，草散亂則茂盛。」歲乾旱則草不雜茂也。⓰苴，音居，ㄐㄩ。《傳》：「水中浮草也。」棲苴，謂懸於木上之苴也。按高本漢謂似鳥巢中草，亦通。⓱相，《集傳》：「視也。」潰，《箋》：「亂也。」止，語詞。⓲時，《傳》：「今也。」謂今幽王之世也。句言昔日富庶不如今世也。幽王承宣王之盛，其富庶過於往世，故云。疚，《釋文》：「病也。」茲，《箋》：「此也。」即此日、目前也。句言今世之病，

其深重莫如今日也。幽王雖承宣王之盛，然身昏暗又寵褒姒，內亂外患並至，國勢日衰，至於此時已極，故云。⑲彼，指昔人。斯，此也，指今人。疏，《箋》：「麤也，謂糲米也。」粺，音敗，ㄅㄞˋ。《傳》：「精粺。」即精米。句言昔人食粗疏，今人食精細。亦即謂昔人生活簡樸，今人生活奢靡。⑳替，《傳》：「廢也。」對興而言。句言國家何能不自我衰弊？此應上章「無不潰止」。㉑職，只也。兄，音況，ㄎㄨㄤˋ，同況。《傳》：「茲也。」茲即滋也，益也。斯，語詞。引，《傳》：「長也。」深也。句言但益深重（指替而言）而已。㉒云，語詞。頻，《傳》：「厓也。」《箋》：「頻，當作濱。厓，猶外也。」池水由外來，其枯竭，必由外無水以入也，故云。㉓中，內也。泉水之出，必由地內；其枯竭，必由內之不出也。四句喻內憂外患並至也。㉔溥，《箋》：「猶徧也。」句言害已普遍矣。㉕弘，《集傳》：「大也。」句言但益擴大而已。㉖烖，同災，害也。躬，身也。句言不害及我身乎？意謂災必逮乎身也。㉗先王，《箋》：「謂文王武王也。」受命，謂受天命而有天下也。㉘召公，《箋》：「召康公也。」按胡承珙謂召穆公虎，非是。說見〈召南・甘棠〉注❹。有如，《箋》：「言有如者，時賢臣多，非獨召公也。」按〈周南・關雎〉孔氏《正義》曰：「六字者，『昔者先王受命，有如召公之臣』之類也。」是「召公」下本有「之臣」二字，或傳寫脫漏也。㉙辟，同闢。《傳》：「開也。」㉚蹙，《傳》：「促也。」按曰「日辟國百里」、「日蹙國百里」，皆誇詞耳。㉛尚，《箋》：「高尚也。」即尊崇也。有，語詞。舊，舊章，老臣也。今之人不尊尚舊章老臣。此詩人所以哀之也。

【詩義・章旨】

〈詩序〉曰：「〈召旻〉，凡伯刺幽王大壞也。旻，閔也。閔天下無如召公之臣也。」其言「刺幽王」，是也。其言凡伯所作，則未見其據。《集傳》曰：「此刺幽王任用小人，以致饑饉侵削之詩也。」其說甚是。姚際恆《詩經通論》謂：「此詩仍指褒姒為主。『蟊賊』，指褒姒也。故曰：『內訌。』」竊意指褒姒者乃前篇，此篇則指任用小人，末章「昔先王受命，有如召公」，足以為證。「蟊賊」一詞，亦未必專指褒姒也。故仍當從朱說為是。至於詩名〈召旻〉，蘇轍《詩集傳》曰：「因其首章稱旻天，卒章稱召公，故謂之〈召旻〉，以別〈小旻〉而已。」其說至當。

全詩七章，前四章每章五句，後三章每章七句。首章述天降喪亂饑饉之災禍。二章述群小內訌、昏椓靡恭，反治理國家。三章述小人得勢，君子反遭黜退。四章斷言國家必將潰亂。五章言今時之人生活奢靡，疚病百出，國家將益衰微。六章言內憂外患並生，災必逮乎其身也。末章深慨國勢日蹙，然猶冀望王尊尚舊章，進用賢人，庶幾反否為泰，轉危為安也。

周頌

〈詩序〉曰：「〈頌〉者，美盛德之形容，以其成功告於神明者也。」一語已盡其義。《箋》曰：「頌之言容。」《集傳》曰：「頌與容古字通用。」鄭、朱二氏皆知頌字之意，而不能明詩所名〈頌〉之意，故於〈振鷺〉「亦有斯容」之容字，竟不知其即頌字之本義也。直至阮元作〈釋頌〉，頌為舞容，始大白於世。〈頌〉詩四十篇，〈周頌〉三十一篇，〈魯頌〉四篇，〈商頌〉五篇。孔氏《正義》曰：「〈雅〉不言周，〈頌〉言周者，以別商、魯也。周，蓋孔子所加也。」

〈周頌〉三十一篇，為三百篇中最古之詩。鄭玄《詩譜》曰：「其作在周公攝政、成王即位之初。」而朱子《集傳》曰：「〈周頌〉三十一篇，多周公所定，而亦或有康王以後之詩。」觀乎〈昊天有成命〉曰：「成王不敢康。」〈執競〉曰：「不顯成康。」朱子之說是也。三十一篇中多祀文、武之詩，或頌其文德，或頌其武功。而言農事者亦有六篇之多，蓋因后稷以農事興，故特重稼穡也。〈周頌〉文字最為古奧難解，故注家歧說亦最多。〈周頌〉多有韻，亦有無韻者。三十一篇皆不分章，後人以〈大武〉詩分六章，實誤。自有明以來，注家多強為之分章，妄亂之甚。

清廟之什

一、清　廟

於穆清廟❶，肅雝顯相❷。濟濟多士❸，秉文之德❹。對越在天❺，駿奔走在廟❻。不顯不承❼，無射於人斯❽。

【注　釋】

❶於，音烏，ㄨ。《傳》：「歎辭也。」穆，《傳》：「美也。」清廟，《釋文》：「杜預云：肅然清靜之廟也。」此指文王之廟。❷肅雝，《傳》：「肅，敬。雝，和也。」顯，《集傳》：「明也。」相，《傳》：「助也。」謂助祭之公卿諸侯也。《詩記》：「自主人以外，餘皆顯相也。成王，祭主也。周公及助祭之諸侯，皆顯相也。」❸濟濟多士，句見〈大雅・文王〉。《詩記》：「廣言助祭之人，凡有事者皆在也。」❹文，《箋》：「文王也。」《詩經詮釋》：「此文字謂文王，猶〈武〉篇『嗣武受之』之武謂武王也。句言此眾多之助祭者，皆秉承文王之德也。」❺對越，《經義述聞》：「猶對揚。」對揚，頌揚也。見〈江漢〉注㉝。在天，與下句「在廟」相對為文，謂在天上。句言文王在天上稱揚上帝。按前人多訓「在天」為文王「在天之神」或「在天之意」，恐誤。❻駿，《正義》：「疾也。」在廟，在廟中。此句猶〈閔予小子〉之「陟降庭止」，言文王在廟中（人間）疾速奔走人事也。❼不，《詩經通論》：「不，皆作丕。」不顯，甚顯明也。指文王之德而言。下篇曰：「於乎不顯！文王之德之純。」不承，《經義述聞》：「古人屬辭，各從其類。丕顯丕承連文，俱是盛大之辭。丕顯非創造之

義，而丕承獨為紹承之解，斯不類矣……承者，美大之辭，當讀「武王烝哉」之烝，美也。」按不承，亦指文王之德而言。《書・君奭》：「惟文王之德，丕承無疆之恤。」不顯不承，皆贊美文王之德也。❽射，音亦，ㄧˋ。《傳》：「厭也。」斯，《集傳》：「語辭。」無射於人，言人皆不厭其德，亦即皆悅其德也。

【詩義・章旨】

〈詩序〉：「〈清廟〉，祀文王也。周公既成洛邑，朝諸侯，率以祀文王焉。」《集傳》從之。姚際恆以為此詩乃祀文王。其《詩經通論》曰：「按〈洛誥〉曰：『則禋于文王、武王。』又曰：『文王騂牛一，武王騂牛一。』是洛邑既成，兼祀文武。此詩專祀文王，豈可通乎！至謂『朝諸侯，率以祀文王』，此本〈明堂位〉之邪說，謂周公踐天子位，朝諸侯也，尤為誣妄。《集傳》偏從〈序〉，何耶？」戴震《毛鄭詩考正》據〈洛誥〉以此詩為兼祭文武之詩，並舉詩文「不顯不承」為證曰：「詩中不顯頌文王，不承頌武王，甚明。」後之說《詩》者，遂歧而為二：一謂祭文王之詩，一謂兼祭文、武之詩。

竊意此詩乃專祭文王之詩。〈序〉曰：「祀文王也。」不誤。詩曰：「秉文之德。」《箋》：「濟濟之眾士，皆執行文王之德。」詩單言「文」，不言「文武」，足證此詩專祀文王也。或謂詩之「文之德」，《傳》訓為「文德」，高本漢《詩經注釋》謂「文德」乃一成語，《傳》說勝《箋》，則又何解？竊謂「文德」乃一成語，高氏之說是也。然正以其為成語，故不可以作「文之德」。「文德」一詞，古書中常見，皆謂禮樂教化；而「文之德」僅此一見，則知此「文之德」乃指文王之德，非「文德」也。猶之《左傳》僖公二十七年曰：「一戰而霸，文之教也。」「文之教」乃指晉文公之教，非「文教」也。否則，詩人逕言「秉其文德」，一如〈江漢〉「矢其文德」可也，何必加一「之」於其間乎？故屈萬里先生曰：「此文字謂文王，猶〈武〉篇『嗣武受之』之武謂武王也。」誠為不易之論。

戴震《毛鄭詩考正》據〈洛誥〉以為是兼祭文、武之詩，考〈洛誥〉之文曰：「則禋于文王、武王。」此乃言先後祭之，並非兼祭。〈洛誥〉又曰：「文王騂牛一，武王騂牛一。」尤可證乃分祭而非兼祭也。戴氏不察，依之為說，殊失其據。至於「不顯不承」一語，戴震謂與《書・君牙》「丕顯哉，文王謨；丕承哉，武王烈」之語相通。不知《書》明言文王、武王，故丕顯、丕承各有所屬。今詩文「不顯不承」四字為一句，上下又無文王、武王之文，何以知「不顯頌文王，不承頌武王」？《詩》中「複字句」（裴普賢先生語，見《詩經欣賞與研究》一四七一頁）極多，如「飲之食之」、「不剛不柔」、「載震載夙」……未有一句分指二人者，故戴氏之說非是。王引之謂：「古人屬辭，各從其類。」而訓「承」為美，其識卓矣；然終不能脫出戴氏窠臼，而仍以之分指文王、武王，殊失所望也。

全詩一章，八句。孔氏《正義》曰：「〈周頌〉三十一篇，皆一章者，以其〈風〉、〈雅〉敘人事，刺過論功，志在匡救，一章不盡，重章以申殷勤。故〈風〉、〈雅〉之篇，無一章者。〈頌〉者，太平德洽之歌，述成功以告神，直言寫志，不必殷勤，故一章而已。」詩之前四句皆寫助祭者，後四句則寫文王之德。「對越在天，駿奔走在廟」，言文王之神在天則稱揚上帝，在廟則奔走人事，皆言其德之美也。其句型猶〈大明〉之「明明在下，赫赫在上」，寫文武之神之在人間與天上也。然說《詩》者多以之屬之多士，謂此多士之助祭者對越文王在天之神，而在廟中疾奔走祭祀之事。如此，則此篇之旨在贊美助祭者，而非美文王也。〈詩序〉曰：「頌者，美盛德之形容也。」此所謂美盛德，當是美先祖神明之盛德，而非美助祭者也。今詩旨乃祀文王，而詩文皆美助祭者，名實相違而難通矣。且「在天」與「在廟」對舉，皆指處所而言。今以「在天」指文王或文王之神，亦不合訓詁之常規。姚際恆氏反謂：「惟其秉文之德，故可以對越文王在天之靈也；不必以『駿奔走在廟』句泥『在天』、『在廟』為對也。」惡！是何言歟！「不顯不承」句，毛、鄭屬之多士，戴震、王引之分屬之文王、武王，獨朱子、嚴粲屬之文王，與鄙意合。然朱、嚴二氏何以不見上二句與此句義不能貫，殊為費解。

二、維天之命

維天之命❶，於穆不已❷。於乎不顯❸！文王之德之純❹。假以溢我❺，我其收之❻。駿惠我文王❼，曾孫篤之❽。

【注釋】

❶命，即〈文王〉「周雖舊邦，其命維新」之命。「天之命」，即上天所賜予周之大命。鄭氏及朱子取〈中庸〉之說訓命為道，深矣遠矣，然恐非此篇之義也。❷於穆，見前篇注❶。不已，不止也。❸於乎，前已數見。不顯，即丕顯。見上篇注。此歎美文王之德也。❹純，《傳》：「大也。」按《集傳》訓為純一不雜，《詩》中純字無此義。❺假，通加。《史記・孔子世家》「假我數年」，《論語・述而》作「加我數年」，是其證。溢，與益同。徐灝《說文解字注箋》：「戴氏侗曰：疑益本溢字，水在皿上，溢之意也。用為會益，故溢復加水。」王筠《說文釋例》：「益從水，而溢又加水……溢似後來分別字。」假與溢皆加義。以，而也。假以溢我，即加而益我，謂天之命、文王之德，皆加於我身也。前人訓假為嘉、為大，訓溢為慎、為盈。朱子從《左傳》作「何以恤我」，皆未得其解。❻其，《詩緝》：「其者，自期之辭。」收，《集傳》：「受也。」❼駿，《箋》：「大也。」惠，《箋》：「順也。」按解作〈邶風・北門〉「惠而好我」之惠，愛也，義似較勝。句謂大愛我文王也。又高本漢謂此句之主詞為文王，乃加重語氣之句法，言「駿惠我者，文王也。」不知《詩經》中此類句型極多，如〈小雅・十月之交〉「俾守我王」、〈甫田〉「以穀我士女」、〈大雅・民勞〉「以定我王」，皆是也。「文王」仍為受詞，其上加「我」字，以示親切而已。高氏以「文王」為主詞，似誤。❽曾孫，《箋》：「曾，猶重也。自孫之子而

下，事先祖皆稱曾孫。」篤，《箋》：「厚也。」堅也。此勉後王之語。謂自今以後，為文王之子孫者，當世世篤守而不忘也。

【詩義・章旨】

〈詩序〉曰：「〈維天之命〉，太平告文王也。」其說不誤，惟「太平」二字乃贅語，蓋告文王之詩，孰非告太平乎？《集傳》曰：「此亦祭文王之詩。」是矣。

全詩一章，八句。首二句言天命在周，於穆不已。本無過深義理，自子思子引之以說理，鄭氏又回引以說詩，訓命為道，南宋以後，以此為理學之源。其說固弘大淵深，然終非詩義也。此點姚際恆氏論之甚精，於此不贅。次二句述文王之德之美。五、六句述己稟承天命與文王之德，末二句勉子孫續承之而不墜也。詩之重心，實在文王之德四字，保有此德，則能保有天命。末二句叮嚀子孫者，其意即在此。

三、維清

維清緝熙❶，文王之典❷。肇禋❸。迄用有成❹，維周之禎❺。

【注釋】

❶清，《集傳》：「清明也。」緝熙，光明、光大也。見〈文王〉注⑳。❷典，《傳》：「法也。」句言清明光大者，乃文王之法也。❸肇禋，《傳》：「肇，始。禋，祀也。」《箋》：「文王受命，始祭天而枝伐也。《周禮》：以禋祀祀昊昊上帝。」按周世武功，文王獨多。伐邘、耆、密須、混夷、崇，凡五伐。肇禋者，如伐崇「是類

是禡」之事是也。是則肇禋雖言祭天，實言文王征伐之事也。❹迄，終也，竟也。用，以也，於也。迄用，終以，終於也。〈臣工〉「迄用康年」之迄用，其義同此。《傳》訓迄為至，《箋》曰：「迄今用之。」然「迄」之一字不得訓為至今，〈生民〉「以迄于今」，迄下加一今字，可資為證。❺禎，《傳》：「祥也。」句言文王肇禋而征伐，終於有成，此實為周家之禎祥也。

【詩義．章旨】

此祀文王之詩。〈詩序〉曰：「〈維清〉，奏象舞也。」象乃〈武〉詩，乃周公所作祝頌武王成功者也，與此詩無涉。〈序〉說大誤，姚際恆氏駁之極詳。《集傳》曰：「此亦祭文王詩。」詩中有「文王之典」、「肇禋」之文，故其說是也。

全詩一章，五句。「文王之典」一語為全詩之重心，「維清」、「緝熙」，皆美之之詞。「肇禋」，與〈生民〉之「肇祀」正同。彼詩之肇祀為后稷，則此詩之肇禋當為文王。且此詩為祀文王而作，「肇禋」一詞屬之文王，方為合理；然東萊《詩記》曰：「周公宗祀文王於明堂以配上帝，所謂肇禋，以文王配帝，始於此也。」又引橫渠張氏曰：「肇禋，始大祀文王也。」大祀文王，乃周公之事，非文王之德（典）。祀文王而美周公，寧有是理哉？故其說不可從。文王肇禋而用兵，終於有成，此為文王之典，亦為周家之禎。如此為解，全文義方一貫。朱子疑此詩有闕文，是未達其旨也。又此詩僅十八字，為三百篇中之最短者，較之絕句尚少二字，然言雖簡而義足，亦足稱奇矣。

四、烈文

烈文辟公❶，錫茲祉福❷。惠我無疆❸，子孫保之❹。無封靡❺于爾邦，維王其崇之❻。念茲戎❼功，繼序其皇❽之。無競維人❾，四方其訓之❿。不顯維德⓫，百辟其刑之⓬。於乎前王不忘⓭。

【注釋】

❶烈文，《毛詩傳箋通釋》：「烈文二字平列，烈言其功，文言其德也。」辟，《詩緝》：「君也。」辟公，《集傳》：「諸侯也。」《毛詩傳箋通釋》：「天子諸侯皆有君號，故通稱為辟。天子曰辟王，《詩》『載見辟王』是也。諸侯則曰辟公，此詩『烈文辟公』、〈雝〉詩『相維辟公』是也。」《詩經詮釋》：「此『烈文辟公』，指周之先公也。」❷祉，亦福也。句謂辟公錫此福於我後人也。❸惠，《箋》：「愛也。」謂此祉福惠我周家無窮無盡。❹保之，謂保此祉福，即保其功與德也。❺封，閉也。靡，通縻，縶繫束縛之義。《傳》訓「累也」，正是繫累之義。封靡，即固滯拘束無所作為也。❻崇，《箋》：「厚也。」謂崇其功、厚其德也。❼戎，《傳》：「大也。」❽序，《毛詩傳箋通釋》：「序，緒也。繼序，猶云纘緒。」其，與上文「其崇之」之其，皆期望之詞。皇，《集傳》：「大也。」即發皇、光大也。❾競，《傳》：「強也。」維人，其人，指辟公。言其人無可與之比強也。參見〈抑〉注❻。❿句見〈抑〉。⓫言其德不顯也。⓬刑，法也。言百辟當效法其德也。⓭前王，《箋》：「文王，武王。」按此詩乃祭「辟公」，衡之文理，此「前王」當指武王及其前之王公，亦即上文之「辟公」方是。前王不忘，即不忘前王也。

【詩義・章旨】

〈詩序〉曰：「〈烈文〉，成王即政，諸侯助祭也。」其意蓋以此詩乃成王即政之初，祭於宗廟，告戒助祭諸侯之詩。然詩曰：「維王其崇之。」則知既非成王主祭，亦非告戒諸侯者矣。歐陽脩《詩本義》以「繼序其皇之」以上，為君敕其臣之辭；「無競維人」以下，維臣戒其君之辭。姚際恆駁之曰：「以一詩作兩人語，未免武斷。」《集傳》曰：「此祭於宗廟，而獻助祭諸侯之樂歌。」其說與〈序〉同，惟小異其辭爾。後世如季本《詩說解頤》、錢澄之《田間詩學》、方玉潤《詩經原始》等皆然。屈萬里先生《詩經詮釋》曰：「此蓋祭周先公之詩，因以戒時王也。」按之詩文，其說甚是。惟竊意以為不僅祭先公，先王亦在其中，此所以言「前王不忘」也；非僅戒時王，亦以戒諸侯公卿，此所以言「四方其訓」、「百辟其刑」也。方玉潤謂一詩不可勉兩人，陋甚！至於詩之作者，姚際恆謂：「當是周公作。」極為允當。今從之。

全詩一章，十三句。首二句為全篇綱領，而首二字「烈文」又為此二句之本根。所謂「祉福」，即此「烈文」也。下文「保之」、「崇之」、「皇之」、「訓之」、「刑之」，無不指此也。輕忽此二字，則全篇重心頓失，而詩義亦不可解矣。「無封」四句，皆戒王之辭，「崇之」即「皇之」。「皇之」句不言「王」者，在上文也，猶之「崇之」句不言「繼序」者，在下文也。此互足之法，詩中常見。「無競」四句，戒諸侯公卿也。末語「前王不忘」與首句呼應，前王即辟公，所不忘者，其烈其文而已。全文首尾圓合，辭義條貫，若不識其辭，不明其義，則妙文頓成餖飣矣！

五、天作

天作高山❶，大王荒之❷。彼作❸矣，文王康之❹。彼徂矣❺，岐有夷之行❻。子孫保之❼。

【注釋】

❶作，《傳》：「生也。」高山，《箋》：「謂岐山也。」❷大，音太，ㄊㄞˋ。大王，即古公亶父。荒之，《詩記》：「渤海胡氏曰：荒，奄也。太王遷居奄有之。」❸彼，指大王。作，興作也，指開發創建之事。❹康，《箋》：「安也。」之，與上之字同，指岐山。康之，謂安於是也。❺彼，與上彼字同，亦指太王。徂，《箋》：「往也。」按此徂字當與《孟子・萬章上》「放勳乃徂落」、《史記・伯夷列傳》「吁嗟徂兮」之徂同，通殂，死也。《箋》訓往，不誤，蓋人死亦曰往也。詩先言「彼作」，後言「彼徂」，此徂字當非謂往岐也。蘇轍《詩集傳》曰：「文王既逝矣。」亦以徂為逝也。❻夷，《集傳》：「平也。」行，音杭，ㄏㄤˊ。《箋》：「道也。」句言大王既逝矣，岐地乃有坦蕩之大道。按「夷之行」非僅指有形之大路而已，亦當有其引申義也，此於下句「子孫保之」一語可知。❼保之，謂保有此岐山及大王之績業也。

【詩義・章旨】

此祭岐山之詩。〈詩序〉曰：「〈天作〉，祀先王先公也。」詩中並無先公，其說失之。《集傳》曰：「此祭大王之詩。」後之說《詩》者多從之。然季本《詩說解頤》曰：「大王肇基王迹，其德業之盛，尚多可稱，而獨舉荒山一事，何以盡大王之功烈哉？況連及文王，則語亦似不專為大王發者。」不僅此也。詩若祭大王，則代名詞不當用「彼」，當用如〈思文〉祭后稷曰「莫非爾極」之用「爾」。此詩既用「彼」，則大王必非被祭之人，亦非此詩所主述之對象也。季本又曰：「此蓋祀岐山之樂歌。」何楷《世本古義》曰：「按《易・升卦》六四之爻曰：『王用享于岐山，吉。』則岐山之祭，周固有之矣。」鄒忠允《詩傳闡》曰：「天子為百神主。岐山王氣攸鍾，豈容無祭？祭豈容無樂章？不言及王季者，以所重在岐山，故止挈首尾二君言之也。」其後錢澄之《田間詩學》、黃中松《詩疑辨證》、傅恆、孫嘉淦《詩義折中》、姚際恆《詩經通論》、汪梧鳳《詩學女為》、方玉潤《詩經原始》、屈萬里《詩經詮釋》、陳子展《詩經直解》、王靜芝《詩經通釋》、朱守亮《詩經評釋》同主此說。

全詩一章，七句。詩之首句已點出主題。次句述及太王者，以太王得岐山而始興，岐山得太王而始顯。名山名人，相得而益彰也。「彼作」、「彼徂」，兩「彼」字皆指太王。「文王康之」一語，亦以文王襯托岐山，蓋言岐山乃周家發祥之原也。《易・升・六四》曰：「王用享于岐山。」〈隨・上六〉曰：「王用享于西山。」（西山即岐山）足見周家對岐山之敬重。朱子謂此祭太王詩，則不知於此「文王」句作何解釋也。末三句言太王一生績業，盡在岐山，為子孫奠定王業之基，子孫亦當保此基業以示不忘也。「彼徂矣，岐有夷之行」二句，朱子改作四字一句，以「岐」字從上讀，姚際恆、方玉潤等從之。實誤。「彼徂矣」與上文「彼作矣」相對成文，《詩》中此種語例極多，一讀便知，何待呶呶！

六、昊天有成命

昊天有成命❶，二后受之❷。成王不敢康❸，夙夜基命宥密❹。於緝熙❺，單厥心❻，肆
其靖之❼。

【注釋】

❶成命，《集傳》：「定命。」早已有定而不改易之命也。❷二后，《傳》：「文、武也。」后，君也。言文武二君受此天命也。❸成王，《集傳》：「成王，名誦，武王之子也。」康，《箋》：「安逸也。」❹夙夜，按《詩》用「夙夜」一詞極多，例作早晚解。基，賈誼《新書‧禮容語下》引此詩曰：「基者，經也。」高本漢《詩經注釋》：「奠立……基礎。」亦通。命，即上文「成命」之命。基命，經營此天命，或奠立此天命之基礎。按《國語‧周語下》叔向引此句而解曰：「基，始也。命，信也。」《傳》全用之，於義難通。宥，《傳》：「寬也。」密，《玉篇》：「密，深也。」❺於，音烏，ㄨ，歎詞。緝熙，昌明也，光大也。見〈維清〉注❶。❻單，蘇轍《詩集傳》：「盡也。」❼肆，《傳》：「固也。」其，將也。靖，《集傳》：「安也。」即定也。句言固將安定天命，即保有此天命也。

【詩義‧章旨】

〈詩序〉曰：「〈昊天有成命〉，郊祀天地也。」此詩僅首句言天，而詩之首句言天者極多，〈周頌〉即有〈維天之命〉，何以此詩獨為郊祀天地？〈序〉說無據，不可從也。《集傳》曰：「此詩多道成王之德，疑祀成王之詩也。……《國語》叔向引此詩而言曰：『是道成王之德也。成王能明文昭、定武烈者也。』以此證之，則其為祀成王之詩無疑也。」其說極是，當從之。至於此詩作成之時代，歐陽脩已言之矣。其《詩本義》曰：「『成王』者，成王也。猶文王之為文王，武王之為武王也。然則〈昊天有成命〉，當是康王以後之詩。」

全詩一章，七句。首句「成命」二字為全篇重心，「二后受之」一語，並非重要，只是將此「成命」過渡至成王，以示成王亦承天命也。賈誼《新書‧禮容語下》曰：「文王有大德，而功未就；武王有大功，而治未成。

及成王承嗣，仁以臨民，故稱昊天焉。」可謂深得其旨矣。「夙夜」以下三句，皆言成王勤勞此天命，並盡心光大之。末句「肆其靖之」，謂終能保此天命而勿失也。篇製雖短，而通首密練，脈理暢達。

七、我將

我將我享❶，維羊維牛，維天其右❷之。儀式刑文王之典❸，日靖四方❹，伊嘏文王❺，既右饗之❻。我其夙夜，畏天之威，于時保之❼。

【注釋】

❶將，《箋》：「猶奉也。」享，《傳》：「獻也。」《正義》：「將與享相類。」按凡複字句中之相異二字，義皆相類。見〈清廟〉注❼。❷右，與〈小雅．彤弓〉「一朝右之」之右同，通侑。凡勸飲、勸食皆曰侑。❸儀，宜也。見〈文王〉注㊶。式，《箋》：「象也。」刑，《傳》：「法也。」按式與刑義同，皆法也。《集傳》謂：「儀、式、刑，皆法也。」非是。三同義字連用為一詞，古籍所無。典，《傳》：「常也。」謂常道也。《左傳》昭公六年引詩作「德」。❹靖，《詩緝》：「陳氏曰：靖，安也。」四方，天下也。❺伊，語詞。嘏，音古，ㄍㄨˇ。《釋文》：「毛：大也。」《正義》：「毛於嘏字皆訓為大，此嘏亦為大也。」伊嘏文王，猶大哉文王。❻右，與上文「其右之」之右同，通侑。右饗之，勸饗食之也。❼時，《箋》：「是也。」保之，謂保此文王之典也。

【詩義．章旨】

〈詩序〉曰：「〈我將〉，祀文王於明堂也。」按《孝經》曰：「宗祀文王於明堂，以配上帝。」而詩亦曰：

「維天其右之。」「伊嘏文王，既右饗之。」是此詩不僅祀文王，亦祀天也。〈序〉僅謂祀文王，則無解於「維天其右之」一語也。《集傳》曰：「此宗祀文王於明堂以配上帝之樂歌。」其說周矣。

全詩一章，十句。詩之前三句述祀天。首言「我將我享，維羊維牛」，繼言「維天其右之」，其為祀天，意極明顯。既為祀天，則「右」字與下文「右饗」之右，當同其義，而或訓上「右」字為助，訓下「右」字為侑，恐誤。「儀式刑文王之典，日靖四方」，為全詩之重心。以「文王之典」緊接「維天」句，蓋以「文王之典」本乎天意也。下文「保之」，即保此典也。「伊嘏」二句，言祀文王。「我其夙夜，畏天之威」，呼應首三句，且藉「天威」增強「文王之典」地位，於是保此文王之典，益振振有詞矣。東萊呂氏曰：「於天維庶其饗之，不敢加一辭焉；於文王則言儀式其典，日靖四方。天不待贊，法文王所以法天也。卒章惟言畏天之威，而不及文王者，統於尊也。畏天，所以畏文王也。天與文王，一也。」呂氏可謂識透此詩之旨，亦識透詩人摛文之巧妙矣。朱子引以為言，足見其推崇之意。竊嘗謂《詩》三百篇皆無上藝術精品，今見呂氏之言，益信。

八、時邁

時邁其邦❶，昊天其子❷之，實右序有周❸。薄言震之❹，莫不震疊❺。懷柔百神❻，及河喬嶽❼。允王維后❽。明昭有周❾，式序在位❿。載戢干戈⓫，載櫜弓矢⓬。我求懿⓭德，肆于時夏⓮，允王保之⓯。

【注釋】

❶邁，《傳》：「行也。」邦，《集傳》：「諸侯之國也。」句言武王以時出行其邦國，謂巡守也。❷子，動詞，

愛之如子也。❸右，《箋》：「右助也。」序，即〈烈文〉「繼序其皇之」之序，通緒，繼也。高本漢說。句謂昊天實助有周而使之承繼殷商也。❹薄言，迫而也。見〈周南・芣苢〉注❸。震，《傳》：「動也。」謂震動威服也。❺疊，《傳》：「懼也。」《正義》：「疊，懼，〈釋詁〉文。彼疊作慴，音義同。」❻懷柔，《傳》：「懷，來。柔，安也。」按懷與柔義近，撫慰也。句謂祭祀諸多神靈也。❼河，黃河，此謂河神。喬，《傳》：「高也。」喬嶽，指吳嶽。見〈崧高〉注❶。《毛詩傳箋通釋》謂「四嶽而言之」，亦通。此謂喬嶽之神也。❽允，《箋》：「信也。」句言信哉王宜為天下之君也。蓋美之也。❾明昭，明亦昭也。句言天顯明有周也。❿式，語詞。序，與上「實右序有周」之序同，通緒，繼也。句言昊天使周繼殷而在位也。在位，似指武王而言。⓫戢，《傳》：「聚也。」句言收斂干戈而藏之。⓬櫜，音高，ㄍㄠ。《傳》：「韜也。」《正義》：「櫜者，弓衣，一名韜。」此處作動詞用，謂藏弓矢於韜也。參見〈小雅・彤弓〉注❽。二句喻不復用兵也。⓭懿，《箋》：「美也。」⓮肆，《箋》：「陳也。」時，《箋》：「是也。」夏，《集傳》：「中國也。」按《箋》以夏為樂名，由〈思文〉「常陳于時夏」，知其說非是。二句言我求懿美之德，以施行於中國也。⓯保之，言保此懿德，即保此周邦也。

【詩義・章旨】

〈詩序〉曰：「〈時邁〉，巡守告祭柴望也。」《正義》曰：「〈時邁〉詩者，巡守告祭柴望之樂歌也。謂武王既定天下，而巡守其守土諸侯，至於方岳之下，乃作告至之祭焉。柴望之禮：柴祭昊天，望祭山川。巡守而安禮百神，乃是王者盛事。周公既致太平，追念武王之業，故述其事而為此歌焉。」按詩曰：「時邁其邦。」此天子巡守邦國之證。詩曰：「懷柔百神，及河喬嶽。」此告祭柴望之證。故〈序〉說不誤。《左傳》宣公十二年曰：「武王克商，作頌曰：『載戢干戈，載櫜弓矢，我求懿德，肆于時夏，允王保之。』」《國語・周語》曰：「周文公之頌曰：『載戢干戈，載櫜弓矢，我求懿德，肆于時夏，允王保之。』」則此詩當如《國語》所記，乃周公所作，故曰「允王保之」也。至於作成之時間，以詩曰：「允王維后。」「允王保之。」當在巡狩之前或後，要之，必在武王之世。何楷《世本古義》謂作於成王之世，屈萬里先生《詩經詮釋》謂此為祭武王之詩，然則詩之「允王維后」、「允王保之」則不可解矣。

全詩一章，十五句。季本《詩說解頤》、吳懋清《毛詩復古錄》分為三章，何楷《詩經世本古義》分為二章，而每章句之多少，亦各不同，皆不可從也。〈周頌〉三十一篇本不分章，分章之始作俑者為明季本。彼不僅篇篇分章，且任意合篇，如合〈清廟〉、〈維天之命〉、〈維清〉為一篇即是。彼常謂《集傳》分若干節，今分若干章，似分章之舉，確然有據。不知朱子分節，僅為方便注釋而已，亦猶孔氏《正義》之分節也。季氏依之而分章，乃欲古人分其謗耳。且朱子未嘗合篇，季氏合〈維天之命〉諸詩為一篇，亦從朱子邪？

詩之首二句「時邁其邦，昊天其子之」，「巡守告祭」之意盡在其中，實一篇之總綱也。牛運震謂：「二『其』字自謙自任俱有。」竊意以為此「其」字乃期望之辭，若此，則此詩乃巡守前之作也。證之詩曰：「載戢干戈，載櫜弓矢。」《左傳》謂：「武王克商，作頌曰。」則此詩為武王初定天下，首次巡行諸侯前祭天之作，不無可能矣。於百神則懷柔之，於諸侯則震疊之，可謂恩行於上，威施於下。「允王維后」，此王必是時王，其為武王無疑。「右序有周」與「式序在位」句法一例，則此「在位」當是周之開國之君也。「載戢」二句示斂武事也，「我求」二句示修文德也。「巡守告祭」之用意，當在此矣。

九、執競

執競❶武王，無競維烈❷。不顯成康❸，上帝是皇❹。自彼成康，奄有四方❺，斤斤其明❻。鐘鼓喤喤❼，磬筦將將❽，降福穰穰❾。降福簡簡❿，威儀反反⓫。既醉既飽⓬，福祿來反⑬。

【注釋】

❶執，《箋》：「持也。」競，《箋》：「彊也。」按執即拘執也，《箋》訓持，即執持、把捉也。《韓詩》訓服，即制服也。競，彊也。名詞，指殷紂而言。執競，即拘執、制服彊殷也。武王一生功業，全在滅殷，故於此特舉之。下文曰：「無競維烈。」即指此而言。鄭氏謂「持其彊道之心」，朱子謂「持其自強不息之心」，屈萬里先生謂「要強」，恐皆未得其義。❷無競，前已數見。維，其也。烈，《傳》：「業也。」句言其業（滅殷之功）無人能強（勝）之也。❸不，丕也。前已數見。成康，《詩本義》：「成康者，成王、康王也。」❹皇，《傳》：「美也。」句言讚美上帝也。❺奄，《正義》：「覆蓋也。」四方，《箋》：「謂天下也。」❻斤斤，《傳》：「明察也。」《集傳》：「言成康之德明著如此也。」❼喤喤，《正義》：「喤喤、將將，俱是聲也。」按喤喤，大聲也。見〈小雅．斯干〉注㉛。❽磬筦，皆樂器。磬以石為之。筦，同管，竹製，如簫、笛、籥、笙之類。將將，磬筦聲也。❾穰，音攘，ㄖㄤˊ。穰穰，《傳》：「眾也。」❿簡簡，《傳》：「大也。」⓫反反，《集傳》：「謹重也。」參見〈小雅．賓之初筵〉注㉙。⓬既醉既飽，《潛夫論．正列》引詩曰：「言神歆享醉飽。」《正義》：「既醉既飽，文在反反之下，故知為群神醉飽也。」按神不能燕飲，由〈小雅．楚茨〉、〈大雅．鳧鷖〉諸篇，知尸代神燕飲，則醉飽者乃尸也。⓭反，《潛夫論．正列》引詩曰：「反報也。」句言神福祿是報，即報以福祿也。

【詩義・章旨】

〈詩序〉曰：「〈執競〉，祀武王也。」朱子《辨說》嚴予駁斥，其《集傳》則曰：「此祭武王、成王、康王之詩。」何楷《世本古義》則以為此昭王日祭成康之詩。後之論此詩者，或是此而非彼，或是彼而非此，辯論紛紛，迄無定解。竊意以為〈詩序〉謂此詩祀武王，則不可奪也。何以知之？曰：由詩文「自彼成康」一語知之。詩既曰「彼」，則成康不在被祭之列，亦非此詩述寫之對象矣。蓋〈頌〉既為告祭祖先神明之辭，則於祖先神明當稱「爾」，不當稱「彼」。如〈思文〉乃祭后稷之詩，文曰：「莫非爾極。」即其例也。若有所告戒，則亦稱之為「爾」，如〈臣工〉曰：「敬爾在公。」即其例也。而未有以「彼」稱之者。〈天作〉以「彼」稱大王，則知非祭大王之詩；此篇以「彼」稱成康，則亦知非祭成康之詩也。祭武王而言及成康者，蓋述子孫之功業，以告慰於祖先也。

全詩一章，十四句。首二句述武王功績，已表示此祭武王之詩。下五句言及成康，此正所謂「以其成功告於神明者也」。「鐘鼓」二句，述祭祀盛況。末二句述祭祀之誠，神既鑒之，故醉飽而降福也。

一〇、思　文

思文后稷❶，克配彼天❷。立我烝民❸，莫匪爾極❹。貽我來牟❺，帝命率育❻，無此疆爾界❼，陳常于時夏❽。

【注　釋】

❶思，《集傳》：「語辭。」文，《箋》：「文德也。」后稷，見〈生民〉注❾。❷克，《傳》：「能也。」二句言有文德之后稷，其德直可配天也。❸立，猶定也。馬瑞辰說。按《書・皐陶謨》「烝民乃粒」，《史記・夏本紀》作「眾民乃定」。粒，為立之假借。烝，《箋》：「眾也。」❹極，《傳》：「中也。」即中正之德也。二句言安定我眾民者，莫非爾之中正之德也。❺來，《正義》：「《說文》云：『來，周受來牟也。一麥二夆，象其芒刺之形。』」（今《說文》作「二麥一夆」）按《廣雅・釋草》：「大麥，麰也。小麥，麳也。」《集傳》用之。來之初文確似禾麥之形，必為麥之一種無疑。今姑從《廣雅》。王引之訓來為嘉，似誤。牟，大麥也。❻率，《集傳》：「徧也。」育，《箋》：「養也。」句言爾（后稷）遺我民以小麥與大麥，此乃上帝命徧養我眾民也。❼句言無分畛域也。❽常，常道，指稼穡之道。句言陳布此稼穡之常道於此中國也。

【詩義・章旨】

〈詩序〉曰：「〈思文〉，后稷配天也。」此據詩文「思文后稷，克配彼天」為說，自是不誤。至於此詩之作者，《國語・周語》曰：「周文公之為頌曰：『思文后稷，克配彼天。』」當是周公也。又《孝經》曰：「昔者周公郊祀后稷以配天。」姚際恆《詩經通論》曰：「郊祭有二：一冬至之郊，一祈穀之郊。此祈穀之郊也。」

全詩一章，八句。首二句總提后稷文德，可以配天。以下六句，則實言其德，以示非空尊之也。三、四句述其為烝民立極。〈烝民〉曰：「民之秉彝。」《書・君牙》曰：「惟爾之中。」極也、彝（常）也、中也，一也。五六句述其實績。末二句述其廣仁博愛，其「克配彼天」者，此也。

臣工之什

一、臣工

嗟嗟臣工❶，敬爾在公❷。王釐爾成❸，來咨來茹❹。嗟嗟保介❺，維莫之春❻。亦又何求？如何新畬❼？於皇來牟❽，將受厥明❾。明昭上帝，迄用康年❿。命我眾人⓫，庤乃錢鎛⓬，奄觀銍艾⓭。

【注釋】

❶嗟嗟，《集傳》：「重嘆以深敕之也。」臣工，《集傳》：「群臣百官也。」此似指農官田畯之屬。❷敬，《箋》：「慎也。」公，《集傳》：「公家也。」❸釐，音離，ㄌㄧˊ。蘇轍《詩集傳》：「賜也。」成，蘇轍曰：「成法也。」❹來，陳奐《傳疏》：「猶是也。」茹，《箋》：「度也。」來咨來茹，猶云是究是圖。陳奐說。❺保介，《集傳》：「農官之副也。」陳奐謂：天子以元日祈穀于上帝，乃擇日親載耒耜，率三公九卿諸侯大夫躬耕藉田。此保介，即三公以下諸臣也。❻莫，《正義》：「古暮字作莫。」句言于暮春三月。❼畬，音余，ㄩˊ。新畬，《傳》：「田二歲曰新，三歲曰畬。」句言如何耕治新田及畬田也。❽於，音烏，ㄨ，歎詞。皇，《箋》：「美也。」來牟，見上篇注❺。❾明，《經義述聞》：「《爾雅》曰：『明，成也。』暮春之時，麥已將熟，故曰：『將受厥成。』」❿迄，《詩緝》：「錢氏曰：迄，終也。」迄用，終以、終於也。見〈維清〉注❸。康，《傳》：「樂也。」康年，《集傳》：「猶豐年也。」《詩緝》：「孟子曰：樂歲。」⓫眾人，《箋》：「庶民也。」⓬庤，

音至，ㄓˋ。《傳》：「具也。」乃，《古書虛字集釋》：「猶其也。」錢，《傳》：「銚也。」鎛，音博，ㄅㄛˊ。《傳》：「鎒也。」按錢、鎛皆田器，錢即鍤也，掘土用。鎛即鋤也，除草用。⓭奄，即〈大雅・皇矣〉「奄有四方」之奄，覆也。奄觀，盡觀，遍觀也。銍，音至，ㄓˋ。《傳》：「穫也。」按《說文》：「銍，穫禾短鐮也。」此處作動詞用。艾，音亦，ㄧˋ。《詩記》：「朱氏曰：艾、刈同，穫也。」銍艾，收穫也。

【詩義・章旨】

此祈麥實之詩也。《禮記・月令》：「季春之月……天子始乘舟薦鮪于寢廟，乃為麥祈實。」詩曰：「維莫之春。」其時正合。又曰：「於皇來牟，將受厥明。」其事亦合。又曰：「明昭上帝，迄用康年。」此禱於上帝之辭也。

〈詩序〉曰：「〈臣工〉，諸侯助祭，遣於廟也。」語過空泛，惟「助祭」二字合於詩義。而姚氏駁之曰：「詩無祭事。」實誤。〈周頌〉三十一篇，豈有與祭祀無關之詩？《集傳》曰：「此戒農官之詩。」姚氏評之曰：「若是，則當在〈雅〉，何以列于〈頌〉乎？」是也。鄒忠允《詩傳闡》曰：「其為耕籍而戒農官。」其說與朱子相伯仲，而姚氏竟用其說，真明察秋毫而不見輿薪也。屈萬里先生曰：「此疑春日祈穀時所歌之詩。」此用魏源之說而稍異其詞。然《禮記・月令》曰：「孟春之月……祈穀于上帝。」祈穀在孟春（正月），與詩文暮春不合。且穀者，百穀之總稱，而詩僅言「來牟」，其名亦不合也。

全詩一章，十五句。首四句乃戒臣工之詞。「王釐爾成」，王所賜者乃成法，此成法當指耕作之法，自后稷始創，傳之子孫，乃周家所獨有。故周公有嘉禾，成王有瑞麥也。今王以此法賜之臣工，故下文接云「來咨來茹」也。五至八句乃戒保介之語，謂暮春之時，來牟將熟，當治新畬之田也。以下乃禱於上帝之詞。「於皇來牟，將受厥明」，乃企盼之語，非事實也。末三句亦盼望之詞也。

二、噫嘻

噫嘻成王❶，既昭假爾❷。率時❸農夫，播厥百穀❹。駿發爾私❺，終三十里❻。亦服❼爾耕，十千維耦❽。

【注釋】

❶噫嘻，《集傳》：「亦歎辭也。」成王，武王子也。❷昭，《集傳》：「明也。」假，音格，ㄍㄜˊ。昭假，神降臨也。參見〈大雅・雲漢〉注53。爾，汝也。昭假爾，謂祈爾降臨也。❸時，《箋》：「是也。」即此也。❹播，《箋》：「猶種也。」百穀，穀類之總稱。❺駿，《箋》：「疾也。」發，《集傳》：「耕也。」私，《傳》：「私，民田也。言上欲富其民而讓於下，欲民之大發其私田耳。」❻終三十里，《傳》：「言各極其望也。」《正義》：「謂人目之望，所見極於三十，每各極望，則徧及天下矣。」按極目所望，是否洽為三十里，頗令人生疑。〈小雅・六月〉云：「于三十里。」《傳》曰：「師行三十里。」《箋》亦曰：「日行三十里可以舍息。」此詩「三十里」當亦與此義有關。李辰冬先生《詩經通釋》謂「三十里」即衛之浚邑，未知是否。又鄭玄用《周禮》為說，缺漏甚多，姚際恆駁之極詳。❼服，《箋》：「事也。」❽十千，《正義》：「以萬為盈數，故舉之以言，非謂三十里有十千人也。」耦，《集傳》：「二人並耕也。」句言萬人齊心并力，如合一耦也。

【詩義・章旨】

此祭成王祈穀而戒農官之詩。〈詩序〉曰：「〈噫嘻〉，春夏祈穀于上帝也。」其說近是。惟「上帝」一詞，若改為「祈穀于成王」，則盡合矣。《集傳》曰：「此亦戒農官之辭。」此得其一體而已。何楷《世本古義》曰：「康王春祈穀也。既得卜于禰廟，因戒農官。」可謂得其全體。姚氏謂之「巧合」，亦過矣。

全詩一章，八句。首二句「噫嘻成王，既昭假爾」，詩旨盡在其中，而說《詩》者多忽之，何邪？「既昭假爾」之爾指成王，諸訓為語詞者，皆誤。高本漢謂《詩經》中「爾」字「一律當你講，從沒有作語助詞用的」（見《注釋》七八〇），其說極是；然於此「爾」字，高氏則解作「靠近」（見《注釋》一〇一八），自相牴牾矣。「率時」二句，皆戒勵農官之語。〈大田〉曰：「雨我公田，遂及我私。」此民愛君也；此詩曰：「駿發爾私，終三十里。」此君愛民也。君民之間相愛如此！末語「十千維耦」，謂萬人齊力也。《箋》謂三十里內有萬人，誤矣。

三、振鷺

振鷺于飛❶，于彼西雝❷。我客戾止❸，亦有斯容❹。在彼無惡❺，在此無斁❻。庶幾夙夜❼，以永終譽❽。

【注　釋】

❶振鷺于飛，即〈魯頌・有駜〉「振振鷺，鷺于飛」二句之濃縮。振，即〈有駜〉之振振，《毛詩會箋》：「振振者，盛也。」鷺，鷺羽也，舞者所持。見〈魯頌・有駜〉《集傳》。于飛，在飛也。此形容鷺羽上下舞動之狀。

❷雝，《傳》：「澤也。」《詩記》：「王氏曰：西雝，蓋辟廱也。」又曰：「朱氏曰：先儒多謂廱在西郊，故曰西雝。」按王、朱二氏之說是也。〈大雅・靈臺〉曰：「於論鼓鐘，於樂辟廱。」辟廱中可奏樂，當亦可為舞

矣。然《傳》訓雝為澤亦不誤，蓋辟廱之得名，即因其圓如璧，四周環水也。見〈靈臺〉注⑯。❸客，《傳》：「二王之後也。」《箋》：「二王，夏殷也。其後，杞也，宋也。」戾，《箋》：「至也。」止，語詞。❹亦，語詞。容，即〈詩序〉「美盛德之形容」之容，謂舞蹈也。二句謂有客來至，而有此舞蹈也。❺彼，即上文「于彼」之彼，指西雝也。惡，怨惡也。❻此，指奉行祭祀燕享之所之宗廟也。斁，音亦，一ˋ。《箋》：「厭也。」按彼、此皆指處所，此於其上「在」字可知，凡指神或人者皆誤。「無惡」、「無斁」皆謂悅樂也。❼庶幾，期望之詞。夙夜，早晚。于省吾《詩經新證》謂「寓勤慎之意」，本篇似無此意。❽永，《箋》：「長也。」終，《後漢書・崔駰傳》引作「眾」，盛多之意。譽，高本漢《詩經注釋》、屈萬里《詩經詮釋》、李辰冬《詩經通釋》皆訓樂。按訓樂是也。此「譽」字即指上文「無惡」、「無斁」也。《詩經》中譽字皆言樂也（見〈小雅・蓼蕭〉注❺），無聲譽之意，前人訓為聲譽者，皆誤。以永終譽者，以持久其盛樂也。又于省吾《詩經新證》以為「永終」二字連語，似不合《詩》之語法。

【詩義・章旨】

〈詩序〉曰：「〈振鷺〉，二王之後來助祭也。」李樗《集解》曰：「二王之後，不純臣待之，故謂之我客。如所謂虞賓在位，作賓于王家也。」然何楷《世本古義》曰：「周成王時，微子來助祭于祖廟，周人作詩美之。此與〈有瞽〉、〈有客〉皆一時之詩，為微子作也。……〈有客〉之詩曰：『亦白其馬。』商尚白也，鷺乃白鳥，而『我客』、『有客』似之。」姚際恆《詩經通論》曰：「詩但言『有客』，不言『二客』。此篇言有振鷺之容，白也。〈有客〉篇明言『亦白其馬』，似指殷後。……《左傳》皇武子曰：『宋，先代之後，于周為客。天子有事，膰焉；有喪，拜焉。』」而亦以為微子來助祭之詩。

按詩「振鷺」之鷺，乃舞者所持之鷺羽，非白鷺，則何、姚二氏據之以象徵商人所尚之色，以「有客」指微子者，失其依憑矣。至於姚氏謂詩言「有客」，不言「二客」，不知「有客」已含「多客」之意，何況「二客」！是則〈序〉說本不誤也。即使如姚氏之說，「有客」果指微子，〈序〉說亦不得謂之為誤。又《穀梁》僖公二十八年曰：「壬申，公朝於王所。朝於廟，禮也。於外，非禮也。」范甯注曰：「公卿朝王，王必於宗廟受之者，蓋欲尊祖禰，共其榮。」公卿朝王，王猶於廟受之；則二王之後來朝，王亦必於廟受之；既於廟受之，則必有祭矣。詩曰：「我客戾止，亦有斯容。」容，即指祭祀先祖時之舞容也。既行祭祀，則祭後必有燕享之禮。詩言「在彼無惡，在此無斁。庶幾夙夜，以永終譽」者，即指此舞蹈、燕享之樂也。是則此詩乃二王之後來朝，王祭於宗廟之詩也。《朱子語類・卷八十》曰：「問：〈振鷺〉詩不是正祭之樂歌，乃獻助祭之臣。未審如何？曰：此文意都無告神之語，恐是獻助祭之臣。」問者有其懷疑之理，惜朱子所答尚未浹洽耳。

全詩一章，八句。首二句言於西雝舉行舞蹈，次二句言有此舞容之由，乃因有客戾止助祭也。五、六句述舞蹈、宴飲之樂，末二句乃祈禱語，求永保此樂也。既有舞容，又有祈禱，足見此詩實「正祭之樂歌」，朱子之說非是。

四、豐年

豐年多黍多稌❶，亦有高廩❷，萬億及秭❸。為酒為醴❹，烝畀祖妣❺。以洽百禮❻，降福孔皆❼。

【注釋】

❶稌，音途，ㄊㄨˊ。《傳》：「稻也。」❷亦，《集傳》：「助語辭。」廩，音凜，ㄌㄧㄣˇ。《釋文》：「倉也。」

高廩，高大之米倉。❸秭，音子，ㄗˇ。《箋》：「萬億及秭，以言穀數多。」按數有十等，億、兆、京、垓、壤、秭、溝、澗、正、載也。其用有三：上中下也。下數如十萬曰億、十億曰兆；中數如百萬曰億，百億曰兆；上數如萬萬曰億，萬億曰兆。此言穀多，當用上數。參陳奐《詩毛氏傳疏》。❹醴，甜酒也。見〈小雅・吉日〉注㉑。❺烝，《箋》：「進也。」畀，《箋》：「予也。」祖妣，古祖父以上皆謂之祖，祖母以上皆之妣。參見〈小雅・斯干〉注❻。句謂祭饗祖妣也。❻洽，合也。句見〈小雅・賓之初筵〉。❼皆，《傳》：「徧也。」孔皆，甚周普也。

【詩義・章旨】

〈詩序〉曰：「〈豐年〉，秋冬報也。」《箋》曰：「報者，謂烝也、嘗也。」蓋以詩言「烝畀祖妣」，故以其為祭於宗廟也。後之說此詩者，議論紛紜，如蘇轍《詩集傳》以為冬祭四方，秋祭蜡，朱子《集傳》以為祀田祖、先農、方社，何楷《世本古義》以為冬祭八蜡，陳奐《傳疏》以為祭上帝百神，方玉潤《原始》以為饗祖考、洽群神，莫衷一是。然詩文明言「烝畀祖妣」，獨忽而不顧，何邪？姚際恆以詩言「以洽百禮」，以為不止於祀祖妣，不知「百禮」可用於百神，亦可用於一神。〈小雅・賓之初筵〉曰：「烝衎烈祖，以洽百禮。」可資為證。可見此詩乃豐年祀祖妣之詩，康成之說，的當不可易也。

全詩一章，七句。前三句言豐年。獨舉黍與稌者，《集傳》曰：「黍宜高燥而寒，稌宜下濕而暑。黍稌皆熟，則百穀無不熟矣。」後三句言祭祀祖妣。「烝畀祖妣」一語，為全詩之重心，後人乃捨之而求旨於詩文之外，誠令人難解。末句乃祈福之言，此祭祀之常語也。

五、有瞽

有瞽有瞽❶，在周之庭。設業設虡❷，崇牙樹羽❸。應田縣鼓❹，鞉磬柷圉❺。既備乃奏，簫管並舉❻。喤喤厥聲，肅雝和鳴❼。先祖是聽。我客戾止，永觀厥成❽。

【注釋】

❶瞽，《傳》：「樂官也。」《箋》：「瞽，矇也。以為樂官者，目無所見，於音聲審也。」❷虡，音巨，ㄐㄩˋ。業、虡，並見〈大雅．靈臺〉注⑬。❸崇牙，即樅也。見〈大雅．靈臺〉注⑬。樹羽，《傳》：「置羽也。」《正義》：「樹置五采之羽（於崇牙上）以為之飾。」❹應，《傳》：「小鞞也。」即小鼓。田，《傳》：「大鼓也。」縣，同懸。縣鼓，《正義》：「其鼓（應田）懸之虡業為懸鼓也。」❺鞉，音桃，ㄊㄠˊ。《釋文》：「字亦作鼗。」《正義》：「鞉，如鼓而小，持其柄搖之，傍耳還自擊是也。」磬，樂器。見〈小雅．鼓鐘〉注⑬。柷，音祝，ㄓㄨˋ。《集傳》：「柷，狀如漆筩，以木為之，中有椎連底，挏之令左右擊，以起樂者也。」圉，音禹，ㄩˇ。《集傳》：「圉，亦作敔。狀如伏虎，背上有二十七鉏鋙刻，以木長尺，擽之，以止樂者也。」❻簫，《箋》：「簫，編小竹管，如今賣餳者所吹也。」《正義》：「郭璞曰：簫大者編二十三管，長尺四寸；小者十六管，長尺二寸，一名籟。」如今之排簫。管，《箋》：「如篴，併而吹之。」《正義》：「管如笛，併而吹之，謂併吹兩管也。」句言簫管齊奏也。❼喤喤，見〈執競〉注⑦。肅雝，見〈召南．何彼襛矣〉注❹。二句言其聲喤喤然宏亮，莊敬和諧而協調如一。❽成，《集傳》：「樂闋也。」《詩緝》：「李氏曰：成，猶終也。偏更而奏焉，故謂之成。」觀厥成者，謂自始奏至樂終徧觀之也。

【詩義・章旨】

此成王始行祫祭，大合諸樂而奏之之詩。〈詩序〉曰：「〈有瞽〉，始作樂而合乎祖也。」《正義》曰：「〈有瞽〉者，始作樂而合於太祖之樂歌也。謂周公攝政六年，制禮作樂，一代之樂功成，而合諸樂器於太祖之廟奏之，告神以知善否。詩人述其事而為此歌焉。」然何楷《世本古義》曰：「〈序〉意成王至是始行合祖之禮，大奏諸樂云爾，非謂以新樂始成之故合乎祖也。」細考詩文，何氏之說是也。惟始行祫祭，故「我客戾止」而助祭也；若是新樂初成薦之祖考，何勞二王之後戾止邪？今從之。

全詩一章，十三句。首二句總序其事。此因祭而樂，非因樂而祭也。以下八句皆述樂事，而以「先祖是聽」結之，與前「在周之庭」遙應。「我客戾止」，示此祫祭之盛也。若謂客為觀樂而來，則誤矣。

六、潛

猗與漆沮❶，潛有多魚❷。有鱣有鮪❸，鰷鱨鰋鯉❹。以享以祀，以介景福❺。

【注釋】

❶猗與，《箋》：「歎美之言也。」漆沮，《傳》：「岐周之二水也。」參見〈小雅・吉日〉注❾。❷潛，《詩緝》：「王氏曰：深也。」有，又也。句謂漆沮二水，既深而又多魚也。按舊訓「潛」為糝或槮，「有」為有無之有，謂槮處有多魚，文義難通。❸鱣、鮪，見〈衛風・碩人〉注㉞。❹鰷，《傳》：「白鰷也。」鱨、鰋、鯉，皆見〈小雅・魚麗〉。❺二語見〈小雅・楚茨・大田〉。

【詩義・章旨】

此薦魚於宗廟之詩也。〈詩序〉曰：「〈潛〉，季冬薦魚，春獻鮪也。」此用〈月令〉之文。《禮記・月令》曰：「季冬之月，命漁師始漁，天子親往，乃嘗魚，先薦寢廟。」又：「季春之月……薦鮪于寢廟。」然「以秦〈月令〉釋周詩，謬一。一詩當冬、秋兩用，謬二。上云『多魚』，下二句以六魚實之，『鮪』在六魚之內，而云『春獻鮪』，謬三」（見姚際恆《詩經通論》），有此三謬，〈序〉說毫無可取。《集傳》從〈序〉說，亦然。季本《詩說解頤》曰：「此周王薦魚于寢廟之樂歌也。」是也。今從之。

全詩一章，六句。首二句歎美漆沮二水深而多魚，而水深為多魚之基本。三、四句舉六魚以實「多魚」。末二句言取以享祀介福，則為全詩之重心。漆沮乃先祖遷此所有，取漆沮之魚以祀祖，以示不忘其本，猶今之教徒每食必謝神之恩賜也。

七、雝

有來雝雝❶，至止肅肅❷。相維辟公❸，天子穆穆❹。於薦廣牡❺，相予肆祀❻。假哉皇考❼，綏予孝子❽。宣哲維人❾，文武維后❿。燕及皇天⓫，克昌厥後⓬。綏我眉壽⓭，介以繁祉⓮。既右烈考⓯，亦右文母⓰。

【注釋】

❶有，猶其也。有來，蘇轍《詩集傳》：「其來也。」雝雝，《箋》：「和也。」❷肅肅，《箋》：「敬也。」

❸相，《傳》：「助也。」辟公，諸侯也。見〈烈文〉注❶。句言助祭者皆公卿諸侯也。❹天子，武王也。穆穆，《詩記》：「王氏曰：敬和也。」此言端莊恭敬也。❺於，音烏，ㄨ。《集傳》：「歎辭也。」薦，《箋》：「進也。」廣，《傳》：「大也。」句謂天子進獻肥大牲牲。❻肆，《集傳》：「陳也。」句言助祭者助予陳獻其祭品也。❼假，蘇轍《詩集傳》：「大也。」皇考，《箋》：「斥文王也。」❽綏，《箋》：「安也。」孝子，《集傳》：「武王自稱也。」二句言大哉皇考，庶其饗之，以安我孝子之心。❾宣，蘇轍《詩集傳》：「明也。」參見〈大雅・文王〉注㊳。哲，《集傳》：「知也。」維人，其人也。指文王。❿文武，猶〈小雅・六月〉「文武吉甫」之文武，言其能文能武也。維后，其后也。此「維后」與上句「維人」易字協韻而已，非謂其為人則如何，其為君則如何也。⓫燕，《傳》：「安也。」句言文王之德能安及皇天也。⓬昌，《箋》：「昌大也。」言能昌大其子孫也。⓭綏，安也，引申有詒義。見〈魯頌・那〉注❻。眉壽，見〈豳風・七月〉注(52)。句言詒我以壽考。⓮介，《箋》：「助也。」繁祉，《箋》：「多福祿也。」句言助我以多福也。⓯右，《集傳》：「尊也。」敬也。烈，功業也。烈考，猶今言「顯考」。指文王。⓰文，《箋》：「文德也。」文母，《傳》：「太姒也。」太姒為武王母，故曰「文母」也。

【詩義・章旨】

此武王祀文王之詩。〈詩序〉曰：「〈雝〉，禘大祖也。」《釋文》：「大，音泰。」朱子《詩序辨說》曰：「周之太祖后稷也。……〈序〉云禘太祖，則宜為禘嚳於后稷之廟矣，而其詩之詞無及於嚳、稷者。……恐〈序〉之誤也。此詩但為武王祭文王而徹俎之詩。」其《集傳》亦曰：「此武王祭文王之詩。」考之詩文曰：「綏予孝子。」又曰：「既右烈考，亦右文母。」考、母並言，則必武王之語也。又《漢書・劉向傳》載向上封事曰：「當此之時，武王、周公繼政，朝臣和於內，萬國驩於外，故盡得其驩心，以事其先祖。其詩曰：『有來雍雍，至止肅肅，相維辟公，天子穆穆。』言四方皆以和來也。」足證此為武王祭文王之詩。朱子之說是也，〈序〉說不可從。然魏源《詩古微》以詩「文武維后」之文武，即文王武王，遂據以為此是成王將禘文王武王之詩。不知「文武維后」與「宣哲維人」乃對文，且詩先言「烈考」，後言「文母」，子亦不得居母上也。

全詩一章，十六句。首四句述祭祀之隆重，與祭者之肅穆。天子穆穆，辟公肅肅。五六句述奉牲以祭。「假哉」四句，乃頌贊之語。「燕及」四句，乃祈禱之語。末二句述己永念父母也。詩中對文極多，如「有來雝雝，至止肅肅」，「宣哲維人，文武維后」，「綏我眉壽，介以繁祉」。他如「皇考」與「孝子」相對，「烈考」與「文母」相對皆是。

八、載見

載見辟王❶，曰求厥章❷。龍旂陽陽❸，和鈴央央❹。鞗革有鶬❺，休有烈光❻。率見昭考❼，以孝以享❽，以介眉壽。永言保之，思皇多祜❾。烈文辟公❿，綏以多福⓫，俾緝熙于純嘏⓬。

【注釋】

❶載，《集傳》：「載，則也。發語辭也。」按《傳》訓為始，然「載馳」、「載芟」，「載」字皆在一篇之首，而皆訓則，此詩亦當從《集傳》訓則，以求一致。辟王，《箋》：「君王，謂見成王也。」❷曰，語詞。章，《箋》：「文章制度也。」求厥章，謂求其車服禮儀之文章制度，以為循守之規也。❸龍旂，《箋》：「交龍為旂。」即旂上繪有交龍者，上公之旗。參見〈小雅・出車〉注❼。陽陽，《詩緝》：「曹氏曰：色之鮮明也。」即鮮明貌。

❹和鈴，《傳》：「和在軾前，鈴在旂上。」按和亦鈴也，惟在軾前耳。央央，《正義》：「央央然而有聲音。」❺鞗革，轡首之飾也。見〈小雅．蓼蕭〉注⓯。有鶬，《集傳》：「聲和也。」按有鶬，猶鶬然、鶬鶬。與〈小雅．蓼蕭〉「鞗革忡忡」之忡忡同，轡首聲也。❻休，《集傳》：「美也。」烈，《詩緝》：「李氏曰：烈，大也。」句言休美而有盛大之光耀也。❼昭考，《傳》：「武王也。」《集傳》：「廟制：太祖居中，左昭，右穆。周廟文王當穆，武王當昭，故《書》稱穆考文王，此詩及〈訪落〉皆謂武王為昭考。」句言成王率諸侯祭武王也。❽享，《傳》：「獻也。」句言以致其孝心，以獻其祭禮。❾思，《集傳》：「語辭。」皇，《集傳》：「大也。」言永保此大而多之福也。❿烈文辟公，按此句當如〈烈文〉之首句，指周之先公而言。舊謂指助祭之諸侯，於義難通，似誤。⓫句謂安我以多福也。⓬俾，《傳》：「使也。」純，《傳》：「大也。」句言使與祭者皆能持續光大於福祉而不絕也。

【詩義．章旨】

此諸侯助祭於武王廟之詩。〈詩序〉曰：「〈載見〉，諸侯始見乎武王廟也。」「始見」二字，原於詩文首句「載見辟王」，《傳》曰：「載，始也。」然朱子《集傳》訓載為則，為發語詞。考諸全詩凡「載」字在句首者多訓則，而鮮少訓始者，此詩「載」字當從朱子訓則。故不用〈序〉「始見」之說也。

全詩一章，十四句。首二句言諸侯來朝，求其文章制度以為規範。「龍旂」四句，述其車服之盛，此即「厥章」也。「率見」五句述成王率諸侯祭於昭考武王之廟以求壽福。末三句則求周之先公賜福。《箋》以此「辟公」指助祭之諸侯，揆之〈烈文〉首句「烈文辟公」，其說非是。

九、有客

有客有客❶，亦白其馬❷。有萋有且❸，郭琢其旅❹。有客宿宿，有客信信❺。言授之縶❻，以縶其馬❼。薄言追之❽，左右綏之❾。既有淫威❿，降福孔夷⓫。

【注釋】

❶客，毛氏無傳。惟曰：「殷尚白也。」則此客為殷人無疑。故《正義》曰：「毛以為微子來至京師。」又《正義》曰：「客止一人，而重言有客有客，是丁寧殊異，以尊大之。」❷亦，《集傳》：「語辭也。」白其馬，《傳》：「殷尚白也。」按《禮記‧檀弓上》：「殷尚白，戎事乘翰。」鄭注：「翰，白色馬也。」❸萋，《毛詩傳箋通釋》：「盛也。」有萋，猶〈周南‧葛覃〉「維葉萋萋」之萋萋，盛貌。有且，多貌。見〈大雅‧韓奕〉注㉚。按《經義述聞》曰：「古人屬辭，義多類從。」「有萋」、「有且」義相類也。❹敦，雕也。見〈大雅‧行葦〉注⑮。敦琢，雕琢，即〈衛風‧淇奧〉「如琢如磨」之義，形容德之美也。旅，《箋》：「眾也。」《正義》：「從者。」句言其隨行之卿大夫皆精練賢良也。❺《傳》：「一宿曰宿，再宿曰信。」《爾雅‧釋訓》：「有客宿宿，言再宿也。有客信信，言四宿也。」按此乃留客語，猶今言「多住幾日」，非謂已宿宿、已信信也。此由下文可知。❻縶，《箋》：「絆也。」名詞，繫馬足之繩。繫之使馬不得行也。❼縶，動詞，繫也。二語示留客不欲其去也。❽薄言，猶迫而。前已多見。追，按即《論語‧學而》「慎終追遠」之追，謂追祀先祖也。《箋》訓為送，恐誤。❾左右，指助祭者，包含微子及其從者。綏，安也。❿淫，《傳》：「大也。」威，《傳箋通釋》：「《廣雅‧釋言》：『威，德也。』淫威，大德也。」按〈大雅‧抑〉：「抑抑威儀，維德之隅。」是威與德義通之

證。⑪夷，平也。降福孔夷，即〈豐年〉之「降福孔皆」也。二句言先祖既有大德，其降福必能甚普徧而平均。意謂不因微子為殷人而降福鮮少也。

【詩義・章旨】

此微子來朝而助祭於祖廟也。〈詩序〉曰：「〈有客〉，微子來見祖廟也。」《箋》曰：「成王既黜殷命，殺武庚，命微子代殷後，既受命，來朝而見也。」後之說此詩者多從之。惟鄭肇敏、方玉潤以為是箕子，亦揣度而已，並無確證。今從〈序〉說。

全詩一章，十二句。前四句述微子及其從者之威儀，一如後世晉之重耳出亡，所過者皆觀其從士也。蓋主從一體，觀其從亦足以知其主矣。中四句述歡迎之誠，留客之堅。末四句述助祭祈福之事，此為全篇之重心。然因昔人不知「追」字之意，終不明〈序〉說詩旨之所以然也。鄭氏訓「追」為送，薄言迎賓者有之，薄言送賓者則未之聞也。朱子知其違誤，遂曰：「追之，已去而復還之，愛之無已也。」夫客之還也，必向主人辭行，主人亦必為之餞祖，且殷勤相送，然後始依依而別。豈有客既離去，主又追之復還之理？此非留之，直拘繫之矣。末二句「既有淫威，降福孔夷」，說詩者皆知此述先祖降福也，惟因不明前二句之意，只覺此二句突然而來，與上文不能連貫。高本漢氏甚至謂此詩入〈頌〉，僅因「亦白其馬」一語；除此則無入〈頌〉之理由，以其與〈國風〉及〈小雅〉中諸短篇類似，讚美一貴客而已！噫！高氏為解詩之巨擘，僅因一字不明，而有如此疏漏，後學者可不慎歟！

一〇、武

於皇❶武王，無競維烈❷。允文❸文王，克開厥後❹。嗣武受之❺，勝殷遏劉❻，耆定爾功❼。

【注釋】

❶於，音烏，ㄨ。《集傳》：「歎辭。」皇，蘇轍《詩集傳》：「大也。」❷言其功業莫與之競也。❸文，文德。❹言能開啟其後世子孫之基業也。❺嗣武受之，《箋》：「嗣子武王受文王之業。」❻勝殷，戰勝殷紂。遏，《箋》：「止也。」劉，《傳》：「殺也。」❼耆，音止，ㄓˇ。《傳》：「致也。」定爾功，謂成汝武王之功也。

【詩義・章旨】

此周公象武王之功，為〈大武〉之樂也。〈詩序〉曰：「〈武〉，奏〈大武〉也。」《箋》：「〈大武〉，周公作樂，所為舞也。」《正義》：「〈武〉詩者，奏〈大武〉之樂歌也。謂周公攝政六年之時，象武王伐紂之事，作〈大武〉之樂。既成，而於廟奏之，詩人覩其奏，而思武功，故述其事而作此歌焉。」是〈武〉，即〈大武〉，亦名〈象武〉，謂象其武也。《左傳》宣公十二年曰：「武王克商，作〈頌〉，……又作〈武〉。」然詩中已有武王之謚，當非武王所能作。《箋》謂周公所作，是也。

按《左傳》宣公十二年記楚子曰：「武王克商，作頌曰：『載戢干戈，載櫜弓矢，我求懿德，肆于時夏，允王保之。』又作〈武〉，其卒章曰：『耆定爾功。』其三曰：『鋪時繹思，我徂惟求定。』其六曰：『綏萬邦，屢豐年。』」「卒章」當是卒句之誤。「其三」之二句見於〈賚〉篇，「其六」之二句見於〈桓〉篇。依其所記，則〈大武〉之詩當有六章，〈賚〉與〈桓〉皆在其中。考《禮記・樂記》曰：「子曰……夫〈武〉始而北出，再成而滅商，三成而南，四成而南國是疆，五成而分周公左、召公右，六成復綴以崇。」《孔子家語・辯樂解》亦載其文，當是取自〈樂記〉。〈樂記〉之六成，是否即《左傳》之〈武〉之六章，歷來眾說紛紜。將《左傳》與《禮記》之文合而解之，並於〈武〉、〈賚〉、〈桓〉三詩之外，又舉三詩以足〈大武〉六成之數者，首推明何楷。其《詩經世本古義》曰：「〈武〉、〈大武〉一成之歌……為〈武〉樂六成之始。〈酌〉，告成〈大武〉也……是為〈大武〉之再成，象武王滅商之事，亦名〈武宿夜〉。〈賚〉……是為〈大武〉之三成。〈般〉……為〈大武〉之四成。〈時邁〉，一名〈肆夏〉，為〈大武〉之第五成。〈桓〉，武志也，是為〈大武〉之第六成。」又曰：「愚于〈武〉、〈賚〉、〈桓〉三詩外，更定〈酌〉為〈大武〉之再成，〈般〉為〈大武〉之四成，〈時邁〉即〈肆夏〉，為〈大武〉之五成。合此六詩，而〈大武〉六成之樂章俱無欠闕，真千古快事。」而王國維〈周大武樂章考〉則曰：「〈夙夜〉（〈昊天有成命〉）第一，〈武〉第二，〈酌〉第三，〈桓〉第四，〈賚〉第五，〈般〉第六。此殆古之次第。」近人鄭觀文則又以〈大武〉本九成，〈樂記〉只言六成（見《中國音樂史・論大武》），是非愈難明矣。

竊觀何氏所舉六詩，其作成之時代頗不一致，〈武〉曰：「於皇武王。」〈桓〉曰：「桓桓武王。」既有武王之謚，則必作於武王卒後。〈汋〉曰：「於鑠王師，……我龍受之。」「王」如指武王，「我」必成王自稱，是此詩亦作於武王卒後。〈賚〉曰：「文王既勤止，我應受之。」此「我」字當是武王自稱。〈般〉詩之文與〈賚〉篇相似，此兩篇當成於武王之時。〈時邁〉曰：「允王維后。」又曰：「允王保之。」此兩句中「王」字乃指武王。詩既稱「王」而不稱「武」或「武王」，則此詩當亦作於武王之世。〈大武〉之樂，乃象武王之功，其必作於武王既卒之後，為無可懷疑之事。而此六詩，半作於武王在位之時，半作於武王既卒之後。其作於武王在位時之三詩——〈時邁〉、〈賚〉、〈般〉，非象武之功而作，亦即其原本並非〈大武〉之樂章也。又《左傳・宣公十二年》記隨武子（士會）曰：「〈汋〉曰：『於鑠王師，遵養時晦。』〈武〉曰：『無競維烈。』」汋，同酌。〈酌〉與〈武〉對舉，有其專名，詩雖成於武王既卒之後，原亦非〈大武〉之樂章。綜觀何氏所云〈大武〉之六成，除〈武〉篇外，其作成時即可能為〈大武〉之樂章者，惟〈桓〉一篇而已。至於王國維氏以〈昊天有成命〉為〈大武〉之一成，觀篇中有「成王不敢康」一語，知是祀成王之詩，根本與〈大武〉無涉。由此可知，〈大武〉之樂，乃武王既卒，後人（可能為周公）欲象其武功所作，〈武〉即其詩。又取前此祀武王之詩五篇，合為六成。此五篇究為何詩，不可確知，要皆為祀武之作而在今〈周頌〉也。何氏所舉各篇，亦有可能。是則〈周頌〉三十一篇，每篇一章，各自獨立，乃其本來面目。後人以〈大武〉有六成，遂疑〈周頌〉非不分章，甚至欲合數篇為一篇，如季本《詩說解頤》、何楷《詩經世本古義》、傅斯年〈周頌說〉，皆未明其本原也。

全詩一章，七句。首二句讚美武王之功，天下莫強，此為全篇之提綱。下五句皆說一「烈」字。三、四句似述文王之德，然下云「嗣武受之」，述武王能纘其緒，「永世克孝」，重心仍在武王也。「勝殷遏劉」一語，乃「無競維烈」之實績，故下云「耆定爾功」也。是則此詩所述武王之烈，即在上承文王之緒，下開百世之功，光前裕後，誠「無競」矣。

閔予小子之什

一、閔予小子

閔予小子❶，遭家不造❷，嬛嬛在疚❸。於乎皇考❹，永世克孝❺。念茲皇祖❻，陟降庭止❼。維予小子，夙夜敬止❽。於乎皇王❾！繼序思不忘❿。

【注釋】

❶閔，《箋》：「悼傷之言也。」《詩經今注》：「通憫。」即可憐之意。予小子，《集傳》：「成王自稱也。」按古天子恆自稱曰「予小子」。《禮記・曲禮》：「天子在喪曰予小子。」實則不在喪亦可用之。《尚書》中此例極多。❷造，《毛詩傳箋通釋》：「造，至也。至，猶善也。不造，猶不善也。不善，猶不淑也。」句言遭逢家庭不幸也。❸嬛，音窮，ㄑㄩㄥˊ，與煢同。嬛嬛，蘇轍《詩集傳》：「無所依怙也。」疚，《傳》：「病也。」句言孤苦無依在憂病之中。❹皇考，《箋》：「武王也。」❺永世，《集傳》：「終身也。」句言武王終身能孝也。❻皇祖，《箋》：「文王也。」❼陟降，往來也。見〈大雅・文王〉注❻。止，語詞。按「陟降庭止」猶〈清廟〉「奔走在廟」也。二句言念此皇祖文王往來於庭也。❽敬，《箋》：「慎也。」句言日夜敬謹不怠也。❾皇王，《箋》：「文王、武王也。」❿序，《傳》：「緒也。」陳奐《傳疏》：「繼緒，猶纘緒。緒、業一義之引申。」思，《經傳釋詞》：「思，句中語助也。」不忘，即〈烈文〉「於乎！前王不忘」之不忘。句言繼文武之業而不敢忘也。

【詩義・章旨】

此成王免喪始朝於廟之詩。〈詩序〉曰：「〈閔予小子〉，嗣王朝於廟也。」《箋》：「嗣王者，謂成王也。除武王之喪，將始即政，朝於廟也。」由詩文「嬛嬛在疚」、「皇考」、「皇祖」等語觀之，其說是也。故《集傳》亦曰：「成王免喪始朝於先王之廟而作此詩也。」惟何楷以為此詩作於在喪之時，非除喪之後。其《詩經世本古義》引殷大白《詩經副墨》曰：「武王既葬，而祔主于廟。」又曰：「所祔之廟，則王季廟是也。」既然所祔之廟為王季，則詩中當言及王季，不當僅言及文王。今詩中無王季而有文王，則其說不攻自破也。且亮陰不言，若在喪中，何得云「夙夜敬止」、「繼序思不忘」哉？〈序〉稱嗣王，不稱成王，其意或在此也。

全詩一章，十一句。首三句自傷之語，亦示自今而免喪臨朝也。下四句分述父、祖之德。先父後祖者，父親祖疏也。末四句述己之志，在於繼父祖之緒，夙夜敬止而已。此正全文之重心也。

二、訪　落

訪予落止❶，率時昭考❷。於乎悠❸哉！朕未有艾❹，將予就之❺，繼猶判渙❻。維予小子❼，未堪家多難❽。紹庭上下❾，陟降厥家❿。休矣皇考⓫，以保明其身⓬。

【注　釋】

❶訪，《傳》：「謀也。」《集傳》：「問也。」義近。落，《傳》：「始也。」謂初即位，始治國也。止，語詞。

❷率，《傳》：「循也。」時，《傳》：「是也。」昭考，見〈載見〉注❼。❸悠，《傳》：「遠也。」按悠訓為

遠，見於《爾雅・釋詁》，此常訓也。高本漢訓憂，恐誤。❹艾，《集傳》：「如『夜未艾』之艾。」即盡也、止也。❺將，《箋》：「扶將也。」即扶助也。就，《爾雅・釋詁》：「成也。」就之，謂成昭考武王之道也。❻繼，《箋》：「繼續也。」猶，尚也。判渙，《傳》：「判，分。渙，散也。」按與〈大雅・卷阿〉「伴奐爾游矣」之伴奐義同，謂散漫、鬆弛也。以上六句謂問我初始治政之方，一切遵循昭考武王之道，嗚呼，昭考之道深遠哉！然我行之未有止息，尚望助我成就之，否則繼之我仍將鬆弛而不振也。❼見前篇注❶。❽堪，《箋》：「任也。」未堪，《正義》：「自謙其才智淺陋而未堪耳。」多難，《箋》：「眾難成之事。」按《釋文》以難為患難，義似較佳。王質《詩總聞》曰：「管蔡之變，武庚之變，淮夷徐奄之變，所謂多難也。」❾紹，《箋》：「繼也。」庭，直也，動詞。上篇「陟降庭止」《傳》曰：「庭，直也。」故此篇《傳》無訓也。句言繼續正直群臣上下也。《正義》以庭為名詞，謂「繼文王陟降庭止之道」，似誤。《集傳》謂「繼其上下於庭」，文義皆難通，尤誤。❿陟降，按《詩》凡言陟降，皆指神而言，此指武王之神。厥家，《箋》：「謂群臣也。」按厥家，其家，指周家也。⓫休，《箋》：「美也。」皇考，《正義》：「上言昭考，此言皇考，皆指武王也。」⓬保，佑也。明，《集傳》：「顯也。」其身，我身，成王自謂也。此六句謂維我小子，未堪擔負國家眾多患難。尚祈昭考繼續垂範群臣，往來於其家。美哉皇考，以此保佑、顯明其後嗣。

【詩義・章旨】

此成王祭於武王廟祈佑之詩。〈詩序〉曰：「〈訪落〉，嗣王謀於廟也。」〈序〉說全受《傳》訓「訪」為謀之影響。成王即位，周公猶在，何必謀之於群臣？詩文曰：「維予小子。」「率時昭考。」「休矣皇考。」此明是告祭武王之語。蓋告以纘緒之志，祈請將而就之，並藉以柔服群臣也。何楷《世本古義》曰：「此詩雖對群臣而作，以延訪發端，而意止屬望昭考。」已稍得其旨，然猶隔一間也。姚際恒稱之曰：「如此讀《詩》，甚細。」

亦過譽矣。陳子展《詩經直解》曰：「詩似成王召集廟前會議之致詞。諮詢政事，而歸結於祈求先人在天之靈之佑助，並以威嚇臣民。」除「諮詢政事」一語外，其他皆與竊意不謀而合。

全詩一章，十二句。第二句「率時昭考」為全詩之綱領，首句「訪予落止」在引出此句而已，無深義也。第三、四句言已黽勉以赴，五、六句祈助而成之。「紹庭」二句，指武王也。實則示己「念茲在茲」、「如在其上，如在其左右」也。末二句乃祈禱之語。「保明」二字乃動詞，其義極顯，後人求之過深矣。

三、敬之

敬之敬之❶，天惟顯思❷，命不易❸哉。無曰高高在上❹，陟降厥士❺，日監在茲❻。維予小子，不聰敬止❼。日就月將❽，學有緝熙于光明❾。佛時仔肩❿，示我顯德行⓫。

【注釋】

❶敬，恭敬戒慎也。《詩》中敬字多有慎義。❷顯，《集傳》：「明也。」思，《集傳》：「語辭也。」句言天道甚顯明也。❸不易，《左傳》僖公二十二年引此詩，杜注：「奉承其命甚難也。」是不易者，難也。❹高高在上，指天神而言。❺士，《傳》：「事也。」《傳箋通釋》：「士，當讀如士民之士，為群臣之通稱。猶〈訪落〉詩『陟降厥家』，《箋》云：『厥家，謂群臣也。』」按《詩》凡言「陟降」，其下皆接處所詞。此詩「陟降厥士」，士字無論如《傳》訓事，如《通釋》訓士民，皆非處所，義頗難通。竊意此「陟降」直貫下句，謂陟降日監厥士在茲也。屈萬里《詩經詮釋》曰：「神往來視察其事業，日日監視於此也。」先生似亦有此意，特未明言耳。❻監，《箋》：「視也。」在茲，在此地也。❼不聰，即〈小雅・祈父〉「亶不聰」之不聰，謂不聰明也。敬，

慎也。止，語詞。句謂我不聰明不敬慎。蓋謙言也。❽就，即上篇「將予就之」之就，成也。將，《集傳》：「進也。」按就、將二字義近。日就月將，言日有所成，月有所進，即《箋》所謂「積漸」也。❾緝熙，光大、顯揚也。前已多見。句言為學能發揚光大光明之德行。❿佛，音必，ㄅㄧˋ，同弼。《箋》：「佛，輔也。」時，《箋》：「是也。」仔，音資，ㄗ。仔肩，《箋》：「任也。」猶今言負擔、責任也。⓫德行，高本漢《詩經注釋》：「有德的道路。」句謂指示我成顯德之道也。

【詩義．章旨】

此成王祭於祖廟而自勵之詩。〈詩序〉曰：「〈敬之〉，群臣進戒嗣王也。」《集傳》於前半曰：「成王受群臣之戒而述其言。」於後半曰：「此乃自為答之之言。」姚際恆謂〈序〉「只說得上半」，而贊同朱子之說，且曰：「愚向者亦不敢以一詩硬作兩人語，惟此篇則宛肖。」實則〈序〉文即上半亦未說得，《集傳》分作二人語，與〈序〉僅五十步與百步之別而已。方玉潤《原始》曰：「此詩乃一氣呵成，人多讀作兩截，真不可解。」又曰：「此詩乃一呼一應，如自問自答之意，並非兩人語也。……此亦尋常文格，非成王奇創，諸儒何至迷惑若是！」方氏之說極是。〈周頌〉諸詩乃禱於神靈之詞，豈有二人語哉！姚氏亦知一詩不應硬作二人語，惜持之不堅，終有此誤也。姚氏又謂：「〈頌〉詩豈必王者自作，大抵皆臣工述之耳。」〈頌〉詩非王自作，固然；然告於神靈祖先者，固仍為王也。臣工僅能代王作之，甚至述之，終不能直接告祭於神靈先祖也。故知詩中文字仍為王一人之言也。

全詩一章，十二句，可整齊分為前後兩半。前半重心在一「敬」字，後半重心在一「學」字，而「學」又為「敬」字之注腳。首三句言天命保之不易，故當恭敬戒慎也。後三句言天神如在其上，如在其左右也。後半「不聽」開啟下文「學」字，「敬止」則呼應上文。蓋療治「不聽敬」之藥，惟在一「學」字而已。「日就月將」，學之工夫，「緝熙光明」，學之效果也。末二句似祈神之語，而神所示之顯德之道，厥在敬與學而已，故此二句實為謝神之語也。

四、小毖

予其懲❶，而毖後患❷。莫予荓❸蜂，自求辛螫❹。肇允彼桃蟲❺，拚飛維鳥❻。未堪家多難❼，予又集于蓼❽。

【注釋】

❶懲，《集傳》：「懲，有所傷而知戒也。」按《詩》中「懲」字皆有戒義。❷毖，音必，ㄅㄧˋ。《傳》：「慎也。」二句謂以前事為戒而慎防後患也。❸荓，音乒，ㄆㄧㄥ。《集傳》：「使也。」引申有致使、招致之意。❹螫，音ㄕˋ。辛螫，《箋》：「辛苦毒螫。」二句言無人為我招致蜂來，乃我自身找來辛辣之毒刺。喻咎由自取也。❺肇，《箋》：「始也。」允，《箋》：「信也。」桃蟲，《傳》：「鷦也。鳥之始小終大者也。」《正義》引陸機《疏》曰：「今鷦鷯是也。微小於黃雀，其雛化而為鵰，故俗語鷦鷯生鵰。」❻拚，音翻，ㄈㄢ。《集傳》：「飛貌。」二句言始也彼信然為桃蟲，其後翻飛則為大鳥也。❼句見〈訪落〉。❽集，即〈唐風・鴇羽〉「集于苞栩」之集，止也。對上文「飛」而言。蓼，音了，ㄌㄧㄠˇ。《正義》：「辛苦之菜也。」按《說文》：「蓼，辛菜，薔虞也。」此謂鷦鷯雖小鳥，終能翻飛於天，逍遙自得；我則始也遭家多難，今又處於辛苦之境，曾小鳥之不如也。

【詩義．章旨】

此亦成王祭於祖廟而自警之詩。〈詩序〉曰：「〈小毖〉，嗣王求助也。」詩無求助之文，亦無求助之意，〈序〉說未得。姚際恆落實〈序〉「求助」之文，而曰「求助群臣」，成王乃周之賢君，雖遭多難，亦何至求助於群臣邪？方玉潤《詩經原始》曰：「此詩名雖〈小毖〉，意實大戒，蓋深自懲也。」其說是矣。

全詩一章，八句。首二句「予其懲，而毖後患」，已標出全篇之旨——非求助群臣，乃求諸己也。既曰「毖後患」，則所謂「懲」，必是懲前患，是則姚際恆氏謂此詩寫於既誅管、蔡之後，不為無理。「莫予」二句，乃深自責之詞。「辛螫」，即患也。「桃蟲」二句，乃以自喻。「飛」字與末句「集」字對舉，脈絡宛然。鄭玄、朱子乃謂指管、蔡之事，不知其何所見而云然。末二句呼應首二句，「家多難」、「集于蓼」，即所謂「患」也。全詩思理清晰，脈絡通貫。而昔人往往求解於詩表文外，終致阻滯而難通也。

五、載芟

載芟載柞❶，其耕澤澤❷。千耦其耘❸，徂隰徂畛❹。侯主侯伯，侯亞侯旅❺，侯彊侯以❻。
有嗿其饁❼，思媚其婦❽，有依其士❾。有略其耜❿，俶載⓫南畝，播厥百穀，實函斯活⓬。
驛驛其達⓭，有厭其傑⓮，厭厭其苗⓯，緜緜其麃⓰。載穫濟濟⓱，有實其積⓲，萬億及
秭⓳。為酒為醴，烝畀祖妣，以洽百禮⓴。有飶其香㉑，邦家之光。有椒其馨㉒，胡考之
寧㉓。匪且有且㉔，匪今斯今㉕，振古如茲㉖。

【注釋】

❶載，則也。前已多見。芟，音山，ㄕㄢ。柞，音作，ㄗㄨㄛˋ。《傳》：「除草曰芟，除木曰柞。」❷澤，音釋，ㄕˋ。澤澤，《釋文》：「澤澤，音釋釋。」《正義》：「舍人云：『釋釋，猶藿藿，解散之意。』」❸耦，見〈噫嘻〉注❽。千耦，言人多也。耘，《釋文》：「除草也。」《集傳》：「除苗間草也。」❹徂，《箋》：「往也。」隰，《箋》：「謂新發田也。」按隰本下濕之地，發而為田，故云新發田也。畛，《傳》：「埸也。」《集傳》：「田畔也。」即田間小路也。句言或往之隰，或往之畛。❺《傳》：「主，家長也。伯，長子也。亞，仲叔也。旅，子弟也。」侯，《正義》：「維也。」❻彊，《箋》：「有餘力者。」即今義工。以，《箋》：「謂閒民，今時傭賃也。」即傭工也。❼嗿，音坦，ㄊㄢˇ。《傳》：「眾貌。」有嗿，猶嗿然。饁，音頁，ㄧㄝˋ。《箋》：「饋饟也。」按饁為所饋之饟（或饋饟之人），故《傳》訓嗿為眾，形容食物（或人）之眾多。《集傳》從《說文》訓嗿為「眾飲食聲也」，恐非是。❽思，《毛詩傳箋通釋》：「思，語詞，猶言有也。」媚，愛也。見〈大雅．思齊〉注❷。婦，農婦也。❾依，《箋》：「依之言愛也。」有依，猶依然。士，《傳》：「子弟也。」《正義》：「〈七月〉云『同我婦子』，子即此之士也。」❿略，《傳》：「利也。」《釋文》：「字書作䂮，同。」按以上四句，為「其饁有嗿，其婦思媚，其士有依。其耜有略」之顛倒。下文凡第三字為「其」字句，皆仿此。⓫俶載，始在也。見〈小雅．大田〉注❺。⓬《箋》：「實，種子也。函，含也。活，生也。」斯，則也，乃也。句言種子包含於土中則生也。⓭驛驛，《釋文》：「《爾雅》作繹繹，云：生也。」《集傳》：「苗生貌。」達，《箋》：「出地也。」⓮有厭，《傳》：「厭然特美也。」《傳箋通釋》：「《說文》、《廣雅》並曰：『嬮，好也。』厭，當即嬮之渻。」傑，《傳》：「傑苗。」《箋》：「傑，先長者。」句言先出之苗厭然而美。⓯厭厭，按與上文「有厭」義同。上文「有厭」言先出之苗之美，此句「厭厭」言眾苗之美，二者並不牴牾。自《傳》以下，

皆訓「厭厭」為「眾齊等」，上下句同字而異訓，殊違常理。⑯縣縣，《正義》：「王肅云：不絕也。」麃，《傳》：「耘也。」《釋文》：「《說文》作穮，音同。」按前言「其耘」，既耕而耘也；此云「其麃」，既苗而耘也。⑰濟濟，眾多貌。前已多見。句言收穫眾多也。⑱實，滿也。見〈小雅・節南山〉《傳》。有實，猶實然。積，《集傳》：「露積也。」參見〈大雅・公劉〉注❹。句言倉庾充滿也。⑲句見〈豐年〉。此言穀粒之多也。⑳三句見〈豐年〉。㉑飶，音必，ㄅㄧˋ。《傳》：「芬香也。」按當與〈小雅・楚茨〉「苾芬孝祀」之苾同。有飶，即〈小雅・信南山〉「苾苾芬芬」之苾苾也。香，名詞。句言其香氣芬芳也。㉒椒，《傳》：「猶飶也。」亦芬香也。馨，香之遠聞也。見〈大雅・鳧鷖〉注❸。㉓胡，《傳》：「壽也。」《周書・謚法》：「彌年壽考曰胡。」按《詩》言老人，多取身體特殊徵象，如黃髮、兒齒、台背。「胡」本項下垂肉，見〈豳風・狼跋〉注❶。人老則項肉下垂。其訓老壽，或取義於此也（嚴粲已有此說）。之，是也。寧，《箋》：「安也。」㉔匪，《箋》：「非也。」且，音居，ㄐㄩ。《傳》：「此也。」句言非僅此地而有此事（豐年）也。㉕今，《集傳》：「今時也。」斯，《古書虛字集釋》：「斯，猶有也。」句言非特今時而有今事（豐年）也。㉖振，《爾雅・釋言》：「振，古也。」郭注：「《詩》曰：『振古如茲。』猶云久若此。」按振亦古也。古者，故也，舊也，久也。「振古如茲」，謂長久若此、萬古如此也。「振古」，非僅指過去，亦且企盼未來也。

【詩義・章旨】

此烝或嘗祭宗廟之詩，亦猶〈豐年〉也。〈詩序〉曰：「〈載芟〉，春藉田而祈社稷也。」詩曰：「載穫濟濟。」則非僅「春藉田」也。詩又曰：「烝畀祖妣。」則又非「祈社稷」也。故〈序〉說非是。《集傳》曰：「此詩未詳所用，然辭義與〈豐年〉相似，其用應亦不殊。」其說是也，今從之。

全詩一章，三十一句。首四句言耕耘之事，次三句言耕耘之人，又次三句言饋饟之人。「有略」四句言播種。

「驛驛」四句言苗初出之狀，其中「緜緜」句言除草之勤，此苗美之因也。「載穫」三句言收穫之豐。「為酒」三句言祭享之誠。「有飶」四句言穀之馨香。末三句祈年年豐收，永久如此。此三句正是祭禱之詞。嚴氏《詩緝》曰：「繼此以往，願其勿替也。」可謂先獲我心矣。

六、良耜

畟畟良耜❶，俶載南畝，播厥百穀，實函斯活❷。或來瞻女❸，載筐及筥❹，其饟伊黍❺。
其笠伊糾❻，其鎛斯趙❼，以薅荼蓼❽。荼蓼朽止，黍稷茂止。穫之挃挃❾，積之栗栗❿。
其崇如墉⓫，其比如櫛⓬。以開百室⓭。百室盈止，婦子寧止⓮。殺時犉牡⓯，有捄其角⓰。
以似以續⓱，續古之人⓲。

【注釋】

❶畟，音測，ㄘㄜˋ。畟畟，《正義》：「郭璞曰：言嚴利也。」即銳利之意。句言持此銳利良耜之農人。❷三句皆見前篇。❸《箋》：「瞻，視也。有來視女，謂婦子來饁者也。」女，同汝。指農人。❹載，攜也，持也。方曰筐，圓曰筥。見〈召南・采蘋〉注❼。❺饟，音賞，ㄕㄤˇ，同餉。《爾雅・釋詁》：「饁、饟，饋也。」此處作名詞用，謂饋人之食物也。伊，維也，為也。❻笠，《傳》：「笠所以禦暑雨也。」參見〈小雅・無羊〉注❽。糾，范處義《詩補傳》：「糾，繚也。言笠以繩繚而成也。」❼鎛，鋤也。見〈臣工〉注⓬。趙，《傳》：「刺也。」句謂以鎛刺而去草也。❽薅，音蒿，ㄏㄠ。《說文》：「薅，拔去田草也（大徐本）。」荼蓼，《正義》：「蓼是穢草，荼亦穢草，非苦菜也。」又引王肅云：「田有原有隰，故並舉水陸穢草。」❾挃，音至，ㄓˋ。《傳》：

「穫聲也。」按《爾雅・釋訓》郭注：「刈禾聲。」❿栗栗，《傳》：「眾多也。」⓫崇，高也。墉，《傳》：「城也。」言堆積之高如城牆也。⓬比，《箋》：「比迫也。」即密也。櫛，《集傳》：「櫛，理髮器，言密也。」即梳也。今曰「櫛比」，本此。⓭謂開百室以納穀。百室，言室之多也。⓮句言百室既滿，生生所資既足，婦子乃得安寧也。⓯時，是也，此也。犉，《傳》：「黃牛黑脣曰犉。」參見〈小雅・無羊〉注❷。殺犉牡以祭也。⓰捄，《集傳》：「曲貌。」參見〈小雅・大東〉注❷。有捄，猶捄然。句言牲之完好也。⓱似，《傳》：「嗣也。」以似以續，繼續也。《集傳》：「謂續先祖以奉祭祀也。」⓲古之人，蘇轍《詩集傳》：「其先也。」句謂不替其先祖也。

【詩義・章旨】

此亦祭宗廟之詩。〈詩序〉曰：「〈良耜〉，秋報社稷也。」後世說此詩者多從之。然詩之末二句曰：「以似以續，續古之人。」《詩》凡言「似」，皆嗣續父祖之意，此義前已言之矣（見〈小雅・小宛〉注）。此詩《集傳》亦曰：「續，謂續先祖以奉祭祀。」則此詩之旨盡在其中，何勞外求哉？

全詩一章，二十三句。首四句述耕事，次三句述饁事，次五句述耘事，次五句述穫事，末六句述殺牲以奉祀先祖也。耕、耘、穫、祭，此農事之大端，亦周初國家之大事也。詩人自春至冬，自耕至祭，述之詳盡而有次，可謂古人生活之寫照矣。

七、絲衣

絲衣其紑❶，載弁俅俅❷。自堂徂基❸，自羊徂牛❹。鼐鼎及鼒❺。兕觥其觩，旨酒思柔❻。

不吳不敖❼，胡考之休❽。

【注釋】

❶絲衣，《傳》：「祭服也。」《正義》：「以絲為衣。」紑，音弗，ㄈㄨˊ。《傳》：「鮮潔貌。」其紑，猶紑然。❷載，《箋》：「猶戴也。」弁，《釋名・釋首飾》：「弁，如兩手相合抃（拍手）時也。」按《箋》謂弁為爵弁、士服。然繹為天子諸侯之祭，非士祭也。俅，音求，ㄑㄧㄡˊ。俅俅，《詩經詮釋》：「俅俅，疑為曲貌。」按屈先生之說是也。〈小雅・大東〉「有捄棘匕」，以「捄」狀匕之曲長。〈桑扈〉及此詩「兕觥其觩」，以「觩」狀觥之曲長。〈良耜〉「有捄其角」，以「捄」狀角之曲長。〈魯頌・泮水〉「角弓其觩」，以「觩」狀弓之曲長。弁之形，「如兩手相合抃」，其形亦曲長，故詩以「俅俅」狀之也。❸徂，《箋》：「往也。」基，《傳》：「基，門塾之基。」或謂堂基，恐誤。見陳奐《傳疏》。❹二句意謂視其籩豆犧牲也。❺鼐，音奈，ㄋㄞˋ。鼒，音資，ㄗ。《箋》：「大鼎謂之鼐，小鼎謂之鼒。」按此句猶言「自鼐徂鼒」也。❻二句見〈小雅・桑扈〉。❼吳，音話，ㄏㄨㄚˋ。《傳》：「譁也。」敖，高本漢《詩經注釋》：「敖，是嗸的省體。」按高氏之說是也。不吳不敖，即〈魯頌・泮水〉之「不吳不揚」，謂不諠譁、不大聲也。❽胡考，見〈載芟〉注㉓。休，美也。此言能得壽考之福也。

【詩義・章旨】

此繹祭之詩也。繹，祭之明日又祭也。〈詩序〉曰：「〈絲衣〉，繹賓尸也。高子曰：『靈星之尸也。』」《箋》曰：「繹，又祭也。天子諸侯曰繹，以祭之明日。卿大夫曰賓尸，與祭同日，周曰繹，商謂之肜。」按繹，即賓尸也，一事而異名。〈序〉連言之，曰「繹賓尸」，語複而難通。「靈星」乃星名。古祭天地、日月、星辰、山川之屬無尸。高子不知何時人，其說固無可取。此點姚際恆《詩經通論》言之極詳。然〈序〉謂「繹祭」則是也。朱子《集傳》曰：「此亦祭而飲酒之詩。」方玉潤評之曰：「詩云繹祭詳矣，飲酒則無一語及之，又何必沾沾必飲酒為言也。」故朱子之說亦誤。清王鴻緒《詩經傳說彙編》曰：「宗廟正祭之明日又祭曰繹。繹禮在廟門，而廟門側之堂謂之塾。今詩云『自堂徂基』，則基是門塾之基，蓋謂廟門外西夾室之堂基也。其為繹祭明矣。」其說極是，今從之。

全詩一章，九句。首二句述與祭者之服飾，實則顯示與祭者之身分也。《箋》謂弁為爵弁，士祭於王之服。然既曰「繹」，則是天子、諸侯之祭，與士無涉。《箋》又曰：「繹禮輕，故使士。」則前謂「天子諸侯曰繹」者，又何說邪？「自堂」三句述備祭之周，祭殺之豐。「兕觥」二句述旨酒之美。末二句乃祝詞，故《箋》謂「得壽考之休徵」，言未來必將獲福也。

八、酌

於鑠王師❶，遵養時晦❷。時純熙矣❸，是用大介❹。我龍受之❺，蹻蹻王之造❻。載用有嗣❼，實維爾公❽。允師❾。

【注釋】

❶於，音烏，ㄨ，歎詞。鑠，音朔，ㄕㄨㄛˋ。《傳》：「美也。」王師，武王之師也。❷遵，蘇轍《詩集傳》：「循也。」晦，《傳》：「昧也。」時晦，謂晦暗之時，即《易・坤・文言》所謂「天地閉，賢人隱」之時也。句謂

順從此晦暗之時而自休養也。按此句「時晦」與下句「時熙」對舉，此二「時」字應同義，不可訓「是」也。❸純，《箋》：「大也。」熙，蘇轍《詩集傳》：「光也。」❹是用，是以也。介，《毛詩傳箋通釋》：「《爾雅・釋詁》：『介，善也。』」大介，即大善。大善，猶大祥也。」按大善，謂戰無不勝也。❺龍，《箋》：「寵也。」我，當是成王自稱。受之謂受此王師也。❻蹻，音矯，ㄐㄧㄠˇ。蹻蹻，《傳》：「武貌。」造，《傳》：「為也。」作為也，成就也。王之造，指王師也。❼載，則也。用，以也。嗣，繼也。有嗣，言有以繼先人之業也。❽爾，指王師。昔人謂指武王，然上文既云「王師」、「王之造」，則此「爾」字當稱代之也。馬瑞辰謂指先公，俞樾謂指太公，離詩義愈遠矣。公，即〈小雅・六月〉「以奏膚公」之公，乃功之叚借。❾允，《箋》：「信也。」師，即首句「王師」之師。允師，其句型猶〈小雅・車攻〉之「允矣君子」、〈齊風・猗嗟〉之「展我甥兮」。此美王師之語，謂信然優良之師眾也。

【詩義・章旨】

此頌美王師之詩。〈詩序〉曰：「〈酌〉，告成〈大武〉也。言能酌先祖之道，以養天下也。」〈序〉以為此詩告成〈大武〉，嚴粲《詩緝》謂是「〈大武〉篇中之一章」，何楷《古義》謂是〈大武〉之第二章，然《左傳》宣公十二年隨武子曰：「〈汋〉曰：『於鑠王師，遵養時晦。』〈武〉曰：『無競維烈。』」明分〈汋〉與〈武〉為二篇，是〈酌〉非〈武〉之樂章也。眾說皆誤。（參見〈武〉篇）《集傳》曰：「此亦頌武王之詩。」就詩之文字觀之，此詩實頌美「王師」，然王師乃武王所成之師，引申之亦可謂美武王，故朱子之說不可謂誤也。

全詩一章，九句。朱子《集傳》分為八句。高本漢氏謂：「《詩經》裡從來沒有兩個字的句子在篇末的。」然《詩經》中首句為二字者，亦僅有〈小雅・祈父〉一詩，則又何說？詩之前四句美王師遇時晦則能順之而休養，及時熙乃出，是以大吉。「蹻蹻王之造」，猶〈魯頌・閟宮〉「蹻蹻虎臣」，故「王之造」即王之虎臣，亦即王師也。「載用」二句言滅殷興周，使周子孫能繼武先祖，皆爾王師之功也。末句「允師」，呼應首句。此義惟高本漢氏識得，令人不無遺憾。

九、桓

綏萬邦，婁豐年❶，天命匪解❷。桓桓❸武王，保有厥士❹，于以四方❺，克定厥家❻。於昭于天❼，皇以間之❽。

【注　釋】

❶綏，《箋》：「安也。」婁，《左傳》宣公十二年引作屢。❷解，同懈。三句謂萬邦安寧，豐年連連，天命之於周久而不稍倦怠也。❸桓桓，威武貌。見〈魯頌・泮水〉《傳》。❹士，即〈大雅・文王〉「濟濟多士」之士。武王「保有厥士」，故能「克定厥家」也。❺以，《集傳》：「用也。」句言乃用之於四方也。❻家，周家、周室也。❼句見〈大雅・文王〉。此謂武王之神昭明於天也。❽皇，《箋》：「君也。」指成王。間，《傳》：「代也。」之，指武王。《箋》謂指殷紂，然其上並無殷紂之文，且既「於昭于天」，何以能代殷紂？二句言武王之神既昭明於天，我君成王乃代之也。

【詩義・章旨】

此祭武王之詩。〈詩序〉曰：「〈桓〉，講武類禡也。桓，武志也。」詩無講武之文，更無類禡之事，〈詩序〉作者何止望文生義，直是憑空虛構。姚際恆氏謂之「純乎杜撰」，信然。《集傳》：「此亦頌武王之功。」近之。

全詩一章，九句。首三句乃述近況告慰武王之語。武王伐殷興周，乃得天命之君，不得言「天命匪解」；言此語者，必武王以後之國君成王也。「桓桓」四句，乃述武王之功。「厥士」、「厥家」，指周之士、周之家也。此士本文王所有，文王既沒，武王繼之，故曰「保有厥士」也。高本漢以「有」為「右」（佑），《傳》訓「士」為事，皆未得其義。惠棟《九經古義》、馬瑞辰《傳箋通釋》以「士」為土，去詩義愈遠。末二句言成王繼武王之緒也。「皇以間之」一語，自《箋》以下，多謂天以武王代商，然上文既曰「天命匪解」、「克定厥家」，則是武王已得天命而興周，此處又言以之代商，豈不先後顛倒，錯亂其次乎？

一〇、賚

文王既勤止❶，我應受之❷，敷時繹思❸。我徂維求定❹，時周之命❺。於繹思❻。

【注釋】

❶勤，《傳》：「勞也。」止，語詞。❷我，武王自稱。應，高本漢《詩經注釋》：「應，假借為膺。膺，受也。」❸敷，蘇轍《詩集傳》：「布也。」時，《箋》：「是也。」繹，《詩緝》：「錢氏曰：紬也。」紬，同抽，謂抽引不絕也。思，語詞。句言當展布文王勤勞之德並使之續而不絕也。❹徂，往也。言我往伐商紂也。定，安定、安寧也。句言我往伐商惟求天下之安寧。❺時，《箋》：「是也。」句言此周之所以獲天之命而王也。❻於，歎詞。繹，見前注。句謂吾人當永續之（天命）也。

【詩義・章旨】

此武王克商，歸祀文王，大告諸侯之詩。〈詩序〉曰：「〈賚〉，大封於廟也。賚，予也。言所以錫予善人也。」詩之名「賚」，不知何人所加，然詩文無「賚」之意。〈序〉依「賚」之名釋詩，宜無是處。此點姚際恆氏言之極詳。《集傳》曰：「此頌文王之功，而言其大封功臣之意也。」其言「頌文王之功」，或是；其言「大封功臣」云云，則又附會〈序〉意也。後之說者雖多，然如霧裡看花，終隔一層。惟姚際恆《詩經通論》曰：「此武王初克商，歸祀文王廟，大告諸侯所以得天下之意也。」於是雲霧盡去，詩義畢現。真「夫人不言，言必有中」。

全詩一章，六句。首句言文王憂勤之德，加一「既」字，則示其人已去，而次句「我應受之」乃順勢而出，承接自然。三四句述「我應受」後之作為，而歸於「時周之命」一語。是伐紂之役，誠順天應人之舉。末句三字看似多餘，實則全詩精神盡集於此。繹者，繹周之命，繹文王之勤，繹伐商求定之旨也。姚際恆曰：「『於繹思』，又重申己與諸侯始終無倦勤之意。」已得其梗概矣。

二一、般

於皇時周❶。陟其高山，嶞山喬嶽❷，允猶翕河❸。敷❹天之下，裒時之對❺，時周之命❻。

【注釋】

❶於，音烏，ㄨ，歎詞。皇，《正義》：「美也。」時周，見〈賚〉注❺。❷嶞，音惰，ㄉㄨㄛˋ。《釋文》：「郭云：山狹而長也。」喬嶽，當即〈時邁〉之喬嶽，吳嶽也。❸允猶，高亨《詩經今注》：「允，借為沇。《尚書・

禹貢》：『導沇水東流為濟，入於河。』」猶，借為湆。《集韻》：『湆，水名，在雍州。』」按高氏之說是也，上文言山，此句言水。舊訓允為信，為順，於義皆難通。翕，《傳》：「合也。句言沇、湆二水會歸於河也。」❹敷，《箋》：「徧也。」即普也。❺裒，音掊，ㄆㄡˊ。《傳》：「聚也。」時，是也。對，《爾雅．釋詁》：「合、會，對也。」二句言普天之下，皆會合聚集於此。即天下一統之意。❻句見前篇。

【詩義．章旨】

此亦武王克商，祭祀先祖，告以天下一統之詩。〈詩序〉曰：「〈般〉，巡守而祀四嶽河海也。」後之說詩者多從之，雖有小異，大旨則無不同也。竊甚疑焉。武王克商，百廢待舉，巡行天下，一次（〈時邁〉所記）已多，何暇再乎！此其一也。武王在位，僅六年耳，姑不論有否「天子五年一巡守」之制，六年之間，兩次巡守，豈不甚煩勞哉！此其二也。自孔氏《正義》以下，皆謂此在武王初克商之後，在〈時邁〉之先。然〈時邁〉曰：「莫不震疊。」明在此之前天子無巡守之事。此其三也。此詩中不僅無「莫不震疊」之語，亦無「懷柔百神」等語，〈序〉謂「祀四嶽河海」，無所依附，此其四也。綜此四者，足可證此非武王巡守之詩矣。

《史記．周本紀》曰：「武王徵九牧之君，登豳之阜，以望商邑。」此詩當亦是武王徵各地諸侯，「陟其高山」以望「墮山喬嶽，允猶翕河」（或即《史記》所記「登豳之阜，以望商邑」之事）。故詩曰：「敷天之下，裒時之對」也。至其用，則在告祭先祖也，詩之首末二句，可以窺其意焉。

全詩一章，七句。〈頌〉詩中凡句首「於」字，皆是「於乎」之省，而皆為禱詞。如「於穆清廟」、「於穆不已」、「於緝熙」、「於皇來牟」、「於薦廣牡」、「於皇武王」、「於鑠王師」、「於昭于天」、「於繹思」等皆是。以其為禱詞，故其句多有贊美之意。本篇首句「於皇時周」亦如此也。「陟其」三句，泛言其疆域。「敷天」二句為詩之重心，蓋言天下一統也（高亨《今注》亦有此意）。末句告於先祖，有完成任務、告以成功之意。

魯頌

周公既還政於成王，成王乃封周公之長子伯禽於魯，其地乃古少昊之虛，今山東曲阜縣。朱子《集傳》曰：「成王以周公有大勳勞於天下，故賜伯禽以天子之禮樂，魯於是乎有〈頌〉，以為廟樂。其後又作詩以美其君，亦謂之〈頌〉。」〈國風〉無魯詩，〈魯頌〉四篇，皆美僖公之詩，非宗廟祀神之辭，其體實兼〈風〉、〈雅〉，其文亦與〈頌〉異，其所以列之於〈頌〉者，固以其用天子之禮樂，亦以孔子錄之，等魯於王，所以尊之也。三家詩以〈魯頌〉為僖公時公子奚斯所作，然〈閟宮〉卒章曰：「寢廟奕奕，奚斯所作。」奚斯作者乃寢廟，非詩也。

一、駉

駉駉❶牡馬，在坰之野❷。薄言駉者❸，有驈有皇❹，有驪❺有黃，以車彭彭❻。思無疆❼，思馬斯臧❽。

駉駉牡馬，在坰之野。薄言駉者，有騅有駓❾，有騂有騏❿，以車伾伾⓫。思無期⓬，思馬斯才⓭。

駉駉牡馬，在坰之野。薄言駉者，有驒有駱⓮，有駵有雒⓯，以車繹繹⓰。思無斁⓱，思馬斯作⓲。

駉駉牡馬，在坰之野。薄言坰者，有駰有騢⓳，有驔有魚⓴，以車祛祛㉑。思無邪㉒，思馬斯徂㉓。

【注釋】

❶駉，音窘，ㄐㄩㄥˇ。駉駉，《傳》：「良馬腹幹肥張也。」《正義》：「腹謂馬肚，幹謂馬脅。」肥張，肥大也。❷坰，音窘，ㄐㄩㄥˇ。《傳》：「坰，遠野也。邑外曰郊，郊外曰野，野外曰林，林外曰坰。」按《傳》訓坰為野，則詩「在坰之野」為在野之野，語義難通。「坰」當為地名。〈閟宮〉「于牧之野」、〈鄘風・載馳〉「在浚之郊」，「牧」、「浚」皆地名，以彼例此，「坰」當亦為地名也。❸薄言，迫而，前已多見。駉，動詞。者，通諸，之也。見〈小雅・采綠〉注⓫。句謂速使之肥大也。❹驈，音玉，ㄩˋ。《傳》：「驪馬白跨曰驈。」皇，見〈豳風・東

山〉注㉛。❺驪，見〈齊風・載驅〉注❻。❻以車，引車、拉車也。彭，音邦，ㄅㄤ。彭彭，見〈齊風・載驅〉注⑩。❼思，陳奐《傳疏》：「思，詞也。」即發語詞。下同。無疆，《箋》：「無有竟已。」即無窮也。❽斯，猶〈小雅・斯干〉「如跂斯翼」之斯，之也。陳奐《傳疏》訓其，其亦之也（見《經傳釋詞》）。臧，《箋》：「善也。」按「思無疆，思馬斯臧」二句為倒裝，下三章同。謂馬之優點無窮也。昔人皆依次為解，則「無疆」、「無期」、「無斁」、「無邪」，不知所指矣。❾騅，音錐，ㄓㄨㄟ。《傳》：「蒼白雜毛曰騅。」駓，音丕，ㄆㄧ。《傳》：「黃白雜毛曰駓。」❿騂，《傳》：「赤黃曰騂。」騏，見〈秦風・小戎〉注⓫。⓫伾，音丕，ㄆㄧ。伾伾，《傳》：「有力也。」⓬無期，《集傳》：「猶無疆也。」⓭才，《傳》：「多材也。」《集傳》：「材力也。」按才即指力也。二句言馬力無盡也。⓮驒，音駝，ㄊㄨㄛˊ。《傳》：「青驪驎曰驒。」《集傳》：「色有深淺，斑駁如魚鱗，今之連錢驄也。」駱，見〈小雅・四牡〉注❻。⓯駵，音留，ㄌㄧㄡˊ。《傳》：「赤身黑鬣曰駵。」雒，《傳》：「黑身白鬣曰雒。」⓰繹繹，《傳》：「善走也。」《集傳》：「不絕也。」與《傳》意相成。⓱斁，音亦，ㄧˋ。《箋》：「厭也。」⓲作，《傳》：「始也。」按作即〈秦風・無衣〉「與子偕作」之作，起程也，動身也。名詞。二句言馬一起程則不倦怠也。⓳駰，見〈小雅・皇皇者華〉注⓭。騢，音遐，ㄒㄧㄚˊ。《傳》：「彤白雜毛曰騢。」《正義》：「郭璞云：彤，赤也。即今赭白馬是也。」⓴驔，音談，ㄊㄢˊ。《傳》：「豪骭白曰驔。」《正義》：「骭者，膝下之名。蓋謂豪毛在骭而白長，名為驔也。」魚，《傳》：「二目白曰魚。」《正義》：「郭璞云：似魚目也。」㉑祛，音驅，ㄑㄩ。祛祛，《傳》：「彊健也。」㉒無邪，高本漢《詩經注釋》：「不偏邪。」蓋以「無邪」即〈小雅・車攻〉「兩驂不猗」之不猗也。竊疑此「邪」字如〈邶風・北風〉「其虛其邪」之邪，音徐，ㄒㄩˊ，與徐通，緩也。無邪，即疾也。與上章「無斁」一例。㉓徂，《箋》：「猶行也。」二句言馬之行快速也。

【詩義・章旨】

此頌僖公之詩。〈詩序〉曰：「〈駉〉，頌僖公也。僖公能遵伯禽之法，儉以足用，寬以愛民，務農重穀，牧于坰野，魯人尊之。於是季孫行父請命于周，而史克作是頌。」古代馬為國力之表現，故有「萬乘之國」、「千乘之國」之語。此詩稱馬之盛，即贊國力之強，隱則美僖公。猶之〈鄘風・定之方中〉「騋牝三千」為美衛文公也。故〈序〉言「頌僖公」，不誤。「儉以足用」以下，皆無實據。朱子《辨說》曰：「此〈序〉事實皆無可考，詩中亦未見務農重穀之意，〈序〉說鑿矣。」即指此段文字而言。《集傳》曰：「此詩言僖公牧馬之盛，由其立心之遠，故美之。」蓋取〈序〉之「頌僖公也」一語為說也。方玉潤《原始》曰：「愚獨以為喻魯育賢之眾，蓋借馬以比賢人君子耳。」此說頗有深意，是則〈序〉言「頌僖公」，固不可易也。

全詩四章，每章八句，形式複疊。首二句言馬之肥壯及養馬之所。次四句言馬種類之多，而皆宜於御車。末二句言馬之能。「無疆」、「無期」、「無斁」、「無邪」，其文一例。「無期」之意，與「無疆」為近；「無邪」之意，與「無斁」為近。獨「無邪」一詞，聖人別具心眼，斷章取義，以該《詩三百》，自蘇氏《詩集傳》以下，皆知此理；然解此詩，皆不能不受其影響。高本漢氏能掙脫其影響，又以此四「無」字句承上文，噫！知《詩》其難哉！

二、有駜

有駜有駜❶，駜彼乘黃❷。夙夜在公，在公明明❸。振振鷺❹，鷺于下❺。鼓咽咽❻，醉言舞❼。于胥樂兮❽！

有駜有駜，駜彼乘牡。夙夜在公，在公飲酒。振振鷺，鷺于飛❾。鼓咽咽，醉言歸。于胥樂兮！

有駜有駜，駜彼乘駽❿。夙夜在公，在公載燕⓫。自今以始，歲其有⓬。君子有穀⓭，詒孫子⓮。于胥樂兮！

【注釋】

❶駜，音必，ㄅㄧˋ。《傳》：「馬肥強貌。」有駜，猶駜然。❷乘黃，見〈秦風・渭陽〉注❹。❸明明，《經義述聞》：「明、勉一聲之轉。明明，猶勉勉也。」❹振振，見〈周頌・振鷺〉注❶。鷺，《集傳》：「鷺，鷺羽，舞者所持。」❺鷺于下，言鷺羽由上而下也。此舞姿之一。❻咽咽，《集傳》：「鼓聲之深長也。」按與〈商頌・那〉「伐鼓淵淵」之淵淵義同。❼言，而也。句言醉而起舞也。❽于，陳奐《傳疏》：「發聲。」《詩經今注》：「當讀為吁。」胥，《箋》：「皆也。」句言君臣皆樂也。❾鷺于飛，《集傳》：「舞者振作鷺羽如飛也。」此亦舞姿之一。❿駽，音涓，ㄐㄩㄢ。《傳》：「青驪曰駽。」《集傳》：「今鐵驄也。」⓫載，《箋》：「載之言則也。」燕，《詩記》：「李氏曰：亦飲酒也。」⓬有，《集傳》：「有，有年也。」即豐年也。句言自今而始，歲皆豐年也。⓭穀，蘇轍《詩集傳》：「祿也。」⓮詒，《箋》：「遺也。」孫子，即子孫也。

【詩義・章旨】

此豐年燕飲而頌僖公之詩。〈詩序〉曰：「〈有駜〉，頌僖公君臣之有道也。」朱子《辨說》曰：「此但燕飲之詩，未見君臣有道之意。」其《集傳》曰：「此燕飲而頌禱之辭。」並未言及僖公。王質《詩總聞》曰：「頌禱之辭多言福言祿，而此獨言豐年，自今以始，言昔多無年也。春秋自莊、閔至僖，十餘年之間，莊二十五年大水，二十七年無麥禾，二十九年有蜚，僖二年三年冬、春、夏，不雨，此詩當此年以後也。」據此，則知此詩中之「公」、「君子」當指僖公無疑。張學波《詩經篇旨通考》曰：「詩中既有豐年燕飲之樂，詩末又有頌禱福祿之詞，此當是慶豐年燕飲而頌禱僖公之詩。」其說當矣。

全詩三章，每章九句，形式複疊。每章首二句言僖公乘馬，是其燕飲或在泮宮也。一章三、四句言祭祀也。二、三章易為「飲酒」、「載燕」，此互足也。「振振鷺」二句言祭而舞，「鼓咽咽」二句言醉而舞，非一事也。末章後四句與前二章迥異，「自今以始，歲其有。君子有穀，詒孫子」，此全詩之重心也。末句「于胥樂兮」則又三章全同，形式又歸於一致矣。

三、泮水

思樂泮水❶，薄采其芹❷。魯侯戾止❸，言觀其旂❹。其旂茷茷❺，鸞聲噦噦❻。無小無大❼，從公于邁❽。

思樂泮水，薄采其藻。魯侯戾止，其馬蹻蹻❾；其馬蹻蹻，其音昭昭❿。載色載笑⓫，匪怒伊教⓬。

思樂泮水，薄采其茆⓭。魯侯戾止，在泮飲酒。既飲旨酒，永錫難老⓮。順彼長道⓯，屈此群醜⓰。

穆穆⓱魯侯，敬明⓲其德。敬慎威儀，維民之則。允文允武，昭假烈祖⓳。靡不有孝，自求伊祜⑳。
明明魯侯，克明其德。既作泮宮，淮夷攸服㉑。矯矯虎臣㉒，在泮獻馘㉓；淑問如皋陶㉔，
在泮獻囚㉕。
濟濟多士，克廣德心㉖。桓桓于征㉗，狄彼東南㉘。烝烝皇皇㉙，不吳不揚㉚。不告于訩㉛，
在泮獻功。
角弓其觩㉜，束矢其搜㉝。戎車孔博㉞，徒御無斁㉟。既克淮夷，孔淑不逆㊱。式固爾猶㊲，
淮夷卒獲㊳。
翩彼飛鴞㊴，在彼泮林。食我桑黮㊵，懷我好音㊶。憬彼淮夷㊷，來獻其琛㊸。元龜象齒㊹，
大賂南金㊺。

【注釋】

❶思，《集傳》：「發語辭也。」泮，音畔，ㄆㄢˋ。泮水，《傳》：「泮水，泮宮之水也。天子辟雍，諸侯泮宮。」《集傳》：「諸侯之學，鄉射之宮，謂之泮宮。其東西南方有水，形如半璧。以其半於辟廱，故曰泮水，而宮亦以名也。」按宋戴埴據《通典》魯郡泗水縣有泮水，謂僖公築宮於其上，因名泮宮。明清以下，爭訟不決，是非難定。今姑從舊說。❷芹，見〈小雅・采菽〉注❼。❸戾止，見〈周頌・振鷺〉注❸。❹句見〈小雅・庭燎〉。❺茷，音肺，ㄈㄟˋ。茷茷，《集傳》：「飛揚也。」按茷為旆之假借。茷茷，即〈小雅・出車〉「胡不旆旆」、〈大雅・生民〉「荏菽旆旆」之旆旆。高本漢說。❻句見〈小雅・庭燎〉。❼無小無大，《箋》：「臣無尊卑。」

❽邁，《箋》：「行也。」二句言群臣無小無大，皆從公而行，至於泮宮也。❾蹻，音蹻，ㄐㄧㄠˇ。蹻蹻，《傳》：「言彊盛也。」❿音，《箋》：「德音。」昭昭，著明也。按其音昭昭，即〈小雅・鹿鳴〉之德音孔昭，言聲譽顯著也。⓫色，《箋》：「和顏色也。」動詞。句言顏色溫和而笑語也。⓬句言非有所怒而能教之也。⓭茆，音卯，ㄇㄠˇ。《傳》：「鳧葵也。」《正義》引陸機《疏》云：「茆與荇菜相似，葉大如手……江南人謂之蓴菜。」⓮難老，《箋》：「難使老。難使老者，最壽考也。」按難老，猶今語年輕、不老，其意較壽考猶勝一籌。句言願天永賜其（魯侯）年輕也。⓯長道，《集傳》：「猶大道也。」⓰屈，《集傳》：「服也。」醜，《箋》：「惡也。」群醜，謂淮夷也。二句言循彼大道，征服此淮夷也。⓱穆穆，見〈大雅・文王〉注⓳。⓲敬明，敬謹而修明也。⓳假，音格，ㄍㄜˊ。《傳》：「至也。」昭假，見〈大雅・雲漢〉注53。烈祖，《集傳》：「周公、魯公也。」按烈，言其功也。見〈周頌・烈文〉注❶。句言能祈烈祖之神昭然降臨也。⓴祜，《箋》：「福也。」句言僖公能修明其德以自求其福也。㉑攸，《經傳釋詞》：「攸，用也。」用，因也。句言淮夷因而降服也。㉒矯矯，《傳》：「武貌。」虎臣，見〈大雅・常武〉注㉓。㉓馘，音國，ㄍㄨㄛˊ，殺而獻其左耳曰馘。見〈大雅・皇矣〉注73。㉔淑，《箋》：「善也。」問，《正義》：「問獄也。」《集傳》：「訊囚也。」陶，音搖，ㄧㄠˊ。皋陶，舜之臣，善於聽訟者也。㉕囚，《箋》：「所虜獲者。」《正義》：「所囚者，服罪之人。察獄之吏，當受其辭而斷其罪，故使善聽獄如皋陶者獻之。」按「獻囚」與上文「獻馘」，下文「獻功」、「獻琛」一例，皆謂呈獻、奉獻之也。屈萬里先生獨以此獻字為讞，訓為議罪，恐非是。㉖《集傳》：「廣，推而大之也。德心，善意也。」㉗桓桓，《傳》：「威武貌。」征，謂征伐淮夷也。㉘狄，音梯，ㄊㄧ。《箋》：「狄，當作剔。剔，治也。」東南，《箋》：「斥淮夷。」㉙《集傳》：「烝烝皇皇，盛也。」此狀軍勢之盛。㉚不吳不揚，《箋》：「吳，譁也。不讙譁、不大聲。」按《箋》以「不大聲」訓「不揚」，則揚為張揚、揚聲之意。故《集傳》曰：「不吳不揚，肅也。」㉛訩，《箋》：「訟也。」句言不以爭訟之事告於官也。按下句接言「在泮獻功」，則此

「訩」字當指爭功而言，故《集傳》曰：「師克而和不爭功也。」陳奐《傳疏》謂「不窮治凶惡」，恐非詩旨。㉜角弓，見〈小雅・角弓〉注❶。其觩，見〈小雅・桑扈〉注❿。句言角弓弛而不張也。㉝束矢，《傳》：「五十矢為束。」搜，《傳》：「眾意也。」《傳箋通釋》：「字通作蒐。《爾雅・釋詁》：『蒐，聚也。』」引申有眾意。其搜，猶搜然。句謂束矢眾多而不用也。㉞博，《集傳》：「廣大也。」㉟無斁，《箋》：「無厭倦也。」句言徒行者、乘車者皆不倦怠。㊱逆，《集傳》：「違命也。」㊲式，語詞。猶，《箋》：「謀也。」㊳卒，終也。二句言因固守爾之謀猶，故淮夷終遭平服也。㊴鴞，見〈陳風・墓門〉注❽。㊵黮，音腎，ㄕㄣˋ。《傳》：「桑實也。」按《說文》：「黮，桑葚之黑也。」此黮與葚之別也。㊶懷，《箋》：「歸也。」好音，美音。鴞本惡聲之鳥，因食我桑黮而歸我美音，喻淮夷感於恩而化也。㊷憬，音警，ㄐㄧㄥˇ。《集傳》：「覺悟也。」㊸琛，音瞋，ㄔㄣ。《傳》：「寶也。」㊹元龜，《傳》：「元龜尺二寸。」《正義》：「大龜。」象齒，即象牙也。㊺賂，音路，ㄌㄨˋ。俞樾《群經平議》：「上文既言獻，不必更言賂矣。賂，當讀為璐，玉也。大路，猶《尚書・顧命》大玉耳。」南金，《集傳》：「荊揚之金也。」

【詩義・章旨】

此頌僖公征服淮夷之詩。〈詩序〉曰：「〈泮水〉，頌僖公能脩泮宮也。」此說僅釋得詩之前半文義。《集傳》曰：「此飲於泮宮而頌禱之辭也。」又於第三章下曰：「此章以下皆頌禱之辭。」不知此詩主旨即在美僖公征伐淮夷之功；修築泮宮，則其餘事也。朱子反以為頌其未來事，豈非謬妄？詩頌征淮夷之功而連言泮宮者，《禮記・王制》曰：「出征，執有罪反，釋奠於學，以訊馘告。」鄭注：「釋菜奠幣，禮先師也。」惠周惕《詩說》曰：「此詩始終言魯侯在泮宮事，是克淮夷之後，釋菜而儐賓也。釋奠釋菜，祭之略者也。釋奠釋菜不舞，詩言不及樂，故知為釋菜也。」其說至當。至於僖公征淮夷之事，詩曰：「式固爾猶，淮夷卒獲。」足徵其為事實也。戴震《毛鄭詩考正》曰：「《春秋》僖十三年：『會于鹹。』《左傳》曰：『淮夷病杞故。』十六年：『冬，會于淮。』《左傳》曰：『謀鄫（杜注云：鄫為淮夷所病故），且東略也。……不以師加淮夷，必有淮夷求成獻賂之事。不足書，故不見於經傳。此詩至五章以後乃及淮夷，非全無是事而徒侈言之矣。」屈萬里先生《詩經詮釋》亦曰：「僖公十三年，嘗從齊桓公會於鹹，為淮夷之病杞；十六年，又從齊桓公會於淮，為淮夷之病鄫。詩所言當指此二役之一。《春秋》經傳雖未言戰爭，然以情勢度之，必有兵事。下文言獻馘獻囚，雖不免鋪張，要非無中生有也。」其說極允。又何楷《世本古義》以此詩乃頌伯禽，清季說詩者多從之，屈萬里先生《尚書釋義》駁之已詳，於此不贅。

全詩八章，每章八句。前四章藉泮宮頌僖公之德，後四章藉征淮夷頌僖公之功。詞多誇飾，事亦溢美。前三章首二句「采芹」、「采藻」、「采茆」，點明釋菜之禮。一章言僖公車飾之美，從者之眾。二章言其笑語之間，皆可為法。三章頌其「永錫難老」，並預伏征淮夷之事。四章就前三章總而言之。五章言獻馘、獻囚，六章言獻功，七章總結征服淮夷在於「式固爾猶」。末章以飛鴞食桑黮而懷好音，喻淮夷之歸附。「元龜象齒，大賂南金」，在表歸附之誠而已。

四、閟宮

閟宮有侐❶，實實枚枚❷。赫赫姜嫄❸，其德不回❹。上帝是依❺，無災無害。彌月不遲❻，是生后稷❼。降之百福，黍稷重穋❽，稙稺菽麥❾。奄有下國❿，俾民稼穡。有稷有黍，有稻有秬⓫。奄有下土⓬，纘禹之緒⓭。

后稷之孫，實維大王⓮，居岐之陽，實始翦商⓯。至于文武，纘大王之緒。致天之屆⓰，于牧之野[17]。「無貳無虞[18]，上帝臨女[19]。」敦商之旅[20]，克咸厥功[21]。王曰：「叔父[22]，建爾元子[23]，俾侯于魯[24]。大啟爾宇[25]，為周室輔。」乃命魯公[26]，俾侯于東[27]；錫之山川，土田附庸[28]。周公之孫，莊公之子[29]，龍旂承祀[30]，六轡耳耳[31]。春秋匪解[32]，享祀不忒[33]。皇皇后帝，皇祖后稷[34]，享以騂犧[35]，是饗是宜[36]，降福既多。周公皇祖，亦其福女[37]。秋而載嘗[38]，夏而楅衡[39]。白牡騂剛[40]，犧尊將將[41]。毛炰胾羹[42]，籩豆大房[43]。萬舞洋洋[44]，孝孫有慶[45]。俾爾熾而昌[46]，俾爾壽而臧[47]。保彼東方，魯邦是常[48]。不虧不崩，不震不騰[49]。三壽作朋[50]，如岡如陵[51]。

公車千乘，朱英綠縢[52]，二矛重弓[53]。公徒三萬[54]，貝胄朱綅[55]，烝徒增增[56]。戎狄是膺[57]，荊舒是懲[58]，則莫我敢承[59]。俾爾昌而熾，俾爾壽而富。黃髮台背[60]，壽胥與試[61]。俾爾昌而大，俾爾耆而艾[62]。萬有千歲[63]，眉壽無有害[64]。

泰山巖巖，魯邦所詹[65]。奄有龜蒙[66]，遂荒大東[67]，至于海邦[68]。淮夷來同[69]，莫不率從[70]，魯侯之功。

保有鳧繹[71]，遂荒徐宅[72]，至于海邦。淮夷蠻貊[73]，及彼南夷[74]，莫不率從。莫敢不諾[75]，魯侯是若[76]。

天錫公純嘏[77]，眉壽保魯，居常與許[78]，復周公之宇[79]。魯侯燕喜[80]，令妻壽母[81]，宜大夫庶士[82]，邦國是有[83]。既多受祉，黃髮兒齒[84]。

徂來(85)之松，新甫(86)之柏，是斷是度(87)，是尋是尺(88)。松桷有舄(89)，路寢孔碩(90)。新廟奕奕(91)，奚斯所作(92)。孔曼且碩(93)，萬民是若(94)。

【注釋】

❶閟，音必，ㄅㄧˋ。《詩經詮釋》：「閟，舊云：閉也。按：當是邃祕之義。」宮，《集傳》：「廟也。」閟宮，《集傳》：「魯之群廟也。」《詩記》：「閟宮，魯廟，非姜嫄廟也。言赫赫姜嫄者，推本周家所由興。」❷實實，蘇轍《詩集傳》：「鞏固也。」枚枚，《傳》：「礱密也。」《正義》：「細密之意。」《詩經詮釋》：「實實，形容其址之固；枚枚，形容梁椽結構之密。」❸姜嫄，見〈大雅・生民〉注❷。❹句見〈小雅・鼓鐘〉。❺依，憑也。句謂依賴上帝之保佑而無災害也。❻彌，即〈大雅・生民〉「誕彌厥月」之彌，滿也。彌月，俗謂「足月」，滿十月也。不遲，《箋》：「不遲晚。」❼后稷，見〈大雅・生民〉。❽句見〈豳風・七月〉。❾稙，音至，ㄓˋ。《傳》：「先種曰稙，後種曰穉。」菽，豆也。❿奄，《箋》：「猶覆也。」下國，〈檜風・匪風〉孔氏《正義》：「下國，謂諸侯對天子為下國。」奄有下國，《集傳》：「封於邰也。」⓫秬，見〈大雅・生民〉注㊷。⓬下土，見〈大雅・雲漢〉注⑰。⓭緒，《傳》：「業也。」《正義》：「言禹平水土，稷教播種，事業可以相繼，故言纘禹之緒以美之。」⓮大，音太，ㄊㄞˋ。大王，古公亶父也。⓯翦，《箋》：「斷也。」按《說文》引詩作戩，曰：「滅也。」此謂周家翦商之業，自大王始基之，非謂大王有翦商之志也。⓰屆，《箋》：「殛也。」按殛，誅也。謂致天之誅也。⓱牧之野，《箋》：「商郊牧野。」⓲無貳，《箋》：「無有二心也。」虞，《集傳》：「慮也。」無虞，無復疑慮也。⓳此二句猶〈大雅・大明〉之「上帝臨女，無貳爾心」，為武王誓師牧野之詞。⓴敦，即〈大雅・常武〉「鋪敦淮濆」之敦，擊也。句言攻伐殷商之軍旅也。㉑咸，《傳箋通釋》：

「咸，即備也。備者，成也。」句言終能成翦商之功也。㉒王，《傳》：「成王也。」叔父，《箋》：「謂周公也。」㉓建，《箋》：「立也。」元，《傳》：「首也。」元子，長子。《集傳》：「魯公伯禽也。」㉔句言使伯禽為君於魯也。㉕啟，《箋》：「開也。」宇，《傳》：「居也。」謂疆土也。㉖魯公，《箋》：「伯禽也。」㉗東，東方。㉘附庸，《集傳》：「小國不能自達於天子而附於大國也。」㉙周公之孫，莊公之子，《傳》：「謂僖公也。」㉚龍旂，見〈周頌・載見〉注❸。承祀，《正義》：「承奉宗廟祭祀。」㉛耳耳，《傳》：「耳耳然，至盛也。」㉜春秋，《箋》：「猶言四時也。」《正義》：「錯舉春秋以明冬夏。」匪解，見〈大雅・烝民〉注㉔。㉝忒，音特，ㄊㄜˋ。《集傳》：「過差也。」二句言四時奉祀不敢懈怠，奉祭無有差錯也。㉞皇皇后帝，皇祖后稷，《箋》：「皇皇后帝，謂天也。成王以周公功大，命魯郊祭天，亦配之以君祖后稷。」㉟騂犧，《傳》：「騂，赤。犧，純也。」謂純赤色之牲也。此祈穀之郊，非冬至之郊。姚際恆說。㊱句言天饗用之，並以之為宜。㊲皇祖，《箋》：「此皇祖謂伯禽也。」按《集傳》謂指群公，由下文「白牡騂剛」觀之，《箋》說較勝。福，動詞，降福也。女，指僖公。㊳載，則也。嘗，《集傳》：「秋祭名。」參見〈小雅・天保〉注⓲。㊴楅，音福，ㄈㄨˊ；又音必，ㄅㄧˋ。楅衡，《傳》：「設牛角以楅之也。」《正義》：「設橫木於角以楅之，令其不得觝觸人也。」秋祭所用之牛，於夏即楅衡之，以早為之戒。故曰：「夏而楅衡」。㊵白牡騂剛，《傳》：「白牡，周公牲也。騂剛，魯公牲也。」《傳箋通釋》：「剛者，犅之假借。《說文》：『犅，特也。』『特，牛父也。』」是犅與牡名異而實同。騂犅，猶云騂牡，特變文以與牡相對耳。」㊶犧尊，《集傳》：「畫牛於尊腹也。或曰：尊作牛形，鑿其背以受酒也。」將，音鏘，ㄑㄧㄤ。將將，《正義》：「王肅云：將將，盛美也。」㊷毛炰，王夫之《詩經稗疏》：「炮者，塗之以泥，實之以棗，以大炮之。」陳奐《傳疏》：「炰，當作炮。」胾，音自，ㄗˋ。《正義》：「胾，謂切肉。」羹，《集傳》：「肉汁也。」㊸籩豆，前已多見。大房，《傳》：「半體之俎也。」㊹萬舞，見〈邶風・簡兮〉注❷。洋洋，盛大貌。參見〈衛風・碩人〉注㉙及〈大雅・大明〉注㊵。㊺句見〈小雅・楚茨〉。此處孝孫謂僖公。㊻熾而昌，《正義》：「熾盛而昌大。」㊼壽而臧，《正義》：「長壽而臧善。」㊽常，《箋》：「守也。」句言常有、常保魯邦也。㊾不虧不崩，《箋》：「虧、崩，皆謂毀壞也。」句言其堅固也。不震不騰，《傳》：「震，動也。騰，乘也。」《集傳》：「震、騰，驚動也。」句言其安定也。㊿三壽，即〈宗周鐘〉「參壽隹琍」之參壽。三，通參，謂參星也。說見郭沫若先生《兩周金文大系考釋》及魯師實先《金文講義》。作，則也。朋，比也，等也。謂壽與參星齊等也。說見李旭昇《詩經古義新證》。51《箋》：「岡、陵，取堅固也。」52朱英，《傳》：「矛飾也。」《正義》：「蓋絲纏而朱染之，以為矛之英飾也。」縢，《傳》：「繩也。」《集傳》：「所以約弓也。」53二矛，見〈鄭風・清人〉注❸。重弓，《箋》：「二矛重弓，備折壞也。兵車之法：左人持弓，右人持矛，中人御。」是重弓即二弓也。54徒，《集傳》：「步卒也。」三萬，《傳箋通釋》：「司馬法言車乘有二法……一為革車一乘，士十人，徒二十人……詩上言公車千乘，下言公徒三萬，正與司馬一乘三十人之數適合。」55冑，音晝，ㄓㄡˋ。《說文》：「冑，兜鍪也。」今謂之盔或頭盔。貝冑，《正義》：「以貝飾冑也。」綅，音纖，ㄒㄧㄢ。《說文》：「綅，線也。」朱綅，《傳》：「以朱綅綴之。」《正義》：「朱綅，直謂赤線耳。文在冑下，則是甲之所用，謂以朱線連綴甲也。」56烝，眾也。增增，《傳》：「眾也。」眾多貌。57戎狄，《集傳》：「戎，西戎。狄，北狄。」《詩經詮釋》：「此當指淮夷言。」膺，《孟子・滕文公》趙注：「膺，擊也。」僖公擊淮夷事，見前篇。58荊舒，《正義》：「楚，一名荊。群舒又是楚之與國，故連言荊舒。」按群舒，指舒鳩、舒鄝、舒庸之屬。懲，《箋》：「艾也。」《正義》：「懲、艾，皆創也。僖四年經書公會齊侯等侵蔡。蔡潰，遂伐楚。」59承，《箋》：「禦也。」三句言我攻打戎狄，懲創荊舒，則無人敢禦止我也。60黃髮台背，《傳》：「皆壽徵也。」參見〈小雅・南山有臺〉注⑭及〈大雅・行葦〉注㉖。61胥，《箋》：「相也。」試，驗也（見《易・无妄》《釋文》）。句言黃髮台背之壽徵，皆能證驗也。62耆、艾，《禮記・曲禮上》：「五十曰艾，六十曰耆。」皆老壽也。63有，又也。句言壽至萬又千歲也。64眉壽，見〈豳風・七月〉

注(52)。句言長壽而無災害。(65)泰山，《集傳》：「魯之望也。」主峰在泰安縣北，即五嶽中之東嶽。巖巖，見〈小雅‧節南山〉注(2)。詹，《集傳》：「詹，與瞻同。」視也。按《韓詩外傳‧三》、《說苑‧雜言》俱引作瞻。(66)龜，山名，在今山東泗水縣。蒙，亦山名，在今山東蒙陰縣南。(67)荒，《傳》：「有也。」《箋》：「奄也。」即奄有也。大東，《傳》：「極東。」《正義》：「地之最東，至海而已。」(68)海邦，《箋》：「近海之國也。」(69)同，見〈大雅‧常武〉注(37)。句言淮夷來朝也。(70)率從，《箋》：「相率從於中國也。」(71)鳧，山名，在今山東鄒縣西南。繹，《釋文》：「字又作嶧。」山名，在今鄒縣東南。(72)宅，《傳》：「居也。」徐宅，徐人之居地，即徐國也。(73)貊，音莫。蠻貊，《正義》：「謂淮夷如蠻貊之行。」按南夷曰蠻，東夷曰貊。僖公未能服蠻貊，此恐是誇詞，猶上文「至于海邦」也。(74)南夷，《傳》：「荊楚也。」(75)諾，《箋》：「應辭也。」句言莫敢違抗也。(76)若，《傳》：「順也。」句言順從魯侯也。(77)純嘏，見〈小雅‧賓之初筵〉注(20)。句言天賜僖公大福也。(78)常、許，《傳》：「魯南鄙、西鄙。」鄙，邊邑也。按常，即《管子‧小匡》「以魯為主，反其侵地常潛」之常（《國語‧魯語》作常潛），洪頤煊《讀書叢錄》、馬瑞辰《毛詩傳箋通釋》皆有說。許，《箋》以為許田，魯朝宿之邑。(79)宇，《正義》：「居也。」即疆域也。常、許皆魯故地，見侵於諸侯，今又復之，故曰復周公之宇也。(80)燕喜，見〈小雅‧六月〉注(33)。(81)句言既有賢妻，又有壽考之母也。(82)句言使大夫眾士皆安適也。(83)有，《正義》：「保有也。」句言保有此邦國也。(84)兒齒，《箋》：「亦壽徵也。」《集傳》：「兒齒，齒落更生細者，亦壽徵也。」(85)徂來，山名，在今山東泰安縣東南。(86)新甫，山名，在今山東新泰縣西北。又名富山、小泰山。(87)度，《毛詩傳箋通釋》：「度者，剫之省借。《說文》：『剫，判也。』」句言於是斬斷之，於是中分之。(88)尋，《傳》：「八尺曰尋。」句言於是以尋量之，於是以尺度之。視其材之大小長短以為用也。(89)桷，音絕。《傳》：「榱也。」椽之方者。舃，音系。《傳》：「大貌。」有舃，猶舃然。(90)路寢，《傳》：「正寢也。」孔碩，甚大也。(91)新廟，即閟宮也。奕奕，《正義》：「奕奕然廣大。」(92)奚斯，《正

義》：「名魚，字奚斯。」作，《傳》：「作是廟也。」93曼，《傳》：「長也。」句言廟長而且大也。94若，見前注76。句言立廟合國人之望，故國人皆順從魯君也。

【詩義．章旨】

此頌僖公之詩。〈詩序〉曰：「〈閟宮〉，頌僖公能復周公之宇也。」蓋取詩之七章「居常與許，復周公之宇」為說。其說不可謂誤。唯難以籠罩全詩耳。朱子《辨說》曰：「此詩言莊公之子，又言新廟奕奕，則為僖公修廟之詩明矣。」其《集傳》亦曰：「〈閟宮〉時蓋修之，故詩人歌詠其事以為頌禱之辭，而推本后稷之生，以下及于僖公耳。」其說猶不及〈序〉。蓋詩一則曰「新廟奕奕」，再則曰「奚斯所作」，曰「新」曰「作」，其非「修廟」明矣。且詠作新廟亦非此詩之主旨，特詩人藉此以美僖公耳。〈詩序〉猶得其實，朱子僅得皮毛而已。姚際恆《詩經通論》曰：「人多非其（〈詩序〉）『復周公之宇』句，予謂此即用詩中語，亦未為非也。」誠哉斯言！至所作新廟究為何廟，說者不一，或以為姜嫄之廟，或以為后稷之廟，或以為周公之廟，或以為莊公之廟，或以為閔公之廟；說皆有理，而無確據。今用朱子、東萊之說，以其能合詩文，且爭議較少也。又《文選．班固．兩都賦序》曰：「皐陶歌虞，奚斯頌魯。」注引薛君章句曰：「是詩公子奚斯所作。」後世從之者極多，如魏源《詩古微》、孔廣森《經學卮言》、武億《群經義證》、段玉裁《經韻樓集》、陳奐《詩毛氏傳疏》、皮錫瑞《詩經通論》皆是。然詩言「新廟奕奕，奚斯所作」，則奚所作者乃新廟（毛、鄭說同），非此詩也。此不待辯而明矣。

此詩於三百篇中最為長篇，分章亦多分歧，今從十三經注疏本，分全詩為八章，二章每章十七句，一章十二句，一章三十八句，二章每章八句，二章每章十句。首章述姜嫄、后稷之德，蓋推本周家之所由興也。次章述大王及文武之德。三章述伯禽封魯，傳至僖公，享祀不忒。四章述僖公武力之盛，征伐之功，並稱頌其福壽。

五章續述僖公之武功。六章述僖公威德，廣被東南蠻貊。七章更論述僖公之令德，宜享福壽。末章述僖公作新廟，體民心，故萬民率從也。

商頌

〈詩序〉曰：「微子至于戴公，其間禮樂廢壞，有正考甫者，得〈商頌〉十二篇於周之太師，以〈那〉為首。」此據《國語》為說。《國語・魯語》曰：「閔馬父曰：『昔正考父校商之名〈頌〉十二篇於周太師，以〈那〉為首。』」齊、魯、韓三家，皆以〈商頌〉乃宋詩，魯說見於《史記・宋世家》集解，齊說見於《禮記・樂記》鄭注，韓說見於《後漢書・曹褒傳》注。其後說《詩》者多從之，及魏源《詩古微》舉十三證以證成其說，王國維〈說商頌〉又舉三事以證之。至此，〈商頌〉乃宋詩，遂鐵案如山，不可移易矣。然其中猶有三事值得研討：一，是否為正考父所作？二，詩成於何時？三，正考父何以要「校〈商頌〉於周太師」？

《國語・魯語》雖記正考父校〈商頌〉於周太師，然此詩是否為正考父所自作，不可知也。《史記・宋世家》曰：「襄公之時，修行仁義，欲為盟主。其大夫正考父美之，故追道契、湯、高宗殷所以興。作〈商頌〉。」是太史公以正考父即〈商頌〉之作者。揚雄《法言・學行》曰：「正考父嘗睎尹吉甫矣。」〈大雅・崧高〉及〈烝民〉為吉甫所作，詩有明文。正考父慕之而作〈商頌〉，此事極有可能。而《後漢書・曹褒傳》曰：「昔奚斯頌魯，考父詠殷。」注曰：「正考甫，孔子之先也。作〈商頌〉十二篇。」正考父作〈商頌〉之說，既非只一見，則其事當可信矣。

〈商頌〉既為正考父所作，則知正考父為何時人，〈商頌〉之作成時代自然可知。《左傳》昭公七年曰：「孔丘……其祖弗父何以有宋而授厲公。及正考父，佐戴、武、宣。」《孔子家語・本姓解》曰：「弗父何生宋父周，周生世子勝，勝生正考父，考父生孔父嘉。」《詩・商頌・正義》引《世本》亦曰：「宋湣公生弗甫何，弗甫何生宋父，宋父生正考甫，正考甫生孔父嘉，為宋司馬，華督殺之。……則正考甫是孔子七世之祖。」而孔父嘉事宋殤公為華督所殺事，見於《左傳》桓公二年。依《史記・十二諸侯年表》記宋宣公卒於周平王四十二年，魯惠公四十年，春秋之前七年，是則〈商頌〉之作成不得晚於此年也。然《韓詩》、《史記・宋世家》皆謂正考父作之以美宋襄公，後人以〈殷武〉有「奮伐荊楚」之言，而《春秋》僖公元年始有楚稱，遂多從其說，如魏源、陳喬樅、陳奐、皮錫瑞、王先謙、王國維、屈萬里等皆是。然正考父佐戴、武、宣，孔父嘉佐穆、殤二公，載在《左傳》；正考父校〈商頌〉於周太師，載在《國語》，皆確鑿而無可疑，絕無可能記襄公世事。且以《春秋》校之，正考父之七世孫孔子正在魯之襄公之世，此又非偶合者也。而魏源知〈魯語〉之說不可移易，竟謂宋襄公之世正考父尚存；日人白川靜竟謂宋有二湣公，一為湣公共，一為湣公捷，正考父當為湣公捷之曾孫。湣公捷元年，至襄公十三年，計四十四年。如是，正考父可當襄公之世（見《詩經詮釋》引）。不知襄公之世，正考父即使尚存，已近一百五十歲，尚能作詩乎，而湣公捷七年，齊桓公即位。其曾孫竟與齊桓同世，亦有此可能否？其子又如何事宋穆、殤二公？如此考證，能令人心服乎？故《左傳》、《國語》之文不可輕疑，《韓詩》、《史記》之說不可輕信。至於〈武〉「荊楚」之文，姑闕而不論可也。

〈商頌〉既為正考父所作，則〈魯語〉謂校於周太師是也，〈詩序〉改「校」為「得」則非也。「校」之義，魏源《詩古微》以為審校音節，王國維〈說商頌〉謂：「效者，獻也。謂正考父獻此十二篇於周太師。」竊意王氏之說較勝。蓋《詩經》之編集，必由周政府為之（《易》、《尚書》等亦然），民間固無人有此能力也。若由周政府編集，主其事者當以太師最為適宜，以其精通音聲也。《漢書・藝文志》謂「古有采詩之官」，此采詩之官，當即為太師及其從屬也。然並非太師赴民間采集，乃周之屬國以其國之詩歌呈獻於周太師者。故非諸侯之國不得獻詩，此所以《詩》無楚風，卿大夫之家亦無〈風〉，而季札所以觀「周樂」也。宋雖周客，亦「侯服于周」，故可獻詩，且必獻於周之太師也。至於〈商頌〉本十二篇，今只餘五篇者，恐亦為太師刪之也。若孔子，既為殷人，又移置於〈頌〉，竟刪其一半有奇，此無可能之事也。

一、那

猗與那與❶，置我鞉鼓❷。奏鼓簡簡❸，衎我烈祖❹。湯孫奏假❺，綏我思成❻。鞉鼓淵淵❼，嘒嘒管聲❽。既和且平，依我磬聲❾。於赫湯孫，穆穆厥聲❿。庸鼓有斁⓫，萬舞有奕⓬。我有嘉客，亦不夷懌⓭。自古在昔，先民有作⓮。溫恭⓯朝夕，執事有恪⓰。顧予烝嘗⓱，湯孫之將⓲。

【注釋】

❶猗，音娿，ㄜˇ。那，音挪，ㄋㄨㄛˊ。猗那，《毛詩傳箋通釋》：「猗那二字疊韻，皆美盛之貌。通作猗儺。」參見〈檜風‧隰有萇楚〉注❷。與，音余，ㄩˊ。《經傳釋詞》：「與，猶兮也。」❷置，《箋》：「讀曰植。」即樹立也。鞉，見〈周頌，有瞽〉注❺。鞉鼓，《箋》：「鞉與鼓也。」《正義》：「鞉雖不植，以木貫而搖之，亦植之類，故與鼓同言植也。」❸簡簡，《箋》：「其聲和大簡簡然。」按簡簡當是鼓聲，猶「坎坎」、「咽咽」、「淵淵」也。❹衎，《傳》：「樂也。」烈祖，《傳》：「有功烈之祖也。」《箋》：「烈祖，湯也。」❺湯孫，歐陽脩《詩本義》曰：「湯孫者，斥主祀之時王爾。自太甲以下至紂，皆可為湯孫，不知〈頌〉作於何時，所斥者何王爾。」《集傳》亦曰：「湯孫，主祀之時王也。」奏，《說文》：「奏，進也。」假，至也。前已多見。《毛詩傳箋通釋》：「凡神人來至曰假，祭者上致乎神亦曰假。」又曰：「上致乎神曰奏格。」是湯孫奏假者，謂湯孫進假其烈祖也。❻綏，《箋》：「安也。」《毛詩傳箋通釋》：「綏與遺疊韻，綏之言遺，遺即詒也。」思，陳奐《傳疏》：「詞也。」成，陳奐《傳疏》：「平也。」其句法與〈烈祖〉「賚我思成」同。謂詒我以太

平也。❼淵淵，與〈魯頌・有駜〉「鼓咽咽」之咽咽同，鼓聲之深長也。❽嘒嘒，《集傳》：「清亮也。」言管聲清亮也。❾依，《箋》：「倚也。」句言鞉鼓管聲與磬聲相依，亦言其平和也。❿穆穆，《箋》：「美也。」聲，《箋》：「樂聲。」句言其音聲穆穆然美好。⓫庸，《傳》：「大鐘曰庸。」《集傳》：「庸、鏞通。」斁，《傳》：「斁斁然盛也。」有斁，猶斁然、斁斁。⓬萬舞，見〈邶風・簡兮〉注❷。有奕，猶〈大雅・韓奕〉「奕奕梁山」之奕奕，大貌。⓭不，通丕，大也。夷，《傳》：「說也。」懌，亦悅也。二句言嘉客皆甚悅懌也。⓮有作，《傳》：「有所作也。」即有所作為也。⓯溫恭，溫順恭謹也。⓰恪，音客，ㄎㄜˋ。《傳》：「敬也。」有恪，猶恪然。句謂行事敬謹也。⓱冬祭曰烝，秋祭曰嘗，此統四時之祭也。⓲將，蘇轍《詩集傳》：「奉也。」二句言此烝嘗乃湯孫所奉也。

【詩義・章旨】

〈詩序〉曰：「〈那〉，祀成湯也。」衡之詩文「奏鼓簡簡，衎我烈祖」，《箋》曰：「烈祖，湯也。」是〈序〉說不誤。然詩文又三言「湯孫」，不知何指。《傳》訓「湯為人子孫」，於義難通。《箋》曰：「湯孫，太甲也。」以太甲為奉祀烈祖之人，與〈序〉意正合。惟自太甲以下至紂，皆可謂湯孫。且〈商頌〉五篇，文辭繁富，不若〈周頌〉之精純，似非殷商作品，故屈萬里先生曰：「湯孫，主祀者，疑謂宋襄公也。」對岸《詩經》學者，亦有此說，然《國語・魯語》記閔馬父曰：「昔正考父校商之名〈頌〉……以〈那〉為首。」是宋武、桓之世已有此詩，不得晚至襄公也。

全詩一章，二十二句。首四句一韻，次八句一韻，再次八句一韻，末二句一韻。首四句述所祀之人——烈祖。次八句述音樂之盛及奉祀之人。再次八句述有萬舞，有賓客，顯示祭祀之隆重、奉祀者之敬謹。「自古在昔」四句，正述此意。末二語亦見於下篇〈烈祖〉中，似是詩之「亂」，魏武樂府末語之「幸甚至哉，歌以永志」，當由此變化而來。然詩之二句，不僅有「洋洋盈耳」之音樂作用，與上文義亦相貫也。

二、烈祖

嗟嗟烈祖❶，有秩斯祜❷。申錫無疆❸，及爾斯所❹。既載清酤❺，賚我思成❻。亦有和羹❼，既戒既平❽。鬷假無言❾，時靡有爭❿。綏我眉壽，黃耇無疆⓫。約軝錯衡，八鸞鶬鶬⓬，以假以享⓭。我受命溥將⓮。自天降康⓯，豐年穰穰⓰。來假來饗⓱，降福無疆。顧予烝嘗，湯孫之將。

【注釋】

❶嗟嗟，見〈周頌・臣工〉注❶。烈祖，前已多見。❷秩，《經義述聞》：「大貌。」有秩，猶秩然、秩秩。斯，《經傳釋詞》：「斯，猶其也。」祜，《箋》：「福也。」句言其福廣大也。❸申，《傳》：「重也。」申錫，不斷賜予。無疆，《箋》：「無竟界之期。」即無已時也。句承上文，謂申錫無盡之福也。❹爾，指烈祖也。歐陽脩《詩本義》謂「時主祀之主」，《集傳》謂「蓋自歌者指之也」恐皆誤。斯所，《集傳》：「猶言此處也。」按斯，之也。所，當指國家。句承上文「申錫」而言，謂賜福及於爾之國家也。❺酤，音古，ㄍㄨˇ。《傳》：「酒也。」既載清酤，猶〈大雅・旱麓〉之「清酒既載」。❻賚，《傳》：「賜也。」思成，見〈那〉注❻。二句言我既備清酒矣，願汝賜我平安。❼和羹，五味調和之羹也。陳奐《傳疏》：「大羹不和五味；和五味實於鉶謂之鉶羹，則和羹為鉶羹也。」❽既戒既平，按戒，備也。既戒，即〈大雅・旱麓〉「騂牡既備」之既備也。平，自《箋》以下皆訓為和，然上文既曰「和羹」，則此平字不當訓和，當訓成也、安也。「綏我思成」之成可訓平，

則平當亦可訓成。「和羹」與「清酤」一例，「既戒」、「既平」與「既載」一例。句謂和羹既準備，既安妥也。❾鬷，音宗，ㄗㄨㄥ。鬷假，即上篇之「奏假」，《禮記・中庸》即引作「奏假」。句言祈神降臨時敬肅無聲也。❿句言於其時無爭吵也。⓫黃耇，見〈小雅・南山有臺〉注⓮。句言長壽無盡也。⓬二句見〈小雅・采芑〉。⓭享，《箋》：「獻也。」句言求神降臨而祭享之。⓮溥將，《集傳》：「溥，廣。將，大也。」《經義述聞》：「將，長也。」句言我受天命既廣且長也。⓯康，安也。⓰穰穰，見〈周頌・執競〉注❾。句言豐年收穫眾多也。⓱句言祈烈祖之神靈至而饗之也。

【詩義・章旨】

〈詩序〉曰：「〈烈祖〉，祀中宗也。」《箋》：「中宗，殷王大戊，湯之玄孫也。」然前篇「烈祖」謂湯，此篇「烈祖」不得謂中宗也，〈序〉說大誤。《集傳》曰：「此亦祀成湯之樂。」其說是矣，故後世多從之。

全詩一章，二十二句。首四句祈求烈祖賜福無疆，次四句言清酒和羹，皆已具備，再次四句祈賜眉壽，復次四句言我以享以祭，受命溥長，又次四句祈賜豐年，末二語與上篇全同，似詩之「亂」。此篇與上篇句數、結構相似，惟上篇專言樂舞，此篇則及於酒饌。胡廣《詩經大全》謂：「商人尚聲，豈始作樂之時則歌〈那〉，既祭而後歌〈烈祖〉歟？」然則〈周頌〉祀文王之詩非止一篇，則又何說？一祭而用二詩，於理難通。

三、玄鳥

天命玄鳥❶，降而生商❷，宅殷土芒芒❸。古帝命武湯❹，正域彼四方❺。方命厥后❻，奄有九有❼。商之先后，受命不殆❽，在武丁孫子❾；武丁孫子，武王靡不勝❿。龍旂十乘，大糦是承⓫。邦畿⓬千里，維民所止⓭，肇域彼四海⓮。四海來假，來假祁祁⓯。景員維河⓰，殷受命咸宜⓱，百祿是何⓲。

【注釋】

❶玄鳥，《傳》：「玄鳥，鳦也。」鳦即燕也。參見〈邶風・燕燕〉注❶。據《史記・殷本紀》，有娀氏之女簡狄，為高辛氏妃，吞燕卵而生契。❷生商，謂生契也。契為商之始祖，故易言生商以協韻。❸宅，《集傳》：「居也。」芒芒，《傳》：「大貌。」句謂居於廣大之殷地也。❹古，《集傳》：「猶昔也。」帝，《集傳》：「上帝也。」武湯，《箋》：「有威武之德者成湯。」❺正，《集傳》：「治也。」域，疆也，理也。動詞。正域，《毛詩傳箋通釋》：「正域二字平列，皆正其封疆之謂。」句謂經理天下也。❻方，乃也。后，君也。厥后，謂湯也。《箋》謂諸侯，恐誤。高本漢有說。❼九有，《傳》：「九州也。」奄有九有即為天下之王也。❽不殆，《正義》：「不解怠。」《毛詩傳箋通釋》：「殆，即怠借字。」按《集傳》訓為危殆，義似較勝。❾武丁，《傳》：「高宗也。」陳奐《傳疏》：「在武丁孫子，猶云在孫子武丁，倒句之以就韻耳。」❿武王，《詩記》：「曾氏曰：所謂武王者，皆成湯耳。」勝，即〈小雅・正月〉「靡人非勝」之勝，謂勝過也。「武丁孫子，武王靡不勝」二句乃倒文，言武湯無不勝武丁孫子也。此句在凸顯成湯，若如昔人謂凡武湯所為，武丁無不勝任，則是凸顯武丁矣。如此似與詩旨不合。⓫十乘，《周禮・大行人》：「上公之禮，貳車九乘。」（周因於殷禮）加君車，是為十乘。糦，音吸，ㄒㄧ。《毛詩傳箋通釋》：「糦，饎之或體，酒食也。」大糦，猶言盛饌。承，《集傳》：「奉也。」龍旂十乘，大糦是承，猶〈魯頌・閟宮〉之「龍旂奉祀」，謂湯以諸侯而能奉「大糦」，即得天下也。下文皆此義。⓬畿，《說文》：「畿，天子千里地，以逮近言之則言畿。」是畿者，京師之地而直轄於天子者也。

⑬止，《箋》：「猶居也。」⑭肇，《箋》：「肇，當作兆。」兆，亦域也。肇域，猶疆域、疆界。皆動詞。句言經理彼四海之疆域也。⑮假，《箋》：「至也。」祁祁，《箋》：「眾多也。」二句言四海之君來至朝覲，而來者眾多也。⑯景，《傳》：「大也。」員，《集傳》：「員，與下篇『幅隕』義同，蓋謂周也。」即疆域也。河，黃河。句言廣大之疆域依於黃河也。商境三面皆河，故云。⑰咸宜，《詩記》：「無不宜也。」⑱何，音賀，ㄏㄜˋ，同荷。《左傳・隱公三年》即引作荷。《箋》：「擔負也。」二句言殷之受天命無不合宜，而承受天賜之多福也。

【詩義・章旨】

此亦祀成湯之詩。〈詩序〉曰：「〈玄鳥〉，祀高宗也。」《箋》：「高宗，殷王武丁，中宗玄孫之孫也。」高宗武丁為湯十世孫，祀之而述其功業，何必自湯始？且《詩》凡言「受命」（受天命）者，皆指開國之君，如殷之湯、周之文武是也；若周之成康，乃承父祖之業，不得言「受命」也。此詩末語謂：「殷受命咸宜，百祿是荷。」「殷受命」者乃成湯，高宗武丁何可當邪？由此可知，此非祀高宗之詩必矣。鄭玄謂：「祀當為祫。祫，合也。高宗崩而始合祭於契之廟，歌是詩焉。」此與〈序〉說無甚大異，故不論焉。

自〈序〉以下，所以以此為祀高宗之詩者，以詩曰：「商之先后，受命不殆，在武丁孫子；武丁孫子，武王靡不勝。」此數語實為費解。後人解之者極眾，而以王引之《經義述聞》之說最為特出，其言曰：「竊疑經文兩言『武丁』，皆武王之譌，而『武王靡不勝』，則武丁之譌。蓋商之先君受命不怠者，在湯之孫子，故曰『在武王孫子』。武王孫子……有武丁者，繩其祖武，無所不勝任，故曰『武王孫子，武丁靡不勝』，傳寫者上下互譌耳。」其說甚為浹洽，然更改經文，終非善之善者也，且亦無以解於「受命」之文。

竊意以為詩文不誤，無需改動。此乃祀湯之詩，非祀高宗武丁之詩。詩言「天命玄鳥，降而生商」，推本湯興之源也。「方命厥后」四語，皆指湯而言。「龍旂十乘」以下，亦皆指湯而言。「殷受命」必是指湯，若加之於高宗，則不倫矣。至於「商之先后，受命不殆，在武丁孫子；武丁孫子，武王靡不勝」數語，乃以武丁為襯托也。蓋殷自湯受命，至小辛、小乙而衰，武丁復興之，於殷家貢獻極大，殷之子孫無不尊奉，故以之襯托成湯，以示成湯創業，其事尤難，其功尤大於中興也。故曰商之先后成湯，其受大命所以未危殆者，在於有武丁孫子中興之也；然即使如此，武丁孫子，其能其功，亦不能超過成湯，易言之，武王成湯無不勝之也。如此為解，無需顛倒，不待改字，而文通義暢。若如王氏改經易字，雖解通此數語，詩旨亦難明也。王質《詩總聞》曰：「此高宗之子孫祀成湯者也。」能明此詩之旨者，惟王氏一人而已；然謂「高宗之子孫」所作，鑿矣！是猶拘牽於「武丁孫子」數語也。

全詩一章，二十二句。

四、長發

濬哲維商❶，長發其祥❷，洪水芒芒❸，禹敷下土方❹。外大國是疆❺，幅隕既長❻。有娀方將❼，帝立子生商❽。

玄王桓撥❾，受小國是達，受大國是達❿。率履不越⓫，遂視既發⓬。相土烈烈⓭，海外有截⓮。

帝命不違⓯，至於湯齊⓰。湯降不遲⓱，聖敬日躋⓲。昭假遲遲⓳，上帝是祇⓴，帝命式于九圍㉑。

受小球大球㉒，為下國綴旒㉓。何天之休㉔，不競不絿㉕，不剛不柔，敷政優優㉖，百祿是遒㉗。

受小共大共㉘，為下國駿厖㉙，何天之龍㉚，敷奏其勇㉛，不震不動㉜，不戁不竦㉝，百祿是總㉞。

武王載旆㉟，有虔秉鉞㊱。如火烈烈㊲，則莫我敢曷㊳。苞有三蘖㊴，莫遂莫達㊵，九有有截㊶。韋顧既伐，昆吾夏桀㊷。

昔在中葉㊸，有震且業㊹。允也天子㊺，降予卿士㊻。實維阿衡㊼，實左右商王㊽。

【注釋】

❶濬，音銳，ㄖㄨㄟˋ。《毛詩傳箋通釋》：「濬，即睿之叚借。」智也，明也。商，即〈玄鳥〉「降而生商」之商，謂契也。句言明哲者維我商王契。❷長，《箋》：「猶久也。」祥，《箋》：「禎祥。」契身未王，十四世至湯而有天下，皆由契之功，故曰長發其祥。❸洪，《傳》：「大也。」芒芒，見前篇注❸。❹敷，《孟子．滕文公上》「舉舜而敷治焉」注：「敷，治也。」方，處所也。《集傳》訓為四方，恐非是。下土方，即低下之地方也。❺外，陳奐《傳疏》：「邦畿之外。」疆，《正義》：「盡其疆境。」動詞。二句謂禹平治低下之地，又經理畿外大國之疆界。❻幅，《集傳》：「猶言邊幅也。」隕，音員，ㄩㄢˊ。《集傳》：「謂周也。」幅隕，即疆域也。長，《箋》：「廣大也。」❼有娀，《箋》：「有娀氏之國。」按此指封國而言，非如《傳》指簡狄也。將，《傳》：「大也。」句言有娀氏於此時始大也。❽生商，生契也。上帝命燕遺卵，使簡狄吞而生契，始封商，故曰帝立

子生商也。❾玄王，《傳》：「契也。」《詩本義》：「玄者，深之謂。」《集傳》：「或曰：以玄鳥降而生也。王者，追尊之號。」桓，蘇轍《詩集傳》：「武也。」撥，《傳》：「治也。」即《公羊傳・哀公十四年》「撥亂世」之撥。句謂契發憤圖治也。❿達，《集傳》：「通也。」二句謂始受封為小國能達其教令，後益封為大國亦能達其教令。⓫率，《箋》：「循也。」履，《傳》：「禮也。」《說苑・復恩》、《漢書・宣帝紀》並引作禮。越，《箋》：「踰越也。」⓬遂，《箋》：「猶徧也。」既，《箋》：「盡也。」發，《箋》：「行也。」句謂徧視所治，則已盡行之也。⓭相土烈烈，《傳》：「相土，契孫也。烈烈，威也。」⓮截，《箋》：「整齊也。」有截，猶截然。句言四海之外截然歸服，治理整齊也。⓯帝命不違，《毛詩傳箋通釋》：「即不違帝命之倒文。」⓰齊，《詩經世本古義》：「等也。」二句言契、相土不違天命，直至於湯而皆同也。⓱降，《集傳》：「猶生也。」不遲，《集傳》：「應期而降，適當其時。」⓲躋，《傳》：「升也。」句言聖明敬謹之德日有升進也。⓳昭假，見〈大雅・雲漢〉注53。此處謂祈神降臨也。遲遲，《集傳》：「久也。」⓴祗，音支，ㄓ。《箋》：「敬也。」二句謂祈神久而不息，惟上帝是敬也。㉑式，《集傳》：「法也。」九圍，《傳》：「九州也。」句言帝乃命之為法式於九州，即為天子也。㉒球，《傳》：「玉也。」《正義》：「〈禹貢・雍州〉『厥貢球琳琅玕』，是球為玉之名也。」《詩記》：「王氏曰：小國大國所贄之瑞也。」㉓下國，《集傳》：「諸侯也。」綴旒，《傳》：「綴，表。旒，章也。」即表率也。二句言接受小國大國之球玉，而為諸侯之表率也。㉔何，音賀，ㄏㄜˋ，同荷，承受也。休，《詩緝》：「福也。」句謂承受上天之賜福也。㉕競，《箋》：「競，逐也。不逐，不爭也。」絿，音求，ㄑㄧㄡˊ。《傳》：「急也。」句言不競爭不急躁也。㉖敷，《左傳・成公二年》、《家語・正論》並引作布。敷政，即施政也。優優，《傳》：「和也。」㉗遒，音求，ㄑㄧㄡˊ。《傳》：「聚也。」㉘共，音拱，ㄍㄨㄥˇ。蘇轍《詩集傳》：「共、珙通。合珙之玉也。」按《淮南子・本經》引詩作「受小珙大珙」。《玉篇》：「珙，大璧也。」㉙駿，《傳》：「大也。」厖，音龐，ㄆㄤˊ。《詩經世本古義》：「厖，《說文》云：『石大也。』『為下國駿厖」者，下國諸侯恃湯以安，如依賴于磐石然。」按厖，《傳》訓為厚，《齊詩》訓為馬，《毛詩傳箋通釋》訓為覆蓋，皆不若何氏之說妥切而有據也。㉚龍，《箋》：「當作寵。」按龍，即寵也。謂榮寵也。㉛敷奏，《正義》：「陳進也。」句謂表現、施展其勇武也。㉜不震不動，《箋》：「不可驚憚也。」震與動義同。㉝戁，音男，ㄋㄢˊ。《傳》：「恐也。」竦，音聳，ㄙㄨㄥˇ。《傳》：「懼也。」戁與竦義同。㉞總，《正義》：「總聚也。」㉟武王，《傳》：「湯也。」旆，《傳》：「旗也。」載旆，建其旌旗，謂興師出伐也。㊱虔，《集傳》：「敬也。」有虔，猶虔然。秉，持也。鉞，即〈大雅・公劉〉「干戈戚揚」之揚，大斧也。秉鉞而虔敬，恭行天討，臨事而懼也。㊲烈烈，《箋》：「炎熾也。」形容兵勢之威猛。㊳曷，《集傳》：「曷、遏通。」句與〈魯頌・閟宮〉「則莫我敢承」義同。㊴苞，《傳》：「本也。」蘖，音孽，ㄋㄧㄝˋ。《集傳》：「旁生萌蘖也。」即草木斬伐後復生之新芽。苞有三蘖，《集傳》：「一本生三蘖也。本則夏桀，蘖則韋也、顧也、昆吾也，皆桀之黨也。」㊵遂、達，皆草木生長之稱。句言不使本與三蘖順遂生長，謂滅之也。㊶九有，見〈玄鳥〉注❼。句與上「海外有截」義同。謂九域截然治平也。㊷《箋》：「韋，豕韋，彭姓也。顧、昆吾，皆巳姓也。三國黨於桀惡，湯先伐韋、顧，克之；昆吾、夏桀則同時誅也。」按韋，在今河南滑縣東南。顧，在今河南范縣東南。昆吾，在今河南許昌東。「既伐」二字，貫上下文。㊸葉，《傳》：「世也。」中葉，《正義》：「謂成湯之前，商為諸侯之國。」㊹震，《正義》：「震懼也。」業，《傳》：「危也。」言其危懼而不安也。㊺天子，《集傳》：「指湯也。」㊻降，《集傳》：「言天賜之也。」卿士，指伊尹也。二句言信乎湯為真主，天降予之卿士伊尹賢佐也。㊼阿衡，《箋》：「阿，倚。衡，平也。伊尹，湯所依倚而取平，故以為官名。」㊽左右，《傳》：「助也。」商王，《箋》：「湯也。」

【詩義・章旨】

此祀成湯而以伊尹從祀之詩。〈詩序〉曰：「〈長發〉，大禘也。」《箋》：「《禮記》曰：『王者禘其祖之所自出，以其祖配之。』是謂也。」按鄭氏所引，出於《禮記・喪服小記》及〈大傳〉。考詩惟言契，而不言契之所自出，似非禘祭，〈序〉說不可信；而鄭氏引《禮記》之文，本欲證成〈序〉說，而竟實得其反。《集傳》曰：「大禘不及群廟之主，此宜為祫祭之詩。」姚際恆曰：「彼意似謂禘不及群廟之祖，惟祫及之；然詩中未嘗有及群廟之主語。相土未為王，無廟也。祫祭之說更不如禘。」是朱子之說亦不足信也。後之說此詩者，或從〈序〉，或從《集傳》，皆不足取也。陳子展《詩經直解》曰：「當是大享成湯，以伊尹從祀之樂歌。」觀詩自三章以下備言湯事，末語又言及伊尹，其說可謂的當而不可移矣。今從之。

全詩七章，一章八句，四章每章七句，一章九句，一章六句。首章述契之生，蓋推本湯之有天下也。二章述契之功業與相土之繼武。三章以下皆述湯事。三章述湯受天命而為九州之主，四章述湯敷政剛柔適中，五章述湯敷奏其勇，不驚不恐。六章述湯伐韋、顧、昆吾、夏桀而有天下，末章述伊尹輔政之功。通篇言湯之德多於言其武功，如「聖敬日躋」、「不競不絿，不剛不柔」、「敷奏其勇，不震不動，不戁不竦」、「有虔秉鉞」，此蓋承自其祖契「率履不越」也。

五、殷武

撻彼殷武❶，奮伐荊楚❷。罙入其阻❸，裒荊之旅❹。有截其所❺，湯孫之緒❻。

維女荊楚，居國南鄉❼。昔有成湯，自彼氐羌❽，莫敢不來享❾，莫敢不來王❿。曰商是常⓫。

天命多辟⓬，設都于禹之績⓭。歲事來辟⓮，勿予禍適⓯，稼穡匪解⓰。

天命降監，下民有嚴⓱。不僭不濫⓲，不敢怠遑⓳。命于下國⓴，封建厥福㉑。

商邑翼翼㉒，四方之極㉓。赫赫厥聲㉔，濯濯厥靈㉕。壽考且寧，以保我後生㉖。

陟彼景山，松柏丸丸㉗。是斷是遷㉘，方斲是虔㉙。松桷有梴㉚，旅楹有閑㉛，寢成孔安㉜。

【注釋】

❶撻，音踏，ㄊㄚˋ。《毛詩傳箋通釋》：「勇武之貌。」武，武士。按高亨《詩經今注》以「殷武」為宋武公，或是。又按李辰冬先生《詩經通釋》以此句中有「彼」字，斷定非宋人所寫；然〈大雅．大明〉有「涼彼武王」，不可謂非周人所寫也。❷奮，振起也。荊楚，《傳》：「荊州之楚國也。」楚在荊州，故稱荊楚。❸罙，音米，ㄇㄧˇ。《傳》：「深也。」阻，《箋》：「險阻也。」❹裒，音抔，ㄆㄡˊ。《箋》：「俘虜也。」《經義述聞》：「與俘通。」旅，《箋》：「眾也。」❺所，《箋》：「猶處也。」指荊楚之地。句謂其地歸服，截然齊一也。❻緒，《箋》：「業也。」❼鄉，通向，方也。南向，即南方。楚在宋之南。❽氐、羌，《箋》：「夷狄國，在西方者也。」❾享，《箋》：「獻也。」謂進貢也。❿王，《箋》：「世見曰王。」按《周禮．大行人》：「九州之外，謂之蕃國，世一見。」注：「父死子立，及嗣王及位，乃一來耳。」⓫曰，《毛詩傳箋通釋》：「曰，猶聿，助詞。」曰商是常，猶〈魯頌．閟宮〉「魯邦是常」。常，動詞。謂常奉魯邦也。《傳箋通釋》：「常、長聲相近。是常，猶云是長。」義同。⓬辟，《傳》：「君也。」多辟，《箋》：「眾君諸侯也。」⓭績，《毛詩傳箋通釋》：「叚績為迹。九州皆經禹治，因稱禹迹。」句謂設都於禹所治之地也。⓮歲事，《正義》：「歲時行朝覲之事。」

來辟，《箋》：「猶來王也。」⑮勿予禍適，《經義述聞》：「予，猶施也。禍，讀為過。《廣雅》曰：『謫、過，責也。』謫與適通。勿予禍適，言不施譴責也。」⑯解，通懈。匪解，不懈怠也。句言諸侯皆從事農事而不怠也。⑰降監，《箋》：「下視。」嚴，見〈大雅・常武〉注⑰。有嚴，猶嚴然。王國維〈與友人論詩書中成語書〉：「『有嚴』一語，古人多以之斥神祇祖考。……『天命降監，下民有嚴』者，意謂天命有嚴，降監下民。句或倒者，以就韻耳。」⑱不僭不濫，《傳》：「賞不僭，刑不濫也。」《集傳》：「僭，賞之差也。濫，刑之過也。」⑲怠，《箋》：「怠惰也。」遑，《傳》：「暇也。」二句言不敢偷惰懶散，言勤於政事也。⑳下國，即〈魯頌・閟宮〉「奄有下國」之下國，謂諸侯也。㉑封建，封爵建國也。厥，指諸侯。福，于省吾《詩經新證》以為服之叚借，即「九服」、「五服」之服。按「命于下國，封建厥福」，實一事也，言湯始分封眾諸侯而命之也。㉒商邑，《傳》：「京師也。」翼翼，《集傳》：「整敕貌。」㉓極，《箋》：「中也。」謂中心也。㉔赫赫，《正義》：「顯盛也。」聲，聲名也。㉕濯濯，《正義》：「光明也。」靈，《正義》：「神靈也。」㉖後生，《集傳》：「謂後嗣子孫也。」㉗景山，《集傳》：「景，山名，商所都也。」丸丸，《傳》：「易直也。」即平滑挺直之貌。《白帖》引詩作「桓桓」。㉘遷，《傳》：「徙也。」句謂於是斬斷之，於是遷移之。㉙方，《傳箋通釋》、《古書虛字集釋》並曰：「方，猶是也。」虔，《集傳》：「截也。」《傳箋通釋》：「猶伐也、刈也。」謂斲削之以為室也。㉚桷，見〈魯頌・閟宮〉注89。梴，《傳》：「長貌。」有梴，猶梴然。㉛旅，《箋》：「眾也。」楹，柱也。見〈小雅・斯干〉注⑳。閑，《正義》：「大也。」有閑，猶閑然。㉜寢，廟也。孔安，甚安寧也。

【詩義・章旨】

〈詩序〉曰：「〈殷武〉，祀高宗也。」楚在《春秋》，於〈僖公〉之前皆稱荊，僖公元年曰：「楚人伐鄭。」杜注：「荊始改號曰楚也。」今詩曰：「奮伐荊楚。」殷之高宗何能伐楚？即如《正義》所云：「周有天下，始封熊繹為楚子。」殷時亦無能伐之也。高宗但伐鬼方，未聞伐荊楚也。清代以後，學者多主此寫宋君之詩，如魏源《詩古微》曰：「美襄公之父桓公會齊伐楚是也。」屈萬里《詩經詮釋》曰：「此美宋襄公之詩。」王靜芝《詩經通釋》曰：「此宋襄公成新廟，以伐楚告於廟也。」終宋襄公之世，與楚交戰者，僅魯僖公二十二年于泓一次，宋師敗績，公傷股，翌年而卒，與詩文所述者大異。則此詩所記絕非襄公也。其父桓公曾於魯僖四年隨齊桓公伐楚，深入楚境而次於陘。與詩所云「奮伐荊楚，罙入其阻」甚合，然亦未「裒荊之旅，有截其所」，以二國並未有戰事也。又《國語・魯語下》記閔馬父曰：「昔正考父校商名〈頌〉十二篇於周太師，以〈那〉為首。」則此詩必在其中。正考父曾歷佐宋戴、武、宣三公，無論其為正考父自作與否，此詩在宋宣公之前業已作成，不得記宋宣、襄之事也。

〈商頌〉五篇，其文字皆不似〈周頌〉之古樸典雅，此讀《詩》者之共識也。竊意作之者當是殷商後代宋國之人，其所記則皆殷商先祖之事，然其作成之時代亦不得晚於宋宣公之世，否則即不合於〈魯語〉之文也。此詩或如姚際恆氏所云：「此蓋後世特為高宗立不遷之廟，祔而祭之之詩也。」至於詩所記「奮伐荊楚」一事，惟有待河南偃師之文物出土並經研究後或能解決也。

全詩六章，三章每章六句，二章每章七句，一章五句。首章述伐楚之功。二章述戒楚之詞。三章述諸侯賓服，此當是殷商盛時也。四章述商承天命，監下民。五章述商先祖之德，遺澤於子孫。末章述廟成以祭也。詩中「莫敢不來王」、「歲事來辟」、「天命降監」、「命于下國」、「四方之極」，皆天子語，宋雖周客，終為諸侯之國，恐不足以當之也。

重要參考書目

本書於徵引各種典籍、論文時，皆已明著其作者及書、文之名，此處所錄，僅有關《詩經》之重要專書而已。

1. 〈詩序〉（簡稱〈序〉），衛宏，藝文・十三經注疏。
2. 《毛詩故訓傳》（簡稱《傳》），毛亨，藝文・十三經注疏。
3. 《毛詩傳箋》（簡稱《箋》），鄭玄，藝文・十三經注疏。
4. 《經典釋文・毛詩音義》（簡稱《釋文》），陸德明，藝文・十三經注疏。
5. 《毛詩正義》（簡稱《正義》），孔穎達，藝文・十三經注疏。
6. 《毛詩草木鳥獸蟲魚疏》（簡稱《疏》），陸機，商務・四庫全書。
7. 《詩本義》，歐陽脩，漢京・通志堂經解。
8. 《毛詩李黃集解》，李樗、黃櫄，漢京・通志堂經解。
9. 《詩疑》，王柏，漢京・通志堂經解。
10. 《詩補傳》，范處義，漢京・通志堂經解。
11. 《詩集傳名物鈔》，許謙，漢京・通志堂經解。

12.《呂氏家塾讀詩記》(簡稱《詩記》),呂祖謙,商務・四庫全書。
13.《詩緝》,嚴粲,商務・四庫全書。
14.《續呂氏家塾讀詩記》,戴溪,商務・四庫全書。
15.《詩總聞》,王質,商務・四庫全書。
16.《詩論》,程大昌,商務・四庫全書。
17.《詩序辯說》(簡稱《辯說》),朱熹,商務・四庫全書。
18.《詩集傳》(簡稱《集傳》),朱熹,商務・四庫全書。
19.《詩集傳》,蘇轍,商務・四庫全書。
20.《詩辨妄》,鄭樵,顧頡剛輯點。
21.《詩說解頤》,季本,商務・四庫全書。
22.《詩經世本古義》(簡稱《世本古義》),何楷,商務・四庫全書。
23.《詩傳闡》,鄒忠允,商務・四庫全書。
24.《毛詩原解》,郝敬,商務・四庫全書。
25.《詩經大全》,胡廣,商務・四庫全書。
26.《詩傳》,豐坊,商務・四庫全書。
27.《詩說》,豐坊,商務・四庫全書。
28.《詩說》,惠周惕,漢京・皇清經解。
29.《毛鄭詩考正》,戴震,漢京・皇清經解。
30.《詩經補注》,戴震,漢京・皇清經解。

31.《毛詩傳小箋》，段玉裁，漢京・皇清經解。
32.《詩經小學》，段玉裁，漢京・皇清經解。
33.《毛詩紬義》，李黼平，漢京・皇清經解。
34.《毛詩稽古編》，陳啟源，漢京・皇清經解。
35.《毛詩校刊記》，阮元，漢京・皇清經解。
36.《詩經稗疏》，王夫之，漢京・經解續編。
37.《毛詩傳箋通釋》（簡稱《通釋》），馬瑞辰，漢京・經解續編。
38.《毛詩後箋》（簡稱《後箋》），胡承珙，漢京・經解續編。
39.《詩毛氏傳疏》（簡稱《傳疏》），陳奐，漢京・經解續編。
40.《詩古微》，魏源，漢京・經解續編。
41.《詩地理徵》，朱右曾，漢京・經解續編。
42.《詩經通論》（簡稱《通論》），姚際恆，河洛出版社。
43.《詩經原始》（簡稱《原始》），方玉潤，藝文印書館。
44.《詩毛氏學》，馬其昶，力行書局。
45.《毛詩補正》，龍起濤，大通書局。
46.《田間詩學》，錢澄之，商務・四庫全書。
47.《詩義會通》，吳闓生，中華書局。
48.《詩經通義》，朱鶴齡，商務・四庫全書。
49.《詩所》，李光地，商務・四庫全書。

50.《詩附記》，翁方綱，商務・四庫全書。
51.《讀風偶識》，崔述，世界・崔東壁遺書。
52.《詩三家義集疏》（簡稱《集疏》），王先謙，世界書局。
53.《毛詩復古錄》，吳懋清，廣文書局。
54.《毛詩通考》，林伯桐，藝文印書館。
55.《澤螺居詩經新證》（簡稱《新證》），于省吾，中華書局。
56.《詩經詮釋》（簡稱《詮釋》），屈萬里，聯經出版社。
57.《詩經直解》（簡稱《直解》），陳子展，復旦大學出版社。
58.《詩疏平議》，黃焯，上海古籍出版社。
59.《毛詩鄭箋平議》，黃焯，上海古籍出版社。
60.《詩經注釋》，高本漢，國立編譯館。
61.《詩經今注》（簡稱《今注》），高亨，里仁書局。
62.《詩經講義稿》，傅斯年，聯經出版社。
63.《毛詩會箋》（簡稱《會箋》），竹添光鴻，大通書局。
64.《詩經通義》，聞一多，九思出版社。
65.《詩經新義》，聞一多，九思出版社。
66.《風詩類鈔》，聞一多，九思出版社。
67.《詩經研究》，白川靜，幼獅月刊社。
68.《詩經通解》，林義光，中華書局。

69.《詩經通釋》，李辰冬，水牛出版社。
70.《詩經通釋》，王靜芝，中華書局。
71.《詩經研讀指導》，裴普賢，三民書局。
72.《詩經欣賞與研究》，裴普賢，三民書局。
73.《讀詩四論》，朱東潤，東昇出版公司。
74.《詩經詞典》，向熹，四川人民出版社。
75.《詩經朱傳斠補》，汪中，蘭臺書局。
76.《詩經篇旨通考》，張學波，廣東出版社。
77.《詩經評釋》，朱守亮，學生書局。
78.《詩經周南召南發微》，文幸福，學海出版社。
79.《詩經古義新證》，季旭昇，文史哲出版社。
80.《清儒詩經彙解》，楊家駱，鼎文書局。
81.《詩經譯注》，袁梅，齊魯。
82.《詩經新譯注》，唐莫堯，木鐸出版社。
83.《詩經選》，余冠英，河洛出版社。
84.《詩經分類詮釋》，王宗石，湖南教育出版社。
85.《詩經語言研究》，向熹，四川人民出版社。
86.《詩經研究論集》，熊公哲等，黎明文化事業公司。
87.《詩經研究論集》，林慶彰編，學生書局。

88.《毛詩考異》，賴明德，師大國研所。
89.《詩經研究史概要》，夏傳才，萬卷樓圖書公司。
90.《詩經新解》，翟相君，中州古籍出版社。
91.《中國歷代詩經學》，林葉連，學生書局。
92.《詩經今論》，何定生，商務印書館。
93.《詩經研究》，謝无量，商務印書館。
94.《毛詩重言通釋》，李雲光，商務印書館。
95.《詩經學》，胡樸安，商務印書館。
96.《三百篇演論》，蔣善國，商務印書館。
97.《詩草木今釋》，陸文郁，長安出版社。
98.《毛詩品物圖考》，岡元鳳，廣文書局。
99.《詩經導讀》，陳子展，巴蜀書社。
100.《詩經今注今譯》，馬持盈，商務印書館。
101.《詩經毛傳譯解》，傅隸樸，商務印書館。
102.《毛詩鄭箋釋例》，賴炎元，師大國研所。
103.《國風集說》，張樹波，河北人民出版社。
104.《詩經讀本》，滕志賢，三民書局。
105.《戰國楚竹書・孔子詩論》，孔子，上海古籍出版社。

詩經研讀指導

裴普賢／著

本書為裴教授指導學生研讀《詩經》的專著，乃其講授《詩經》積十年之經驗所寫成。舉凡研讀《詩經》之目的與方法，研讀詩經應有知識之具備，均有精確之說解。而於《詩經》的時、地、字、詞、詩旨、作者以及名物等各方面的探討，亦均有範作以示例。其中，詩經研讀法及六義之興義發展的探討，深具價值，實屬《詩經》導讀佳構，亦為不可多得之一本《詩經》學的著作。

詩經的世界

白川靜／著；杜正勝／譯

兩千多年前，黃土地上的先民愛唱歌。這些歌謠集錄在《詩經》這本古書裡，絲絲透露出古人的生活情調。當時的流行歌曲在吟誦些什麼呢？他們詠嘆愛情的歡愉，哀泣離婚的不幸，控訴政治的亂象，稱揚領主的美德，歌誦天地的神靈，美讚氏族的祖先；有思鄉的旅人，有流離的逃民。喜悅、悲切、期盼、思念、哀傷、憤怒、恐懼、莫可奈何。日本人白川靜，突破中國傳統經學的包袱，開闢民俗學與比較文學的研究方法，重新詮釋先民的民謠，刻劃先民的歌唱。他讓古人的心情活起來了。這本《詩經的世界》，帶領讀者層層深入古老的歌謠，一掘那幽僻不解的古代故事。

詩經評註讀本

裴普賢／編著

本書共分上、下二冊，依十五國風，小雅、大雅，周、魯、商三頌順序排列。各單位之前，冠以扼要之說明；各篇篇名之後，先作小序性之簡介；各章原文之後，加以注釋，採集解態度，不拘一家之說，可直解者多採直解，就各篇本文探求其本義，並力求簡明，不作詳細之考證，實為輕鬆一窺《詩經》堂奧的最佳讀本。此外，特別搜羅自漢以來歷代學者之評析，附錄中更有珍貴的詩經地圖、星象、動植物、器物、衣冠等圖片，不僅使讀者對《詩經》有更深入的理解與欣賞，也是研究《詩經》不可或缺的工具書。

治學方法

劉兆祐／著

本書作者在大學中國文學系（所）任教長達三十餘年，所講授課程，多與研究方法及文史資料之討論有關，教學經驗豐富，且著述繁夥。本書即就其講稿增訂而成。全書共分〈緒論〉、〈治學入門之必讀書目〉、〈研讀古籍的方法〉、〈善用工具書〉、〈重要的文史資料〉、〈治國學所需具備的基礎學識〉、〈撰寫學術論文的方法〉等七章，旨在為研治文史學者提供正確的治學方法。大抵治文史學者所應知的方法都已論及，適合大學及研究所同學閱讀。如能讀畢此書，必能獲得治學的正確途徑。

文獻學

劉兆祐／著

本書旨在討論文獻的內涵及其相關問題，以提供中文系所學生及文化界關心文獻者參考取資。本書作者在各著名大學研究所講授「文獻學」長達四十年，本書即就其講稿增訂而成。全書分〈導論〉、〈圖書文獻〉、〈非圖書文獻〉、〈文獻的整理〉、〈重要的文獻學家〉等五章。從事文史研究工作，文獻之充足與否，常是決定研究成果品質的重要因素。如何掌握文獻？如何考辨文獻？如何精確徵引文獻？如何以非圖書文獻印證圖書文獻？如何整理文獻？讀畢本書，必能獲得正確的認識。

聲韻學

林燾、耿振生／著

在國學的範疇裡，「聲韻學」一向最為學子所頭痛，雖然從古至今，諸多學者、專家投身其中，引經據典，論證詳確，然或失之艱深，或失之細瑣，或失之偏狹；有鑑於此，本書特別以大學文科學生和其他初學者為對象，不僅對「聲韻學」的基本知識加以較全面的介紹，更同時吸收新近的研究成就，使漢語音系從先秦到現代標準音系的演變脈絡清楚分明，各大方言及歷代古音的構擬過程簡明易懂，堪稱「聲韻學」的最佳入門教材。

中國文字學

潘重規／著

本書作者以浸淫國學數十載的功力，分析比較中國文字的構造法則、文字流傳解說的歷史，進一步肯定推崇《說文解字》在文字學上的地位與價值。繼而分別說明文字書寫工具的源起與沿革；上下縱論中國文字的演變，從鐘鼎彝器甲骨文乃至於歷代手寫字體，莫不加以詳細而清晰之闡述。書後更附上各時代文字的拓本碑帖圖片，以及三篇各自獨立的相關論文。藉由本書，讀者將可充分了解中國文字之優越性，以及中國文化之淵深廣博。

蘇辛詞選

曾棗莊、吳洪澤／編著

全書選錄蘇軾詞七十四首、辛棄疾詞八十七首。本書入選作品，以豪放詞為主，同時也兼顧其他風格的代表作，以期展現詞壇大家不拘一格之風範。本書緊扣蘇辛時代背景，剖析入微，在展現蘇辛獨特風格之外，也力圖再現其心靈的歷程。本書注釋力求簡明地闡釋原文，賞析注重對寫作背景、思想內容與藝術風格的點評，集評則匯聚歷代對該詞的主要評論。前有〈導言〉，末附蘇辛詞總評、蘇辛年表，是將學術性、資料性與鑑賞性集於一體的難得佳作。

中國文學概論

黃麗貞／著

內容論述中國從古到今各種文學體類，涵蓋詩歌、散文、楚辭、賦與駢文、小說、詞、散曲、戲劇，並選擇名家的代表作詮釋欣賞。清晰明白地呈現中國各類文學發展的歷史源流與脈絡，作家在其處身的時代、社會中所感發的情懷思想以及作品成就。同時，作者也將自己研究的心得新見，融入各章節中，使本書不但內容充實，搜羅豐富，更有獨特而精準的眼界與眼光。不僅可供相關科系研讀使用，愛好中國文學的人士更可以之作為進一步的參考。

唐代文學史

傅璇琮／審訂；盧盛江、盧燕新／編著

本書以清晰明瞭之線索，簡潔淺近之語言，盡呈唐代文學之精華，既有對歷史背景、作家生平的生動介紹，作品思想內容的深入剖析，更有對作品藝術及風格的準確體悟與傳神描述。既吸收學界近年之成果，又融入作者研究之心得，雖僅三十萬字之篇幅，而含唐代三百年文學發展之豐富內容。

宋詩菁華：宋詩分體選讀

張鳴／著

本書精選宋詩菁華三百六十首，按體裁分體編排，並加詳細注釋和講解，為讀者領略宋詩之美提供參考。前言介紹宋詩文化特色和歷史地位，並概述宋詩發展歷程，可看作一篇簡明宋詩小史；書後還附有入選詩人小傳，都對讀者深入理解宋詩有所助益。

李杜詩選

郁賢皓、封野／編著

本書選錄李白與杜甫最具有代表性的詩篇各七十五首，按其寫作年代編排，並作詳細的注譯與精闢的賞析。同時每首詩都附有集評，匯集了歷代詩歌評論家的藝術鑒賞和評論，讀者既可以從中得到思想和藝術的教育與高品味的美感享受，又保留了自我理解與賞析的廣闊餘地。

細說桃花扇：思想與情愛

廖玉蕙／著

本書共分四章，探討的問題包括《桃花扇》研究的狀況與檢討、桃花扇的運用線索、人物形象與史實的關係、關目的因襲與劇作的創新，另有附錄兩則，為資料的辨正。作者博覽、表記運用，一直探討到孔尚任寫作歷史劇的虛構點染，對號稱清代傳奇雙璧之一的《桃花扇》作出全新的詮釋。

三民網路書店 會員

獨享好康大放送

通關密碼：A5370

憑通關密碼
登入就送100元e-coupon。
(使用方式請參閱三民網路書店之公告)

生日快樂
生日當月送購書禮金200元。
(使用方式請參閱三民網路書店之公告)

好康多多
購書享3%~6%紅利積點。
消費滿350元超商取書免運費。
電子報通知優惠及新書訊息。

國家圖書館出版品預行編目資料

詩經正詁／余培林著.－－三版一刷－－臺北市：三民，2021
面；公分.－－(國學大叢書)
參考書目：面
ISBN 978-957-14-7242-3（平裝）
1. 詩經 2. 注釋

831.12　　110010819

國學大叢書

詩經正詁

作　者｜余培林
發行人｜劉振強
出版者｜三民書局股份有限公司
地　址｜臺北市復興北路 386 號（復北門市）
臺北市重慶南路一段 61 號（重南門市）
電　話｜(02)25006600
網　址｜三民網路書店 https://www.sanmin.com.tw

出版日期｜初版一刷 1993 年 10 月
修訂二版三刷 2020 年 10 月
三版一刷 2021 年 9 月
書籍編號｜S030620
ISBN｜978-957-14-7242-3

著作權所有，侵害必究
※ 本書如有缺頁、破損或裝訂錯誤，請寄回敝局更換。

三民書局